Madame de Staël

Corinne
ou
l'Italie

Édition présentée,
établie et annotée par
Simone Balayé

Gallimard

PRÉFACE

Mme de Staël compte parmi les principaux écrivains de l'époque impériale. Malgré des travaux de tout premier plan, cette période, dont l'histoire est familière à chacun, est beaucoup moins connue sur le plan de la littérature et de la philosophie. On la réduit trop souvent à une sorte d'entre-deux, un épilogue ou une annonce, rien en soi. Et rien n'a davantage contribué à la méconnaissance d'écrivains comme Mme de Staël. Si chacun de ses livres a rencontré un vaste public, passionnément hostile ou favorable, peu à peu s'est construite à son propos une légende qui a masqué l'œuvre aussi bien que la personne. Les passions politiques et religieuses y sont pour beaucoup. Mme de Staël dérange par son esprit de libre examen, l'éducation qu'elle a héritée des Lumières et elle a été attaquée par des gens de tous les partis : les jacobins, les ultras, plus tard la vieille garde classique, parfois des romantiques pourtant nourris de ses œuvres. De l'Allemagne enfin lui a valu après 1870 la haine des vaincus et il est curieux de constater que de nos jours encore on parle d'elle en termes de polémique, de combat, qu'elle ne bénéficie pas de la sérénité avec laquelle on aborde la plupart des œuvres du passé. C'est seulement depuis une trentaine d'années que des études plus impartiales l'ont lentement mise à sa juste place.

Ainsi a-t-on mieux compris son activité politique et littéraire. Les femmes n'ayant à son époque aucune position publique bien définie en dehors de la famille, même dans les milieux les plus *élevés, les plus fortunés, Mme de Staël a dû se contenter, comme bien d'autres, d'agir à travers les hommes et il lui a fallu mener une lutte difficile pour satisfaire ses aspirations personnelles. Et pourtant elle était la fille de Necker, le célèbre banquier genevois (et calviniste) qui fut le dernier grand ministre de la monarchie. Sa mère a tenu l'un des plus grands salons littéraires de Paris. Son mariage avec un ambassadeur de Suède, Eric-Magnus, baron de Staël-Holstein, lui a assuré une place de premier plan dans les milieux les plus distingués et la société cosmopolite. L'exercice de la littérature, au sens large du terme, y compris les écrits moraux, politiques, philosophiques, n'en a pas moins été pour elle un pis-aller et son unique moyen d'action directe.*

Le salon qu'elle ouvre à son tour l'a sur ce point considérablement aidée. Dans ce salon qui, où qu'il se tînt, fut toujours un centre intellectuel très actif, Mme de Staël, devenue peu à peu écrivain de métier, réunit des hommes de lettres et des hommes politiques venus de toute l'Europe, à tel point que cette nébuleuse que fut le groupe de Coppet s'étendait à l'infini, avec, en son centre, Benjamin Constant, Sismondi, le Bernois Bonstetten, August Wilhelm Schlegel. Si elle est liée avec des Allemands qui lui ouvrent le monde germanique, des Italiens, des Anglais, etc., le monde français est tout naturellement le sien, avant Genève, son autre patrie. Mais elle a toujours pensé que la nationalité, lorsqu'elle se voulait exclusive, était une limite et un appauvrissement.

Les Lettres sur J.-J. Rousseau *furent en 1788 son premier ouvrage, que suivirent de courts écrits politiques. En 1796, elle publie une sorte de traité de morale,* De l'influence des passions, *qui résume les dures et riches expériences de sa jeunesse. Avec ce livre et* Des circonstances actuelles pour terminer la Révolution, *qu'elle ne publia pas, Mme de Staël préludait à ses grands ouvrages.* De la littérature considérée dans ses rapports avec les institutions sociales, *paru en 1800, signifiait une orientation nouvelle par sa tentative de replacer les écrivains et la littérature devant le pouvoir sous ses diverses formes. Mme de Staël y appliquait la théorie de la perfectibilité chère à Condorcet et tentait de définir ce que devait être la littérature sous la république à laquelle elle croyait encore et qui n'exista jamais pour elle qu'à l'état de désir. C'était aussi par ce livre se poser en héritière et propagandiste des grands esprits du XVIIIe siècle, qui pourtant ne la satisfaisaient plus entièrement. En pleine réaction, en plein retour au siècle de Louis XIV, retour favorisé par le pouvoir, c'était surtout s'exposer aux coups, et braver les autorités consulaires.*

Delphine, succédant aux modestes nouvelles de jeunesse, est son premier grand roman. Il met en scène des destins de femmes étouffées, broyées par la société et montrerait aux historiens actuels de la condition féminine, s'ils le lisaient sérieusement, que Mme de Staël connaissait fort bien et dénonçait la misère morale qui était celle des femmes même dans les milieux en apparence les plus libérés par le rang ou la fortune. Le roman, qui se situe dans les années 1790-1794, montre la Révolution présidant à une intrigue qui ne peut se développer que sur cette toile de fond sociale et politique. Comme l'ouvrage précédent, Delphine provoqua ainsi une polémique qui fut d'autant plus ardente qu'elle était encouragée par le Premier Consul.

En effet, depuis qu'il connaît Mme de Staël, Bonaparte la considère avec méfiance. Il se sent, pendant ces premières années, trop menacé pour tolérer à Paris un salon qui réunit des gens de tout bord, ses amis et ses ennemis. Mme de Staël de son côté va glisser vers une opposition de moins en moins déguisée et apprendre ce qu'il en coûte de se heurter au pouvoir lorsqu'on n'est qu'un écrivain dépourvu de toute puissance réelle, sauf sur l'opinion. Elle paiera cette opposition de l'exil, un exil qui la conduira à voyager à travers toute l'Europe et à découvrir des pays que les Français dans leur majorité ignorent avec superbe : l'Italie, oubliée, et surtout l'Allemagne presque inconnue où, selon elle, se trouvent alors les plus hautes valeurs intellectuelles.

Après avoir incorporé un De l'Italie *dans* Corinne, *elle écrit* De l'Allemagne. *En septembre 1810, Napoléon fait détruire l'ouvrage au moment où il va paraître et assigne l'auteur à résidence en son château de Coppet et à Genève. Elle écrit un drame,* Sapho, *des* Réflexions sur le suicide, *mais ne publie plus rien. Elle s'évade en mai 1812 et commence alors* la grande tournée des gouvernants depuis le tsar jusqu'à Bernadotte, futur roi de Suède, et aux Anglais, en passant par les principaux exilés politiques européens. Elle sait, en le déplorant, que la victoire sur Napoléon passera par la défaite de la France, dont les seuls résultats seront la piètre première Restauration et les Cent Jours.

Mme de Staël mourra jeune, à cinquante et un ans, en 1817. Elle avait presque terminé les Considérations sur la Révolution française, mais non les Dix années d'exil et elle n'avait pu donner corps aux autres ouvrages qu'elle projetait dans ses dernières années. De l'Allemagne allait jouer un rôle inestimable dans le développement du romantisme français en sortant les écrivains de leur relatif isolement culturel. D'un autre côté, toute l'œuvre de Mme de Staël milite en faveur des Lumières, des idées de ce XVIIIe siècle qu'elle connaissait si bien et qu'on essayait alors de chasser des esprits, comme on essaiera plus tard d'en chasser le romantisme qu'elle avait appelé de toutes ses forces. Ainsi son œuvre se place-t-elle à la croisée de chemins très divers et dans un milieu exceptionnellement favorable d'hommes de talent qui, eux-mêmes, ont publié des œuvres capitales.

*

Comme les gens cultivés de son temps, Mme de Staël n'a d'abord connu l'Italie qu'à travers les écrivains et les artistes de l'Antiquité, auxquels s'ajoutèrent les noms les plus célèbres de la Renaissance, et cela grâce à des lectures aussi familières que Montesquieu et Gibbon. A l'époque où elle écrit De la littérature, sa connaissance de l'Italie moderne est médiocre, mais elle a lu l'Arioste, le Tasse, Machiavel et déjà contribué à faire émerger Dante des ombres médiévales. Elle aime aussi la musique italienne mais n'est pas encore sensible à la beauté des paysages et des monuments.

Pendant longtemps, l'Italie lui apparaît comme un refuge pour les exilés de toute sorte, trait qu'elle soulignera dans Corinne. Elle connaît aussi des Italiens, écrivains, diplomates *ou réfugiés politiques, et certains de ses amis, Bonstetten, Sismondi, Wilhelm von Humboldt, sont des familiers du pays. En 1802, elle songe sérieusement à y voyager mais, lorsque Bonaparte l'exile en 1803, ses intérêts intellectuels et politiques la tournent vers l'Allemagne, à laquelle elle décide bientôt de consacrer un livre. C'est pourtant pendant ce voyage qu'une idée lui vient soudain à l'esprit qui l'amène à suspendre pour un temps la rédaction du livre entrepris et à composer* Corinne.*

Le 1ᵉʳ février 1804, au théâtre de Weimar, elle assiste à la représentation d'un opéra à succès,* La Saalnix, « La Nymphe de la Saale », *sur le thème d'un roman de La Motte-Fouqué que Giraudoux reprendra dans son* Ondine. *La nymphe des eaux aime un chevalier qui, découvrant son immortalité, sa différence, la délaisse pour une simple mortelle. Mᵐᵉ de Staël aperçoit aussitôt dans cette histoire le thème de la femme supérieure abandonnée par un homme qui lui préfère une créature plus semblable à lui. Sur-le-champ elle décide de situer le roman en Italie, ce qui lui permet de donner libre cours à son imagination et de placer son héroïne dans un cadre où elle puisse mener dans la liberté une vie exceptionnelle. Liberté qui conduira au conflit avec le héros venu d'ailleurs. Dès Weimar, Mᵐᵉ de Staël décide que celui-ci sera écossais, pour éviter de le faire anglais, en raison de la guerre avec la France. Constant remarquera plus tard qu'un grand seigneur allemand aurait épousé Corinne ; un prince italien serait devenu son chevalier servant ; un aristocrate français aurait cherché à en faire sa maîtresse. Le conflit ne peut donc éclater qu'entre une femme indifférente aux préjugés et pourtant respectée, illustre même, de bonne naissance aussi et un homme figé dans des règles sociales et familiales intangibles qui ne lui laissent le choix qu'entre le mariage et le renoncement absolu.*

Dès lors, les détails de sa vie habituelle, ses lectures et les découvertes qu'elle a faites en Allemagne viendront se fondre dans la préparation du voyage en Italie. Bien des Allemands que Mᵐᵉ de Staël rencontre aiment ce pays avec ferveur, à commencer par Goethe. Elle lit des poèmes consacrés à l'Italie, elle voit des tableaux italiens ; elle a en mémoire les œuvres d'art

*rassemblées à Paris au cours des siècles et plus particulièrement
depuis les guerres révolutionnaires. Pendant l'été de 1804, elle
prend conseil auprès d'un de ses amis les plus proches, August
Wilhelm Schlegel qu'elle a ramené de Berlin pour être le
précepteur de ses fils et pour sa propre instruction.*

*

*C'est avec lui et ses trois enfants qu'elle passe le Mont-Cenis
en décembre 1804. Le mauvais temps hivernal, les inondations,
la pluie les accompagnent jusqu'à Rome : autant de souvenirs
qui serviront au triste retour d'Oswald en Italie. Elle s'arrête
quelques jours à Turin où Sismondi la rejoint. A Milan, elle
demeure plus de deux semaines auprès de Vincenzo Monti, qui
est alors le poète le plus illustre de la Péninsule. Elle s'en fait
un ami et il sera pour elle un excellent initiateur à la littérature,
aux arts, au peuple italien. Par l'Émilie et les Marches,
Ancône, Lorette, les voyageurs arrivent au Tibre débordé,
entrent enfin à Rome le 3 février 1805. Deux semaines plus
tard, ils partent pour le Sud. Après l'émerveillement devant la
nature en Campanie, la beauté de la mer et du Vésuve, Naples
et sa misère au soleil, ils reviennent à Rome le 13 mars, au
moment de la semaine sainte. Vers le 8 mai, ils partent pour
Florence et Venise. Le 4 juin, ils sont à Milan où Napoléon
vient d'être couronné roi d'Italie, et de là rentrent à Coppet.*

*Un hasard heureux a fait parvenir jusqu'à nous quelques
carnets que Mme de Staël tint pendant son voyage, deux pour
Rome, un pour Naples. Le reste semble perdu, car il est hors de
doute que d'autres carnets ont correspondu aux autres étapes du
périple italien. Sur ces carnets Mme de Staël a pris des notes
rapides à propos des monuments, des paysages, des mœurs, du
peuple et de la haute société. On voit s'ébaucher des idées qu'elle
gardera ou rejettera, tel projet, telle scène, telle réplique. Elle
étudie les sites pour les promenades romaines, cherche le paysage
où elle placera l'improvisation du cap Misène. Le hasard met
sur son chemin toute sorte de faits et de gens qu'on retrouvera
dans le livre. Elle a réellement vu le vaisseau de guerre anglais*

dans la rade de Naples, les pavés blancs étincelants sur lesquels Corinne errera, malade d'angoisse, dans des rues sans couleur. Elle a frôlé une épidémie de peste ; elle a regardé passer les morts à visage découvert, écouté les prêcheurs dans les églises, vu la foule en fête des carnavals.

En même temps, elle lit et annote Properce et Tibulle, reprend Virgile, Horace, Ovide, Tacite. Tous se glisseront dans l'œuvre qui s'ébauche. C'est souvent le journal qui permet de les deviner ici et là ; lui aussi qui permet quelquefois d'attribuer tel passage heureux aux poèmes de Dante, aux poésies de Goethe. Les historiens anciens lui apportent de quoi nourrir les deux grandes improvisations de Corinne, ainsi que ses nombreuses promenades à Rome et en Campanie.

Sous l'impulsion de Mme *de Staël, Bonstetten vient de publier le* Voyage sur la scène des six derniers livres de l'Énéide, *livre d'une poésie discrète à propos de ce Latium que Chateaubriand chante superbement dans la* Lettre sur la campagne romaine, *parue en mars 1804. Un autre de ses proches, Sismondi, a déjà fait paraître son* Tableau de l'agriculture en Toscane ; *en 1807, il donnera, encouragé par elle, les quatre premiers volumes de son* Histoire des républiques italiennes du Moyen Age, *dont les villes et les héros apparaîtront dans* Corinne. *On pourrait aussi évoquer les écrits de Friederike Brun, poétesse danoise d'origine allemande, la* Valérie *de M*^me *de Krüdener et les récits de voyageurs comme Dupaty, qui fut un ami de son père. Enfin Wilhelm von Humboldt, homme de savoir universel et d'éblouissante intelligence, qui est ambassadeur de Prusse à Rome, l'accompagne dans ses promenades et lui parle de ce pays qu'il connaît si bien. Les lettres qu'il lui enverra plus tard sont comme un reflet de leurs conversations d'alors.*

Parmi les initiateurs, on ne peut oublier les excellents archéologues que sont Fea, Guattani, Zoega, Artaud de Montor, secrétaire à l'ambassade de France. Mme *de Staël entre en relation avec Angelika Kauffmann qui fait d'elle un portrait malheureusement perdu, avec Canova dont elle visite l'atelier, comme le feront Corinne et Oswald. Elle rencontre des prélats, tel le cardinal Consalvi, le comte Alessandro Verri qui est le beau-frère d'un de ses grands amis, le duc Melzi d'Eril, et un ancien partisan des idées révolutionnaires, le comte Alborghetti.*

Dans le milieu diplomatique qui est très mêlé à la vie mondaine, elle distingue un jeune Portugais, Don Pedro de Souza. Celui-ci venait de perdre un père bien-aimé. Une tristesse commune les rapprocha et contribua à donner au roman ses couleurs de deuil. Don Pedro participa aux promenades de Mme de Staël et de ses amis, aux errances nocturnes qu'elle aimait. Il y eut là un épisode sentimental qui favorisa l'exaltation amoureuse revécue dans le roman.

Toutes ces relations anciennes et nouvelles ont donné à Mme de Staël l'occasion de longs entretiens sur l'Italie. Si elle n'apprécie guère la société napolitaine, à l'exception de l'archevêque de Tarente, Mgr Capecelatro, qui est grand collectionneur de peintures, elle rencontre les gens les plus variés dans les villes où elle passe, autour de la comtesse Cicognara à Turin, de Monti à Milan, de la comtesse d'Albany, « veuve » d'Alfieri, à Florence, de l'écrivain Cesarotti à Padoue. A Venise, elle trouve une vie sociale animée et quelques femmes brillantes, comme Isabella Teotochi Albrizzi ou Giustina Renier Michiel. A Bologne, elle va chez Clotilda Tambroni, professeur de grec à l'université, qu'elle citera comme un exemple de ce qu'une femme peut librement faire en Italie. En revanche, elle n'a pas pu rencontrer Ugo Foscolo, qui n'était pas alors en Italie et dont l'œuvre la plus célèbre, I Sepolcri, devait paraître en même temps que Corinne. *Les* Ultime Lettere di Jacopo Ortis *auraient mérité d'y être signalées : les positions politiques assez fluctuantes de Foscolo, sa présence en 1805 dans l'armée française firent-elles ici obstacle ? Ou bien est-ce un oubli comparable à celui dont Kleist est l'objet dans* De l'Allemagne *sans raison apparente ?*

Mme de Staël avait cru voyager pour donner un cadre à son roman. Mais l'Italie faillit l'emporter sur Corinne. *Non sans fierté, elle écrit alors : « Il y avait deux nations hors de mode en*

Europe, les Italiens et les Allemands. J'ai entrepris de leur rendre la réputation de sincérité et d'esprit. »

Le plaisir des découvertes italiennes et des réflexions qu'elles inspirent n'en doit pas moins se plier aux nécessités romanesques. Les conversations d'Oswald et de Corinne au cours de leurs promenades ou dans le salon que celle-ci ouvre à des amis choisis permettent la mise en scène des idées qu'éveille l'Italie, le comte d'Erfeuil représentant par contraste la vanité française et l'épuisement des idées de son pays. Les deux héros sont souvent en désaccord. Oswald voit tout à travers la morale, l'utilité politique et sociale, à la rigueur l'histoire et l'archéologie. Corinne est trop artiste pour le suivre longtemps sur ce terrain : le beau se trouve dans l'inutile comme dans le gratuit, dans la richesse comme dans la pauvreté et ne saurait être condamné pour des raisons morales. L'idée de l'art pour l'art apparaît nettement dans le roman contre l'utilitarisme et la morale puritaine ; pour Corinne la contemplation du beau dans l'art peut contribuer au perfectionnement moral de l'individu. C'est ici qu'interviennent les leçons allemandes : on parle de l'art à travers Lessing, Winckelmann, Kant, Schiller, les Schlegel, encore mal connus en France. D'où une vision esthétique nouvelle qui frappa les trop rares lecteurs avertis.

Les sentiments des héros, leurs joies et leurs souffrances se reflètent aussi dans la manière dont sont dépeints les lieux qu'ils traversent. Rome est découverte dans l'euphorie d'un amour naissant que verront s'épanouir la beauté et l'opulence de la Campanie. Mais le danger est partout : la mer mugissante, le Vésuve en éruption. Rome revisitée n'est plus que tristesse et mort ; Venise rêve et perfidie ; Florence enfin, rude et sévère, verra s'éteindre Corinne désespérée.

*

Les régions évoquées dans le roman ne sont plus exactement ce qu'elles étaient à l'époque où Mme de Staël les a parcourues. La poursuite des fouilles archéologiques a fait débaptiser de nombreux monuments, en a découvert d'autres. Ainsi au Forum

*et au Capitole où la colonne que l'on prenait pour le seul vestige
d'un temple de Jupiter Custode se révéla, peu d'années après le
passage de Mme de Staël, être la colonne de Phocas. Il en est de
même sur la côte de Campanie. Mme de Staël est d'ailleurs
dans l'ensemble très précise et tout à fait au courant des
recherches contemporaines.*

*Puisque le récit se déroule à partir de 1795 et que son voyage
date de 1805, il lui faut remettre à leur place, en imagination
du moins, les œuvres d'art envoyées à Paris lors des guerres
révolutionnaires. Elle les a vues au Louvre et les rend aux
musées romains, aux églises, à Rome, à Venise, à Parme.
Certaines jouent un rôle particulier dans le roman et symbolisent
les principaux personnages : Oswald et le génie de la douleur
sur un tombeau de Canova, Corinne et la Sibylle du
Dominiquin, Lucile et la Vierge aux paupières baissées du
Corrège à Parme. Les tableaux que Corinne a choisis pour sa
galerie, les statues de sa demeure reflètent certains épisodes, les
sentiments et le caractère des héros, les intentions de Mme de
Staël étant claires et confirmées, au besoin, par ses manuscrits.*

*La figure dominante, apollinienne, est celle de Corinne, à la
fois sibylle et prêtresse inspirée, poète et critique, capable encore
de s'exprimer par le moyen de tous les autres arts. Il ne vint pas
tout de suite à Mme de Staël l'idée d'en faire aussi une
improvisatrice ; elle pensait seulement lui faire réciter ses
propres poèmes ou ceux d'autres auteurs. Mais, bien que peu
fussent de qualité, il y avait alors en Italie d'assez nombreux
improvisateurs, hommes ou femmes, et Mme de Staël avait
entendu parler, notamment par Bonstetten, de Corilla Olimpica jadis couronnée au Capitole comme le fut Pétrarque et
comme le Tasse aurait dû l'être si son triomphe ne lui avait pas
été dérobé par la mort. D'où l'idée du couronnement de Corinne,
étrange pour un Anglais ou un Français, très concevable pour un
Romain. Quand Mme de Staël entendit à Florence Mme
Mazzei qu'elle trouva aussi remarquable que laide, elle se
souvint d'Isabella Pellegrini, rencontrée à Rome, qui possédait
en outre la beauté. Les deux improvisations sont écrites dans un
style particulier qui évoque « la libre effusion lyrique de la*

poésie italienne » et veut donner l'impression qu'on est devant
« la copie d'un original improvisé », comme le dit très justement
Schlegel. Mme de Staël a d'autre part écrit deux poèmes,
l'Épître sur Naples et l'Adieu à Rome, qu'elle n'utilisa
pas pour Corinne, sans doute afin de ne pas alourdir le roman.
Le seul poème non improvisé par son héroïne est l'adieu à la vie
qui figure à la fin du roman.

Donner à Corinne le talent d'improviser, c'est aussi la
rapprocher de la divinité qui lui délègue un peu de son pouvoir de
création immédiate, création appuyée en fait sur les vastes
connaissances de Corinne, sur ses méditations et ses enthousias-
mes. Mme de Staël lui a donné là comme un pouvoir magique,
qui concourt à grandir jusqu'au mythe la figure de son héroïne, à
en faire une image glorieuse de l'Italie, sans qu'elle perde pour
autant sa vérité de femme. Elle est le symbole de ce pays, le
modèle offert à ses compatriotes. A demi-italienne, à demi-
anglaise, elle prend à leur égard la distance critique qui lui
permet de mesurer leur grandeur et leurs faiblesses. Elle réunit
harmonieusement en sa personne le génie du Nord et celui du
Midi.

Corinne sert ainsi de médiatrice entre Oswald et ce pays qu'il
ne comprend ni n'estime. Avant de la connaître, il ne voit rien ;
sa réflexion ne vise qu'à le torturer. Il se reproche d'avoir en
partie causé par une faute grave la mort de son père, ce qui
l'amène à s'interdire toute action que le défunt n'aurait pas
approuvée. C'est là le point faible de ce caractère que l'on a
rarement compris, pas plus que l'on n'a vu tout ce qu'il y a
d'imparfait chez Corinne. Celle-ci réussira cependant à sortir
Oswald de l'univers clos dans lequel il vit, replié sur ses
chagrins, pour l'amener à l'espace largement ouvert qui est le
sien. Oswald peut enfin voir resplendir au soleil les monuments
et les merveilles de la nature. Il perd ses sombres humeurs de
nordique pour s'associer à la joie grave de cette fille du soleil,
capable de tout comprendre et tout éprouver. Ainsi apparaît,
par-delà Rome triomphante, la ville de la mort, des tombeaux et
des ruines, source de consolation pour les âmes malheureuses,

aliment inépuisable de la mélancolie qui se développe à travers le roman.

Si Mme de Staël a transposé la réalité italienne dans son livre, elle y a mis aussi beaucoup d'elle-même et de sa vie et l'on a pu dire que Corinne était une Mme de Staël idéalisée. Certes, elles ont en commun l'étendue de leurs connaissances et leur volonté de trouver le bonheur dans l'exercice de leurs « puissantes facultés ». Pourtant c'est plutôt le désir de Mme de Staël qu'exprime Corinne, la femme qu'elle aurait voulu être, et, puisqu'on en est aux clefs, on peut laisser Schlegel revendiquer le personnage du prince Castel-Forte et, si l'on y tient, voir dans Oswald un amalgame des hommes que Mme de Staël a aimés, un peu de Souza, un peu de Barante ou de Benjamin Constant. A travers l'histoire d'Oswald et son comportement, on entrevoit Adolphe, *commencé lorsque* Corinne *est presque achevé. Talleyrand, qui croyait se reconnaître dans la Mme de Vernon de* Delphine, *aurait pu se retrouver dans l'artificieux M. de Maltigues et Mathieu de Montmorency dans la figure chevaleresque du comte Raimond ainsi que dans celle, toute protectrice, de Castel-Forte. La tarentelle que danse Corinne, Mme de Staël nous dit dans une note du roman qu'elle l'a vu danser à Mme Récamier (en fait, le carnet nous montre qu'elle s'est surtout inspirée d'un épisode de son séjour napolitain). Quand Oswald sauve Ancône de l'incendie, il agit comme Nelson sur les côtes italiennes et, quand il secourt un vieillard qui se noie, il tient le rôle du chevalier Eliot, un diplomate anglais qui résidait à Naples.*

Necker enfin plane sur tout le livre à travers le personnage de lord Nelvil, le père d'Oswald, auquel sont même attribués de longs passages de son Cours de morale religieuse. *Oswald redoutant une séparation définitive au moment où il prend congé de son père, c'est Mme de Staël quittant Necker et, lorsqu'il revient en Angleterre pour apprendre brutalement sa mort, c'est encore Mme de Staël et le tragique retour d'Allemagne où elle a appris la mort du père bien-aimé. Elle entre avec Oswald dans les appartements du défunt, elle voit avec lui le cabinet de travail, le fauteuil du disparu, son manteau jeté là. Les remords d'Oswald sont ceux qu'elle éprouve encore.*

*

Un des aspects les plus remarquables de Corinne est que trois pays apparaissent dans le roman, la France, l'Angleterre et l'Italie, quatre si l'on ajoute l'Allemagne que n'incarne aucun personnage mais dont la philosophie est partout présente.

La France n'a pas la plus belle part. Le comte d'Erfeuil, l'un des personnages secondaires les plus importants, est une véritable cible pour jeu de massacre. Aristocrate dans l'âme, honnête, charitable et bon, il est aussi frivole, vaniteux et passablement ignorant. Mme de Staël a peint là, et c'est à peine une charge, une figure caractéristique des salons parisiens, celle aussi du parfait Français en voyage, content de lui au point de se sentir supérieur à tout le monde. Les lecteurs français prirent assez mal le portrait, même parmi des gens qui aimaient et estimaient Mme de Staël.

L'Angleterre paraît d'abord mieux traitée. Oswald et son père ne manquent ni de grandeur ni de vertu. Ils incarnent bien le pays qui représente pour Mme de Staël la démocratie et le progrès politique. Mais elle a trouvé le moyen d'utiliser à des fins romanesques tout ce qu'il y a de figé dans la société anglaise de l'époque, tout ce qui provoquera le conflit et la rupture entre Oswald et Corinne. Évoquant son passé, celle-ci décrit avec une remarquable vigueur l'ennui de la vie provinciale, la tristesse d'une société inculte, où les hommes ne font que boire et chasser, où les femmes, silencieuses et résignées, semblent vouées au vide, au rien : traits que l'on retrouvera dans de nombreux romans anglais du XIXe siècle. Corinne, arrivant en Angleterre d'Italie où elle a grandi, manque y mourir étouffée par une médiocrité générale que résume la mesquinerie puritaine de sa belle-mère. Même si, en 1807, de nombreux lecteurs ont trouvé en Lucile, la demi-sœur de Corinne, l'idéal de la parfaite jeune fille, pure et timide, Mme de Staël a bien montré de quelles limites, de quel *appauvrissement de la personnalité pouvait être responsable une éducation trop stricte. Le père d'Oswald juge parfaite pour son fils cette Lucile dont la douceur, la réserve lui rappellent sa propre épouse. Une femme indépendante et vivant sa vie en artiste comme Corinne ne peut être pour lui qu'une créature extravagante dont aucun des talents n'a sa place dans l'austérité anglaise.*

    Finalement l'Angleterre ne sort pas grandie de l'histoire, bien que ses mérites y soient souvent célébrés, bien qu'elle soit proposée aux Italiens comme modèle de bon gouvernement et de saine administration. On note qu'à la France n'est pas assignée semblable mission : il est vrai qu'en 1795 cela eût été un peu difficile.

    Comme dans Delphine, l'opinion gouverne le roman et la société qu'il décrit. On doit avant tout se conformer aux règles en vigueur dans le groupe où chacun se voit, pour toute sa vie, imposer une place et l'attitude qui convient à cette place. Le comte d'Erfeuil, qui définit clairement à Oswald les libertés que l'on peut s'accorder sans déchoir, rejoint par des voies différentes lord Nelvil et lady Edgermond, la belle-mère si dure et si froide de Corinne. Le sur-moi social et familial est sans concession.

    Les noms des personnages soulignent les intentions de Mme de Staël, moins fortement que dans son premier roman, mais ce qui vaut pour l'un fait comprendre l'autre. Nelvil dissimule peut-être Nelson et, si on le rapproche de Mondoville, le héros de Delphine, et du premier nom du comte d'Erfeuil (Erville), si intraitable dans leurs préjugés sociaux, cette insistance à évoquer le monde et la ville paraît plus qu'une coïncidence et montre bien d'où viennent les ennemis de la liberté des femmes d'exception. Même remarque à propos du véritable nom de Corinne, Edgermond, qui est aussi celui de sa belle-mère et de sa demi-sœur, et l'on peut se demander si Mme de Staël savait que « edge » signifie « marge », évoquant ainsi les lisières de ce « monde » qui n'accepte pas Corinne. On retrouve d'ailleurs « edge » dans le nom d'une des amies de la romancière, Maria

Edgeworth, qui fut l'auteur d'un traité d'éducation pratique dont les intentions sont tout autres que sentimentales.

Quant au nom de Corinne, Mme de Staël s'est expliquée à son propos : c'est celui de la poétesse amie de Pindare, et elle a nié toute allusion à Corilla Olimpica. Corinne apparaît aussi, créditée des mêmes dons poétiques, dans les Élégies de Properce et dans la fresque du Parnasse au Vatican où Raphaël l'a représentée en compagnie d'Alcée et de Sapho. Sapho sera l'héroïne d'un drame écrit par Mme de Staël en 1811, drame qui transpose sur la scène l'histoire de Corinne et contient deux improvisations.

Pour ce qui est d'Oswald, qu'elle écrit Osvald dans ses manuscrits (c'est ainsi qu'elle devait prononcer), on ne sait trop d'où il vient, quoique le nom soit celui d'un personnage secondaire du Roi Lear, pièce qu'elle connaissait fort bien. Il s'est d'abord, et jusqu'à l'impression, appelé lord Sydney, peut-être en référence à Sir Algernon Sydney qui fut décapité sous Charles II et que la romancière compte parmi les héros de la liberté. Pensa-t-elle ou lui fit-on remarquer que l'un des pires ennemis de Napoléon depuis la campagne d'Égypte se nommait Sir Sidney Smith, qu'elle citera dans les Considérations sur la Révolution française comme le protecteur du droit des gens et des peuples ? C'est certainement sous la pression des événements politiques et de la guerre avec l'Angleterre qu'elle renonça à un nom qui pouvait être dangereux.

Le prénom de Lucile, choisi pour sa suavité, est à la fois celui de la sœur de Chateaubriand, qui prit très mal la chose, et de la fiancée de Sismondi, morte en 1800. Ce ne sont probablement que des coïncidences. Juliette, la fille d'Oswald et de Lucile, renvoie aussi bien à l'héroïne de Shakespeare, jouée dans le roman par Corinne elle-même, qu'au prénom de Mme Récamier, comme Delphine était celui de Mme de Custine, autre amie de Mme de Staël.

*

Nous avons évoqué les idées politiques de Mme de Staël à propos de l'Italie, sans toutefois les mettre en rapport avec les *situations romanesques. Dans un livre comme* De l'Allemagne, *l'auteur s'exprime directement. La lecture d'un roman se fait de façon toute différente à travers les personnages, leur caractère et leurs propos. Chercher où se situe l'auteur demande quelque précaution. Mme de Staël n'est jamais tout entière chez l'un ou l'autre des protagonistes ; on la trouve un peu partout même chez d'Erfeuil. Lui, Corinne et Oswald, dans leurs dissemblances, représentent des moments de Mme de Staël, certains correspondant à ses premières impressions, d'autres à la réflexion qui va au-delà des apparences.*

Elle s'exprime aussi à travers certains propos d'Oswald lorsque celui-ci critique les gouvernements italiens, la pauvreté des États de l'Église, l'atroce misère de la campagne romaine, la superstition et l'ignorance populaires. Corinne n'est pas aveugle aux défauts et aux vices de l'Italie mais elle veut l'aider à se relever et à se réformer en évoquant sa grandeur passée et ce qu'elle pourrait redevenir. D'où le thème de sa première improvisation sur « la gloire et le bonheur de l'Italie » et la riposte à la lettre insolente dans laquelle Oswald jaloux attaque l'Italie pour mieux blesser Corinne.

La religion est un autre sujet de controverse. Mme de Staël met en scène un héros protestant, une héroïne catholique. C'est pour elle un moyen supplémentaire de s'en prendre à la pratique religieuse des Italiens qui l'a souvent irritée et, là, Oswald est son porte-parole. Corinne, elle, est profondément sensible à la religion comme à la beauté des églises et de la liturgie. Même si elle en voit l'artifice, son âme d'artiste y trouve autant de satisfaction que dans la touchante simplicité des cérémonies protestantes. Elle voue un culte à la Vierge, intermédiaire entre la créature et son Dieu. Elle se retire dans un couvent à la veille de la semaine sainte, accomplit en secret des actes de charité. Si elle est légèrement superstitieuse, ce n'est pas à la manière des simples et elle essaie de faire comprendre à Oswald ce qui se cache au fond de l'âme d'un peuple auquel seules manquent encore les Lumières pour qu'il puisse s'engager dans la voie du progrès.

*Oswald, tout en appréciant les richesses de cœur et d'intelli-
gence que lui apporte Corinne, est comme muré dans les sombres
pensées qui ne permettent pas à ses dons de s'épanouir. Corinne,
si lumineuse qu'elle puisse être, ne parvient pas à le délivrer.
Repris par la société anglaise, il trahit celle qu'il aimait et
épouse Lucile, se conformant ainsi aux volontés de son père que
la mort a rendues sacrées pour un homme à jamais culpabilisé
par sa désobéissance ancienne. Corinne, abandonnée, descend
lentement vers la mort. Du brillant oiseau et de son chant, il ne
reste plus rien. Oswald l'a attirée dans la prison d'où, grâce à
elle, il avait cru sortir. Tel est le triomphe absurde de la société
sur l'amour. Mme de Staël, qui a tant souffert de sa condition de
femme, ne pouvait que créer des femmes incomprises, détruites
par les préjugés. Corinne a le génie que ne possédait pas
Delphine mais elle ne trouve pas davantage en elle de quoi
triompher des forces adverses. Ainsi se définit l'aspect proprement féminin du roman.*

*Ces dénouements tragiques semblent montrer que Mme de
Staël n'était pas convaincue que la nature des femmes leur
permet de jouer, dans la société telle qu'elle est, un rôle
comparable à celui des hommes. A la lecture de phrases qui
reviennent souvent dans la bouche des personnages masculins de
ses romans, que l'on trouve aussi dans ses lettres d'amour ou que
prononcent encore ses héroïnes lorsque l'excès du malheur les
désarme, on a trop souvent dit qu'elle n'avait pas voulu défendre
la cause des femmes et de leur liberté. Ses romans sont plutôt des
constats : les femmes sont malheureuses et la société ne les admet
que si elles se soumettent. Succombant sous le poids du chagrin,
les héroïnes de Mme de Staël échouent là où elle-même tente de
réussir malgré la blessure secrète qu'avouent plusieurs de ses
livres.*

*Le destin de Delphine et de Corinne ne semble donc pas aller
dans le sens de l'idée de progrès à laquelle Mme de Staël resta
toute sa vie profondément attachée. La morale en effet ne se
trouve pas dans la récompense donnée à ceux qui tendent à la
vertu. Ce serait trop facile et c'est à cette récupération bourgeoise
du roman que s'oppose Mme de Staël, suivant en cela des leçons*

plus anciennes, celles de Rousseau, de Goethe, de Bernardin de Saint-Pierre. « *La destination de l'homme sur la terre n'est pas le bonheur, mais le perfectionnement* », *dira-t-elle dans* De l'Allemagne, *non la jouissance, mais le sacrifice. L'instinct recherche le bonheur; la réflexion tente de conduire à la vertu. Tout effort contribue au progrès; il n'est pas nécessaire qu'il soit couronné de succès. Un but moral trop affiché diminue la portée d'un roman et sa réussite esthétique :* « *la vie humaine est sans but évident* », *le roman pas davantage. Le résultat moral doit être la conséquence involontaire de l'œuvre. Un des buts de* Corinne *est de dénoncer l'hypocrisie d'une société, d'un pouvoir qui ne supportaient de littérature qu'édifiante et n'admettaient pas que la passion prît le pas sur l'ordre, l'ordre des cœurs comme celui des mœurs et du système politique. Le dénouement de* Corinne *est celui d'une tragédie, c'est-à-dire du droit au malheur, au désordre, à ce qui sera bientôt la différence romantique de l'individu : dans un système absolutiste, l'échec est un crime d'état. D'où le scandale que provoqua l'ouvrage, comme* Delphine, *comme plus tard* Adolphe, *comme, sur des plans différents, la plupart des livres du groupe de Coppet : scandales inévitables à une époque où la liberté elle-même était devenue scandaleuse.*

Simone Balayé

Corinne
ou *l'Italie.*

........................Udrallo il bel paese,
Ch' Apennin parte, e'l mar circonda ; et l' Alpe.

PÉTRARQUE[a].

Les notes de Mme de Staël sont de deux sortes : celles appelées par un astérisque renvoient en bas de page ; celles appelées par un chiffre arabe renvoient en fin de volume (p. 588). Nos propres notes sont appelées par des lettres et se trouvent p. 611.

Nous avons respecté les particularités orthographiques de la troisième édition de 1807, comme nous nous en expliquons à la p. 606.

Livre premier.

OSWALD.

CHAPITRE PREMIER.

Oswald lord Nelvil, pair d'Écosse, partit d'Édimbourg pour se rendre en Italie pendant l'hiver de 1794 à 1795. Il avait une figure noble et belle, beaucoup d'esprit, un grand nom, une fortune indépendante; mais sa santé était altérée par un profond sentiment de peine, et les médecins, craignant que sa poitrine ne fût attaquée, lui avaient ordonné l'air du midi. Il suivit leurs conseils, bien qu'il mît peu d'intérêt à la conservation de ses jours. Il espérait du moins trouver quelque distraction dans la diversité des objets qu'il allait voir. La plus intime de toutes les douleurs, la perte d'un père, était la cause de sa maladie; des circonstances cruelles, des remords inspirés par des scrupules délicats, aigrissaient encore ses regrets, et l'imagination y mêlait ses fantômes. Quand on souffre, on se persuade aisément que l'on est coupable, et les violents chagrins portent le trouble jusque dans la conscience.

A vingt-cinq ans il était découragé de la vie, son esprit jugeait tout d'avance, et sa sensibilité blessée ne goûtait plus les illusions du cœur. Personne ne se montrait plus que lui complaisant et dévoué pour ses amis quand il pouvait leur rendre service ; mais rien ne lui causait un sentiment de plaisir, pas même le bien qu'il faisait ; il sacrifiait sans cesse et facilement ses goûts à ceux d'autrui ; mais on ne pouvait expliquer par la générosité seule cette abnégation absolue de tout égoïsme ; et l'on devait souvent l'attribuer au genre de tristesse qui ne lui permettait plus de s'intéresser à son propre sort. Les indifférents jouissaient de ce caractère, et le trouvaient plein de grace et de charmes ; mais quand on l'aimait, on sentait qu'il s'occupait du bonheur des autres comme un homme qui n'en espérait pas pour lui-même ; et l'on était presque affligé de ce bonheur qu'il donnait sans qu'on pût le lui rendre.

Il avait cependant un caractère mobile, sensible et passionné ; il réunissait tout ce qui peut entraîner les autres et soi-même ; mais le malheur et le repentir l'avaient rendu timide envers la destinée : il croyait la désarmer en n'exigeant rien d'elle. Il espérait trouver dans le strict attachement à tous ses devoirs, et dans le renoncement aux jouissances vives, une garantie contre les peines qui déchirent l'ame ; ce qu'il avait éprouvé lui faisait peur, et rien ne lui paraissait valoir dans ce monde la chance de ces peines : mais quand on est capable de les ressentir, quel est le genre de vie qui peut en mettre à l'abri ?

Lord Nelvil se flattait de quitter l'Ecosse sans regret, puisqu'il y restait sans plaisir ; mais ce n'est pas ainsi qu'est faite la funeste imagination des ames sensibles : il ne se doutait pas des liens qui l'attachaient aux lieux qui lui faisaient le plus de mal, à l'habitation de son père. Il y avait dans cette habitation des chambres, des places dont il ne pouvait approcher sans frémir ; et cependant, quand il se résolut à s'en éloigner, il se sentit plus seul encore. Quelque chose d'aride s'empara de son cœur ; il n'était plus le maître de verser des larmes quand il souffrait ; il ne pouvait plus faire renaître ces petites circonstances locales qui l'attendrissaient profondément ; ses souvenirs n'avaient plus rien de vivant, ils n'étaient plus en relation avec les objets qui l'environnaient ; il ne pensait pas moins à celui qu'il regrettait ; mais il parvenait plus difficilement à se retracer sa présence.

Quelquefois aussi il se reprochait d'abandonner des lieux où son père avait vécu. — Qui sait, se disait-il, si les ombres des morts peuvent suivre partout les objets de leur affection ? Peut-être ne leur est-il permis d'errer qu'autour des lieux où leurs cendres reposent ! Peut-être que dans ce moment mon père aussi me regrette ; mais la force lui manque pour me rappeler de si loin ! Hélas ! quand il vivait, un concours d'évènements inouis n'a-t-il pas dû lui persuader que j'avais trahi sa tendresse, que j'étais rebelle à ma patrie, à la volonté paternelle, à tout ce qu'il y a de sacré sur la terre. — Ces souvenirs causaient à lord Nelvil une douleur si insupportable, que non seulement il n'aurait pu les confier à personne, mais il craignait lui-même de les approfondir. Il est si facile de se faire avec ses propres réflexions un mal irréparable !

Il en coûte davantage pour quitter sa patrie quand il faut traverser la mer pour s'en éloigner ; tout est solennel dans un voyage dont l'Océan marque les premiers pas : il semble qu'un abîme s'entr'ouvre derrière vous, et que le retour pourrait devenir à jamais impossible. D'ailleurs le spectacle de la mer fait toujours une impression profonde ; elle est l'image de cet infini qui attire sans cesse la pensée, et dans lequel sans cesse elle va se perdre. Oswald, appuyé sur le gouvernail, et les regards fixés sur les vagues, était calme en apparence, car sa fierté et sa timidité réunies ne lui permettaient presque jamais de montrer, même à ses amis, ce qu'il éprouvait; mais des sentiments pénibles l'agitaient intérieurement. Il se rappelait le temps où le spectacle de la mer animait sa jeunesse par le désir de fendre les flots à la nage, de mesurer sa force contre elle. — Pourquoi, se disait-il avec un regret amer, pourquoi me livrer sans relâche à la réflexion? Il y a tant de plaisir dans la vie active, dans ces exercices violents qui nous font sentir l'énergie de l'existence! La mort elle-même alors ne semble qu'un évènement peut-être glorieux, subit au moins, et que le déclin n'a point précédé. Mais cette mort qui vient sans que le courage l'ait cherchée, cette mort des ténèbres qui vous enlève dans la nuit ce que vous avez de plus cher, qui méprise vos regrets, repousse votre bras, et vous oppose sans pitié les éternelles lois du temps et de la nature; cette mort inspire une sorte de mépris pour la destinée humaine, pour l'impuissance de la douleur, pour tous les vains efforts qui vont se briser contre la nécessité. —

Tels étaient les sentiments qui tourmentaient Oswald; et ce qui caractérisait le malheur de sa situation, c'était la vivacité de la jeunesse unie aux pensées d'un autre âge. Il s'identifiait avec les idées qui avaient dû occuper son père dans les derniers temps de sa vie, et il portait l'ardeur de vingt-cinq ans dans les réflexions mélancoliques de la vieillesse. Il était lassé de tout, et regrettait cependant le bonheur, comme si les illusions lui étaient restées. Ce contraste, entièrement opposé aux volontés de la nature, qui met de l'ensemble et de la gradation dans le cours naturel des choses, jetait du désordre au fond de l'ame d'Oswald; mais ses manières extérieures avaient toujours beaucoup de douceur et d'harmonie, et sa tristesse, loin de lui donner de l'humeur, lui inspirait encore plus de condescendance et de bonté pour les autres.

Deux ou trois fois, dans le passage de Harwich à Embden, la mer menaça d'être orageuse ; lord Nelvil conseillait les matelots, rassurait les passagers, et quand il servait lui-même à la manœuvre, quand il prenait pour un moment la place du pilote, il y avait dans tout ce qu'il faisait une adresse et une force qui ne devaient pas être considérées comme le simple effet de la souplesse et de l'agilité du corps, car l'ame se mêle à tout.

Quand il fallut se séparer, tout l'équipage se pressait autour d'Oswald pour prendre congé de lui ; ils le remerciaient tous de mille petits services qu'il leur avait rendus dans la traversée, et dont il ne se souvenait plus. Une fois c'était un enfant dont il s'était occupé long-temps ; plus souvent un vieillard dont il avait soutenu les pas, quand le vent agitait le vaisseau. Une telle absence de personnalité ne s'était peut-être jamais rencontrée ; sa journée se passait sans qu'il en prît aucun moment pour lui-même ; il l'abandonnait aux autres par mélancolie et par bienveillance. En le quittant, les matelots lui dirent tous presque en même temps : *Mon cher seigneur, puissiez-vous être plus heureux !* Oswald n'avait pas exprimé cependant une seule fois sa peine, et les hommes d'une autre classe qui avaient fait le trajet avec lui ne lui en avaient pas dit un mot. Mais les gens du peuple, à qui leurs supérieurs se confient rarement, s'habituent à découvrir les senti-ments autrement que par la parole ; ils vous plaignent quand vous souffrez, quoiqu'ils ignorent la cause de vos chagrins, et leur pitié spontanée est sans mélange de blâme ou de conseil.

CHAPITRE II.

Voyager est, quoi qu'on en puisse dire, un des plus
tristes plaisirs de la vie. Lorsque vous vous trouvez
bien dans quelque ville étrangère, c'est que vous
commencez à vous y faire une patrie; mais traverser
des pays inconnus, entendre parler un langage que
vous comprenez à peine, voir des visages humains sans
relation avec votre passé ni avec votre avenir, c'est de
la solitude et de l'isolement sans repos et sans dignité;
car cet empressement, cette hâte pour arriver là où
personne ne vous attend, cette agitation dont la
curiosité est la seule cause, vous inspire peu d'estime
pour vous-même, jusqu'au moment où les objets
nouveaux deviennent un peu anciens, et créent autour
de vous quelques doux liens de sentiment et d'habitude.

Oswald éprouva donc un redoublement de tristesse
en traversant l'Allemagne pour se rendre en Italie. Il
fallait alors, à cause de la guerre, éviter la France et les
environs de la France; il fallait aussi s'éloigner des
armées qui rendaient les routes impraticables[a]. Cette
nécessité de s'occuper des détails matériels du voyage,
de prendre chaque jour et presque à chaque instant
une résolution nouvelle, était tout-à-fait insupportable
à lord Nelvil. Sa santé, loin de s'améliorer, l'obligeait
souvent à s'arrêter, lorsqu'il eût voulu se hâter d'arriver, ou du moins de partir. Il crachait le sang, et se
soignait le moins qu'il était possible, car il se croyait
coupable, et s'accusait lui-même avec une trop grande
sévérité. Il ne voulait vivre encore que pour défendre
son pays. — La patrie, se disait-il, n'a-t-elle pas sur
nous quelques droits paternels! Mais il faut pouvoir la
servir utilement, il ne faut pas lui offrir l'existence
débile que je traîne, allant demander au soleil quel-

ques principes de vie pour lutter contre mes maux. Il n'y a qu'un père qui vous recevrait dans un tel état, et vous aimerait d'autant plus que vous seriez plus délaissé par la nature ou par le sort. —

Lord Nelvil s'était flatté que la variété continuelle des objets extérieurs détournerait un peu son imagination de ses idées habituelles ; mais il fut bien loin d'en éprouver d'abord cet heureux effet. Il faut, après un grand malheur, se familiariser de nouveau avec tout ce qui vous entoure, s'accoutumer aux visages que l'on revoit, à la maison où l'on demeure, aux habitudes journalières qu'on doit reprendre ; chacun de ces efforts est une secousse pénible, et rien ne les multiplie comme un voyage.

Le seul plaisir de lord Nelvil était de parcourir les montagnes du Tyrol sur un cheval écosssais qu'il avait emmené avec lui, et qui, comme les chevaux de ce pays, galopait en gravissant les hauteurs ; il s'écartait de la grande route pour passer par les sentiers les plus escarpés. Les paysans étonnés s'écriaient d'abord avec effroi en le voyant ainsi sur le bord des abîmes, puis ils battaient des mains en admirant son adresse, son agilité, son courage. Oswald aimait assez l'émotion du danger : elle soulève le poids de la douleur, elle réconcilie un moment avec cette vie qu'on a reconquise, et qu'il est si facile de perdre.

CHAPITRE III.

Dans la ville d'Inspruck, avant d'entrer en Italie, Oswald entendit raconter à un négociant, chez lequel il s'était arrêté quelque temps, l'histoire d'un émigré français, appelé le comte d'Erfeuil, qui l'intéressa beaucoup en sa faveur. Cet homme avait supporté la perte entière d'une très grande fortune avec une sérénité parfaite ; il avait vécu et fait vivre, par son talent pour la musique, un vieil oncle qu'il avait soigné jusqu'à sa mort ; il s'était constamment refusé à recevoir les services d'argent qu'on s'était empressé de lui offrir ; il avait montré la plus brillante valeur, la valeur française, pendant la guerre, et la gaieté la plus inaltérable au milieu des revers : il désirait d'aller à Rome pour y retrouver un de ses parents dont il devait hériter, et souhaitait un compagnon, ou plutôt un ami, pour faire avec lui le voyage plus agréablement.

Les souvenirs les plus douloureux de lord Nelvil étaient attachés à la France, néanmoins il était exempt des préjugés qui séparent les deux nations, parcequ'il avait eu pour ami intime un Français, et qu'il avait trouvé dans cet ami la plus admirable réunion de toutes les qualités de l'ame. Il offrit donc au négociant, qui lui raconta l'histoire du comte d'Erfeuil, de conduire en Italie ce noble et malheureux jeune homme. Le négociant vint annoncer à lord Nelvil, au bout d'une heure, que sa proposition était acceptée avec reconnaissance. Oswald était heureux de rendre ce service ; mais il lui en coûtait beaucoup de renoncer à la solitude, et sa timidité souffrait de se trouver tout à coup dans une relation habituelle avec un homme qu'il ne connaissait pas.

Le comte d'Erfeuil vint faire visite à lord Nelvil pour le remercier. Il avait des manières élégantes, une politesse facile et de bon goût ; et dès l'abord il se montrait parfaitement à son aise. On s'étonnait, en le voyant, de tout ce qu'il avait souffert ; car il supportait son sort avec un courage qui allait jusqu'à l'oubli, et il avait dans sa conversation une légèreté vraiment admirable quand il parlait de ses propres revers, mais moins admirable, il faut en convenir, quand elle s'étendait à d'autres sujets.

— Je vous ai beaucoup d'obligation, mylord, dit le comte d'Erfeuil, de me retirer de cette Allemagne où je m'ennuyais à périr. — Vous y êtes cependant, répondit lord Nelvil, généralement aimé et considéré. — J'y ai des amis, reprit le comte d'Erfeuil, que je regrette sincèrement, car dans ce pays-ci l'on ne rencontre que les meilleures gens du monde ; mais je ne sais pas un mot d'allemand, et vous conviendrez que ce serait un peu long et un peu fatigant pour moi de l'apprendre. Depuis que j'ai eu le malheur de perdre mon oncle, je ne sais que faire de mon temps ; quand il fallait m'occuper de lui, cela remplissait ma journée, à présent les vingt-quatre heures me pèsent beaucoup. — La délicatesse avec laquelle vous vous êtes conduit pour monsieur votre oncle, dit lord Nelvil, inspire pour vous, M. le comte, la plus profonde estime. — Je n'ai fait que mon devoir, reprit le comte d'Erfeuil, le pauvre homme m'avait comblé de biens pendant mon enfance ; je ne l'aurais jamais quitté, eût-il vécu cent ans ! mais c'est heureux pour lui d'être mort ; ce le serait aussi pour moi, ajouta-t-il en riant, car je n'ai pas grand espoir dans ce monde. J'ai fait de mon mieux à la guerre pour être tué ; mais puisque le sort m'a épargné, il faut vivre aussi bien qu'on le peut. — Je me féliciterai de mon arrivée ici, répondit lord Nelvil, si vous vous trouvez bien à Rome, et si..... — Oh mon Dieu ! interrompit le comte d'Erfeuil, je me trouverai bien par-tout ; quand on est jeune et gai, tout s'arrange. Ce ne sont pas les livres ni la méditation qui m'ont acquis la philosophie que j'ai, mais l'habitude du monde et des malheurs ; et vous voyez bien, mylord, que j'ai raison de compter sur le hasard, puisqu'il m'a procuré l'occasion de voyager avec vous. — En achevant ces mots, le comte d'Erfeuil salua lord Nelvil de la meilleure grace du monde, convint de l'heure du départ pour le jour suivant, et s'en alla.

Le comte d'Erfeuil et lord Nelvil partirent le lendemain. Oswald, après les premières phrases de politesse, fut plusieurs heures sans dire un mot ; mais

voyant que ce silence fatiguait son compagnon, il lui
demanda s'il se faisait plaisir d'aller en Italie. — Mon
Dieu, répondit le comte d'Erfeuil, je sais ce qu'il faut
croire de ce pays-là, je ne m'attends pas du tout à m'y
amuser. Un de mes amis, qui y a passé six mois, m'a
dit qu'il n'y avait pas de province de France où il n'y
eût un meilleur théâtre et une société plus agréable
qu'à Rome ; mais dans cette ancienne capitale du
monde, je trouverai sûrement quelques Français avec
qui causer, et c'est tout ce que je désire. — Vous
n'avez pas été tenté d'apprendre l'italien ? interrompit
Oswald. — Non, du tout, reprit le comte d'Erfeuil,
cela n'entrait pas dans le plan de mes études. — Et il
prit en disant cela un air si sérieux, qu'on aurait pu
croire que c'était une résolution fondée sur de graves
motifs.

— Si vous voulez que je vous le dise, continua le
comte d'Erfeuil, je n'aime, en fait de nation, que les
Anglais et les Français ; il faut être fiers comme eux, ou
brillants comme nous : tout le reste n'est que de l'imitation. — Oswald se tut, le comte d'Erfeuil, quelques
moments après, recommença l'entretien par des traits
d'esprit et de gaieté fort aimables. Il jouait avec les
mots, avec les phrases d'une façon très-ingénieuse,
mais ni les objets extérieurs ni les sentiments intimes
n'étaient l'objet de ses discours. Sa conversation ne
venait, pour ainsi dire, ni du dehors, ni du dedans ; elle
passait entre la réflexion et l'imagination, et les seuls
rapports de la société en étaient le sujet.

Il nommait vingt noms propres à lord Nelvil, soit en
France, soit en Angleterre, pour savoir s'il les connaissait, et racontait à cette occasion des anecdotes
piquantes avec une tournure pleine de grace ; mais on
eût dit, à l'entendre, que le seul entretien convenable
pour un homme de goût, c'était, si l'on peut s'exprimer
ainsi, le commérage de la bonne compagnie.

Lord Nelvil réfléchit quelque temps au caractère du

comte d'Erfeuil, à ce mélange singulier de courage et de frivolité, à ce mépris du malheur, si grand s'il avait coûté plus d'efforts, si héroïque s'il ne venait pas de la même source qui rend incapable des affections profondes. — Un Anglais, se disait Oswald, serait accablé de tristesse dans de semblables circonstances. D'où vient la force de ce Français ? D'où vient aussi sa mobilité ? Le comte d'Erfeuil en effet entend-il vraiment l'art de vivre ? Quand je me crois supérieur, ne suis-je que malade ? Son existence légère s'accorde-t-elle mieux que la mienne avec la rapidité de la vie ? et faut-il esquiver la réflexion comme une ennemie, au lieu d'y livrer toute son ame ? — En vain Oswald aurait-il éclairci ces doutes, nul ne peut sortir de la région intellectuelle qui lui a été assignée, et les qualités sont plus indomtables encore que les défauts.

Le comte d'Erfeuil ne faisait aucune attention à l'Italie, et rendait presque impossible à lord Nelvil de s'en occuper ; car il le détournait sans cesse de la disposition qui fait admirer un beau pays et sentir son charme pittoresque. Oswald prêtait l'oreille autant qu'il le pouvait au bruit du vent, au murmure des vagues ; car toutes les voix de la nature faisaient plus de bien à son ame que les propos de la société tenus au pied des Alpes, à travers les ruines et sur les bords de la mer.

La tristesse qui consumait Oswald eût mis moins d'obstacle au plaisir qu'il pouvait goûter par l'Italie, que la gaieté même du comte d'Erfeuil : les regrets d'une ame sensible peuvent s'allier avec la contemplation de la nature et la jouissance des beaux-arts ; mais la frivolité, sous quelque forme qu'elle se présente, ôte à l'attention sa force, à la pensée son originalité, au sentiment sa profondeur. Un des effets singuliers de cette frivolité était d'inspirer beaucoup de timidité à lord Nelvil dans ses relations avec le comte d'Erfeuil : l'embarras est presque toujours pour celui dont le caractère est le plus sérieux. La légèreté spirituelle en impose à l'esprit méditatif ; et celui qui se dit heureux semble plus sage que celui qui souffre.

Le comte d'Erfeuil était doux, obligeant, facile en tout, sérieux seulement dans l'amour-propre, et digne d'être aimé comme il aimait, c'est-à-dire comme un bon camarade des plaisirs et des périls ; mais il ne s'entendait point au partage des peines. Il s'ennuyait de la mélancolie d'Oswald, et par bon cœur, autant que par goût, il aurait souhaité de la dissiper. — Que vous manque-t-il ? lui disait-il souvent. N'êtes-vous pas jeune, riche, et, si vous le voulez, bien portant ? car vous n'êtes malade que parceque vous êtes triste. Moi, j'ai perdu ma fortune, mon existence, je ne sais ce que je deviendrai, et cependant je jouis de la vie comme si je possédais toutes les prospérités de la terre. — Vous avez un courage aussi rare qu'honorable, répondit lord Nelvil ; mais les revers que vous avez éprouvés font moins de mal que les chagrins du cœur. — Les chagrins du cœur, s'écria le comte d'Erfeuil, oh ! c'est vrai, ce sont les plus cruels de tous..... Mais..... mais..... encore faut-il s'en consoler ; car un homme sensé doit chasser de son ame tout ce qui ne peut servir ni aux autres ni à lui-même. Ne sommes-nous pas ici-bas pour être utiles d'abord, et puis heureux ensuite ? Mon cher Nelvil, tenons-nous-en là. —

Ce que disait le comte d'Erfeuil était raisonnable dans le sens ordinaire de ce mot, car il avait, à beaucoup d'égards, ce qu'on appelle une bonne tête : ce sont les caractères passionnés, bien plus que les caractères légers, qui sont capables de folie ; mais, loin que sa façon de sentir excitât la confiance de lord Nelvil, il aurait voulu pouvoir assurer au comte d'Erfeuil qu'il était le plus heureux des hommes, pour éviter le mal que lui faisaient ses consolations.

Cependant le comte d'Erfeuil s'attachait beaucoup à lord Nelvil ; sa résignation et sa simplicité, sa modestie et sa fierté lui inspiraient une considération dont il ne pouvait se défendre. Il s'agitait autour du calme extérieur d'Oswald, il cherchait dans sa tête tout ce qu'il avait entendu dire de plus grave dans son enfance à des parents âgés, afin de l'essayer sur lord Nelvil ; et tout étonné de ne pas vaincre son apparente froideur, il se disait en lui-même : — Mais n'ai-je pas de la bonté, de la franchise, du courage ? ne suis-je pas aimable en société ? que peut-il donc me manquer pour faire effet sur cet homme ? et n'y a-t-il pas entre nous quelque malentendu qui vient peut-être de ce qu'il ne sait pas assez bien le français ?

CHAPITRE IV.

Une circonstance imprévue accrut beaucoup le sentiment de respect que le comte d'Erfeuil éprouvait déjà, presque à son insçu, pour son compagnon de voyage. La santé de lord Nelvil l'avait contraint de s'arrêter quelques jours à Ancone. Les montagnes et la mer rendent la situation de cette ville très belle, et la foule de Grecs qui travaillent sur le devant des boutiques, assis à la manière orientale, la diversité des costumes des habitants du Levant qu'on rencontre dans les rues, lui donnent un aspect original et intéressant. L'art de la civilisation tend sans cesse à rendre tous les hommes semblables en apparence et presque en réalité ; mais l'esprit et l'imagination se plaisent dans les différences qui caractérisent les nations : les hommes ne se ressemblent entre eux que par l'affectation ou le calcul ; mais tout ce qui est naturel est varié. C'est donc un petit plaisir, au moins pour les yeux, que la diversité des costumes ; elle semble promettre une manière nouvelle de sentir et de juger.

Le culte grec, le culte catholique et le culte juif
existent simultanément et paisiblement dans la ville
d'Ancone. Les cérémonies de ces religions diffèrent
extrêmement entre elles ; mais un même sentiment
s'élève vers le ciel dans ces rites divers, un même cri de
douleur, un même besoin d'appui.

L'église catholique est au haut de la montagne, et
domine à pic sur la mer ; le bruit des flots se mêle
souvent aux chants des prêtres : l'église est surchargée
dans l'intérieur d'une foule d'ornements d'assez mauvais goût[a] ; mais quand on s'arrête sous le portique du
temple, on aime à rapprocher le plus pur des sentiments de l'ame, la religion, avec le spectacle de cette
superbe mer, sur laquelle l'homme jamais ne peut
imprimer sa trace. La terre est travaillée par lui, les
montagnes sont coupées par ses routes, les rivières se
resserrent en canaux pour porter ses marchandises ;
mais si les vaisseaux sillonnent un moment les ondes,
la vague vient effacer aussitôt cette légère marque de
servitude, et la mer reparaît telle qu'elle fut au premier
jour de la création.

Lord Nelvil avait fixé son départ pour Rome au
lendemain, lorsqu'il entendit pendant la nuit des cris
affreux dans la ville : il se hâta de sortir de son auberge
pour en savoir la cause, et vit un incendie qui partait
du port et remontait de maison en maison jusqu'au
haut de la ville ; les flammes se répétaient au loin dans
la mer, le vent, qui augmentait leur vivacité, agitait
aussi leur image dans les flots, et les vagues soulevées
réfléchissaient de mille manières les traits sanglants
d'un feu sombre.

Les habitants d'Ancone n'ayant point chez eux de
pompes en bon état, se hâtaient de porter avec leurs
bras quelques secours[1]. On entendait, à travers les
cris, le bruit des chaînes des galériens employés à
sauver la ville qui leur servait de prison. Les diverses
nations du Levant, que le commerce attire à Ancone,

exprimaient leur effroi par la stupeur de leurs regards. Les marchands, à l'aspect de leurs magasins en flamme, perdaient entièrement la présence d'esprit. Les alarmes pour la fortune troublent autant le commun des hommes que la crainte de la mort, et n'inspirent pas cet élan de l'ame, cet enthousiasme qui fait trouver des ressources.

Les cris des matelots ont toujours quelque chose de lugubre et de prolongé que la terreur rendait encore bien plus effrayant. Les mariniers sur les bords de la mer Adriatique sont revêtus d'une capote rouge et brune très singulière, et du milieu de ce vêtement sortait le visage animé des Italiens qui peignait la crainte sous mille formes. Les habitants, couchés par terre dans les rues, couvraient leurs têtes de leurs manteaux, comme s'il ne leur restait plus rien à faire qu'à ne pas voir leur désastre, d'autres se jetaient dans les flammes sans la moindre espérance d'y échapper : on voyait tour à tour une fureur et une résignation aveugle, mais nulle part le sang-froid qui double les moyens et les forces.

Oswald se souvint qu'il y avait deux bâtiments anglais dans le port, et ces bâtiments ont à bord des pompes parfaitement bien faites : il courut chez le capitaine et monta avec lui sur un bateau pour aller chercher ces pompes. Les habitants qui le virent entrer dans la chaloupe lui criaient : *Ah! vous faites bien, vous autres étrangers, de quitter notre malheureuse ville.* — Nous allons revenir, dit Oswald. — Ils ne le crurent pas. Il revint pourtant, établit l'une de ses pompes en face de la première maison qui brûlait sur le port, et l'autre vis-à-vis de celle qui brûlait au milieu de la rue. Le comte d'Erfeuil exposait sa vie avec insouciance, courage et gaieté; les matelots anglais et les domestiques de lord Nelvil vinrent tous à son aide; car les habitants d'Ancone restaient immobiles, comprenant à peine ce que ces étrangers voulaient faire, et ne croyant pas du tout à leurs succès.

Les cloches sonnaient de toutes parts, les prêtres faisaient des processions, les femmes pleuraient en se prosternant devant quelques images de saints au coin des rues ; mais personne ne pensait aux secours naturels que Dieu a donnés à l'homme pour se défendre. Cependant, quand les habitants aperçurent les heureux effets de l'activité d'Oswald ; quand ils virent que les flammes s'éteignaient, et que leurs maisons seraient conservées, ils passèrent de l'étonnement à l'enthousiasme ; ils se pressaient autour de lord Nelvil, et lui baisaient les mains avec un empressement si vif, qu'il était obligé d'avoir recours à la colère pour écarter de lui tout ce qui pouvait retarder la succession rapide des ordres et des mouvements nécessaires pour sauver la ville. Tout le monde s'était rangé sous son commandement, parceque dans les plus petites comme dans les plus grandes circonstances, dès qu'il y a du danger, le courage prend sa place ; dès que les hommes ont peur, ils cessent d'être jaloux.

Oswald, à travers la rumeur générale, distingua cependant des cris plus horribles que tous les autres qui se faisaient entendre à l'autre extrémité de la ville. Il demanda d'où venaient ces cris ; on lui dit qu'ils partaient du quartier des Juifs : l'officier de police avait coutume de fermer les barrières de ce quartier le soir, et l'incendie gagnant de ce côté, les Juifs ne pouvaient s'échapper *b*. Oswald frémit à cette idée, et demanda qu'à l'instant le quartier fût ouvert ; mais quelques femmes du peuple qui l'entendirent se jetèrent à ses pieds pour le conjurer de n'en rien faire : *Vous voyez bien,* disaient-elles, *oh ! notre bon ange ! que c'est sûrement à cause des Juifs qui sont ici que nous avons souffert cet incendie ; ce sont eux qui nous portent malheur, et si vous les mettez en liberté, toute l'eau de la mer n'éteindra pas les flammes ;* et elles suppliaient Oswald de laisser brûler les Juifs, avec autant d'éloquence et de douceur que si elles avaient demandé un acte de clémence. Ce n'étaient point de méchantes femmes, mais des imaginations superstitieuses vivement frappées par un grand malheur. Oswald contenait à peine son indignation en entendant ces étranges prières.

Il envoya quatre matelots anglais avec des haches pour briser les barrières qui retenaient ces malheureux ; et ils se répandirent à l'instant dans la ville, courant à leurs marchandises, au milieu des flammes, avec cette avidité de fortune qui a quelque chose de bien sombre quand elle fait braver la mort. On dirait que l'homme, dans l'état actuel de la société, n'a presque rien à faire du simple don de la vie.

Il ne restait plus qu'une maison au haut de la ville, que les flammes entouraient tellement qu'il était impossible de les éteindre, et plus impossible encore d'y pénétrer. Les habitants d'Ancone avaient montré si peu d'intérêt pour cette maison, que les matelots anglais, ne la croyant point habitée, avaient ramené leurs pompes vers le port. Oswald lui-même, étourdi par les cris de ceux qui l'entouraient et l'appelaient à leur secours, n'y avait pas fait attention. L'incendie s'était communiqué plus tard de ce côté, mais y avait fait de grands progrès. Lord Nelvil demanda si vivement quelle était cette maison, qu'un homme enfin lui répondit que c'était l'hôpital des fous. A cette idée toute son ame fut bouleversée ; il se retourna, et ne vit plus aucun de ses matelots autour de lui : le comte d'Erfeuil n'y était pas non plus ; et c'était en vain qu'il se serait adressé aux habitants d'Ancone : ils étaient presque tous occupés à sauver ou à faire sauver leurs marchandises, et trouvaient absurde de s'exposer pour des hommes dont il n'y avait pas un qui ne fût fou sans remède : *C'est une bénédiction du ciel,* disaient-ils, *pour eux et pour leurs parents, s'ils meurent ainsi sans que ce soit la faute de personne.*

Pendant que l'on tenait de semblables discours autour d'Oswald, il marchait à grands pas vers l'hôpital, et la foule qui le blâmait le suivait avec un sentiment d'enthousiasme involontaire et confus. Oswald, arrivé près de la maison, vit, à la seule fenêtre qui n'était pas entourée par les flammes, des insensés qui regardaient les progrès de l'incendie, et souriaient de ce rire déchirant qui suppose ou l'ignorance de tous les maux de la vie, ou tant de douleur au fond de l'ame, qu'aucune forme de la mort ne peut plus épouvanter. Un frissonnement inexprimable s'empara d'Oswald à ce spectacle; il avait senti, dans le moment le plus affreux de son désespoir, que sa raison était prête à se troubler; et, depuis cette époque, l'aspect de la folie lui inspirait toujours la pitié la plus douloureuse. Il saisit une échelle qui se trouvait près de là, il l'appuie contre le mur, monte au milieu des flammes, et entre par la fenêtre dans une chambre où les malheureux qui restaient à l'hôpital étaient tous réunis.

Leur folie était assez douce pour que dans l'intérieur de la maison tous fussent libres, excepté un seul qui était enchaîné dans cette même chambre où les flammes se faisaient jour à travers la porte, mais n'avaient pas encore consumé le plancher. Oswald apparaissant au milieu de ces misérables créatures, toutes dégradées par la maladie et la souffrance, produisit sur elles un si grand effet de surprise et d'enchantement, qu'il s'en fit obéir d'abord sans résistance. Il leur ordonna de descendre devant lui, l'un après l'autre, par l'échelle que les flammes pouvaient dévorer dans un moment. Le premier de ces malheureux obéit sans proférer une parole : l'accent et la physionomie de lord Nelvil l'avaient entièrement subjugué. Un troisième voulut résister, sans se douter du danger que lui faisait courir chaque moment de retard, et sans penser au péril auquel il exposait Oswald, en le retenant plus long-temps. Le peuple, qui

sentait toute l'horreur de cette situation, criait à lord
Nelvil de revenir, de laisser ces insensés s'en tirer
comme ils le pourraient ; mais le libérateur n'écoutait
rien avant d'avoir achevé sa généreuse entreprise.

Sur les six malheureux qui étaient dans l'hôpital,
cinq étaient déjà sauvés ; il ne restait plus que le
sixième qui était enchaîné. Oswald détache ses fers, et
veut lui faire prendre, pour échapper, les mêmes
moyens qu'à ses compagnons ; mais c'était un pauvre
jeune homme privé tout-à-fait de la raison ; et se
trouvant en liberté après deux ans de chaîne, il
s'élançait dans la chambre avec une joie désordonnée.
Cette joie devint de la fureur, lorsque Oswald voulut le
faire sortir par la fenêtre. Lord Nelvil, voyant alors que
les flammes gagnaient toujours plus la maison, et qu'il
était impossible de décider cet insensé à se sauver lui-
même, le saisit dans ses bras, malgré les efforts du
malheureux qui luttait contre son bienfaiteur. Il
·l'emporta sans savoir où il mettait les pieds, tant la
fumée obscurcissait sa vue ; il sauta les derniers
échelons au hasard, et remit l'infortuné, qui l'injuriait
encore, à quelques personnes, en leur faisant promettre d'avoir soin de lui.

Oswald, animé par le danger qu'il venait de courir,
les cheveux épars, le regard fier et doux, frappa
d'admiration et presque de fanatisme la foule qui le
considérait ; les femmes sur-tout s'exprimaient avec
cette imagination qui est un don presque universel en
Italie, et prête souvent de la noblesse aux discours des
gens du peuple. Elles se jetaient à genoux devant lui, et
s'écriaient : *Vous êtes sûrement saint Michel, le patron de
notre ville ; déployez vos ailes, mais ne nous quittez pas : allez
là-haut sur le clocher de la cathédrale, pour que de là toute la
ville vous voie et vous prie.* — *Mon enfant est malade,* disait
l'une, *guérissez-le.* — *Dites-moi,* disait l'autre, *où est mon
mari, qui est absent depuis plusieurs années ?* Oswald
cherchait une manière de s'échapper. Le comte d'Er-

feuil arriva, et lui dit en lui serrant la main : — Cher
Nelvil, il faut pourtant partager quelque chose avec ses
amis ; c'est mal fait de prendre ainsi pour soi seul tous
les périls. — Tirez-moi d'ici, lui dit Oswald à voix
basse. — Un moment d'obscurité favorisa leur fuite, et
tous les deux en hâte allèrent prendre des chevaux à la
poste.

Lord Nelvil éprouva d'abord quelque douceur par le
sentiment de la bonne action qu'il venait de faire ; mais
avec qui pouvait-il en jouir, maintenant que son
meilleur ami n'existait plus ? Malheur aux orphelins !
Les évènements fortunés aussi bien que les peines leur
font sentir la solitude du cœur. Comment, en effet,
remplacer jamais cette affection née avec nous, cette
intelligence, cette sympathie du sang, cette amitié
préparée par le ciel entre un enfant et son père ? On
peut encore aimer ; mais confier toute son ame est un
bonheur qu'on ne retrouvera plus.

CHAPITRE V.

Oswald parcourut la Marche d'Ancone et l'État
ecclésiastique jusqu'à Rome, sans rien observer, sans
s'intéresser à rien ; la disposition mélancolique de son
ame en était la cause, et puis une certaine indolence
naturelle à laquelle il n'était arraché que par les
passions fortes. Son goût pour les arts ne s'était point
encore développé ; il n'avait vécu qu'en France, où la
société est tout, et à Londres, où les intérêts politiques
absorbent presque tous les autres : son imagination,
concentrée dans ses peines, ne se complaisait point
encore aux merveilles de la nature et aux chefs-
d'œuvres des arts.

Le comte d'Erfeuil parcourait chaque ville, le Guide
des voyageurs à la main ; il avait à la fois le double

plaisir de perdre son temps à tout voir, et d'assurer qu'il n'avait rien vu qui pût être admiré, quand on connaissait la France. L'ennui du comte d'Erfeuil décourageait Oswald ; il avait d'ailleurs des préventions contre les Italiens et contre l'Italie ; il ne pénétrait pas encore le mystère de cette nation ni de ce pays, mystère qu'il faut comprendre par l'imagination plutôt que par cet esprit de jugement qui est particulièrement développé dans l'éducation anglaise.

Les Italiens sont bien plus remarquables par ce qu'ils ont été, et par ce qu'ils pourraient être, que par ce qu'ils sont maintenant. Les déserts qui environnent la ville de Rome, cette terre fatiguée de gloire qui semble dédaigner de produire, n'est qu'une contrée inculte et négligée, pour qui la considère seulement sous les rapports de l'utilité. Oswald, accoutumé dès son enfance à l'amour de l'ordre et de la prospérité publique, reçut d'abord des impressions défavorables en traversant les plaines abandonnées qui annoncent l'approche de la ville autrefois reine du monde : il blâma l'indolence des habitants et de leurs chefs. Lord Nelvil jugeait l'Italie en administrateur éclairé, le comte d'Erfeuil en homme du monde ; ainsi, l'un par raison, et l'autre par légèreté, n'éprouvaient point l'effet que la campagne de Rome produit sur l'imagination, quand on s'est pénétré des souvenirs et des regrets, des beautés naturelles et des malheurs illustres, qui répandent sur ce pays un charme indéfinissable.

Le comte d'Erfeuil faisait de comiques lamentations sur les environs de Rome. — Quoi, disait-il, point de maison de campagne, point de voiture, rien qui annonce le voisinage d'une grande ville ! Ah, bon Dieu, quelle tristesse ! En approchant de Rome, les postillons s'écrièrent avec transport : *Voyez, voyez, c'est la coupole de Saint-Pierre !* Les Napolitains montrent ainsi le Vésuve ; et la mer fait de même l'orgueil des habitants des côtes. — On croirait voir le dôme des Invalides, s'écria le comte d'Erfeuil. — Cette comparaison, plus patriotique que juste, détruisit l'effet qu'Oswald aurait pu recevoir à l'aspect de cette magnifique merveille de la création des hommes. Ils entrèrent dans Rome, non par un beau jour, non par une belle nuit, mais par un soir obscur, par un temps gris, qui ternit et confond tous les objets. Ils traversèrent le Tibre sans le remarquer ; ils arrivèrent à Rome par la porte du Peuple, qui conduit d'abord au Corso, à la plus grande rue de la ville moderne, mais à la partie de Rome qui a le moins d'originalité, puisqu'elle ressemble davantage aux autres villes de l'Europe.

La foule se promenait dans les rues ; des marionnettes et des charlatans formaient des groupes sur la place où s'élève la colonne Antonine. Toute l'attention d'Oswald fut captivée par les objets les plus près de lui. Le nom de Rome ne retentissait point encore dans son ame ; il ne sentait que le profond isolement qui serre le cœur quand vous entrez dans une ville étrangère, quand vous voyez cette multitude de personnes à qui votre existence est inconnue, et qui n'ont aucun intérêt en commun avec vous. Ces réflexions, si tristes pour tous les hommes, le sont encore plus pour les Anglais, qui sont accoutumés à vivre entre eux, et se mêlent difficilement avec les mœurs des autres peuples. Dans le vaste caravansérail de Rome, tout est étranger, même les Romains qui semblent habiter là, non comme des possesseurs, *mais comme des pèlerins qui se reposent auprès des ruines*[2]. Oswald, oppressé par des sentiments pénibles, alla s'enfermer chez lui et ne sortit point pour voir la ville. Il était bien loin de penser que ce pays, dans lequel il entrait avec un tel sentiment d'abattement et de tristesse, serait bientôt pour lui la source de tant d'idées et de jouissances nouvelles.

Livre II.

CORINNE AU CAPITOLE.

CHAPITRE PREMIER.

Oswald se réveilla dans Rome. Un soleil éclatant, un soleil d'Italie frappa ses premiers regards, et son ame fut pénétrée d'un sentiment d'amour et de reconnaissance pour le ciel qui semblait se manifester par ces beaux rayons. Il entendit résonner les cloches des nombreuses églises de la ville ; des coups de canon, de distance en distance, annonçaient quelque grande solennité : il demanda quelle en était la cause ; on lui répondit qu'on devait couronner le matin même, au Capitole, la femme la plus célèbre de l'Italie, Corinne, poëte, écrivain, improvisatrice, et l'une des plus belles personnes de Rome. Il fit quelques questions sur cette cérémonie consacrée par les noms de Pétrarque et du Tasse, et toutes les réponses qu'il reçut excitèrent vivement sa curiosité.

Il n'y avait certainement rien de plus contraire aux habitudes et aux opinions d'un Anglais que cette grande publicité donnée à la destinée d'une femme ; mais l'enthousiasme qu'inspirent aux Italiens tous les talents de l'imagination, gagne, au moins momentané-ment, les étrangers ; et l'on oublie les préjugés mêmes de son pays, au milieu d'une nation si vive dans l'expression des sentiments qu'elle éprouve. Les gens du peuple à Rome connaissent les arts, raisonnent avec goût sur les statues ; les tableaux, les monuments, les antiquités, et le mérite littéraire porté à un certain degré, sont pour eux un intérêt national.

Oswald sortit pour aller sur la place publique ; il y entendit parler de Corinne, de son talent, de son génie. On avait décoré les rues par lesquelles elle devait passer. Le peuple, qui ne se rassemble d'ordinaire que sur les pas de la fortune ou de la puissance, était là presque en rumeur pour voir une personne dont l'esprit était la seule distinction. Dans l'état actuel des Italiens, la gloire des beaux-arts est l'unique qui leur soit permise ; et ils sentent le génie en ce genre avec une vivacité qui devrait faire naître beaucoup de grands hommes, s'il suffisait de l'applaudissement pour les produire, s'il ne fallait pas une vie forte, de grands intérêts, et une existence indépendante pour alimenter la pensée.

Oswald se promenait dans les rues de Rome en attendant l'arrivée de Corinne. A chaque instant on la nommait, on racontait un trait nouveau d'elle, qui annonçait la réunion de tous les talents qui captivent l'imagination. L'un disait que sa voix était la plus touchante d'Italie, l'autre que personne ne jouait la tragédie comme elle, l'autre qu'elle dansait comme une nymphe, et qu'elle dessinait avec autant de grace que d'invention ; tous disaient qu'on n'avait jamais écrit ni improvisé d'aussi beaux vers, et que, dans la conversation habituelle, elle avait tour à tour une grace et une éloquence qui charmaient tous les esprits. On se disputait pour savoir quelle ville d'Italie lui avait donné la naissance, mais les Romains soutenaient vivement qu'il fallait être né à Rome pour parler l'italien avec cette pureté. Son nom de famille était ignoré. Son premier ouvrage avait paru cinq ans auparavant, et portait seulement le nom de Corinne. Personne ne savait où elle avait vécu, ni ce qu'elle avait été avant cette époque ; elle avait maintenant à peu près vingt-six ans. Ce mystère et cette publicité tout à la fois, cette femme dont tout le monde parlait, et dont on ne connaissait pas le véritable nom, parurent à lord Nelvil l'une des merveilles du singulier pays qu'il venait voir. Il aurait jugé très sévèrement une telle femme en Angleterre, mais il n'appliquait à l'Italie aucune des convenances sociales ; et le couronnement de Corinne lui inspirait d'avance l'intérêt que ferait naître une aventure de l'Arioste.

Une musique très belle et très éclatante précéda l'arrivée de la marche triomphale. Un évènement, quel qu'il soit, annoncé par la musique, cause toujours de l'émotion. Un grand nombre de seigneurs romains et quelques étrangers précédaient le char qui conduisait Corinne. *C'est le cortège de ses admirateurs,* dit un Romain. — *Oui,* répondit l'autre, *elle reçoit l'encens de tout le monde, mais elle n'accorde à personne une préférence décidée ; elle est riche, indépendante ; l'on croit même, et certainement elle en a bien l'air, que c'est une femme d'une illustre naissance, qui ne veut pas être connue. — Quoi qu'il en soit,* reprit un troisième, *c'est une divinité entourée de nuages.* Oswald regarda l'homme qui parlait ainsi, et tout désignait en lui le rang le plus obscur de la société ; mais, dans le midi, l'on se sert si naturellement des expressions les plus poétiques, qu'on dirait qu'elles se puisent dans l'air et sont inspirées par le soleil.

Enfin les quatre chevaux blancs qui traînaient le char de Corinne se firent place au milieu de la foule. Corinne était assise sur ce char construit à l'antique, et de jeunes filles, vêtues de blanc, marchaient à côté d'elle. Par-tout où elle passait l'on jetait en abondance des parfums dans les airs ; chacun se mettait aux fenêtres pour la voir, et ces fenêtres étaient parées en dehors par des pots de fleurs et des tapis d'écarlate ; tout le monde criait : *Vive Corinne ! vive le génie ! vive la beauté !* L'émotion était générale ; mais lord Nelvil ne la partageait point encore ; et bien qu'il se fût déjà dit qu'il fallait mettre à part, pour juger tout cela, la

réserve de l'Angleterre et les plaisanteries françaises, il
ne se livrait point à cette fête, lorsqu'enfin il aperçut
Corinne.

Elle était vêtue comme la Sybille du Dominiquin [a],
un schall des Indes tourné autour de sa tête, et ses
cheveux du plus beau noir entremêlés avec ce schall ;
sa robe était blanche ; une draperie bleue se rattachait
au-dessous de son sein, et son costume était très
pittoresque, sans s'écarter cependant assez des usages
reçus, pour que l'on pût y trouver de l'affectation. Son
attitude sur le char était noble et modeste : on
apercevait bien qu'elle était contente d'être admirée ;
mais un sentiment de timidité se mêlait à sa joie, et
semblait demander grace pour son triomphe ; l'expression de sa physionomie, de ses yeux, de son sourire,
intéressait pour elle, et le premier regard fit de lord
Nelvil son ami, avant même qu'une impression plus
vive le subjuguât. Ses bras étaient d'une éclatante
beauté ; sa taille grande, mais un peu forte, à la
manière des statues grecques, caractérisait énergique-
ment la jeunesse et le bonheur ; son regard avait
quelque chose d'inspiré. L'on voyait dans sa manière
de saluer et de remercier, pour les applaudissements
qu'elle recevait, une sorte de naturel qui relevait l'éclat
de la situation extraordinaire dans laquelle elle se
trouvait ; elle donnait à la fois l'idée d'une prêtresse
d'Apollon, qui s'avançait vers le temple du Soleil, et
d'une femme parfaitement simple dans les rapports
habituels de la vie ; enfin tous ses mouvements avaient
un charme qui excitait l'intérêt et la curiosité, l'étonnement et l'affection.

L'admiration du peuple pour elle allait toujours en
croissant, plus elle approchait du Capitole, de ce lieu si
fécond en souvenirs. Ce beau ciel, ces Romains si
enthousiastes, et par-dessus tout Corinne, électrisaient
l'imagination d'Oswald : il avait vu souvent dans son
pays des hommes d'état portés en triomphe par le

peuple ; mais c'était pour la première fois qu'il était
témoin des honneurs rendus à une femme, à une
femme illustrée seulement par les dons du génie : son
char de victoire ne coûtait de larmes à personne ; et nul
regret, comme nulle crainte, n'empêchait d'admirer les
plus beaux dons de la nature, l'imagination, le sentiment et la pensée.

Oswald était tellement absorbé dans ses réflexions,
des idées si nouvelles l'occupaient tant, qu'il ne
remarqua point les lieux antiques et célèbres à travers
lesquels passait le char de Corinne ; c'est au pied de
l'escalier qui conduit au Capitole que ce char s'arrêta,
et dans ce moment tous les amis de Corinne se
précipitèrent pour lui offrir la main. Elle choisit celle
du prince Castel-Forte, le grand seigneur romain le
plus estimé par son esprit et son caractère ; chacun
approuva le choix de Corinne : elle monta cet escalier
du Capitole, dont l'imposante majesté semblait
accueillir avec bienveillance les pas légers d'une
femme. La musique se fit entendre avec un nouvel
éclat au moment de l'arrivée de Corinne, le canon
retentit, et la Sybille triomphante entra dans le palais
préparé pour la recevoir.

Au fond de la salle où elle fut reçue, était placé le
sénateur qui devait la couronner et les conservateurs
du sénat : d'un côté tous les cardinaux et les femmes
les plus distinguées du pays, de l'autre les hommes de
lettres de l'académie de Rome ; à l'extrémité opposée,
la salle était occupée par une partie de la foule
immense qui avait suivi Corinne. La chaise destinée
pour elle était sur un gradin inférieur à celui du
sénateur. Corinne, avant de s'y placer, devait, selon
l'usage, en présence de cette auguste assemblée, mettre
un genou en terre sur le premier degré. Elle le fit avec
tant de noblesse et de modestie, de douceur et de
dignité, que lord Nelvil sentit en ce moment ses yeux
mouillés de larmes ; il s'étonna lui-même de son

attendrissement : mais au milieu de tout cet éclat, de tous ces succès, il lui semblait que Corinne avait imploré, par ses regards, la protection d'un ami, protection dont jamais une femme, quelque supérieure qu'elle soit, ne peut se passer ; et il pensait en lui-même qu'il serait doux d'être l'appui de celle à qui sa sensibilité seule rendrait cet appui nécessaire.

Dès que Corinne fut assise, les poëtes romains commencèrent à lire les sonnets et les odes qu'ils avaient composés pour elle. Tous l'exaltaient jusques aux cieux ; mais ils lui donnaient des louanges qui ne la caractérisaient pas plus qu'une autre femme d'un génie supérieur. C'était une agréable réunion d'images et d'allusions à la mythologie, qu'on aurait pu, depuis Sapho jusqu'à nos jours, adresser de siècle en siècle à toutes les femmes que leurs talents littéraires ont illustrées.

Déjà lord Nelvil souffrait de cette manière de louer Corinne ; il lui semblait déjà qu'en la regardant il aurait fait à l'instant même un portrait d'elle plus vrai, plus juste, plus détaillé, un portrait enfin qui ne pût convenir qu'à Corinne.

CHAPITRE II.

Le prince Castel-Forte prit la parole, et ce qu'il dit sur Corinne attira l'attention de toute l'assemblée. C'était un homme de cinquante ans qui avait dans ses discours et dans son maintien beaucoup de mesure et de dignité ; son âge, et l'assurance qu'on avait donnée à lord Nelvil qu'il n'était que l'ami de Corinne, lui inspirèrent un intérêt sans mélange pour le portrait qu'il fit d'elle. Oswald, sans ces motifs de sécurité, se serait déjà senti capable d'un mouvement confus de jalousie.

Le prince Castel-Forte lut quelques pages en prose, sans prétention, mais singulièrement propres à faire connaître Corinne. Il indiqua d'abord le mérite particulier de ses ouvrages : il dit que ce mérite consistait en partie dans l'étude approfondie qu'elle avait faite des littératures étrangères ; elle savait unir au plus haut degré l'imagination, les tableaux, la vie brillante du midi, et cette connaissance, cette observation du cœur humain qui semble le partage des pays où les objets extérieurs excitent moins l'intérêt.

Il vanta la grace et la gaieté de Corinne, cette gaieté qui ne tenait en rien à la moquerie, mais seulement à la vivacité de l'esprit, à la fraîcheur de l'imagination : il essaya de louer sa sensibilité ; mais on pouvait aisément deviner qu'un regret personnel se mêlait à ce qu'il en disait. Il se plaignit de la difficulté qu'éprouvait une femme supérieure à rencontrer l'objet dont elle s'est fait une image idéale, une image revêtue de tous les dons que le cœur et le génie peuvent souhaiter. Il se complut cependant à peindre la sensibilité passionnée qui inspirait la poésie de Corinne et l'art qu'elle avait de saisir des rapports touchants entre les beautés de la nature et les impressions les plus intimes de l'ame. Il releva l'originalité des expressions de Corinne, de ces expressions qui naissaient toutes de son caractère et de sa manière de sentir, sans que jamais aucune nuance d'affectation pût altérer un genre de charme non seulement naturel, mais involontaire.

Il parla de son éloquence comme d'une force toute-puissante qui devait d'autant plus entraîner ceux qui l'écoutaient, qu'ils avaient en eux-mêmes plus d'esprit et de sensibilité véritables. « Corinne, dit-il, est sans doute la femme la plus célèbre de notre pays, et cependant ses amis seuls peuvent la peindre ; car les qualités de l'ame, quand elles sont vraies, ont toujours besoin d'être devinées : l'éclat aussi-bien que l'obscu-

rité peut empêcher de les reconnaître, si quelque
sympathie n'aide pas à les pénétrer. » Il s'étendit sur
son talent d'improviser, qui ne ressemblait en rien à ce
qu'on est convenu d'appeler de ce nom en Italie. « Ce
n'est pas seulement, continua-t-il, à la fécondité de son
esprit qu'il faut l'attribuer, mais à l'émotion profonde
qu'excitent en elle toutes les pensées généreuses ; elle
ne peut prononcer un mot qui les rappelle, sans
que l'inépuisable source des sentiments et des idées,
l'enthousiasme, ne l'anime et ne l'inspire. » Le prince
de Castel-Forte [a] fit sentir aussi le charme d'un style
toujours pur, toujours harmonieux. « La poésie de
Corinne, ajouta-t-il, est une mélodie intellectuelle qui
seule peut exprimer le charme des impressions les plus
fugitives et les plus délicates. »

Il vanta l'entretien de Corinne ; on sentait qu'il en
avait goûté les délices. « L'imagination et la simplicité,
la justesse et l'exaltation, la force et la douceur se
réunissent, disait-il, dans une même personne, pour
varier à chaque instant tous les plaisirs de l'esprit ; on
peut lui appliquer ce charmant vers de Pétrarque :

Il parlar che nell'anima si sente * ;

et je lui crois quelque chose de cette grace tant vantée,
de ce charme oriental que les anciens attribuaient à
Cléopatre.

« Les lieux que j'ai parcourus avec elle, ajouta le
prince Castel-Forte, la musique que nous avons entendue ensemble, les tableaux qu'elle m'a fait voir, les
livres qu'elle m'a fait comprendre, composent l'univers
de mon imagination. Il y a dans tous ces objets une
étincelle de sa vie ; et s'il me fallait exister loin d'elle, je
voudrais au moins m'en entourer, certain que je serais
de ne retrouver nulle part cette trace de feu, cette trace

---

* Le langage qu'on sent au fond de l'ame.

d'elle enfin qu'elle y a laissée. Oui, continua-t-il (et dans ce moment ses yeux tombèrent par hasard sur Oswald) voyez Corinne, si vous pouvez passer votre vie avec elle, si cette double existence qu'elle vous donnera peut vous être long-temps assurée ; mais ne la voyez pas, si vous êtes condamné à la quitter : vous chercheriez en vain, tant que vous vivriez, cette ame créatrice qui partageait et multipliait vos sentiments et vos pensées, vous ne la retrouveriez jamais. »

Oswald tressaillit à ces paroles ; ses yeux se fixèrent sur Corinne, qui les écoutait avec une émotion que l'amour propre ne faisait pas naître, mais qui tenait à des sentiments plus aimables et plus touchants. Le prince Castel-Forte reprit son discours, qu'un moment d'attendrissement lui avait fait suspendre ; il parla du talent de Corinne pour la peinture, pour la musique, pour la déclamation, pour la danse : il dit que dans tous ces talents, c'était toujours Corinne ne s'astreignant point à telle manière, à telle règle, mais exprimant dans des langages variés la même puissance d'imagination, le même enchantement des beaux-arts sous leurs diverses formes.

« Je ne me flatte pas, dit en terminant le prince Castel-Forte, d'avoir pu peindre une personne dont il est impossible d'avoir l'idée quand on ne l'a pas entendue ; mais sa présence est pour nous à Rome comme l'un des bienfaits de notre ciel brillant, de notre nature inspirée. Corinne est le lien de ses amis entre eux ; elle est le mouvement, l'intérêt de notre vie ; nous comptons sur sa bonté ; nous sommes fiers de son génie ; nous disons aux étrangers : — regardez-la, c'est l'image de notre belle Italie ; elle est ce que nous serions sans l'ignorance, l'envie, la discorde et l'indolence auxquelles notre sort nous a condamnés ; — nous nous plaisons à la contempler comme une admirable production de notre climat, de nos beaux-arts, comme un rejeton du passé, comme une prophétie de l'avenir ;

et quand les étrangers insultent à ce pays d'où sont
sorties les lumières qui ont éclairé l'Europe ; quand ils
sont sans pitié pour nos torts qui naissent de nos
malheurs, nous leur disons : — regardez Corinne ; —
oui, nous suivrions ses traces, nous serions hommes
comme elle est femme, si les hommes pouvaient
comme les femmes se créer un monde dans leur propre
cœur, et si notre génie, nécessairement dépendant des
relations sociales et des circonstances extérieures,
pouvait s'allumer tout entier au seul flambeau de la
poésie. »

Au moment où le prince Castel-Forte cessa de
parler, des applaudissement unanimes se firent entendre ; et quoiqu'il y eût dans la fin de son discours un
blâme indirect de l'état actuel des Italiens, tous les
grands de l'état l'approuvèrent : tant il est vrai qu'on
trouve en Italie cette sorte de libéralité qui ne porte
pas à changer les institutions, mais fait pardonner,
dans les esprits supérieurs, une opposition tranquille
aux préjugés existants.

La réputation du prince Castel-Forte était très
grande à Rome. Il parlait avec une sagacité rare ; et
c'était un don remarquable dans un pays où l'on met
encore plus d'esprit dans sa conduite que dans ses
discours. Il n'avait pas dans les affaires l'habileté qui
distingue souvent les Italiens ; mais il se plaisait à
penser, et ne craignait pas la fatigue de la méditation.
Les heureux habitants du midi se refusent quelquefois
à cette fatigue, et se flattent de tout deviner par
l'imagination, comme leur féconde terre donne des
fruits sans culture, à l'aide seulement de la faveur du
ciel.

CHAPITRE III.

Corinne se leva lorsque le prince Castel-Forte eut cessé de parler ; elle le remercia par une inclination de la tête si noble et si douce, qu'on y sentait tout à la fois et la modestie et la joie bien naturelle d'avoir été louée selon son cœur. Il était d'usage que le poëte couronné au Capitole improvisât ou récitât une pièce de vers avant que l'on posât sur sa tête les lauriers qui lui étaient destinés. Corinne se fit apporter sa lyre, instrument de son choix, qui ressemblait beaucoup à la harpe, mais était cependant plus antique par la forme, et plus simple dans les sons. En l'accordant, elle fut d'abord saisie d'un grand sentiment de timidité ; et ce fut avec une voix tremblante qu'elle demanda le sujet qui lui était imposé. — *La gloire et le bonheur de l'Italie !* s'écria-t-on autour d'elle, d'une voix unanime. — Eh bien, oui, reprit-elle déjà saisie, déjà soutenue par son talent, *La gloire et le bonheur de l'Italie !* Et se sentant animée par l'amour de son pays, elle se fit entendre dans des vers pleins de charmes, dont la prose ne peut donner qu'une idée bien imparfaite.

IMPROVISATION DE CORINNE
AU CAPITOLE

« Italie, empire du Soleil ; Italie, maîtresse du monde ; Italie, berceau des lettres, je te salue. Combien de fois la race humaine te fut soumise ! tributaire de tes armes, de tes beaux-arts et de ton ciel !

« Un dieu quitta l'Olympe pour se réfugier en Ausonie ; l'aspect de ce pays fit rêver les vertus de l'âge d'or, et l'homme y parut trop heureux pour l'y supposer coupable[a].

« Rome conquit l'univers par son génie, et fut reine par la liberté. Le caractère romain s'imprima sur le monde ; et l'invasion des barbares, en détruisant l'Italie, obscurcit l'univers entier.

« L'Italie reparut avec les divins trésors que les Grecs fugitifs rapportèrent dans son sein [b] ; le ciel lui révéla ses lois ; l'audace de ses enfants découvrit un nouvel hémisphère ; elle fut reine encore par le sceptre de la pensée ; mais ce sceptre de lauriers ne fit que des ingrats.

« L'imagination lui rendit l'univers qu'elle avait perdu. Les peintres, les poëtes enfantèrent pour elle une terre, un Olympe, des enfers et des cieux ; et le feu qui l'anime, mieux gardé par son génie que par le dieu des païens, ne trouva point dans l'Europe un Prométhée qui le ravît.

« Pourquoi suis-je au Capitole ? pourquoi mon humble front va-t-il recevoir la couronne que Pétrarque a portée, et qui reste suspendue au cyprès funèbre du Tasse ? pourquoi.... si vous n'aimiez assez la gloire, ô mes concitoyens, pour récompenser son culte autant que ses succès.

« Eh bien, si vous l'aimez cette gloire, qui choisit trop souvent ses victimes parmi les vainqueurs qu'elle a couronnés, pensez avec orgueil à ces siècles qui virent la renaissance des arts. Le Dante, l'Homère des temps modernes, poëte sacré de nos mystères religieux, héros de la pensée, plongea son génie dans le Styx pour aborder à l'enfer, et son ame fut profonde comme les abîmes qu'il a décrits.

« L'Italie, au temps de sa puissance, revit tout entière dans Le Dante. Animé par l'esprit des républiques, guerrier aussi-bien que poëte, il souffle la flamme des actions parmi les morts, et ses ombres ont une vie plus forte que les vivants d'aujourd'hui.

« Les souvenirs de la terre les poursuivent encore ; leurs passions sans but s'acharnent à leur cœur ; elles s'agitent sur le passé, qui leur semble encore moins irrévocable que leur éternel avenir.

« On dirait que Le Dante, banni de son pays, a transporté dans les régions imaginaires les peines qui le dévoraient. Ses ombres demandent sans cesse des nouvelles de l'existence, comme le poëte lui-même s'informe de sa patrie, et l'enfer s'offre à lui sous les couleurs de l'exil.

« Tout à ses yeux se revêt du costume de Florence. Les morts antiques qu'il évoque semblent renaître aussi Toscans que lui ; ce ne sont point les bornes de son esprit, c'est la force de son ame qui fait entrer l'univers dans le cercle de sa pensée.

« Un enchaînement mystique de cercles et de sphères le conduit de l'enfer au purgatoire, du purgatoire au paradis ; historien fidèle de sa vision, il inonde de clarté les régions les plus obscures, et le monde qu'il crée dans son triple poëme, est complet, animé, brillant comme une planète nouvelle aperçue dans le firmament.

« A sa voix tout sur la terre se change en poésie ; les objets, les idées, les lois, les phénomènes, semblent un nouvel Olympe de nouvelles divinités ; mais cette mythologie de l'imagination s'anéantit, comme le paganisme, à l'aspect du paradis, de cet océan de lumières, étincelant de rayons et d'étoiles, de vertus et d'amour.

« Les magiques paroles de notre plus grand poète sont le prisme de l'univers ; toutes ses merveilles s'y réfléchissent, s'y divisent, s'y recomposent ; les sons imitent les couleurs, les couleurs se fondent en harmonie ; la rime, sonore ou bizarre, rapide ou prolongée, est inspirée par cette divination poétique, beauté suprême de l'art, triomphe du génie, qui découvre dans la nature tous les secrets en relation avec le cœur de l'homme.

« Le Dante espérait de son poëme la fin de son exil ; il comptait sur la renommée pour médiateur ; mais il mourut trop tôt pour recueillir les palmes de la patrie. Souvent la vie passagère de l'homme s'use dans les revers ; et si la gloire triomphe, si l'on aborde enfin sur une plage plus heureuse, la tombe s'ouvre derrière le port, et le destin à mille formes annonce souvent la fin de la vie par le retour du bonheur.

« Ainsi Le Tasse infortuné, que vos hommages, Romains, devaient consoler de tant d'injustices, beau, sensible, chevaleresque, rêvant les exploits, éprouvant l'amour qu'il chantait, s'approcha de ces murs, comme ses héros de Jérusalem, avec respect et reconnaissance. Mais la veille du jour choisi pour le couronner, la mort l'a réclamé pour sa terrible fête : le ciel est jaloux de la terre, et rappelle ses favoris des rives trompeuses du temps.

« Dans un siècle plus fier et plus libre que celui du Tasse, Pétrarque fut aussi comme Le Dante, le poëte valeureux de l'indépendance italienne. Ailleurs on ne connaît de lui que ses amours, ici des souvenirs plus sévères honorent à jamais son nom ; et la patrie l'inspira mieux que Laure elle-même.

« Il ranima l'antiquité par ses veilles, et, loin que son imagination mît obstacle aux études les plus profondes, cette puissance créatrice, en lui soumettant l'avenir, lui révéla les secrets des siècles passés. Il éprouva que connaître sert beaucoup pour inventer, et son génie fut d'autant plus original, que, semblable aux forces éternelles, il sut être présent à tous les temps.

« Notre air serein, notre climat riant ont inspiré l'Arioste. C'est l'arc-en-ciel qui parut après nos longues guerres : brillant et varié comme ce messager du beau temps, il semble se jouer familièrement avec la vie, et sa gaieté légère et douce est le sourire de la nature, et non pas l'ironie de l'homme.

« Michel-Ange, Raphaël, Pergolèse, Galilée, et vous, intrépides voyageurs, avides de nouvelles contrées, bien que la nature ne pût vous offrir rien de plus beau que la vôtre ! joignez aussi votre gloire à celle des poëtes. Artistes, savants, philosophes, vous êtes commé eux enfants de ce soleil qui tour à tour développe l'imagination, anime la pensée, excite le courage, endort dans le bonheur et semble tout promettre ou tout faire oublier.

« Connaissez-vous cette terre où les orangers fleurissent, que les rayons des cieux fécondent avec amour ? Avez-vous entendu les sons mélodieux qui célèbrent la douceur des nuits ? Avez-vous respiré ces parfums, luxe de l'air déjà si pur et si doux ? Répondez, étrangers, la nature est-elle chez vous belle et bienfaisante ?

« Ailleurs, quand des calamités sociales affligent un pays, les peuples doivent s'y croire abandonnés par la divinité ; mais ici nous sentons toujours la protection du ciel, nous voyons qu'il s'intéresse à l'homme, et qu'il a daigné le traiter comme une noble créature.

« Ce n'est pas seulement de pampres et d'épis que notre nature est parée, mais elle prodigue sous les pas de l'homme, comme à la fête d'un souverain, une abondance de fleurs et de plantes inutiles qui, destinées à plaire, ne s'abaissent point à servir.

« Les plaisirs délicats soignés par la nature sont goûtés par une nation digne de les sentir ; les mets les plus simples lui suffisent ; elle ne s'enivre point aux fontaines de vin que l'abondance lui prépare : elle aime son soleil, ses beaux-arts, ses monuments, sa contrée tout à la fois antique et printanière ; les plaisirs raffinés d'une société brillante, les plaisirs grossiers d'un peuple avide, ne sont pas faits pour elle.

« Ici les sensations se confondent avec les idées, la vie se puise tout entière à la même source, et l'ame comme l'air occupe les confins de la terre et du ciel. Ici le génie se sent à l'aise, parce que la rêverie y est douce ; s'il agite, elle calme ; s'il regrette un but, elle lui fait don de mille chimères ; si les hommes l'oppriment, la nature est là pour l'accueillir.

« Ainsi, toujours elle répare, et sa main secourable guérit toutes les blessures. Ici l'on se console des peines même du cœur, en admirant un dieu de bonté, en pénétrant le secret de son amour ; les revers passagers de notre vie éphémère se perdent dans le sein fécond et majestueux de l'immortel univers. »

Corinne fut interrompue pendant quelques moments par les applaudissements les plus impétueux. Le seul Oswald ne se mêla point aux transports bruyants qui l'entouraient. Il avait penché sa tête sur sa main lorsque Corinne avait dit : *Ici l'on se console des peines même du cœur;* et depuis lors il ne l'avait point relevée. Corinne le remarqua, et bientôt à ses traits, à la couleur de ses cheveux, à son costume, à sa taille élevée, à toutes ses manières enfin, elle le reconnut pour un Anglais. Le deuil qu'il portait, et sa physionomie pleine de tristesse la frappèrent. Son regard, alors attaché sur elle, semblait lui faire doucement des reproches; elle devina les pensées qui l'occupaient, et se sentit le besoin de le satisfaire, en parlant du bonheur avec moins d'assurance, en consacrant à la mort quelques vers au milieu d'une fête. Elle reprit donc sa lyre dans ce dessein, fit rentrer dans le silence toute l'assemblée par les sons touchants et prolongés qu'elle tira de son instrument, et recommença ainsi :

« Il est des peines cependant que notre ciel consolateur ne saurait effacer; mais dans quel séjour les regrets peuvent-ils porter à l'ame une impression plus douce et plus noble que dans ces lieux!

« Ailleurs les vivants trouvent à peine assez de place pour leurs rapides courses et leurs ardents désirs; ici les ruines, les déserts, les palais inhabités laissent aux ombres un vaste espace. Rome maintenant n'est-elle pas la patrie des tombeaux!

« Le Colisée, les obélisques, toutes les merveilles qui, du fond de l'Égypte et de la Grèce, de l'extrémité des siècles depuis Romulus jusqu'à Léon X, se sont réunies ici, comme si la grandeur attirait la grandeur, et qu'un même lieu dût renfermer tout ce que l'homme a pu mettre à l'abri du temps, toutes ces merveilles sont consacrées aux monuments funèbres. Notre indolente vie est à peine aperçue, le silence des vivants est un hommage pour les morts; ils durent, et nous passons.

« Eux seuls sont honorés, eux seuls sont encore célèbres ; nos destinées obscures relèvent l'éclat de nos ancêtres, notre existence actuelle ne laisse debout que le passé, il ne se fait aucun bruit autour des souvenirs ! Tous nos chefs-d'œuvres sont l'ouvrage de ceux qui ne sont plus, et le génie lui-même est compté parmi les illustres morts.

« Peut-être un des charmes secrets de Rome est-il de réconcilier l'imagination avec le long sommeil. On s'y résigne pour soi, l'on en souffre moins pour ce qu'on aime. Les peuples du midi se représentent la fin de la vie sous des couleurs moins sombres que les habitants du nord. Le soleil comme la gloire réchauffe même la tombe.

« Le froid et l'isolement du sépulcre sous ce beau ciel, à côté de tant d'urnes funéraires, poursuivent moins les esprits effrayés. On se croit attendu par la foule des ombres ; et de notre ville solitaire à la ville souterraine, la transition semble assez douce.

« Ainsi la pointe de la douleur est émoussée, non que le cœur soit blasé, non que l'ame soit aride, mais une harmonie plus parfaite, un air plus odoriférant, se mêlent à l'existence. On s'abandonne à la nature avec moins de crainte, à cette nature dont le créateur a dit : Les lis ne travaillent ni ne filent, et cependant quels vêtements des rois pourraient égaler la magnificence dont j'ai revêtu ces fleurs ! »

Oswald fut tellement ravi par ces dernières strophes, qu'il exprima son admiration par les témoignages les plus vifs ; et cette fois les transports des Italiens eux-mêmes n'égalèrent pas les siens. En effet, c'était à lui plus qu'aux Romains que la seconde improvisation de Corinne était destinée.

La plupart des Italiens ont, en lisant les vers, une sorte de chant monotone, appelé *cantilene,* qui détruit toute émotion[3]. C'est en vain que les paroles sont diverses, l'impression reste la même, puisque l'accent, qui est encore plus intime que les paroles, ne change presque point. Mais Corinne récitait avec une variété de tons qui ne détruisait pas le charme soutenu de l'harmonie ; c'était comme des airs différents joués tous par un instrument céleste.

Le son de voix touchant et sensible de Corinne, en faisait entendre cette langue italienne, si pompeuse et si sonore, produisit sur Oswald une impression tout-à-fait nouvelle. La prosodie anglaise est uniforme et voilée ; ses beautés naturelles sont toutes mélancoliques ; les nuages ont formé ses couleurs, et le bruit des vagues sa modulation ; mais quand ces paroles italiennes, brillantes comme un jour de fête, retentissantes commes les instruments de victoire que l'on a comparés à l'écarlate parmi les couleurs ; quand ces paroles, encore toutes empreintes des joies qu'un beau climat répand dans tous les cœurs, sont prononcées par une voix émue, leur éclat adouci, leur force concentrée, fait éprouver un attendrissement aussi vif qu'imprévu. L'intention de la nature semble trompée, ses bienfaits inutiles, ses offres repoussées, et l'expression de la peine, au milieu de tant de jouissances, étonne, et touche plus profondément que la douleur chantée dans les langues du nord, qui semblent inspirées par elle.

CHAPITRE IV.

Le sénateur prit la couronne de myrte et de laurier qu'il devait placer sur la tête de Corinne. Elle détacha le schall qui entourait son front ; et tous ses cheveux, d'un noir d'ébène, tombèrent en boucles sur ses

épaules. Elle s'avança la tête nue, le regard animé par
un sentiment de plaisir et de reconnaissance qu'elle ne
cherchait point à dissimuler. Elle se remit une seconde
fois à genoux pour recevoir la couronne, mais elle
paraissait moins troublée et moins tremblante que la
première fois ; elle venait de parler, elle venait de
remplir son ame des plus nobles pensées, l'enthousiasme l'emportait sur la timidité. Ce n'était plus une
femme craintive, mais une prêtresse inspirée qui se
consacrait avec joie au culte du génie.

Quand la couronne fut placée sur la tête de Corinne,
tous les instruments se firent entendre, et jouèrent ces
airs triomphants qui exaltent l'ame d'une manière si
puissante et si sublime. Le bruit des timbales et des
fanfares émut de nouveau Corinne ; ses yeux se
remplirent de larmes, elle s'assit un moment, et couvrit
son visage de son mouchoir. Oswald, vivement touché,
sortit de la foule, et fit quelques pas pour lui parler,
mais un invincible embarras le retint. Corinne le
regarda quelque temps, en prenant garde néanmoins
qu'il ne remarquât qu'elle faisait attention à lui ; mais
lorsque le prince Castel-Forte vint prendre sa main
pour l'accompagner du Capitole à son char, elle se
laissa conduire avec distraction, et retourna la tête
plusieurs fois, sous divers prétextes, pour revoir
Oswald.

Il la suivit ; et, dans le moment où elle descendait
l'escalier accompagnée de son cortège, elle fit un
mouvement en arrière pour l'apercevoir encore : ce
mouvement fit tomber sa couronne. Oswald se hâta de
la relever, et lui dit en la lui rendant quelques mots en
italien, qui signifiaient que les humbles mortels mettaient aux pieds des dieux la couronne qu'ils n'osaient
placer sur leurs têtes [4]. Corinne remercia lord Nelvil,
en anglais, avec ce pur accent national, ce pur accent
insulaire qui presque jamais ne peut être imité sur le
continent. Quel fut l'étonnement d'Oswald en l'enten-

dant! Il resta d'abord immobile à sa place, et, se sentant troublé, il s'appuya sur un des lions de basalte qui sont au pied de l'escalier du Capitole. Corinne le considéra de nouveau, vivement frappée de son émotion ; mais on l'entraîna vers son char, et toute la foule disparut longtemps avant qu'Oswald eût retrouvé sa force et sa présence d'esprit.

Corinne jusqu'alors l'avait enchanté comme la plus charmante des étrangères, comme l'une des merveilles du pays qu'il voulait parcourir ; mais cet accent anglais lui rappelait tous les souvenirs de sa patrie, cet accent naturalisait pour lui tous les charmes de Corinne. Était-elle Anglaise ? avait-elle passé plusieurs années de sa vie en Angleterre ? Il ne pouvait le deviner ; mais il était impossible que l'étude seule apprît à parler ainsi, il fallait que Corinne et lord Nelvil eussent vécu dans le même pays. Qui sait si leurs familles n'étaient pas en relation ensemble ? Peut-être même l'avait-il vue dans son enfance ! On a souvent dans le cœur je ne sais quelle image innée de ce qu'on aime, qui pourrait persuader qu'on reconnaît l'objet que l'on voit pour la première fois.

Oswald avait beaucoup de préventions contre les Italiennes ; il les croyait passionnées, mais mobiles, mais incapables d'éprouver des affections profondes et durables. Déjà ce que Corinne avait dit au Capitole lui avait inspiré toute une autre idée ; que serait-ce donc s'il pouvait à la fois retrouver les souvenirs de sa patrie, et recevoir par l'imagination une vie nouvelle, renaître pour l'avenir, sans rompre avec le passé !

Au milieu de ses rêveries, Oswald se trouva sur le pont Saint-Ange, qui conduit au château du même nom, ou plutôt au tombeau d'Adrien, dont on a fait une forteresse. Le silence du lieu, les pâles ondes du Tibre, les rayons de la lune qui éclairaient les statues placées sur le pont, et faisaient de ces statues comme des ombres blanches regardant fixement couler et les

flots et le temps qui ne les concernent plus; tous ces
objets le ramenèrent à ses idées habituelles. Il mit la
main sur sa poitrine, et sentit le portrait de son père
qu'il y portait toujours; il l'en détacha pour le
considérer, et le moment de bonheur qu'il venait
d'éprouver, et la cause de ce bonheur, ne lui rappelèrent que trop le sentiment qui l'avait rendu jadis si
coupable envers son père; cette réflexion renouvela ses
remords.

— Éternel souvenir de ma vie, s'écria-t-il, ami trop
offensé et pourtant si généreux! Aurais-je pu croire
que l'émotion du plaisir pût trouver sitôt accès dans
mon ame? Ce n'est pas toi, le meilleur et le plus
indulgent des hommes, ce n'est pas toi qui me le
reproches; tu veux que je sois heureux, tu le veux
encore malgré mes fautes; mais puissé-je du moins ne
pas méconnaître ta voix, si tu me parles du haut du
ciel, comme je l'ai méconnue sur la terre! —

Livre III.

CORINNE.

CHAPITRE PREMIER.

Le comte d'Erfeuil avait assisté à la fête du Capitole,
il vint le lendemain chez lord Nelvil et lui dit : — Mon
cher Oswald, voulez-vous que je vous mène ce soir
chez Corinne? — Comment, interrompit vivement
Oswald, est-ce que vous la connaissez? — Non,
répondit le comte d'Erfeuil; mais une personne aussi
célèbre est toujours flattée qu'on désire de la voir, et je

lui ai écrit ce matin pour lui demander la permission d'aller chez elle ce soir avec vous. — J'aurais souhaité, répondit Oswald en rougissant, que vous ne m'eussiez pas ainsi nommé sans mon consentement. — Sachez-moi gré, reprit le comte d'Erfeuil, de vous avoir épargné quelques formalités ennuyeuses : au lieu d'aller chez un ambassadeur, qui vous aurait mené chez un cardinal, qui vous aurait conduit chez une femme, qui vous aurait introduit chez Corinne, je vous présente, vous me présentez, et nous serons très bien reçus tous les deux.

— J'ai moins de confiance que vous ; et sans doute avec raison, reprit lord Nelvil, je crains que cette demande précipitée n'ait pu déplaire à Corinne. — Pas du tout, je vous assure, dit le comte d'Erfeuil, elle a trop d'esprit pour cela et sa réponse est très polie. — Comment, elle vous a répondu, reprit lord Nelvil, et que vous a-t-elle donc dit, mon cher comte ? — Ah, mon cher comte, dit en riant M. d'Erfeuil, vous vous adoucissez donc depuis que vous savez que Corinne m'a répondu ; mais enfin *je vous aime et tout est pardonné.* Je vous avouerai donc modestement que dans mon billet j'avais parlé de moi plus que de vous, et que dans sa réponse il me semble qu'elle vous nomme le premier ; mais je ne suis jamais jaloux de mes amis. — Assurément, répondit lord Nelvil, je ne pense pas que ni vous ni moi nous puissions nous flatter de plaire à Corinne, et quant à moi, tout ce que je désire, c'est de jouir quelquefois de la société d'une personne aussi étonnante : à ce soir donc, puisque vous l'avez arrangé ainsi. — Vous viendrez avec moi ? dit le comte d'Erfeuil. — Hé bien oui, répondit lord Nelvil avec un embarras très visible. — Pourquoi donc, continua le comte d'Erfeuil, pourquoi s'être tant plaint de ce que j'ai fait ? vous finissez comme j'ai commencé ; mais il fallait bien vous laisser l'honneur d'être plus réservé que moi, pourvu toutefois que vous n'y perdissiez rien.

C'est vraiment une charmante personne que Corinne, elle a de l'esprit et de la grace ; je n'ai pas bien compris ce qu'elle disait, parcequ'elle parlait italien, mais à la voir je gagerais qu'elle sait très bien le français ; nous en jugerons ce soir. Elle mène une vie singulière ; elle est riche, jeune, libre, sans qu'on puisse savoir avec certitude si elle a des amants ou non. Il paraît certain néanmoins qu'à présent elle ne préfère personne ; au reste, ajouta-t-il, il se peut qu'elle n'ait pas rencontré dans ce pays un homme digne d'elle, cela ne m'étonnerait pas. —

Le comte d'Erfeuil continua quelque temps encore à discourir ainsi, sans que lord Nelvil l'interrompît. Il ne disait rien qui fût précisément inconvenable, mais il froissait toujours les sentiments délicats d'Oswald, en parlant trop fort ou trop légèrement sur ce qui l'intéressait. Il y a des ménagements que l'esprit même et l'usage du monde n'apprennent pas, et, sans manquer à la plus parfaite politesse, on blesse souvent le cœur.

Lord Nelvil fut très agité tout le jour en pensant à la visite du soir ; mais il écarta, tant qu'il le put, les réflexions qui le troublaient, et tâcha de se persuader qu'il pouvait y avoir du plaisir dans un sentiment, sans que ce sentiment décidât du sort de la vie. Fausse sécurité ! car l'ame ne reçoit aucun plaisir de ce qu'elle reconnaît elle-même pour passager.

Lord Nelvil et le comte d'Erfeuil arrivèrent chez Corinne ; sa maison était placée dans le quartier des Transtéverins, un peu au-delà du château Saint-Ange. La vue du Tibre embellissait cette maison, ornée dans l'intérieur avec l'élégance la plus parfaite. Le salon était décoré par les copies, en plâtre, des meilleures statues de l'Italie, la Niobé, le Laocoon, la Vénus de Médicis, le Gladiateur mourant[a] ; et, dans le cabinet où se tenait Corinne, l'on voyait des instruments de musique, des livres, un ameublement simple, mais

commode, et seulement arrangé pour rendre la conversation facile et le cercle resserré. Corinne n'était point
encore dans son cabinet lorsqu'Oswald arriva; en
l'attendant, il se promenait avec anxiété dans son
appartement; il y remarquait, dans chaque détail, un
mélange heureux de tout ce qu'il y a de plus agréable
dans les trois nations, française, anglaise et italienne;
le goût de la société, l'amour des lettres, et le sentiment
des beaux-arts.

Corinne enfin parut; elle était vêtue sans aucune
recherche, mais toujours pittoresquement. Elle avait
dans ses cheveux des camées antiques, et portait à son
cou un collier de corail. Sa politesse était noble et
facile; en la voyant ainsi familièrement au milieu du
cercle de ses amis, on retrouvait en elle la divinité du
Capitole, bien qu'elle fût parfaitement simple et naturelle en tout. Elle salua d'abord le comte d'Erfeuil, en
regardant Oswald, et puis, comme si elle se fût
repentie de cette espèce de fausseté, elle s'avança vers
Oswald; et l'on put remarquer qu'en l'appelant lord
Nelvil, ce nom semblait produire un effet singulier sur
elle, et deux fois elle le répéta d'une voix émue, comme
s'il lui retraçait de touchants souvenirs.

Enfin, elle dit en italien à lord Nelvil quelques mots
pleins de grace sur l'obligeance qu'il lui avait témoignée la veille en relevant sa couronne. Oswald lui
répondit en cherchant à lui exprimer l'admiration
qu'elle lui avait inspirée, et se plaignit avec douceur de
ce qu'elle ne lui parlait pas en anglais. — Vous suis-je,
ajouta-t-il, plus étranger qu'hier? — Non, assurément,
lui répondit Corinne; mais, quand on a comme moi
parlé plusieurs années de sa vie deux ou trois langues
différentes, l'une ou l'autre est inspirée par les sentiments que l'on doit exprimer. — Sûrement, dit
Oswald, l'anglais est votre langue naturelle, celle que
vous parlez à vos amis, celle..... — Je suis Italienne,
interrompit Corinne, pardonnez-moi, milord, mais il

me semble que je retrouve en vous cet orgueil national
qui caractérise souvent vos compatriotes. Dans ce
pays, nous sommes plus modestes, nous ne sommes ni
contents de nous comme des Français, ni fiers de nous
comme des Anglais. Un peu d'indulgence nous suffit
de la part des étrangers ; et comme il nous est refusé
depuis long-temps d'être une nation, nous avons le
grand tort de manquer souvent, comme individus, de
la dignité qui ne nous est pas permise comme peuple ;
mais quand vous connaîtrez les Italiens, vous verrez
qu'ils ont dans leur caractère quelques traces de la
grandeur antique, quelques traces rares, effacées, mais
qui pourraient reparaître dans des temps plus heureux. Je vous parlerai anglais quelquefois, mais pas
toujours ; l'italien m'est cher : j'ai beaucoup souffert,
dit-elle en soupirant, pour vivre en Italie. —
Le comte d'Erfeuil fit des reproches aimables à
Corinne de ce qu'elle l'oubliait tout-à-fait en s'exprimant dans des langues qu'il n'entendait pas. — Belle
Corinne, lui dit-il, de grace, parlez français, vous en
êtes vraiment digne. — Corinne sourit à ce compli-
ment, et se mit à parler français très purement, très
facilement, mais avec l'accent anglais. Lord Nelvil et le
comte d'Erfeuil s'en étonnèrent également ; mais le
comte d'Erfeuil, qui croyait qu'on pouvait tout dire,
pourvu que ce fût avec grace, et qui s'imaginait que
l'impolitesse consistait dans la forme, et non dans le
fond, demanda directement à Corinne raison de cette
singularité. Elle fut d'abord un peu troublée de cette
interrogation subite, puis, reprenant ses esprits, elle dit
au comte d'Erfeuil : — Apparemment, monsieur, que
j'ai appris le français d'un Anglais. — Il renouvela ses
questions en riant, mais avec instance. — Corinne
s'embarrassa toujours plus, et lui dit enfin : — Depuis
quatre ans, monsieur, que je suis fixée à Rome, aucun
de mes amis, aucun de ceux qui, j'en suis sûre,
s'intéressent beaucoup à moi, ne m'ont interrogée sur

ma destinée, ils ont compris d'abord qu'il m'était pénible d'en parler. — Ces paroles mirent un terme aux questions du comte d'Erfeuil ; mais Corinne eut peur de l'avoir blessé ; et comme il avait l'air d'être très lié avec lord Nelvil, elle craignit encore plus, sans vouloir s'en rendre raison, qu'il ne parlât d'elle désavantageusement à son ami, et elle se remit à prendre assez de soin pour lui plaire.

Le prince Castel-Forte arriva dans ce moment avec plusieurs Romains de ses amis et de ceux de Corinne. C'étaient des hommes d'un esprit aimable et gai, très bienveillants dans leurs formes, et si facilement animés par la conversation des autres, qu'on trouvait un vif plaisir à leur parler, tant ils sentaient vivement ce qui méritait d'être senti. L'indolence des Italiens les porte à ne point montrer en société, ni souvent d'aucune manière, tout l'esprit qu'ils ont. La plupart d'entre eux ne cultivent pas même dans la retraite les facultés intellectuelles que la nature leur a données ; mais ils jouissent avec transport de ce qui leur vient sans peine.

Corinne avait beaucoup de gaieté dans l'esprit. Elle apercevait le ridicule avec la sagacité d'une Française, et le peignait avec l'imagination d'une Italienne ; mais elle mêlait à tout un sentiment de bonté : on ne voyait jamais rien en elle de calculé ni d'hostile ; car en toute chose c'est la froideur qui offense, et l'imagination, au contraire, a presque toujours de la bonhomie.

Oswald trouvait Corinne pleine de grace et d'une grace qui lui était toute nouvelle. Une grande et terrible circonstance de sa vie était attachée au souvenir d'une femme française très aimable et très spirituelle ; mais Corinne ne lui ressemblait en rien : sa conversation était un mélange de tous les genres d'esprit, l'enthousiasme des beaux arts et la connaissance du monde, la finesse des idées et la profondeur des sentiments ; enfin tous les charmes de la vivacité et de la rapidité s'y faisaient remarquer, sans que pour cela ses pensées fussent jamais incomplètes, ni ses réflexions légères. Oswald était tout à la fois surpris et charmé, inquiet et entraîné ; il ne comprenait pas comment une seule personne pouvait réunir tout ce que possédait Corinne ; il se demandait si le lien de tant de qualités presque opposées était l'inconséquence ou la supériorité ; si c'était à force de tout sentir, ou parcequ'elle oubliait tout successivement, qu'elle passait ainsi, presque dans un même instant, de la mélancolie à la gaieté, de la profondeur à la grace, de la conversation la plus étonnante, et par les connaissances et par les idées, à la coquetterie d'une femme qui cherche à plaire et veut captiver ; mais il y avait dans cette coquetterie une noblesse si parfaite, qu'elle imposait autant de respect que la réserve la plus sévère.

Le prince Castel-Forte était très occupé de Corinne, et tous les Italiens qui composaient sa société lui montraient un sentiment qui s'exprimait par les soins et les hommages les plus délicats et les plus assidus : le culte habituel dont ils l'entouraient répandait comme un air de fête sur tous les jours de sa vie. Corinne était heureuse d'être aimée ; mais heureuse comme on l'est de vivre dans un climat doux, d'entendre des sons harmonieux, de ne recevoir enfin que des impressions agréables. Le sentiment profond et sérieux de l'amour ne se peignait point sur son visage, où tout était exprimé par la physionomie la plus vive et la plus mobile. Oswald la regardait en silence ; sa présence animait Corinne et lui inspirait le désir d'être aimable. Cependant elle s'arrêtait quelquefois dans les moments où sa conversation était la plus brillante, étonnée du calme extérieur d'Oswald, ne sachant pas s'il l'approuvait ou s'il la blâmait secrètement, et si ses idées anglaises lui permettaient d'applaudir à de tels succès dans une femme.

Oswald était trop captivé par les charmes de

Corinne pour se rappeler alors ses anciennes opinions sur l'obscurité qui convenait aux femmes ; mais il se demandait si l'on pouvait être aimé d'elle ; s'il était possible de concentrer en soi seul tant de rayons ; enfin, il était à la fois ébloui et troublé : et bien qu'à son départ elle l'eût invité très poliment à revenir la voir, il laissa passer tout un jour sans aller chez elle, éprouvant une sorte de terreur du sentiment qui l'entraînait.

Quelquefois il comparait ce sentiment nouveau avec l'erreur fatale des premiers moments de sa jeunesse, et repoussait vivement ensuite cette comparaison ; car c'était l'art, et un art perfide, qui l'avait subjugué, tandis qu'on ne pouvait douter de la vérité de Corinne. Son charme tenait-il de la magie ou de l'inspiration poétique ? était-ce Armide ou Sapho ? pouvait-on espérer de captiver jamais un génie doué de si brillantes ailes ? Il était impossible de le décider ; mais au moins on sentait que ce n'était pas la société, que c'était plutôt le ciel même qui avait formé cet être extraordinaire, et que son esprit était aussi incapable d'imiter, que son caractère de feindre. — Oh ! mon père, disait Oswald, si vous aviez connu Corinne, qu'auriez-vous pensé d'elle ? —

CHAPITRE II.

Le comte d'Erfeuil vint, selon sa coutume, le matin chez lord Nelvil ; et en lui reprochant de n'avoir pas été la veille chez Corinne, il lui dit : — Vous auriez été bien heureux si vous y étiez venu. — Hé pourquoi, reprit Oswald ? — Parceque j'ai acquis hier la certitude que vous l'intéressez vivement. — Encore de la légèreté, interrompit lord Nelvil ! ne savez-vous donc pas que je ne puis ni ne veux en avoir ? — Vous appelez légèreté, dit le comte d'Erfeuil, la promptitude de mes observations ? Ai-je moins de raison, parceque j'ai raison plus vite ? Vous étiez tous faits pour vivre dans cet heureux temps des patriarches, où l'homme avait cinq siècles de vie : on nous en a retranché au moins quatre, je vous en avertis. — Soit, répondit Oswald ; et ces observations si rapides que vous ont-elles fait découvrir ? — Que Corinne vous aime. Hier je suis arrivé chez elle : sans doute elle m'a très bien reçu ; mais ses yeux étaient attachés sur la porte pour regarder si vous me suiviez. Elle a essayé un moment de parler d'autre chose ; mais comme c'est une personne très vive et très naturelle, elle m'a enfin demandé tout simplement pourquoi vous n'étiez pas venu avec moi. Je vous ai blâmé ; vous ne m'en voudrez pas : j'ai dit que vous étiez une créature sombre et bizarre ; mais je vous épargne d'ailleurs tous les éloges que j'ai faits de vous.

— Il est triste, m'a dit Corinne ; il a perdu sans doute une personne qui lui était chère. De qui porte-t-il le deuil ? — De son père, madame, lui ai-je dit, quoiqu'il y ait plus d'un an qu'il l'a perdu ; et comme la loi de la nature nous oblige tous à survivre à nos parents, j'imagine que quelque autre motif secret est la cause de sa longue et profonde mélancolie. — Oh ! reprit Corinne, je suis bien loin de penser que des douleurs, en apparence semblables, soient les mêmes pour tous les hommes. Le père de votre ami et votre ami lui-même ne sont peut-être pas dans la règle commune, et je suis bien tentée de le croire. — Sa voix était très douce, mon cher Oswald, en prononçant ces derniers mots. — Est-ce là, reprit Oswald, toutes les preuves d'intérêt que vous m'annoncez ? — En vérité, reprit le comte d'Erfeuil, c'est bien assez, selon moi, pour être sûr d'être aimé ; mais puisque vous voulez mieux, vous aurez mieux ; j'ai réservé le plus fort pour la fin. Le prince Castel-Forte est arrivé et il a raconté toute votre histoire d'Ancone, sans savoir que c'était de vous dont il parlait : il l'a racontée avec beaucoup de feu et d'imagination, autant que j'en puis juger, grace aux deux leçons d'italien que j'ai prises ; mais il y a tant de mots français dans les langues étrangères, que nous les comprenons presque toutes, même sans les savoir. D'ailleurs la physionomie de Corinne m'aurait expliqué ce que je n'entendais pas. On y lisait si visiblement l'agitation de son cœur ! elle ne respirait pas, de peur de perdre un seul mot ; quand elle demanda si l'on savait le nom de cet Anglais, son anxiété était telle, qu'il était bien facile de juger combien elle craignait qu'un autre nom que le vôtre ne fût prononcé.

Le prince Castel-Forte dit qu'il ignorait quel était cet Anglais ; et Corinne, se retournant avec vivacité vers moi, s'écria : N'est-il pas vrai, monsieur, que c'est lord Nelvil ? — Oui, madame, lui répondis-je, c'est lui ; et Corinne alors fondit en larmes. Elle n'avait pas pleuré pendant l'histoire ; qu'y avait-il donc dans le nom du héros de plus attendrissant que le récit même ? — Elle a pleuré ! s'écria lord Nelvil ; ah ! que n'étais-je là ? — Puis s'arrêtant tout à coup, il baissa les yeux, et son visage mâle exprima la timidité la plus délicate ; il se hâta de reprendre la parole, de peur que le comte d'Erfeuil ne troublât sa joie secrète en la remarquant. — Si l'aventure d'Ancone mérite d'être racontée, dit Oswald, c'est à vous aussi, mon cher comte, que l'honneur en appartient. — On a bien parlé, répondit le comte d'Erfeuil en riant, d'un Français très aimable qui était là, mylord, avec vous ; mais personne que moi n'a fait attention à cette parenthèse du récit. La belle Corinne vous préfère, elle vous croit sans doute le plus fidèle de nous deux ; vous ne le serez peut-être pas davantage, peut-être même, lui ferez-vous plus de chagrin que je ne lui en aurais fait ; mais les femmes aiment la peine, pourvu qu'elle soit bien romanesque :

ainsi vous lui convenez. — Lord Nelvil souffrait à
chaque mot du comte d'Erfeuil ; mais que lui dire ? Il
ne disputait jamais ; il n'écoutait jamais assez attentivement pour changer d'avis : ses paroles une fois
lancées, il ne s'y intéressait plus ; et le mieux était
encore de les oublier, si on le pouvait, aussi vite que
lui-même.

CHAPITRE III.

Oswald arriva le soir chez Corinne avec un sentiment tout nouveau ; il pensa qu'il était peut-être
attendu. Quel enchantement que cette première lueur
d'intelligence avec ce qu'on aime ! Avant que le
souvenir entre en partage avec l'espérance, avant que
les paroles aient exprimé les sentiments, avant que
l'éloquence ait su peindre ce que l'on éprouve, il y a
dans ces premiers instants je ne sais quel vague, je ne
sais quel mystère d'imagination, plus passager que le
bonheur même, mais plus céleste encore que lui.

Oswald, en entrant dans la chambre de Corinne, se
sentit plus timide que jamais. Il vit qu'elle était seule,
et il en éprouva presque de la peine ; il aurait voulu
l'observer long-temps au milieu du monde ; il aurait
souhaité d'être assuré, de quelque manière, de sa
préférence, avant de se trouver tout à coup engagé
dans un entretien qui pouvait refroidir Corinne à son
égard, si, comme il en était certain, il se montrait
embarrassé et froid par embarras.

Soit que Corinne s'aperçût de cette disposition
d'Oswald, ou qu'une disposition semblable produisît
en elle le désir d'animer la conversation pour faire
cesser la gêne, elle se hâta de demander à lord Nelvil
s'il avait vu quelques-uns des monuments de Rome.
— Non, répondit Oswald. — Qu'avez-vous donc fait

hier, reprit Corinne en souriant? — J'ai passé la journée chez moi, dit Oswald : depuis que je suis à Rome, je n'ai vu que vous, madame, ou je suis resté seul. — Corinne voulut lui parler de sa conduite à Ancône, elle commença par ces mots : — Hier j'ai appris...., puis elle s'arrêta, et dit : — Je vous parlerai de cela quand il viendra du monde. — Lord Nelvil avait une dignité dans les manières qui intimidait Corinne ; et d'ailleurs elle craignait, en lui rappelant sa noble conduite, de montrer trop d'émotion ; il lui semblait qu'elle en aurait moins quand ils ne seraient plus seuls. Oswald fut profondément touché de la réserve de Corinne, et de la franchise avec laquelle elle trahissait, sans y penser, les motifs de cette réserve ; mais plus il était troublé, moins il pouvait exprimer ce qu'il éprouvait.

Il se leva donc tout à coup, et s'avança vers la fenêtre ; puis il sentit que Corinne ne pourrait expliquer ce mouvement ; et, plus déconcerté que jamais, il revint à sa place sans rien dire. Corinne avait en conversation plus d'assurance qu'Oswald ; néanmoins l'embarras qu'il témoignait était partagé par elle ; et dans sa distraction, cherchant une contenance, elle posa ses doigts sur la harpe qui était placée à côté d'elle, et fit quelques accords sans suite et sans dessein. Ces sons harmonieux, en accroissant l'émotion d'Oswald, semblaient lui inspirer un peu plus de hardiesse. Déjà il avait osé regarder Corinne : eh ! qui pouvait la regarder sans être frappé de l'inspiration divine qui se peignait dans ses yeux ? Et rassuré, au même instant, par l'expression de bonté qui voilait l'éclat de ses regards, peut-être Oswald allait-il parler, lorsque le prince Castel-Forte entra.

Il ne vit pas sans peine lord Nelvil tête à tête avec Corinne ; mais il avait l'habitude de dissimuler ses impressions ; cette habitude, qui se trouve souvent réunie chez les Italiens avec une grande véhémence de

sentiments, était plutôt en lui le résultat de l'indolence
et de la douceur naturelle. Il était résigné à n'être pas
le premier objet des affections de Corinne; il n'était
plus jeune : il avait beaucoup d'esprit, un grand goût
pour les arts, une imagination aussi animée qu'il le
fallait pour diversifier la vie sans l'agiter, et un tel
besoin de passer toutes ses soirées avec Corinne, que,
si elle se fût mariée, il aurait conjuré son époux de le
laisser venir tous les jours chez elle, comme de coutume; et à cette condition il n'eût pas été très-
malheureux de la voir liée à un autre. Les chagrins du
cœur en Italie ne sont point compliqués par les peines
de la vanité, de manière que l'on y rencontre, ou des
hommes assez passionnés pour poignarder leur rival
par jalousie, ou des hommes assez modestes pour
prendre volontiers le second rang auprès d'une femme
dont l'entretien leur est agréable; mais l'on n'en
trouverait guère qui, par la crainte de passer pour
dédaignés, se refusassent à conserver une relation
quelconque qui leur plairait : l'empire de la société sur
l'amour-propre est presque nul dans ce pays.

Le comte d'Erfeuil et la société qui se rassemblait
tous les soirs chez Corinne étant réunis, la conversation se dirigea sur le talent d'improviser que Corinne
avait si glorieusement montré au Capitole, et l'on en
vint à lui demander à elle-même ce qu'elle en pensait.
— C'est une chose si rare, dit le prince Castel-Forte,
que de trouver une personne à la fois susceptible
d'enthousiasme et d'analise, douée comme un artiste
et capable de s'observer elle-même, qu'il faut la
conjurer de nous révéler, autant qu'elle le pourra, les
secrets de son génie. — Ce talent d'improviser, reprit
Corinne, n'est pas plus extraordinaire dans les langues
du midi, que l'éloquence de la tribune, ou la vivacité
brillante de la conversation dans les autres langues. Je
dirai même que malheureusement il est chez nous plus
facile de faire des vers à l'improviste que de bien parler

en prose. La langage de la poésie diffère tellement de celui de la prose, que, dès les premiers vers, l'attention est commandée par les expressions mêmes qui placent pour ainsi dire le poëte à distance des auditeurs. Ce n'est pas uniquement à la douceur de l'italien, mais bien plutôt à la vibration forte et prononcée de ses syllabes sonores qu'il faut attribuer l'empire de la poésie parmi nous. L'italien a un charme musical qui fait trouver du plaisir dans le son des mots presque indépendamment des idées ; ces mots d'ailleurs ont presque tous quelque chose de pittoresque, ils peignent ce qu'ils expriment. Vous sentez que c'est au milieu des arts et sous un beau ciel que s'est formé ce langage mélodieux et coloré. Il est donc plus aisé en Italie que par-tout ailleurs de séduire avec des paroles sans profondeur dans les pensées, et sans nouveauté dans les images. La poésie, comme tous les beaux arts, captive autant les sensations que l'intelligence. J'ose dire cependant que je n'ai jamais improvisé sans qu'une émotion vraie ou une idée que je croyais nouvelle ne m'ait animée ; j'espère donc que je me suis un peu moins fiée que les autres à notre langue enchanteresse. Elle peut pour ainsi dire préluder au hasard, et donner encore un vif plaisir seulement par le charme du rhythme et de l'harmonie.

— Vous croyez donc, interrompit un des amis de Corinne, que le talent d'improviser fait du tort à notre littérature ; je le croyais aussi avant de vous avoir entendue, mais vous m'avez fait entièrement revenir de cette opinion. — J'ai dit, reprit Corinne, qu'il résultait de cette facilité, de cette abondance littéraire, une très-grande quantité de poésies communes ; mais je suis bien aise que cette fécondité existe en Italie, comme il me plaît de voir nos campagnes couvertes de mille productions superflues. Cette libéralité de la nature m'enorgueillit. J'aime sur-tout l'improvisation dans les gens du peuple ; elle nous fait voir leur imagination, qui est cachée par-tout ailleurs, et ne se développe que parmi nous. Elle donne quelque chose de poétique aux derniers rangs de la société, et nous épargne le dégoût qu'on ne peut s'empêcher de sentir pour ce qui est vulgaire en tout genre. Quand nos Siciliens, en conduisant les voyageurs dans leurs barques, leur adressent dans leur gracieux dialecte d'aimables félicitations, et leur disent en vers un doux et long adieu, on dirait que le souffle pur du ciel et de la mer agit sur l'imagination des hommes comme le vent sur les harpes éoliennes, et que la poésie, comme les accords, est l'écho de la nature. Une chose me fait encore attacher du prix à notre talent d'improviser, c'est que ce talent serait presque impossible dans une société disposée à la moquerie ; il faut, passez-moi cette expression, il faut la bonhomie du midi, ou plutôt des pays où l'on aime à s'amuser sans trouver du plaisir à critiquer ce qui amuse, pour que les poëtes se risquent à cette périlleuse entreprise. Un sourire railleur suffirait pour ôter la présence d'esprit nécessaire à une composition subite et non interrompue, il faut que les auditeurs s'animent avec vous, et que leurs applaudissements vous inspirent.

— Mais vous, madame, mais vous, dit enfin Oswald, qui jusqu'alors avait gardé le silence sans avoir un moment cessé de regarder Corinne, à laquelle de vos poésies donnez-vous la préférence ? Est-ce à celles qui sont l'ouvrage de la réflexion ou de l'inspiration instantanée ? — Mylord, répondit Corinne, avec un regard qui exprimait et beaucoup d'intérêt et le sentiment plus délicat encore d'une considération respectueuse, ce serait vous que j'en ferais juge ; mais si vous me demandez d'examiner moi-même ce que je pense à cet égard, je dirai que l'improvisation est pour moi comme une conversation animée. Je ne me laisse point astreindre à tel ou tel sujet, je m'abandonne à l'impression que produit sur moi l'intérêt de ceux qui m'écoutent, et c'est à mes amis que je dois sur-tout en ce genre la plus grande partie de mon talent. Quelquefois l'intérêt passionné que m'inspire un entretien où l'on a parlé des grandes et nobles questions qui concernent l'existence morale de l'homme, sa destinée, son but, ses devoirs, ses affections; quelquefois cet intérêt m'élève au-dessus de mes forces, me fait découvrir dans la nature, dans mon propre cœur, des vérités audacieuses, des expressions pleines de vie que la réflexion solitaire n'aurait pas fait naître. Je crois éprouver alors un enthousiasme surnaturel, et je sens bien que ce qui parle en moi vaut mieux que moi-même; souvent il m'arrive de quitter le rhythme de la poésie et d'exprimer ma pensée en prose; quelquefois je cite les plus beaux vers des diverses langues qui me sont connues. Il sont à moi, ces vers divins, dont mon ame s'est pénétrée. Quelquefois aussi j'achève sur ma lyre, par des accords, par des airs simples et nationaux, les sentiments et les pensées qui échappent à mes paroles. Enfin je me sens poëte, non pas seulement quand un heureux choix de rimes ou de syllabes harmonieuses, quand une heureuse réunion d'images éblouit les auditeurs, mais quand mon ame s'élève, quand elle dédaigne de plus haut l'égoïsme et la bassesse, enfin quand une belle action me serait plus facile : c'est alors que mes vers sont meilleurs. Je suis poëte lorsque j'admire, lorsque je méprise, lorsque je hais, non par des sentiments personnels, non pour ma propre cause, mais pour la dignité de l'espèce humaine et la gloire du monde. —

Corinne s'aperçut alors que la conversation l'avait entraînée; elle en rougit un peu, et se tournant vers lord Nelvil, elle lui dit : — Vous le voyez, je ne puis approcher d'aucun des sujets qui me touchent sans éprouver cette sorte d'ébranlement qui est la source de la beauté idéale dans les arts, de la religion dans les ames solitaires, de la générosité dans les héros, du

désintéressement parmi les hommes; pardonnez-le-
moi, mylord, bien qu'une telle femme ne ressemble
guères à celles que l'on approuve dans votre pays. —
Qui pourrait vous ressembler, reprit lord Nelvil? et
peut-on faire des lois pour une personne unique? —

Le comte d'Erfeuil était dans un véritable enchantement, bien qu'il n'eût pas entendu tout ce que disait
Corinne; mais ses gestes, le son de sa voix, sa manière
de prononcer le charmait, et c'était la première fois
qu'une grace, qui n'était pas française, avait agi sur
lui. Mais, à la vérité, le grand succès de Corinne à
Rome le mettait un peu sur la voie de ce qu'il devait
penser d'elle, et il ne perdait pas en l'admirant la
bonne habitude de se laisser guider par l'opinion des
autres.

Il sortit avec lord Nelvil; et lui dit en s'en allant:
— Convenez, mon cher Oswald, que j'ai pourtant
quelque mérite en ne faisant pas ma cour à une aussi
charmante personne. — Mais, répondit lord Nelvil, il
me semble qu'on dit généralement qu'il n'est pas facile
de lui plaire. — On le dit, reprit le comte d'Erfeuil,
mais j'ai de la peine à le croire. Une femme seule,
indépendante, et qui mène à peu près la vie d'un
artiste, ne doit pas être difficile à captiver. — Lord
Nelvil fut blessé de cette réflexion. Le comte d'Erfeuil,
soit qu'il ne s'en aperçût pas, soit qu'il voulût suivre le
cours de ses propres idées, continua ainsi:

— Ce n'est pas cependant, dit-il, que, si je voulais
croire à la vertu d'une femme, je ne crusse aussi
volontiers à celle de Corinne qu'à toute autre. Elle a
certainement mille fois plus d'expression dans le
regard, de vivacité dans les démonstrations, qu'il n'en
faudrait chez vous et même chez nous pour faire
douter de la sévérité d'une femme; mais c'est une
personne d'un esprit si supérieur, d'une instruction si
profonde, d'un tact si fin, que les règles ordinaires pour
juger les femmes ne peuvent s'appliquer à elle. Enfin,

croiriez-vous que je la trouve imposante, malgré son
naturel et le *laisser-aller* de sa conversation. J'ai voulu
hier, tout en respectant son intérêt pour vous, dire
quelques mots au hasard pour mon compte : c'était de
ces mots qui deviennent ce qu'ils peuvent ; si on les
écoute, à la bonne heure ; si on ne les écoute pas, à la
bonne heure encore ; et Corinne m'a regardé froide-
ment d'une manière qui m'a tout-à-fait troublé. C'est
pourtant singulier d'être timide avec une Italienne, un
artiste, un poëte, enfin tout ce qui doit mettre à l'aise.
— Son nom est inconnu, reprit lord Nelvil ; mais ses
manières doivent le faire croire illustre. — Ah ! c'est
dans les romans, dit le comte d'Erfeuil, qu'il est
d'usage de cacher le plus beau ; mais dans le monde
réel on dit tout ce qui nous fait honneur, et même un
peu plus que tout. — Oui, interrompit Oswald ; dans
quelques sociétés où l'on ne songe qu'à l'effet que l'on
produit les uns sur les autres ; mais là où l'existence est
intérieure il peut y avoir des mystères dans les
circonstances, comme il y a des secrets dans les
sentiments ; et celui-là seulement qui voudrait épouser
Corinne pourrait savoir.... — Épouser Corinne, interrompit le comte d'Erfeuil en riant aux éclats, oh, cette
idée-là ne me serait jamais venue ! Croyez-moi, mon
cher Nelvil, si vous voulez faire des sottises, faites-en
qui soient réparables ; mais pour le mariage il ne faut
jamais consulter que les convenances. Je vous parais
frivole ; hé bien, néanmoins je parie que dans la
conduite de la vie je serai plus raisonnable que vous.
— Je le crois aussi, répondit lord Nelvil ; et il n'ajouta
pas un mot de plus. —

En effet, pouvait-il dire au comte d'Erfeuil qu'il y a
souvent beaucoup d'égoïsme dans la frivolité, et que
cet égoïsme ne peut jamais conduire aux fautes de
sentiment, à ces fautes dans lesquelles on se sacrifie
presque toujours aux autres ? Les hommes frivoles sont
très capables de devenir habiles dans la direction de

leurs propres intérêts, car, dans tout ce qui s'appelle la
science politique de la vie privée comme de la vie
publique, on réussit encore plus souvent par les
qualités qu'on n'a pas, que par celles qu'on possède.
Absence d'enthousiasme, absence d'opinion, absence
de sensibilité, un peu d'esprit combiné avec ce trésor
négatif, et la vie sociale proprement dite, c'est-à-dire la
fortune et le rang, s'acquièrent ou se maintiennent
assez bien. Les plaisanteries du comte d'Erfeuil cependant avaient fait de la peine à lord Nelvil. Il les
blâmait, mais il se les rappelait d'une manière importune.

Livre IV.

ROME.

CHAPITRE PREMIER.

Quinze jours se passèrent pendant lesquels lord
Nelvil se consacra tout entier à la société de Corinne. Il
ne sortait de chez lui que pour se rendre chez elle, il ne
voyait rien, il ne cherchait rien qu'elle, et sans lui
parler jamais de son sentiment, il l'en faisait jouir à
tous les moments du jour. Elle était accoutumée aux
hommages vifs et flatteurs des Italiens ; mais la dignité
des manières d'Oswald, son apparente froideur, et sa
sensibilité qui se trahissait malgré lui, exerçaient sur
l'imagination une bien plus grande puissance. Jamais
il ne racontait une action généreuse, jamais il ne
parlait d'un malheur, sans que ses yeux se remplissent
de larmes, et toujours il cherchait à cacher son

émotion. Il inspirait à Corinne un sentiment de respect qu'elle n'avait pas éprouvé depuis long-temps. Aucun esprit, quelque distingué qu'il fût, ne pouvait l'étonner ; mais l'élévation et la dignité du caractère agissaient profondément sur elle. Lord Nelvil joignait à ces qualités une noblesse dans les expressions, une élégance dans les moindres actions de la vie, qui faisaient contraste avec la négligence et la familiarité de la plupart des grands seigneurs romains.

Bien que les goûts d'Oswald fussent à quelques égards différents de ceux de Corinne, ils se comprenaient mutuellement d'une façon merveilleuse. Lord Nelvil devinait les impressions de Corinne avec une sagacité parfaite, et Corinne découvrait, à la plus légère altération du visage de lord Nelvil, ce qui se passait en lui. Habituée aux démonstrations orageuses de la passion des Italiens, cet attachement timide et fier, ce sentiment prouvé sans cesse et jamais avoué, répandait sur sa vie un intérêt tout-à-fait nouveau. Elle se sentait comme environnée d'une atmosphère plus douce et plus pure, et chaque instant de la journée lui causait un sentiment de bonheur qu'elle aimait à goûter, sans vouloir s'en rendre compte.

Un matin, le prince Castel-Forte vint chez elle ; il était triste, elle lui en demanda la cause. — Cet Écossais, lui dit-il, va nous enlever votre affection, et qui sait même s'il ne vous emmènera pas loin de nous ! — Corinne garda quelques instants le silence, puis répondit : je vous atteste qu'il ne m'a point dit qu'il m'aimait. — Vous le croyez néanmoins, répondit le prince Castel-Forte ; il vous parle par sa vie, et son silence même est un habile moyen de vous intéresser. Que peut-on vous dire en effet que vous n'ayez pas entendu ! quelle est la louange qu'on ne vous ait pas offerte ! quel est l'hommage auquel vous ne soyez pas accoutumée ! Mais il y a quelque chose de contenu, de voilé dans le caractère de lord Nelvil, qui ne vous

permettra jamais de le juger entièrement comme vous
nous jugez. Vous êtes la personne du monde la plus
facile à connaître ; mais c'est précisément parceque
vous vous montrez volontiers telle que vous êtes, que la
réserve et le mystère vous plaisent et vous dominent.
L'inconnu, quel qu'il soit, a plus d'ascendant sur vous
que tous les sentiments qu'on vous témoigne.
— Corinne sourit. — Vous croyez donc, cher prince,
lui dit-elle, que mon cœur est ingrat et mon imagination capricieuse ? Il me semble cependant que lord
Nelvil possède et laisse voir des qualités assez remarquables pour que je ne puisse pas me flatter de les
avoir découvertes. — C'est, j'en conviens, répondit le
prince Castel-Forte, un homme fier, généreux, spirituel, sensible même, et sur-tout mélancolique ; mais je
me trompe fort, ou ses goûts n'ont pas le moindre
rapport avec les vôtres. Vous ne vous en apercevrez
pas tant qu'il sera sous le charme de votre présence,
mais votre empire sur lui ne tiendrait pas, s'il était loin
de vous. Les obstacles le fatigueraient, son ame a
contracté, par les chagrins qu'il a éprouvés, une sorte
de découragement qui doit nuire à l'énergie de ses
résolutions ; et vous savez d'ailleurs combien les
Anglais en général sont asservis aux mœurs et aux
habitudes de leur pays. —

A ces mots, Corinne se tut et soupira. Des réflexions
pénibles sur les premiers évènements de sa vie se
retracèrent à sa pensée ; mais le soir elle revit Oswald
plus occupé d'elle que jamais ; et tout ce qui resta dans
son esprit de la conversation du prince Castel-Forte, ce
fut le désir de fixer lord Nelvil en Italie, en lui faisant
aimer les beautés de tout genre dont ce pays est doué.
C'est dans cette intention qu'elle lui écrivit la lettre
suivante. La liberté du genre de vie qu'on mène à
Rome excusait cette démarche, et Corinne en particulier, bien qu'on pût lui reprocher trop de franchise et
d'entraînement dans le caractère, savait conserver

beaucoup de dignité dans l'indépendance et de modestie dans la vivacité.

Corinne, à lord Nelvil.

Ce 15 décembre 1794.

« Je ne sais, mylord, si vous me trouverez trop de confiance en moi-même, ou si vous rendrez justice aux motifs qui peuvent excuser cette confiance. Hier je vous ai entendu dire que vous n'aviez point encore voyagé dans Rome, que vous ne connaissiez ni les chefs-d'œuvres de nos beaux arts, ni les ruines antiques qui nous apprennent l'histoire par l'imagination et le sentiment ; et j'ai conçu l'idée d'oser me proposer pour guide dans ces courses à travers les siècles.

« Sans doute Rome présenterait aisément un grand nombre de savants dont l'érudition profonde pourrait vous être bien plus utile ; mais si je puis réussir à vous faire aimer ce séjour, vers lequel je me suis toujours sentie si impérieusement attirée, vos propres études achèveront ce que mon imparfaite esquisse aura commencé.

« Beaucoup d'étrangers viennent à Rome, comme ils iraient à Londres, comme ils iraient à Paris, pour chercher les distractions d'une grande ville ; et si l'on osait avouer qu'on s'est ennuyé à Rome, je crois que la plupart l'avoueraient ; mais il est également vrai qu'on peut y découvrir un charme dont on ne se lasse jamais. Me pardonnerez-vous, mylord, de souhaiter que ce charme vous soit connu ?

« Sans doute il faut oublier ici tous les intérêts politiques du monde ; mais lorsque ces intérêts ne sont pas unis à des devoirs ou à des sentiments sacrés, ils refroidissent le cœur. Il faut aussi renoncer à ce qu'on appellerait ailleurs les plaisirs de la société ; mais ces

plaisirs, presque toujours, flétrissent l'imagination.
L'on jouit à Rome d'une existence tout à la fois
solitaire et animée, qui développe librement en nous-
mêmes tout ce que le ciel y a mis. Je le répète, mylord,
pardonnez-moi cet amour pour ma patrie, qui me fait
désirer de la faire aimer d'un homme tel que vous ; et
ne jugez point avec la sévérité anglaise les témoignages
de bienveillance qu'une Italienne croit pouvoir donner, sans rien perdre à ses yeux, ni aux vôtres.

« CORINNE. »

En vain Oswald aurait voulu se le cacher, il fut
vivement heureux en recevant cette lettre ; il entrevit
un avenir confus de jouissances et de bonheur ; l'imagination, l'amour, l'enthousiasme, tout ce qu'il y a de
divin dans l'ame de l'homme, lui parut réuni dans le
projet enchanteur de voir Rome avec Corinne. Cette
fois il ne réfléchit pas, cette fois il sortit à l'instant
même pour aller voir Corinne, et, dans la route, il
regarda le ciel, il sentit le beau temps, il porta la vie
légèrement. Ses regrets et ses craintes se perdirent
dans les nuages de l'espérance ; son cœur, depuis long-
temps opprimé par la tristesse, battait et tressaillait de
joie ; il craignait bien qu'une si heureuse disposition ne
pût durer ; mais l'idée même qu'elle était passagère
donnait à cette fièvre de bonheur plus de force et
d'activité.

— Vous voilà ? dit Corinne en voyant entrer lord
Nelvil, ah ! merci. — Et elle lui tendit la main. Oswald
la prit, y imprima ses lèvres avec une vive tendresse, et
ne sentit pas dans ce moment cette timidité souffrante
qui se mêlait souvent à ses impressions les plus
agréables, et lui donnait quelquefois, avec les personnes qu'il aimait le mieux, des sentiments amers et
pénibles. L'intimité avait commencé entre Oswald et
Corinne depuis qu'ils s'étaient quittés, c'était la lettre

de Corinne qui l'avait établie ; ils étaient contents tous les deux, et ressentaient l'un pour l'autre une tendre reconnaissance.

— C'est donc ce matin, dit Corinne, que je vous montrerai le Panthéon et Saint-Pierre : j'avais bien quelque espoir, ajouta-t-elle en souriant, que vous accepteriez le voyage de Rome avec moi ; aussi mes chevaux sont prêts. Je vous ai attendu ; vous êtes arrivé ; tout est bien ; partons. — Étonnante personne, dit Oswald, qui donc êtes-vous, où avez-vous pris tant de charmes divers qui sembleraient devoir s'exclure : sensibilité, gaieté, profondeur, grace, abandon, modestie, êtes-vous une illusion ? êtes-vous un bonheur surnaturel pour la vie de celui qui vous rencontre ? — Ah ! si j'ai le pouvoir de vous faire quelque bien, reprit Corinne, vous ne devez pas croire que jamais j'y renonce. — Prenez garde, reprit Oswald en saisissant la main de Corinne avec émotion, prenez garde à ce bien que vous voulez me faire. Depuis près de deux ans une main de fer serre mon cœur ; si votre douce présence m'a donné quelque relâche, si je respire près de vous, que deviendrai-je quand il faudra rentrer dans mon sort ; que deviendrai-je ?... — Laissons au temps, laissons au hasard, interrompit Corinne, à décider si cette impression d'un jour que j'ai produite sur vous durera plus qu'un jour. Si nos ames s'entendent, notre affection mutuelle ne sera point passagère. Quoi qu'il en soit, allons admirer ensemble tout ce qui peut élever notre esprit et nos sentiments ; nous goûterons toujours ainsi quelques moments de bonheur. — En achevant ces mots, Corinne descendit, et lord Nelvil la suivit, étonné de sa réponse. Il lui sembla qu'elle admettait la possibilité d'un demi-sentiment, d'un attrait momentané. Enfin, il crut entrevoir de la légèreté dans la manière dont elle s'était exprimée, et il en fut blessé.

Il se plaça sans rien dire dans la voiture de Corinne, qui, devinant sa pensée, lui dit : — Je ne crois pas que le cœur soit ainsi fait, que l'on éprouve toujours ou point d'amour, ou la passion la plus invincible. Il y a des commencements de sentiments qu'un examen plus approfondi peut dissiper. On se flatte, on se détrompe, et l'enthousiasme même dont on est susceptible, s'il rend l'enchantement plus rapide, peut faire aussi que le refroidissement soit plus prompt. — Vous avez beaucoup réfléchi sur le sentiment, madame, dit Oswald avec amertume. — Corinne rougit à ce mot, et se tut quelques instants ; puis reprenant la parole avec un mélange assez frappant de franchise et de dignité : — Je ne crois pas, dit-elle, qu'une femme sensible soit jamais arrivée jusqu'à vingt-six ans sans avoir connu l'illusion de l'amour ; mais si n'avoir jamais été heureuse, si n'avoir jamais rencontré l'objet qui pouvait mériter toutes les affections de son cœur, est un titre à l'intérêt, j'ai droit au vôtre. — Ces paroles, et l'accent avec lequel Corinne les prononça, dissipèrent un peu le nuage qui s'était élevé dans l'ame de lord Nelvil ; néanmoins il se dit en lui-même : — C'est la plus séduisante des femmes, mais c'est une Italienne ; et ce n'est pas ce cœur timide, innocent, à lui-même inconnu, que possède sans doute la jeune Anglaise à laquelle mon père me destinait. —

Cette jeune Anglaise se nommait Lucile Edgermond, la fille du meilleur ami du père de lord Nelvil ; mais elle était trop enfant encore lorsqu'Oswald quitta l'Angleterre pour qu'il pût l'épouser, ni même prévoir avec certitude ce qu'elle serait un jour.

CHAPITRE II.

Oswald et Corinne allèrent d'abord au Panthéon, qu'on appelle aujourd'hui *Ste.-Marie de la Rotonde*. Partout en Italie le catholicisme a hérité du paganisme ; mais le Panthéon est le seul temple antique à Rome qui soit conservé tout entier, le seul où l'on puisse remarquer dans son ensemble la beauté de l'architecture des anciens, et le caractère particulier de leur culte. Oswald et Corinne s'arrêtèrent sur la place du Panthéon, pour admirer le portique de ce temple, et les colonnes qui le soutiennent.

Corinne fit observer à lord Nelvil que le Panthéon était construit de manière qu'il paraissait beaucoup plus grand qu'il ne l'est. — L'église Saint-Pierre, dit-elle, produira sur vous un effet tout différent ; vous la croirez d'abord moins vaste qu'elle ne l'est en réalité. L'illusion si favorable au Panthéon vient, à ce qu'on assure, de ce qu'il y a plus d'espace entre les colonnes, et que l'air joue librement autour ; mais surtout de ce que l'on n'y aperçoit presque point d'ornements de détail, tandis que Saint-Pierre en est surchargé. C'est ainsi que la poésie antique ne dessinait que les grandes masses, et laissait à la pensée de l'auditeur à remplir les intervalles, à suppléer les développements : en tout genre, nous autres modernes, nous disons trop.

Ce temple, continua Corinne, fut consacré par Agrippa, le favori d'Auguste, à son ami, ou plutôt à son maître. Cependant ce maître eut la modestie de refuser la dédicace du temple, et Agrippa se vit obligé de le dédier à tous les Dieux de l'Olympe pour remplacer le Dieu de la terre, la puissance. Il y avait un char de bronze au sommet du Panthéon, sur lequel étaient placées les statues d'Auguste et d'Agrippa. De chaque côté du portique ces mêmes statues se retrou-

vaient sous une autre forme; et sur le frontispice du
temple on lit encore : *Agrippa l'a consacré.* Auguste
donna son nom à son siècle, parcequ'il a fait de ce
siècle une époque de l'esprit humain. Les chefs-
d'œuvres en divers genres de ses contemporains formè-
rent, pour ainsi dire, les rayons de son auréole. Il sut
honorer habilement les hommes de génie qui culti-
vaient les lettres, et dans la postérité sa gloire s'en est
bien trouvée.

— Entrons dans le temple, dit Corinne; vous le
voyez, il reste découvert presque comme il l'était
autrefois. On dit que cette lumière qui venait d'en haut
était l'emblème de la divinité supérieure à toutes les
divinités. Les païens ont toujours aimé les images
symboliques. Il semble en effet que ce langage
convient mieux à la religion que la parole. La pluie
tombe souvent sur ces parvis de marbre; mais aussi les
rayons du soleil viennent éclairer les prières. Quelle
sérénité! quel air de fête on remarque dans cet édifice!
Les païens ont divinisé la vie, et les chrétiens ont
divinisé la mort : tel est l'esprit des deux cultes; mais
notre catholicisme romain est moins sombre cependant que ne l'était celui du nord. Vous l'observerez
quand nous serons à Saint-Pierre. Dans l'intérieur du
sanctuaire du Panthéon sont les bustes de nos artistes
les plus célèbres : ils décorent les niches où l'on avait
placé les Dieux des anciens. Comme depuis la destruction de l'empire des Césars nous n'avons presque
jamais eu d'indépendance politique en Italie, on ne
trouve point ici des hommes d'état ni de grands
capitaines. C'est le génie de l'imagination qui fait
notre seule gloire : mais ne trouvez-vous pas, mylord,
qu'un peuple qui honore ainsi les talents qu'il possède
mériterait une plus noble destinée? — Je suis sévère
pour les nations, répondit Oswald, je crois toujours
qu'elles méritent leur sort, quel qu'il soit. — Cela est
dur, reprit Corinne, peut-être en vivant en Italie

éprouverez-vous un sentiment d'attendrissement sur ce beau pays, que la nature semble avoir paré comme une victime ; mais du moins souvenez-vous que notre plus chère espérance, à nous autres artistes, à nous autres amants de la gloire, c'est d'obtenir une place ici. J'ai déjà marqué la mienne, dit-elle, en montrant une niche encore vide*a*. Oswald, qui sait si vous ne reviendrez pas dans cette même enceinte quand mon buste y sera placé ? Alors..... — Oswald l'interrompit vivement et lui dit : — Resplendissante de jeunesse et de beauté, pouvez-vous parler ainsi à celui que le malheur et la souffrance font déjà pencher vers la tombe ? — Ah ! reprit Corinne, l'orage peut briser en un moment les fleurs qui tiennent encore la tête levée. Oswald, cher Oswald, ajouta-t-elle, pourquoi ne seriez-vous pas heureux, pourquoi.... — Ne m'interrogez jamais, reprit lord Nelvil, vous avez vos secrets, j'ai les miens, respectons mutuellement notre silence. Non, vous ne savez pas quelle émotion j'éprouverais s'il fallait raconter mes malheurs ! — Corinne se tut, et ses pas, en sortant du temple, étaient plus lents, et ses regards plus rêveurs.

Elle s'arrêta sous le portique. — Là, dit-elle à lord Nelvil, était une urne de porphyre de la plus grande beauté, transportée maintenant à Saint-Jean de Latran ; elle contenait les cendres d'Agrippa, qui furent placées au pied de la statue qu'il s'était élevée à lui-même. Les anciens mettaient tant de soin à adoucir l'idée de la destruction, qu'ils savaient en écarter ce qu'elle peut avoir de lugubre et d'effrayant. Il y avait d'ailleurs tant de magnificence dans leurs tombeaux, que le contraste du néant de la mort et des splendeurs de la vie s'y faisait moins sentir. Il est vrai aussi que l'espérance d'un autre monde étant chez eux beaucoup moins vive que chez les chrétiens, les païens s'efforçaient de disputer à la mort le souvenir que nous déposons sans crainte dans le sein de l'Éternel. —

Oswald soupira et garda le silence. Les idées mélancoliques ont beaucoup de charmes tant qu'on n'a pas été soi-même profondément malheureux; mais quand la douleur dans toute son âpreté s'est emparée de l'ame, on n'entend plus, sans tressaillir, de certains mots qui jadis n'excitaient en nous que des rêveries plus ou moins douces.

CHAPITRE III.

On passe, en allant à Saint-Pierre, sur le pont Saint-Ange, et Corinne et lord Nelvil le traversèrent à pied. — C'est sur ce pont, dit Oswald, qu'en revenant du Capitole j'ai pour la première fois pensé long-temps à vous. — Je ne me flattais pas, reprit Corinne, que ce couronnement du Capitole me vaudrait un ami; mais cependant en cherchant la gloire, j'ai toujours espéré qu'elle me ferait aimer. A quoi servirait-elle, du moins aux femmes, sans cet espoir! — Restons encore ici quelques instants, dit Oswald. Quel souvenir, entre tous les siècles, peut valoir pour mon cœur ce lieu qui me rappelle le premier jour où je vous ai vue. — Je ne sais si je me trompe, reprit Corinne, mais il me semble qu'on se devient plus cher l'un à l'autre, en admirant ensemble les monuments qui parlent à l'ame par une véritable grandeur. Les édifices de Rome ne sont ni froids, ni muets; le génie les a conçus, des évènements mémorables les consacrent; peut-être même faut-il aimer, Oswald, aimer surtout un caractère tel que le vôtre, pour se complaire à sentir avec lui tout ce qu'il y a de noble et de beau dans l'univers. — Oui, reprit lord Nelvil, mais en vous regardant, mais en vous écoutant, je n'ai pas besoin d'autres merveilles. — Corinne le remercia par un sourire plein de charmes.

En allant à St.-Pierre, ils s'arrêtèrent devant le

château St.-Ange : — Voilà, dit Corinne, l'un des édifices dont l'extérieur a le plus d'originalité ; ce tombeau d'Adrien, changé en forteresse par les Goths, porte le double caractère de sa première et de sa seconde destination. Bâti pour la mort, une impénétrable enceinte l'environne, et cependant les vivants y ont ajouté quelque chose d'hostile par les fortifications extérieures qui contrastent avec le silence et la noble inutilité d'un monument funéraire. On voit sur le sommet un ange de bronze avec son épée nue [5], et dans l'intérieur sont pratiquées des prisons fort cruelles. Tous les évènements de l'histoire de Rome depuis Adrien jusqu'à nos jours sont liés à ce monument. Bélisaire s'y défendit contre les Goths, et presque aussi barbare que ceux qui l'attaquaient, il lança contre ses ennemis les belles statues qui décoraient l'intérieur de l'édifice. Crescentius, Arnault de Brescia, Nicolas Rienzi [6], ces amis de la liberté romaine, qui ont pris si souvent les souvenirs pour des espérances, se sont défendus long-temps dans le tombeau d'un empereur [a]. J'aime ces pierres qui s'unissent à tant de faits illustres. J'aime ce luxe du maître du monde, un magnifique tombeau. Il y a quelque chose de grand dans l'homme qui, possesseur de toutes les jouissances et de toutes les pompes terrestres, ne craint pas de s'occuper long-temps d'avance de sa mort. Des idées morales, des sentiments désintéressés remplissent l'ame, dès qu'elle sort de quelque manière des bornes de la vie.

C'est d'ici, continua Corinne, que l'on devrait apercevoir Saint-Pierre, et c'est jusques ici que les colonnes qui le précèdent devaient s'étendre : tel était le superbe plan de Michel-Ange, il espérait du moins qu'on l'achèverait après lui ; mais les hommes de notre temps ne pensent plus à la postérité [b]. Quand une fois on a tourné l'enthousiasme en ridicule, on a tout défait, excepté l'argent et le pouvoir. — C'est vous qui

ferez renaître ce sentiment, s'écria lord Nelvil. Qui
jamais éprouva le bonheur que je goûte ? Rome
montrée par vous, Rome interprétée par l'imagination
et le génie ; *Rome, qui est un monde, animé par le sentiment,*
sans lequel le monde lui-même est un désert[7]. Ah, Corinne !
que succèdera-t-il à ces jours plus heureux que mon
sort et mon cœur ne le permettent ! — Corinne lui
répondit avec douceur : — Toutes les affections sincères viennent du ciel, Oswald, pourquoi ne protègerait-
il pas ce qu'il inspire ! C'est à lui qu'il appartient de
disposer de nous. —

Alors St.-Pierre leur apparut, cet édifice, le plus
grand que les hommes aient jamais élevé, car les
pyramides d'Égypte elles-mêmes lui sont inférieures en
hauteur. — J'aurais peut-être dû vous faire voir, dit
Corinne, le plus beau de nos édifices le dernier ; mais
ce n'est pas mon système. Il me semble que, pour se
rendre sensible aux beaux arts, il faut commencer par
voir les objets qui inspirent une admiration vive et
profonde. Ce sentiment, une fois éprouvé, révèle pour
ainsi dire une nouvelle sphère d'idées, et rend ensuite
plus capable d'aimer et de juger tout ce qui, dans un
ordre même inférieur, retrace cependant la première
impression qu'on a reçue. Toutes ces gradations, ces
manières prudentes et nuancées pour préparer les
grands effets, ne sont point de mon goût. On n'arrive
point au sublime par degrés ; des distances infinies le
séparent même de ce qui n'est que beau. — Oswald
sentit une émotion tout-à-fait extraordinaire en arrivant en face de Saint-Pierre. C'était la première fois
que l'ouvrage des hommes produisait sur lui l'effet
d'une merveille de la nature. C'est le seul travail de
l'art, sur notre terre actuelle, qui ait le genre de
grandeur qui caractérise les œuvres immédiates de la
création. Corinne jouissait de l'étonnement d'Oswald.
— J'ai choisi, lui dit-elle, un jour où le soleil est dans
tout son éclat pour vous faire voir ce monument. Je

vous réserve un plaisir plus intime, plus religieux, c'est de le contempler au clair de la lune ; mais il fallait d'abord vous faire assister à la plus brillante des fêtes, le génie de l'homme décoré par la magnificence de la nature.

La place de Saint-Pierre est entourée par des colonnes légères de loin, et massives de près. Le terrain, qui va toujours un peu en montant jusqu'au portique de l'église, ajoute encore à l'effet qu'elle produit. Un obélisque de quatre-vingts pieds de haut, qui paraît à peine élevé en présence de la coupole de Saint-Pierre, est au milieu de la place. La forme des obélisques elle seule a quelque chose qui plaît à l'imagination ; leur sommet se perd dans les airs, et semble porter jusqu'au ciel une grande pensée de l'homme. Ce monument, qui vint d'Égypte pour orner les bains de Caligula, et que Sixte-Quint a fait transporter ensuite au pied du temple de Saint-Pierre, ce contemporain de tant de siècles, qui n'ont pu rien contre lui, inspire un sentiment de respect ; l'homme se sent si passager, qu'il a toujours de l'émotion en présence de ce qui est immuable. A quelque distance des deux côtés de l'obélisque, s'élèvent deux fontaines dont l'eau jaillit perpétuellement et retombe avec abondance en cascade dans les airs. Ce murmure des ondes, qu'on a coutume d'entendre au milieu de la campagne, produit dans cette enceinte une sensation toute nouvelle ; mais cette sensation est en harmonie avec celle que fait naître l'aspect d'un temple majes-tueux.

La peinture, la sculpture, imitant le plus souvent la figure humaine, ou quelque objet existant dans la nature, réveillent dans notre ame des idées parfaite-ment claires et positives ; mais un beau monument d'architecture n'a point, pour ainsi dire, de sens déterminé, et l'on est saisi, en le contemplant, par cette rêverie, sans calcul et sans but, qui mène si loin la

pensée. Le bruit des eaux convient à toutes ces
impressions vagues et profondes ; il est uniforme,
comme l'édifice est régulier.

        L'éternel mouvement et l'éternel repos *

sont ainsi rapprochés l'un de l'autre. C'est dans ce lieu
sur-tout que le temps est sans pouvoir ; car il ne tarit
pas plus ces sources jaillissantes, qu'il n'ébranle ces
immobiles pierres. Les eaux qui s'élancent en gerbes
de ces fontaines sont si légères et si nuageuses, que,
dans un beau jour, les rayons du soleil y produisent de
petits arcs-en-ciel formés des plus belles couleurs.

— Arrêtez-vous un moment ici, dit Corinne à lord
Nelvil comme il était déjà sous le portique de l'église,
arrêtez-vous avant de soulever le rideau qui couvre la
porte du temple ; votre cœur ne bat-il pas à l'approche
de ce sanctuaire ? et ne ressentez-vous pas, au moment
d'entrer, tout ce que ferait éprouver l'attente d'un
évènement solennel ? — Corinne elle-même souleva le
rideau, et le retint pour laisser passer lord Nelvil ; elle
avait tant de grace dans cette attitude, que le premier
regard d'Oswald fut pour la considérer ainsi : il se plut
même pendant quelques instants à ne rien observer
qu'elle. Cependant il s'avança dans le temple, et
l'impression qu'il reçut sous ces voûtes immenses fut si
profonde et si religieuse, que le sentiment même de
l'amour ne suffisait plus pour remplir en entier son
ame. Il marchait lentement à côté de Corinne ; l'un et
l'autre se taisaient. Là tout commande le silence ; le
moindre bruit retentit si loin, qu'aucune parole ne
semble digne d'être ainsi répétée dans une demeure
presque éternelle ! La prière seule, l'accent du malheur, de quelque faible voix qu'il parte, émeut profondément dans ces vastes lieux. Et quand sous ces dômes

        * Vers de M. de Fontanes.

immenses on entend de loin venir un vieillard dont les
pas tremblants se traînent sur ces beaux marbres
arrosés par tant de pleurs, l'on sent que l'homme est
imposant par cette infirmité même de sa nature qui
soumet son ame divine à tant de souffrances, et que le
culte de la douleur, le christianisme, contient le vrai
secret du passage de l'homme sur la terre.

Corinne interrompit la rêverie d'Oswald, et lui dit :
— Vous avez vu des églises gothiques en Angleterre et
en Allemagne, vous avez dû remarquer qu'elles ont un
caractère beaucoup plus sombre que cette église. Il y
avait quelque chose de mystique dans le catholicisme
des peuples septentrionaux. Le nôtre parle à l'imagination par les objets extérieurs. Michel-Ange a dit, en
voyant la coupole du Panthéon : « Je la placerai dans
les airs. » Et en effet Saint-Pierre est un temple posé
sur une église. Il y a quelque alliance des religions
antiques et du christianisme dans l'effet que produit
sur l'imagination l'intérieur de cet édifice. Je vais m'y
promener souvent, pour rendre à mon ame la sérénité
qu'elle perd quelquefois. La vue d'un tel monument
est comme une musique continuelle et fixée, qui vous
attend pour vous faire du bien quand vous vous en
approchez ; et certainement il faut mettre au nombre
des titres de notre nation à la gloire, la patience, le
courage et le désintéressement des chefs de l'église, qui
ont consacré cent cinquante années, tant d'argent et
tant de travaux, à l'achèvement d'un édifice dont ceux
qui l'élevaient ne pouvaient se flatter de jouir[8]. C'est
un service rendu, même à la morale publique, que de
faire don à une nation d'un monument qui est
l'emblème de tant d'idées nobles et généreuses. —
Oui, répondit Oswald, ici les arts ont de la grandeur,
l'imagination du génie : mais la dignité de l'homme
même, comment y est-elle défendue ? Quelles institutions, quelle faiblesse dans la plupart des gouvernements d'Italie ! et quoiqu'ils soient si faibles, combien

ils asservissent les esprits ! — D'autres peuples, interrompit Corinne, ont supporté le joug comme nous, et
ils ont de moins l'imagination qui fait rêver une autre
destinée :

> Servi siam sì, ma servi ognor frementi.

*Nous sommes esclaves, mais des esclaves toujours frémis-
sants,* dit Alfiéri, le plus fier de nos écrivains modernes[c]. Il y a tant d'ame dans nos beaux arts, que peut-
être un jour notre caractère égalera notre génie.

Regardez, continua Corinne, ces statues placées sur
les tombeaux, ces tableaux en mosaïque, patientes et
fidèles copies des chefs-d'œuvres de nos grands maîtres. Je n'examine jamais Saint-Pierre en détail, parce
que je n'aime pas à y trouver ces beautés multipliées
qui dérangent un peu l'impression de l'ensemble. Mais
qu'est-ce donc qu'un monument où les chefs-d'œuvres
de l'esprit humain eux-mêmes paraissent des ornements superflus ! Ce temple est comme un monde à
part. On y trouve un asile contre le froid et la chaleur.
Il a ses saisons à lui, son printemps perpétuel que
l'atmosphère du dehors n'altère jamais. Une église
souterraine est bâtie sous le parvis de ce temple ; les
papes et plusieurs souverains des pays étrangers y sont
ensevelis, Christine, après son abdication, les Stuart,
depuis que leur dynastie est renversée. Rome depuis
long-temps, est l'asile des exilés du monde, Rome elle-
même n'est-elle pas détrônée ! son aspect console les
rois dépouillés comme elle.

> Cadono le città, cadono i regni,
> Et l'uom, d'esser mortal, par che si sdegni !

*Les cités tombent, les empires disparaissent, et l'homme s'indigne
d'être mortel[d] !*

Placez-vous ici, dit Corinne à lord Nelvil, près de
l'autel au milieu de la coupole, vous apercevrez à
travers les grilles de fer l'église des morts qui est sous
nos pieds, et en relevant les yeux vos regards attein-
dront à peine au sommet de la voûte. Ce dôme, en le
considérant même d'en bas, fait éprouver un sentiment
de terreur. On croit voir des abîmes suspendus sur sa
tête. Tout ce qui est au-delà d'une certaine proportion
cause à l'homme, à la créature bornée, un invincible
effroi. Ce que nous connaissons est aussi inexplicable
que l'inconnu; mais nous avons pour ainsi dire
pratiqué notre obscurité habituelle, tandis que de
nouveaux mystères nous épouvantent et mettent le
trouble dans nos facultés.

Toute cette église est ornée de marbres antiques, et
ces pierres en savent plus que nous sur les siècles
écoulés. Voici la statue de Jupiter, dont on a fait un
saint Pierre en lui mettant une auréole sur la tête[*].
L'expression générale de ce temple caractérise parfaitement le mélange des dogmes sombres et des cérémonies brillantes; un fond de tristesse dans les idées, mais
dans l'application la mollesse et la vivacité du midi;
des intentions sévères, mais des interprétations très-
douces; la théologie chrétienne et les images du
paganisme; enfin la réunion la plus admirable de
l'éclat et de la majesté que l'homme peut donner à son
culte envers la divinité.

Les tombeaux décorés par les merveilles des beaux
arts ne présentent point la mort sous un aspect
redoutable. Ce n'est pas tout-à-fait comme les anciens,
qui sculptaient sur les sarcophages des danses et des
jeux, mais la pensée est détournée de la contemplation
d'un cercueil par les chefs-d'œuvres du génie. Ils
rappellent l'immortalité sur l'autel même de la mort;
et l'imagination, animée par l'admiration qu'ils inspirent, ne sent pas, comme dans le nord, le silence et le
froid, immuables gardiens des sépulcres. — Sans

doute, dit Oswald, nous voulons que la tristesse
environne la mort, et même avant que nous fussions
éclairés par les lumières du christianisme, notre
mythologie ancienne, notre Ossian ne place à côté de
la tombe que les regrets et les chants funèbres. Ici,
vous voulez oublier et jouir ; je ne sais si je désirerais
que votre beau ciel me fît ce genre de bien. — Ne
croyez pas cependant, reprit Corinne, que notre caractère soit léger et notre esprit frivole. Il n'y a que la
vanité qui rende frivole ; l'indolence peut mettre
quelques intervalles de sommeil ou d'oubli dans la vie,
mais elle n'use ni ne flétrit le cœur ; et, malheureusement pour nous, on peut sortir de cet état par des
passions plus profondes, et plus terribles que celles des
ames habituellement actives. —

En achevant ces mots, Corinne et lord Nelvil
s'approchaient de la porte de l'église. — Encore un
dernier coup-d'œil vers ce sanctuaire immense, dit-elle
à lord Nelvil. Voyez comme l'homme est peu de chose
en présence de la religion, alors même que nous
sommes réduits à ne considérer que son emblème
matériel ! voyez quelle immobilité, quelle durée les
mortels peuvent donner à leurs œuvres, tandis qu'eux-
mêmes ils passent si rapidement, et ne se survivent que
par le génie ! Ce temple est une image de l'infini ; il
n'y a point de terme aux sentiments qu'il fait naître,
aux idées qu'il retrace, à l'immense quantité d'années
qu'il rappelle à la réflexion, soit dans le passé, soit
dans l'avenir, et quand on sort de son enceinte, il
semble qu'on passe des pensées célestes aux intérêts du monde, et de l'éternité religieuse à l'air léger
du temps. —

Corinne fit remarquer à lord Nelvil, lorsqu'ils furent
hors de l'église, que sur ses portes étaient représentées
en bas-relief les métamorphoses d'Ovide[1]. — On ne se
scandalise point à Rome, lui dit-elle, des images du
paganisme, quand les beaux arts les ont consacrées.

Les merveilles du génie portent toujours à l'ame une impression religieuse, et nous faisons hommage au culte chrétien de tous les chefs-d'œuvres que les autres cultes ont inspirés. — Oswald sourit à cette explication. — Croyez-moi, mylord, continua Corinne, il y a beaucoup de bonne foi dans les sentiments des nations dont l'imagination est très vive. Mais à demain, si vous le voulez, je vous mènerai au Capitole. J'ai, je l'espère, plusieurs courses à vous proposer encore : quand elles seront finies, est-ce que vous partirez ? est-ce que..... Elle s'arrêta, craignant d'en avoir déjà trop dit. — Non, Corinne, reprit Oswald, non, je ne renoncerai point à cet éclair de bonheur, que peut-être un ange tutélaire fait luire sur moi du haut du ciel.

CHAPITRE IV.

Le lendemain Oswald et Corinne partirent avec plus de confiance et de sérénité. Ils étaient des amis qui voyageaient ensemble ; ils commençaient à dire *nous*. Ah ! qu'il est touchant, ce *nous* prononcé par l'amour ! Quelle déclaration il contient, timidement et cependant vivement exprimée ! — Nous allons donc au Capitole, dit Corinne. — Oui, nous y allons, reprit Oswald ; et sa voix disait tout avec des mots si simples, tant son accent avait de tendresse et de douceur ! — C'est du haut du Capitole, tel qu'il est maintenant, dit Corinne, que nous pouvons facilement apercevoir les sept collines. Nous les parcourrons toutes ensuite l'une après l'autre ; il n'en est pas une qui ne conserve des traces de l'histoire. —

Corinne et lord Nelvil suivirent d'abord ce qu'on appelait autrefois la voie sacrée ou la voie triomphale. — Votre char a passé par-là, dit Oswald à Corinne ? — Oui, répondit-elle, cette poussière antique devait

s'étonner de porter un tel char ; mais, depuis la
république romaine, tant de traces criminelles se sont
empreintes sur cette route, que le sentiment de respect
qu'elle inspirait est bien affaibli. — Corinne se fit
conduire ensuite au pied de l'escalier du Capitole
actuel. L'entrée du Capitole ancien était par le Forum.
— Je voudrais bien, dit Corinne, que cet escalier fût le
même que monta Scipion, lorsque, repoussant la
calomnie par la gloire, il alla dans le temple pour
rendre grace aux Dieux des victoires qu'il avait
remportées. Mais ce nouvel escalier, mais ce nouveau
Capitole a été bâti sur les ruines de l'ancien, pour
recevoir le paisible magistrat qui porte à lui tout seul
ce nom immense de sénateur romain, jadis l'objet des
respects de l'univers. Ici nous n'avons plus que des
noms ; mais leur harmonie, mais leur antique dignité
cause toujours une sorte d'ébranlement, une sensation
assez douce, mêlée de plaisirs et de regret. Je demandais l'autre jour à une pauvre femme que je rencontrai,
où elle demeurait ? *A la roche Tarpeïenne,* me répondit-
elle, et ce mot, bien que dépouillé des idées qui jadis y
étaient attachées, agit encore sur l'imagination. —
Oswald et Corinne s'arrêtèrent pour considérer les
deux lions de basalte qu'on voit au pied de l'escalier du
Capitole [9]. Ils viennent d'Égypte, les sculpteurs égyptiens saisissaient avec bien plus de génie la figure des
animaux que celle des hommes. Ces lions du Capitole
sont noblement paisibles, et leur genre de physionomie
est la véritable image de la tranquillité dans la force.

A guisa di leon, quando si posa.

DANTE.
A la manière du lion quand il se repose[a].

Non loin de ces lions on voit une statue de Rome
mutilée, que les Romains modernes ont placée là, sans
songer qu'ils donnaient ainsi le plus parfait emblème

de leur Rome actuelle. Cette statue n'a ni tête, ni pieds, mais le corps et la draperie qui restent ont encore des beautés antiques. Au haut de l'escalier sont deux colosses qui représentent, à ce qu'on croit, Castor et Pollux, puis les trophées de Marius, puis deux colonnes miliaires qui servaient à mesurer l'univers romain, et la statue équestre de Marc-Aurèle, belle et calme au milieu de ces divers souvenirs. Ainsi tout est là, les temps héroïques représentés par les Dioscures, la république par les lions, les guerres civiles par Marius, et les beaux temps des empereurs par Marc-Aurèle.

En avançant vers le Capitole moderne on voit à droite et à gauche deux églises bâties sur les ruines du temple de Jupiter Férétrien et de Jupiter Capitolin [b]. En avant du vestibule est une fontaine présidée par deux fleuves, le Nil et le Tibre, avec la louve de Romulus. On ne prononce pas le nom du Tibre comme celui des fleuves sans gloire ; c'est un des plaisirs de Rome que de dire : *Conduisez-moi sur les bords du Tibre ; traversons le Tibre.* Il semble qu'en prononçant ces paroles on évoque l'histoire et qu'on ranime les morts. En allant au Capitole, du côté du Forum, on trouve à droite les prisons Mamertines. Ces prisons furent d'abord construites par Ancus Martius, et servaient alors aux criminels ordinaires. Mais Servius Tullius en fit creuser sous terre de beaucoup plus cruelles pour les criminels d'état, comme si ces criminels n'étaient pas ceux qui méritent le plus d'égards, puisqu'il peut y avoir de la bonne foi dans leurs erreurs. Jugurtha et les complices de Catilina périrent dans ces prisons : on dit aussi que saint Pierre et saint Paul y ont été renfermés. De l'autre côté du Capitole est la roche Tarpéienne ; au pied de cette roche l'on trouve aujourd'hui un hôpital appelé *l'Hôpital de la Consolation.* Il semble que l'esprit sévère de l'antiquité et la douceur du christianisme soient ainsi rapprochés dans Rome à travers les siècles, et se montrent aux regards comme à la réflexion.

Quand Oswald et Corinne furent arrivés au haut de la tour du Capitole, Corinne lui montra les sept collines, la ville de Rome bornée d'abord au mont Palatin, ensuite aux murs de Servius Tullius qui renfermaient les sept collines, enfin, aux murs d'Aurélien qui servent encore aujourd'hui d'enceinte à la plus grande partie de Rome. Corinne rappela les vers de Tibulle et de Properce, qui se glorifient des faibles commencements dont est sortie la maîtresse du monde[10]. Le mont Palatin fut à lui seul tout Rome pendant quelque temps ; mais dans la suite le palais des empereurs remplit l'espace qui avait suffi pour une nation. Un poëte du temps de Néron fit à cette occasion cette épigramme* : *Rome ne sera bientôt plus qu'un palais. Allez à Véies, Romains, si toutefois ce palais n'occupe pas déjà Véies même.*

Les sept collines sont infiniment moins élevées qu'elles ne l'étaient autrefois lorsqu'elles méritaient le nom de *monts escarpés*. Rome moderne est élevée de quarante pieds au-dessus de Rome ancienne. Les vallées qui séparaient les collines se sont presque comblées par le temps et par les ruines des édifices ; mais ce qui est plus singulier encore, un amas de vases brisés a élevé deux collines nouvelles**, et c'est presque une image des temps modernes, que ces progrès ou plutôt ces débris de la civilisation, mettant de niveau les montagnes avec les vallées, effaçant au moral comme au physique toutes les belles inégalités produites par la nature.

Trois autres collines***, non comprises dans les sept

---

*   Roma domus fiet : Veios migrate, Quirites ;
          Si non et Veios occupat ista domus.

** Le monte Citorio et Testacio.

*** Le Janicule, le monte Vaticano et le monte Mario.

fameuses, donnent à la ville de Rome quelque chose de si pittoresque, que c'est peut-être la seule ville qui, par elle-même, et dans sa propre enceinte, offre les plus magnifiques points de vue. On y trouve un mélange si remarquable de ruines et d'édifices, de campagnes et de déserts, qu'on peut contempler Rome de tous les côtés, et voir toujours un tableau frappant dans la perspective opposée.

Oswald ne pouvait se lasser de considérer les traces de l'antique Rome, du point élevé du Capitole où Corinne l'avait conduit. La lecture de l'histoire, les réflexions qu'elle excite, agissent bien moins sur notre ame que ces pierres en désordre, que ces ruines mêlées aux habitations nouvelles. Les yeux sont tout-puissants sur l'ame : après avoir vu les ruines romaines, on croit aux antiques Romains, comme si l'on avait vécu de leur temps. Les souvenirs de l'esprit sont acquis par l'étude. Les souvenirs de l'imagination naissent d'une impression plus immédiate et plus intime qui donne de la vie à la pensée, et nous rend, pour ainsi dire, témoins de ce que nous avons appris. Sans doute on est importuné de tous ces bâtiments modernes qui viennent se mêler aux antiques débris. Mais un portique debout à côté d'un humble toit ; mais des colonnes entre lesquelles de petites fenêtres d'églises sont pratiquées, un tombeau servant d'asile à toute une famille rustique, produisent je ne sais quel mélange d'idées grandes et simples, je ne sais quel plaisir de découverte qui inspire un intérêt continuel. Tout est commun, tout est prosaïque dans l'extérieur de la plupart de nos villes européennes, et Rome, plus souvent qu'aucune autre, présente le triste aspect de la misère et de la dégradation ; mais tout à coup une colonne brisée, un bas-relief à demi détruit, des pierres liées à la façon indestructible des architectes anciens, vous rappellent qu'il y a dans l'homme une puissance éternelle, une

étincelle divine, et qu'il ne faut pas se lasser de l'exciter
en soi-même et de la ranimer dans les autres.

Ce Forum, dont l'enceinte est si resserrée et qui a vu
tant de choses étonnantes, est une preuve frappante de
la grandeur morale de l'homme. Quand l'univers,
dans les derniers temps de Rome, était soumis à des
maîtres sans gloire, on trouve des siècles entiers dont
l'histoire peut à peine conserver quelques faits; et ce
Forum, petit espace, centre d'une ville alors très-
circonscrite, et dont les habitants combattaient autour
d'elle pour son territoire, ce Forum n'a-t-il pas occupé,
par les souvenirs qu'il retrace, les plus beaux génies de
tous les temps ? Honneur donc, éternel honneur aux
peuples courageux et libres, puisqu'ils captivent ainsi
les regards de la postérité !

Corinne fit remarquer à lord Nelvil qu'on ne
trouvait à Rome que très peu de débris des temps
républicains. Les aqueducs, les canaux construits sous
terre pour l'écoulement des eaux, étaient le seul luxe
de la république et des rois qui l'ont précédée. Il ne
nous reste d'elle que des édifices utiles, des tombeaux
élevés à la mémoire de ses grands hommes, et quelques
temples de brique qui subsistent encore. C'est seulement après la conquête de la Sicile que les Romains
firent usage, pour la première fois, du marbre pour
leurs monuments; mais il suffit de voir les lieux où de
grandes actions se sont passées pour éprouver une
émotion indéfinissable. C'est à cette disposition de
l'ame qu'on doit attribuer la puissance religieuse des
pèlerinages. Les pays célèbres en tout genre, alors
même qu'ils sont dépouillés de leurs grands hommes et
de leurs monuments, exercent beaucoup de pouvoir
sur l'imagination. Ce qui frappait les regards n'existe
plus, mais le charme du souvenir y est resté.

On ne voit plus sur le Forum aucune trace de cette
fameuse tribune d'où le peuple romain était gouverné
par l'éloquence[c]; on y trouve encore trois colonnes

d'un temple élevé par Auguste en l'honneur de Jupiter
Tonnant, lorsque la foudre tomba près de lui sans le
frapper ; un arc de triomphe à Septime Sévère que le
sénat lui éleva pour récompense de ses exploits. Les
noms de ses deux fils, Caracalla et Géta, étaient
inscrits sur le fronton de l'arc ; mais lorsque Caracalla
eut assassiné Géta, il fit ôter son nom, et l'on voit
encore la trace des lettres enlevées. Plus loin est un
temple à Faustine, monument de la faiblesse aveugle
de Marc-Aurèle, un temple à Vénus, qui, du temps de
la république, était consacré à Pallas ; un peu plus loin
les ruines du temple dédié au soleil et à la lune, bâti
par l'empereur Adrien, qui était jaloux d'Apollodore,
fameux architecte grec, et le fit périr pour avoir blâmé
les proportions de son édifice.

De l'autre côté de la place l'on voit les ruines de
quelques monuments consacrés à des souvenirs plus
nobles et plus purs. Les colonnes d'un temple qu'on
croit être celui de Jupiter Stator, Jupiter qui empêchait
les Romains de jamais fuir devant leurs ennemis. Une
colonne, débris d'un temple de Jupiter Gardien, placé,
dit-on, non loin de l'abîme où s'est précipité Curtius.
Des colonnes d'un temple, élevé, les uns disent à la
Concorde, les autres à la Victoire[d]. Peut-être les
peuples conquérants confondent-ils ces deux idées, et
pensent-ils qu'il ne peut exister de véritable paix que
quand ils ont soumis l'univers ? A l'extrémité du mont
Palatin s'élève un bel arc de triomphe dédié à Titus
pour la conquête de Jérusalem. On prétend que les
Juifs qui sont à Rome ne passent jamais sous cet arc, et
l'on montre un petit chemin qu'ils prennent, dit-on,
pour l'éviter. Il est à souhaiter, pour l'honneur des
Juifs, que cette anecdote soit vraie : les longs ressouve-
nirs conviennent aux longs malheurs.

Non loin de là est l'arc de Constantin, embelli de
quelques bas-reliefs enlevés au Forum de Trajan par
les Chrétiens, qui voulaient décorer le monument

consacré au *fondateur du repos ;* c'est ainsi que Constantin fut appelé. Les arts, à cette époque, étaient déjà dans la décadence, et l'on dépouillait le passé pour honorer de nouveaux exploits. Ces portes triomphales qu'on voit encore à Rome perpétuaient, autant que les hommes le peuvent, les honneurs rendus à la gloire. Il y avait sur leurs sommets une place destinée aux joueurs de flûte et de trompette, pour que le vainqueur, en passant, fût enivré tout à la fois par la musique et par la louange, et goûtât dans un même moment toutes les émotions les plus exaltées.

En face de ces arcs de triomphe sont les ruines du temple de la Paix bâti par Vespasien ; il était tellement orné de bronze et d'or dans l'intérieur, que lorsqu'un incendie le consuma, des laves de métaux brûlants en découlèrent jusques dans le Forum. Enfin, le Colisée, la plus belle ruine de Rome, termine la noble enceinte où comparaît toute l'histoire. Ce superbe édifice, dont les pierres seules dépouillées de l'or et des marbres subsistent encore, servit d'arène aux gladiateurs combattant contre les bêtes féroces. C'est ainsi qu'on amusait et trompait le peuple romain par des émotions fortes, alors que les sentiments naturels ne pouvaient plus avoir d'essor. L'on entrait par deux portes dans le Colisée, l'une qui était consacrée aux vainqueurs, l'autre par laquelle on emportait les morts *. Singulier mépris pour l'espèce humaine, que de destiner d'avance la mort ou la vie de l'homme au simple passe-temps d'un spectacle ! Titus, le meilleur des empereurs, dédia ce Colisée au peuple romain ; et ces admirables ruines portent avec elles un si beau caractère de magnificence et de génie, qu'on est tenté de se faire illusion sur la véritable grandeur, et d'accorder aux chefs-d'œuvres de l'art l'admiration qui n'est due

* Sana vivaria, sandapilaria.

qu'aux monuments consacrés à des institutions généreuses.

Oswald ne se laissait point aller à l'admiration
qu'éprouvait Corinne ; en contemplant ces quatre
galeries, ces quatre édifices, s'élevant les uns sur les
autres, ce mélange de pompe et de vétusté, qui tout à
la fois inspire le respect et l'attendrissement, il ne
voyait dans ces lieux que le luxe du maître et le sang
des esclaves, et se sentait prévenu contre les beaux-
arts, qui ne s'inquiètent point du but, et prodiguent
leurs dons à quelqu'objet qu'on les destine. Corinne
essayait de combattre cette disposition. — Ne portez
point, dit-elle à lord Nelvil, la rigueur de vos principes
de morale et de justice dans la contemplation des
monuments d'Italie ; ils rappellent pour la plupart, je
vous l'ai dit, plutôt la splendeur, l'élégance et le goût
des formes antiques, que l'époque glorieuse de la vertu
romaine. Mais ne trouvez-vous pas quelques traces de
la grandeur morale des premiers temps dans le luxe
gigantesque des monuments qui leur ont succédé ? La
dégradation même de ce peuple romain est imposante
encore ; son deuil de la liberté couvre le monde de
merveilles, et le génie des beautés idéales cherche à
consoler l'homme de la dignité réelle et vraie qu'il a
perdue. Voyez ces bains immenses ouverts à tous ceux
qui voulaient en goûter les voluptés orientales ; ces
cirques destinés aux éléphants qui venaient combattre
avec les tigres ; ces aqueducs qui faisaient tout à coup
un lac de ces arènes, où des galères luttaient à leur
tour, où des crocodiles paraissaient à la place où des
lions naguères s'étaient montrés ; voilà quel fut le luxe
des Romains, quand ils placèrent dans le luxe leur
orgueil ! Ces obélisques amenés d'Égypte, et dérobés
aux ombres africaines, pour venir décorer les sépulcres
des Romains ; cette population de statues qui existait
autrefois dans Rome, ne peut être considérée comme
l'inutile et fastueuse pompe des despotes de l'Asie :

c'est le génie romain, vainqueur du monde, que les arts ont revêtu d'une forme extérieure. Il y a quelque chose de surnaturel dans cette magnificence, et sa splendeur poétique fait oublier et son origine et son but. —

L'éloquence de Corinne excitait l'admiration d'Oswald, sans le convaincre ; il cherchait par-tout un sentiment moral, et toute la magie des arts ne pouvait jamais lui suffire. Alors Corinne se rappela que, dans cette même arène, les Chrétiens persécutés étaient morts victimes de leur persévérance ; et montrant à lord Nelvil les autels élevés en l'honneur de leurs cendres ʿ, et cette route de la croix que suivent les pénitents au pied des plus magnifiques débris de la grandeur mondaine, elle lui demanda si cette poussière des martyrs ne disait rien à son cœur. — Oui, s'écriat-il, j'admire profondément cette puissance de l'ame et de la volonté contre les douleurs et la mort : un sacrifice, quel qu'il soit, est plus beau, plus difficile, que tous les élans de l'ame et de la pensée. L'imagination exaltée peut produire les miracles du génie ; mais ce n'est qu'en se dévouant à son opinion, ou à ses sentiments, qu'on est vraiment vertueux : c'est alors seulement qu'une puissance céleste subjugue en nous l'homme mortel. — Ces paroles nobles et pures troublèrent cependant Corinne ; elle regarda lord Nelvil, puis elle baissa les yeux ; et bien qu'en ce moment il prît sa main et la serrât contre son cœur, elle frémit de l'idée qu'un tel homme pouvait immoler les autres et lui-même au culte des opinions, des principes ou des devoirs dont il aurait fait choix.

CHAPITRE V.

Après la course du Capitole et du Forum, Corinne et lord Nelvil employèrent deux jours à parcourir les sept collines. Les Romains d'autrefois faisaient une fête en l'honneur des sept collines : c'est une des beautés originales de Rome, que ces monts enfermés dans son enceinte ; et l'on conçoit sans peine comment l'amour de la patrie se plaisait à célébrer cette singularité.

Oswald et Corinne, ayant vu la veille le mont Capitolin, recommencèrent leurs courses par le mont Palatin. Le palais des Césars, appelé *le palais d'or,* l'occupait tout entier[a]. Ce mont n'offre à présent que les débris de ce palais. Auguste, Tibère, Caligula et Néron, en ont bâti les quatre côtés, et des pierres, recouvertes par des plantes fécondes, sont tout ce qu'il en reste aujourd'hui : la nature y a repris son empire sur les travaux des hommes, et la beauté des fleurs console de la ruine des palais. Le luxe, du temps des rois et de la république, consistait seulement dans les édifices publics ; les maisons des particuliers étaient très petites et très simples. Cicéron, Hortensius[b], les Gracques, habitaient sur ce mont Palatin, qui suffit à peine, lors de la décadence de Rome, à la demeure d'un seul homme. Dans les derniers siècles, la nation ne fut plus qu'une foule anonyme, désignée seulement par l'ère de son maître : on cherche en vain dans ces lieux les deux lauriers plantés devant la porte d'Auguste, le laurier de la guerre, et celui des beaux-arts cultivés par la paix ; tous les deux ont disparu.

Il reste encore sur le mont Palatin quelques chambres des bains de Livie ; l'on y montre la place des pierres précieuses qu'on prodiguait alors aux plafonds, comme un ornement ordinaire ; et l'on y voit des peintures dont les couleurs sont encore parfaitement intactes ; la fragilité même des couleurs ajoute à l'étonnement de les voir conservées, et rapproche de nous les temps passés. S'il est vrai que Livie abrégea les jours d'Auguste, c'est dans l'une de ces chambres que fut conçu cet attentat ; et les regards du souverain du monde, trahi dans ses affections les plus intimes, se sont peut-être arrêtés sur l'un de ces tableaux dont les élégantes fleurs subsistent encore. Que pensa-t-il, dans sa vieillesse, de la vie et de ses pompes ? Se rappela-t-il ses proscriptions ou sa gloire ? craignit-il, espéra-t-il un monde à venir ? et la dernière pensée qui révèle tout à l'homme, la dernière pensée d'un maître de l'univers erre-t-elle encore sous ces voûtes ?[11]

Le mont Aventin offre plus qu'aucun autre les traces des premiers temps de l'histoire romaine. Précisément en face du palais construit par Tibère on voit les débris du temple de la Liberté, bâti par le père des Gracques. Au pied du mont Aventin était le temple dédié à la Fortune virile, par Servius Tullius, pour remercier les dieux de ce qu'étant né esclave, il était devenu roi[c]. Hors des murs de Rome on trouve aussi les débris d'un temple qui fut consacré à la Fortune des femmes, lorsque Véturie arrêta Coriolan. Vis-à-vis du mont Aventin est le mont Janicule, sur lequel Porsenna plaça son armée. C'est en face de ce mont qu'Horatius Coclès fit couper derrière lui le pont qui conduisait à Rome. Les fondements de ce pont subsistent encore ; il y a sur les bords du fleuve un arc de triomphe bâti en briques, aussi simple que l'action qu'il rappelle était grande. Cet arc fut élevé, dit-on, en l'honneur d'Horatius Coclès[d]. Au milieu du Tibre on aperçoit une île formée des gerbes de blé recueillies dans les champs de Tarquin, et qui furent pendant long-temps exposées sur le fleuve parceque le peuple romain ne voulait point les prendre, croyant qu'un mauvais sort y était attaché[e]. On aurait de la peine, de nos jours, à faire tomber sur des richesses quelconques des malédictions assez efficaces pour que personne ne consentît à s'en emparer.

C'est sur le mont Aventin que furent placés les temples de la Pudeur Patricienne[f] et de la Pudeur Plébéienne. Au pied de ce mont on voit le temple de Vesta, qui subsiste encore presque en entier, quoique

les inondations du Tibre l'aient souvent menacé[g]*.
Non loin de là sont les débris d'une prison pour dettes,
où se passa, dit-on, le beau trait de piété filiale
généralement connu[h]. C'est aussi dans ce même lieu
que Clélie et ses compagnes, prisonnières de Porsenna,
traversèrent le Tibre pour venir rejoindre les Romains.
Ce mont Aventin repose l'ame de tous les souvenirs
pénibles que rappellent les autres collines, et son
aspect est beau comme les souvenirs qu'il retrace. On
avait donné le nom de belle rive (*pulchrum littus*) au
bord du fleuve qui est au pied de cette colline. C'est là
que se promenaient les orateurs de Rome en sortant du
Forum ; c'est là que César et Pompée se rencontraient
comme de simples citoyens, et qu'ils cherchaient à
captiver Cicéron, dont l'indépendante éloquence leur
importait plus alors que la puissance même de leurs
armées.

La poésie vient encore embellir ce séjour. Virgile a
placé sur le mont Aventin la caverne de Cacus[i] ; et les
Romains, si grands par leur histoire, le sont encore par
les fictions héroïques dont les poëtes ont orné leur
origine fabuleuse. Enfin, en revenant du mont Aventin
on aperçoit la maison de Nicolas Rienzi[j], qui essaya
vainement de faire revivre les temps anciens dans les
temps modernes ; et ce souvenir, tout faible qu'il est à
côté des autres, fait encore penser long-temps. Le mont
Cœlius est remarquable parcequ'on y voit les débris
du camp des prétoriens et de celui des soldats étrangers. On a trouvé cette inscription dans les ruines de
l'édifice construit pour recevoir ces soldats : *Au génie
saint des camps étrangers.* Saint, en effet, pour ceux dont il
maintenait la puissance ! Ce qui reste de ces antiques
casernes fait juger qu'elles étaient bâties à la manière
des cloîtres, ou plutôt que les cloîtres ont été bâtis sur
leur modèle.

---

* Vidimus flavum Tiberim, etc.

Le mont Esquilin était appelé le mont *des Poëtes*, parceque Mécène ayant son palais sur cette colline, Horace, Properce et Tibulle y avaient aussi leur habitation. Non loin de là sont les ruines des Thermes de Titus et de Trajan[k]. On croit que Raphaël prit le modèle de ces arabesques dans les peintures à fresque des Thermes de Titus. C'est aussi là qu'on a découvert le groupe de Laocoon. La fraîcheur de l'eau donne un tel sentiment de plaisir dans les pays chauds, qu'on se plaisait à réunir toutes les pompes du luxe et toutes les jouissances de l'imagination dans les lieux où l'on se baignait. Les Romains y faisaient exposer les chefs-d'œuvres de la peinture et de la sculpture. C'était à la clarté des lampes qu'ils les considéraient ; car il paraît, par la construction de ces bâtiments, que le jour n'y pénétrait jamais, et qu'on voulait ainsi se préserver de ces rayons du soleil si poignants dans le midi : c'est sans doute à cause de la sensation qu'ils produisent que les anciens les ont appelés les dards d'Apollon. On pourrait croire, en observant les précautions extrêmes prises par les anciens contre la chaleur, que le climat était alors plus brûlant encore que de nos jours. C'est dans les Thermes de Caracalla qu'étaient placés l'Hercule Farnèse, la Flore et le groupe de Dircé[l]. Près d'Ostie, l'on a trouvé dans les bains de Néron l'Apollon du Belvédère. Peut-on concevoir qu'en regardant cette noble figure, Néron n'ait pas senti quelques mouvements généreux !

Les Thermes et les Cirques sont les seuls genres d'édifices consacrés aux amusements publics dont il reste des traces à Rome. Il n'y a point d'autre théâtre que celui de Marcellus, dont les ruines subsistent encore. Pline raconte que l'on a vu trois cent soixante colonnes de marbre et trois mille statues dans un théâtre qui ne devait durer que peu de jours. Tantôt les Romains élevaient des bâtiments si solides, qu'ils résistaient aux tremblements de terre ; tantôt ils se

plaisaient à consacrer des travaux immenses à des
édifices qu'ils détruisaient eux-mêmes quand les fêtes
étaient finies : ils se jouaient ainsi du temps sous toutes
les formes. Les Romains, d'ailleurs, n'avaient pas,
comme les Grecs, la passion des représentations dramatiques ; les beaux-arts ne fleurirent à Rome que par
les ouvrages et les artistes de la Grèce, et la grandeur
romaine s'exprimait plutôt par la magnificence colos-
sale de l'architecture, que par les chefs-d'œuvres de
l'imagination. Ce luxe gigantesque, ces merveilles de
la richesse ont un grand caractère de dignité : ce
n'était plus de la liberté, mais c'était toujours de la
puissance. Les monuments consacrés aux bains
publics s'appelaient des provinces ; on y réunissait les
diverses productions, et les divers établissements qui
peuvent se trouver dans un pays tout entier. Le Cirque
(appelé *Circus maximus*), dont on voit encore les débris,
touchait de si près aux palais des Césars, que Néron,
des fenêtres de son palais, pouvait donner le signal des
jeux. Le Cirque était assez grand pour contenir trois
cent mille personnes. La nation presque tout entière
était amusée dans le même moment : ces fêtes immenses pouvaient être considérées comme une sorte d'institution populaire qui réunissait tous les hommes pour
le plaisir, comme autrefois ils se réunissaient pour la
gloire.

Le mont Quirinal et le mont Viminal se tiennent de
si près, qu'il est difficile de les distinguer : c'était là
qu'existait la maison de Salluste et celle de Pompée ;
c'est aussi là que le pape a maintenant fixé son séjour.
On ne peut faire un pas dans Rome sans rapprocher le
présent du passé, et les différents passés entre eux.
Mais on apprend à se calmer sur les évènements de son
temps en voyant l'éternelle mobilité de l'histoire des
hommes ; et l'on a comme une sorte de honte de
s'agiter, en présence de tant de siècles, qui tous ont
renversé l'ouvrage de leurs prédécesseurs.

A côté des sept collines, ou sur leur penchant, ou sur leur sommet, on voit s'élever une multitude de clochers, des obélisques, la colonne Trajane, la colonne Antonine, la tour de Conti, d'où l'on prétend que Néron contempla l'incendie de Rome, et la coupole de Saint-Pierre, qui domine encore sur tout ce qui domine. Il semble que l'air soit peuplé par tous ces monuments qui se prolongent vers le ciel, et qu'une ville aérienne plane avec majesté sur la ville de la terre.

En rentrant dans Rome, Corinne fit passer Oswald sous le portique d'Octavie, de cette femme qui a si bien aimé et tant souffert; puis ils traversèrent *la Route Scélérate,* par laquelle l'infâme Tullie a passé, foulant le corps de son père sous les pieds de ses chevaux[m] : on voit de loin le temple élevé par Agrippine en l'honneur de Claude, qu'elle a fait empoisonner; et l'on passe enfin devant le tombeau d'Auguste, dont l'enceinte intérieure sert aujourd'hui d'arène aux combats des animaux.

— Je vous ai fait parcourir bien rapidement, dit Corinne à lord Nelvil, quelques traces de l'histoire antique; mais vous comprendrez le plaisir qu'on peut trouver dans ces recherches, à la fois savantes et poétiques, qui parlent à l'imagination comme à la pensée. Il y a dans Rome beaucoup d'hommes distingués dont la seule occupation est de découvrir un nouveau rapport entre l'histoire et les ruines. — Je ne sais point d'étude qui captivât davantage mon intérêt, reprit lord Nelvil, si je me sentais assez de calme pour m'y livrer : ce genre d'érudition est bien plus animé que celle qui s'acquiert par les livres : on dirait que l'on fait revivre ce qu'on découvre, et que le passé reparaît sous la poussière qui l'a enseveli. — Sans doute, dit Corinne, et ce n'est pas un vain préjugé que cette passion pour les temps antiques. Nous vivons dans un siècle où l'intérêt personnel semble le seul principe de toutes les actions des hommes; et quelle sympathie, quelle émotion, quel enthousiasme pourrait jamais résulter de l'intérêt personnel ! Il est plus doux de rêver à ces jours de dévouement, de sacrifice et d'héroïsme qui pourtant ont existé, et dont la terre porte encore les honorables traces.

CHAPITRE VI.

Corinne se flattait en secret d'avoir captivé le cœur d'Oswald ; mais comme elle connaissait sa réserve et sa sévérité, elle n'avait point osé lui montrer tout l'intérêt qu'il lui inspirait, quoiqu'elle fût disposée, par caractère, à ne point cacher ce qu'elle éprouvait. Peut-être aussi croyait-elle que, même en se parlant sur des sujets étrangers à leur sentiment, leur voix avait un accent qui trahissait leur affection mutuelle, et qu'un aveu secret d'amour était peint dans leurs regards et dans ce langage mélancolique et voilé qui pénètre si profondément dans l'ame.

Un matin, lorsque Corinne se préparait à continuer ses courses avec Oswald, elle reçut un billet de lui, presque cérémonieux, qui lui annonçait que le mauvais état de sa santé le retenait chez lui pour quelques jours. Une inquiétude douloureuse serra le cœur de Corinne : d'abord elle craignit qu'il ne fût dangereusement malade ; mais le comte d'Erfeuil, qu'elle vit le soir, lui dit que c'était un de ces accès de mélancolie auxquels il était très sujet, et pendant lesquels il ne voulait parler à personne. — Moi-même, dit alors le comte d'Erfeuil, quand il est comme cela, je ne le vois pas. — Ce *moi-même* déplaisait assez à Corinne ; mais elle se garda bien de le témoigner au seul homme qui pût lui donner des nouvelles de lord Nelvil. Elle l'interrogea, se flattant qu'un homme aussi léger, du moins en apparence, lui dirait tout ce qu'il savait. Mais tout à coup, soit qu'il voulût cacher par un air de

mystère qu'Oswald ne lui avait rien confié, soit qu'il
crût plus honorable de refuser ce qu'on lui demandait
que de l'accorder, il opposa un silence imperturbable à
l'ardente curiosité de Corinne. Elle qui avait toujours
eu de l'ascendant sur tous ceux à qui elle avait parlé,
ne pouvait comprendre pourquoi ses moyens de per-
suasion étaient sans effet sur le comte d'Erfeuil : ne
savait-elle pas que l'amour-propre est ce qu'il y a au
monde de plus inflexible ?

Quelle ressource restait-il donc à Corinne pour
savoir ce qui se passait dans le cœur d'Oswald ! lui
écrire ! Tant de mesure est nécessaire en écrivant ! et
Corinne était sur-tout aimable par l'abandon et le
naturel. Trois jours s'écoulèrent, pendant lesquels elle
ne vit point lord Nelvil, et fut tourmentée par une
agitation mortelle. — Qu'ai-je donc fait, se disait-elle,
pour le détacher de moi ? Je ne lui ai point dit que je
l'aimais, je n'ai point eu ce tort si terrible en Angleterre, et si pardonnable en Italie. L'a-t-il deviné ? Mais
pourquoi m'en estimerait-il moins ? Oswald ne s'était
éloigné de Corinne que parcequ'il se sentait trop
vivement entraîné par son charme. Bien qu'il n'eût pas
donné sa parole d'épouser Lucile Edgermond, il savait
que l'intention de son père avait été de la lui donner
pour femme, et il désirait s'y conformer. Enfin Corinne
n'était point connue sous son véritable nom, et menait,
depuis plusieurs années, une vie beaucoup trop indépendante ; un tel mariage n'eût point obtenu (lord
Nelvil le croyait) l'approbation de son père, et il
sentait bien que ce n'était pas ainsi qu'il pouvait expier
ses torts envers lui. Voilà quels étaient ses motifs pour
s'éloigner de Corinne. Il avait formé le projet de lui
écrire en quittant Rome, ce qui le condamnait à cette
résolution ; mais comme il ne s'en sentait pas la force,
il se bornait à ne pas aller chez elle, et ce sacrifice
toutefois lui parut dès le second jour trop pénible.

Corinne était frappée de l'idée qu'elle ne reverrait plus Oswald, qu'il s'en irait sans lui dire adieu. Elle s'attendait à chaque instant à recevoir la nouvelle de son départ, et cette crainte exaltait tellement son sentiment, qu'elle se sentit saisie tout à coup par la passion, par cette griffe de vautour sous laquelle le bonheur et l'indépendance succombent. Ne pouvant rester dans sa maison, où lord Nelvil ne venait pas, elle errait quelquefois dans les jardins de Rome, espérant le rencontrer. Elle supportait mieux les heures, pendant lesquelles se promenant au hasard, elle avait une chance quelconque de l'apercevoir. L'imagination ardente de Corinne était la source de son talent ; mais, pour son malheur, cette imagination se mêlait à sa sensibilité naturelle, et la lui rendait souvent très douloureuse.

Le soir du quatrième jour de cette cruelle absence il faisait un beau clair de lune, et Rome est bien belle pendant le silence de la nuit ; il semble alors qu'elle n'est habitée que par ses illustres ombres. Corinne, en revenant de chez une femme de ses amis, oppressée par la douleur, descendit de sa voiture et se reposa quelques instants près de la fontaine de Trévi, devant cette source abondante qui tombe en cascade au milieu de Rome, et semble comme la vie de ce tranquille séjour. Lorsque pendant quelques jours cette cascade s'arrête, on dirait que Rome est frappée de stupeur. C'est le bruit des voitures que l'on a besoin d'entendre dans les autres villes, à Rome c'est le murmure de cette fontaine immense qui semble comme l'accompagnement nécessaire à l'existence rêveuse qu'on y mène : l'image de Corinne se peignit dans cette onde si pure qu'elle porte depuis plusieurs siècles le nom de l'*eau virginale*. Oswald, qui s'était arrêté dans le même lieu peu de moments après, aperçut le charmant visage de son amie qui se répétait dans l'eau. Il fut saisi d'une émotion tellement vive, qu'il ne savait pas d'abord si c'était son imagination qui lui faisait apparaître l'ombre de Corinne, comme tant de fois elle lui avait montré celle de son père ; il se pencha vers la fontaine pour mieux voir, et ses propres traits vinrent alors se réfléchir à côté de ceux de Corinne. Elle le reconnut, fit un cri, s'élança vers lui rapidement et lui saisit le bras, comme si elle eût craint qu'il ne s'échappât de nouveau ; mais à peine se fut-elle livrée à ce mouvement trop impétueux, qu'elle rougit, en se ressouvenant du caractère de lord Nelvil, d'avoir montré si vivement ce qu'elle éprouvait, et laissant tomber la main qui retenait Oswald, elle se couvrit le visage avec l'autre pour cacher ses pleurs.

— Corinne, dit Oswald, chère Corinne, mon absence vous a donc rendue malheureuse ! — Oh, oui, répondit-elle, et vous en étiez sûr ! Pourquoi donc me faire du mal ? ai-je mérité de souffrir par vous ! — Non, s'écria lord Nelvil, non, sans doute. Mais si je ne me crois pas libre, si je sens que je n'ai dans le cœur que des inquiétudes et des regrets, pourquoi vous associerais-je à cette tourmente de sentiments et de craintes ? Pourquoi...... — Il n'est plus temps, interrompit Corinne, il n'est plus temps, la douleur est déjà dans mon sein, ménagez-moi. — Vous, de la douleur ? reprit Oswald ; est-ce au milieu d'une carrière si brillante, de tant de succès, avec une imagination si vive ? — Arrêtez, dit Corinne, vous ne me connaissez pas ; de toutes mes facultés la plus puissante, c'est la faculté de souffrir. Je suis née pour le bonheur, mon caractère est confiant, mon imagination est animée ; mais la peine excite en moi je ne sais quelle impétuosité qui peut troubler ma raison ou me donner la mort. Je vous le répète encore, ménagez-moi ; la gaieté, la mobilité ne me servent qu'en apparence ; mais il y a dans mon ame des abîmes de tristesse dont je ne pouvais me défendre qu'en me préservant de l'amour. —

Corinne prononça ces mots avec une expression qui émut vivement Oswald. — Je reviendrai vous voir demain matin, reprit-il ; n'en doutez pas, Corinne. — Me le jurez-vous ? dit-elle avec une inquiétude qu'elle s'efforçait en vain de cacher. — Oui, je le jure, s'écria lord Nelvil, et il disparut.

Livre V.

LES TOMBEAUX, LES ÉGLISES ET LES PALAIS.

CHAPITRE PREMIER.

Le lendemain, Oswald et Corinne furent embarrassés l'un et l'autre en se revoyant. Corinne n'avait plus de confiance dans l'amour qu'elle inspirait. Oswald était mécontent de lui-même ; il se connaissait dans le caractère un genre de faiblesse qui l'irritait quelquefois contre ses propres sentiments comme contre une tyrannie ; et tous les deux cherchèrent à ne pas se parler de leur affection mutuelle. — Je vous propose aujourd'hui, dit Corinne, une course assez solennelle, mais qui sûrement vous intéressera : allons voir les tombeaux : allons voir le dernier asile de ceux qui vécurent parmi les monuments dont nous avons comtemplé les ruines. — Oui, répondit Oswald, vous avez deviné ce qui convient à la disposition actuelle de mon ame ; et il prononça ces mots avec un accent si douloureux, que Corinne se tut quelques moments, n'osant pas essayer de lui parler. Mais reprenant courage par le désir de soulager Oswald de ses peines,

en l'intéressant vivement à tout ce qu'ils voyaient
ensemble, elle lui dit : — Vous le savez, mylord, loin
que chez les anciens l'aspect des tombeaux décora-
geât les vivants, on croyait inspirer une émulation
nouvelle en plaçant ces tombeaux sur les routes
publiques, afin que retraçant aux jeunes gens le
souvenir des hommes illustres, ils invitassent silencieusement à les imiter. — Ah ! que j'envie, dit Oswald en
soupirant, tous ceux dont les regrets ne sont pas mêlés
à des remords ! — Vous, des remords, s'écria Corinne,
vous ! Ah ! je suis certaine qu'ils ne sont en vous qu'une
vertu de plus, un scrupule du cœur, une délicatesse
exaltée. — Corinne, Corinne, n'approchez pas de ce
sujet, interrompit Oswald : dans votre heureuse
contrée les sombres pensées disparaissent à la clarté
des cieux ; mais la douleur qui a creusé jusqu'au fond
de notre ame ébranle à jamais toute notre existence. —
Vous me jugez mal, répondit Corinne ; je vous l'ai déjà
dit, bien que mon caractère soit fait pour jouir
vivement du bonheur, je souffrirais plus que vous,
si..... Elle n'acheva pas, et changea de discours. —
Mon seul désir, mylord, continua-t-elle, c'est de vous
distraire un moment ; je n'espère rien de plus. — La
douceur de cette réponse toucha lord Nelvil ; et voyant
une expression de mélancolie dans les regards de
Corinne naturellement si pleins d'intérêt et de flamme,
il se reprocha d'attrister une personne née pour les
impressions vives et douces, et s'efforça de l'y ramener.
Mais l'inquiétude qu'éprouvait Corinne sur les projets
d'Oswald, sur la possibilité de son départ, troublait
entièrement sa sérénité accoutumée.

Elle conduisit lord Nelvil hors des portes de la ville,
sur les anciennes traces de la voie Appienne. Ces traces
sont marquées, au milieu de la campagne de Rome,
par des tombeaux à droite et à gauche dont les ruines
se voient à perte de vue à plusieurs milles en-delà des
murs. Les Romains ne souffraient pas qu'on ensevelît

les morts dans l'intérieur de la ville ; les tombeaux seuls des empereurs y étaient admis. Cependant un simple citoyen, nommé Publius Biblius, obtint cette faveur, en récompense de ses vertus obscures[a]. Les contemporains, en effet, honorent plus volontiers celles-là que toutes les autres.

On passe, pour aller à la voie Appienne, par la porte Saint-Sébastien, autrefois appelée *Capene*[b]. Cicéron dit qu'en sortant par cette porte, les tombeaux qu'on aperçoit les premiers sont ceux des Métellus, des Scipions et des Servilius[c]. Le tombeau de la famille des Scipions a été trouvé dans ces lieux mêmes, et transporté depuis au Vatican. C'est presque un sacrilège de déplacer les cendres, d'altérer les ruines : l'imagination tient de plus près qu'on ne croit à la morale ; il ne faut pas l'offenser. Parmi tant de tombeaux qui frappent les regards, on place des noms au hasard, sans pouvoir être assuré de ce qu'on suppose ; mais cette incertitude même inspire une émotion qui ne permet de voir avec indifférence aucun de ces monuments. Il en est dans lesquels des maisons de paysans sont pratiquées ; car les Romains consacraient un grand espace et des édifices assez vastes à l'urne funéraire de leurs amis ou de leurs concitoyens illustres. Ils n'avaient pas cet aride principe d'utilité qui fertilise quelques coins de terre de plus, en frappant de stérilité le vaste domaine du sentiment et de la pensée.

On voit, à quelque distance de la voie Appienne, un temple élevé par la république à l'Honneur et à la Vertu ; un autre au Dieu qui a fait retourner Annibal sur ses pas[d] ; la fontaine d'Egérie, où Numa allait consulter la divinité des hommes de bien, la conscience interrogée dans la solitude. Il semble qu'autour de ces tombeaux les traces seules des vertus subsistent encore. Aucun monument des siècles du crime ne se trouve à côté des lieux où reposent ces illustres morts ; ils se

sont entourés d'un honorable espace, où les plus
nobles souvenirs peuvent régner sans être troublés.

L'aspect de la campagne autour de Rome a quelque
chose de singulièrement remarquable : sans doute
c'est un désert, car il n'y a point d'arbres ni d'habitations ; mais la terre est couverte de plantes naturelles
que l'énergie de la végétation renouvelle sans cesse.
Ces plantes parasites se glissent dans les tombeaux,
décorent les ruines, et semblent là seulement pour
honorer les morts. On dirait que l'orgueilleuse nature
a repoussé tous les travaux de l'homme, depuis que les
Cincinnatus ne conduisent plus la charrue qui sillon-
nait son sein ; elle produit des plantes au hasard, sans
permettre que les vivants se servent de sa richesse. Ces
plaines incultes doivent déplaire aux agriculteurs, aux
administrateurs, à tous ceux qui spéculent sur la terre
et veulent l'exploiter pour les besoins de l'homme ;
mais les ames rêveuses, que la mort occupe autant que
la vie, se plaisent à contempler cette campagne de
Rome où le temps présent n'a imprimé aucune trace ;
cette terre qui chérit ses morts, et les couvre avec
amour des inutiles fleurs, des inutiles plantes qui se
traînent sur le sol, et ne s'élèvent jamais assez pour se
séparer des cendres qu'elles ont l'air de caresser.

Oswald convint que dans ce lieu l'on devait goûter
plus le calme que par-tout ailleurs. L'ame n'y souffre
pas autant par les images que la douleur lui représente ; il semble que l'on partage encore avec ceux qui
ne sont plus les charmes de cet air, de ce soleil et de
cette verdure. Corinne observa l'impression que recevait lord Nelvil, et elle en conçut quelque espérance :
elle ne se flattait point de consoler Oswald ; elle n'eût
pas même souhaité d'effacer de son cœur les justes
regrets qu'il devait à la perte de son père ; mais il y a
dans le sentiment même des regrets quelque chose de
doux et d'harmonieux qu'il faut tâcher de faire connaî-

tre à ceux qui n'en ont encore éprouvé que les amertumes, c'est le seul bien qu'on puisse leur faire.

— Arrêtons-nous ici, dit Corinne, en face de ce tombeau, le seul qui reste encore presque en entier : ce n'est point le tombeau d'un Romain célèbre, c'est celui de Cécilia Métella, jeune fille à qui son père a fait élever ce monument. — Heureux, dit Oswald, heureux les enfants qui meurent dans les bras de leur père, et reçoivent la mort dans le sein qui leur donna la vie, la mort elle-même alors perd son aiguillon pour eux.

— Oui, dit Corinne avec émotion, heureux ceux qui ne sont pas orphelins. Voyez, on a sculpté des armes sur ce tombeau, bien que ce soit celui d'une femme ; mais les filles des héros peuvent avoir sur leurs tombes les trophées de leur père : c'est une belle union que celle de l'innocence et de la valeur. Il y a une élégie de Properce qui peint mieux qu'aucun autre écrit de l'antiquité cette dignité des femmes chez les Romains, plus imposante et plus pure que l'éclat même dont elles jouissaient pendant le temps de la chevalerie. Cornélie morte dans sa jeunesse, adresse à son époux les adieux et les consolations les plus touchantes, et l'on y sent presque à chaque mot tout ce qu'il y a de respectable et de sacré dans les liens de famille. Le noble orgueil d'une vie sans tache se peint dans cette poésie majestueuse des Latins, dans cette poésie noble et sévère comme les maîtres du monde. *Oui*, dit Cornélie, *aucune tache n'a souillé ma vie depuis l'hymen jusqu'au bûcher ; j'ai vécu pure entre les deux flambeaux*[12]. Quelle admirable expression, s'écria Corinne ! quelle image sublime ! et qu'il est digne d'envie le sort de la femme qui peut avoir ainsi conservé la plus parfaite unité dans sa destinée, et n'emporte au tombeau qu'un souvenir ! c'est assez pour une vie. —

En achevant ces mots, les yeux de Corinne se remplirent de larmes, un sentiment cruel, un soupçon pénible s'empara du cœur d'Oswald. — Corinne,

s'écria-t-il, Corinne, votre ame délicate n'a-t-elle rien à
se reprocher ? si je pouvais disposer de moi, si je
pouvais m'offrir à vous, n'aurais-je point de rivaux
dans le passé ? pourrais-je être fier de mon choix ? une
jalousie cruelle ne troublerait-elle pas mon bonheur ?
— Je suis libre, et je vous aime comme je n'ai jamais
aimé, répondit Corinne ; que voulez-vous de plus ?
Faut-il me condamner à vous avouer qu'avant de vous
avoir connu, mon imagination a pu me tromper sur
l'intérêt qu'on m'inspirait ! Et n'y a-t-il pas dans le
cœur de l'homme une pitié divine pour les erreurs que
le sentiment, ou du moins l'illusion du sentiment,
aurait fait commettre ! — En achevant ces mots, une
rougeur modeste couvrit son visage. Oswald tressaillit,
mais il se tut. Il y avait dans le regard de Corinne une
expression de repentir et de timidité qui ne lui permit
pas de la juger avec rigueur, et il lui sembla qu'un
rayon du ciel descendait sur elle pour l'absoudre. Il
prit sa main, la serra contre son cœur, et se mit à
genoux devant elle sans rien prononcer, sans rien
promettre, mais en la contemplant avec un regard
d'amour qui laissait tout espérer.

— Croyez-moi, dit Corinne à lord Nelvil, ne for-
mons point de plan pour les années qui suivront. Les
plus heureux moments de la vie sont encore ceux
qu'un hasard bienfaisant nous accorde. Est-ce donc
ici, est-ce donc au milieu des tombeaux qu'il faut tant
croire à l'avenir ? Non, s'écria lord Nelvil, non, je ne
crois point à l'avenir qui nous séparerait ? Ces quatre
jours d'absence m'ont trop bien appris que je n'existais
plus maintenant que par vous. — Corinne ne répondit
rien à ces douces paroles, mais elle les recueillit
religieusement dans son cœur ; elle craignait toujours,
en prolongeant l'entretien sur le sentiment qui seul
l'occupait, d'exciter Oswald à déclarer ses projets
avant qu'une plus longue habitude lui rendît la
séparation impossible. Souvent même elle dirigeait à

dessein son attention vers les objets extérieurs ; comme
cette sultane des contes arabes qui cherchait à captiver, par mille récits divers, l'intérêt de celui qu'elle
aimait, afin d'éloigner la décision de son sort jusqu'au
moment où les charmes de son esprit remportèrent la
victoire.

CHAPITRE II.

Non loin de la voie Appienne, Oswald et Corinne se
firent montrer les *Columbarium* où les esclaves sont
réunis à leurs maîtres, où l'on voit dans un même
tombeau tout ce qui vécut par la protection d'un seul
homme ou d'une seule femme. Les femmes de Livie,
par exemple, celles qui, consacrées jadis aux soins de
sa beauté, luttaient pour elle contre le temps, et
disputaient aux années quelques-uns de ses charmes,
sont placées à côté d'elle dans de petites urnes. On
croit voir une collection de morts obscurs autour d'un
mort illustre, non moins silencieux que son cortège. A
peu de distance de là, l'on aperçoit un champ où les
vestales infidèles à leurs vœux étaient enterrées vivantes ; singulier exemple de fanatisme dans une religion
naturellement tolérante.

— Je ne vous mènerai point aux Catacombes, dit
Corinne à lord Nelvil, quoique, par un hasard singulier, elles soient au-dessous de cette voie Appienne, et
qu'ainsi les tombeaux reposent sur les tombeaux. Mais
cet asile des Chrétiens persécutés a quelque chose de si
sombre et de si terrible, que je ne puis me résoudre à y
retourner ; ce n'est pas cette mélancolie touchante que
l'on respire dans les lieux ouverts, c'est le cachot près
du sépulcre, c'est le supplice de la vie à côté des
horreurs de la mort. Sans doute on se sent pénétré
d'admiration pour les hommes qui, par la seule

puissance de l'enthousiasme, ont pu supporter cette vie souterraine, et se sont ainsi séparés entièrement du soleil et de la nature ; mais l'ame est si mal à l'aise dans ce lieu, qu'il n'en peut résulter aucun bien pour elle. L'homme est une partie de la création, il faut qu'il trouve son harmonie morale dans l'ensemble de l'univers, dans l'ordre habituel de la destinée ; et de certaines exceptions violentes et redoutables peuvent étonner la pensée, mais effraient tellement l'imagination, que la disposition habituelle de l'ame ne saurait y gagner. Allons plutôt, continua Corinne, voir la pyramide de Cestius ; les protestants qui meurent ici sont tous ensevelis autour de cette pyramide, et c'est un doux asile, tolérant et libéral. — Oui, répondit Oswald, c'est là que plusieurs de mes compatriotes ont trouvé leur dernier séjour. Allons-y ; peut-être est-ce ainsi du moins que je ne vous quitterai jamais. — Corinne frémit à ces mots, et sa main tremblait en s'appuyant sur le bras de lord Nelvil. — Je suis mieux, reprit-il, bien mieux depuis que je vous connais. — Et le visage de Corinne fut éclairé de nouveau par cette joie douce et tendre, son expression habituelle.

Cestius présidait aux jeux des Romains, son nom ne se trouve point dans l'histoire, mais il est illustré par son tombeau. La pyramide massive qui le renferme défend sa mort de l'oubli qui a tout-à-fait effacé sa vie. Aurélien, craignant qu'on ne se servît de cette pyramide comme d'une forteresse pour attaquer Rome, l'a fait enclaver dans les murs qui subsistent encore, non pas comme d'inutiles ruines, mais comme l'enceinte actuelle de Rome moderne. On dit que les pyramides imitent, par leur forme, la flamme qui s'élève sur un bûcher. Ce qu'il y a de certain, c'est que cette forme mystérieuse attire les regards et donne un caractère pittoresque à tous les points de vue dont elle fait partie. En face de cette pyramide est le mont Testacée, sous lequel il y a des grottes extrêmement fraîches où l'on

donne des festins pendant l'été. Les festins, à Rome, ne
sont point troublés par la vue des tombeaux. Les pins
et les cyprès qu'on aperçoit de distance en distance
dans la riante campagne d'Italie retracent aussi ces
souvenirs solennels ; et ce contraste produit le même
effet que les vers d'Horace,

> .... Moriture, Delli,
> ....
> Linquenda tellus, et domus, et placens
> Uxor *,

au milieu des poésies consacrées à toutes les jouissances de la terre. Les anciens ont toujours senti que l'idée
de la mort a sa volupté ; l'amour et les fêtes la
rappellent, et l'émotion d'une joie vive semble s'accroître par l'idée même de la brièveté de la vie.

Corinne et lord Nelvil revinrent de la course des
tombeaux en côtoyant les bords du Tibre. Jadis il était
couvert de vaisseaux et bordé de palais ; jadis ses
inondations mêmes étaient regardées comme des présages : c'était le fleuve prophète, la divinité tutélaire de
Rome [13]. Maintenant on dirait qu'il coule parmi les
ombres, tant il est solitaire, tant la couleur de ses eaux
paraît livide ! Les plus beaux monuments des arts, les
plus admirables statues ont été jetées dans le Tibre, et
sont cachées sous ses flots. Qui sait si, pour les
chercher, on ne le détournera pas un jour de son lit ?
Mais quand on songe que les chefs-d'œuvre du génie
humain sont peut-être là devant nous et qu'un œil plus
perçant les verrait à travers les ondes, l'on éprouve je
ne sais quelle émotion qui renaît à Rome sans cesse
sous diverses formes, et fait trouver une société pour la

---

* Dellius, il faut mourir.........
Il faut quitter la terre et ta demeure, et ton épouse chérie [a].

pensée dans les objets physiques, muets par-tout ailleurs.

CHAPITRE III.

Raphaël a dit que Rome moderne était presqu'en entier bâtie avec les débris de Rome ancienne ; et il est certain qu'on n'y peut faire un pas sans être frappé de quelques restes de l'antiquité. L'on aperçoit les *murs éternels,* selon l'expression de Pline, à travers l'ouvrage des derniers siècles ; les édifices de Rome portent presque tous une empreinte historique ; on y peut remarquer, pour ainsi·dire, la physionomie des âges. Depuis les Étrusques jusqu'à nos jours, depuis ces peuples plus anciens que les Romains mêmes, et qui ressemblent aux Égyptiens par la solidité de leurs travaux et la bizarrerie de leurs dessins, depuis ces peuples jusqu'au cavalier Bernin, cet artiste maniéré, comme les poëtes italiens du dix-septième siècle, on peut observer l'esprit humain à Rome dans les différents caractères des arts, des édifices et des ruines. Le moyen âge et le siècle brillant des Médicis reparaissent à nos yeux par leurs œuvres, et cette étude du passé dans les objets présents à nos regards nous fait pénétrer le génie des temps. On croit que Rome avait autrefois un nom mystérieux, qui n'était connu que de quelques adeptes ; il semble qu'il est encore nécessaire d'être initié dans le secret de cette ville. Ce n'est pas simplement un assemblage d'habitations, c'est l'histoire du monde, figurée par divers emblèmes, et représentée sous diverses formes.

Corinne convint avec lord Nelvil qu'ils iraient voir ensemble d'abord les édifices de Rome moderne, et qu'ils réserveraient pour un autre temps les admirables collections de tableaux et de statues qu'elle renferme. Peut-être sans s'en rendre raison, Corinne désirait-elle de renvoyer le plus qu'il était possible ce qu'on ne peut se dispenser de connaître à Rome ; car qui l'a jamais quittée sans avoir contemplé l'Apollon du Belvedère et les tableaux de Raphaël ! Cette garantie, toute faible qu'elle était, qu'Oswald ne partirait pas encore, plaisait à son imagination. Y a-t-il de la fierté, dira-t-on, à vouloir retenir ce qu'on aime par un autre motif que celui du sentiment ? Je ne sais ; mais plus on aime, moins on se fie au sentiment que l'on inspire ; et quelle que soit la cause qui nous assure la présence de l'objet qui nous est cher, on l'accepte toujours avec joie. Il y a souvent bien de la vanité dans un certain genre de fierté ; et si des charmes généralement admirés, tels que ceux de Corinne, ont un véritable avantage, c'est qu'ils permettent de placer son orgueil dans le sentiment qu'on éprouve, plus encore que dans celui qu'on inspire.

· Corinne et lord Nelvil recommencèrent leurs courses par les églises les plus remarquables entre les nombreuses églises de Rome : elles sont toutes décorées par les magnificences antiques ; mais quelque chose de sombre et de bizarre se mêle à ces beaux marbres, à ces ornements de fête enlevés aux temples païens. Les colonnes de porphyre et de granit étaient en si grand nombre à Rome, qu'on les a prodiguées presque sans y attacher aucun prix. A Saint-Jean de Latran, dans cette église fameuse par les conciles qui y ont été tenus, on trouve une telle quantité de colonnes de marbre, qu'il en est plusieurs qu'on a recouvertes d'un mastic de plâtre pour en faire des pilastres ; tant la multitude de ces richesses y avait rendu indifférent !

Quelques-unes de ces colonnes étaient dans le tombeau d'Adrien, d'autres au Capitole ; celles-ci portent encore sur leur chapiteau la figure des oies qui ont sauvé le peuple romain : ces colonnes soutiennent des ornements gothiques, et quelques-unes des ornements à la manière des Arabes. L'urne d'Agrippa recèle les cendres d'un pape *a*, car les morts eux-mêmes ont cédé la place à d'autres morts, et les tombeaux ont presque aussi souvent changé de maîtres que la demeure des vivants.

Près de Saint-Jean de Latran est l'escalier saint, transporté, dit-on, de Jérusalem à Rome. On ne peut le monter qu'à genoux. César lui-même et Claude montèrent aussi à genoux l'escalier qui conduisait au temple de Jupiter Capitolin. A côté de Saint-Jean de Latran est le baptistère où l'on dit que Constantin fut baptisé. Au milieu de la place l'on voit un obélisque qui est peut-être le plus ancien monument qui soit dans le monde. Un obélisque contemporain de la guerre de Troye! un obélisque que le barbare Cambyse respecta cependant assez pour faire arrêter en son honneur l'incendie d'une ville! un obélisque pour lequel un roi mit en gage la vie de son fils unique! Les Romains l'ont fait arriver miraculeusement du fond de l'Égypte jusqu'en Italie; ils détournèrent le Nil de son cours pour qu'il allât le chercher et le transportât jusqu'à la mer; cet obélisque est encore couvert des hiéroglyphes qui gardent leur secret depuis tant de siècles, et défient jusqu'à ce jour les plus savantes recherches. Les Indiens, les Égyptiens, l'antiquité de l'antiquité nous seraient peut-être révélés par ces signes. Le charme merveilleux de Rome, ce n'est pas seulement la beauté réelle de ses monuments, mais l'intérêt qu'ils inspirent en excitant à penser; et ce genre d'intérêt s'accroît chaque jour par chaque étude nouvelle.

Une des églises les plus singulières de Rome, c'est Saint-Paul : son extérieur est celui d'une grange mal bâtie, et l'intérieur est orné par quatre-vingts colonnes d'un marbre si beau, d'une forme si parfaite, qu'on croit qu'elles appartiennent à un temple d'Athènes décrit par Pausanias. Cicéron dit : *Nous sommes entourés des vestiges de l'histoire.* S'il le disait alors, que dirons-nous maintenant !

Les colonnes, les statues, les bas-reliefs de l'ancienne Rome sont tellement prodigués dans les églises de la ville moderne, qu'il en est une (Ste-Agnès) où des bas-reliefs retournés servent de marches à un escalier, sans qu'on se soit donné la peine de savoir ce qu'ils représentent. Quel étonnant aspect offrirait maintenant Rome antique, si l'on avait laissé les colonnes, les marbres, les statues à la place même où ils ont été trouvés ! la ville ancienne presque en entier serait encore debout, mais les hommes de nos jours oseraient-ils s'y promener ?

Les palais des grands seigneurs sont extrêmement vastes, d'une architecture souvent très-belle et toujours imposante ; mais les ornements de l'intérieur sont rarement de bon goût, et l'on n'y a point l'idée de ces appartements élégants que les jouissances perfectionnées de la vie sociale ont fait inventer ailleurs. Ces vastes demeures des princes romains sont désertes et silencieuses ; les paresseux habitants de ces superbes palais se retirent chez eux dans quelques petites chambres inaperçues, et laissent les étrangers parcourir leurs magnifiques galeries, où les plus beaux tableaux du siècle de Léon X sont réunis. Ces grands seigneurs romains sont aussi étrangers maintenant au luxe pompeux de leurs ancêtres, que ces ancêtres l'étaient eux-mêmes aux vertus austères des Romains de la république. Les maisons de campagne donnent encore plus l'idée de cette solitude, de cette indifférence des possesseurs au milieu des plus admirables séjours du monde. On se promène dans ces immenses jardins, sans se douter qu'ils aient un maître. L'herbe croît au milieu des allées, et, dans ces mêmes allées abandonnées, les arbres sont taillés artistement selon l'ancien goût qui régnait en France ; singulière bizarrerie que cette négligence du nécessaire, et cette affecta-

tion de l'inutile ! Mais on est souvent surpris à Rome,
et dans la plupart des autres villes d'Italie, du goût
qu'ont les Italiens pour les ornements maniérés, eux
qui ont sans cesse sous les yeux la noble simplicité de
l'antique. Ils aiment ce qui est brillant plutôt que ce
qui est élégant et commode. Ils ont en tout genre les
avantages et les inconvénients de ne point vivre
habituellement en société. Leur luxe est pour l'imagination plutôt que pour la jouissance : isolés qu'ils sont
entre eux, ils ne peuvent redouter l'esprit de moquerie
qui pénètre rarement à Rome dans les secrets de la
maison ; et l'on dirait souvent, à voir le contraste du
dedans et du dehors des palais, que la plupart des
grands seigneurs d'Italie arrangent leurs demeures
pour éblouir les passants, mais non pour y recevoir des
amis.

Après avoir parcouru les églises et les palais,
Corinne conduisit Oswald dans la Villa Mellini, jardin
solitaire et sans autre ornement que des arbres magnifiques. On voit de là, dans l'éloignement, la chaîne des
Apennins ; la transparence de l'air colore ces montagnes, les rapproche et les dessine d'une manière
singulièrement pittoresque. Oswald et Corinne restè-
rent dans ce lieu quelque temps pour goûter le charme
du ciel et la tranquillité de la nature. On ne peut avoir
l'idée de cette tranquillité singulière quand on n'a pas
vécu dans les contrées méridionales. L'on ne sent pas,
dans un jour chaud, le plus léger souffle de vent. Les
plus faibles brins de gazon sont d'une immobilité
parfaite ; les animaux eux-mêmes partagent l'indolence inspirée par le beau temps ; à midi, vous
n'entendez point le bourdonnement des mouches, ni le
bruit des cigales, ni le chant des oiseaux ; nul ne se
fatigue en agitations inutiles et passagères, tout dort
jusqu'au moment où les orages, où les passions
réveillent la nature véhémente qui sort avec impétuosité de son profond repos.

Il y a dans les jardins de Rome un grand nombre d'arbres toujours verts qui ajoutent encore à l'illusion que fait déjà la douceur du climat pendant l'hiver. Des pins d'une élégance particulière, larges et touffus vers le sommet, et rapprochés l'un de l'autre, forment comme une espèce de plaine dans les airs, dont l'effet est charmant quand on monte assez haut pour l'apercevoir. Les arbres inférieurs sont placés à l'abri de cette voûte de verdure. Deux palmiers seulement se trouvent dans Rome, et sont tous les deux dans des jardins de moines : l'un d'eux, placé sur une hauteur, sert de point de vue à distance *b*, et l'on a toujours un sentiment de plaisir en apercevant, en retrouvant, dans les diverses perspectives de Rome, ce député de l'Afrique, cette image d'un midi plus brûlant encore que celui de l'Italie, et qui réveille tant d'idées et de sensations nouvelles.

— Ne trouvez-vous pas, dit Corinne en contemplant avec Oswald la campagne dont ils · étaient environnés, que la nature en Italie fait plus rêver que par-tout ailleurs ? On dirait qu'elle est ici plus en relation avec l'homme, et que le créateur s'en sert comme d'un langage entre la créature et lui. — Sans doute, reprit Oswald, je le crois ainsi ; mais qui sait si ce n'est pas l'attendrissement profond que vous excitez dans mon cœur qui me rend sensible à tout ce que je vois ? Vous me révélez les pensées et les émotions que les objets extérieurs peuvent faire naître. Je ne vivais que dans mon cœur, vous avez réveillé mon imagination. Mais cette magie de l'univers que vous m'apprenez à connaître ne m'offrira jamais rien de plus beau que votre regard, de plus touchant que votre voix. Puisse ce sentiment que je vous inspire aujourd'hui durer autant que ma vie, dit Corinne, ou du moins puisse ma vie ne pas durer plus que lui ! —

Oswald et Corinne terminèrent leur voyage de Rome par la Villa Borghèse, celui de tous les jardins et

de tous les palais romains où les splendeurs de la
nature et des arts sont rassemblées avec le plus de goût
et d'éclat. On y voit des arbres de toutes les espèces et
des eaux magnifiques. Une réunion incroyable de
statues, de vases, de sarcophages antiques, se mêlent
avec la fraîcheur de la jeune nature du sud. La
mythologie des anciens y semble ranimée. Les naïades
sont placées sur le bord des ondes, des nymphes dans
des bois dignes d'elles, les tombeaux sous des ombrages élyséens, la statue d'Esculape est au milieu d'une
île, celle de Vénus semble sortir des ombres ; Ovide et
Virgile pourraient se promener dans ce beau lieu, et se
croire encore au siècle d'Auguste. Les chefs-d'œuvres
de sculpture que renferme le palais lui donnent une
magnificence à jamais nouvelle '. On aperçoit de loin, à
travers les arbres, la ville de Rome et Saint-Pierre, et la
campagne et les longues arcades, débris des aqueducs
qui transportaient les sources des montagnes dans
l'ancienne Rome. Tout est là pour la pensée, pour
l'imagination, pour la rêverie. Les sensations les plus
pures se confondent avec les plaisirs de l'ame, et
donnent l'idée d'un bonheur parfait ; mais quand l'on
demande pourquoi ce séjour ravissant n'est-il pas
habité, l'on vous répond que le mauvais air (*la cattiva
aria*) ne permet pas d'y vivre pendant l'été.

Ce mauvais air fait pour ainsi dire le siège de Rome ;
il avance chaque année quelques pas de plus, et l'on
est forcé d'abandonner les plus charmantes habitations à son empire : sans doute l'absence d'arbres dans
la campagne autour de la ville est une des causes de
l'insalubrité de l'air, et c'est peut-être pour cela que les
anciens Romains avaient consacré les bois aux déesses,
afin de les faire respecter par le peuple. Maintenant
des forêts sans nombre ont été abattues ; pourrait-il en
effet exister de nos jours des lieux assez sanctifiés pour
que l'avidité s'abstînt de les dévaster ? Le mauvais air
est le fléau des habitants de Rome, et menace la ville

d'une entière dépopulation ; mais il ajoute peut-être encore à l'effet que produisent les superbes jardins qu'on voit dans l'enceinte de Rome. L'influence maligne ne se fait sentir par aucun signe extérieur ; vous respirez un air qui semble pur et qui est très-agréable ; la terre est riante et fertile ; une fraîcheur délicieuse vous repose le soir des chaleurs brûlantes du jour ; et tout cela, c'est la mort !

— J'aime, disait Oswald à Corinne, ce danger mystérieux, invisible, ce danger sous la forme des impressions les plus douces. Si la mort n'est, comme je le crois, qu'un appel à une existence plus heureuse, pourquoi le parfum des fleurs, l'ombrage des beaux arbres, le souffle rafraîchissant du soir ne seraient-ils pas chargés de nous en apporter la nouvelle ? Sans doute le gouvernement doit veiller de toutes les manières à la conservation de la vie humaine, mais la nature a des secrets que l'imagination seule peut pénétrer ; et je conçois facilement que les habitants et les étrangers ne se dégoûtent point de Rome par le genre de péril qu'on y court pendant les plus belles saisons de l'année.

Livre VI.

LES MŒURS ET LE CARACTÈRE DES ITALIENS.

CHAPITRE PREMIER.

L'irrésolution du caractère d'Oswald, augmentée par ses malheurs, le portait à craindre tous les partis irrévocables. Il n'avait pas même osé, dans son incertitude, demander à Corinne le secret de son nom et de sa destinée, et cependant son amour pour elle acquérait chaque jour de nouvelles forces; il ne la regardait jamais sans émotion; il pouvait à peine, au milieu de la société, s'éloigner, même pour un instant, de la place où elle était assise; elle ne disait pas un mot qu'il ne sentît; elle n'avait pas un instant de tristesse ou de gaieté dont le reflet ne se peignît sur sa propre physionomie. Mais tout en admirant, tout en aimant Corinne, il se rappelait combien une telle femme s'accordait peu avec la manière de vivre des Anglais, combien elle différait de l'idée que son père s'était formée de celle qu'il lui convenait d'épouser; et ce qu'il disait à Corinne se ressentait du trouble et de la contrainte que ces réflexions faisaient naître en lui.

Corinne ne s'en apercevait que trop bien; mais il lui en aurait tant coûté de rompre avec lord Nelvil, qu'elle se prêtait elle-même à ce qu'il n'y eût point entre eux d'explication décisive; et comme elle avait dans le caractère assez d'imprévoyance, elle était heureuse du présent tel qu'il était, quoiqu'il lui fût impossible de savoir ce qui devait en arriver.

Elle s'était entièrement séparée du monde pour se consacrer à son sentiment pour Oswald. Mais à la fin, blessée de son silence sur leur avenir, elle résolut d'accepter une invitation pour un bal où elle était vivement désirée. Rien n'est plus indifférent à Rome, que de quitter la société et d'y reparaître tour à tour, selon que cela convient : c'est le pays où l'on s'occupe le moins de ce qu'on appelle ailleurs le *commérage,* chacun fait ce qu'il veut sans que personne s'en informe, à moins qu'on ne rencontre dans les autres un obstacle à son amour ou à son ambition. Les Romains ne s'inquiètent pas plus de la conduite de leurs compatriotes, que de celle des étrangers, qui passent et repassent dans leur ville, rendez-vous des Européens.

Quand lord Nelvil sut que Corinne allait au bal, il en éprouva de l'humeur. Il avait cru voir en elle depuis quelque temps une disposition mélancolique qui sympathisait avec la sienne ; tout à coup elle lui parut vivement occupée de la danse, de ce talent dans lequel elle excellait, et son imagination semblait animée par la perspective d'une fête. Corinne n'était pas une personne frivole ; mais elle se sentait chaque jour plus subjuguée par son amour pour Oswald, et elle voulait essayer d'en affaiblir la force. Elle savait par expérience que la réflexion et les sacrifices ont moins de pouvoir sur les caractères passionnés que la distraction, et elle pensait que la raison ne consiste pas à triompher de soi selon les règles, mais comme on le peut.

— Il faut, disait-elle à lord Nelvil, qui lui reprochait cette intention, il faut pourtant que je sache si il n'y a plus que vous au monde qui puissiez remplir ma vie ; si ce qui me plaisait autrefois ne peut pas encore m'amuser, et si le sentiment que vous m'inspirez doit absorber tout autre intérêt et toute autre idée. — Vous voulez donc cesser de m'aimer, reprit Oswald ? Non, répondit Corinne ; mais ce n'est que dans la vie domestique qu'il peut être doux de se sentir ainsi dominée par une seule affection. Moi qui ai besoin de mes talents, de mon esprit, de mon imagination pour soutenir l'éclat de la vie que j'ai adoptée, cela me fait mal, et beaucoup de mal, d'aimer comme je vous aime. — Vous ne me sacrifieriez donc pas, lui dit Oswald, ces hommages, cette gloire.... — Que vous importe, dit Corinne, de savoir si je vous les sacrifierais ! Il ne faut pas, puisque nous ne sommes point destinés l'un à l'autre, flétrir à jamais pour moi le genre de bonheur dont je dois me contenter. — Lord Nelvil ne répondit point, parcequ'il fallait, en exprimant son sentiment, dire aussi quel dessein ce sentiment lui inspirait, et son cœur l'ignorait encore. Il se tut donc en soupirant, et suivit Corinne au bal, quoiqu'il lui en coûtât beaucoup d'y aller.

C'était la première fois, depuis son malheur, qu'il revoyait une grande assemblée ; et le tumulte d'une fête lui causa une telle impression de tristesse, qu'il resta longtemps dans une salle à côté de celle du bal, la tête appuyée sur sa main, et ne cherchant pas même à voir danser Corinne. Il écoutait cette musique de danse, qui, comme toutes les musiques, fait rêver, bien qu'elle ne semble destinée qu'à la joie. Le comte d'Erfeuil arriva tout enchanté d'un bal, d'une assemblée, d'une société nombreuse enfin qui lui rappelait un peu la France. — J'ai fait ce que j'ai pu, dit-il à lord Nelvil, pour trouver quelque intérêt à ces ruines dont on parle tant à Rome. Je ne vois rien de beau dans cela ; c'est un préjugé que l'admiration de ces débris couverts de ronces. J'en dirai mon avis quand je reviendrai à Paris ; car il est temps que ce prestige de l'Italie finisse. Il n'y a pas un monument en Europe, subsistant aujourd'hui dans son entier, qui ne vaille mieux que ces tronçons de colonnes, que ces bas-reliefs noircis par le temps, qu'on ne peut admirer qu'à force d'érudition. Un plaisir qu'il faut acheter par tant d'études ne me paraît pas bien vif en lui-même, car pour être ravi par les spectacles de Paris, personne n'a besoin de pâlir sur les livres. — Lord Nelvil ne répondit rien. Le comte d'Erfeuil l'interrogea de nouveau sur l'impression que Rome avait produite sur lui. — Au milieu d'un bal, dit Oswald, ce n'est pas trop le moment d'en parler d'une manière sérieuse ; et vous savez que je ne sais pas parler autrement. — A la bonne heure, reprit le comte d'Erfeuil : je suis plus gai que vous, j'en conviens ; mais qui sait si je ne suis pas plus sage ? Il y a beaucoup de philosophie, croyez-moi, dans mon apparente légèreté, la vie doit être prise comme cela. Vous avez peut-être raison, reprit Oswald ; mais c'est par nature, et non par réflexion que vous êtes ainsi, et voilà pourquoi votre manière d'être ne convient qu'à vous. —

Le comte d'Erfeuil entendit nommer Corinne dans la salle du bal, et il y entra pour savoir ce dont il s'agissait. Lord Nelvil s'avança jusqu'à la porte, et vit le prince d'Amalfi, Napolitain de la plus belle figure, qui priait Corinne de danser avec lui la *Tarantelle,* une danse de Naples, pleine de grace et d'originalité. Les amis de Corinne le lui demandaient aussi. Elle accepta sans se faire prier, ce qui étonna assez le comte d'Erfeuil, accoutumé qu'il était aux refus par lesquels il est d'usage de faire précéder le consentement. Mais en Italie, on ne connaît pas ce genre de graces, et chacun croit tout simplement plaire davantage à la société, en s'empressant de faire ce qu'elle désire. Corinne aurait inventé cette manière naturelle, si déjà elle n'avait pas été en usage. L'habit qu'elle avait mis pour le bal était élégant et léger ; ses cheveux étaient rassemblés dans un filet de soie à l'italienne, et ses yeux exprimaient un plaisir vif qui la rendait plus séduisante que jamais. Oswald en fut troublé ; il combattait contre lui-même ; il s'indignait d'être captivé par des charmes dont il devait se plaindre, puisque, loin de songer à lui plaire, c'était presque pour échapper à son empire que Corinne se montrait si ravissante. Mais qui peut résister aux séductions de la grace ? Fût-elle même dédaigneuse, elle serait encore toute puissante ; et ce n'était assurément pas la disposition de Corinne. Elle aperçut lord Nelvil, rougit, et ses yeux avaient, en le regardant, une douceur enchanteresse.

Le prince d'Amalfi s'accompagnait, en dansant, avec des castagnettes. Corinne, avant de commencer, fit avec les deux mains un salut plein de grace à l'assemblée, et, tournant légèrement sur elle-même, elle prit le tambour de basque que le prince d'Amalfi lui présentait. Elle se mit à danser, en frappant l'air de ce tambour de basque, et tous ses mouvements avaient une souplesse, une grace, un mélange de pudeur et de volupté qui pouvait donner l'idée de la puissance que les Bayadères exercent sur l'imagination des Indiens, quand elles sont pour ainsi dire poëtes avec leur danse, quand elles expriment tant de sentiments divers par les pas caractérisés et les tableaux enchanteurs qu'elles offrent aux regards. Corinne connaissait si bien toutes les attitudes que représentent les peintres et les sculpteurs antiques, que, par un léger mouvement de ses bras, en plaçant son tambour de basque tantôt au-dessus de sa tête, tantôt en avant avec une de ses mains, tandis que l'autre parcourait les grelots avec une incroyable dextérité, elle rappelait les danseuses d'Herculanum, et faisait naître successivement une foule d'idées nouvelles pour le dessin et la peinture [14 a].

Ce n'était point la danse française, si remarquable par l'élégance et la difficulté des pas ; c'était un talent qui tenait de beaucoup plus près à l'imagination et au sentiment. Le caractère de la musique était exprimé tour à tour par la précision et la mollesse des mouvements. Corinne, en dansant, faisait passer dans l'ame des spectateurs ce qu'elle éprouvait, comme si elle avait improvisé, comme si elle avait joué de la lyre ou dessiné quelques figures ; tout était langage pour elle : les musiciens, en la regardant, s'animaient à mieux faire sentir le génie de leur art ; et je ne sais quelle joie passionnée, quelle sensibilité d'imagination électrisait à la fois tous les témoins de cette danse magique, et les transportait dans une existence idéale où l'on rêve un bonheur qui n'est pas de ce monde.

Il y a un moment dans cette danse napolitaine où la femme se met à genoux, tandis que l'homme tourne autour d'elle, non en maître, mais en vainqueur. Quel était dans ce moment le charme et la dignité de Corinne ! comme à genoux elle était souveraine ! Et quand elle se releva, en faisant retentir le son de son instrument, de sa cymbale aérienne, elle semblait animée par un enthousiasme de vie, de jeunesse et de beauté, qui devait persuader qu'elle n'avait besoin de personne pour être heureuse. Hélas ! il n'en était pas ainsi ; mais Oswald le craignait, et soupirait en admirant Corinne, comme si chacun de ses succès l'eût séparée de lui ! A la fin de la danse, l'homme se jette à genoux à son tour, et c'est la femme qui danse autour de lui. Corinne en cet instant se surpassa, s'il était possible encore ; sa course était si légère en parcourant deux ou trois fois le même cercle, que ses pieds chaussés en brodequins volaient sur le plancher avec la rapidité de l'éclair ; et quand elle éleva l'une de ses mains en agitant son tambour de basque, et que de l'autre elle fit signe au prince d'Amalfi de se relever, tous les hommes étaient tentés de se mettre à genoux comme lui, tous, excepté lord Nelvil qui se retira de quelques pas en arrière, et le comte d'Erfeuil qui fit quelques pas en avant pour complimenter Corinne. Quant aux Italiens qui étaient là, ils ne pensaient point à se faire remarquer par leur enthousiasme ; ils s'y livraient parcequ'ils l'éprouvaient. Ce ne sont pas des hommes assez habitués à la société et à l'amour-propre qu'elle excite, pour s'occuper de l'effet qu'ils produisent ; ils ne se laissent jamais détourner de leur plaisir par la vanité, ni de leur but par les applaudissements.

Corinne était charmée de son succès, et remerciait tout le monde avec une grace pleine de simplicité. Elle était contente d'avoir réussi, et le laissait voir en bonne enfant, si l'on peut s'exprimer ainsi ; mais ce qui l'occupait sur-tout, c'était le désir de traverser la foule pour arriver jusqu'à la porte contre laquelle Oswald était appuyé. Elle y arriva enfin, et s'arrêta un moment pour attendre un mot de lui. — Corinne, lui dit-il, en s'efforçant de cacher son trouble, son enchantement et sa peine ; Corinne, voilà bien des hommages, voilà

bien des succès! Mais, au milieu de ces adorateurs si
enthousiastes, y a-t-il un ami courageux et sûr? y a-t-il
un protecteur pour la vie? et le vain tumulte des
applaudissements devrait-il suffire à une ame telle que
la vôtre?

CHAPITRE II.

La foule empêcha Corinne de répondre à lord
Nelvil. On allait souper, et chaque *cavaliere servente* se
hâtait de s'asseoir à côté de sa dame. Une étrangère
arriva, et, ne trouvant plus de place, aucun homme,
excepté lord Nelvil et le comte d'Erfeuil, ne lui offrit la
sienne : ce n'était ni par impolitesse, ni par égoïsme,
qu'aucun Romain ne s'était levé; mais l'idée que les
grands seigneurs de Rome ont de l'honneur et du
devoir, c'est de ne pas quitter d'un pas ni d'un instant
leur dame. Quelques-uns n'ayant pas pu s'asseoir se
tenaient derrière la chaise de leurs belles, prêts à les
servir au moindre signe. Les dames ne parlaient qu'à
leurs cavaliers; les étrangers erraient en vain autour de
ce cercle, où personne n'avait rien à leur dire; car les
femmes ne savent pas en Italie ce que c'est que la
coquetterie, ce que c'est en amour qu'un succès
d'amour-propre; elles n'ont envie de plaire qu'à celui
qu'elles aiment; il n'y a point de séduction d'esprit
avant celle du cœur ou des yeux; les commencements
les plus rapides sont suivis quelquefois par un sincère
dévouement, et même une très longue constance.
L'infidélité est en Italie blâmée plus sévèrement dans
un homme que dans une femme. Trois ou quatre
hommes, sous des titres différents, suivent la même
femme, qui les mène avec elle, sans se donner quelquefois même la peine de dire leur nom au maître de la
maison qui les reçoit; l'un est le préféré, l'autre celui

qui aspire à l'être, un troisième s'appelle le souffrant (*il patito*) ; celui-là est tout-à-fait dédaigné, mais on lui permet cependant de faire le service d'adorateur ; et tous ces rivaux vivent paisiblement ensemble. Les gens du peuple seuls ont encore conservé la coutume des coups de poignard. Il y a dans ce pays un bizarre mélange de simplicité et de corruption, de dissimulation et de vérité, de bonhomie et de vengeance, de faiblesse et de force, qui s'explique par une observation constante ; c'est que les bonnes qualités viennent de ce qu'on n'y fait rien pour la vanité, et les mauvaises, de ce qu'on y fait beaucoup pour l'intérêt, soit que cet intérêt tienne à l'amour, à l'ambition ou à la fortune.

Les distinctions de rang font en général peu d'effet en Italie ; ce n'est point par philosophie, mais par facilité de caractère et familiarité de mœurs, qu'on y est peu susceptible des préjugés aristocratiques ; et comme la société ne s'y constitue juge de rien, elle admet tout.

Après le souper, chacun se mit au jeu, quelques femmes au jeu de hasard, d'autres au whist le plus silencieux ; et pas un mot n'était prononcé dans cette chambre naguères si bruyante. Les peuples du midi passent souvent de la plus grande agitation au plus profond repos ; c'est encore un des contrastes de leur caractère, que la paresse, unie à l'activité la plus infatigable ; ce sont en tout des hommes qu'il faut se garder de juger au premier coup-d'œil : car les qualités, comme les défauts les plus opposés, se trouvent en eux ; si vous les voyez prudents dans tel instant, il se peut que, dans un autre, ils se montrent les plus audacieux des hommes ; s'ils sont indolents, c'est peut-être qu'ils se reposent d'avoir agi, ou se préparent pour agir encore ; enfin, ils ne perdent aucune force de l'ame dans la société, et toutes s'amassent en eux pour les circonstances décisives.

Dans cette assemblée de Rome, où se trouvaient

Oswald et Corinne, il y avait des hommes qui perdaient des sommes énormes au jeu, sans qu'on pût
l'apercevoir le moins du monde sur leur physionomie :
ces mêmes hommes auraient eu l'expression la plus
vive et les gestes les plus animés, s'ils avaient raconté
quelques faits de peu d'importance. Mais quand les
passions arrivent à un certain degré de violence, elles
craignent les témoins, et se voilent presque toujours
par le silence et l'immobilité.

Lord Nelvil avait conservé un ressentiment amer de
la scène du bal ; il croyait que les Italiens, et leur
manière animée d'exprimer l'enthousiasme, avaient
détourné de lui, du moins pour un moment, l'intérêt de
Corinne. Il en était très malheureux ; mais sa fierté lui
conseillait de le cacher, ou de le témoigner seulement
en montrant du dédain pour les suffrages qui flattaient
sa brillante amie. On lui proposa de jouer, il le refusa ;
Corinne aussi ; et elle lui fit signe de venir s'asseoir à
côté d'elle. Oswald était inquiet de compromettre
Corinne, en passant ainsi la soirée seul avec elle en
présence de tout le monde. — Soyez tranquille, lui dit-
elle, personne ne s'occupera de nous ; c'est l'usage ici
de ne faire en société que ce qui plaît ; il n'y a pas une
convenance établie, pas un égard exigé ; une politesse
bienveillante suffit ; personne ne veut que l'on se gêne
les uns pour les autres. Ce n'est sûrement pas un pays
où la liberté subsiste telle que vous l'entendez en
Angleterre ; mais on y jouit d'une parfaite indépendance sociale. — C'est-à-dire, reprit Oswald, qu'on
n'y montre aucun respect pour les mœurs. — Au
moins, interrompit Corinne, aucune hypocrisie. M. de
La Rochefoucauld a dit : *Le moindre des défauts d'une
femme galante est de l'être*[a]. En effet, quels que soient les
torts des femmes en Italie, elles n'ont pas recours au
mensonge, et si le mariage n'y est pas assez respecté,
c'est du consentement des deux époux.

— Ce n'est point la sincérité qui est la cause de ce

genre de franchise, répondit Oswald, mais l'indifférence pour l'opinion publique. En arrivant ici, j'avais une lettre de recommandation pour une princesse ; je la donnai à mon domestique de place pour la porter ; il me dit : *Monsieur, dans ce moment cette lettre ne vous servirait à rien, car la princesse ne voit personne, elle est* INNAMORATA ; et cet état d'être INNAMORATA se proclamait comme toute autre situation de la vie, et cette publicité n'est point excusée par une passion extraordinaire ; plusieurs attachements se succèdent ainsi, et sont également connus. Les femmes mettent si peu de mystère à cet égard, qu'elles avouent leurs liaisons avec moins d'embarras que nos femmes n'en auraient en parlant de leur époux. Aucun sentiment profond ni délicat ne se mêle, on le croit aisément, à cette mobilité sans pudeur. Aussi, dans cette nation où l'on ne pense qu'à l'amour, il n'y a pas un seul roman, parceque l'amour y est si rapide, si public, qu'il ne prête à aucun genre de développement, et que, pour peindre véritablement les mœurs générales à cet égard, il faudrait commencer et finir dans la première page. Pardon, Corinne, s'écria lord Nelvil, en remarquant la peine qu'il lui faisait éprouver, vous êtes Italienne, cette idée devrait me désarmer. Mais l'une des causes de votre grace incomparable, c'est la réunion de tous les charmes qui caractérisent les différentes nations. Je ne sais dans quel pays vous avez été élevée ; mais certainement vous n'avez point passé toute votre vie en Italie : peut-être est-ce en Angleterre même..... Ah ! Corinne, si cela était vrai, comment auriez-vous pu quitter ce sanctuaire de la pudeur et de la délicatesse pour venir ici, où non seulement la vertu, mais l'amour même est si mal connu ? On le respire dans l'air ; mais pénètre-t-il dans le cœur ? Les poésies, dans lesquelles l'amour joue un si grand rôle, ont beaucoup de grace, beaucoup d'imagination ; elles sont ornées par des tableaux brillants dont les couleurs sont vives et voluptueuses.

Mais où trouverez-vous ce sentiment mélancolique et tendre qui anime notre poésie ? Que pourriez-vous comparer à la scène de Belvidera et de son époux, dans Otway [b] ; à Roméo, dans Shakespeare ; enfin sur-tout aux admirables vers de Thompson, dans son chant du printemps, lorsqu'il peint avec des traits si nobles et si touchants le bonheur de l'amour dans le mariage [c] ? Y a-t-il un tel mariage en Italie ? Et là où il n'y a pas de bonheur domestique, peut-il exister de l'amour ? N'est-ce pas ce bonheur qui est le but de la passion du cœur, comme la possession est celui de la passion des sens ? Toutes les femmes jeunes et belles ne se ressemblent-elles pas, si les qualités de l'ame et de l'esprit ne fixent pas la préférence ? et ces qualités, que font-elles désirer ? le mariage, c'est-à-dire l'association de tous les sentiments et de toutes les pensées. L'amour illégitime, quand malheureusement il existe chez nous, est encore, si j'ose m'exprimer ainsi, un reflet du mariage. On y cherche ce bonheur intime qu'on n'a pu goûter chez soi, et l'infidélité même est plus morale en Angleterre, que le mariage en Italie. —

Ces paroles étaient dures, elles blessèrent profondément Corinne ; et se levant aussitôt, les yeux remplis de larmes, elle sortit de la chambre et retourna subitement chez elle. Oswald fut au désespoir d'avoir offensé Corinne ; mais il avait une sorte d'irritation de ses succès du bal, qui s'était trahie par les paroles qui venaient de lui échapper. Il la suivit chez elle, mais elle refusa de lui parler. Il y retourna le lendemain matin encore inutilement, sa porte était fermée. Ce refus prolongé de recevoir lord Nelvil n'était pas dans le caractère de Corinne, mais elle était douloureusement affligée de l'opinion qu'il avait témoignée sur les Italiennes, et cette opinion même lui faisait une loi de cacher à l'avenir, si elle le pouvait, le sentiment qui l'entraînait.

Oswald de son côté trouvait que Corinne ne se

conduisait pas dans cette circonstance avec la simplicité qui lui était naturelle, et il se confirmait toujours plus dans le mécontentement que le bal lui avait causé ; il excitait en lui cette disposition qui pouvait lutter contre le sentiment dont il redoutait l'empire. Ses principes étaient sévères, et le mystère qui enveloppait la vie passée de celle qu'il aimait lui causait une grande douleur. Les manières de Corinne lui paraissaient pleines de charmes, mais quelquefois un peu trop animées par le désir universel de plaire. Il lui trouvait beaucoup de noblesse et de réserve dans les discours et dans le maintien, mais trop d'indulgence dans les opinions. Enfin Oswald était un homme séduit, entraîné, mais conservant au-dedans de lui-même un opposant qui combattait ce qu'il éprouvait. Cette situation porte souvent à l'amertume. On est mécontent de soi-même et des autres. L'on souffre, et l'on a comme une sorte de besoin de souffrir encore davantage, ou du moins d'amener une explication violente qui fasse triompher complètement l'un des deux sentiments qui déchirent le cœur.

C'est dans cette disposition que lord Nelvil écrivit à Corinne. Sa lettre était amère et inconvenable ; il le sentait, mais des mouvements confus le portaient à l'envoyer : il était si malheureux par ses combats, qu'il voulait à tout prix une circonstance quelconque qui pût les terminer.

Un bruit auquel il ne croyait pas, mais que le comte d'Erfeuil était venu lui raconter, contribua peut-être encore à rendre ses expressions plus âpres. On répandait dans Rome que Corinne épouserait le prince d'Amalfi. Oswald savait bien qu'elle ne l'aimait pas, et devait penser que le bal était la seule cause de cette nouvelle ; mais il se persuada qu'elle l'avait reçu chez elle le matin du jour où il n'avait pu lui-même être admis ; et trop fier pour exprimer un sentiment de jalousie, il satisfit son mécontentement secret en dénigrant la nation pour laquelle il voyait avec tant de peine la prédilection de Corinne.

CHAPITRE III.

Lettre d'Oswald à Corinne.

Ce 24 janvier 1795.

« Vous refusez de me voir ; vous êtes offensée de notre conversation d'avant-hier ; vous vous proposez sans doute de ne plus admettre à l'avenir chez vous que vos compatriotes : vous voulez expier apparemment le tort que vous avez eu de recevoir un homme d'une autre nation. Cependant, loin de me repentir d'avoir parlé avec sincérité sur les Italiennes, à vous, que dans mes chimères je voulais considérer comme une Anglaise, j'oserai dire avec bien plus de force encore, que vous ne trouverez ni bonheur, ni dignité, si vous voulez faire choix d'un époux au milieu de la société qui vous environne. Je ne connais pas un homme parmi les Italiens qui puisse vous mériter ; il n'en est pas un qui vous honorât par son alliance, de quelque titre qu'il vous revêtît. Les hommes, en Italie, valent beaucoup moins que les femmes ; car ils ont les défauts des femmes, et les leurs propres en sus. Me persuaderez-vous qu'ils sont capables d'amour, ces habitants du midi qui fuient avec tant de soin la peine, et sont si décidés au bonheur ? N'avez-vous pas vu, je le tiens de vous, le mois dernier, au spectacle, un homme qui avait perdu huit jours auparavant sa femme, et une femme qu'il disait aimer ? On veut ici se débarrasser, le plus tôt possible, et des morts, et de l'idée de la mort. Les cérémonies des funérailles sont accomplies par les prêtres, comme les soins de l'amour

sont observés par les *cavaliers servants*. Les rites et
l'habitude ont tout prescrit d'avance, les regrets et
l'enthousiasme n'y sont pour rien. Enfin, et c'est là
sur-tout ce qui détruit l'amour, les hommes n'inspirent
aucun genre de respect aux femmes ; elles ne leur
savent aucun gré de leur soumission, parcequ'ils n'ont
aucune fermeté de caractère, aucune occupation
sérieuse dans la vie. Il faut, pour que la nature et
l'ordre social se montrent dans toute leur beauté, que
l'homme soit protecteur et la femme protégée, mais
que ce protecteur adore la faiblesse qu'il défend, et
respecte la divinité sans pouvoir, qui, comme ses dieux
Pénates, porte bonheur à sa maison. Ici l'on dirait,
presque, que les femmes sont le sultan et les hommes le
sérail.

« Les hommes ont la douceur et la souplesse du
caractère des femmes. Un proverbe italien dit : *Qui ne
sait pas feindre ne sait pas vivre.* N'est-ce pas là un
proverbe de femme ? Et en effet, dans un pays où il n'y
a ni carrière militaire, ni institution libre, comment un
homme pourrait-il se former à la dignité et à la force ?
Aussi tournent-ils tout leur esprit vers l'habileté ; ils
jouent la vie comme une partie d'échecs, dans laquelle
le succès est tout. Ce qui leur reste de souvenirs de
l'antiquité, c'est quelque chose de gigantesque dans les
expressions et dans la magnificence extérieure ; mais à
côté de cette grandeur sans base, vous voyez souvent
tout ce qu'il y a de plus vulgaire dans les goûts et de
plus misérablement négligé dans la vie domestique.
Est-ce là, Corinne, la nation que vous devez préférer à
toute autre ? Est-ce elle dont les bruyants applaudissements vous sont si nécessaires, que toute autre destinée
vous paraîtrait silencieuse à côté de ces *bravo* retentis-
sants ? Qui pourrait se flatter de vous rendre heureuse
en vous arrachant à ce tumulte ? Vous êtes une
personne inconcevable, profonde dans vos sentiments
et légère dans vos goûts ; indépendante par la fierté de

votre ame, et cependant asservie par le besoin des
distractions; capable d'aimer un seul, mais ayant
besoin de tous. Vous êtes une magicienne qui inquiétez
et rassurez alternativement; qui vous montrez sublime
et disparaissez tout à coup de cette région où vous êtes
seule, pour vous confondre dans la foule. Corinne,
Corinne, on ne peut s'empêcher de vous redouter en
vous aimant!

« OSWALD. »

Corinne, en lisant cette lettre, fut offensée des
préjugés haineux qu'Oswald exprimait contre sa
nation. Mais elle eut cependant le bonheur de deviner
qu'il était irrité de la fête et de ce qu'elle s'était refusée
à le recevoir depuis la conversation du souper; cette
réflexion adoucit un peu l'impression pénible que lui
faisait sa lettre. Elle hésita quelque temps, ou du moins
crut hésiter sur la conduite qu'elle devait tenir envers
lui. Son sentiment l'entraînait à le revoir, mais il lui
était extrêmement pénible qu'il pût s'imaginer qu'elle
désirait de l'épouser, bien que leur fortune fût au
moins égale, et qu'elle pût, en révélant son nom,
montrer qu'il n'était en rien inférieur à celui de lord
Nelvil. Néanmoins, ce qu'il y avait de singulier et
d'indépendant dans le genre de vie qu'elle avait adopté
devait lui inspirer de l'éloignement pour le mariage; et
sûrement elle en aurait repoussé l'idée, si son sentiment ne l'eût pas aveuglée sur toutes les peines qu'elle
aurait à souffrir en épousant un Anglais et en renonçant à l'Italie.

On peut abdiquer la fierté dans tout ce qui tient au
cœur; mais dès que les convenances ou les intérêts du
monde se présentent de quelque manière pour obstacle, dès qu'on peut supposer que la personne qu'on
aime ferait un sacrifice quelconque en s'unissant à
vous, il n'est plus possible de lui montrer à cet égard
aucun abandon de sentiment. Corinne néanmoins, ne

pouvant se résoudre à rompre avec Oswald, voulut se persuader qu'elle pourrait le voir désormais et lui cacher l'amour qu'elle ressentait pour lui ; c'est donc dans cette intention qu'elle se fit une loi dans sa lettre de répondre seulement à ses accusations injustes contre la nation italienne, et de raisonner avec lui sur ce sujet comme si c'était le seul qui l'intéressât. Peut-être la meilleure manière dont une femme d'un esprit supérieur peut reprendre sa froideur et sa dignité, c'est lorsqu'elle se retranche dans la pensée comme dans un asile.

Corinne, à Lord Nelvil.

Ce 25 janvier 1795.

« Si votre lettre ne concernait que moi, Mylord, je n'essaierais point de me justifier : mon caractère est tellement facile à connaître, que celui qui ne me comprendrait pas de lui-même ne me comprendrait pas davantage par l'explication que je lui en donnerais. La réserve pleine de vertu des femmes anglaises, et l'art plein de grace des femmes françaises, servent souvent à cacher, croyez-moi, la moitié de ce qui se passe dans l'ame des unes et des autres : et ce qu'il vous plaît d'appeler en moi de la magie, c'est un naturel sans contrainte qui laisse voir quelquefois des sentiments divers et des pensées opposées, sans travailler à les mettre d'accord ; car cet accord, quand il existe, est presque toujours factice, et la plupart des caractères vrais sont inconséquents : mais ce n'est pas de moi dont je veux vous parler, c'est de la nation infortunée que vous attaquez si cruellement. Serait-ce mon affection pour mes amis qui vous inspirerait cette malveillance amère ? vous me connaissez trop pour en être jaloux ; et je n'ai point l'orgueil de croire qu'un tel sentiment vous rendît injuste au point où vous l'êtes.

Vous dites sur les Italiens ce que disent tous les
étrangers, ce qui doit frapper au premier abord : mais
il faut pénétrer plus avant pour juger ce pays qui a été
si grand à diverses époques. D'où vient donc que cette
nation a été sous les Romains la plus militaire de
toutes, la plus jalouse de sa liberté dans les républiques
du moyen âge, et dans le seizième siècle la plus illustre
par les lettres, les sciences et les arts ? N'a-t-elle pas
poursuivi la gloire sous toutes les formes ! Et si
maintenant elle n'en a plus, pourquoi n'en accuseriez-
vous pas sa situation politique, puisque dans d'autres
circonstances elle s'est montrée si différente de ce
qu'elle est maintenant ?

« Je ne sais si je m'abuse, mais les torts des Italiens
ne font que m'inspirer un sentiment de pitié pour leur
sort. Les étrangers de tout temps ont conquis, déchiré
ce beau pays, l'objet de leur ambition perpétuelle ; et
les étrangers reprochent avec amertume à cette nation
les torts des nations vaincues et déchirées ! L'Europe a
reçu des Italiens les arts et les sciences, et maintenant
qu'elle a tourné contre eux leurs propres présents, elle
leur conteste souvent encore la dernière gloire qui soit
permise aux nations sans force militaire et sans liberté
politique, la gloire des sciences et des arts.

« Il est si vrai que les gouvernements font le
caractère des nations, que, dans cette même Italie vous
voyez des différences de mœurs remarquables entre les
divers états qui la composent. Les Piémontais, qui
formaient un petit corps de nation, ont l'esprit plus
militaire que le reste de l'Italie ; les Florentins, qui ont
possédé ou la liberté, ou des princes d'un caractère
libéral, sont éclairés et doux ; les Vénitiens et les
Génois se montrent capables d'idées politiques, parce
qu'il y a chez eux une aristocratie républicaine ; les
Milanais sont plus sincères, parce que les nations du
nord y ont apporté depuis long-temps ce caractère ; les
Napolitains pourraient aisément devenir belliqueux,

parcequ'ils ont été réunis depuis plusieurs siècles sous un gouvernement très imparfait, mais enfin sous un gouvernement à eux. La noblesse romaine, n'ayant rien à faire ni militairement, ni politiquement, doit être ignorante et paresseuse ; mais l'esprit des ecclésiastiques, qui ont une carrière et une occupation, est beaucoup plus développé que celui des nobles ; et comme le gouvernement papal n'admet aucune distinction de naissance, et qu'il est au contraire purement électif dans l'ordre du clergé, il en résulte une sorte de libéralité, non dans les idées, mais dans les habitudes, qui fait de Rome le séjour le plus agréable pour tous ceux qui n'ont plus ni l'ambition, ni la possibilité de jouer un rôle dans le monde.

« Les peuples du midi sont plus aisément modifiés par leurs institutions que les peuples du nord ; ils ont une indolence qui devient bientôt de la résignation ; et la nature leur offre tant de jouissances, qu'ils se consolent facilement des avantages que la société leur refuse. Il y a sûrement beaucoup de corruption en Italie, et cependant la civilisation y est beaucoup moins raffinée que dans d'autres pays. On pourrait presque trouver quelque chose de sauvage à ce peuple, malgré la finesse de son esprit : cette finesse ressemble à celle du chasseur dans l'art de surprendre sa proie. Les peuples indolents sont facilement rusés : ils ont une habitude de douceur qui leur sert à dissimuler, quand il le faut, même leur colère ; c'est toujours avec ces manières accoutumées qu'on parvient à cacher une situation accidentelle.

« Les Italiens ont de la sincérité, de la fidélité dans les relations privées. L'intérêt, l'ambition exercent un grand empire sur eux, mais non l'orgueil ou la vanité : les distinctions de rang y font très peu d'impression ; il n'y a point de société, point de salon, point de mode, point de petits moyens journaliers de faire effet en détail. Ces sources habituelles de dissimulation et d'envie n'existent point chez eux : quand ils trompent leurs ennemis et leurs concurrents, c'est parce qu'ils se considèrent avec eux comme en état de guerre ; mais en paix, ils ont du naturel et de la vérité. C'est même cette vérité qui est cause du scandale dont vous vous plaignez ; les femmes entendent parler d'amour sans cesse, vivent au milieu des séductions et des exemples de l'amour, ne cachent pas leurs sentiments, et portent pour ainsi dire une sorte d'innocence dans la galante-rie même ; elles ne se doutent pas non plus du ridicule, sur-tout de celui que la société peut donner. Les unes sont d'une ignorance telle, qu'elles ne savent pas écrire, et l'avouent publiquement ; elles font répondre à un billet du matin par leur procureur *(il paglietto)*, sur du papier à grand format, et en style de requête. Mais en revanche, parmi celles qui sont instruites, vous en verrez qui sont professeurs dans les académies, et donnent des leçons publiquement en écharpe noire ; et si vous vous avisiez de rire de cela, l'on vous répon-drait : *Y a-t-il du mal à savoir le grec ? y a-t-il du mal à gagner sa vie par son travail ? pourquoi riez-vous donc d'une chose aussi simple*[a] ?

« Enfin, Mylord, aborderai-je un sujet plus délicat ? chercherai-je à démêler pourquoi les hommes mon-trent souvent peu d'esprit militaire ? Ils exposent leur vie pour l'amour et la haine avec une grande facilité ; et les coups de poignard donnés et reçus pour cette cause n'étonnent ni n'intimident personne : ils ne craignent point la mort, quand les passions naturelles commandent de la braver ; mais souvent, il faut l'avouer, ils aiment mieux la vie que des intérêts politiques, qui ne les touchent guère, parcequ'ils n'ont point de patrie. Souvent aussi l'honneur chevaleresque a peu d'empire au milieu d'une nation où l'opinion et la société qui la forme n'existent pas ; il est assez simple que, dans une telle désorganisation de tous les pouvoirs publics, les femmes prennent beaucoup d'ascendant sur les hommes, et peut-être en ont-elles trop pour les respecter et les admirer. Néanmoins leur conduite envers elles est pleine de délicatesse et de dévouement. Les vertus domestiques font en Angleterre la gloire et le bonheur des femmes ; mais s'il y a des pays où l'amour subsiste hors des liens sacrés du mariage, parmi ces pays, celui de tous où le bonheur des femmes est le plus ménagé, c'est l'Italie. Les hommes s'y sont fait une morale pour des rapports hors de la morale ; mais du moins ont-ils été justes et généreux dans le partage des devoirs ; ils se sont considérés eux-mêmes comme plus coupables que les femmes, quand ils brisaient les liens de l'amour, parceque les femmes avaient fait plus de sacrifices, et perdaient davantage ; ils ont pensé que, devant le tribunal du cœur, les plus criminels sont ceux qui font le plus de mal : quand les hommes ont tort, c'est par dureté ; quand les femmes ont tort, c'est par faiblesse. La société, qui est à la fois rigoureuse et corrompue, c'est-à-dire impitoyable pour les fautes, quand elles entraînent des malheurs, doit être plus sévère pour les femmes ; mais dans un pays où il n'y a pas de société, la bonté naturelle a plus d'influence.

« Les idées de considération et de dignité sont beaucoup moins puissantes, et même beaucoup moins connues, j'en conviens, en Italie, que par-tout ailleurs. L'absence de société et d'opinion publique en est la cause ; mais, malgré tout ce qu'on a dit de la perfidie des Italiens, je soutiens que c'est un des pays du monde où il y a le plus de bonhomie. Cette bonhomie est telle dans tout ce qui tient à la vanité, que, bien que ce pays soit celui dont les étrangers aient dit le plus de mal, il n'en est point où ils rencontrent un accueil aussi bienveillant. On reproche aux Italiens trop de penchant à la flatterie ; mais il faut aussi convenir que la plupart du temps ce n'est point par calcul, mais seulement par désir de plaire qu'ils prodiguent leurs

douces expressions, inspirées par une obligeance véritable : ces expressions ne sont point démenties par la
conduite habituelle de la vie. Toutefois seraient-ils
fidèles à l'amitié dans des circonstances extraordinaires, s'il fallait braver pour elle les périls et l'adversité ?
Le petit nombre, j'en conviens, le très-petit nombre en
serait capable ; mais ce n'est pas à l'Italie seulement
que cette observation peut s'appliquer.

« Les Italiens ont une paresse orientale dans l'habitude de la vie ; mais il n'y a point d'hommes plus
persévérants ni plus actifs, quand une fois leurs
passions sont excitées. Ces mêmes femmes aussi que
vous voyez indolentes comme les Odalisques du sérail
sont capables tout à coup des actions les plus
dévouées. Il y a des mystères dans le caractère et
l'imagination des Italiens, et vous y rencontrez tour à
tour des traits inattendus de générosité et d'amitié, ou
des preuves sombres et redoutables de haine et de
vengeance. Il n'y a ici d'émulation pour rien : la vie
n'y est plus qu'un sommeil rêveur sous un beau ciel ;
mais donnez à ces hommes un but, et vous les verrez
en six mois tout apprendre et tout concevoir. Il en est
de même des femmes ; pourquoi s'instruiraient-elles,
puisque la plupart des hommes ne les entendraient
pas ? Elles isoleraient leur cœur en cultivant leur
esprit ; mais ces mêmes femmes deviendraient bien vite
dignes d'un homme supérieur, si cet homme supérieur
était l'objet de leur tendresse. Tout dort ici : mais dans
un pays où les grands intérêts sont assoupis, le repos et
l'insouciance sont plus nobles qu'une vaine agitation
pour les petites choses.

« Les lettres elles-mêmes languissent là où les
pensées ne se renouvellent point par l'action forte et
variée de la vie. Mais dans quel pays cependant a-t-on
jamais témoigné plus qu'en Italie de l'admiration pour
la littérature et les beaux-arts ? L'histoire nous
apprend que les papes, les princes et les peuples ont

rendu dans tous les temps aux peintres, aux poëtes, aux écrivains distingués, les hommages les plus éclatants [15]. Cet enthousiasme pour le talent est, je l'avouerai, Mylord, un des premiers motifs qui m'attachent à ce pays. On n'y trouve point l'imagination blasée, l'esprit décourageant, ni la médiocrité despotique, qui savent si bien ailleurs tourmenter ou étouffer le génie naturel. Une idée, un sentiment, une expression heureuse prennent feu pour ainsi dire parmi les auditeurs. Le talent, par cela même qu'il tient ici le premier rang, excite beaucoup d'envie. Pergolèse a été assassiné pour son *Stabat* [b] ; Giorgione s'armait d'une cuirasse quand il était obligé de peindre dans un lieu public ; mais la jalousie violente qu'inspire le talent parmi nous est celle que fait naître ailleurs la puissance ; cette jalousie ne dégrade point son objet, cette jalousie peut haïr, proscrire, tuer ; et néanmoins toujours mêlée au fanatisme de l'admiration, elle excite encore le génie tout en le persécutant. Enfin, quand on voit tant de vie dans un cercle si resserré, au milieu de tant d'obstacles et d'asservissements de tout genre, on ne peut s'empêcher, ce me semble, de prendre un vif intérêt à ce peuple qui respire avec avidité le peu d'air que l'imagination fait pénétrer à travers les bornes qui le renferment.

« Ces bornes sont telles, je ne le nierai point, que les hommes maintenant acquièrent rarement en Italie cette dignité, cette fierté qui distingue les nations libres et militaires. J'avouerai même, si vous le voulez, Mylord, que le caractère de ces nations pourrait inspirer aux femmes plus d'enthousiasme et d'amour. Mais ne serait-il pas possible aussi qu'un homme intrépide, noble et sévère réunît toutes les qualités qui font aimer, sans posséder celles qui promettent le bonheur ?

« CORINNE. »

CHAPITRE IV.

La lettre de Corinne fit repentir une seconde fois
Oswald d'avoir pu songer à se détacher d'elle. La
dignité spirituelle et la douceur imposante avec
laquelle elle repoussait les paroles dures qu'il s'était
permises le touchèrent et le pénétrèrent d'admiration.
Une supériorité si grande, si simple, si vraie, lui parut
au-dessus de toutes les règles ordinaires. Il sentait bien
toujours que Corinne n'était pas la femme faible,
timide, doutant de tout, hors de ses devoirs et de ses
sentiments, qu'il avait choisie dans son imagination
pour la compagne de sa vie ; et le souvenir de Lucile,
telle qu'il l'avait vue à l'âge de douze ans, s'accordait
mieux avec cette idée : mais pouvait-on rien comparer
à Corinne ? Les lois, les règles communes pouvaient-
elles s'appliquer à une personne qui réunissait en elle
tant de qualités diverses dont le génie et la sensibilité
étaient le lien ? Corinne était un miracle de la nature,
et ce miracle ne se faisait-il pas en faveur d'Oswald,
quand il pouvait se flatter d'intéresser une telle femme.
Mais quel était son nom, quelle était sa destinée, quels
seraient ses projets, s'il lui déclarait l'intention de
s'unir à elle ? Tout était encore dans l'obscurité ; et
quoique l'enthousiasme qu'Oswald ressentait pour
Corinne lui persuadât qu'il était décidé à l'épouser,
souvent aussi l'idée que la vie de Corinne n'avait pas
été tout-à-fait irréprochable, et qu'un tel mariage
aurait été sûrement condamné par son père, bouleversait de nouveau toute son ame et le jetait dans l'anxiété
la plus pénible.

Il n'était pas aussi abattu par la douleur que dans le
temps où il ne connaissait pas Corinne ; mais il ne
sentait plus cette sorte de calme qui peut exister même
au milieu du repentir, lorsque la vie entière est
consacrée à l'expiation d'une grande faute. Il ne

craignait pas autrefois de s'abandonner à ses souvenirs, quelle que fût leur amertume ; maintenant il redoutait les rêveries longues et profondes qui lui auraient révélé ce qui se passait au fond de son ame. Il se préparait cependant à se rendre chez Corinne pour la remercier de sa lettre et pour obtenir le pardon de celle qu'il avait écrite, lorsqu'il vit entrer dans sa chambre M. Edgermond, un parent de la jeune Lucile.

C'était un brave gentilhomme anglais qui avait presque toujours vécu dans la principauté de Galles où il possédait une terre ; il avait les principes et les préjugés qui servent à maintenir en tout pays les choses comme elles sont ; et c'est un bien quand ces choses sont aussi bonnes que la raison humaine le permet : alors les hommes tels que M. Edgermond, c'est-à-dire les partisans de l'ordre établi, quoique fortement et même opiniâtrément attachés à leurs habitudes et à leur manière de voir, doivent être considérés comme des esprits éclairés et raisonnables.

Lord Nelvil tressaillit en entendant annoncer chez lui M. Edgermond, il lui sembla que tous ses souvenirs se présentaient à la fois ; mais bientôt il lui vint dans l'esprit que ladi Edgermond, la mère de Lucile, avait envoyé son parent pour lui faire des reproches, et qu'elle voulait ainsi gêner son indépendance. Cette pensée lui rendit toute sa fermeté, et il reçut M. Edgermond avec une froideur extrême. Il avait d'autant plus tort en l'accueillant ainsi, que M. Edgermond n'avait pas le moindre projet qui pût concerner lord Nelvil. Il traversait l'Italie pour sa santé, en faisant beaucoup d'exercice, en chassant, en buvant à la santé du roi George et de la vieille Angleterre ; c'était le plus honnête homme du monde, et même il avait beaucoup plus d'esprit et d'instruction que ses habitudes ne devaient le faire croire. Il était Anglais avant tout, non seulement comme il devait l'être, mais aussi comme on aurait pu souhaiter qu'il ne le fût pas ; suivant dans tous les pays les coutumes du sien, ne vivant qu'avec les Anglais, et ne s'entretenant jamais avec les étrangers, non par dédain, mais par une sorte de répugnance à parler les langues étrangères, et de timidité même à l'âge de cinquante ans, qui lui rendait très difficile de faire de nouvelles connaissances.

— Je suis charmé de vous voir, dit-il à lord Nelvil, je vais à Naples dans quinze jours, vous y trouverai-je ? Je le voudrais, car j'ai peu de temps à rester en Italie, parceque mon régiment doit bientôt s'embarquer. — Votre régiment, répéta lord Nelvil, et il rougit, comme s'il avait oublié qu'il avait un congé d'une année, son régiment ne devant pas être employé avant cette époque ; mais il rougit en pensant que Corinne pourrait peut-être lui faire oublier même son devoir. — Votre régiment à vous, continua M. Edgermond, ne sera pas mis en activité de sitôt, ainsi rétablissez votre santé ici sans inquiétude ; j'ai vu avant de partir ma jeune cousine à laquelle vous vous intéressez ; elle est plus charmante que jamais ; et dans un an, quand vous reviendrez, je ne doute pas qu'elle ne soit la plus belle femme de l'Angleterre. — Lord Nelvil se tut, et M. Edgermond garda le silence aussi de son côté. Ils se dirent encore quelques mots d'une manière assez laconique, quoique bienveillante, et M. Edgermond allait sortir, lorsqu'il revint sur ses pas, et dit : — A propos, Mylord, vous pouvez me faire un plaisir : on m'a dit que vous connaissiez la célèbre Corinne, et bien que je n'aime pas en général les nouvelles connaissances, je suis tout-à-fait curieux de celle-là. — Je demanderai à Corinne la permission de vous mener chez elle, puisque vous le désirez, répondit Oswald. — Faites, je vous prie, reprit M. Edgermond, que je la voie un jour où elle improvisera, chantera ou dansera en notre présence. — Corinne, dit lord Nelvil, ne montre point ainsi ses talents aux étrangers, c'est une

femme votre égale et la mienne sous tous les rapports.
— Pardon de ma méprise, reprit M. Edgermond;
comme on ne lui connaît pas d'autre nom que Corinne,
et qu'à vingt-six ans elle vit toute seule sans aucune
personne de sa famille, je croyais qu'elle existait par
ses talents, et saisissait volontiers l'occasion de les faire
connaître. — Sa fortune, répondit vivement lord Nelvil,
est tout-à-fait indépendante et son ame encore plus. —
M. Edgermond finit à l'instant de parler sur Corinne,
et se repentit de l'avoir nommée quand il vit que ce
sujet intéressait Oswald. Les Anglais sont les hommes
du monde qui ont le plus de discrétion et de ménagement dans tout ce qui tient aux affetions véritables.

M. Edgermond s'en alla. Lord Nelvil resté seul ne
put s'empêcher de s'écrier dans son émotion : — Il
faut que j'épouse Corinne, il faut que je sois son
protecteur, afin que personne désormais ne puisse la
méconnaître. Je lui donnerai le peu que je puis donner,
un rang, un nom, tandis qu'elle me comblera de toutes
les félicités qu'elle seule peut accorder sur la terre.
— Ce fut dans cette disposition qu'il se hâta d'aller
chez Corinne, et jamais il n'y entra avec un plus doux
sentiment d'espérance et d'amour; mais, par un
mouvement naturel de timidité, il commença la
conversation, en se rassurant lui-même, par des paroles insignifiantes, et de ce nombre fut la demande
d'amener M. Edgermond chez elle. A ce nom, Corinne
se troubla visiblement, et refusa d'une voix émue ce
que désirait Oswald. Il en fut singulièrement étonné,
et lui dit : — Je pensais que dans une maison où vous
recevez tant de monde le titre de mon ami ne serait pas
un motif d'exclusion. — Ne vous offensez pas, Mylord,
reprit Corinne, croyez-moi, il faut que j'aie des raisons
bien puissantes pour ne pas consentir à ce que vous
désirez. — Et ces raisons, me les direz-vous? reprit
Oswald. — Impossible, s'écria Corinne, impossible!
— Ainsi donc, dit Oswald... et la violence de son

émotion lui coupant la parole, il voulut sortir : Corinne alors toute en pleurs, lui dit en anglais : — Au nom de Dieu, si vous ne voulez pas briser mon cœur, ne partez pas. —

Ces paroles, cet accent remuèrent profondément l'ame d'Oswald, et il se rassit à quelque distance de Corinne, la tête appuyée contre un vase d'albâtre qui éclairait sa chambre ; puis tout à coup il lui dit : — Cruelle femme, vous voyez que je vous aime, vous voyez que vingt fois par jour je suis prêt à vous offrir et ma main et ma vie, et vous ne voulez pas m'apprendre qui vous êtes ! Dites-le-moi, Corinne, dites-le-moi, répétait-il en lui tendant la main avec la plus touchante expression de sensibilité. — Oswald, s'écria Corinne, Oswald, vous ne savez pas le mal que vous me faites. Si j'étais assez insensée pour vous tout dire, si je l'étais, vous ne m'aimeriez plus. — Grand dieu, reprit-il, qu'avez-vous donc à révéler ? — Rien qui me rende indigne de vous ; mais des hasards, mais des différences entre nos goûts, nos opinions, qui jadis ont existé, qui n'existeraient plus. N'exigez pas de moi que je me fasse connaître à vous ; un jour peut-être, un jour si vous m'aimez assez, si.... Ah ! je ne sais ce que je dis, continua Corinne, vous saurez tout, mais ne m'abandonnez pas avant de m'entendre. Promettez-le-moi au nom de votre père qui réside dans le ciel. — Ne prononcez pas ce nom, s'écria lord Nelvil, savez-vous s'il nous réunit ou s'il nous sépare ! Croyez-vous qu'il consentît à notre union ? Si vous le croyez, attestez-le-moi, je ne serai plus troublé, déchiré. Une fois je vous dirai quelle a été ma triste vie, mais à présent voyez dans quel état je suis, dans quel état vous me mettez. — Et en effet son front était couvert d'une froide sueur, son visage était pâle et ses lèvres tremblaient en articulant à peine ces dernières paroles. Corinne s'assit à côté de lui, et tenant ses mains dans les siennes, le rappela doucement à lui-même. — Mon cher Oswald, lui dit-elle, demandez à M. Edgermond s'il n'a jamais été dans le Northumberland, ou du moins si ce n'est que depuis cinq ans qu'il y a été : dans ce cas seulement vous pouvez l'amener ici. — Oswald regarda fixement Corinne à ces mots ; elle baissa les yeux et se tut. Lord Nelvil lui répondit : — Je ferai ce que vous m'ordonnez, et il partit.

Rentré chez lui, il s'épuisait en conjectures sur les secrets de Corinne ; il lui paraissait évident qu'elle avait passé beaucoup de temps en Angleterre, et que son nom et sa famille devaient y être connus. Mais quel motif les lui faisait cacher, et pourquoi avait-elle quitté l'Angleterre, si elle y avait été établie ? Ces diverses questions agitaient extrêmement le cœur d'Oswald ; il était convaincu que rien de mal ne pouvait être découvert dans la vie de Corinne ; mais il craignait une combinaison de circonstances qui pût la rendre coupable aux yeux des autres ; et ce qu'il redoutait le plus pour elle, c'était la désapprobation de l'Angleterre. Il se sentait fort contre celle de tout autre pays ; mais le souvenir de son père était si intimement uni dans sa pensée avec sa patrie, que ces deux sentiments s'accroissaient l'un par l'autre. Oswald sut de M. Edgermond qu'il avait été pour la première fois dans le Northumberland l'année dernière, et lui promit de le conduire le soir même chez Corinne. Il arriva le premier, pour la prévenir des idées que M. Edgermond avait conçues sur elle, et la pria de lui faire sentir par des manières froides et réservées combien il s'était trompé.

— Si vous le permettez, reprit Corinne, je serai avec lui comme avec tout le monde ; s'il désire de m'entendre, j'improviserai pour lui ; enfin je me montrerai telle que je suis, et je crois cependant qu'il apercevra tout aussi bien la dignité de l'ame à travers une conduite simple, que si je me donnais un air contraint qui serait affecté. — Oui, Corinne, répondit Oswald, oui, vous

avez raison. Ah! qu'il aurait tort, celui qui voudrait
altérer en rien votre admirable naturel! — M. Edgermond arriva dans ce moment avec le reste de la
société. Au commencement de la soirée, lord Nelvil se
plaçait à côté de Corinne, et, avec un intérêt qui tenait
à la fois de l'amant et du protecteur, il disait tout ce
qui pouvait la faire valoir; il lui témoignait un respect
qui avait encore plus pour but de commander les
égards des autres, que de se satisfaire lui-même; mais
il sentit bientôt avec joie l'inutilité de toutes ses
inquiétudes. Corinne captiva tout-à-fait M. Edgermond; elle le captiva non-seulement par son esprit et
ses charmes, mais en lui inspirant le sentiment d'estime que les caractères vrais obtiennent toujours des
caractères honnêtes; et lorsqu'il osa lui demander de
se faire entendre sur un sujet de son choix, il aspirait à
cette grace avec autant de respect que d'empressement. Elle y consentit sans se faire prier un instant, et
sut prouver ainsi que cette faveur avait un prix
indépendant de la difficulté de l'obtenir. Mais elle
avait un si vif désir de plaire à un compatriote
d'Oswald, à un homme qui, par la considération qu'il
méritait, pouvait influer sur son opinion en lui parlant
d'elle, que ce sentiment la remplit tout à coup d'une
timidité qui lui était nouvelle; elle voulut commencer,
et elle sentit que l'émotion lui coupait la parole.
Oswald souffrait de ce qu'elle ne se montrait pas dans
toute sa supériorité à un Anglais. Il baissait les yeux, et
son embarras était si visible, que Corinne, uniquement
occupée de l'effet qu'elle produisait sur lui, perdait
toujours la présence d'esprit nécessaire pour le talent
d'improviser. Enfin, sentant qu'elle hésitait, que les
paroles lui venaient par la mémoire et non par le
sentiment, et qu'elle ne peignait ainsi ni ce qu'elle
pensait, ni ce qu'elle éprouvait réellement, elle s'arrêta
tout à coup, et dit à M. Edgermond: — Pardonnez-
moi si la timidité m'ôte aujourd'hui mon talent, c'est la

première fois, mes amis le savent, que je me suis trouvée ainsi tout à fait au-dessous de moi-même, mais ce ne sera peut-être pas la dernière, ajouta-t-elle en soupirant.

Oswald fut profondément ému par la touchante faiblesse de Corinne. Jusqu'alors il avait toujours vu l'imagination et le génie triompher de ses affections, et relever son ame dans les moments où elle était le plus abattue ; cette fois, le sentiment avait subjugué tout-à-fait son esprit ; et néanmoins Oswald s'était tellement identifié dans cette occasion avec la gloire de Corinne, qu'il avait souffert de son trouble, au lieu d'en jouir. Mais comme il était certain qu'elle brillerait un autre jour avec l'éclat qui lui était naturel, il se livra sans regret à la douceur des observations qu'il venait de faire, et l'image de son amie régna plus que jamais dans son cœur.

Livre VII.

LA LITTÉRATURE ITALIENNE.

CHAPITRE PREMIER.

Lord Nelvil désirait vivement que M. Edgermond jouît de l'entretien de Corinne, qui valait bien ses vers improvisés. Le jour suivant, la même société se rassembla chez elle ; et, pour l'engager à parler, il amena la conversation sur la littérature italienne, et provoqua sa vivacité naturelle, en affirmant que l'Angleterre possédait un plus grand nombre de vrais poëtes et de poëtes supérieurs, par l'énergie et la sensibilité, à tous ceux dont l'Italie pouvait se vanter.

— D'abord, répondit Corinne, les étrangers ne connaissent, pour la plupart, que nos poëtes du premier rang, Le Dante, Pétrarque, l'Arioste, Guarini, Le Tasse et Métastase, tandis que nous en avons plusieurs autres, tels que Chiabrera, Guidi, Filicaja, Parini, etc., sans compter Sannazar, Politien, etc. qui ont écrit en latin avec génie[a] ; et tous réunissent dans leurs vers le coloris à l'harmonie ; tous savent, avec plus ou moins de talent, faire entrer les merveilles des beaux-arts et de la nature dans les tableaux représentés par la parole. Sans doute il n'y a pas dans nos poëtes cette mélancolie profonde, cette connaissance du cœur humain qui caractérise les vôtres ; mais ce genre de supériorité n'appartient-il pas plutôt aux écrivains philosophes qu'aux poëtes ? La mélodie brillante de l'italien convient mieux à l'éclat des objets extérieurs qu'à la méditation. Notre langue serait plus propre à peindre la fureur que la tristesse, parceque les sentiments réfléchis exigent des expressions plus métaphysiques, tandis que le désir de la vengeance anime l'imagination, et tourne la douleur en dehors. Cesarotti a fait la meilleure et la plus élégante traduction d'Ossian qu'il y ait[b] ; mais il semble, en la lisant, que les mots ont en eux-mêmes un air de fête qui contraste avec les idées sombres qu'ils rappellent. On se laisse charmer par nos douces paroles, de *ruisseau limpide,* de *campagne riante,* d'*ombrage frais,* comme par le murmure des eaux et la variété des couleurs ; qu'exigez-vous de plus de la poësie ? pourquoi demander au rossignol ce que signifie son chant ? il ne peut l'expliquer qu'en recommençant à chanter ; on ne peut le comprendre qu'en se laissant aller à l'impression qu'il produit. La mesure des vers, les rimes harmonieuses, ces terminaisons rapides, composées de deux syllabes brèves, dont les sons glissent en effet, comme l'indique leur nom (*Sdruccioli*), imitent quelquefois les pas légers de la danse ; quelquefois des tons plus graves rappellent le bruit de l'orage ou l'éclat des armes ; enfin notre poësie est une merveille de l'imagination, il ne faut y chercher que ses plaisirs sous toutes les formes.

— Sans doute, reprit lord Nelvil, vous expliquez,

aussi bien qu'il est possible, et les beautés et les défauts
de votre poësie; mais quand ces défauts, sans les
beautés, se trouvent dans la prose, comment les
défendrez-vous? Ce qui n'est que du vague dans la
poësie devient du vide dans la prose; et cette foule
d'idées communes, que vos poëtes savent embellir par
leur mélodie et leurs images, reparaît à froid dans la
prose avec une vivacité fatigante. La plupart de vos
écrivains en prose, aujourd'hui, ont un langage si
déclamatoire, si diffus, si abondant en superlatifs,
qu'on dirait qu'ils écrivent tous de commande, avec
des phrases reçues, et pour une nature de convention;
ils semblent ne pas se douter qu'écrire c'est exprimer
son caractère et sa pensée. Le style littéraire est pour
eux un tissu artificiel, une mosaïque rapportée, je ne
sais quoi d'étranger enfin à leur ame, qui se fait avec la
plume, comme un ouvrage mécanique avec les doigts;
ils possèdent au plus haut degré le secret de développer, de commenter, d'enfler une idée, de faire mousser
un sentiment, si l'on peut parler ainsi; tellement qu'on
serait tenté de dire à ces écrivains, comme cette femme
africaine à une dame française qui portait un grand
panier sous une longue robe : *Madame, tout cela est-il
vous-même?* En effet, où est l'être réel dans toute cette
pompe de mots, qu'une expression vraie ferait disparaître comme un vain prestige?

— Vous oubliez, interrompit vivement Corinne,
d'abord Machiavel et Bocace, puis Gravina, Filangieri [c], et de nos jours encore Cesarotti, Verri, Bettinelli, et
tant d'autres enfin qui savent écrire et penser [16]. Mais
je conviens avec vous que, depuis les derniers siècles,
des circonstances malheureuses ayant privé l'Italie de
son indépendance, on y a perdu tout intérêt pour la
vérité, et souvent même la possibilité de la dire. Il en
est résulté l'habitude de se complaire dans les mots,
sans oser approcher des idées. Comme l'on était
certain de ne pouvoir obtenir par ses écrits aucune

influence sur les choses, on n'écrivait que pour montrer de l'esprit, ce qui est le plus sûr moyen de finir bientôt par n'avoir pas même de l'esprit ; car c'est en dirigeant ses efforts vers un objet noblement utile qu'on rencontre le plus d'idées. Quand les écrivains en prose ne peuvent influer en aucun genre sur le bonheur d'une nation, quand on n'écrit que pour briller, enfin quand c'est la route qui est le but, on se replie en mille détours, mais l'on n'avance pas. Les Italiens, il est vrai, craignent les pensées nouvelles, mais c'est par paresse qu'ils les redoutent, et non par servilité littéraire. Leur caractère, leur gaieté, leur imagination ont beaucoup d'originalité, et cependant comme ils ne se donnent plus la peine de réfléchir, leurs idées générales sont communes ; leur éloquence même, si vive quand ils parlent, n'a point de naturel quand ils écrivent ; on dirait qu'ils se refroidissent en travaillant ; d'ailleurs les peuples du midi sont gênés par la prose, et ne peignent leurs véritables sentiments qu'en vers. Il n'en est pas de même dans la littérature française, dit Corinne, en s'adressant au comte d'Erfeuil, vos prosateurs sont souvent plus éloquents, et même plus poétiques que vos poëtes. — Il est vrai, répondit le comte d'Erfeuil, que nous avons en ce genre les véritables autorités classiques ; Bossuet, La Bruyère, Montesquieu, Buffon, ne peuvent être surpassés ; surtout les deux premiers, qui appartiennent à ce siècle de Louis XIV, qu'on ne saurait trop louer, et dont il faut imiter, autant qu'on le peut, les parfaits modèles. C'est un conseil que les étrangers doivent s'empresser de suivre aussi-bien que nous. — J'ai de la peine à croire, répondit Corinne, qu'il fût désirable pour le monde entier de perdre toute couleur nationale, toute originalité de sentiments et d'esprit, et j'oserai vous dire, M. le comte, que, dans votre pays même, cette orthodoxie littéraire, si je puis m'exprimer ainsi, qui s'oppose à toute innovation heureuse, doit rendre à la longue votre littérature très stérile. Le génie est essentiellement créateur, il porte le caractère de l'individu qui le possède. La nature, qui n'a pas voulu que deux feuilles se ressemblassent, a mis encore plus de diversité dans les ames, et l'imitation est une espèce de mort, puisqu'elle dépouille chacun de son existence naturelle. —

Ne voudriez-vous pas, belle étrangère[d], reprit le comte d'Erfeuil, que nous admissions chez nous la barbarie tudesque, les nuits d'Young des Anglais, les *Concetti* des Italiens et des Espagnols ? Que deviendraient le goût, l'élégance du style français après un tel mélange ? — Le prince Castel-Forte, qui n'avait point encore parlé, dit : — Il me semble que nous avons tous besoin les uns des autres ; la littérature de chaque pays découvre, à qui sait la connaître, une nouvelle sphère d'idées. C'est Charles-Quint lui-même qui a dit qu'*un homme qui sait quatre langues vaut quatre hommes*. Si ce grand génie politique en jugeait ainsi pour les affaires, combien cela n'est-il pas plus vrai pour les lettres ? Les étrangers savent tous le français, ainsi leur point de vue est plus étendu que celui des Français qui ne savent pas les langues étrangères. Pourquoi ne se donnent-ils pas plus souvent la peine de les apprendre ? ils conserveraient ce qui les distingue, et découvriraient ainsi quelquefois ce qui peut leur manquer. —

CHAPITRE II.

— Vous m'avouerez au moins, reprit le comte d'Erfeuil, qu'il est un rapport sous lequel nous n'avons rien à apprendre de personne. Notre théâtre est décidément le premier de l'Europe ; car je ne pense pas que les Anglais eux-mêmes imaginassent de nous opposer Shakespeare. — Je vous demande pardon, interrompit

M. Edgermond ; ils l'imaginent. — Et, ce mot dit, il rentra dans le silence. — Alors je n'ai rien à dire, continua le comte d'Erfeuil, avec un sourire qui exprimait un dédain gracieux, chacun peut penser ce qu'il veut ; mais enfin je persiste à croire qu'on peut affirmer sans présomption que nous sommes les premiers dans l'art dramatique ; et quant aux Italiens, s'il m'est permis de parler franchement, ils ne se doutent seulement pas qu'il y ait un art dramatique dans le monde. La musique est tout chez eux, et la pièce n'est rien. Si le second acte d'une pièce a une meilleure musique que le premier, ils commencent par le second acte ; si ce sont les deux premiers actes de deux pièces différentes, ils jouent ces deux actes le même jour, et mettent entre deux un acte d'une comédie en prose, qui contient ordinairement la meilleure morale du monde, mais une morale toute composée de sentences, que nos ancêtres mêmes ont déjà renvoyées à l'étranger comme trop vieilles pour eux. Vos musiciens fameux disposent en entier de vos poëtes ; l'un lui déclare qu'il ne peut pas chanter s'il n'a dans son ariette le mot *felicità ;* le tenor demande la *tomba ;* et le troisième chanteur ne peut faire des roulades que sur le mot *catene.* Il faut que le pauvre poëte arrange ces goûts divers comme il le peut avec la situation dramatique. Ce n'est pas tout encore ; il y a des virtuoses qui ne veulent pas arriver de plain-pied sur le théâtre ; il faut qu'ils se montrent d'abord dans un nuage, ou qu'ils descendent du haut de l'escalier d'un palais pour produire plus d'effet à leur entrée. Quand l'ariette est chantée, dans quelque situation touchante ou violente que ce soit, l'acteur doit saluer pour remercier des applaudissements qu'il obtient. L'autre jour, à Sémiramis, après que le spectre de Ninus eut chanté son ariette, l'acteur qui le représentait fit, en son costume d'ombre, une grande révérence au parterre ; ce qui diminua beaucoup l'effroi de l'apparition.

On est accoutumé en Italie à regarder le théâtre comme une grande salle de réunion où l'on n'écoute que les airs et le ballet. C'est avec raison que je dis *où l'on n'écoute que le ballet*, car c'est seulement lorsqu'il va commencer que le parterre fait faire silence ; et ce ballet est encore un chef-d'œuvre de mauvais goût. Excepté les grotesques, qui sont de véritables caricatures de la danse, je ne sais pas ce qui peut amuser dans ces ballets, si ce n'est leur ridicule. J'ai vu Gengis-kan, mis en ballet, tout couvert d'hermine, tout revêtu de beaux sentiments, car il cédait sa couronne à l'enfant du roi qu'il avait vaincu, et l'élevait en l'air sur un pied ; nouvelle façon d'établir un monarque sur le trône[a]. J'ai aussi vu le dévouement de Curtius, ballet en trois actes avec tous les divertissements. Curtius, habillé en berger d'Arcadie, dansait long-temps avec sa maîtresse avant de monter sur un véritable cheval au milieu du théâtre, et de s'élancer ainsi dans un gouffre de feu fait avec du satin jaune et du papier doré, ce qui lui donnait beaucoup plus l'apparence d'un surtout de dessert que d'un abîme. Enfin j'ai vu tout l'abrégé de l'histoire romaine en ballet, depuis Romulus jusqu'à César. —

Tout ce que vous dites est vrai, répondit le prince Castel-Forte avec douceur, mais vous n'avez parlé que de la musique et de la danse, et ce n'est pas là ce que dans aucun pays l'on considère comme le théâtre dramatique. — C'est bien pis, interrompit le comte d'Erfeuil, quand on représente des tragédies ou des drames qui ne sont pas nommés *drame d'une fin joyeuse*[b], on réunit plus d'horreurs en cinq actes que l'imagination ne pourrait se le figurer. Dans une des pièces de ce genre, l'amant tue le frère de sa maîtresse dès le second acte ; au troisième il brûle la cervelle à sa maîtresse elle-même sur le théâtre ; le quatrième est rempli par l'enterrement ; dans l'intervalle du quatrième au cinquième acte, l'acteur qui joue l'amant vient annoncer le plus tranquillement du monde, au parterre, les arlequinades que l'on donne le jour suivant, et reparaît en scène au cinquième acte pour se tuer d'un coup de pistolet. Les acteurs tragiques sont en parfaite harmonie avec le froid et le gigantesque des pièces. Ils commettent toutes ces terribles actions avec le plus grand calme. Quand un acteur s'agite, on dit qu'il se démène comme un prédicateur ; car, en effet, il y a beaucoup plus de mouvement dans la chaire que sur le théâtre, et c'est bien heureux que ces acteurs soient si paisibles dans le pathétique, car, comme il n'y a rien d'intéressant dans la pièce, ni dans la situation, plus ils feraient de bruit, plus ils seraient ridicules : encore si ce ridicule était gai, mais il n'est que monotone. Il n'y a pas plus en Italie de comédie que de tragédie ; et dans cette carrière encore c'est nous qui sommes les premiers. Le seul genre qui appartienne vraiment à l'Italie, ce sont les arlequinades ; un valet fripon, gourmand et poltron, un vieux tuteur dupe, avare ou amoureux, voilà tout le sujet de ces pièces. Vous conviendrez qu'il ne faut pas beaucoup d'efforts pour une telle invention, et que le Tartuffe et le Misanthrope supposent un peu plus de génie. —

Cette attaque du comte d'Erfeuil déplaisait assez aux Italiens qui l'écoutaient ; mais cependant ils en riaient, et le comte d'Erfeuil en conversation aimait beaucoup mieux montrer de l'esprit que de la bonté. Sa bienveillance naturelle influait sur ses actions, mais son amour-propre sur ses paroles. Le prince Castel-Forte et tous les Italiens qui se trouvaient là étaient impatients de réfuter le comte d'Erfeuil ; mais comme ils croyaient leur cause mieux défendue par Corinne que par tout autre, et que le plaisir de briller en conversation ne les occupait guère, ils suppliaient Corinne de répondre, et se contentaient seulement de citer les noms si connus de Maffei, de Métastase, de Goldoni, d'Alfieri, de Monti. Corinne convint d'abord que les Italiens n'avaient point de théâtre ; mais elle voulut prouver que les circonstances, et non l'absence du talent, en étaient la cause. La comédie qui tient à l'observation des mœurs ne peut exister que dans un pays où l'on vit habituellement au centre d'une société nombreuse et brillante ; il n'y a en Italie que des passions violentes ou des jouissances paresseuses ; et les passions violentes produisent des crimes ou des vices d'une couleur si forte, qu'elles font disparaître toutes les nuances des caractères. Mais la comédie idéale, pour ainsi dire celle qui tient à l'imagination et peut convenir à tous les temps comme à tous les pays, c'est en Italie qu'elle a été inventée. Les personnages d'Arlequin, de Brighella, de Pantalon, etc. se trouvent dans toutes les pièces avec le même caractère. Ils ont, sous tous les rapports, des masques et non pas des visages : c'est-à-dire, que leur physionomie est celle de tel genre de personnes et non pas de tel individu. Sans doute les auteurs modernes des arlequinades, trouvant tous les rôles donnés d'avance comme les pièces d'un jeu d'échecs, n'ont pas le mérite de les avoir inventés ; mais cette première invention est due à l'Italie ; et ces personnages fantasques, qui d'un bout de l'Europe à l'autre amusent tous les enfants et les hommes que l'imagination rend enfants, doivent être considérés comme une création des Italiens, qui leur donne des droits à l'art de la comédie.

L'observation du cœur humain est une source inépuisable pour la littérature ; mais les nations qui sont plus propres à la poésie qu'à la réflexion se livrent plutôt à l'enivrement de la joie qu'à l'ironie philosophique. Il y a quelque chose de triste au fond de la plaisanterie fondée sur la connaissance des hommes ; la gaieté vraiment inoffensive est celle qui appartient seulement à l'imagination. Ce n'est pas que les Italiens n'étudient habilement les hommes avec lesquels ils ont affaire, et ne découvrent plus finement que personne les pensées les plus secrètes ; mais c'est comme esprit de conduite qu'ils ont ce talent, et ils n'ont point l'habitude d'en faire un usage littéraire. Peut-être même n'aimeraient-ils pas à généraliser leurs découvertes, à publier leurs aperçus. Ils ont dans le caractère quelque chose de prudent et de dissimulé, qui leur conseille peut-être de ne pas mettre en dehors, par les comédies, ce qui leur sert à se guider dans les relations particulières, et de ne pas révéler par les fictions de l'esprit ce qui peut être utile dans les circonstances de la vie réelle.

Machiavel cependant, bien loin de rien cacher, a fait connaître tous les secrets d'une politique criminelle ; et l'on peut voir par lui de quelle terrible connaissance du cœur humain les Italiens sont capables ! mais une telle profondeur n'est pas du ressort de la comédie, et les loisirs de la société, proprement dite, peuvent seuls apprendre à peindre les hommes sur la scène comique. Goldoni qui vivait à Venise, la ville d'Italie où il y a le plus de société, met déjà dans ses pièces beaucoup plus de finesse d'observation qu'il ne s'en trouve communément dans les autres auteurs. Néanmoins ses comédies sont monotones ; on y voit revenir les mêmes situations, parce qu'il y a peu de variété dans les caractères. Ses nombreuses pièces semblent faites sur le modèle des pièces de théâtre en général, et non d'après la vie. Le vrai caractère de la gaieté italienne, ce n'est pas la moquerie, c'est l'imagination ; ce n'est pas la peinture des mœurs, mais les exagérations poétiques. C'est l'Arioste et non pas Molière qui peut amuser l'Italie.

Gozzi, le rival de Goldoni, a bien plus d'originalité dans ses compositions, elles ressemblent bien moins à des comédies régulières. Il a pris son parti de se livrer franchement au génie italien, de représenter des contes de fées, de mêler les bouffonneries, les arlequinades, au merveilleux des poëmes ; de n'imiter en rien la nature, mais de se laisser aller aux fantaisies de la gaieté comme aux chimères de la féerie, et d'entraîner de toutes les manières l'esprit au-delà des bornes de ce qui se passe dans le monde. Il eut un succès prodigieux dans son temps, et peut-être est-il l'auteur comique dont le genre convient le mieux à l'imagination italienne; mais pour savoir avec certitude quelles pourraient être la comédie et la tragédie en Italie, il faudrait qu'il y eût quelque part un théâtre et des acteurs. La multitude des petites villes, qui toutes veulent avoir un théâtre, perd en les dispersant le peu de ressources qu'on pourrait rassembler. La division des états, si favorable en général à la liberté et au bonheur, est nuisible à l'Italie. Il lui faudrait un centre de lumières et de puissance pour résister aux préjugés qui la dévorent. L'autorité des gouvernements réprime souvent ailleurs l'élan individuel. En Italie cette autorité serait un bien, si elle luttait contre l'ignorance des états séparés et des hommes isolés entre eux, si elle combattait par l'émulation, l'indolence naturelle au climat, enfin si elle donnait une vie à toute cette nation qui se contente d'un rêve.

Ces diverses idées et plusieurs autres encore furent spirituellement développées par Corinne. Elle entendait aussi très bien l'art rapide des entretiens légers qui n'insistent sur rien, et l'occupation de plaire qui fait valoir chacun à son tour, quoiqu'elle s'abandonnât souvent dans la conversation au genre de talent qui la rendait une improvisatrice célèbre. Plusieurs fois elle pria le prince Castel-Forte de venir à son secours en faisant connaître ses propres opinions sur le même sujet, mais elle parlait si bien, que tous les auditeurs se plaisaient à l'écouter et ne supportaient pas qu'on l'interrompît. M. Edgermond sur-tout ne pouvait se rassasier de voir et d'entendre Corinne, il osait à peine lui exprimer le sentiment d'admiration qu'elle lui inspirait et prononçait tout bas quelques mots à sa louange, espérant qu'elle les comprendrait sans qu'il fût obligé de les lui dire. Il avait cependant un désir si vif de savoir

ce qu'elle pensait sur la tragédie, qu'il se hasarda,
malgré sa timidité, à lui adresser la parole à cet égard.

— Madame, lui dit-il, ce qui me paraît sur-tout
manquer à la littérature italienne, ce sont des tragédies ; il me semble qu'il y a moins loin des enfants aux
hommes, que de vos tragédies aux nôtres ; car les
enfants, dans leur mobilité, ont des sentiments légers,
mais vrais, tandis que le sérieux de vos tragédies a
quelque chose d'affecté et de gigantesque qui détruit
pour moi toute émotion. N'est-il pas vrai, lord Nelvil ?
continua M. Edgermond, en se retournant vers lui, et
l'appelant par ses regards à le soutenir, étonné qu'il
était d'avoir osé parler devant tant de monde.

— Je pense en entier comme vous, répondit
Oswald. Métastase, que l'on vante comme le poëte de
l'amour, donne à cette passion, dans tous les pays,
dans toutes les situations, la même couleur. On doit
applaudir à des ariettes admirables, tantôt par la grace
et l'harmonie, tantôt par les beautés lyriques du
premier ordre qu'elles renferment, sur-tout quand on
les détache du drame où elles sont placées ; mais il
nous est impossible à nous qui possédons Shakespeare,
le poëte qui a le mieux approfondi l'histoire et les
passions de l'homme, de supporter ces deux couples
d'amoureux qui se partagent presque toutes les pièces
de Métastase, et qui s'appellent tantôt Achille, tantôt
Tircis, tantôt Brutus, tantôt Corilas, et chantent tous
de la même manière des chagrins et des martyrs
d'amours qui remuent à peine l'ame à la superficie, et
peignent comme une fadeur le sentiment le plus
orageux qui puisse agiter le cœur humain. C'est avec
un respect profond pour le caractère d'Alfieri, que je
me permettrai quelques réflexions sur ses pièces [d]. Leur
but est si noble, les sentiments que l'auteur exprime
sont si bien d'accord avec sa conduite personnelle, que
ses tragédies doivent toujours être louées comme des
actions, quand même elles seraient critiquées à quel-

ques égards comme des ouvrages littéraires. Mais il me
semble que quelques-unes de ses tragédies ont autant
de monotonie dans la force, que Métastase en a dans la
douceur. Il y a dans les pièces d'Alfieri une telle
profusion d'énergie et de magnanimité, ou bien une
telle exagération de violence et de crime, qu'il est
impossible d'y reconnaître le véritable caractère des
hommes. Ils ne sont jamais ni si méchants, ni si
généreux qu'il les peint. La plupart des scènes sont
composées pour mettre en contraste le vice et la vertu ;
mais ces oppositions ne sont pas présentées avec les
gradations de la vérité. Si les tyrans supportaient dans
la vie ce que les opprimés leur disent en face dans les
tragédies d'Alfieri, on serait presque tenté de les
plaindre. La pièce d'Octavie est une de celles où ce
défaut de vraisemblance est le plus frappant. Sénèque
y moralise sans cesse Néron, comme s'il était le plus
patient des hommes, et lui Sénèque le plus courageux
de tous. Le maître du monde, dans la tragédie, consent
à se laisser insulter et à se mettre en colère à chaque
scène pour le plaisir des spectateurs, comme s'il ne
dépendait pas de lui de tout finir avec un mot.
Certainement ces dialogues continuels donnent lieu à
de très belles réponses de Sénèque, et l'on voudrait
trouver dans une harangue ou un ouvrage les nobles
pensées qu'il exprime ; mais est-ce ainsi qu'on peut
donner l'idée de la tyrannie ? Ce n'est pas la peindre
sous ses redoutables couleurs, c'est en faire seulement
un but pour l'escrime de la parole. Mais si Shakespeare avait représenté Néron entouré d'hommes tremblants qui oseraient à peine répondre à la question la
plus indifférente ; lui-même cachant son trouble, s'efforçant de paraître calme, et Sénèque près de lui
travaillant à l'apologie du meurtre d'Agrippine, la
terreur n'eût-elle pas été mille fois plus grande ? et
pour une réflexion énoncée par l'auteur, mille ne
seraient-elles pas nées dans l'ame des spectateurs par

le silence même de la rhétorique et la vérité des
tableaux ? —

Oswald aurait pu parler long-temps encore sans que
Corinne l'eût interrompu ; elle se plaisait tellement et
dans le son de sa voix, et dans la noble élégance de ses
expressions, qu'elle eût voulu prolonger cette impression des heures entières. Ses regards fixés sur lui
avaient peine à s'en détacher, lors même qu'il eut cessé
de parler. Elle se tourna lentement vers le reste de la
société, qui lui demandait avec impatience ce qu'elle
pensait de la tragédie italienne, et revenant à lord
Nelvil : — Mylord, dit-elle, je suis de votre avis
presque sur tout, ce n'est donc pas pour vous combattre que je réponds, mais pour présenter quelques
exceptions à vos observations, peut-être trop générales. Il est vrai que Métastase est plutôt un poëte
lyrique que dramatique, et qu'il peint l'amour comme
l'un des beaux-arts qui embellissent la vie, et non
comme le secret le plus intime de nos peines ou de
notre bonheur. En général, quoique notre poésie ait été
consacrée à chanter l'amour, je hasarderai de dire que
nous avons plus de profondeur et de sensibilité dans la
peinture de toutes les autres passions. A force de faire
des vers amoureux, on s'est créé à cet égard parmi
nous un langage convenu ; et ce n'est pas ce qu'on a
éprouvé, mais ce qu'on a lu qui sert d'inspiration aux
poëtes. L'amour, tel qu'il existe en Italie, ne ressemble
nullement à l'amour tel que nos écrivains le peignent.
Je ne connais qu'un roman, *Fiammetta* du Bocace, dans
lequel on puisse se faire une idée de cette passion
décrite avec des couleurs vraiment nationales. Nos
poëtes subtilisent et exagèrent le sentiment, tandis que
le véritable caractère de la nature italienne c'est une
impression rapide et profonde, qui s'exprimerait bien
plutôt par des actions silencieuses et passionnées que
par un ingénieux langage. En général notre littérature
exprime peu notre caractère et nos mœurs. Nous

sommes une nation beaucoup trop modeste, je dirais presque trop humble, pour oser avoir des tragédies à nous, composées avec notre histoire, ou du moins caractérisées d'après nos propres sentiments [17].

Alfieri, par un hasard singulier, était pour ainsi dire transplanté de l'antiquité dans les temps modernes; il était né pour agir, et il n'a pu qu'écrire : son style et ses tragédies se ressentent de cette contrainte. Il a voulu marcher par la littérature à un but politique : ce but était le plus noble de tous sans doute; mais n'importe, rien ne dénature les ouvrages d'imagination comme d'en avoir un. Alfieri, impatienté de vivre au milieu d'une nation où l'on rencontrait des savants très érudits et quelques hommes très éclairés, mais dont les littérateurs et les lecteurs ne s'intéressaient pour la plupart à rien de sérieux, et se plaisaient uniquement dans les contes, dans les nouvelles, dans les madrigaux; Alfieri, dis-je, a voulu donner à ses tragédies le caractère le plus austère. Il en a retranché les confidents, les coups de théâtre, tout, hors l'intérêt du dialogue. Il semblait qu'il voulût ainsi faire faire pénitence aux Italiens de leur vivacité et de leur imagination naturelle; il a pourtant été fort admiré, parcequ'il est vraiment grand par son caractère et par son ame, et parceque les habitants de Rome sur-tout applaudissent aux louanges données aux actions et aux sentiments des anciens Romains, comme si cela les regardait encore. Ils sont amateurs de l'énergie et de l'indépendance comme des beaux tableaux qu'ils possèdent dans leurs galeries. Mais il n'en est pas moins vrai qu'Alfieri n'a pas créé ce qu'on pourrait appeler un théâtre italien, c'est-à-dire des tragédies dans lesquelles on trouvât un mérite particulier à l'Italie. Et même il n'a pas caractérisé les mœurs des pays et des siècles qu'il a peints. Sa conjuration des Pazzi, Virginie, Philippe second, sont admirables par l'élévation et la force des idées, mais on y voit toujours l'empreinte d'Alfieri, et non celle des nations et des temps qu'il met en scène. Bien que l'esprit français et celui d'Alfieri n'aient pas la moindre analogie, ils se ressemblent en ceci, que tous les deux font porter leurs propres couleurs à tous les sujets qu'ils traitent.

Le comte d'Erfeuil entendant parler de l'esprit français prit la parole. Il nous serait impossible, dit-il, de supporter sur la scène les inconséquences des Grecs, ni les monstruosités de Shakespeare ; les Français ont un goût trop pur pour cela. Notre théâtre est le modèle de la délicatesse et de l'élégance, c'est là ce qui le distingue ; et ce serait nous plonger dans la barbarie, que de vouloir introduire rien d'étranger parmi nous. — Autant vaudrait, dit Corinne en souriant, élever autour de vous la grande muraille de la Chine. Il y a sûrement de rares beautés dans vos auteurs tragiques ; il s'en développerait peut-être encore de nouvelles, si vous permettiez quelquefois que l'on vous montrât sur la scène autre chose que des Français. Mais nous qui sommes Italiens, notre génie dramatique perdrait beaucoup à s'astreindre à des règles dont nous n'aurions pas l'honneur, et dont nous souffririons la contrainte. L'imagination, le caractère, les habitudes d'une nation doivent former son théâtre. Les Italiens aiment passionnément les beaux-arts, la musique, la peinture, et même la pantomime, enfin tout ce qui frappe les sens. Comment se pourrait-il donc que l'austérité d'un dialogue éloquent fût le seul plaisir théâtral dont ils se contentassent ? C'est en vain qu'Alfieri avec tout son génie a voulu les y réduire, il a senti lui-même que son système était trop rigoureux [18].

La Mérope de Maffei, le Saül d'Alfieri, l'Aristodème de Monti, et sur-tout le poëme du Dante, bien que cet auteur n'ait point composé de tragédie, me semblent faits pour donner l'idée de ce que pourrait être l'art dramatique en Italie. Il y a dans la Mérope de Maffei une grande simplicité d'action, mais une poésie brillante, revêtue des images les plus heureuses ; et pourquoi s'interdirait-on cette poésie dans les ouvrages dramatiques ? La langue des vers est si magnifique en Italie, que l'on y aurait plus tort que par-tout ailleurs en renonçant à ses beautés. Alfieri, qui, quand il le voulait, excellait dans tous les genres, a fait dans son Saül un superbe usage de la poésie lyrique ; et l'on pourrait y introduire heureusement la musique elle-même, non pas pour mêler le chant aux paroles, mais pour calmer les transports furieux de Saül par la harpe de David. Nous possédons une musique si délicieuse, que ce plaisir peut rendre indolent sur les jouissances de l'esprit. Loin donc de vouloir les séparer, il faudrait chercher à les réunir, non en faisant chanter les héros, ce qui détruit toute dignité dramatique, mais en introduisant ou des chœurs, comme les anciens, ou des effets de musique, qui se lient à la situation par des combinaisons naturelles, comme cela arrive si souvent dans la vie. Loin de diminuer sur le théâtre italien les plaisirs de l'imagination, il me semble qu'il faudrait au contraire les augmenter et les multiplier de toutes les manières. Le goût vif des Italiens pour la musique, et pour les ballets à grand spectacle, est un indice de la puissance de leur imagination et de la nécessité de l'intéresser toujours, même en traitant les objets sérieux, au lieu de les rendre encore plus sévères qu'ils ne le sont, comme l'a fait Alfieri.

La nation croit de son devoir d'applaudir à ce qui est austère et grave ; mais elle retourne bientôt à ses goûts naturels ; et ils pourraient être satisfaits dans la tragédie, si on l'embellissait par le charme et la variété des différents genres de poésies, et de toutes les diversités théâtrales dont les Anglais et les Espagnols savent jouir.

L'Aristodème de Monti a quelque chose du terrible pathétique du Dante, et sûrement cette tragédie est, à juste titre, une des plus admirées. Le Dante, ce grand maître en tant de genres, possédait le génie tragique qui aurait produit le plus d'effet en Italie, si, de quelque manière, on pouvait l'adapter à la scène ; car ce poëte sait peindre aux yeux ce qui se passe au fond de l'ame, et son imagination fait sentir et voir la douleur. Si Le Dante avait écrit des tragédies, elles auraient frappé les enfants comme les hommes, la foule comme les esprits distingués. La littérature dramatique doit être populaire ; elle est comme un événement public, toute la nation en doit juger. —

— Lorsque Le Dante vivait, dit Oswald, les Italiens jouaient en Europe et chez eux un grand rôle politique. Peut-être vous est-il impossible maintenant d'avoir un théâtre tragique national. Pour que ce théâtre existe, il faut que de grandes circonstances développent dans la vie les sentiments qu'on exprime sur la scène. De tous les chefs-d'œuvres de la littérature, il n'en est point qui tienne autant qu'une tragédie à tout l'ensemble d'un peuple ; les spectateurs y contribuent presque autant que les auteurs. Le génie dramatique se compose de l'esprit public, de l'histoire, du gouvernement, des mœurs, enfin de tout ce qui s'introduit chaque jour dans la pensée, et forme l'être moral, comme l'air que l'on respire alimente la vie physique. Les Espagnols, avec lesquels votre climat et votre religion doivent vous donner des rapports, ont bien plus que vous cependant le génie dramatique ; leurs pièces sont remplies de leur histoire, de leur chevalerie, de leur foi religieuse, et ces pièces sont originales et vivantes ; mais aussi leurs succès en ce genre remontent-ils à l'époque de leur gloire historique. Comment donc pourrait-on maintenant fonder en Italie ce qui n'y a jamais existé, un théâtre tragique ?—

— Il est malheureusement possible que vous ayez raison, Mylord, reprit Corinne ; néanmoins j'espère toujours beaucoup pour nous de l'essor naturel des esprits en Italie, de leur émulation individuelle, alors

même qu'aucune circonstance extérieure ne les favorise ; mais ce qui nous manque sur-tout pour la
tragédie, ce sont des acteurs. Des paroles affectées
amènent nécessairement une déclamation fausse ; mais
il n'est pas de langue dans laquelle un grand acteur
pût montrer autant de talents que dans la nôtre ; car la
mélodie des sons ajoute un nouveau charme à la vérité
de l'accent : c'est une musique continuelle qui se mêle
à l'expression des sentiments sans lui rien ôter de sa
force. — Si vous voulez, interrompit le prince Castel-
Forte, convaincre de ce que vous dites, il faut que vous
nous le prouviez : oui, donnez-nous l'inexprimable
plaisir de vous voir jouer la tragédie ; il faut que vous
accordiez aux étrangers que vous en croyez dignes la
rare jouissance de connaître un talent que vous seule possédez en Italie, ou plutôt que vous seule dans le monde
possédez, puisque toute votre ame y est empreinte. —
  Corinne avait un désir secret de jouer la tragédie
devant lord Nelvil, et de se montrer ainsi très à son
avantage ; mais elle n'osait accepter sans son approbation, et ses regards la lui demandaient. Il les entendit ;
et comme il était tout à la fois touché de la timidité qui
l'avait empêchée la veille d'improviser, et ambitieux
pour elle du suffrage de M. Edgermond, il se joignit
aux sollicitations de ses amis. Corinne alors n'hésita
plus. — Hé bien, dit-elle en se retournant vers le
prince Castel-Forte, nous accomplirons donc, si vous
le voulez, le projet que j'avais formé depuis long-
temps, de jouer la traduction que j'ai faite de Roméo et
Juliette[e]. — Roméo et Juliette de Shakespeare, s'écria
M. Edgermond ? vous savez donc l'anglais ? — Oui,
répondit Corinne. — Et vous aimez Shakespeare, dit
encore M. Edgermond ? — Comme un ami, reprit-elle,
puisqu'il connaît tous les secrets de la douleur. — Et
vous le jouerez en italien, s'écria M. Edgermond, et je
l'entendrai ? et vous l'entendrez aussi, mon cher Nelvil ! ah ! que vous êtes heureux ! — Puis se repentant à

l'instant de cette parole indiscrète, il rougit ; et la
rougeur inspirée par la délicatesse et la bonté peut
intéresser à tous les âges. — Que nous serons heureux,
reprit-il avec embarras, si nous assistons à un tel
spectacle ! —

CHAPITRE III.

Tout fut arrangé en peu de jours, les rôles distribués,
et la soirée choisie pour la représentation dans un
palais que possédait une parente du prince Castel-
Forte, amie de Corinne. Oswald avait un mélange
d'inquiétude et de plaisir à l'approche de ce nouveau
succès ; il en jouissait par avance ; mais par avance
aussi il était jaloux, non de tel homme en particulier,
mais du public, témoin des talents de celle qu'il
aimait ; il eût voulu connaître seul ce qu'elle avait
d'esprit et de charmes ; il eût voulu que Corinne,
timide et réservée comme une Anglaise, possédât
cependant pour lui seul son éloquence et son génie.
Quelque distingué que soit un homme, peut-être ne
jouit-il jamais sans mélange de la supériorité d'une
femme ; s'il l'aime, son cœur s'en inquiète ; s'il ne
l'aime pas, son amour-propre s'en offense. Oswald
près de Corinne était plus enivré qu'heureux, et
l'admiration qu'elle lui inspirait augmentait son
amour, sans donner à ses projets plus de stabilité. Il la
voyait comme un phénomène admirable qui lui apparaissait de nouveau chaque jour ; mais le ravissement
et l'étonnement même qu'elle lui faisait éprouver
semblait éloigner l'espoir d'une vie tranquille et paisible. Corinne cependant était la femme la plus douce et
la plus facile à vivre ; on l'eût aimée pour ses qualités
communes, indépendamment de ses qualités brillantes : mais encore une fois, elle réunissait trop de
talents, elle était trop remarquable en tout genre. Lord

Nelvil, de quelque avantage qu'il fût doué, ne croyait pas l'égaler, et cette idée lui inspirait des craintes sur la durée de leur affection mutuelle. En vain Corinne, à force d'amour, se faisait son esclave, le maître, souvent inquiet de cette reine dans les fers, ne jouissait point en paix de son empire.

Quelques heures avant la représentation, lord Nelvil conduisit Corinne dans le palais de la princesse Castel-Forte, où le théâtre était préparé. Il faisait un soleil admirable, et d'une des fenêtres de cet escalier on découvrait Rome et la campagne. Oswald arrêta Corinne un moment et lui dit : — Voyez ce beau temps, c'est pour vous, c'est pour éclairer vos succès. — Ah ! si cela était, reprit-elle, c'est vous qui me porteriez bonheur, c'est à vous que je devrais la protection du ciel. — Les sentiments doux et purs que cette belle nature inspire suffiraient-ils à votre bonheur ? reprit Oswald ; il y a loin de cet air que nous respirons, de cette rêverie qu'inspire la campagne, à la salle bruyante qui va retentir de votre nom. — Oswald, lui dit Corinne, ces applaudissements, si je les obtiens, n'est-ce pas parce que vous les entendrez qu'ils auront le pouvoir de me toucher ? et si je montre quelque talent, ne sera-ce pas mon sentiment pour vous qui me l'inspirera ? La poésie, l'amour, la religion, tout ce qui tient à l'enthousiasme enfin est en harmonie avec la nature ; et en regardant le ciel azuré, en me livrant à l'impression qu'il me cause, je comprends mieux les sentiments de Juliette, je suis plus digne de Roméo. — Oui, tu en es digne, céleste créature, s'écria lord Nelvil ; oui, c'est une faiblesse de l'ame que cette jalousie de tes talents, que ce besoin de vivre seul avec toi dans l'univers. Va recueillir les hommages du monde, va ; mais que ce regard d'amour, qui est plus divin encore que ton génie, ne soit dirigé que sur moi. — Ils se quittèrent alors, et lord Nelvil alla se placer dans la salle, en attendant le plaisir de voir paraître Corinne.

C'est un sujet italien que Roméo et Juliette ; la scène se passe à Vérone ; on y montre encore le tombeau de ces deux amants. Shakespeare a écrit cette pièce avec cette imagination du midi tout à la fois si passionnée et si riante, cette imagination qui triomphe dans le bonheur, et passe si facilement, néanmoins, de ce bonheur au désespoir, et du désespoir à la mort. Tout y est rapide dans les impressions, et l'on sent cependant que ces impressions rapides seront ineffaçables. C'est la force de la nature, et non la frivolité du cœur qui, sous un climat énergique, hâte le développement des passions. Le sol n'est point léger, quoique la végétation soit prompte ; et Shakespeare, mieux qu'aucun écrivain étranger, a saisi le caractère national de l'Italie et cette fécondité d'esprit qui invente mille manières pour varier l'expression des mêmes sentiments, cette éloquence orientale qui se sert des images de toute la nature pour peindre ce qui se passe dans le cœur. Ce n'est pas comme dans l'Ossian, une même teinte, un même son qui répond constamment à la corde la plus sensible du cœur ; mais les couleurs multipliées que Shakespeare emploie dans Roméo et Juliette ne donnent point à son style une froide affectation, c'est le rayon divisé, réfléchi, varié, qui produit ces couleurs, et l'on y sent toujours la lumière et le feu dont elles viennent. Il y a dans cette composition une sève de vie, un éclat d'expression qui caractérise et le pays et les habitants. La pièce de Roméo et Juliette, traduite en italien, semblait rentrer dans sa langue maternelle.

La première fois que Juliette paraît, c'est à un bal où Roméo Montague s'est introduit, dans la maison des Capulets, les ennemis mortels de sa famille. Corinne était revêtue d'un habit de fête charmant, et cependant conforme au costume du temps. Ses cheveux étaient artistement mêlés avec des pierreries et des fleurs ; elle frappait d'abord comme une personne nouvelle, puis on reconnaissait sa voix et sa figure, mais sa figure divinisée qui ne conservait plus qu'une expression poétique. Des applaudissements unanimes firent retentir la salle à son arrivée. Ses premiers regards découvrirent à l'instant Oswald et s'arrêtèrent sur lui ; une étincelle de joie, une espérance douce et vive se peignit dans sa physionomie ; en la voyant, le cœur battait de plaisir et de crainte : on sentait que tant de félicité ne pouvait pas durer sur la terre ; était-ce pour Corinne que ce pressentiment devait s'accomplir ?

Quand Roméo s'approcha d'elle pour lui adresser à demi-voix des vers si brillants dans l'anglais, si magnifiques dans la traduction italienne, sur sa grace et sa beauté, les spectateurs, ravis d'être interprétés ainsi, s'unirent tous avec transport à Roméo ; et la passion subite qui le saisit, cette passion allumée par le premier regard, parut à tous les yeux bien vraisemblable. Oswald commença dès ce moment à se troubler ; il lui semblait que tout était prêt à se révéler, qu'on allait proclamer Corinne un ange parmi les femmes, l'interroger lui-même sur ce qu'il ressentait pour elle, la lui disputer, la lui ravir ; je ne sais quel nuage éblouissant passa devant ses yeux, il craignit de ne plus voir, il craignit de s'évanouir, et se retira derrière une colonne pendant quelques instans. Corinne inquiète le cherchait avec anxiété, et prononça ce vers :

Too early seen unknown and known too late !

Ah ! je l'ai vu trop tôt sans le connaître, et je l'ai connu trop tard[a], avec un accent si profond, qu'Oswald tressaillit en l'entendant, parcequ'il lui sembla que Corinne l'appliquait à leur situation personnelle.

Il ne pouvait se lasser d'admirer la grace de ses gestes, la dignité de ses mouvements, une physionomie qui peignait ce que la parole ne pouvait dire, et découvrait ces mystères du cœur qu'on n'a jamais exprimés, et qui pourtant disposent de la vie. L'accent, le regard, les moindres signes d'un acteur vraiment ému, vraiment inspiré, sont une révélation continuelle du cœur humain; et l'idéal des beaux-arts se mêle toujours à ces révélations de la nature. L'harmonie des vers, le charme des attitudes prêtent à la passion ce qui lui manque souvent dans la réalité, la dignité et la grace. Ainsi tous les sentiments du cœur et tous les mouvements de l'ame passent à travers l'imagination sans rien perdre de leur vérité.

Au second acte, Juliette paraît sur le balcon de son jardin pour s'entretenir avec Roméo. De toute la parure de Corinne, il ne lui restait plus que les fleurs, et bientôt après aussi les fleurs devaient disparaître; le théâtre à demi éclairé, pour représenter la nuit, répandait sur le visage de Corinne une lumière plus douce et plus touchante. Le son de sa voix était encore plus harmonieux que dans l'éclat d'une fête. Sa main, levée vers les étoiles, semblait invoquer les seuls témoins dignes de l'entendre; et quand elle répétait *Roméo, Roméo*, bien qu'Oswald fût certain que c'était à lui qu'elle pensait, il se sentait jaloux des accents délicieux qui faisaient retentir un autre nom dans les airs. Oswald se trouvait placé en face du balcon, et celui qui jouait Roméo étant un peu caché par l'obscurité, tous les regards de Corinne purent tomber sur Oswald lorsqu'elle dit ces vers ravissants :

> In truth, fair Montague, I am too fond;
> And therefore thou may'st think my haviour light :
> But trust me, gentleman, I'll prove more true,
> Than those that have more cunning to be strange.
> ....
> ....
> .... therefore pardon me.

« Il est vrai, beau Montague, je me suis montrée trop passionnée, et tu pourrais penser que ma conduite a été légère ; mais crois-moi, noble Roméo, tu me trouveras plus fidèle que celles qui ont plus d'art pour cacher ce qu'elles éprouvent ; ainsi donc pardonne-moi ».

A ce mot : pardonne-moi ! pardonne-moi d'aimer ! pardonne-moi de te l'avoir laissé connaître ! — il y avait dans le regard de Corinne une prière si tendre : tant de respect pour son amant, tant d'orgueil de son choix, lorsqu'elle disait : — Noble Roméo ! Beau Montague ! qu'Oswald se sentit aussi fier qu'il était heureux. Il releva sa tête que l'attendrissement avait fait pencher, et se crut le roi du monde, puisqu'il régnait sur un cœur qui renfermait tous les trésors de la vie.

Corinne, en apercevant l'effet qu'elle produisait sur Oswald, s'anima toujours plus par cette émotion du cœur qui seule produit des miracles ; et quand, à l'approche du jour, Juliette croit entendre le chant de l'alouette, signal du départ de Roméo, les accents de Corinne avaient un charme surnaturel ; ils peignaient l'amour, et cependant on y sentait un mystère religieux, quelques souvenirs du ciel, un présage de retour vers lui, une douleur toute céleste, telle que celle d'une ame exilée sur la terre, et que sa divine patrie va bientôt rappeler. Ah ! qu'elle était heureuse, Corinne, le jour où elle représentait ainsi devant l'ami de son choix un noble rôle dans une belle tragédie ; que d'années, combien de vies seraient ternes auprès d'un tel jour !

Si lord Nelvil avait pu jouer avec Corinne le rôle de Roméo, le plaisir qu'elle goûtait n'eût pas été si complet. Elle aurait désiré d'écarter les vers des plus grands poëtes pour parler elle-même selon son cœur ; peut-être même qu'un sentiment invincible de timidité eût enchaîné son talent, elle n'eût pas osé regarder Oswald, de peur de se trahir ; enfin, la vérité portée

jusqu'à ce point aurait détruit le prestige de l'art :
mais qu'il était doux de savoir là celui qu'elle aimait,
quand elle éprouvait ce mouvement d'exaltation que la
poésie seule peut donner ! quand elle ressentait tout le
charme des émotions sans en avoir le trouble ni le
déchirement réel ! quand les affections qu'elle exprimait n'avaient à la fois rien de personnel ni d'abstrait,
et qu'elle semblait dire à lord Nelvil : — Voyez comme
je suis capable d'aimer !

— Il est impossible que dans sa propre situation on
puisse être contente de soi ; la passion et la timidité
tour à tour entraînent ou retiennent, inspirent trop
d'amertume ou trop de soumission : mais se montrer
parfaite sans qu'il y ait de l'affectation ; unir le calme à
la sensibilité, quand trop souvent elle l'ôte ; enfin
exister pour un moment dans les plus doux rêves du
cœur, telle était la jouissance pure de Corinne en
jouant la tragédie. Elle joignait à ce plaisir celui de
tous les succès, de tous les applaudissements qu'elle
obtenait, et son regard les mettait aux pieds d'Oswald,
aux pieds de l'objet dont le suffrage valait à lui seul
plus que la gloire. Ah ! du moins un moment, Corinne
a senti le bonheur. Un moment elle connut, au prix de
son repos, ces délices de l'ame, que jusqu'alors elle
avait souhaitées vainement, et qu'elle devait regretter
toujours.

Juliette, au troisième acte, devient secrètement
l'épouse de Roméo. Dans le quatrième, ses parents
voulant la forcer à en épouser un autre, elle se décide à
prendre le breuvage assoupissant qu'elle tient de la
main d'un moine, et qui doit lui donner l'apparence de
la mort. Tous les mouvements de Corinne, sa démarche agitée, ses accents altérés, ses regards tantôt vifs,
tantôt abattus, peignaient le cruel combat de la crainte
et de l'amour ; les images terribles qui la poursuivaient, à l'idée de se voir transportée vivante dans les
tombeaux de ses ancêtres, et cependant l'enthousiasme

de passion qui faisait triompher une ame si jeune d'un effroi si naturel. Oswald sentait comme un besoin irrésistible de voler à son secours. Une fois elle leva les yeux vers le ciel avec une ardeur qui exprimait profondément ce besoin de la protection divine, dont jamais un être humain n'a pu s'affranchir. Une autre fois lord Nelvil crut voir qu'elle étendait les bras vers lui comme pour l'appeler à son aide, et il se leva dans un transport insensé, puis se rassit, ramené à lui-même par les regards surpris de ceux qui l'environnaient; mais son émotion devenait si forte qu'elle ne pouvait plus se cacher.

Au cinquième acte, Roméo, qui croit Juliette sans vie, la soulève du tombeau avant son réveil, et la presse contre son cœur ainsi évanouie. Corinne était vêtue de blanc, ses cheveux noirs tout épars, et sa tête penchée sur Roméo avec une grace et cependant une vérité de mort si touchante et si sombre, qu'Oswald se sentit ébranlé tout à la fois par les impressions les plus opposées. Il ne pouvait supporter de voir Corinne dans les bras d'un autre; il frémissait en contemplant l'image de celle qu'il aimait ainsi privée de vie; enfin il éprouvait, comme Roméo, ce mélange cruel de désespoir et d'amour, de mort et de volupté, qui font de cette scène la plus déchirante du théâtre. Enfin quand Juliette se réveille de ce tombeau, au pied duquel son amant vient de s'immoler, et que ses premiers mots dans son cercueil, sous ces voûtes funèbres, ne sont point inspirés par l'effroi qu'elles devaient causer, lorsqu'elle s'écrie :

Where is my lord? where is my Romeo?

« Où est mon époux? où est Roméo? »

lord Nelvil répondit à ces cris par des gémissements, et ne revint à lui que lorsqu'il fut entraîné par M. Edgermond hors de la salle.

La pièce finie, Corinne s'était trouvée mal d'émotion et de fatigue. Oswald entra le premier dans sa chambre, et la vit seule avec ses femmes, encore revêtue du costume de Juliette, et comme elle presque évanouie entre leurs bras. Dans l'excès de son trouble, il ne savait pas distinguer si c'était la vérité ou la fiction ; et se jetant aux pieds de Corinne, il lui dit en anglais ces paroles de Roméo :

« Oh ! mes yeux, regardez-la pour la dernière fois ! oh, mes bras, serrez-la pour la dernière fois contre mon cœur »,

Eyes, look your last ! arms, take your last embrace.

Corinne, encore égarée, s'écria : — Grand Dieu ! que dites-vous ? Voudriez-vous me quitter, le voudriez-vous ? — Non, non, interrompit Oswald, non, je jure.... — A l'instant la foule des amis et des admirateurs de Corinne força sa porte pour la voir ; elle regardait Oswald, attendant avec anxiété ce qu'il allait dire, mais ils ne purent se parler de toute la soirée ; on ne les laissa pas seuls un instant.

Jamais tragédie n'avait produit un tel effet en Italie. Les Romains exaltaient avec transport la traduction, et la pièce, et l'actrice. Ils disaient que c'était là véritablement la tragédie qui convenait aux Italiens, peignait leurs mœurs, remuait leur ame en captivant leur imagination, et faisait valoir leur belle langue par un style tour à tour éloquent et lyrique, inspiré et naturel. Corinne recevait tous ces éloges avec un air de douceur et de bienveillance ; mais son âme était restée suspendue à ce mot *je jure...* . qu'Oswald avait prononcé, et dont l'arrivée du monde avait interrompu la suite : ce mot pouvait en effet contenir le secret de sa destinée.

Livre VIII.

LES STATUES
ET LES TABLEAUX.

CHAPITRE PREMIER.

Après la journée qui venait de se passer, Oswald ne put fermer l'œil de la nuit. Il n'avait jamais été plus près de tout sacrifier à Corinne. Il ne voulait pas même lui demander son secret, ou du moins il voulait prendre, avant de le savoir, l'engagement solennel de lui consacrer sa vie. L'incertitude semblait, pendant quelques heures, entièrement écartée de son esprit ; et il se plaisait à composer dans sa tête la lettre qu'il écrirait le lendemain, et qui déciderait de son sort. Mais cette confiance dans le bonheur, ce repos dans sa résolution, ne fut pas de longue durée. Bientôt ses pensées le ramenèrent vers le passé ; il se souvint qu'il avait aimé, bien moins, il est vrai, qu'il n'aimait Corinne, et l'objet de son premier choix ne pouvait lui être comparé ; mais enfin c'était ce sentiment qui l'avait entraîné à des actions irréfléchies, à des actions qui avaient déchiré le cœur de son père. — Ah ! qui sait, s'écria-t-il, qui sait s'il ne craindrait pas également aujourd'hui que son fils oubliât sa patrie et ses devoirs envers elle ? —

— O toi ! dit-il en s'adressant au portrait de son père ; toi, le meilleur ami que j'aurai jamais sur la terre, je ne peux plus entendre ta voix ; mais apprends-moi par ce regard muet, si puissant encore sur mon ame, apprends-moi ce que je dois faire pour te donner dans le ciel quelque contentement de ton fils. Et cependant n'oublie pas ce besoin de bonheur qui consume les mortels; sois indulgent dans ta demeure céleste, comme tu l'étais sur la terre. J'en deviendrai meilleur, si je suis heureux quelque temps, si je vis avec cette créature angélique, si j'ai l'honneur de protéger, de sauver une telle femme. — La sauver? reprit-il tout à coup; et de quoi? d'une vie qui lui plaît, d'une vie d'hommages, de succès, d'indépendance! — Cette réflexion, qui venait de lui, l'effraya lui-même comme une inspiration de son père.

Dans les combats de sentiment, qui n'a pas souvent éprouvé, je ne sais quelle superstition secrète, qui nous fait prendre ce que nous pensons pour un présage, et ce que nous souffrons pour un avertissement du ciel? Ah! quelle lutte se passe dans les ames susceptibles et de passion et de conscience!

Oswald se promenait dans sa chambre avec une agitation cruelle, s'arrêtant quelquefois pour regarder la lune d'Italie, si douce et si belle. L'aspect de la nature enseigne la résignation, mais ne peut rien sur l'incertitude. Le jour vint pendant qu'il était dans cet état, et quand le comte d'Erfeuil et M. Edgermond entrèrent chez lui, ils s'inquiétèrent de sa santé, tant les anxiétés de la nuit l'avaient changé! Le comte d'Erfeuil rompit le premier le silence qui s'était établi entre eux trois. — Il faut convenir, dit-il, que le spectacle d'hier était charmant. Corinne est admirable. Je perdais la moitié de ses paroles; mais je devinais tout par ses accents et par sa physionomie. Quel dommage que ce soit une personne riche qui ait un tel talent! Car, si elle était pauvre, libre comme elle l'est, elle pourrait monter sur le théâtre; et ce serait la gloire de l'Italie qu'une actrice comme elle. —

Oswald ressentit une impression pénible par ce discours, et ne savait néanmoins de quelle manière la témoigner. Car le comte d'Erfeuil avait cela de particulier, que l'on ne pouvait pas légitimement se fâcher de ce qu'il disait, lors même qu'on en recevait une impression désagréable. Il n'y a que les ames sensibles qui savent se ménager réciproquement : l'amour-propre, si susceptible pour lui-même, ne devine presque jamais la susceptibilité des autres.

M. Edgermond loua Corinne dans les termes les plus convenables et les plus flatteurs. Oswald lui répondit en anglais, afin de soustraire la conversation sur Corinne aux éloges déplaisants du comte d'Erfeuil. — Je suis de trop, ce me semble, dit alors le comte d'Erfeuil, je m'en vais chez Corinne : elle sera bien aise d'entendre mes observations sur son jeu d'hier au soir. J'ai quelques conseils à lui donner, qui portent sur des détails, mais les détails font beaucoup à l'ensemble ; et c'est vraiment une femme si étonnante, qu'il ne faut rien négliger pour lui faire atteindre la perfection. — Et puis, dit-il en se penchant vers l'oreille de lord Nelvil, je veux l'encourager à jouer plus souvent la tragédie : c'est un moyen sûr pour se faire épouser par quelque étranger de distinction qui passera par ici. Vous et moi, mon cher Oswald, nous ne donnerons pas dans cette idée, nous sommes trop accoutumés aux femmes charmantes pour qu'elles nous fassent faire une sottise ; mais un prince allemand, un grand d'Espagne, qui sait ? — A ces mots, Oswald se leva, hors de lui-même, et l'on ne peut savoir ce qu'il en serait arrivé, si le comte d'Erfeuil avait aperçu son mouvement ; mais il avait été si satisfait de sa dernière réflexion, qu'il s'en était allé là-dessus légèrement, et sur la pointe du pied, ne se doutant pas qu'il avait offensé lord Nelvil : s'il l'avait su, bien qu'il l'aimât autant qu'il pouvait aimer, il serait sûrement resté. La valeur brillante du comte d'Erfeuil contribuait plus encore que son amour-propre à lui faire illusion sur ses défauts. Comme il avait beaucoup de délicatesse dans tout ce qui tenait à l'honneur, il n'imaginait pas qu'il

pût en manquer dans ce qui avait rapport à la
sensibilité ; et se croyant, avec raison, aimable et
brave, il s'applaudissait de son lot, et ne soupçonnait
rien de plus profond dans la vie.

Aucun des sentiments qui agitaient Oswald n'avait
échappé à M. Edgermond, et quand le comte d'Erfeuil
fut sorti, il lui dit : — Mon cher Oswald, je pars, je
vais à Naples. — Eh pourquoi sitôt, répondit lord
Nelvil ? — Parce qu'il ne fait pas bon ici pour moi,
continua M. Edgermond. J'ai cinquante ans, et cependant je ne suis pas sûr que je ne devinsse fou de
Corinne — Et si vous le deveniez, interrompit Oswald,
que vous en arriverait-il ? — Une telle femme n'est pas
faite pour vivre dans le pays de Galles, reprit M. Edgermond : croyez-moi, mon cher Oswald, il n'y a que
les Anglaises pour l'Angleterre ; il ne m'appartient pas
de vous donner des conseils, et je n'ai pas besoin de
vous assurer que je ne dirai pas un mot de ce que j'ai
vu ; mais, tout aimable qu'est Corinne, je pense
comme Thomas Walpole, *que fait-on de cela à la maison*[a] ?
Et la maison est tout chez nous, vous le savez, tout
pour les femmes du moins. Vous représentez-vous
votre belle Italienne restant seule pendant que vous
chasserez, ou que vous irez au parlement, et vous
quittant au dessert pour aller préparer le thé quand
vous sortirez de table ? Cher Oswald, nos femmes ont
des vertus domestiques que vous ne trouverez nulle
part. Les hommes en Italie n'ont rien à faire qu'à
plaire aux femmes, ainsi, plus elles sont aimables et
mieux c'est. Mais chez nous, où les hommes ont une
carrière active, il faut que les femmes soient dans
l'ombre, et ce serait bien dommage d'y mettre
Corinne ; je la voudrais sur le trône de l'Angleterre,
mais non pas sous mon humble toit. Mylord, j'ai
connu votre mère que votre respectable père a tant
regrettée : c'était une personne tout-à-fait semblable à
ma jeune cousine, et c'est comme cela que je voudrais

une femme, si j'étais encore dans l'âge de choisir et d'être aimé. Adieu, mon cher ami, ne me sachez pas mauvais gré de ce que je viens de vous dire, car personne n'est plus que moi l'admirateur de Corinne, et peut-être qu'à votre âge je ne serais pas capable de renoncer à l'espérance de lui plaire. — En achevant ces mots il prit la main de lord Nelvil, la serra cordialement, et s'en alla, sans qu'Oswald lui répondît un seul mot. Mais M. Edgermond comprit la cause de son silence, et satisfait du serrement de main d'Oswald qui avait répondu au sien, il partit, impatient lui-même de finir une conversation qui lui coûtait.

De tout ce qu'il avait dit, un seul mot avait frappé au cœur d'Oswald ; c'était le souvenir de sa mère et de l'attachement profond que son père avait eu pour elle. Il l'avait perdue, lorsqu'il n'avait encore que quatorze ans, mais il se rappelait avec un profond respect et ses vertus, et le caractère timide et réservé de ses vertus. — Insensé que je suis, s'écria-t-il quand il fut seul, je veux savoir quelle est l'épouse que mon père me destinait : et ne le sais-je pas, puisque je puis me retracer l'image de ma mère qu'il a tant aimée ? Que veux-je donc de plus ? Et pourquoi me tromper moi-même, en faisant semblant d'ignorer ce qu'il penserait à présent, si je pouvais le consulter encore ? — Il était cependant affreux pour Oswald de retourner chez Corinne, après ce qui s'était passé la veille, sans lui rien dire qui confirmât les sentiments qu'il lui avait témoignés. Son agitation, sa peine devint si forte, qu'elle lui rendit un accident dont il se croyait guéri ; le vaisseau cicatrisé dans sa poitrine se rouvrit. Pendant que ses gens effrayés appelaient du secours de toutes parts, il souhaitait en secret que la fin de sa vie terminât ses chagrins. — Si je pouvais mourir, se disait-il après avoir revu Corinne, après qu'elle m'au-rait appelé son Roméo ! — Et des larmes s'échappèrent

de ses yeux, c'était les premières, depuis la mort de son
père, qu'une autre douleur lui arrachait.

Il écrivit à Corinne l'accident qui le retenait chez
lui, et quelques mots mélancoliques terminaient sa
lettre. Corinne avait commencé ce même jour avec des
pressentiments bien trompeurs ; elle jouissait de l'impression qu'elle avait produite sur Oswald, et se
croyant aimée, elle était heureuse, car elle ne savait
pas bien clairement d'ailleurs ce qu'elle désirait. Mille
circonstances faisaient que l'idée d'épouser lord Nelvil
était pour elle mêlée de beaucoup de crainte ; et
comme c'était une personne plus passionnée que
prévoyante, dominée par le présent, mais s'occupant
peu de l'avenir, ce jour qui devait lui coûter tant de
peines s'était levé pour elle comme le jour le plus pur et
le plus serein de sa vie.

En recevant le billet d'Oswald, un trouble cruel
s'empara de son ame : elle le crut dans un grand
danger, et partit à l'instant à pied, traversant le *corso*[b] à
l'heure où toute la ville s'y promène, et entrant dans la
maison d'Oswald à la vue de presque toute la société
de Rome. Elle ne s'était pas donné le temps de
réfléchir, et sa course avait été si rapide, qu'en arrivant
dans la chambre d'Oswald elle ne pouvait plus
respirer ni prononcer un seul mot. Lord Nelvil comprit
tout ce qu'elle venait de hasarder pour le voir, et
s'exagérant les conséquences de cette action qui, en
Angleterre, aurait entièrement perdu de réputation
une femme et à plus forte raison une femme non
mariée, il se sentit saisi par la générosité, l'amour et la
reconnaissance, et se levant, tout faible qu'il était, il
serra Corinne contre son cœur, et s'écria : — Chère
amie ! non je ne t'abandonnerai pas, quand ton
sentiment pour moi te compromet ! quand je dois
réparer...... Corinne comprit sa pensée, et l'interrom-
pant aussitôt en se dégageant doucement de ses bras,
elle lui dit, après s'être informée de son état qui s'était

amélioré : — Vous vous trompez, mylord, je ne fais rien en venant vous voir, que la plupart des femmes de Rome n'eussent fait à ma place. Je vous ai su malade, vous êtes étranger ici, vous n'y connaissez que moi, c'est à moi de vous soigner. Les convenances établies sont très respectables, quand il ne faut leur sacrifier que soi, mais ne doivent-elles pas céder aux sentiments vrais et profonds que fait naître le danger ou la douleur d'un ami ? Quel serait donc le sort d'une femme, si ces mêmes convenances sociales, en permettant d'aimer, défendaient seulement le mouvement irrésistible qui fait voler au secours de ce qu'on aime ? Mais, je vous le répète, mylord, ne craignez point qu'en venant ici je me sois compromise. J'ai, par mon âge et mes talents, à Rome, la liberté d'une femme mariée. Je ne cache point à mes amis que je suis venue chez vous ; je ne sais s'ils me blâment de vous aimer, mais sûrement ils ne me blâmeront pas d'être dévouée à vous, quand je vous aime. —

En entendant ces paroles, si naturelles et si sincères, Oswald éprouva un mélange confus d'impressions diverses ; il était touché par la délicatesse de la réponse de Corinne, mais il était presque fâché que ce qu'il avait pensé d'abord ne fût pas vrai ; il aurait souhaité qu'elle eût commis pour lui une grande faute selon le monde, afin que cette faute même, lui faisant un devoir de l'épouser, terminât ses incertitudes. Il pensait avec humeur à cette liberté des mœurs d'Italie, qui prolongeait son anxiété, en lui laissant beaucoup de bonheur, sans lui imposer aucun lien. Il eût voulu que l'honneur lui commandât ce qu'il désirait. Ces pensées pénibles lui causèrent de nouveau des accidents dangereux. Corinne, dans la plus affreuse inquiétude, sut lui prodiguer des soins pleins de douceur et de charme.

Vers le soir, Oswald paraissait plus oppressé ; et Corinne, à genoux auprès de son lit, soutenait sa tête entre ses bras, quoiqu'elle fût elle-même bien plus

émue que lui. Il la regardait souvent avec une
impression de bonheur à travers ses souffrances. —
Corinne, lui dit-il à voix basse, lisez-moi dans ce
recueil, où sont écrites les pensées de mon père, ses
réflexions sur la mort. Ne pensez pas, dit-il en voyant
l'effroi de Corinne, que je m'en croie menacé. Mais
jamais je ne suis malade sans relire ces consolations,
qu'il me semble encore entendre de sa bouche ; et puis
je veux, chère amie, vous faire ainsi connaître quel
homme était mon père, vous comprendrez mieux et ma
douleur et son empire sur moi, et tout ce que je veux
vous confier un jour. — Corinne prit ce recueil dont
Oswald ne se séparait jamais, et, d'une voix tremblante, elle en lut quelques pages.

« Justes, aimés du Seigneur, vous parlerez de la
mort sans crainte ; car elle ne sera pour vous qu'un
changement d'habitation : et celle que vous quitterez
est peut être la moindre de toutes. O mondes innombrables qui remplissez à nos yeux l'infini de l'espace !
communautés inconnues des créatures de Dieu ; communautés de ses enfants, éparses dans le firmament et
rangées sous ses voûtes ! que nos louanges se joignent
aux vôtres : nous ignorons votre condition, nous
ignorons votre première, votre seconde, votre dernière
part aux générosités de l'Être suprême ; mais en
parlant de la mort et de la vie, du temps passé, du
temps à venir, nous atteignons, nous touchons aux
intérêts de tous les êtres intelligents et sensibles,
n'importe les lieux et les distances qui les séparent.
Familles des peuples, familles des nations, assembla-
ges des mondes, vous dites avec nous : Gloire au
maître des cieux, au roi de la nature, au Dieu de
l'univers ; gloire, hommage à celui qui peut, à sa
volonté, transformer la stérilité en abondance, l'ombre
en réalité, et la mort elle-même en éternelle vie.

« Ah ! sans doute la fin du juste est la mort
désirable ; mais peu d'entre nous, peu d'entre nos

anciens, en ont été les témoins. Où est-il cet homme qui se présenterait sans crainte aux regards de l'Éternel? Où est-il cet homme qui a aimé Dieu sans distraction, qui l'a servi dès sa jeunesse, et qui, atteignant un âge avancé, ne trouve dans ses souvenirs aucun sujet d'inquiétude? Où est-il cet homme moral en toutes ses actions, sans jamais songer à la louange et aux récompenses de l'opinion? Où est-il cet homme si rare parmi les hommes, cet être si digne de nous servir à tous de modèle? Où est-il? où est-il? Ah! s'il existe au milieu de nous, que nos respects l'environnent; et demandez, vous ferez bien, demandez d'assister à sa mort, comme au plus beau des spectacles : armez-vous seulement de courage, afin de le suivre attentivement sur le lit d'épouvante, dont il ne se relèvera point. Il le prévoit, il en est certain, et la sérénité règne dans ses regards, et son front semble environné d'une auréole céleste; il dit avec l'apôtre : *Je sais à qui j'ai cru*[c]; et cette confiance, lorsque ses forces s'éteignent, anime encore ses traits. Il contemple déjà sa nouvelle patrie; mais, sans oublier celle qu'il va quitter, il est à son créateur et à son Dieu, sans rejeter loin de lui les sentiments qui ont charmé sa vie.

« C'est une épouse fidèle qui, selon les lois de la nature, doit, entre les siens, le suivre la première : il la console, il essuie ses larmes, il lui donne rendez-vous dans ce séjour de félicité qu'il ne peut se peindre sans elle. Il lui retrace les jours heureux qu'ils ont parcourus ensemble : non pour déchirer le cœur d'une sensible amie, mais pour accroître leur confiance mutuelle à la bonté céleste. Il rappelle encore à la compagne de sa fortune l'amour si tendre qu'il eut toujours pour elle; non pour animer des regrets qu'il voudrait adoucir, mais pour jouir de la douce idée que deux vies ont tenu à la même tige, et que, par leur union, elles deviendront peut-être une défense, une garantie de plus, dans cet obscur avenir, où la pitié

d'un Dieu suprême est le dernier refuge de nos
pensées. Hélas! peut-on se former une juste image de
toutes les émotions qui pénètrent une ame aimante au
moment où une vaste solitude se présente à nos
regards, au moment où les sentiments, les intérêts dont
on a subsisté pendant le cours de ses belles années,
vont s'évanouir pour jamais? Ah! vous qui devez
survivre à cet être semblable à vous, que le ciel vous
avait donné pour soutien, à cet être qui était tout pour
vous, et dont les regards vous disent un effrayant
adieu, vous ne refuserez pas de placer votre main sur
un cœur défaillant, afin qu'une dernière palpitation
vous parle encore, lorsque tout autre langage n'existera plus. Et vous blâmerions-nous, amis fidèles, si
vous aviez désiré que vos cendres se confondissent, que
vos dépouilles mortelles fussent réunies dans le même
asile? Dieu de bonté, réveillez-les ensemble; ou si l'un
des deux seulement a mérité cette faveur, si l'un des
deux seulement doit être du nombre des élus, que
l'autre en apprenne la nouvelle; que l'autre aperçoive
la lumière des anges au moment où le sort des heureux
sera proclamé, afin qu'il ait encore un moment de joie
avant de retomber dans la nuit éternelle.

« Ah! nous nous égarons peut-être lorsque nous
essayons de décrire les derniers jours de l'homme
sensible, de l'homme qui voit la mort s'avancer à
grands pas, qui la voit prête à le séparer de tous les
objets de son affection.

« Il se ranime et reprend un moment de force, afin
que ses dernières paroles servent d'instruction à ses
enfants. Il leur dit : Ne vous effrayez point d'assister à
la fin prochaine de votre père, de votre ancien ami.
C'est par une loi de la nature qu'il quitte avant vous
cette terre où il est venu le premier. Il vous montrera
du courage; et pourtant il s'éloigne de vous avec
douleur. Il eût souhaité sans doute de vous aider plus
long-temps de son expérience, et de faire encore

quelques pas avec vous à travers les périls dont votre jeunesse est environnée ; *mais la vie n'a point de défense quand il faut descendre au tombeau.* Vous irez seuls maintenant, seuls au milieu d'un monde d'où je vais disparaître. Puissiez-vous recueillir avec abondance les biens que la Providence y a semés ; mais n'oubliez jamais que ce monde lui-même est une patrie passagère, et qu'une autre plus durable vous appelle. Nous nous reverrons peut-être ; et quelque part sous les regards de mon Dieu, j'offrirai pour vous en sacrifice et mes vœux et mes larmes. Aimez la religion qui a tant de promesses ; aimez la religion, ce dernier traité d'alliance entre les pères et les enfants, entre la mort et la vie.... Approchez-vous de moi !.... que je vous aperçoive encore, que la bénédiction d'un serviteur de Dieu soit sur vous...... Il meurt..... O ! les anges du ciel, recevez son ame, et laissez-nous sur la terre le souvenir de ses actions, le souvenir de ses pensées, le souvenir de ses espérances ».[19]

L'émotion d'Oswald et de Corinne avait souvent interrompu cette lecture. Enfin ils furent forcés d'y renoncer. Corinne craignait pour Oswald l'abondance de ses pleurs. Elle était bouleversée de l'état où elle le voyait, et elle ne s'apercevait pas qu'elle-même était aussi troublée que lui. — Oui, lui dit Oswald, en lui tendant la main, oui, chère amie de mon cœur, tes larmes se sont confondues avec les miennes. Tu le pleures avec moi, cet ange tutélaire dont je sens encore le dernier embrassement, dont je vois encore le noble regard ; peut-être est-ce toi qu'il a choisie pour me consoler ; peut-être.... — Non, non, s'écria Corinne, non, il ne m'en a pas crue digne. — Que dites-vous, interrompit Oswald ? — Corinne eut peur d'avoir révélé ce qu'elle voulait cacher, et répéta ce qui venait de lui échapper, en disant seulement, il ne m'en croirait pas digne ! — Ce mot changé dissipa l'inquiétude que le premier avait fait naître dans le cœur

d'Oswald, et il continua sans crainte à s'entretenir de
son père avec Corinne.

Les médecins arrivèrent et la rassurèrent un peu ;
mais ils défendirent absolument à lord Nelvil de parler
jusqu'à ce que le vaisseau qui s'était ouvert dans sa
poitrine fût fermé. Six jours entiers se passèrent,
pendant lesquels Corinne ne quitta point Oswald, et
l'empêcha de prononcer un seul mot, lui imposant
doucement silence dès qu'il voulait parler. Elle trouvait l'art de varier les heures par la lecture, par la
musique, et quelquefois par une conversation dont elle
faisait tous les frais, en cherchant à s'animer elle-
même, dans le sérieux comme dans la plaisanterie,
avec un intérêt soutenu. Tout cette grace, tout ce
charme voilait l'inquiétude qu'elle éprouvait intérieurement, et qu'il fallait dérober à lord Nelvil ; mais elle
n'en était pas distraite un seul instant. Elle s'apercevait presque avant Oswald lui-même de ce qu'il
souffrait, et le courage qu'il mettait à le cacher ne
trompait jamais Corinne ; elle découvrait toujours ce
qui pouvait lui faire du bien, et se hâtait de le soulager,
en tâchant seulement de fixer son attention le moins
qu'il était possible sur les soins qu'elle lui rendait.
Cependant, quand Oswald pâlissait, la couleur abandonnait aussi les lèvres de Corinne, et ses mains
tremblaient en lui portant du secours ; mais elle
s'efforçait bientôt de se remettre, et souriait, quoique
ses yeux fussent remplis de larmes. Quelquefois elle
pressait la main d'Oswald sur son cœur, et semblait
vouloir ainsi lui donner sa propre vie. Enfin ses soins
réussirent, Oswald se guérit.

— Corinne, lui dit-il, lorsqu'elle lui permit de
parler, pourquoi M. Edgermond, mon ami, n'a-t-il pas
été témoin des jours que vous venez de passer auprès
de moi, il aurait vu que vous n'êtes pas moins bonne
qu'admirable ; il aurait vu que la vie domestique se
compose avec vous d'enchantements continuels, et que

vous ne différez des autres femmes que pour ajouter à toutes les vertus le prestige de tous les charmes. Non, c'en est trop, il faut faire cesser le combat qui me déchire, ce combat qui vient de me mettre au bord du tombeau. Corinne, tu m'entendras, tu sauras tous mes secrets, toi qui me caches les tiens, et tu prononceras sur notre sort. — Notre sort, répondit Corinne, si vous sentez comme moi, c'est de ne pas nous quitter. Mais m'en croirez-vous quand je vous dirai que jusqu'à présent du moins je n'ai pas osé souhaiter d'être votre épouse. Ce que j'éprouve est bien nouveau pour moi : mes idées sur la vie, mes projets pour l'avenir sont tout-à-fait bouleversés par ce sentiment qui me trouble et m'asservit chaque jour davantage. Mais je ne sais pas si nous pouvons, si nous devons nous unir. — Corinne, reprit Oswald, me mépriseriez-vous d'avoir hésité ? l'attribueriez-vous à des considérations misérables ? N'avez-vous pas deviné que le remords profond et douloureux qui, depuis près de deux ans, me poursuit et me déchire, a pu seul causer mes incertitudes ? —

— Je l'ai compris, reprit Corinne. Si je vous avais soupçonné d'un motif étranger aux affections du cœur, vous ne seriez pas celui que j'aime. Mais la vie, je le sais, n'appartient pas tout entière à l'amour. Les habitudes, les souvenirs, les circonstances créent autour de nous je ne sais quel enlacement que la passion même ne peut détruire. Brisé pour un moment, il se reformerait, et le lierre viendrait à bout du chêne. Mon cher Oswald, ne donnons pas à chaque époque de notre existence plus que cette époque ne demande. Ce qui m'est nécessaire dans ce moment, c'est que vous ne me quittiez pas. Cette terreur d'un départ qui pourrait être subit me poursuit sans cesse. Vous êtes étranger dans ce pays : aucun lien ne vous y retient. Si vous partiez, tout serait dit, il ne me resterait de vous que ma douleur. Cette nature, ces

beaux-arts, cette poésie que je sens avec vous, et
maintenant, hélas! seulement avec vous, tout deviendrait muet pour mon ame. Je ne me réveille qu'en
tremblant; je ne sais pas, quand je vois ce beau jour,
s'il ne me trompe point par ses rayons resplendissants,
si vous êtes encore là, vous, l'astre de ma vie. Oswald,
ôtez-moi cette terreur, et je ne verrai rien au-delà de
cette sécurité délicieuse. — Vous savez, répondit
Oswald, que jamais un Anglais n'a renoncé à sa patrie,
que la guerre peut me rappeler, que.... — Ah! dieu,
s'écria Corinne, voudriez-vous me préparer?.... et tous
ses membres tremblaient comme à l'approche du plus
effroyable danger. — Hé bien, s'il est ainsi, emmenez-
moi comme épouse, comme esclave.... Mais tout à
coup reprenant ses esprits, elle dit.... Oswald, vous ne
partirez jamais sans m'en prévenir, jamais, n'est-ce
pas? Ecoutez: dans aucun pays, un criminel n'est
conduit au supplice, sans que quelques heures lui
soient données pour recueillir ses pensées. Ce ne sera
pas par une lettre, ce sera vous-même qui viendrez me
le dire, vous m'avertirez, vous m'entendrez avant de
vous éloigner de moi. — Et le pourrai-je alors?... —
Quoi! vous hésitez à m'accorder ce que je demande,
s'écria Corinne. — Non, répondit Oswald, je n'hésite
pas, tu le veux, Hé bien, je le jure, si ce départ est
nécessaire, je vous en préviendrai, et ce moment
décidera de notre vie. — Oui, dit Corinne, il en
décidera[d]. — Et elle sortit.

CHAPITRE II.

Pendant les jours qui suivirent la maladie d'Oswald,
Corinne évita soigneusement ce qui pouvait amener
une explication entre eux. Elle voulait rendre la vie de
son ami aussi douce qu'il était possible; mais elle ne

voulait point lui confier encore son histoire. Tout ce qu'elle avait remarqué dans leurs entretiens ne l'avait que trop convaincue de l'impression qu'il recevrait en apprenant, et ce qu'elle était, et ce qu'elle avait sacrifié; et rien ne lui faisait plus de peur que cette impression qui pouvait le détacher d'elle.

Revenant donc à l'aimable adresse dont elle avait coutume de se servir pour empêcher Oswald de se livrer à ses inquiétudes passionnées, elle voulut intéresser de nouveau son esprit et son imagination par les merveilles des beaux-arts qu'il n'avait point encore vus, et retarder ainsi l'instant où le sort devait s'éclaircir et se décider. Une telle situation serait insupportable dans tout autre sentiment que l'amour; mais il donne des heures si douces; il répand un tel charme sur chaque minute, que bien qu'il ait besoin d'un avenir indéfini, il s'enivre du présent, et reçoit un jour comme un siècle de bonheur ou de peine, tant ce jour est rempli par une multitude d'émotions et d'idées! Ah! sans doute, c'est par l'amour que l'éternité peut être comprise; il confond toutes les notions du temps; il efface les idées de commencement et de fin; on croit avoir toujours aimé l'objet qu'on aime, tant il est difficile de concevoir qu'on ait pu vivre sans lui. Plus la séparation est affreuse, moins elle paraît vraisemblable; elle devient, comme la mort, une crainte dont on parle plus qu'on n'y croit, un avenir qui semble impossible, alors même qu'on le sait inévitable.

Corinne, parmi ses innocentes ruses pour varier les amusements d'Oswald, avait encore réservé les statues et les tableaux. Un jour donc, lorsque lord Nelvil fut rétabli, elle lui proposa d'aller voir ensemble ce que la sculpture et la peinture offraient à Rome de plus beau. — Il est honteux, lui dit-elle en souriant, que vous ne connaissiez ni nos statues, ni nos tableaux, et demain il faut commencer le tour des musées et des galeries. —

Vous le voulez, répondit lord Nelvil, j'y consens. Mais en vérité, Corinne, vous n'avez pas besoin de ces ressources étrangères pour me fixer auprès de vous ; c'est, au contraire, un sacrifice que je vous fais, quand je détourne mes regards de vous pour quelque objet que ce puisse être. —

Ils allèrent d'abord au musée du Vatican, ce palais des statues où l'on voit la figure humaine divinisée par le paganisme, comme les sentiments de l'ame le sont maintenant par le christianisme. Corinne fit remarquer à lord Nelvil ces salles silencieuses où sont rassemblées les images des Dieux et des héros, où la plus parfaite beauté, dans un repos éternel, semble jouir d'elle-même. En contemplant ces traits et ces formes admirables, il se révèle je ne sais quel dessein de la divinité sur l'homme, exprimé par la noble figure dont elle a daigné lui faire don. L'ame s'élève par cette contemplation à des espérances pleines d'enthousiasme et de vertu ; car la beauté est une dans l'univers, et, sous quelque forme qu'elle se présente, elle excite toujours une émotion religieuse dans le cœur de l'homme. Quelle poésie que ces visages où la plus sublime expression est pour jamais fixée, où les plus grandes pensées sont revêtues d'une image si digne d'elles !

Quelquefois un sculpteur ancien ne faisait qu'une statue dans sa vie, elle était toute son histoire. Il la perfectionnait chaque jour : s'il aimait, s'il était aimé, s'il recevait par la nature ou par les beaux-arts une impression nouvelle, il embellissait les traits de son héros par ses souvenirs et par ses affections. Il savait ainsi traduire aux regards tous les sentiments de son ame. La douleur dans nos temps modernes, au milieu de notre état social si froid et si oppressif, est ce qu'il y a de plus noble dans l'homme ; et, de nos jours, qui n'aurait pas souffert, n'aurait jamais senti ni pensé. Mais il y avait dans l'antiquité quelque chose de plus noble que la douleur, c'était le calme héroïque, c'était le sentiment de sa force qui pouvait se développer au milieu d'institutions franches et libres. Les plus belles statues des Grecs n'ont presque jamais indiqué que le repos. Le Laocoon et la Niobé sont les seules qui peignent des douleurs violentes ; mais c'est la vengeance du ciel qu'elles rappellent toutes les deux, et non les passions nées dans le cœur humain. L'être moral avait une organisation si saine chez les anciens, l'air circulait si librement dans leur large poitrine, et l'ordre politique était si bien en harmonie avec les facultés, qu'il n'existait presque jamais, comme de notre temps, des ames mal à l'aise : cet état fait découvrir beaucoup d'idées fines, mais ne fournit point aux arts, et particulièrement à la sculpture, les simples affections, les éléments primitifs des sentiments qui peuvent seuls s'exprimer par le marbre éternel.

À peine trouve-t-on dans leurs statues quelques traces de mélancolie. Une tête d'Apollon au palais Justiniani *a*, une autre d'Alexandre mourant *b*, sont les seuls où les dispositions de l'ame rêveuse et souffrante soient indiquées, mais elles appartiennent l'une et l'autre, selon toute apparence, au temps où la Grèce était asservie. Dès-lors, il n'y avait plus cette fierté, ni cette tranquillité d'ame qui ont produit chez les anciens les chefs-d'œuvre de la sculpture et de la poésie composée dans le même esprit.

La pensée qui n'a plus d'aliments au-dehors se replie sur elle-même, analise, travaille, creuse les sentiments intérieurs ; mais elle n'a plus cette force de création qui suppose et le bonheur, et la plénitude de forces que le bonheur seul peut donner. Les sarcophages même chez les anciens ne rappellent que des idées guerrières ou riantes : dans la multitude de ceux qui se trouvent au musée du Vatican, on voit des batailles, des jeux représentés en bas-reliefs sur les tombeaux. Le souvenir de l'activité de la vie était le plus bel

hommage que l'on crût devoir rendre aux morts. Rien
n'affaiblissait, rien ne diminuait les forces. L'encourage-
ment, l'émulation étaient le principe des beaux-arts
comme de la politique ; il y avait place pour toutes les
vertus, comme pour tous les talents. Le vulgaire se
glorifiait de savoir admirer, et le culte du génie était
desservi par ceux même qui ne pouvaient point aspirer
à ses couronnes.

La religion grecque n'était point, comme le christianisme, la consolation du malheur, la richesse de la
misère, l'avenir des mourants ; elle voulait la gloire, le
triomphe ; elle faisait pour ainsi dire l'apothéose de
l'homme. Dans ce culte périssable, la beauté même
était un dogme religieux. Si les artistes étaient appelés
à peindre des passions basses ou féroces, ils en
sauvaient la honte à la figure humaine, en y joignant,
comme dans les faunes et les centaures, quelques traits
des animaux ; et, pour donner à la beauté son plus
sublime caractère, ils unissaient tour à tour dans les
statues des hommes et des femmes, dans la Minerve
guerrière et dans l'Apollon Musagète, les charmes des
deux sexes, la force à la douceur, la douceur à la force ;
mélange heureux de deux qualités opposées, sans
lequel aucune des deux ne serait parfaite.

Corinne, en continuant ses observations, retint
Oswald quelque temps devant des statues endormies
qui sont placées sur des tombeaux, et montrent l'art de
la sculpture sous le point de vue le plus agréable. Elle
lui fit remarquer que toutes les fois que les statues sont
censées représenter une action, le mouvement qui
s'arrête produit une sorte d'étonnement quelquefois
pénible. Mais les statues dans le sommeil, ou seulement dans l'attitude d'un repos complet, offrent une
image de l'éternelle tranquillité, qui s'accorde merveilleusement avec l'effet général du midi sur l'homme. Il
semble que là les beaux-arts sont les paisibles spectateurs de la nature, et que le génie lui-même, qui agite

l'ame dans le nord, n'est, sous un beau ciel, qu'une harmonie de plus.

Oswald et Corinne passèrent dans la salle où sont rassemblées les images sculptées des animaux et des reptiles[c]; et la statue de Tibère se trouve par hasard au milieu de cette cour. C'est sans projet qu'une telle réunion s'est faite. Ces marbres se sont d'eux-mêmes rangés autour de leur maître. Une autre salle renferme les monuments tristes et sévères des Egyptiens, de ce peuple chez lequel les statues ressemblent plus aux momies qu'aux hommes, et qui par ses institutions silencieuses, roides et serviles, semble avoir, autant qu'il le pouvait, assimilé la vie à la mort[d]. Les Egyptiens excellaient bien plus dans l'art d'imiter les animaux que les hommes, c'est l'empire de l'ame qui semble leur être inaccessible.

Viennent ensuite les portiques du Musée, où l'on voit à chaque pas un nouveau chef-d'œuvre. Des vases, des autels, des ornements de toute espèce entourent l'Apollon, le Laocoon, les Muses[e]. C'est là qu'on apprend à sentir Homère et Sophocle : c'est là que se révèle à l'ame une connaissance de l'antiquité, qui ne peut jamais s'acquérir ailleurs. C'est en vain que l'on se fie à la lecture de l'histoire pour comprendre l'esprit des peuples; ce que l'on voit excite en nous bien plus d'idées que ce qu'on lit, et les objets extérieurs causent une émotion forte, qui donne à l'étude du passé l'intérêt et la vie qu'on trouve dans l'observation des hommes et des faits contemporains.

Au milieu des superbes portiques, asile de tant de merveilles, il y a des fontaines qui coulent sans cesse et vous avertissent doucement des heures qui passaient de même, il y a deux mille ans, quand les artistes de ces chefs-d'œuvres existaient encore. Mais l'impression la plus mélancolique que l'on éprouve au Musée du Vatican, c'est en contemplant les débris de statues que l'on y voit rassemblés; le torse d'Hercule[f], des têtes séparées du tronc, un pied de Jupiter, qui suppose une statue plus grande et plus parfaite que toutes celles que nous connaissons. On croit voir le champ de bataille où le temps a lutté contre le génie ; et ces membres mutilés attestent sa victoire et nos pertes.

Après être sortis du Vatican, Corinne conduisit Oswald devant les colosses de Monte-Cavallo[g] ; ces deux statues représentent, dit-on, Castor et Pollux. Chacun des deux héros dompte d'une seule main un cheval fougueux qui se cabre. Ces formes colossales, cette lutte de l'homme avec les animaux, donne, comme tous les ouvrages des anciens, une admirable idée de la puissance physique de la nature humaine. Mais cette puissance a quelque chose de noble qui ne se retrouve plus dans notre ordre social, où la plupart des exercices du corps sont abandonnés aux gens du peuple. Ce n'est point la force animale de la nature humaine, si l'on peut s'exprimer ainsi, qui se fait remarquer dans ces chefs-d'œuvres. Il semble qu'il y avait une union plus intime entre les qualités physiques et morales chez les anciens qui vivaient sans cesse au milieu de la guerre, et d'une guerre presque d'homme à homme. La force du corps et la générosité de l'ame, la dignité des traits et la fierté du caractère, la hauteur de la statue et l'autorité du commandement étaient des idées inséparables, avant qu'une religion tout intellectuelle eût placé la puissance de l'homme dans son ame. La figure humaine, qui était aussi la figure des Dieux, paraissait symbolique ; et le colosse nerveux de l'Hercule, et toutes les figures de ce genre de l'antiquité, ne retracent point les vulgaires idées de la vie commune, mais la volonté toute puissante, la volonté divine, qui se montre sous l'emblème d'une force physique surnaturelle.

Corinne et lord Nelvil terminèrent leur journée en allant voir l'atelier de Canova, du plus grand sculpteur moderne[h]. Comme il était tard, ce fut aux flambeaux qu'ils se le firent montrer ; et les statues gagnent beaucoup à cette manière d'être vues. Les anciens en jugeaient ainsi, puisqu'ils les plaçaient souvent dans leurs Thermes, où le jour ne pouvait pas pénétrer. A la lueur des flambeaux, l'ombre plus prononcée amortit la brillante uniformité du marbre, et les statues paraissent des figures pâles qui ont un caractère plus touchant et de grace et de vie. Il y avait chez Canova une admirable statue destinée pour un tombeau : elle représentait le Génie de la douleur, appuyé sur un lion, emblème de la force. Corinne, en contemplant ce Génie, crut y trouver quelque ressemblance avec Oswald, et l'artiste lui-même en fut aussi frappé. Lord Nelvil se détourna pour ne point attirer l'attention en ce genre ; mais il dit à voix basse à son amie : — Corinne, j'étais condamné à cette éternelle douleur quand je vous ai rencontrée ; mais vous avez changé ma vie ; et quelquefois l'espoir, et toujours un trouble mêlé de charmes remplit ce cœur qui ne devait plus éprouver que des regrets. —

CHAPITRE III.

Les chefs-d'œuvres de la peinture étaient alors réunis à Rome, et sa richesse, sous ce rapport, surpassait toutes celles du reste du monde[a]. Un seul point de discussion pouvait exister sur l'effet que produisaient ces chefs-d'œuvres. La nature des sujets que les grands artistes d'Italie ont choisis se prête-t-elle à toute la variété, à toute l'originalité de passions et de caractères que la peinture peut exprimer ? Oswald et Corinne différaient d'opinion à cet égard ; mais cette différence, comme toutes celles qui existaient entre eux, tenait à la diversité des nations, des climats et des religions.

Corinne affirmait que les sujets les plus favorables à la peinture c'étaient les sujets religieux. Elle disait que la sculpture était l'art du paganisme, comme la peinture était celui du christianisme, et que l'on retrouvait dans ces arts, comme dans la poésie, les qualités qui distinguent la littérature ancienne et moderne. Les tableaux de Michel-Ange, ce peintre de la Bible, de Raphaël, ce peintre de l'Evangile, supposent autant de profondeur et de sensibilité qu'on en peut trouver dans Shakespeare et Racine. La sculpture ne saurait présenter aux regards qu'une existence énergique et simple, tandis que la peinture indique les mystères du recueillement et de la résignation, et fait parler l'ame immortelle à travers de passagères couleurs. Corinne soutenait aussi que les faits historiques, ou tirés des poëmes, étaient rarement pittoresques. Il faudrait souvent, pour comprendre de tels tableaux, que l'on eût conservé l'usage des peintres du vieux temps, d'écrire les paroles que doivent dire les personnages sur un ruban qui sort de leur bouche. Mais les sujets religieux sont à l'instant entendus par tout le monde, et l'attention n'est point détournée de l'art pour deviner ce qu'il représente.

Corinne pensait que l'expression des peintres modernes, en général, était souvent théâtrale, qu'elle avait l'empreinte de leur siècle, où l'on ne connaissait plus, comme André Mantegne, Perugin et Léonard de Vinci, cette unité d'existence, ce naturel dans la manière d'être, qui tient encore du repos antique. Mais à ce repos est unie la profondeur de sentiments qui caractérise le christianisme. Elle admirait la composition sans artifice des tableaux de Raphaël, surtout dans sa première manière. Toutes les figures sont dirigées vers un objet principal, sans que l'artiste ait songé à les grouper en attitude, à travailler l'effet qu'elles peuvent produire. Corinne disait que cette bonne foi dans les arts d'imagination, comme dans

tout le reste, est le caractère du génie, et que le calcul
du succès est presque toujours destructeur de l'enthousiasme. Elle prétendait qu'il y avait de la rhétorique en
peinture comme dans la poésie, et que tous ceux qui ne
savaient pas caractériser cherchaient les ornements
accessoires, réunissaient tout le prestige d'un sujet
brillant aux costumes riches, aux attitudes remarquables ; tandis qu'une simple vierge tenant son enfant
dans ses bras, un vieillard attentif dans la messe de
Bolsène, un homme appuyé sur son bâton dans l'école
d'Athènes, sainte Cécile levant les yeux au ciel[b],
produisaient, par l'expression seule du regard et de la
physionomie, des impressions bien plus profondes. Ces
beautés naturelles se découvrent chaque jour davantage ; mais au contraire, dans les tableaux d'effet, le
premier coup d'œil est toujours le plus frappant[20].

Corinne ajoutait à ces réflexions une observation qui
les fortifiait encore ; c'est que les sentiments religieux
des Grecs et des Romains, la disposition de leur ame
en tout genre, ne pouvant être la nôtre, il nous est
impossible de créer dans leur sens, d'inventer pour
ainsi dire sur leur terrain. L'on peut les imiter à force
d'étude ; mais comment le génie trouverait-il tout son
essor dans un travail où la mémoire et l'érudition sont
si nécessaires ? Il n'en est pas de même des sujets qui
appartiennent à notre propre histoire ou à notre
propre religion. Les peintres peuvent en avoir eux-
mêmes l'inspiration personnelle ; ils sentent ce qu'ils
peignent, ils peignent ce qu'ils ont vu. La vie leur sert
pour imaginer la vie ; mais en se transportant dans
l'antiquité, il faut qu'ils inventent d'après les livres et
les statues. Enfin Corinne trouvait que les tableaux
pieux faisaient à l'ame un bien que rien ne pouvait
remplacer, et qu'ils supposaient dans l'artiste un saint
enthousiasme qui se confond avec le génie, le renouvelle, le ranime et peut seul le soutenir contre les
dégoûts de la vie et les injustices des hommes.

Oswald recevait, sous quelques rapports, une impression différente. D'abord il était presque scandalisé de voir représenter en peinture, comme l'a fait Michel-Ange, la figure de la divinité même revêtue de traits mortels. Il croyait que la pensée n'osait lui donner des formes, et qu'on trouvait à peine au fond de son ame une idée assez intellectuelle, assez éthérée pour l'élever jusqu'à l'Être suprême ; et quant aux sujets tirés de l'Écriture sainte, il lui semblait que l'expression et les images dans ce genre de tableaux laissaient beaucoup à désirer. Il croyait, avec Corinne, que la méditation religieuse est le sentiment le plus intime que l'homme puisse éprouver ; et, sous ce rapport, il est celui qui fournit aux peintres les plus grands mystères de la physionomie et du regard ; mais la religion réprimant tous les mouvements du cœur qui ne naissent pas immédiatement d'elle, les figures des saints et des martyrs ne peuvent être très variées. Le sentiment de l'humilité, si noble devant le ciel, affaiblit l'énergie des passions terrestres et donne nécessairement de la monotonie à la plupart des sujets religieux. Quand Michel-Ange, avec son terrible talent, a voulu peindre ces sujets, il en a presqu'altéré l'esprit, en donnant à ses prophètes une expression redoutable et puissante qui en fait des Jupiter plutôt que des saints. Souvent aussi il se sert, comme Le Dante, des images du paganisme, et mêle la mythologie au christianisme. Une des circonstances les plus admirables de l'établissement du christianisme, c'est l'état vulgaire des apôtres qui l'ont prêché, l'asservissement et la misère du peuple juif, dépositaire pendant long-temps des promesses qui annonçaient le Christ. Ce contraste entre la petitesse des moyens et la grandeur du résultat est très beau moralement ; mais en peinture, où les moyens seuls peuvent paraître, les sujets chrétiens doivent être moins éclatants que ceux tirés des temps héroïques et fabuleux. Parmi les arts, la musique seule peut être purement religieuse. La peinture ne saurait se contenter d'une expression aussi rêveuse et aussi vague que celle des sons. Il est vrai que l'heureuse combinaison des couleurs et du clair-obscur produit, si l'on peut s'exprimer ainsi, un effet musical dans la peinture ; mais, comme elle représente la vie, on lui demande l'expression des passions dans toute leur énergie et leur diversité. Sans doute il faut choisir parmi les faits historiques ceux qui sont assez connus pour qu'il ne faille point d'étude pour les comprendre ; car l'effet produit par les tableaux doit être immédiat et rapide comme tous les plaisirs causés par les beaux-arts ; mais quand les faits historiques sont aussi populaires que les sujets religieux, ils ont sur eux l'avantage de la variété des situations et des sentiments qu'ils retracent.

Lord Nelvil pensait aussi qu'on devait de préférence représenter en tableaux les scènes de tragédie, ou les fictions poétiques les plus touchantes, afin que tous les plaisirs de l'imagination et de l'ame fussent réunis. Corinne combattit encore cette opinion, quelque séduisante qu'elle fût. Elle était convaincue que l'em-piètement d'un art sur l'autre leur nuisait mutuelle-ment. La sculpture perd les avantages qui lui sont particuliers, quand elle aspire aux groupes de la peinture ; la peinture, quand elle veut atteindre à l'expression dramatique. Les arts sont bornés dans leurs moyens, quoique sans bornes dans leurs effets. Le génie ne cherche point à combattre ce qui est dans l'essence des choses ; sa supériorité consiste, au contraire, à la deviner. — Vous, mon cher Oswald, dit Corinne, vous n'aimez pas les arts en eux-mêmes, mais seulement à cause de leurs rapports avec le sentiment ou l'esprit. Vous n'êtes ému que par ce qui vous retrace les peines du cœur. La musique et la poésie conviennent à cette disposition ; tandis que les arts qui parlent aux yeux, bien que leur signification soit

idéale, ne plaisent et n'intéressent que lorsque notre
ame est tranquille et notre imagination tout-à-fait
libre. Il ne faut pas non plus, pour les goûter, la gaieté
qu'inspire la société, mais la sérénité que fait naître un
beau jour, un beau climat. Il faut sentir, dans ces arts
qui représentent les objets extérieurs, l'harmonie universelle de la nature ; et quand notre ame est troublée,
nous n'avons plus en nous-mêmes cette harmonie, le
malheur l'a détruite. — Je ne sais, répondit Oswald, si
je ne cherche dans les beaux-arts que ce qui peut
rappeler les souffrances de l'ame ; mais je sais bien au
moins que je ne puis supporter d'y trouver la représentation des douleurs physiques. Ma plus forte objection,
continua-t-il, contre les sujets chrétiens en peinture,
c'est le sentiment pénible que fait éprouver l'image du
sang, des blessures, des supplices, bien que le plus
noble enthousiasme ait animé les victimes. Philoctète
est peut-être le seul sujet tragique dans lequel les maux
physiques puissent être admis. Mais de combien de
circonstances poétiques ces maux cruels ne sont-ils pas
entourés ! Ce sont les flèches d'Hercule qui les ont
causés. Le fils d'Esculape doit les guérir. Enfin cette
blessure se confond presque avec le ressentiment moral
qu'elle fait naître dans celui qui en est atteint, et ne
peut exciter aucune impression de dégoûts. Mais la
figure du possédé, dans le superbe tableau de la
Transfiguration par Raphaël, est une image désagréable et qui n'a nullement la dignité des beaux-arts. Il
faut qu'ils nous découvrent le charme de la douleur,
comme la mélancolie de la prospérité ; c'est l'idéal de
la destinée humaine qu'ils doivent représenter dans
chaque circonstance particulière. Rien ne tourmente
davantage l'imagination, que des plaies sanglantes ou
des convulsions nerveuses. Il est impossible que dans
de semblables tableaux l'on ne cherche et l'on ne
craigne pas en même temps de trouver l'exactitude de
l'imitation. L'art qui ne consisterait que dans cette

imitation, quel plaisir nous donnerait-il ? Il est plus horrible ou moins beau que la nature même, dès l'instant qu'il aspire seulement à lui ressembler.

— Vous avez raison, Mylord, dit Corinne, de désirer qu'on écarte des sujets chrétiens les images pénibles ; elles n'y sont pas nécessaires. Mais avouez cependant que le génie, et le génie de l'ame, sait triompher de tout. Voyez cette communion de saint Jérôme par Le Dominiquin[^c]. Le corps du vénérable mourant est livide et décharné : c'est la mort qui se soulève. Mais dans ce regard est la vie éternelle, et toutes les misères du monde ne sont là que pour disparaître devant le pur éclat d'un sentiment religieux. Cependant, cher Oswald, continua Corinne, bien que je ne sois pas de votre avis en tout, je veux vous montrer que, même en différant, nous avons toujours quelque analogie. J'ai essayé ce que vous désirez, dans la galerie de tableaux que des artistes de mes amis m'ont composée, et dont j'ai moi-même esquissé quelques dessins. Vous y verrez les défauts et les avantages des sujets de peinture que vous aimez. Cette galerie est dans ma maison de campagne à Tivoli. Le temps est assez beau pour la voir, voulez-vous que nous y allions demain ? Et comme elle attendait qu'Oswald y consentît, il lui dit : — Mon amie, pouvez-vous douter de ma réponse ? Ai-je un autre bonheur dans ce monde, une autre idée que vous ? Et ma vie que j'ai trop affranchie peut-être de toute occupation, comme de tout intérêt, n'est-elle pas uniquement remplie par le bonheur de vous entendre et de vous voir ? —

CHAPITRE IV.

Ils partirent donc le lendemain pour Tivoli. Oswald
conduisait lui-même les quatre chevaux qui les traînaient, et se plaisait dans la rapidité de leur course ;
rapidité qui semble accroître la vivacité du sentiment
de l'existence ; et cette impression est douce à côté de
ce qu'on aime. Il dirigeait la voiture avec une attention
extrême, dans la crainte que le moindre accident ne
pût arriver à Corinne. Il avait ces soins protecteurs qui
sont le plus doux lien de l'homme avec la femme.
Corinne n'était point, comme la plupart des femmes,
facilement effrayée par les dangers possibles d'une
route ; mais il lui était si doux de remarquer la
sollicitude d'Oswald, qu'elle souhaitait presque
d'avoir peur, afin d'être rassurée par lui.

Ce qui donnait, comme on le verra dans la suite, un
si grand ascendant à lord Nelvil sur le cœur de son
amie, c'étaient les contrastes inattendus qui prêtaient
à toute sa manière d'être un charme particulier. Tout
le monde admirait son esprit et la grace de sa figure ;
mais il devait intéresser sur-tout une personne qui,
réunissant en elle par un accord singulier la constance
à la mobilité, se plaisait dans les impressions tout à la
fois variées et fidèles. Jamais il n'était occupé que de
Corinne ; et cette occupation même prenait sans cesse
des caractères différents ; tantôt la réserve y dominait,
tantôt l'abandon ; tantôt une douceur parfaite, tantôt
une amertume sombre, qui prouvait la profondeur des
sentiments, mais mêlait le trouble à la confiance, et
faisait naître sans cesse une émotion nouvelle. Oswald,
intérieurement agité, cherchait à se contenir au
dehors ; et celle qui l'aimait, occupée à le deviner,
trouvait dans ce mystère un intérêt continuel. On eût
dit que les défauts mêmes d'Oswald étaient faits pour

relever ses agréments. Un homme, quelque distingué qu'il eût été, mais dont le caractère n'eût point offert de contradiction ni de combats, n'aurait pas ainsi captivé l'imagination de Corinne. Elle avait une sorte de peur d'Oswald qui l'asservissait à lui ; il régnait sur son ame par une bonne et par une mauvaise puissance, par ses qualités et par l'inquiétude que ces qualités mal combinées pouvaient inspirer ; enfin il n'y avait pas de sécurité dans le bonheur que donnait lord Nelvil ; et peut-être faut-il expliquer, par ce tort même, l'exaltation de la passion de Corinne ; peut-être ne pouvait-elle aimer à ce point que celui qu'elle craignait de perdre. Un esprit supérieur, une sensibilité aussi ardente que délicate, pouvait se lasser de tout, excepté de l'homme vraiment extraordinaire, dont l'ame constamment ébranlée semblait, comme le ciel même, tantôt serein, tantôt couvert de nuages ; Oswald, toujours vrai, toujours profond et passionné, était néanmoins souvent prêt à renoncer à l'objet de sa tendresse, parcequ'une longue habitude de la peine lui faisait croire qu'il ne pouvait y avoir que du remords et de la souffrance dans les affections trop vives du cœur.

Lord Nelvil et Corinne, dans leur course à Tivoli, passèrent devant les ruines du palais d'Adrien, et du jardin immense qui l'entourait. Il avait réuni dans ce jardin les productions les plus rares, les chefs-d'œuvres les plus admirables des pays conquis par les Romains. On y voit encore aujourd'hui quelques pierres éparses qui s'appellent *l'Egypte, l'Inde et l'Asie.* Plus loin était la retraite où Zénobie, reine de Palmyre, a terminé ses jours. Elle n'a pas soutenu dans l'adversité la grandeur de sa destinée ; elle n'a su, ni, comme un homme, mourir pour la gloire, ni, comme une femme, mourir plutôt que de trahir son ami.

Enfin ils découvrirent Tivoli qui fut la demeure de tant d'hommes célèbres, de Brutus, d'Auguste, de Mécène, de Catulle, mais sur-tout la demeure d'Ho-

race ; car ce sont ses vers qui ont illustré ce séjour. La
maison de Corinne était bâtie au-dessus de la cascade
bruyante du Téveronne ; au haut de la montagne, en
face de son jardin était le temple de la Sibylle. C'est
une belle idée qu'avaient les anciens de placer les
temples au sommet des lieux élevés. Ils dominaient sur
la campagne, comme les idées religieuses sur toute
autre pensée. Ils inspiraient plus d'enthousiasme pour
la nature, en annonçant la divinité dont elle émane, et
l'éternelle reconnaissance des générations successives
envers elle. Le paysage, de quelque point de vue qu'on
le considérât, faisait tableau avec le temple qui était là
comme le centre ou l'ornement de tout. Les ruines
répandent un singulier charme sur la campagne d'Italie. Elles ne rappellent pas, comme les édifices modernes, le travail et la présence de l'homme, elles se
confondent avec les arbres, avec la nature ; elles
semblent en harmonie avec le torrent solitaire, image
du temps qui les a fait *a* ce qu'elles sont. Les plus belles
contrées du monde, quand elles ne retracent aucun
souvenir, quand elles ne portent l'empreinte d'aucun
événement remarquable, sont dépourvues d'intérêt, en
comparaison des pays historiques. Quel lieu pouvait
mieux convenir à l'habitation de Corinne en Italie, que
le séjour consacré à la Sibylle, à la mémoire d'une
femme animée par une inspiration divine ! La maison
de Corinne était ravissante ; elle était ornée avec
l'élégance du goût moderne, et cependant le charme
d'une imagination qui se plaît dans les beautés antiques s'y faisait sentir. L'on y remarquait une rare
intelligence de bonheur dans le sens le plus élevé de ce
mot, c'est-à-dire, en le faisant consister dans tout ce
qui ennoblit l'ame, excite la pensée et vivifie le talent.

En se promenant avec Corinne, Oswald s'aperçut
que le souffle du vent avait un son harmonieux, et
répandait dans l'air des accords qui semblaient venir
du balancement des fleurs, de l'agitation des arbres, et

prêter une voix à la nature. Corinne lui dit que c'étaient des harpes éoliennes que le vent faisait résonner et qu'elle avait placées dans quelques grottes du jardin, pour remplir l'atmosphère de sons aussi-bien que de parfums [b]. Dans cette demeure délicieuse, Oswald était inspiré par le sentiment le plus pur. — Ecoutez, dit-il à Corinne, jusqu'à ce jour j'éprouvais du remords en étant heureux près de vous ; mais à présent, je me dis que c'est mon père qui vous a envoyée vers moi, pour que je ne souffre plus sur cette terre. C'est lui que j'avais offensé, et c'est lui cepen-dant dont les prières dans le ciel ont obtenu ma grace. Corinne, s'écria-t-il en se jetant à ses genoux, je suis pardonné ; je le sens à ce calme innocent et doux qui règne dans mon ame. Tu peux, sans crainte, t'unir à mon sort, il n'aura plus rien de fatal. — Eh bien ! dit Corinne, jouissons encore quelque temps de cette paix du cœur qui nous est accordée. Ne touchons pas à la destinée ; elle fait tant de peur quand on veut s'en mêler, quand on tâche d'obtenir plus qu'elle ne donne ! Ah ! mon ami, ne changeons rien, puisque nous sommes heureux ! —

Lord Nelvil fut blessé de cette réponse de Corinne. Il pensait qu'elle devait comprendre qu'il était prêt à lui tout dire, à lui tout promettre, si, dans ce moment, elle lui confiait son histoire ; et cette manière de l'éviter encore l'offensa en l'affligeant ; il n'aperçut pas qu'un sentiment de délicatesse empêchait Corinne de profiter de l'émotion d'Oswald pour le lier par un serment. Peut-être, d'ailleurs, est-il dans la nature d'un amour profond et vrai de redouter un moment solennel, quelque désiré qu'il soit, et de ne changer qu'en tremblant l'espérance contre le bonheur même. Oswald, loin d'en juger ainsi, se persuada que Corinne, tout en l'aimant, désirait de conserver son indépendance, et qu'elle éloignait attentivement tout ce qui pouvait amener une union indissoluble. Cette pensée lui fit éprouver une irritation douloureuse ; et prenant aussitôt un air froid et contenu, il suivit Corinne dans sa galerie de tableaux, sans prononcer un seul mot. Elle devina bien vite l'impression qu'elle avait produite sur lui. Mais connaissant sa fierté, elle n'osa pas lui dire ce qu'elle avait remarqué ; toutefois, en lui montrant ses tableaux, en lui parlant sur des idées générales, elle avait une espérance vague de l'adoucir, qui donnait à sa voix un charme plus touchant, alors même qu'elle ne prononçait que des paroles indifférentes.

Sa galerie était composée de tableaux d'histoire, de tableaux sur des sujets poétiques et religieux, et de paysages. Il n'y en avait point qui fussent composés d'un très grand nombre de figures. Ce genre présente sans doute de grandes difficultés, mais il donne moins de plaisir. Les beautés qu'on y trouve sont trop confuses ou trop détaillées. L'unité d'intérêt, ce principe de vie dans les arts, comme dans tout, y est nécessairement morcelée. Le premier des tableaux historiques représentait Brutus dans une méditation profonde, assis au pied de la statue de Rome. Dans le fond, des esclaves portent ses deux fils sans vie, qu'il a lui-même condamnés à mort, et de l'autre côté du tableau la mère et les sœurs s'abandonnent au désespoir ; les femmes sont heureusement dispensées du courage qui fait sacrifier les affections du cœur. La statue de Rome, placée près de Brutus, est une belle idée : c'est elle qui dit tout. Cependant comment pourrait-on savoir, sans une explication, que c'est Brutus l'ancien qui vient d'envoyer ses fils au supplice ? et néanmoins il est impossible de caractériser cet évènement plus qu'il ne l'est dans ce tableau. L'on aperçoit dans l'éloignement Rome simple encore, sans édifices, sans ornements, mais bien grande comme patrie, puisqu'elle inspire un tel sacrifice. — Sans doute, dit Corinne à lord Nelvil, quand je vous ai nommé Brutus, toute votre ame s'est attachée à ce tableau ; mais vous auriez pu le voir, sans en deviner le sujet. Et cette incertitude, qui existe presque toujours dans les tableaux historiques, ne mêle-t-elle pas le tourment d'une énigme aux jouissances des beaux-arts qui doivent être si faciles et si claires ?

J'ai choisi ce sujet, parcequ'il rappelle la plus terrible action que l'amour de la patrie ait inspirée. Le pendant de ce tableau, c'est Marius épargné par le Cimbre, qui ne peut se résoudre à tuer ce grand homme : la figure de Marius est imposante ; le costume du Cimbre, l'expression de sa physionomie est très pittoresque. C'est la deuxième époque de Rome, lorsque les lois n'existaient plus, mais quand le génie exerçait encore un grand empire sur les circonstances. Vient ensuite celle où les talents et la gloire n'attiraient que le malheur et l'insulte. Le troisième tableau que voici représente Bélisaire portant sur ses épaules son jeune guide mort en demandant l'aumône pour lui. Bélisaire aveugle et mendiant est ainsi récompensé par son maître ; et dans l'univers qu'il a conquis, il n'a plus d'autre emploi que de porter dans la tombe les tristes restes du pauvre enfant qui seul ne l'avait point abandonné. Cette figure de Bélisaire est admirable, et depuis les peintres anciens on n'en a guère fait d'aussi belles. L'imagination du peintre, comme celle d'un poëte, a réuni tous les genres de malheur, et peut-être même y en a-t-il trop pour la pitié ; mais qui nous dit que c'est Bélisaire ? Ne faut-il pas être fidèle à l'histoire pour la rappeler ; et quand on y est fidèle, est-elle assez pittoresque ? Après ces tableaux qui représentent dans Brutus les vertus qui ressemblent au crime ; dans Marius, la gloire, cause des malheurs ; dans Bélisaire, les services payés par les persécutions les plus noires, enfin toutes les misères de la destinée humaine que les évènements de l'histoire racontent chacun à sa manière, j'ai placé deux tableaux de l'ancienne école qui soulagent un peu l'ame oppressée en rappelant la religion qui a consolé l'univers asservi et déchiré, la religion qui donnait une vie au fond du cœur, quand tout au dehors n'était qu'oppression et silence. Le premier est de l'Albane; il a peint le Christ enfant endormi sur la croix. Voyez quelle douceur, quel calme dans ce visage! quelles idées pures il rappelle, comme il fait sentir que l'amour céleste n'a rien à craindre de la douleur ni de la mort. Le Titien est l'auteur du second tableau; c'est Jésus-Christ succombant sous le fardeau de la croix. Sa mère vient au-devant de lui. Elle se jette à genoux en l'apercevant. Admirable respect d'une mère pour les malheurs et les vertus divines de son fils! Quel regard que celui du Christ! quelle divine résignation, et cependant quelle souffrance et quelle sympathie par cette souffrance avec le cœur de l'homme! Voilà sans doute le plus beau de mes tableaux. C'est celui vers lequel je reporte sans cesse mes regards, sans pouvoir jamais épuiser l'émotion qu'il me cause. Viennent ensuite, continua Corinne, les tableaux dramatiques tirés de quatre grands poëtes. Jugez avec moi, mylord, de l'effet qu'ils produisent. Le premier représente Enée dans les Champs-Elysées, lorsqu'il veut s'approcher de Didon. L'ombre indignée s'éloigne et s'applaudit de ne plus porter dans son sein le cœur qui battrait encore d'amour à l'aspect du coupable. La couleur vaporeuse des ombres, et la pâle nature qui les environne, font contraste avec l'air de vie d'Enée et de la Sibylle qui le conduit. Mais c'est un jeu de l'artiste que ce genre d'effet, et la description du poëte est nécessairement bien supérieure à ce que l'on peut en peindre. J'en dirai autant du tableau que voici, Clorinde mourante et Tancrède. Le plus grand attendrissement qu'il puisse causer, c'est de rappeler les beaux vers du Tasse, lorsque Clorinde pardonne à son ennemi qui l'adore et vient de lui percer le sein. C'est nécessairement subordonner la peinture à la poésie, que de la consacrer à des sujets traités par les grands poëtes ; car il reste de leurs paroles une impression qui efface tout, et presque toujours les situations qu'ils ont choisies tirent leur plus grande force du développement des passions et de leur éloquence, tandis que la plupart des effets pittoresques naissent d'une beauté calme, d'une expression simple, d'une attitude noble, d'un moment de repos enfin digne d'être indéfiniment prolongé, sans que le regard s'en lasse jamais.

Votre terrible Shakespeare, mylord, continua Corinne, a fourni le sujet du troisième tableau dramatique. C'est Macbeth, l'invincible Macbeth, qui, prêt à combattre Macduff, dont il a fait périr la femme et les enfants, apprend que l'oracle des sorcières s'est accompli, que la forêt de Birnam paraît s'avancer vers Dunsinane, et qu'il se bat avec un homme né depuis la mort de sa mère. Macbeth est vaincu par le sort, mais non par son adversaire. Il tient le glaive d'une main désespérée ; il sait qu'il va mourir, mais il veut essayer si la force humaine ne pourrait pas triompher du destin. Certainement il y a dans cette tête une belle expression de désordre et de fureur, de trouble et d'énergie ; mais à combien de beautés du poëte cependant ne faut-il pas renoncer ? Peut-on peindre Macbeth précipité dans le crime par les prestiges de l'ambition, qui s'offrent à lui sous la forme de la sorcellerie ? Comment exprimer la terreur qu'il éprouve ? cette terreur qui se concilie cependant avec une bravoure intrépide. Peut-on caractériser le genre de superstition qui l'opprime ? cette croyance sans dignité, cette fatalité de l'enfer qui pèse sur lui, son mépris de la vie, son horreur de la mort ? Sans doute la physionomie de l'homme est le plus grand des mystères ; mais cette physionomie fixée dans un tableau ne peut guère exprimer que les profondeurs d'un sentiment unique. Les contrastes, les luttes, les évènements enfin appartiennent à l'art dramatique. La peinture peut difficilement rendre ce qui est successif : le temps ni le mouvement n'existent pas pour elle.

La Phèdre de Racine a fourni le sujet du quatrième tableau, dit Corinne, en le montrant à lord Nelvil. Hippolyte, dans toute la beauté de la jeunesse et de l'innocence, repousse les accusations perfides de sa belle-mère ; le héros Thésée protége encore son épouse coupable, qu'il entoure de son bras vainqueur. Phèdre porte sur son visage un trouble qui glace d'effroi ; et sa nourrice, sans remords, l'encourage dans son crime. Hippolyte, dans ce tableau, est peut-être plus beau que dans Racine même ; il y ressemble davantage au Méléagre antique, parceque nul amour pour Aricie ne dérange l'impression de sa noble et sauvage vertu ; mais est-il possible de supposer que Phèdre en présence d'Hippolyte pût soutenir son mensonge, qu'elle le vît innocent et persécuté, et ne tombât point à ses pieds ? Une femme offensée peut outrager ce qu'elle aime, en son absence, mais quand elle le voit, il n'y a plus dans son cœur que de l'amour. Le poëte n'a jamais mis en scène Hippolyte avec Phèdre, depuis que Phèdre l'a calomnié ; le peintre devait les réunir pour rassembler, comme il l'a fait, toutes les beautés des contrastes ; mais n'est-ce pas une preuve qu'il y a toujours une telle différence entre les sujets poétiques et les sujets pittoresques, qu'il vaut mieux que les poëtes fassent des vers d'après les tableaux, que les peintres des tableaux d'après les poëtes ? L'imagination doit toujours précéder la pensée, l'histoire de l'esprit humain nous le prouve.

Pendant que Corinne expliquait ainsi ses tableaux à lord Nelvil, elle s'était arrêtée plusieurs fois, espérant qu'il lui parlerait ; mais son ame blessée ne se trahissait par aucun mot : seulement, chaque fois qu'elle exprimait une idée sensible, il soupirait et détournait la tête, afin qu'elle ne vît pas combien, dans sa

disposition actuelle, il était facilement ému : Corinne,
oppressée par ce silence, s'assit en couvrant son visage
de ses mains ; lord Nelvil se promena quelque temps
avec vivacité dans la chambre, puis il s'approcha de
Corinne, et fut au moment de se plaindre et de se livrer
à ce qu'il éprouvait ; mais un mouvement de fierté
tout-à-fait invincible dans son caractère réprima son
attendrissement, et il retourna vers les tableaux,
comme s'il attendait que Corinne achevât de les lui
montrer : elle espérait beaucoup de l'effet du dernier
de tous ; et faisant effort à son tour pour paraître
calme, elle se leva et dit : — Mylord, il me reste encore
trois paysages à vous faire voir ; deux font allusion à
quelques idées intéressantes : je n'aime pas beaucoup
les scènes champêtres, qui sont fades en peinture
comme des idylles, quand elles ne font aucune allusion
à la fable ou à l'histoire. Ce qui vaut le mieux, ce me
semble, en ce genre, c'est la manière de Salvator Rosa,
qui représente, comme vous le voyez dans ce tableau,
un rocher, des torrents et des arbres, sans un seul être
vivant, sans que seulement le vol d'un oiseau rappelle
l'idée de la vie. L'absence de l'homme au milieu de la
nature excite des réflexions profondes. Que serait cette
terre ainsi délaissée ? Œuvre sans but, et cependant
œuvre encore si belle, dont la mystérieuse impression
ne s'adresserait qu'à la divinité.

Enfin, voici les deux tableaux où, selon moi, l'histoire et la poésie sont heureusement unies au paysage [21]. L'un représente le moment où Cincinnatus est
invité par les consuls à quitter sa charrue pour
commander les armées romaines. C'est tout le luxe du
midi que vous verrez dans ce paysage, son abondante
végétation, son ciel brûlant, cet air riant de toute la
nature qui se retrouve dans la physionomie même des
plantes ; et cet autre tableau qui fait contraste avec
celui-ci, c'est le fils de Caïrbar endormi sur la tombe
de son père. Il attend depuis trois jours et trois nuits le

barde qui doit rendre des honneurs à la mémoire des morts. Ce barde est aperçu dans le lointain, descendant de la montagne ; l'ombre du père plane sur les nuages ; la campagne est couverte de frimas ; les arbres, quoique dépouillés, sont agités par les vents, et leurs branches mortes et leurs feuilles desséchées suivent encore la direction de l'orage. —

Oswald jusqu'alors avait conservé du ressentiment contre ce qui s'était passé dans le jardin ; mais, à l'aspect de ce tableau, le tombeau de son père et les montagnes d'Écosse se retracèrent à sa pensée, et ses yeux se remplirent de larmes. Corinne prit sa harpe, et devant ce tableau elle se mit à chanter les romances écossaises dont les simples notes semblent accompagner le bruit du vent qui gémit dans les vallées. Elle chanta les adieux d'un guerrier en quittant sa patrie et sa maîtresse⁶, et ce mot jamais (*no more*), un des plus harmonieux et des plus sensibles de la langue anglaise, Corinne le prononçait avec l'expression la plus touchante. Oswald ne résista point à l'émotion qui l'oppressait, et l'un et l'autre s'abandonnèrent sans contrainte à leurs larmes. — Ah ! s'écria lord Nelvil, cette patrie qui est la mienne ne dit-elle rien à ton cœur ? Me suivrais-tu dans ces retraites peuplées par mes souvenirs ? Serais-tu la digne compagne de ma vie, comme tu en es le charme et l'enchantement ? — Je le crois, répondit Corinne, je le crois, puisque je vous aime. — Au nom de l'amour et de la pitié, ne me cachez plus rien, dit Oswald. — Vous le voulez, interrompit Corinne, j'y souscris. Ma promesse est donnée ; je n'y mets qu'une condition, c'est que vous ne me demanderez pas de l'accomplir avant l'époque prochaine de nos solennités religieuses. Au moment où je vais décider de mon sort, l'appui du ciel ne m'est-il pas plus que jamais nécessaire ? — Va, s'écria lord Nelvil, si ce sort dépend de moi, Corinne, il n'est plus douteux. — Vous le croyez, reprit-elle, je n'ai pas la

même confiance ; mais enfin, je vous en conjure, ayez
pour ma faiblesse la condescendance que je désire. —
Oswald soupira sans accorder ni refuser le délai
demandé. — Partons maintenant, dit Corinne, et
retournons à la ville. Comment vous rien taire dans
cette solitude ! et si ce que je dois vous dire devait vous
détacher de moi, faudrait-il que sitôt..... partons,
Oswald, vous reviendrez ici, quoi qu'il arrive, mes
cendres y reposeront. — Oswald attendri, troublé,
obéit à Corinne. Il revint avec elle, et pendant la route
ils ne se parlèrent presque pas. De temps en temps ils
se regardaient avec une affection qui disait tout ; mais
néanmoins un sentiment de mélancolie régnait au fond
de leur ame quand ils arrivèrent au milieu de Rome.

Livre IX.

LA FÊTE POPULAIRE
ET LA MUSIQUE.

CHAPITRE PREMIER.

C'était le jour de la fête la plus bruyante de l'année,
à la fin du carnaval *a*, lorsqu'il prend au peuple romain
comme une fièvre de joie, comme une fureur d'amusement, dont on ne trouve point d'exemple ailleurs.
Toute la ville se déguise, à peine reste-t-il aux fenêtres
des spectateurs sans masque pour regarder ceux qui en
ont ; et cette gaieté commence tel jour à point nommé,
sans que les évènements publics ou particuliers de
l'année empêchent presque jamais personne de se
divertir à cette époque.

C'est là qu'on peut juger de toute l'imagination des gens du peuple. L'italien est plein de charmes, même dans leur bouche. Alfieri disait qu'il allait à Florence, sur le marché public, pour apprendre le bon italien. Rome a le même avantage ; et ces deux villes sont peut-être les seules du monde où le peuple parle si bien, que l'amusement de l'esprit peut se rencontrer à tous les coins des rues.

Le genre de gaieté qui brille dans les auteurs des arlequinades et de l'opéra-bouffe se trouve très communément même parmi les hommes sans éducation. Dans ces jours de carnaval, où l'exagération et la caricature sont admises, il se passe entre les masques les scènes les plus comiques.

Souvent une gravité grotesque contraste avec la vivacité des Italiens, et l'on dirait que leurs vêtements bizarres leur inspirent une dignité qui ne leur est pas naturelle. D'autres fois ils font voir une connaissance si singulière de la mythologie, dans les déguisements qu'ils arrangent, qu'on croirait les anciennes fables encore populaires à Rome. Plus souvent ils se moquent des divers états de la société, avec une plaisanterie pleine de force et d'originalité. La nation paraît mille fois plus distinguée dans ses jeux que dans son histoire. La langue italienne se prête à toutes les nuances de la gaieté, avec une facilité qui ne demande qu'une légère inflexion de voix, une terminaison un peu différente pour accroître ou diminuer, ennoblir ou travestir le sens des paroles. Elle a surtout de la grace dans la bouche des enfants. L'innocence de cet âge, et la malice naturelle de la langue font un contraste très piquant [22]. Enfin on pourrait dire que c'est une langue qui va d'elle-même, exprime sans qu'on s'en mêle, et paraît presque toujours avoir plus d'esprit que celui qui la parle.

Il n'y a ni luxe, ni bon goût dans la fête du carnaval ; une sorte de pétulance universelle la fait ressembler aux bacchanales de l'imagination, mais de l'imagination seulement; car les Romains sont en général très sobres et même assez sérieux, les derniers jours du carnaval excepté. On fait en tout genre des découvertes subites dans le caractère des Italiens; et c'est ce qui contribue à leur donner la réputation d'hommes rusés. Il y a sans doute une grande habitude de feindre dans ce pays, qui a supporté tant de jougs différents; mais ce n'est pas à la dissimulation qu'il faut toujours attribuer le passage rapide d'une manière d'être à l'autre. Une imagination inflammable en est souvent la cause. Les peuples qui ne sont que raisonnables ou spirituels peuvent aisément s'expliquer et se prévoir; mais tout ce qui tient à l'imagination est inattendu. Elle saute les intermédiaires; un rien peut la blesser, et quelquefois elle est indifférente à ce qui devrait le plus l'émouvoir. Enfin, c'est en elle-même que tout se passe, et l'on ne peut calculer ses impressions d'après ce qui les cause.

On ne comprend pas du tout, par exemple, d'où vient l'amusement que les grands seigneurs romains trouvent à se promener en voiture, d'un bout du *corso* à l'autre, des heures entières, soit pendant les jours du carnaval, soit les autres jours de l'année. Rien ne les dérange de cette habitude. Il y a aussi parmi les masques des hommes qui se promènent le plus ennuyeusement du monde dans le costume le plus ridicule, et qui, tristes arlequins et taciturnes polichinelles, ne disent pas une parole pendant toute la soirée; mais ont, pour ainsi dire, leur conscience de carnaval satisfaite quand ils n'ont rien négligé pour se divertir.

On trouve à Rome un genre de masques qui n'existe point ailleurs. Ce sont des masques pris d'après les figures des statues antiques, et qui de loin imitent une parfaite beauté : souvent les femmes perdent beaucoup en les quittant. Mais cependant cette immobile imita-

tion de la vie, ces visages de cire ambulants, quelque
jolis qu'ils soient, font une sorte de peur. Les grands
seigneurs montrent un assez grand luxe de voitures les
derniers jours du carnaval ; mais le plaisir de cette fête,
c'est la foule et la confusion : c'est comme un souvenir
des Saturnales ; toutes les classes de Rome sont mêlées
ensemble ; les plus graves magistrats se promènent
assidûment, et presque officiellement, dans leur car-
rosse au milieu des masques ; toutes les fenêtres sont
décorées ; toute la ville est dans les rues : c'est
véritablement une fête populaire. Le plaisir du peuple
ne consiste ni dans les spectacles, ni dans les festins
qu'on lui donne, ni dans la magnificence dont il est
témoin. Il ne fait aucun excès de vin, ni de nourriture ;
il s'amuse seulement d'être mis en liberté, et de se
trouver au milieu des grands seigneurs, qui se divertis-
sent à leur tour de se trouver au milieu du peuple.
C'est sur-tout le raffinement et la délicatesse des
plaisirs qui mettent une barrière entre les différentes
classes ; c'est aussi la recherche et la perfection de
l'éducation. Mais, en Italie, les rangs en ce genre ne
sont pas marqués d'une manière très sensible ; et le
pays est plus distingué par le talent naturel et l'imagination de tous, que par la culture d'esprit des premières classes. Il y a donc, pendant le carnaval, un
mélange complet de rangs, de manières et d'esprits ; et
la foule et les cris, et les bons mots et les dragées dont
on inonde indistinctement les voitures qui passent[b],
confondent tous les êtres mortels, ensemble, remettent
la nation pêle-mêle, comme s'il n'y avait plus d'ordre
social.

Corinne et lord Nelvil, tous les deux rêveurs et
pensifs, arrivèrent au milieu de ce tumulte. Ils en
furent d'abord étourdis ; car rien ne paraît plus
singulier que cette activité des plaisirs bruyants,
quand l'ame est tout entière recueillie en elle-même.
Ils s'arrêtèrent à la place du Peuple, pour monter sur

l'amphithéâtre près de l'obélisque, d'où l'on voit la course des chevaux[c]. Au moment où ils descendirent de leur calèche, le comte d'Erfeuil les aperçut, et prit à part Oswald pour lui parler.

— Ce n'est pas bien, lui dit-il, de vous montrer ainsi publiquement, arrivant seul de la campagne avec Corinne : vous la compromettrez ; et qu'en ferez-vous après ? — Je ne crois pas, répondit lord Nelvil, que je compromette Corinne, en montrant l'attachement qu'elle m'inspire. Mais si cela était vrai, je serais trop heureux que le dévouement de ma vie..... — Ah ! pour heureux, interrompit le comte d'Erfeuil, je n'en crois rien ; on n'est heureux que par ce qui est convenable. La société a, quoi qu'on fasse, beaucoup d'empire sur le bonheur, et ce qu'elle n'approuve pas, il ne faut jamais le faire. — On vivrait donc toujours pour ce que la société dira de nous, reprit Oswald ; et ce qu'on pense et ce qu'on sent ne servirait jamais de guide. S'il en était ainsi, si l'on devait s'imiter constamment les uns les autres, à quoi bon une ame et un esprit pour chacun ? la Providence aurait pu s'épargner ce luxe. — C'est très bien dit, reprit le comte d'Erfeuil, très philosophiquement pensé ; mais avec ces maximes-là l'on se perd, et quand l'amour est passé, le blâme de l'opinion reste. Moi qui vous parais léger, je ne ferai jamais rien qui puisse m'attirer la désapprobation du monde. On peut se permettre de petites libertés, d'aimables plaisanteries, qui annoncent de l'indépendance dans la manière de voir, pourvu qu'il n'y en ait pas dans la manière d'agir ; car, quand cela touche au sérieux...... — Mais le sérieux, répondit lord Nelvil, c'est l'amour et le bonheur. — Non, non, interrompit le comte d'Erfeuil, ce n'est pas cela que je veux dire ; ce sont de certaines convenances établies qu'il ne faut pas braver, sous peine de passer pour un homme bizarre, pour un homme..... enfin, vous m'entendez, pour un homme qui n'est pas comme les autres. — Lord Nelvil sourit ; et sans humeur, comme sans peine, il plaisanta le comte d'Erfeuil sur sa frivole sévérité ; il sentit avec joie que, pour la première fois, sur un sujet qui lui causait tant d'émotion, le comte d'Erfeuil n'avait pas eu la moindre influence sur lui. Corinne, de loin, avait deviné tout ce qui se passait ; mais le sourire de lord Nelvil remit le calme dans son cœur ; et cette conversation du comte d'Erfeuil, loin de troubler Oswald, ni son amie, leur inspira des dispositions plus analogues à la fête.

La course de chevaux se préparait. Lord Nelvil s'attendait à voir une course semblable à celles d'Angleterre ; mais il fut étonné d'apprendre que de petits chevaux barbes devaient courir tout seuls, sans cavaliers, les uns contre les autres. Ce spectacle attire singulièrement l'attention des Romains. Au moment où il va commencer, toute la foule se range des deux côtés de la rue. La place du Peuple, qui était couverte de monde, est vide en un moment. Chacun monte sur les amphithéâtres qui entourent les obélisques ; et des multitudes innombrables de têtes et d'yeux noirs sont tournés vers la barrière d'où les chevaux doivent s'élancer.

Ils arrivent sans bride et sans selle, seulement le dos couvert d'une étoffe brillante, et conduits par des palefreniers très bien vêtus, qui mettent à leurs succès un intérêt passionné. On place les chevaux derrière la barrière, et leur ardeur pour la franchir est excessive. A chaque instant on les retient : ils se cabrent, ils hennissent, ils trépignent, comme s'ils étaient impatients d'une gloire qu'ils vont obtenir à eux seuls, sans que l'homme les dirige. Cette impatience des chevaux, ces cris des palefreniers font, du moment où la barrière tombe, un vrai coup de théâtre. Les chevaux partent, les palefreniers crient *place, place,* avec un transport inexprimable. Ils accompagnent leurs chevaux du geste et de la voix aussi long-temps qu'ils peuvent les apercevoir. Les chevaux sont jaloux l'un de l'autre comme des hommes. Le pavé étincelle sous leurs pas, leur crinière vole, et leur désir de gagner le prix, ainsi abandonnés à eux-mêmes, est tel, qu'il en est qui, en arrivant, sont morts de la rapidité de leur course. On s'étonne de voir ces chevaux libres ainsi animés par des passions personnelles ; cela fait peur, comme si c'était de la pensée sous cette forme d'animal. La foule rompt ses rangs quand les chevaux sont passés, et les suit en tumulte. Ils arrivent au palais de Venise, où est le but. Et il faut entendre les exclamations des palefreniers dont les chevaux sont vainqueurs. Celui qui avait gagné le premier prix se jeta à genoux devant son cheval et le remercia, et le recommanda à saint Antoine, patron des animaux, avec un enthousiasme aussi sérieux en lui, que comique pour les spectateurs[23].

C'est à la fin du jour, ordinairement, que les courses finissent. Alors commence un autre genre d'amusement beaucoup moins pittoresque, mais aussi très bruyant. Les fenêtres sont illuminées. Les gardes abandonnent leur poste, pour se mêler eux-mêmes à la joie générale. Chacun prend alors un petit flambeau appelé *moccolo,* et l'on cherche mutuellement à se l'éteindre, en répétant le mot *ammazzare* (tuer), avec une vivacité redoutable (CHE LABELLA PRINCIPESSA SIA AMMAZZATA ! CHE IL SIGNORE ABBATE SIA AMMAZZATO) ! *Que la belle princesse soit tuée, que le seigneur abbé soit tué !* crie-t-on d'un bout de la rue à l'autre[24]. La foule rassurée, parcequ'à cette heure on interdit les chevaux et les voitures, se précipite de tous les côtés. Enfin, il n'y a plus d'autre plaisir que le tumulte et l'étourdissement. Cependant la nuit s'avance ; le bruit cesse par degrés ; le plus profond silence lui succède ; et il ne reste plus de cette soirée que l'idée d'un songe confus, qui, changeant l'existence de chacun en un rêve, a fait oublier pour un moment, au peuple, ses travaux, aux savants, leurs études, aux grands seigneurs, leur oisiveté.

CHAPITRE II.

Oswald, depuis son malheur, ne s'était pas encore senti le courage d'écouter la musique. Il redoutait ces accords ravissants qui plaisent à la mélancolie, mais font un véritable mal, quand des chagrins réels nous oppressent. La musique réveille les souvenirs que l'on s'efforçait d'apaiser. Lorsque Corinne chantait, Oswald écoutait les paroles qu'elle prononçait ; il contemplait l'expression de son visage ; c'était d'elle uniquement qu'il était occupé : mais si dans les rues, le soir, plusieurs voix se réunissaient, comme cela arrive souvent en Italie, pour chanter les beaux airs des grands maîtres, il essayait d'abord de rester pour les entendre, puis il s'éloignait, parcequ'une émotion si vive et si vague en même temps renouvelait toutes ses peines. Cependant on devait donner à Rome, dans la salle du spectacle, un superbe concert, où les premiers chanteurs étaient réunis ; Corinne engagea lord Nelvil à y venir avec elle, et il y consentit, espérant que la présence de celle qu'il aimait répandrait de la douceur sur tout ce qu'il pourrait éprouver.

En entrant dans sa loge, Corinne fut d'abord reconnue, et le souvenir du Capitole ajoutant à l'intérêt qu'elle inspirait ordinairement, la salle retentit d'applaudissements à son arrivée. De toutes parts on cria *vive Corinne,* et les musiciens eux-mêmes, électrisés par ce mouvement général, se mirent à jouer des fanfares de victoire ; car le triomphe, quel qu'il soit, rappelle toujours aux hommes la guerre et les combats. Corinne fut vivement émue de ces témoignages universels d'admiration et de bienveillance. La musique, les applaudissements, les *bravo,* et cette impression indéfinissable que produit toujours une grande multitude d'hommes, quand ils expriment un même sentiment, lui causèrent un attendrissement profond qu'elle cherchait à contenir ; mais ses yeux se remplirent de larmes, et les battements de son cœur soulevaient sa robe sur son sein. Oswald en ressentit de la jalousie, et s'approchant d'elle, il lui dit à demi-voix : — Il ne faut pas, madame, vous arracher à de tels succès, ils valent l'amour, puisqu'ils font ainsi palpiter votre cœur. — Et en achevant ces mots, il alla se placer à l'extrémité de la loge de Corinne, sans attendre sa réponse. Elle fut cruellement troublée de ce qu'il venait de lui dire, et dans l'instant il lui ravit tout le plaisir qu'elle avait trouvé dans ces succès dont elle aimait qu'il fût témoin.

Le concert commença ; qui n'a pas entendu le chant italien, ne peut avoir l'idée de la musique. Les voix, en Italie, ont cette mollesse et cette douceur qui rappelle et le parfum des fleurs et la pureté du ciel. La nature a destiné cette musique pour ce climat : l'une est comme un reflet de l'autre. Le monde est l'œuvre d'une seule pensée, qui s'exprime sous mille formes différentes. Les Italiens, depuis des siècles, aiment la musique avec transport. Le Dante, dans le poëme du Purgatoire, rencontre un des meilleurs chanteurs de son temps ; il lui demande un de ses airs délicieux, et les ames ravies s'oublient en l'écoutant, jusqu'à ce que leur gardien les rappelle. Les Chrétiens comme les Païens ont étendu l'empire de la musique après la mort. De tous les beaux-arts, c'est celui qui agit le plus immédiatement sur l'ame. Les autres la dirigent vers telle ou telle idée, celui-là seul s'adresse à la source intime de l'existence, et change en entier la disposition intérieure. Ce qu'on a dit de la grace divine, qui tout à coup transforme les cœurs, peut, humainement parlant, s'appliquer à la puissance de la mélodie ;

et parmi les pressentiments de la vie à venir, ceux qui naissent de la musique ne sont point à dédaigner.

La gaieté même, que la musique *bouffe* sait si bien exciter, n'est point une gaieté vulgaire qui ne dise rien à l'imagination. Au fond de la joie qu'elle donne, il y a des sensations poétiques, une rêverie agréable que les plaisanteries parlées ne sauraient jamais inspirer. La musique est un plaisir si passager, on le sent tellement s'échapper à mesure qu'on l'éprouve, qu'une impression mélancolique se mêle à la gaieté qu'elle cause. Mais aussi, quand elle exprime la douleur, elle fait encore naître un sentiment doux. Le cœur bat plus vite en l'écoutant ; la satisfaction que cause la régularité de la mesure, en rappelant la brièveté du temps, donne le besoin d'en jouir. Il n'y a plus de vide, il n'y a plus de silence autour de vous, la vie est remplie, le sang coule rapidement, vous sentez en vous-même le mouvement que donne une existence active, et vous n'avez point à craindre, au-dehors de vous, les obstacles qu'elle rencontre.

La musique double l'idée que nous avons des facultés de notre ame ; quand on l'entend, on se sent capable des plus nobles efforts. C'est par elle qu'on marche à la mort avec enthousiasme ; elle a l'heureuse impuissance d'exprimer aucun sentiment bas, aucun artifice, aucun mensonge. Le malheur même, dans le langage de la musique, est sans amertume, sans déchirement, sans irritation. La musique soulève doucement le poids qu'on a presque toujours sur le cœur, quand on est capable d'affections sérieuses et profondes ; ce poids qui se confond quelquefois avec le sentiment même de l'existence, tant la douleur qu'il cause est habituelle, il semble qu'en écoutant des sons purs et délicieux on est prêt à saisir le secret du créateur, à pénétrer le mystère de la vie. Aucune parole ne peut exprimer cette impression : car les

paroles se traînent après les impressions primitives,
comme les traducteurs en prose sur les pas des poëtes.
Il n'y a que le regard qui puisse en donner quelque
idée ; le regard de ce qu'on aime, long-temps attaché
sur vous, et pénétrant par degrés tellement dans votre
cœur, qu'il faut à la fin baisser les yeux pour se dérober
à un bonheur si grand : ainsi le rayon d'une autre vie
consumerait l'être mortel qui voudrait le considérer
fixement.

La justesse admirable de deux voix parfaitement
d'accord produit, dans les duo des grands maîtres
d'Italie, un attendrissement délicieux, mais qui ne
pourrait se prolonger sans une sorte de douleur : c'est
un bien-être trop grand pour la nature humaine, et
l'ame vibre alors comme un instrument à l'unisson que
briserait une harmonie trop parfaite. Oswald était
resté obstinément loin de Corinne pendant la première
partie du concert ; mais lorsque le duo commença,
presqu'à demi-voix, accompagné par les instruments à
vent qui faisaient entendre doucement des sons plus
purs encore que la voix même, Corinne couvrit son
visage de son mouchoir, et son émotion l'absorbait
toute entière ; elle pleurait sans souffrir, elle aimait
sans rien craindre. Sans doute l'image d'Oswald était
présente à son cœur ; mais l'enthousiasme le plus noble
se mêlait à cette image, et des pensées confuses
erraient en foule dans son ame : il eût fallu borner ces
pensées pour les rendre distinctes. On dit qu'un
prophète, en une minute, parcourut sept régions
différentes des cieux. Celui qui conçut ainsi tout ce
qu'un instant peut renfermer avait sûrement entendu
les accords d'une belle musique à côté de l'objet qu'il
aimait. Oswald en sentit la puissance, son ressentiment s'apaisa par degrés. L'attendrissement de
Corinne expliqua tout, justifia tout ; il se rapprocha
doucement, et Corinne l'entendit respirer auprès d'elle
dans le moment le plus enchanteur de cette musique

céleste; c'en était trop, la tragédie la plus pathétique n'aurait pas excité dans son cœur autant de trouble que ce sentiment intime de l'émotion profonde qui les pénétrait tous deux en même temps, et que chaque instant, chaque son nouveau exaltait toujours plus. Les paroles que l'on chante ne sont pour rien dans cette émotion; à peine quelques mots et d'amour et de mort dirigent-ils de temps en temps la réflexion, mais plus souvent le vague de la musique se prête à tous les mouvements de l'ame, et chacun croit retrouver dans cette mélodie, comme dans l'astre pur et tranquille de la nuit, l'image de ce qu'il souhaite sur la terre.

— Sortons, dit Corinne à lord Nelvil; je me sens prête à m'évanouir. — Qu'avez-vous, lui dit Oswald avec inquiétude; vous pâlissez; venez à l'air avec moi, venez. — Et ils sortirent ensemble. Corinne était soutenue par le bras d'Oswald, et sentait ses forces revenir en s'appuyant sur lui. Ils s'approchèrent tous les deux d'un balcon; et Corinne, vivement émue, dit à son ami : — Cher Oswald, je vais vous quitter pour huit jours. — Que dites-vous, interrompit-il? — Tous les ans, reprit-elle, à l'approche de la semaine sainte, je vais passer quelque temps dans un couvent de religieuses pour me préparer à la solennité de Pâque. — Oswald n'opposa rien à ce dessein; il savait qu'à cette époque la plupart des dames romaines se livrent aux pratiques les plus sévères, sans pour cela s'occuper très sérieusement de religion le reste de l'année; mais il se rappela que Corinne professait un culte différent du sien, et qu'ils ne pouvaient prier ensemble. — Que n'êtes-vous, s'écria-t-il, de la même religion, du même pays que moi! — Et puis il s'arrêta après avoir prononcé ce vœu. — Notre ame et notre esprit n'ont-ils pas la même patrie, répondit Corinne? — C'est vrai, répondit Oswald; mais je n'en sens pas moins avec douleur tout ce qui nous sépare. — Et cette absence de huit jours lui serrait tellement le cœur, que les amis de Corinne étant venus la rejoindre, il ne prononça pas un seul mot de toute la soirée.

CHAPITRE III.

Oswald alla le lendemain de bonne heure chez Corinne, inquiet de ce qu'elle lui avait dit. Sa femme de chambre vint au devant de lui, et lui remit un billet de sa maîtresse, qui lui annonçait qu'elle s'était retirée dans le couvent le matin même, comme elle l'en avait prévenu, et qu'elle ne le reverrait qu'après le vendredi saint. Elle lui avouait qu'elle n'avait pas eu le courage de lui dire la veille qu'elle s'éloignait le lendemain. Oswald fut surpris comme par un coup inattendu. Cette maison, où il avait toujours vu Corinne, et qui était devenue si solitaire, lui causa l'impression la plus pénible. Il voyait là sa harpe, ses livres, ses dessins, tout ce qui l'entourait habituellement ; mais elle n'y était plus. Un frisson douloureux s'empara d'Oswald : il se rappela la chambre de son père, et il fut forcé de s'asseoir, car il ne pouvait plus se soutenir.

— Il se pourrait donc, s'écria-t-il, que j'apprisse ainsi sa perte ! cet esprit si animé, ce cœur si vivant, cette figure si brillante de fraîcheur et de vie, pourraient être frappés par la foudre, et la tombe de la jeunesse serait aussi muette que celle des vieillards ! Ah ! quelle illusion que le bonheur ! Quel moment dérobé à ce temps inflexible qui veille toujours sur sa proie ! Corinne ! Corinne ! il ne fallait pas me quitter ; c'était votre charme qui m'empêchait de réfléchir ; tout se confondait dans ma pensée, ébloui que j'étais par les moments heureux que je passais avec vous ; à présent me voilà seul, à présent je me retrouve, et toutes mes blessures vont se rouvrir. — Et il appelait Corinne avec une sorte de désespoir, qu'on ne pouvait attribuer à une aussi courte absence, mais à l'angoisse habituelle de son cœur, que Corinne elle seule avait le pouvoir de soulager. La femme de chambre de Corinne rentra : elle avait entendu les gémissements d'Oswald ; et touchée de ce qu'il regrettait ainsi sa maîtresse, elle lui dit : — Mylord, je veux vous consoler en trahissant un secret de ma maîtresse ; j'espère qu'elle me le pardonnera. Venez dans sa chambre à coucher, vous y verrez votre portrait. — Mon portrait ! s'écria-t-il. — Elle y a travaillé de mémoire, reprit Thérésine (c'était le nom de la femme de chambre de Corinne) ; elle s'est levée, depuis huit jours, à cinq heures du matin pour l'avoir fini avant d'aller à son couvent. —

Oswald vit ce portrait qui était très ressemblant et peint avec une grace parfaite : ce témoignage de l'impression qu'il avait produite sur Corinne le pénétra de la plus douce émotion. En face de ce portrait il y avait un tableau charmant qui représentait la vierge ; et l'oratoire de Corinne était devant ce tableau. Ce mélange singulier d'amour et de religion se trouve chez la plupart des femmes italiennes avec des circonstances beaucoup plus extraordinaires encore que dans l'appartement de Corinne ; car, libre comme elle l'était, le souvenir d'Oswald ne s'unissait dans son ame qu'aux espérances et aux sentiments les plus purs : mais cependant placer ainsi l'image de celui qu'on aime vis-à-vis d'un emblème de la divinité, et se préparer à la retraite dans un couvent, par huit jours consacrés à tracer cette image, c'était un trait qui caractérisait les femmes italiennes en général plutôt que Corinne en particulier. Leur genre de dévotion suppose plus d'imagination et de sensibilité que de sérieux dans l'ame ou de sévérité dans les principes, et rien n'était plus contraire aux idées d'Oswald sur la manière de concevoir et de sentir la religion ; néanmoins comment aurait-il pu blâmer Corinne, dans le

moment même où il recevait une si touchante preuve
de son amour !

Ses regards parcouraient avec émotion cette chambre où il entrait pour la première fois. Au chevet du lit
de Corinne il vit le portrait d'un homme âgé, mais
dont la figure n'avait point le caractère d'une physionomie italienne. Deux bracelets étaient attachés près
de ce portrait, l'un fait avec des cheveux noirs et
blancs, et l'autre avec des cheveux d'un blond admirable ; et ce qui parut à lord Nelvil un hasard singulier,
ces cheveux étaient parfaitement semblables à ceux de
Lucile Edgermond, qu'il avait remarqués très attentivement, il y avait trois ans, à cause de leur rare beauté.
Oswald considérait ces bracelets et ne disait pas un
mot, car, interroger Thérésine sur sa maîtresse était
indigne de lui. Mais Thérésine croyant deviner ce qui
occupait Oswald, et voulant écarter de lui tout soupçon de jalousie, se hâta de lui dire que depuis onze ans
qu'elle était attachée à Corinne elle lui avait toujours
vu porter ces bracelets, et qu'elle savait que c'était des
cheveux de son père, de sa mère et de sa sœur. — Il y a
onze ans que vous êtes avec Corinne, dit lord Nelvil,
vous savez donc.... — et puis il s'interrompit tout à
coup en rougissant, honteux de la question qu'il allait
commencer, et sortit précipitamment de la maison
pour ne pas dire un mot de plus.

En s'en allant il se retourna plusieurs fois pour
apercevoir encore les fenêtres de Corinne ; mais quand
il eut perdu de vue son habitation, il éprouva une
tristesse nouvelle pour lui, celle que cause la solitude.
Il essaya d'aller le soir dans une grande société de
Rome ; il cherchait la distraction ; car, pour trouver du
charme dans la rêverie, il faut, dans le bonheur comme
dans le malheur, être en paix avec soi-même.

Le monde fut bientôt insupportable à lord Nelvil ; il
comprit encore mieux tout le charme, tout l'intérêt que
Corinne savait répandre sur la société, en remarquant

quel vide y laissait son absence : il essaya de parler à quelques femmes, qui lui répondirent ces insipides phrases dont on est convenu pour n'exprimer avec vérité ni ses sentiments ni ses opinions, si toutefois celles qui s'en servent ont en ce genre quelque chose à cacher. Il s'approcha de plusieurs groupes d'hommes qui, à leurs gestes et à leur voix, semblaient s'entretenir avec chaleur sur quelque objet important : il entendit discuter les plus misérables intérêts de la manière la plus commune. Il s'assit alors pour considérer à son aise cette vivacité sans but et sans cause qui se retrouve dans la plupart des assemblées nombreuses ; et néanmoins en Italie la médiocrité est assez bonne personne : elle a peu de vanité, peu de jalousie, beaucoup de bienveillance pour les esprits supérieurs, et si elle fatigue de son poids, elle ne blesse du moins presque jamais par ses prétentions.

C'était dans ces mêmes assemblées cependant qu'Oswald avait trouvé tant d'intérêt peu de jours auparavant ; le léger obstacle qu'opposait le grand monde à son entretien avec Corinne, le soin qu'elle mettait à revenir vers lui dès qu'elle avait été suffisamment polie envers les autres, l'intelligence qui existait entre eux sur les observations que la société leur suggérait, le plaisir qu'avait Corinne à causer devant Oswald, à lui adresser indirectement des réflexions dont lui seul comprenait le véritable sens, variait tellement la conversation, qu'à toutes les places de ce même salon Oswald se retraçait des moments doux, piquants, agréables, qui lui avaient fait croire que ces assemblées mêmes étaient amusantes. — Ah ! dit-il en s'en allant, ici, comme dans tous les lieux du monde, c'est elle seule qui donne la vie ; allons plutôt dans les endroits les plus déserts jusqu'à ce qu'elle revienne. Je sentirai moins douloureusement son absence lorsqu'il n'y aura rien autour de moi qui ressemble à du plaisir.

Livre X.

LA SEMAINE SAINTE.

CHAPITRE PREMIER.

Oswald passa le jour suivant dans les jardins de quelques couvents d'hommes. Il alla d'abord au couvent des Chartreux, et s'arrêta quelque temps avant d'y entrer, pour considérer deux lions égyptiens qui sont à peu de distance de la porte. Ces lions ont une expression remarquable de force et de repos ; il y a quelque chose dans leur physionomie qui n'appartient ni à l'animal ni à l'homme : ils semblent une puissance de la nature, et l'on conçoit, en les voyant, comment les dieux du paganisme pouvaient être représentés sous cet emblème.

Le couvent des Chartreux est bâti sur les débris des thermes de Dioclétien, et l'église qui est à côté du couvent est décorée par les colonnes de granit qu'on y a trouvées debout. Les moines qui habitent ce couvent les montrent avec empressement ; ils ne tiennent plus au monde que par l'intérêt qu'ils prennent aux ruines. La manière de vivre des Chartreux suppose, dans les hommes qui sont capables de la mener, ou un esprit extrêmement borné, ou la plus noble et la plus continuelle exaltation des sentiments religieux ; cette succession de jours sans variété d'évènements rappelle ce vers fameux :

Sur les mondes détruits le Temps dort immobile [a].

Il semble que la vie ne serve là qu'à contempler la mort. La mobilité des idées, avec une telle uniformité d'existence, serait le plus cruel des supplices. Au milieu du cloître s'élèvent quatre cyprès. Cet arbre noir et silencieux, que le vent même agite difficilement, n'introduit pas le mouvement dans ce séjour. Près des cyprès il y a une fontaine d'où sort un peu d'eau que l'on entend à peine, tant le jet en est faible et lent ; on dirait que c'est la clepsydre qui convient à cette solitude, où le temps fait si peu de bruit. Quelquefois la lune y pénètre avec sa pâle lumière, et son absence et son retour sont un évènement dans cette vie monotone.

Ces hommes qui existent ainsi sont pourtant les mêmes à qui la guerre et toute son activité suffiraient à peine s'ils s'y étaient accoutumés. C'est un sujet inépuisable de réflexion que les différentes combinaisons de la destinée humaine sur la terre. Il se passe dans l'intérieur de l'ame mille accidents, il se forme mille habitudes qui font de chaque individu un monde et son histoire. Connaître un autre parfaitement serait l'étude d'une vie entière ; qu'est-ce donc qu'on entend par connaître les hommes ? les gouverner, cela se peut, mais les comprendre, Dieu seul le fait.

Oswald, du couvent des Chartreux, se rendit au couvent de Bonaventure, bâti sur les ruines du palais de Néron [b] ; là où tant de crimes se sont commis sans remords, de pauvres moines, tourmentés par des scrupules de conscience, s'imposent des supplices cruels pour les plus légères fautes. — *Nous espérons seulement,* disait un de ces religieux, *qu'à l'instant de la mort nos péchés n'auront pas excédé nos pénitences.* — Lord Nelvil, en entrant dans ce couvent, heurta contre une trappe, et il en demanda l'usage. — *C'est par là qu'on nous enterre,* dit l'un des plus jeunes religieux que la maladie du mauvais air avait déjà frappé. Les habitants du midi craignant beaucoup la mort, l'on s'étonne d'y trouver des institutions qui la rappellent à ce point ; mais il est dans la nature d'aimer à se livrer à l'idée même que l'on redoute. Il y a comme un enivrement de tristesse qui fait à l'ame le bien de la remplir tout entière.

Un antique sarcophage d'un jeune enfant sert de fontaine à ce couvent. Le beau palmier dont Rome se vante est le seul arbre du jardin de ces moines ; mais ils ne font point d'attention aux objets extérieurs. Leur discipline est trop rigoureuse pour laisser à leur esprit aucun genre de liberté. Leurs regards sont abattus, leur démarche est lente, ils ne font plus en rien usage de leur volonté. Ils ont abdiqué le gouvernement d'eux-mêmes, tant cet empire *fatigue son triste possesseur !* Ce séjour néanmoins n'agit pas fortement sur l'ame d'Oswald ; l'imagination se révolte contre une inten-tion si manifeste de lui présenter le souvenir de la mort sous toutes les formes. Quand ce souvenir se rencontre d'une manière inattendue, quand c'est la nature qui nous en parle et non pas l'homme, l'impression que nous en recevons est bien plus profonde.

Des sentiments doux et calmes s'emparèrent de l'ame d'Oswald, lorsqu'au coucher du soleil il entra dans le jardin de *San Giovanni et Paolo.* Les moines de ce couvent sont soumis à des pratiques moins sévères, et leur jardin domine toutes les ruines de l'ancienne Rome. On voit de là le Colisée, le Forum, tous les arcs de triomphe encore debout, les obélisques, les colon-nes. Quel beau site pour un tel asile ! Les solitaires se consolent de n'être rien, en considérant les monuments élevés par tous ceux qui ne sont plus. Oswald se promena long-temps sous les ombrages du jardin de ce couvent, si rares en Italie. Ces beaux arbres interrom-pent un moment la vue de Rome, comme pour redoubler l'émotion qu'on éprouve en la revoyant.

C'était à l'heure de la soirée où l'on entend toutes les cloches de Rome sonner l'*Ave Maria :*

> ...... squilla di lontano
> Che paja il giorno pianger che si muore.
>
> DANTE [c].

et le son de l'airain, dans l'éloignement, paraît plaindre le jour qui se meurt. La prière du soir sert à compter les heures. En Italie l'on dit : *Je vous verrai une heure avant, une heure après l'Ave Maria ;* et les époques du jour ou de la nuit sont ainsi religieusement désignées. Oswald jouit alors de l'admirable spectacle du soleil, qui vers le soir descend lentement au milieu des ruines, et semble, pour un moment, se soumettre au déclin comme les ouvrages des hommes. Oswald sentit renaître en lui toutes ses pensées habituelles. Corinne elle-même avait trop de charmes, promettait trop de bonheur pour l'occuper en ce moment. Il cherchait l'ombre de son père au milieu des ombres célestes qui l'avaient accueillie. Il lui semblait qu'à force d'amour il animerait de ses regards les nuages qu'il considérait, et parviendrait à leur faire prendre la forme sublime et touchante de son immortel ami ; il espérait enfin que ses vœux obtiendraient du ciel, je ne sais quel souffle pur et bienfaisant, qui ressemblerait à la bénédiction d'un père.

CHAPITRE II.

Le désir de connaître et d'étudier la religion d'Italie décida lord Nelvil à chercher l'occasion d'entendre quelques uns des prédicateurs qui font retentir les églises de Rome pendant le carême. Il comptait les jours qui devaient le réunir à Corinne ; et tant que

durait son absence il ne voulait rien voir qui pût
appartenir aux beaux-arts, rien qui reçût son charme
de l'imagination. Il ne pouvait supporter l'émotion de
plaisir que donnent les chefs-d'œuvres, quand il n'était
pas avec Corinne ; il ne se pardonnait le bonheur que
lorsqu'il venait d'elle ; la poésie, la peinture, la musique, tout ce qui embellit la vie par de vagues
espérances lui faisait mal partout ailleurs qu'à ses
côtés.

C'est le soir, et avec les lumières presque éteintes,
que les prédicateurs à Rome se font entendre pendant
la semaine sainte dans les églises. Toutes les femmes
alors sont vêtues de noir, en souvenir de la mort de
Jésus-Christ ; et il y a quelque chose de bien touchant
dans ce deuil anniversaire, renouvelé tant de fois
depuis tant de siècles. C'est donc avec une émotion
véritable que l'on arrive au milieu de ces belles églises,
où les tombeaux préparent si bien à la prière ; mais le
prédicateur dissipe presque toujours cette émotion en
peu d'instants.

Sa chaire est une assez longue tribune qu'il parcourt
d'un bout à l'autre avec autant d'agitation que de
régularité. Il ne manque jamais de partir au commencement d'une phrase, et de revenir à la fin, comme le
balancier d'une pendule ; et cependant il fait tant de
gestes, il a l'air si passionné, qu'on le croirait capable
de tout oublier. Mais c'est, si l'on peut s'exprimer
ainsi, une fureur systématique, telle qu'on en voit
beaucoup en Italie, où la vivacité des mouvements
extérieurs n'indique souvent qu'une émotion superfi-
cielle. Un crucifix est suspendu à l'extrémité de la
chaire ; le prédicateur le détache, le baise, le presse sur
son cœur, et puis le remet à sa place avec un très-grand
sang-froid quand la période pathétique est achevée. Il
y a aussi un moyen de faire effet dont les prédicateurs
ordinaires se servent assez souvent, c'est le bonnet
carré qu'ils portent sur la tête ; ils l'ôtent et le

remettent avec une rapidité inconcevable. L'un d'eux s'en prenait à Voltaire, et sur-tout à Rousseau, de l'irréligion du siècle. Il jetait son bonnet au milieu de la chaire, le chargeait de représenter Jean-Jacques, et en cette qualité, il le haranguait, et lui disait : *Hé bien, philosophe génevois, qu'avez-vous à objecter à mes arguments ?* — Il se taisait alors quelques moments, comme pour attendre la réponse ; et le bonnet ne répondant rien il le remettait sur sa tête, et terminait l'entretien par ces mots : *A présent que vous êtes convaincu n'en parlons plus.*

Ces scènes bizarres se renouvellent souvent parmi les prédicateurs à Rome, car le véritable talent en ce genre y est très-rare. La religion est respectée en Italie comme une loi toute puissante ; elle captive l'imagination par les pratiques et les cérémonies ; mais on s'y occupe beaucoup moins en chaire de la morale que du dogme, et l'on n'y pénètre point par les idées religieuses dans le fond du cœur humain. L'éloquence de la chaire, ainsi que beaucoup d'autres branches de la littérature, est donc absolument livrée aux idées communes qui ne peignent rien, qui n'expriment rien. Une pensée nouvelle causerait presque une sorte de rumeur dans ces esprits tellement ardents et paresseux tout à la fois, qu'ils ont besoin de l'uniformité pour se calmer, et qu'ils l'aiment parcequ'elle les repose, Il y a dans les sermons une sorte d'étiquette pour les idées et les phrases. Les unes viennent presque toujours à la suite des autres ; et cet ordre serait dérangé si l'orateur, parlant d'après lui-même, cherchait dans son ame ce qu'il faut dire. La philosophie chrétienne, celle qui cherche l'analogie de la religion avec la nature humaine, est aussi peu connue des prédicateurs italiens que toute autre philosophie. Penser sur la religion les scandaliserait presqu'autant que penser contre, tant ils sont accoutumés à la routine dans ce genre.

Le culte de la Vierge est particulièrement cher aux Italiens et à toutes les nations du midi ; il semble s'allier de quelque manière à ce qu'il y a de plus pur et de plus sensible dans l'affection pour les femmes. Mais les mêmes formes de rhétorique exagérées se retrouvent encore dans tout ce que les prédicateurs disent à ce sujet ; et l'on ne conçoit pas comment leurs gestes et leurs discours ne changent pas constamment en plaisanteries ce qu'il y a de plus sérieux. On ne rencontre presque jamais en Italie, dans l'auguste fonction de la chaire, un accent vrai ni une parole naturelle.

Oswald, lassé de la monotonie la plus fatigante de toutes, celle d'une véhémence affectée, voulut aller au Colisée pour entendre le capucin qui devait y prêcher en plein air au pied de l'un des autels qui désignent dans l'intérieur de l'enceinte ce qu'on appelle *la route de la Croix*. Quel plus beau sujet pour l'éloquence que l'aspect de ce monument, que cette arène où les martyrs ont succédé aux gladiateurs ! Mais il ne faut rien espérer à cet égard du pauvre capucin, qui ne connaît de l'histoire des hommes que sa propre vie. Néanmoins, si l'on parvient à ne pas écouter son mauvais sermon, on se sent ému par les divers objets dont il est entouré. La plupart de ses auditeurs sont de la confrérie des Camaldules ; ils se revêtent pendant les exercices religieux d'une espèce de robe grise qui couvre entièrement la tête et tout le corps, et ne laisse que deux petites ouvertures pour les yeux ; c'est ainsi que les ombres pourraient être représentées. Ces hommes, ainsi cachés sous leurs vêtements, se prosternent la face contre terre et se frappent la poitrine. Quand le prédicateur se jette à genoux en criant *miséricorde et pitié !* le peuple qui l'environne se jette aussi à genoux et répète ce même cri, qui va se perdre sous les vieux portiques du Colisée. Il est impossible de ne pas éprouver alors une émotion profondément religieuse ; cet appel de la douleur à la bonté, de la terre au ciel, remue l'âme jusque dans son sanctuaire le plus intime. Oswald tressaillit au moment où tous

les assistants se mirent à genoux ; il resta debout pour
ne pas professer un culte qui n'était pas le sien ; mais il
lui en coûtait de ne pas s'associer publiquement aux
mortels, quels qu'ils fussent, qui se prosternaient
devant Dieu. Hélas ! en effet, est-il une invocation à la
pitié céleste qui ne convienne pas également à tous les
hommes ?

Le peuple avait été frappé de la belle figure de lord
Nelvil et de ses manières étrangères, mais ne fut pas
scandalisé de ce qu'il ne se mettait pas à genoux ; il n'y
a point de peuple plus tolérant que les Romains, ils
sont accoutumés à ce qu'on ne vienne chez eux que
pour voir et pour observer. Et soit fierté, soit indolence, ils ne cherchent à faire partager leurs opinions à
personne. Ce qui est plus extraordinaire encore, c'est
que pendant la semaine sainte sur-tout, il en est
beaucoup parmi eux qui s'infligent des pénitences
corporelles, et pendant qu'ils se donnent des coups de
discipline, la porte de l'église est ouverte, on peut y
entrer, cela leur est égal. C'est un peuple qui ne
s'occupe pas des autres, il ne fait rien pour être
regardé, il ne s'abstient de rien parcequ'on le regarde ;
il marche toujours à son but ou à son plaisir, sans se
douter qu'il y ait un sentiment qui s'appelle la vanité,
pour lequel il n'y a ni plaisir ni but, excepté le besoin
d'être applaudi.

CHAPITRE III.

On a souvent parlé des cérémonies de la semaine
sainte à Rome. Tous les étrangers viennent exprès
pendant le carême pour jouir de ce spectacle ; et
comme la musique de la chapelle Sixtine et l'illumina-
tion de Saint-Pierre sont des beautés uniques dans leur
genre, il est naturel qu'elles attirent vivement la

curiosité ; mais l'attente n'est pas également satisfaite par les cérémonies proprement dites. Le dîner des douze apôtres, servi par le pape, leurs pieds lavés par lui, enfin les diverses coutumes de ces temps solennels rappellent toutes des idées touchantes ; mais mille circonstances inévitables nuisent souvent à l'intérêt et à la dignité de ce spectacle. Tous ceux qui y contribuent ne sont pas également recueillis, également occupés d'idées pieuses ; ces cérémonies, tant de fois répétées, sont devenues une sorte d'exercice machinal pour la plupart de ceux qui s'en mêlent, et les jeunes prêtres dépêchent le service des grandes fêtes avec une activité et une dextérité peu imposantes. Ce vague, cet inconnu, ce mystérieux qui convient tant à la religion, est tout-à-fait dissipé par l'espèce d'attention qu'on ne peut s'empêcher de donner à la manière dont chacun s'acquitte de ses fonctions. L'avidité des uns pour les mêts qui leur sont présentés, et l'indifférence des autres pour les génuflexions qu'ils multiplient ou les prières qu'ils récitent, rendent souvent la fête peu solennelle.

Les anciens costumes qui servent encore aujourd'hui d'habillement aux ecclésiastiques s'accordent mal avec la coiffure moderne ; l'évêque grec, avec sa longue barbe, est celui dont le vêtement paraît le plus respectable. Les vieux usages aussi, tel que celui de faire la révérence comme les femmes, au lieu de saluer à la manière actuelle des hommes, produisent une impression peu sérieuse. L'ensemble enfin n'est pas en harmonie, et l'antique et le nouveau s'y mêlent sans qu'on prenne aucun soin pour frapper l'imagination, et surtout pour éviter tout ce qui peut la distraire. Un culte éclatant et majestueux dans les formes extérieures est certainement très propre à remplir l'ame des sentiments les plus élevés ; mais il faut prendre garde que les cérémonies ne dégénèrent en un spectacle, où l'on joue son rôle l'un vis-à-vis de l'autre, où l'on apprend ce qu'il faut faire, à quel moment il faut le faire, quand on doit prier, finir de prier, se mettre à genoux, se relever ; la régularité des cérémonies d'une cour introduite dans un temple gêne le libre élan du cœur, qui donne seul à l'homme l'espérance de se rapprocher de la divinité.

Ces observations sont assez généralement senties par les étrangers ; mais les Romains, pour la plupart, ne se lassent point de ces cérémonies, et tous les ans ils y trouvent un nouveau plaisir. Un trait singulier du caractère des Italiens, c'est que leur mobilité ne les porte point à l'inconstance, et que leur vivacité ne leur rend point la variété nécessaire. Ils sont, en toute chose, patients et persévérants ; leur imagination embellit ce qu'ils possèdent ; elle occupe leur vie au lieu de la rendre inquiète ; ils trouvent tout plus magnifique, plus imposant, plus beau que cela n'est réellement ; et tandis qu'ailleurs la vanité consiste à se montrer blasé, celle des Italiens, ou plutôt la chaleur et la vivacité qu'ils ont en eux-mêmes, leur fait trouver du plaisir dans le sentiment de l'admiration.

Lord Nelvil s'attendait, d'après tout ce que les Romains lui avaient dit, à recevoir beaucoup plus d'effet par les cérémonies de la semaine sainte. Il regretta les nobles et simples fêtes du culte anglican. Il revint chez lui avec une impression pénible ; car rien n'est plus triste que de n'être pas ému par ce qui devrait nous émouvoir ; on se croit l'ame desséchée, on craint d'avoir perdu cette puissance d'enthousiasme, sans laquelle la faculté de penser ne servirait plus qu'à dégoûter de la vie.

CHAPITRE IV.

Mais le vendredi saint rendit bientôt à lord Nelvil toutes les émotions religieuses qu'il regrettait de n'avoir pas éprouvées les jours précédents. La retraite de Corinne allait finir; il attendait le bonheur de la revoir; les douces espérances du sentiment s'accordent avec la piété, il n'y a que la vie factice du monde qui puisse en détourner tout-à-fait. Oswald se rendit à la chapelle Sixtine pour entendre le fameux *Miserere* vanté dans toute l'Europe[a]. Il arriva de jour encore, et vit ces peintures célèbres de Michel-Ange, qui représentent le jugement dernier, avec toute la force effrayante de ce sujet, et du talent qui l'a traité. Michel-Ange s'était pénétré de la lecture du Dante; et le peintre comme le poëte représente des êtres mythologiques en présence de Jésus-Christ; mais il fait presque toujours du paganisme le mauvais principe, et c'est sous la forme des démons qu'il caractérise les fables païennes. On aperçoit sur la voûte de la chapelle les Prophètes et les Sibylles appelées en témoignage par les chrétiens *; une foule d'anges les entourent, et toute cette voûte ainsi peinte semble rapprocher le ciel de nous; mais ce ciel est sombre et redoutable; le jour perce à peine à travers les vitraux qui jettent sur les tableaux plutôt des ombres que des lumières; l'obscurité agrandit encore les figures déjà si imposantes que Michel-Ange a tracées; l'encens, dont le parfum a quelque chose de funéraire, remplit l'air dans cette enceinte, et toutes les sensations préparent à la plus profonde de toutes, celle que la musique doit produire.

Pendant qu'Oswald était absorbé par les réflexions que faisaient naître tous les objets qui l'environnaient,

---

* Teste David cum Sibyllâ[b].

il vit entrer dans la tribune des femmes, derrière la grille qui les sépare des hommes, Corinne qu'il n'espérait pas encore, Corinne vêtue de noir, toute pâle de l'abstinence⁶, et si tremblante dès qu'elle aperçut Oswald, qu'elle fut obligée de s'appuyer sur la balustrade pour avancer : en ce moment le *miserere* commença.

Les voix, parfaitement exercées à ce chant antique et pur, partent d'une tribune au commencement de la voûte ; on ne voit point ceux qui chantent ; la musique semble planer dans les airs ; à chaque instant la chute du jour rend la chapelle plus sombre : ce n'était plus cette musique voluptueuse et passionnée qu'Oswald et Corinne avaient entendue huit jours auparavant ; c'était une musique toute religieuse qui conseillait le renoncement à la terre. Corinne se jeta à genoux devant la grille et resta plongée dans la plus profonde méditation ; Oswald lui-même disparut à ses yeux. Il lui semblait que c'était dans un tel moment d'exaltation qu'on aimerait à mourir, si la séparation de l'ame d'avec le corps ne s'accomplissait point par la douleur ; si tout à coup un ange venait enlever sur ses ailes le sentiment et la pensée, étincelles divines qui retourneraient vers leur source : la mort ne serait pour ainsi dire alors qu'un acte spontané du cœur, qu'une prière plus ardente et mieux exaucée.

Le *miserere*, c'est-à-dire *ayez pitié de nous,* est un psaume composé de versets qui se chantent alternativement d'une manière très différente. Tour à tour une musique céleste se fait entendre, et le verset suivant, dit en récitatif, est murmuré d'un ton sourd et presque rauque ; on dirait que c'est la réponse des caractères durs aux cœurs sensibles, que c'est le réel de la vie qui vient flétrir et repousser les vœux des ames généreuses ; et quand ce chœur si doux reprend, on renaît à l'espérance ; mais lorsque le verset récité recommence, une sensation de froid saisit de nouveau ; ce n'est pas la terreur qui la cause, mais le découragement de l'enthousiasme. Enfin le dernier morceau, plus noble et plus touchant encore que tous les autres, laisse au fond de l'ame une impression douce et pure : Dieu nous accorde cette même impression avant de mourir.

On éteint les flambeaux ; la nuit s'avance ; les figures des Prophètes et des Sibylles apparaissent comme des fantômes enveloppés du crépuscule. Le silence est profond, la parole ferait un mal insupportable dans cet état de l'ame où tout est intime et intérieur ; et quand le dernier son s'éteint, chacun s'en va lentement et sans bruit ; chacun semble craindre de rentrer dans les intérêts vulgaires de ce monde.

Corinne suivit la procession qui se rendait dans le temple de Saint-Pierre, qui n'est alors éclairé que par une croix illuminée ; ce signe de douleur, seul resplendissant dans l'auguste obscurité de cet immense édifice, est la plus belle image du christianisme au milieu des ténèbres de la vie. Une lumière pâle et lointaine se projette sur les statues qui décorent les tombeaux. Les vivants qu'on aperçoit en foule sous ces voûtes semblent des pygmées en comparaison des images des morts. Il y a autour de la croix un espace éclairé par elle, où se prosternent le pape, vêtu de blanc, et tous les cardinaux rangés derrière lui. Ils restent là près d'une demi-heure dans le plus profond silence, et il est impossible de n'être pas ému par ce spectacle. On ne sait pas ce qu'ils demandent, on n'entend pas leurs secrets gémissements ; mais ils sont vieux, ils nous devancent dans la route de la tombe : quand nous passerons à notre tour dans cette terrible avant-garde, Dieu nous fera-t-il la grace d'ennoblir assez la vieillesse, pour que le déclin de la vie soit les premiers jours de l'immortalité !

Corinne aussi, la jeune et belle Corinne, était à genoux derrière le cortège des prêtres, et la douce lumière qui éclairait son visage pâlissait son teint sans affaiblir l'éclat de ses yeux. Oswald la contemplait ainsi comme un tableau ravissant et comme un être adoré. Quand sa prière fut finie elle se leva ; lord Nelvil n'osait l'approcher encore, respectant la méditation religieuse dans laquelle il la croyait plongée ; mais elle vint à lui la première avec un transport de bonheur ; et ce sentiment se répandant sur tout ce qu'elle faisait, elle accueillit avec une gaieté vive ceux qui l'abordèrent dans Saint-Pierre, devenu tout à coup comme une grande promenade publique où chacun se donne rendez-vous pour parler de ses affaires ou de ses plaisirs.

Oswald était étonné de cette mobilité qui faisait succéder l'une à l'autre des impressions si différentes, et bien qu'il fût heureux de la joie de Corinne, il était surpris de ne trouver en elle aucune trace des émotions de la journée : il ne concevait pas comment on permettait que cette belle église fût, dans un jour si solennel, le café de Rome où l'on se rassemblait pour s'amuser ; et regardant Corinne au milieu de son cercle parlant avec vivacité et ne pensant point aux objets dont elle était entourée, il conçut un sentiment de défiance sur la légèreté dont elle pouvait être capable : elle s'en aperçut à l'instant, et se séparant brusquement de la société, elle prit le bras d'Oswald pour se promener avec lui dans l'église, et lui dit : — Je ne vous ai jamais entretenu de mes sentiments religieux, permettez qu'aujourd'hui je vous en parle, peut-être dissiperai-je ainsi les nuages que j'ai vu s'élever dans votre esprit. —

CHAPITRE V.

La différence de nos religions, mon cher Oswald, continua Corinne, est cause du blâme secret que vous ne pouvez vous empêcher de me laisser voir. La vôtre est sévère et sérieuse, la nôtre est vive et tendre. On croit généralement que le catholicisme est plus rigoureux que le protestantisme, et cela peut être vrai dans les pays où la lutte a existé entre les deux religions ; mais en Italie, nous n'avons point eu de dissensions religieuses, et en Angleterre vous en avez beaucoup éprouvé ; il est résulté de cette différence, que le catholicisme a pris, en Italie, un caractère de douceur et d'indulgence, et que, pour détruire le catholicisme en Angleterre, la réformation s'est armée de la plus grande sévérité dans les principes et dans la morale. Notre religion, comme celle des anciens, anime les arts, inspire les poëtes, fait partie, pour ainsi dire, de toutes les jouissances de notre vie, tandis que la vôtre, s'établissant dans un pays où la raison dominait plus encore que l'imagination, a pris un caractère d'austérité morale dont elle ne s'écartera jamais. La nôtre parle au nom de l'amour, la vôtre au nom du devoir. Vos[a] principes sont libéraux, nos dogmes sont absolus ; et néanmoins, dans l'application, notre despotisme orthodoxe transige avec les circonstances particulières, et votre liberté religieuse fait respecter ses lois, sans aucune exception. Il est vrai que notre catholicisme impose à ceux qui sont entrés dans l'état monastique des pénitences très dures : cet état, choisi librement, est un rapport mystérieux entre l'homme et la divinité ; mais la religion des séculiers, en Italie, est une source habituelle d'émotions touchantes. L'amour, l'espérance et la foi sont les vertus principales de cette religion ; et toutes ces vertus annoncent et donnent le bonheur. Loin donc que nos prêtres nous interdisent en aucun temps le pur sentiment de la joie, ils nous disent que ce sentiment exprime notre reconnaissance envers les dons du Créateur. Ce qu'ils exigent de nous, c'est l'observation des pratiques qui prouvent notre respect pour notre culte et notre désir de plaire à Dieu ; c'est la charité pour les malheureux et la repentance dans nos faiblesses. Mais ils ne se refusent point à nous absoudre, quand nous le leur demandons avec zèle ; et les attachements du cœur inspirent ici plus qu'ailleurs une indulgente pitié. Jésus-Christ n'a-t-il pas dit de la Magdelaine : *Il lui sera beaucoup pardonné, parce qu'elle a beaucoup aimé.* Ces mots ont été prononcés sous un ciel aussi beau que le nôtre ; ce même ciel implore pour nous la miséricorde de la divinité.

— Corinne, répondit lord Nelvil, comment combattre des paroles si douces, et dont mon cœur a tant de besoin ! Mais je le ferai cependant, parceque ce n'est pas pour un jour que j'aime Corinne et que j'espère avec elle un long avenir de bonheur et de vertu. La religion la plus pure est celle qui fait du sacrifice de nos passions, et de l'accomplissement de nos devoirs, un hommage continuel à l'Etre suprême. La moralité de l'homme est son culte envers Dieu : c'est dégrader l'idée que nous avons du Créateur, que de lui supposer dans ses rapports avec la créature une volonté qui ne soit pas relative à son perfectionnement intellectuel. La paternité, cette noble image d'un maître souverainement bon, ne demande rien aux enfants que pour les rendre meilleurs ou plus heureux ; comment donc s'imaginer que Dieu exigerait de l'homme ce qui n'aurait pas l'homme même pour objet ! Aussi voyez quelle confusion il résulte, dans la tête de votre peuple, de l'habitude où il est d'attacher plus d'importance aux pratiques religieuses qu'aux devoirs de la morale : c'est après la semaine sainte, vous le savez, que se commet à Rome le plus grand nombre de meurtres. Le peuple se croit, pour ainsi dire, en fonds par le carême, et dépense en assassinats les trésors de sa pénitence. On a vu des criminels qui, tout dégouttants encore de meurtres, se faisaient scrupule de manger de la viande le vendredi ; et les esprits grossiers, à qui l'on a persuadé que le plus grand des crimes consiste à désobéir aux pratiques ordonnées par l'église, épuisent leur conscience sur ce sujet, et considèrent la divinité comme les gouvernements du monde, qui font plus de cas de la soumission à leur pouvoir, que de toute autre vertu : ce sont des rapports de courtisan mis à la place du respect qu'inspire le Créateur, comme la source et la récompense d'une vie scrupuleuse et délicate. Le catholicisme italien, tout en démonstrations extérieures, dispense l'ame de la méditation et du recueillement. Quand le spectacle est fini, l'émotion cesse, le devoir est rempli ; et l'on n'est pas, comme chez nous, long-temps absorbé dans les pensées et les sentiments que fait naître l'examen rigoureux de sa conduite et de son cœur.

— Vous êtes sévère, mon cher Oswald, reprit Corinne, ce n'est pas la première fois que je l'ai remarqué. Si la religion consistait seulement dans la stricte observation de la morale, qu'aurait-elle de plus que la philosophie et la raison ? Et quels sentiments de piété se développeraient-ils en nous, si notre principal but était d'étouffer les sentiments du cœur ? Les Stoïciens en savaient presque autant que nous sur les devoirs et l'austérité de la conduite ; mais ce qui n'est dû qu'au christianisme, c'est l'enthousiasme religieux qui s'unit à toutes les affections de l'ame ; c'est la puissance d'aimer et de plaindre ; c'est le culte de sentiment et d'indulgence qui favorise si bien l'essor de l'ame vers le ciel ! Que signifie la parabole de l'enfant prodigue ? si ce n'est l'amour, l'amour sincère préféré même à l'accomplissement le plus exact de tous les devoirs. Il avait quitté, cet enfant, la maison paternelle, et son frère y était resté ; il s'était plongé dans tous les plaisirs du monde, et son frère ne s'était pas écarté un instant de la régularité de la vie domestique ; mais il revint, mais il pleura, mais il aima, et son père fit une fête pour son retour. Ah ! sans doute que, dans

les mystères de notre nature, aimer, encore aimer, est
ce qui nous est resté de notre héritage céleste. Nos
vertus même sont souvent trop compliquées avec la
vie, pour que nous puissions toujours comprendre ce
qui est bien, ce qui est mieux, et quel est le sentiment
secret qui nous dirige et nous égare. Je demande à mon
Dieu de m'apprendre à l'adorer, et je sens l'effet de
mes prières par les larmes que je répands. Mais, pour
se soutenir dans cette disposition, les pratiques religieuses sont plus nécessaires que vous ne pensez ; c'est
une relation constante avec la divinité ; ce sont des
actions journalières sans rapport avec aucun des
intérêts de la vie, et seulement dirigées vers le monde
invisible. Les objets extérieurs aussi sont d'un grand
secours pour la piété ; l'ame retombe sur elle-même, si
les beaux-arts, les grands monuments, les chants
harmonieux, ne viennent pas ranimer ce génie poétique, qui est aussi le génie religieux.

L'homme le plus vulgaire, lorsqu'il prie, lorsqu'il
souffre et qu'il espère dans le ciel, cet homme, dans ce
moment, a quelque chose en lui qui s'exprimerait
comme Milton, comme Homère, ou comme Le Tasse,
si l'éducation lui avait appris à revêtir de paroles ses
pensées. Il n'y a que deux classes d'hommes distinctes sur la terre, celle qui sent l'enthousiasme, et celle
qui le méprise ; toutes les autres différences sont le
travail de la société. Celui-là n'a pas de mots pour ses
sentiments. Celui-ci sait ce qu'il faut dire pour cacher
le vide de son cœur. Mais la source qui jaillit du rocher
même, à la voix du ciel, cette source est le vrai talent,
la vraie religion, le véritable amour.

La pompe de notre culte, ces tableaux où les saints à
genoux expriment dans leurs regards une prière continuelle ; ces statues, placées sur les tombeaux, comme
pour se réveiller un jour avec les morts ; ces églises et
leurs voûtes immenses, ont un rapport intime avec les
idées religieuses. J'aime cet hommage éclatant rendu

par les hommes à ce qui ne leur promet ni la fortune, ni la puissance, à ce qui ne les punit ou ne les récompense que par un sentiment du cœur : je me sens alors plus fière de mon être ; je reconnais dans l'homme quelque chose de désintéressé, et dût-on multiplier trop les magnificences religieuses, j'aime cette prodigalité des richesses terrestres pour une autre vie, du temps pour l'éternité : assez de choses se font pour demain, assez de soins se prennent pour l'économie des affaires humaines. Oh ! que j'aime l'inutile : l'inutile, si l'existence n'est qu'un travail pénible pour un misérable gain. Mais si nous sommes sur cette terre en marche vers le ciel, qu'y a-t-il de mieux à faire, que d'élever assez notre ame pour qu'elle sente l'infini, l'invisible et l'éternel au milieu de toutes les bornes qui l'entourent !

Jésus-Christ laissait une femme faible, et peut-être repentante, arroser ses pieds des parfums les plus précieux ; il repoussa ceux qui conseillaient de réserver ces parfums pour un usage plus profitable : *Laissez-la faire*, disait-il, *car je suis pour peu de temps avec vous.* Hélas ! tout ce qu'il y a de bon, de sublime sur cette terre, est pour peu de temps avec nous ; l'âge, les infirmités, la mort tariront bientôt cette goutte de rosée qui tombe du ciel, et ne se repose que sur les fleurs. Cher Oswald, laissez-nous donc tout confondre, amour, religion, génie, et le soleil et les parfums, et la musique et la poésie ; il n'y a d'athéisme que dans la froideur, l'égoïsme, la bassesse. Jésus-Christ a dit : *Quand deux ou trois seront rassemblés en mon nom, je serai au milieu d'eux.* Et qu'est-ce, ô mon Dieu ! que d'être rassemblés en votre nom, si ce n'est jouir des dons sublimes de votre belle nature, et vous en faire hommage, et vous remercier de la vie, et vous en remercier sur-tout quand un cœur aussi créé par vous répond tout entier au nôtre ! —

Une inspiration céleste animait dans cet instant la physionomie de Corinne. Oswald put à peine s'empê-

cher de se jeter à genoux devant elle au milieu du
temple, et se tut pendant long-temps, pour se livrer au
plaisir de se rappeler ses paroles, et de les retrouver
encore dans ses regards. Enfin, cependant, il voulut
répondre, il ne voulut point abandonner la cause qui
lui était chère. — Corinne, dit-il alors, permettez
encore quelques mots à votre ami. Son ame n'a point
de sécheresse; non, Corinne, elle n'en a point, croyez-
le; et si j'aime l'austérité dans les principes et dans les
actions, c'est parcequ'elle donne aux sentiments plus
de profondeur et de durée. Si j'aime la raison dans la
religion, c'est-à-dire, si je repousse et les dogmes
contradictoires et les moyens humains de faire effet sur
les hommes, c'est parceque je vois la divinité dans la
raison comme dans l'enthousiasme; et si je ne puis
souffrir qu'on prive l'homme d'aucune de ses facultés,
c'est qu'il n'a pas trop de toutes pour connaître une
vérité, que la réflexion lui révèle, aussi-bien que
l'instinct du cœur, l'existence de Dieu et l'immortalité
de l'âme. Que peut-on ajouter à ces idées sublimes, à
leur union avec la vertu! que peut-on y ajouter qui ne
soit au-dessous d'elles! L'enthousiasme poétique, qui
vous donne tant de charmes, n'est pas, j'ose le dire, la
dévotion la plus salutaire. Corinne, comment pourrait-
on se préparer par cette disposition aux sacrifices sans
nombre qu'exige de nous le devoir? Il n'y avait de
révélation que par les élans de l'ame, quand la destinée
humaine, future et présente, ne s'offrait à l'esprit qu'à
travers les nuages; mais pour nous, à qui le christianisme l'a rendue claire et positive, le sentiment peut
être notre récompense, mais il ne doit pas être notre
seul guide : vous décrivez l'existence des bienheureux,
et non pas celle des mortels. La vie religieuse est un
combat, et non pas un hymne. Si nous n'étions pas
condamnés à réprimer dans ce monde les mauvais
penchants des autres et de nous-mêmes, il n'y aurait,
en effet, d'autre distinction à faire qu'entre les ames

froides et les ames exaltées. Mais l'homme est une créature plus âpre et plus redoutable que votre cœur ne vous le peint ; et la raison dans la piété, et l'autorité dans le devoir, sont un frein nécessaire à ses orgueilleux égarements.

De quelque manière que vous considériez les pompes extérieures, et les pratiques multipliées de votre religion, croyez-moi, chère amie, la contemplation de l'univers et de son auteur sera toujours le premier des cultes, celui qui remplira l'imagination sans que l'examen y puisse trouver rien de futile ni d'absurde. Les dogmes qui blessent ma raison refroidissent aussi mon enthousiasme. Sans doute le monde, tel qu'il est, est un mystère que nous ne pouvons ni nier ni comprendre, il serait donc bien fou, celui qui se refuserait à croire tout ce qu'il ne peut expliquer ; mais ce qui est contradictoire, est toujours de la création des hommes. Le mystère, tel que Dieu nous l'a donné, est au-dessus des lumières de l'esprit, mais non en opposition avec elles. Un philosophe allemand a dit : *Je ne connais que deux belles choses dans l'univers, le ciel étoilé sur nos têtes et le sentiment du devoir dans nos cœurs*[b]. En effet, toutes les merveilles de la création sont réunies dans ces paroles.

Loin qu'une religion simple et sévère dessèche le cœur, j'aurais pensé, avant de vous connaître, Corinne, qu'elle seule pouvait concentrer et perpétuer les affections. J'ai vu la conduite la plus austère et la plus pure développer dans un homme une inépuisable tendresse ; je l'ai vu conserver jusque dans la vieillesse une virginité d'ame que les orages des passions et les fautes qu'elles font commettre auraient nécessairement flétrie. Sans doute le repentir est une belle chose, et j'ai besoin, plus que personne, de croire à son efficacité ; mais le repentir qui se répète fatigue l'ame, ce sentiment ne régénère qu'une fois. C'est la rédemption qui s'accomplit au fond de notre ame ; et ce grand

sacrifice ne peut se renouveler. Quand la faiblesse
humaine s'y accoutume, elle perd la force d'aimer : car
il faut de la force pour aimer, du moins avec constance.

Je ferai des objections du même genre à ce culte
plein de splendeur qui, selon vous, agit si vivement sur
l'imagination : je crois l'imagination modeste et retirée
comme le cœur. Les émotions qu'on lui commande
sont moins puissantes que celles qui naissent d'elle-
même. J'ai vu dans les Cévennes un ministre protestant qui prêchait, vers le soir, dans le fond des
montagnes. Il invoquait les tombeaux des Français
bannis et proscrits par leurs frères, et dont les cendres
avaient été rapportées dans ces lieux. Il promettait à
leurs amis qu'ils les retrouveraient dans un meilleur
monde. Il disait qu'une vie vertueuse nous assurait ce
bonheur, il disait : *Faites du bien aux hommes, pour que
Dieu cicatrise dans votre cœur la blessure de la douleur.* Il
s'étonnait de l'inflexibilité, de la dureté que l'homme
d'un jour montre à l'homme d'un jour comme lui, et
s'emparait de cette terrible pensée de la mort, que les
vivants ont conçue, mais qu'ils n'épuiseront jamais.
Enfin il n'annonçait rien qui ne fût touchant et vrai ;
c'était des paroles parfaitement en harmonie avec la
nature. Le torrent qu'on entendait dans l'éloignement,
la lumière scintillante des étoiles semblaient exprimer
la même pensée sous une autre forme. La magnificence
de la nature était là, cette magnificence, la seule qui
donne des fêtes sans offenser l'infortune ; et toute cette
imposante simplicité remuait l'ame bien plus profondément que des cérémonies éclatantes.

Le surlendemain de cet entretien, le jour de Pâques,
Corinne et lord Nelvil étaient ensemble sur la place de
Saint-Pierre, au moment où le pape s'avance sur le
balcon le plus élevé de l'église, et demande au ciel la
bénédiction qu'il va répandre sur la terre ; lorsqu'il
prononce ces mots : — à la ville et au monde (*urbi et
orbi*), — tout le peuple rassemblé se jette à genoux, et

Corinne et lord Nelvil sentirent, par l'émotion qu'ils éprouvèrent en ce moment, que tous les cultes se ressemblent. Le sentiment religieux unit intimement les hommes entre eux, quand l'amour-propre et le fanatisme n'en font pas un objet de jalousie et de haine. Prier ensemble dans quelque langue, dans quelque rite que ce soit, c'est la plus touchante fraternité d'espérance et de sympathie que les hommes puissent contracter sur cette terre.

CHAPITRE VI.

Le jour de Pâques s'était passé, et Corinne ne parlait point d'accomplir sa promesse, en confiant son histoire à lord Nelvil. Blessé de ce silence, il dit un jour devant elle qu'on vantait beaucoup les beautés de Naples, et qu'il avait envie d'y aller. Corinne, pénétrant à l'instant ce qui se passait dans son ame, lui proposa de faire le voyage avec lui. Elle se flattait de reculer les aveux qu'il exigeait d'elle, en lui donnant cette preuve d'amour qui devait le satisfaire. Et d'ailleurs elle pensait que s'il l'emmenait c'était sans doute parcequ'il avait dessein de lui consacrer sa vie. Elle attendait donc avec anxiété ce qu'il dirait, et ses regards presque suppliants lui demandaient une réponse favorable. Oswald ne put y résister ; il avait d'abord été surpris de cette offre et de la simplicité avec laquelle Corinne la faisait, il hésita quelque temps à l'accepter, mais en voyant le trouble de son amie, l'agitation de son sein, ses yeux remplis de larmes, il consentit à partir avec elle, sans se rendre compte à lui-même de l'importance d'une telle résolution. Corinne fut au comble de la joie ; car son cœur se fia tout-à-fait, dans ce moment, au sentiment d'Oswald.

Le jour fut pris, et la douce perspective de voyager

ensemble fit disparaître toute autre idée. Ils s'amusè-
rent à ordonner les détails de ce voyage, et il n'y avait
pas un de ces détails qui ne fût une source de plaisir.
Heureuse disposition de l'ame où tous les arrangements de la vie ont un charme particulier, en se
rattachant à quelque espérance du cœur! Il ne vient
que trop tôt le moment où l'existence fatigue dans
chacune de ses heures comme dans son ensemble, où
chaque matin exige un travail pour supporter le réveil,
et conduire le jour jusqu'au soir.

Au moment où lord Nelvil sortait de chez Corinne
afin de tout préparer pour leur départ, le comte
d'Erfeuil y arriva, et apprit d'elle le projet qu'ils
venaient d'arrêter ensemble. — Y pensez-vous, lui dit-
il, quoi! vous mettre en route avec lord Nelvil sans
qu'il soit votre époux, sans qu'il vous ait promis de
l'être! Et que deviendrez-vous s'il vous abandonne? —
Ce que je deviendrai, répondit Corinne, dans toutes les
situations de la vie, s'il cessait de m'aimer, la plus
malheureuse personne du monde. — Oui, mais si vous
n'avez rien fait qui vous compromette, vous resterez,
vous tout entière. — Moi tout entière, s'écria Corinne,
quand le plus profond sentiment de ma vie serait flétri!
quand mon cœur serait brisé! — Le public ne le
saurait pas, et vous pourriez en dissimulant ne rien
perdre dans l'opinion. — Et pourquoi ménager cette
opinion, répondit Corinne, si ce n'est pour avoir un
charme de plus aux yeux de ce qu'on aime? — On
cesse d'aimer, reprit le comte d'Erfeuil, mais l'on ne
cesse pas de vivre au milieu de la société, et d'avoir
besoin d'elle. — Ah! si je pouvais penser, répondit
Corinne, qu'il arrivera, le jour où l'affection d'Oswald
ne serait pas tout pour moi dans ce monde, si je
pouvais le penser, j'aurais déjà cessé de l'aimer.
Qu'est-ce donc que l'amour, quand il prévoit, quand il
calcule le moment où il n'existera plus? S'il y a
quelque chose de religieux dans ce sentiment, c'est

parcequ'il fait disparaître tous les autres intérêts, et se complaît comme la dévotion dans le sacrifice entier de soi-même. —

Que me dites-vous là, reprit le comte d'Erfeuil, une personne d'esprit comme vous peut-elle se remplir la tête de pareilles folies ! C'est notre avantage à nous autres hommes que les femmes pensent comme vous, nous avons alors bien plus d'ascendant sur elles ; mais il ne faut pas que votre supériorité soit perdue, il faut qu'elle vous serve à quelque chose. — Me servir, dit Corinne, ah ! je lui dois beaucoup, si elle me fait mieux sentir tout ce qu'il y a de touchant et de généreux dans le caractère de lord Nelvil.

— Lord Nelvil est un homme tout comme un autre, reprit le comte d'Erfeuil ; il retournera dans son pays, il suivra sa carrière, il sera raisonnable enfin ; et vous exposez imprudemment votre réputation en allant à Naples avec lui. — J'ignore les intentions de lord Nelvil, dit Corinne, et peut-être aurais-je mieux fait d'y réfléchir avant de l'aimer ; mais à présent qu'im-porte un sacrifice de plus ! ma vie ne dépend-elle pas toujours de son sentiment pour moi ? je trouve au contraire quelque douceur à ne me laisser aucune ressource ; il n'en est jamais quand le cœur est blessé : néanmoins le monde peut quelquefois croire qu'il vous en reste, et j'aime à penser que même sous ce rapport mon malheur serait complet si lord Nelvil se séparait de moi. — Et sait-il à quel point vous vous compro-mettez pour lui ? continua le comte d'Erfeuil. — J'ai pris grand soin de le lui dissimuler, répondit Corinne, et comme il ne connaît pas bien les usages de ce pays, j'ai pu lui exagérer un peu la facilité qu'ils donnent. Je vous demande votre parole de ne pas lui dire un mot à cet égard ; je veux qu'il soit libre et toujours libre dans ses relations avec moi : il ne peut faire mon bonheur par aucun genre de sacrifice. Le sentiment qui me rend heureuse est la fleur de la vie, et ni la bonté ni la délicatesse ne pourraient la ranimer, si elle venait à se flétrir. Je vous en conjure donc, mon cher comte, ne vous mêlez pas de ma destinée ; rien de ce que vous savez sur les affections du cœur ne peut me convenir ; ce que vous dites est sage, bien raisonné, fort applicable aux situations comme aux personnes ordinaires ; mais vous me feriez très innocemment un mal affreux en voulant juger mon caractère d'après ces grandes divisions communes, pour lesquelles il y a des maximes toutes faites. Je souffre, je jouis, je sens à ma manière, et ce serait moi seule qu'il faudrait observer, si l'on voulait influer sur mon bonheur. —

L'amour-propre du comte d'Erfeuil était un peu blessé de l'inutilité de ses conseils et de la grande marque d'amour que Corinne donnait à lord Nelvil ; il savait bien qu'il n'était pas aimé d'elle, il savait également qu'Oswald l'était ; mais il lui était désagréable que tout cela fût constaté si publiquement. Il y a toujours dans les succès d'un homme auprès d'une femme quelque chose qui déplaît, même aux meilleurs amis de cet homme. — Je vois que je n'y peux rien, dit le comte d'Erfeuil, mais quand vous serez bien malheureuse, vous vous souviendrez de moi ; en attendant je vais quitter Rome, puisque ni vous ni lord Nelvil n'y serez plus, je m'y ennuierais trop en votre absence ; je vous reverrai sûrement l'un et l'autre en Écosse ou en Italie, car j'ai pris goût aux voyages en attendant mieux. Pardonnez-moi mes conseils, charmante Corinne, et croyez toujours à mon dévouement. — Corinne le remercia et se sépara de lui avec un sentiment de regret. Elle l'avait connu en même temps qu'Oswald, et ce souvenir formait entre elle et lui des liens qu'elle n'aimait pas à voir brisés. Elle se conduisit comme elle l'avait annoncé au comte d'Erfeuil. Quelques inquiétudes troublèrent un moment la joie avec laquelle lord Nelvil avait accepté le projet du voyage : il craignit que le départ pour Naples ne pût faire tort à

Corinne, et voulait obtenir d'elle son secret avant ce départ, pour savoir avec certitude s'ils n'étaient point séparés par quelque obstacle invincible ; mais elle lui déclara qu'elle ne s'expliquerait qu'à Naples, et lui fit doucement illusion sur ce qu'on pourrait dire du parti qu'elle prenait. Oswald se prêtait à cette illusion : l'amour, dans un caractère incertain et faible, trompe à demi, la raison éclaire à demi, et c'est l'émotion présente qui décide laquelle des deux moitiés sera le tout. L'esprit de lord Nelvil était singulièrement étendu et pénétrant, mais il ne se jugeait bien lui-même que dans le passé. Sa situation actuelle ne s'offrait jamais à lui que confusément. Susceptible tout à la fois d'entraînement et de remords, de passion et de timidité, ces contrastes ne lui permettaient de se connaître que quand l'évènement avait décidé du combat qui se passait en lui.

Lorsque les amis de Corinne, et particulièrement le prince Castel-Forte, furent instruits de son projet, ils en éprouvèrent un grand chagrin. Le prince Castel-Forte sur-tout en ressentit une telle peine, qu'il résolut d'aller la rejoindre dans peu de temps. Il n'y avait pas assurément de vanité à se mettre ainsi à la suite d'un amant préféré ; mais ce qu'il ne pouvait supporter, c'était le vide affreux de l'absence de son amie ; il n'avait pas un ami qu'il ne rencontrât chez Corinne, et jamais il n'allait dans une autre maison que la sienne. La société qui se rassemblait autour d'elle devait se disperser quand elle n'y serait plus ; il deviendrait impossible d'en rassembler les débris. Le prince Castel-Forte avait peu l'habitude de vivre dans sa famille ; bien que fort spirituel, l'étude le fatiguait, le jour entier eût donc été pour lui d'un poids insupportable, s'il n'était pas venu le soir et le matin chez Corinne : elle partait, il ne savait plus que devenir, et se promit en secret de se rapprocher d'elle comme un ami sans exigeance, mais qui est toujours là pour nous consoler dans le malheur ; et cet ami doit être bien sûr que son moment arrivera.

Corinne éprouvait un sentiment de mélancolie en rompant ainsi toutes ses habitudes ; elle s'était fait depuis quelques années dans Rome une manière d'être qui lui plaisait ; elle était le centre de tout ce qu'il y avait d'artistes célèbres et d'hommes éclairés ; une indépendance parfaite d'idées et d'habitudes donnait beaucoup de charmes à son existence : qu'allait-elle maintenant devenir ? Si elle était destinée au bonheur d'avoir Oswald pour époux, c'était en Angleterre qu'il devait la conduire, et de quelle manière y serait-elle jugée ? comment elle-même saurait-elle s'astreindre à ce genre de vie, si différent de celui qu'elle venait de mener depuis six ans ! Mais ces réflexions ne faisaient que traverser son esprit, et toujours son sentiment pour Oswald en effaçait les légères traces. Elle le voyait, elle l'entendait, et ne comptait les heures que par son absence ou sa présence. Qui sait disputer avec le bonheur ! qui ne le reçoit pas quand il vient ! Corinne sur-tout avait peu de prévoyance, la crainte ni l'espérance n'étaient pas faites pour elle ; sa foi dans l'avenir était confuse, et son imagination lui faisait en ce genre peu de bien et peu de mal.

Le matin de son départ le prince Castel-Forte entra chez elle, et les larmes aux yeux il lui dit : Ne reviendrez-vous plus à Rome ? — O mon Dieu, oui, répondit-elle ; dans un mois nous y serons. — Mais si vous épousez lord Nelvil, il faudra quitter l'Italie. — Quitter l'Italie ! dit Corinne ; et elle soupira. — Ce pays, continua le prince Castel-Forte, où l'on parle votre langue, où l'on vous entend si bien, où vous êtes si vivement admirée ; et vos amis, Corinne, et vos amis ! où serez-vous aimée comme ici ? où trouverez-vous l'imagination et les beaux-arts qui vous plaisent ? Est-ce donc un seul sentiment qui fait la vie ? N'est-ce pas la langue, les coutumes, les mœurs dont se

compose l'amour de la patrie, cet amour qui donne le
mal du pays, terrible douleur des exilés ! — Ah ! que
me dites-vous, s'écria Corinne, ne l'ai-je pas éprouvée !
N'est-ce pas cette douleur qui a décidé de mon sort !
Elle regarda tristement sa chambre et les statues qui la
décoraient, puis le Tibre qui coulait sous ses fenêtres,
et le ciel dont la beauté semblait l'inviter à rester. Mais
dans ce moment Oswald passait à cheval sur le pont
Saint-Ange, il venait avec la rapidité de l'éclair. — Le
voilà ! s'écria Corinne. — A peine avait-elle dit ces
mots, que déjà il était arrivé ; elle courut au-devant de
lui ; tous les deux, impatients de partir, se hâtèrent de
monter en voiture. Corinne dit cependant un aimable
adieu au prince Castel-Forte ; mais ses paroles obli-
geantes se perdirent dans les airs, au milieu des cris
des postillons, des hennissements des chevaux, et de
tout ce bruit de départ, quelquefois triste, quelquefois
enivrant, selon la crainte ou l'espoir qu'inspirent les
nouvelles chances de la destinée.

Livre XI.

NAPLES ET L'ERMITAGE
DE ST. SALVADOR.

CHAPITRE PREMIER.

Oswald était fier d'emmener sa conquête ; lui, qui se
sentait presque toujours troublé dans ses jouissances
par les réflexions et les regrets, n'éprouvait plus cette
fois la peine de l'incertitude. Ce n'était pas qu'il fût
décidé, mais il ne s'occupait pas de l'être, et il se

laissait aller aux évènements, espérant bien être entraîné par eux à ce qu'il souhaitait. Ils traversèrent la campagne d'Albano, lieu où l'on montre encore ce qu'on croit être le tombeau des Horaces et des Curiaces[25]. Ils passèrent près du lac de Nemi et des bois sacrés qui l'entourent. On dit qu'Hippolyte fut ressuscité par Diane dans ces lieux ; elle ne permettait pas aux chevaux d'en approcher, et perpétuait, par cette défense, le souvenir du malheur de son jeune favori. C'est ainsi qu'en Italie, presqu'à chaque pas, la poésie et l'histoire viennent se retracer à l'esprit, et les sites charmants qui les rappellent adoucissent tout ce qu'il y a de mélancolique dans le passé, et semblent lui conserver une jeunesse éternelle.

Oswald et Corinne traversèrent ensuite les marais pontins, campagne fertile et pestilentielle tout à la fois, où l'on ne voit pas une seule habitation, quoique la nature y semble féconde. Quelques hommes malades attèlent vos chevaux et vous recommandent de ne pas vous endormir en passant les marais : car le sommeil est là le véritable avant-coureur de la mort. Des buffles d'une physionomie tout à la fois basse et féroce traînent la charrue, que d'imprudents cultivateurs conduisent encore quelquefois sur cette terre fatale, et le plus brillant soleil éclaire ce triste spectacle. Les lieux marécageux et malsains dans le nord sont annoncés par leur effrayant aspect ; mais, dans les contrées les plus funestes du midi, la nature conserve une sérénité dont la douceur trompeuse fait illusion aux voyageurs. S'il est vrai qu'il soit très dangereux de s'endormir en traversant les marais pontins, l'invincible penchant au sommeil qu'ils inspirent dans la chaleur est encore une des impressions perfides que ce lieu fait éprouver. Lord Nelvil veillait constamment sur Corinne. Quelquefois elle penchait sa tête sur Thérésine qui les accompagnait, quelquefois elle fermait les yeux, vaincue par la langueur de l'air. Oswald se hâtait de la réveiller avec une inexprimable terreur, et bien qu'il fût silencieux naturellement, il était inépuisable en sujets de conversation, toujours soutenus, toujours nouveaux, pour l'empêcher de succomber un moment à ce fatal sommeil. Ah ! ne faut-il pas pardonner au cœur des femmes les regrets déchirants qui s'attachent à ces jours où elles étaient aimées, où leur existence était si nécessaire à l'existence d'un autre, lorsqu'à tous les instants elles se sentaient soutenues et protégées ? Quel isolement doit succéder à ces temps de délices ! Et qu'elles sont heureuses celles que le lien sacré du mariage a conduites doucement de l'amour à l'amitié, sans qu'un moment cruel ait déchiré leur vie !

Oswald et Corinne, après le passage inquiétant des marais pontins, arrivèrent enfin à Terracine, sur le bord de la mer, au confins du royaume de Naples. C'est là que commence véritablement le midi ; c'est là qu'il accueille les voyageurs avec toute sa magnificence. Cette terre de Naples, *cette campagne heureuse,* est comme séparée du reste de l'Europe, et par la mer qui l'entoure, et par cette contrée dangereuse qu'il faut traverser pour y arriver. On dirait que la nature s'est réservé le secret de ce séjour de délices, et qu'elle a voulu que les abords en fussent périlleux. Rome n'est point encore le midi : on en pressent les douceurs ; mais son enchantement ne commence véritablement que sur le territoire de Naples. Non loin de Terracine est le promontoire choisi par les poëtes, comme la demeure de Circé [a], et derrière Terracine s'élève le mont Anxur, où Théodoric, roi des Goths, avait placé l'un des châteaux forts dont les guerriers du nord couvrirent la terre [b]. Il y a très peu de traces de l'invasion des barbares en Italie ; ou du moins là où ces traces consistent en destructions, elles se confondent avec l'effet du temps. Les nations septentrionales n'ont point donné à l'Italie cet aspect guerrier que l'Allema-

gne a conservé. Il semble que la molle terre de
l'Ausonie n'ait pu garder les fortifications et les
citadelles dont les pays du nord sont hérissés. Rarement un édifice gothique, un château féodal s'y
rencontre encore, et les souvenirs des antiques
Romains règnent seuls à travers les siècles, malgré les
peuples qui les ont vaincus.

Toute la montagne qui domine Terracine est couverte d'orangers et de citronniers qui embaument l'air
d'une manière délicieuse. Rien ne ressemble, dans nos
climats, au parfum méridional des citronniers en
pleine terre : il produit sur l'imagination presque le
même effet qu'une musique mélodieuse ; il donne une
disposition poétique, excite le talent et l'enivre de la
nature. Les aloës, les cactus à larges feuilles que vous
rencontrez à chaque pas, ont une physionomie particulière, qui rappelle ce que l'on sait des redoutables
productions de l'Afrique. Ces plantes causent une
sorte d'effroi : elles ont l'air d'appartenir à une nature
violente et dominatrice. Tout l'aspect du pays est
étranger : on se sent dans un autre monde, dans un
monde qu'on n'a connu que par les descriptions des
poëtes de l'antiquité, qui ont tout à la fois, dans leurs
peintures, tant d'imagination et d'exactitude. En
entrant à Terracine, les enfants jetèrent dans la voiture
de Corinne une immense quantité de fleurs qu'ils
cueillaient au bord du chemin, qu'ils allaient chercher
sur la montagne, et qu'ils répandaient au hasard, tant
ils se confiaient dans la prodigalité de la nature ! Les
chariots qui rapportaient la moisson des champs
étaient ornés tous les jours avec des guirlandes de
roses, et quelquefois les enfants entouraient leur coupe
de fleurs : car l'imagination du peuple même devient
poétique sous un beau ciel. On voyait, on entendait à
côté de ces riants tableaux, la mer dont les vagues se
brisaient avec fureur. Ce n'était point l'orage qui

l'agitait, mais les rochers, obstacle habituel qui s'opposait à ses flots, et dont sa grandeur était irritée.

> E non udite ancor come risuona
> Il roco ed alto fremito marino ?

Et n'entendez-vous pas encore comme retentit le frémissement rauque et profond de la mer[c] *?* Ce mouvement sans but, cette force sans objet qui se renouvelle pendant l'éternité, sans que nous puissions connaître ni sa cause ni sa fin, nous attire sur le rivage où ce grand spectacle s'offre à nos regards ; et l'on éprouve comme un besoin mêlé de terreur de s'approcher des vagues et d'étourdir sa pensée par leur tumulte.

Vers le soir tout se calma. Corinne et lord Nelvil se promenèrent lentement et avec délices dans la campagne. Chaque pas, en pressant les fleurs, faisait sortir les parfums de leur sein. Les rossignols venaient se reposer plus volontiers sur les arbustes qui portaient les roses. Ainsi les chants les plus purs se réunissaient aux odeurs les plus suaves ; tous les charmes de la nature s'attiraient mutuellement ; mais ce qui est surtout ravissant et inexprimable, c'est la douceur de l'air qu'on respire. Quand on contemple un beau site dans le nord, le climat qui se fait sentir trouble toujours un peu le plaisir qu'on pourrait goûter. C'est comme un son faux dans un concert, que ces petites sensations de froid et d'humidité qui détournent plus ou moins votre attention de ce que vous voyez ; mais en approchant de Naples, vous éprouvez un bien-être si parfait, une si grande amitié de la nature pour vous, que rien n'altère les sensations agréables qu'elle vous cause. Tous les rapports de l'homme dans nos climats sont avec la société. La nature, dans les pays chauds, met en relation avec les objets extérieurs, et les sentiments s'y répandent doucement au dehors. Ce n'est pas que le midi n'ait aussi sa mélancolie ; dans

quels lieux la destinée de l'homme ne produit-elle pas
cette impression ! mais il n'y a dans cette mélancolie ni
mécontentement, ni anxiété, ni regret. Ailleurs, c'est la
vie qui, telle qu'elle est, ne suffit pas aux facultés de
l'ame ; ici, ce sont les facultés de l'ame qui ne suffisent
pas à la vie, et la surabondance des sensations inspire
une rêveuse indolence dont on se rend à peine compte
en l'éprouvant.

Pendant la nuit, des mouches luisantes se montraient dans les airs ; on eût dit que la montagne
étincelait, et que la terre brûlante laissait échapper
quelques unes de ses flammes. Ces mouches volaient à
travers les arbres, se reposaient quelquefois sur les
feuilles, et le vent balançait ces petites étoiles et variait
de mille manières leurs lumières incertaines. Le sable
aussi contenait un grand nombre de petites pierres
ferrugineuses qui brillaient de toutes parts ; c'était la
terre de feu conservant encore dans son sein les traces
du soleil, dont les derniers rayons venaient de l'échauf-
fer. Il y a tout à la fois dans cette nature une vie et un
repos qui satisfont en entier les vœux divers de
l'existence.

Corinne se livrait au charme de cette soirée, s'en
pénétrait avec joie ; Oswald ne pouvait cacher son
émotion. Plusieurs fois il serra Corinne contre son
cœur, plusieurs fois il s'éloigna, puis revint, puis
s'éloigna de nouveau, pour respecter celle qui devait
être la compagne de sa vie. Corinne ne pensait point
aux dangers qui auraient pu l'alarmer, car telle était
son estime pour Oswald, que, s'il lui avait demandé le
don entier de son être, elle n'eût pas douté que cette
prière ne fût le serment solennel de l'épouser ; mais elle
était bien aise qu'il triomphât de lui-même et l'honorât
par ce sacrifice ; et il y avait dans son ame cette
plénitude de bonheur et d'amour qui ne permet pas de
former un désir de plus. Oswald était bien loin de ce
calme : il se sentait embrasé par les charmes de

Corinne. Une fois il embrassa ses genoux avec violence, et semblait avoir perdu tout empire sur sa
passion ; mais Corinne le regarda avec tant de douceur
et de crainte, elle semblait tellement reconnaître son
pouvoir en lui demandant de n'en pas abuser, que
cette humble défense lui inspira plus de respect que
toute autre.

Ils aperçurent alors dans la mer le reflet d'un
flambeau qu'une main inconnue portait sur le rivage,
en se rendant secrètement dans la maison voisine. — Il
va voir celle qu'il aime, dit Oswald. — Oui, répondit
Corinne. — Et pour moi, reprit Oswald, le bonheur de
ce jour va finir. — Les regards de Corinne, élevés vers
le ciel en cet instant, se remplirent de larmes. Oswald
craignit de l'avoir offensée, et se prosterna devant elle
pour obtenir le pardon de l'amour qui l'entraînait. —
Non, lui dit Corinne, en lui tendant la main et
l'invitant à s'en retourner ensemble ; non, Oswald, j'en
suis assurée, vous respecterez celle qui vous aime :
vous le savez, une simple prière de vous serait toute
puissante ; c'est donc vous qui répondez de moi ; c'est
vous qui me refuseriez à jamais pour votre épouse si
vous me rendiez indigne de l'être. — Hé bien !
répondit Oswald, puisque vous croyez à ce cruel
empire de votre volonté sur mon cœur, d'où vient,
Corinne, d'où vient donc votre tristesse ? — Hélas,
reprit-elle, je me disais que ces moments que je passais
avec vous à présent étaient les plus heureux de ma vie :
et comme je tournais mes regards vers le ciel pour l'en
remercier, je ne sais par quel hasard une superstition
de mon enfance s'est ranimée dans mon cœur. La lune
que je contemplais s'est couverte d'un nuage, et
l'aspect de ce nuage était funeste. J'ai toujours trouvé
que le ciel avait une impression[a], tantôt paternelle,
tantôt irritée, et je vous le dis, Oswald, ce soir il
condamnait notre amour. — Chère amie, répondit
lord Nelvil, les seuls augures de la vie de l'homme, ce

sont ses actions bonnes ou mauvaises ; et n'ai-je pas, ce soir même, immolé mes plus ardents désirs à un sentiment de vertu ? — Et bien, tant mieux, si vous n'êtes pas compris dans ce présage, reprit Corinne ; en effet, il se peut que ce ciel orageux n'ait menacé que moi.

CHAPITRE II.

Ils arrivèrent à Naples, de jour, au milieu de cette immense population qui est si animée et si oisive tout à la fois. Ils traversèrent d'abord la rue de Tolède [a], et virent les Lazzaroni couchés sur les pavés, ou retirés dans un panier d'osier, qui leur sert d'habitation jour et nuit. Cet état sauvage qui se voit là, mêlé avec la civilisation, a quelque chose de très-original. Il en est parmi ces hommes qui ne savent pas même leur propre nom, et vont à confesse, avouer des péchés anonymes, ne pouvant dire comment s'appelle celui qui les a commis. Il existe à Naples une grotte sous terre [b], où des milliers de Lazzaroni passent leur vie, en sortant seulement à midi pour voir le soleil, et dormant le reste du jour, pendant que leurs femmes filent. Dans les climats où le vêtement et la nourriture sont si faciles, il faudrait un gouvernement très indépendant et très actif, pour donner à la nation une émulation suffisante. Car il est si aisé pour le peuple de subsister matérielle-ment à Naples, qu'il peut se passer du genre d'indus-trie nécessaire ailleurs pour gagner sa vie. La paresse et l'ignorance, combinées avec l'air volcanique qu'on respire dans ce séjour, doivent produire la férocité, quand les passions sont excitées ; mais ce peuple n'est pas plus méchant qu'un autre. Il a de l'imagination, ce qui pourrait être le principe d'actions désintéressées, et avec cette imagination on le conduirait au bien, si ses institutions politiques et religieuses étaient bonnes.

On voit des Calabrois qui se mettent en marche pour aller cultiver les terres, avec un joueur de violon à leur tête, et dansant de temps en temps pour se reposer de marcher. Il y a tous les ans, près de Naples, une fête consacrée à la *Madone* de la grotte, dans laquelle les jeunes filles dansent au son du tambourin et des castagnettes, et il n'est pas rare qu'elles fassent mettre pour condition, dans leur contrat de mariage, que leur époux les conduira tous les ans à cette fête[c]. On voit à Naples, sur le théâtre, un acteur âgé de quatre-vingts ans, qui depuis soixante ans fait rire les Napolitains dans leur rôle comique national, le Polichinelle. Se représente-t-on ce que sera l'immortalité de l'ame pour un homme qui remplit ainsi sa longue vie? Le peuple de Naples n'a d'autre idée du bonheur que le plaisir; mais l'amour du plaisir vaut encore mieux qu'un égoïsme aride.

Il est vrai que c'est le peuple du monde qui aime le mieux l'argent; si vous demandez à un homme du peuple votre chemin dans la rue, il tend la main après avoir fait un signe : car ils sont plus paresseux pour les paroles que pour les gestes; mais leur goût pour l'argent n'est point méthodique ni réfléchi; ils le dépensent aussitôt qu'ils le reçoivent. Si l'argent s'introduisait chez les sauvages, les sauvages le demanderaient comme cela. Ce qui manque le plus à cette nation, en général, c'est le sentiment de la dignité. Ils font des actions généreuses et bienveillantes par bon cœur, plutôt que par principes : car leur théorie, en tout genre, ne vaut rien, et l'opinion, en ce pays, n'a point de force. Mais lorsque des hommes ou des femmes échappent à cette anarchie morale, leur conduite est plus remarquable en elle-même, et plus digne d'admiration que par-tout ailleurs, puisque rien, dans les circonstances extérieures, ne favorise la vertu.

On la prend tout entière dans son ame. Les lois ni les mœurs ne récompensent ni ne punissent. Celui qui est vertueux, est d'autant plus héroïque, qu'il n'en est pour cela ni plus considéré ni plus recherché.

A quelques honorables exceptions près, les hautes classes ont assez de ressemblance avec les dernières ; l'esprit des unes n'est guère plus cultivé que celui des autres, et l'usage du monde fait la seule différence à l'extérieur. Mais au milieu de cette ignorance, il y a un fond d'esprit naturel et d'aptitude à tout, tel, qu'on ne peut prévoir ce que deviendrait une semblable nation, si toute la force du gouvernement était dirigée dans le sens des lumières et de la morale. Comme il y a peu d'instruction à Naples, on y trouve, jusqu'à présent, plus d'originalité dans le caractère que dans l'esprit. Mais les hommes remarquables de ce pays, tels que l'abbé Galiani, Caraccioli[d], etc., possédaient, dit-on, au plus haut degré, la plaisanterie et la réflexion, rares puissances de la pensée, réunion sans laquelle la pédanterie ou la frivolité vous empêchent de connaître la véritable valeur des choses.

Le peuple napolitain, à quelques égards, n'est point du tout civilisé ; mais il n'est point vulgaire à la manière des autres peuples. Sa grossièreté même frappe l'imagination. La rive africaine qui borde la mer de l'autre côté se fait déjà presque sentir, et il y a je ne sais quoi de Numide dans les cris sauvages qu'on entend de toutes parts. Ces visages brunis, ces vêtements formés de quelques morceaux d'étoffe rouge ou violette, dont la couleur foncée attire les regards ; ces lambeaux d'habillements, que ce peuple artiste drape encore avec art, donnent quelque chose de pittoresque à la populace, tandis qu'ailleurs l'on ne peut voir en elle que les misères de la civilisation. Un certain goût pour la parure et les décorations se trouve souvent, à Naples, à côté du manque absolu des choses nécessaires ou commodes. Les boutiques sont ornées agréablement avec des fleurs et des fruits. Quelques-unes ont un air de fête qui ne tient ni à l'abondance ni à la félicité publique, mais seulement à la vivacité de l'imagination; on veut réjouir les yeux avant tout. La douceur du climat permet aux ouvriers, en tout genre, de travailler dans la rue. Les tailleurs y font des habits, les traiteurs leurs repas, et les occupations de la maison, se passant ainsi au dehors, multiplient le mouvement de mille manières. Les chants, les danses, des jeux bruyants accompagnent assez bien tout ce spectacle; et il n'y a point de pays où l'on sente plus clairement la différence de l'amusement au bonheur; enfin, l'on sort de l'intérieur de la ville pour arriver sur les quais, d'où l'on voit et la mer et le Vésuve, et l'on oublie alors tout ce que l'on sait des hommes.

Oswald et Corinne arrivèrent à Naples pendant que l'éruption du Vésuve durait encore. Ce n'était de jour qu'une fumée noire qui pouvait se confondre avec les nuages; mais le soir, en s'avançant sur le balcon de leur demeure, ils éprouvèrent une émotion tout à fait inattendue. Ce fleuve de feu descend vers la mer, et ses vagues de flamme, semblables aux vagues de l'onde, expriment, comme elles, la succession rapide et continuelle d'un infatigable mouvement. On dirait que la nature, lorsqu'elle se transforme en des éléments divers, conserve néanmoins toujours quelques traces d'une pensée unique et première. Ce phénomène du Vésuve cause un véritable battement de cœur. On est si familiarisé d'ordinaire avec les objets extérieurs, qu'on aperçoit à peine leur existence; et l'on ne reçoit guère d'émotion nouvelle, en ce genre, au milieu de nos prosaïques contrées; mais tout à coup l'étonnement que doit causer l'univers se renouvelle à l'aspect d'une merveille inconnue de la création : tout notre être est agité par cette puissance de la nature, dont les combinaisons sociales nous avaient distraits longtemps; nous sentons que les plus grands mystères de ce monde ne consistent pas tous dans l'homme, et qu'une force indépendante de lui le menace ou le protège, selon des lois qu'il ne peut pénétrer. Oswald et Corinne se promirent de monter sur le Vésuve; et ce qu'il pouvait y avoir de périlleux dans cette entreprise répandait un charme de plus sur un projet qu'ils devaient exécuter ensemble.

CHAPITRE III.

Il y avait alors dans le port de Naples un vaisseau de guerre anglais, où le service religieux se faisait tous les dimanches. Le capitaine et la société anglaise qui étaient à Naples proposèrent à lord Nelvil d'y venir le lendemain. Il accepta sans songer d'abord s'il y conduirait Corinne, et comment il la présenterait à ses compatriotes. Il fut tourmenté par cette inquiétude toute la nuit. Comme il se promenait avec Corinne, le matin suivant, près du port, et qu'il était prêt à lui conseiller de ne pas venir sur le vaisseau, ils virent arriver une chaloupe anglaise conduite par dix matelots vêtus de blanc, portant sur leur tête un bonnet de velours noir, et le léopard en argent brodé sur ce bonnet : un jeune officier descendit, et saluant Corinne du nom de lady Nelvil, il lui proposa de monter dans la barque pour se rendre au grand vaisseau. A ce nom de lady Nelvil, Corinne se troubla, rougit et baissa les yeux. Oswald parut hésiter un moment; puis tout à coup lui prenant la main, il lui dit en anglais : — Venez, ma chère. — Et elle le suivit.

Le bruit des vagues et le silence des matelots qui, dans une discipline admirable, ne faisaient pas un mouvement, ne disaient pas une parole inutile, et conduisaient rapidement la barque sur cette mer qu'ils avaient tant de fois parcourue, inspiraient la rêverie.

D'ailleurs Corinne n'osait pas faire une question à lord
Nelvil sur ce qui venait de se passer. Elle cherchait à
deviner son projet, ne croyant pas (ce qui est toujours
cependant le plus probable) qu'il n'en eût point, et
qu'il se laissât aller à chaque circonstance nouvelle.
Un moment elle imagina qu'il la conduisait au service
divin pour la prendre là pour épouse ; et cette idée lui
causa, dans ce moment, plus d'effroi que de bonheur :
il lui semblait qu'elle quittait l'Italie, et retournait en
Angleterre, où elle avait beaucoup souffert. La sévérité
des mœurs et des habitudes de ce pays revenait à sa
pensée, et l'amour même ne pouvait triompher entièrement du trouble de ses souvenirs. Combien, cependant, dans d'autres circonstances, elle s'étonnera de
ces pensées, quelque passagères qu'elles fussent ! combien elle les abjurera !

Corinne monta sur le vaisseau, dont l'intérieur était
entretenu avec les soins et la propreté la plus recherchée. On n'entendait que la voix du capitaine, qui se
prolongeait et se répétait d'un bord à l'autre par le
commandement et l'obéissance. La subordination, le
sérieux, la régularité, le silence qu'on remarquait dans
ce vaisseau, étaient l'image d'un ordre social libre et
sévère, en contraste avec cette ville de Naples, si vive,
si passionnée, si tumultueuse. Oswald était occupé de
Corinne et de l'impression qu'elle recevait ; mais il
était aussi quelquefois distrait d'elle par le plaisir de se
trouver dans sa patrie. Et n'est-ce pas, en effet, une
seconde patrie pour un Anglais, que les vaisseaux et la
mer ? Oswald se promenait avec les Anglais qui étaient
à bord, pour savoir des nouvelles de l'Angleterre, pour
causer de son pays et de la politique. Pendant ce
temps, Corinne était auprès des femmes anglaises qui
étaient venues de Naples pour assister au culte divin.
Elles étaient entourées de leurs enfants, beaux comme
le jour, mais timides comme leurs mères, et pas un mot
ne se disait devant une nouvelle connaissance. Cette

contrainte, ce silence rendaient Corinne assez triste ;
elle levait les yeux vers la belle Naples, vers ses bords
fleuris, vers sa vie animée, et elle soupirait. Heureusement pour elle Oswald ne s'en aperçut pas ; au
contraire, en la voyant assise au milieu des femmes
anglaises, ses paupières noires baissées comme leurs
paupières blondes, et se conformant en tout à leurs
manières, il éprouva un grand sentiment de joie. C'est
en vain qu'un Anglais se plaît un moment aux mœurs
étrangères ; son cœur revient toujours aux premières
impressions de sa vie. Si vous interrogez des Anglais
voguant sur un vaisseau à l'extrémité du monde, et
que vous leur demandiez où ils vont, ils vous répon-
dront : — chez nous — (*home*), si c'est en Angleterre
qu'ils retournent. Leurs vœux, leurs sentiments, à
quelque distance qu'ils soient de leur patrie, sont
toujours tournés vers elle.

L'on descendit entre les deux premiers ponts pour
écouter le service divin, et Corinne s'aperçut bientôt
que son idée était sans nul fondement, et que lord
Nelvil n'avait point le projet solennel qu'elle lui avait
d'abord supposé. Alors elle se reprocha de l'avoir
craint, et sentit renaître en elle l'embarras de sa
situation ; car tout ce qui était là ne doutait pas qu'elle
ne fût la femme de lord Nelvil, et elle n'avait pas eu la
force de dire un mot qui pût détruire ou confirmer
cette idée. Oswald souffrait aussi cruellement ; mais il
avait, à travers mille rares qualités, beaucoup de
faiblesse et d'irrésolution dans le caractère. Ces
défauts sont inaperçus de celui qui les a, et prennent à
ses yeux une nouvelle forme dans chaque circonstance : tantôt c'est la prudence, la sensibilité ou la
délicatesse qui éloignent le moment de prendre un
parti, et prolongent une situation indécise : presque
jamais l'on ne sent que c'est le même caractère qui
donne à toutes les connaissances le même genre
d'inconvénient.

Corinne, cependant, malgré les pensées pénibles qui l'occupaient, reçut une impression profonde par le spectacle dont elle fut témoin. Rien ne parle plus à l'ame en effet que le service divin sur un vaisseau ; et la noble simplicité du culte des réformés semble particulièrement adaptée aux sentiments que l'on éprouve alors. Un jeune homme remplissait les fonctions de chapelain ; il prêchait avec une voix ferme et douce, et sa figure avait la sévérité d'une ame pure dans la jeunesse. Cette sévérité porte avec elle une idée de force qui convient à la religion prêchée au milieu des périls de la guerre. A des moments marqués, le ministre anglican prononçait des prières dont toute l'assemblée répétait avec lui les dernières paroles. Ces voix confuses, et néanmoins assez douces, venaient de distance en distance ranimer l'intérêt et l'émotion. Les matelots, les officiers, le capitaine, se mettaient plusieurs fois à genoux, surtout à ces mots : — Seigneur, faites-nous miséricorde. — (*Lord have mercy upon us.*) Le sabre du capitaine, qu'on voyait traîner à côté de lui pendant qu'il était à genoux, rappelait cette noble réunion de l'humilité devant Dieu et de l'intrépidité contre les hommes, qui rend la dévotion des guerriers si touchante ; et pendant que tous ces braves gens priaient le Dieu des armées, on apercevait la mer à travers les sabords, et quelquefois le bruit léger de ses vagues, alors tranquilles, semblait seulement dire : Vos prières sont entendues. — Le chapelain finit le service par la prière qui est particulière aux marins anglais. *Que Dieu,* disent-ils, *nous fasse la grace de défendre au dehors notre heureuse constitution, et de retrouver dans nos foyers, au retour, le bonheur domestique !* Que de beaux sentiments sont réunis dans ces simples paroles ! Les études préalables et continuelles qu'exige la marine, la vie austère d'un vaisseau en font comme un cloître militaire au milieu des flots, et la régularité des opérations les plus sérieuses n'y est interrompue que

par les périls et la mort. Souvent les matelots, malgré
leurs habitudes guerrières, s'expriment avec beaucoup
de douceur, et montrent une pitié singulière pour les
femmes et les enfants quand il s'en trouve à bord avec
eux. On est d'autant plus touché de ces sentiments
qu'on sait avec quel sang-froid ils s'exposent à ces
effroyables dangers de la guerre et de la mer, au milieu
desquels la présence de l'homme a quelque chose de
surnaturel.

Corinne et lord Nelvil remontèrent sur la barque qui
devait les conduire; ils revirent cette ville de Naples
bâtie en amphithéâtre, comme pour assister plus
commodément à la fête de la Nature; et Corinne, en
mettant le pied sur le rivage, ne put se défendre d'un
sentiment de joie. Si lord Nelvil s'était douté de ce
sentiment, il en eût été vivement blessé, peut-être avec
raison; et cependant il eût été injuste envers Corinne,
car elle l'aimait passionnément, malgré l'impression
pénible que lui faisaient les souvenirs d'un pays où des
circonstances cruelles l'avaient rendue malheureuse.
Son imagination était mobile, il y avait dans son cœur
une grande puissance d'aimer; mais le talent, et le
talent sur-tout dans une femme, cause une disposition
à l'ennui, un besoin de distraction que la passion la
plus profonde ne fait pas disparaître entièrement.
L'image d'une vie monotone, même au sein du bonheur, fait éprouver de l'effroi à un esprit qui a besoin
de variété. C'est quand on a peu de vent dans les voiles
qu'on peut côtoyer toujours la rive; mais l'imagination
divague, bien que la sensibilité soit fidèle; il en est
ainsi du moins jusqu'au moment où le malheur fait
disparaître toutes ces inconséquences, et ne laisse plus
qu'une seule pensée, et ne fait plus sentir qu'une
douleur.

Oswald attribua la rêverie de Corinne uniquement
au trouble que lui causait encore l'embarras dans
lequel elle avait dû se trouver en s'entendant nommer

lady Nelvil; et se reprochant vivement de ne l'en avoir pas tirée, il craignit qu'elle ne le soupçonnât de légèreté. Il commença donc, pour arriver enfin à l'explication tant désirée, par lui offrir de lui confier sa propre histoire. — Je parlerai le premier, dit-il, et votre confiance suivra la mienne. — Oui, sans doute, il le faut, répondit Corinne en tremblant. Eh bien, vous le voulez? quel jour, à quelle heure? Quand vous aurez parlé..... je dirai tout. — Dans quelle douloureuse agitation vous êtes! reprit Oswald. Quoi donc! éprouverez-vous toujours cette crainte de votre ami, cette défiance de son cœur? — Non, il le faut, continua Corinne; j'ai tout écrit : si vous le voulez, demain..... — Demain, dit lord Nelvil, nous devons aller ensemble au Vésuve; je veux contempler avec vous cette étonnante merveille, apprendre de vous à l'admirer, et dans ce voyage même, si j'en ai la force, vous apprendre tout ce qui concerne mon propre sort. Il faut que ma confiance précède la vôtre, mon cœur y est résolu. — Eh bien, oui, reprit Corinne, vous me donnez donc encore demain : je vous remercie de ce jour. Ah! qui sait si vous serez toujours le même pour moi, quand je vous aurai ouvert mon cœur, qui le sait! et comment ne pas frémir de ce doute?

CHAPITRE IV.

Les ruines de Pompéia sont du même côté de la mer que le Vésuve, et c'est par ces ruines que Corinne et lord Nelvil commencèrent leur voyage. Ils étaient silencieux l'un et l'autre; car le moment de la décision de leur sort approchait, et cette vague espérance dont ils avaient joui si long-temps, et qui s'accorde si bien avec l'indolence et la rêverie qu'inspire le climat d'Italie, devait enfin être remplacée par une destinée

positive. Ils virent ensemble Pompéia, la ruine la plus
curieuse de l'antiquité. A Rome, l'on ne trouve guères
que les débris des monuments publics, et ces monuments ne retracent que l'histoire politique des siècles
écoulés ; mais à Pompéia c'est la vie privée des anciens
qui s'offre à vous telle qu'elle était. Le volcan qui a
couvert cette ville de cendres l'a préservée des outrages
du temps [a]. Jamais des édifices exposés à l'air ne se
seraient ainsi maintenus, et ce souvenir enfoui s'est
retrouvé tout entier. Les peintures, les bronzes étaient
encore dans leur beauté première, et tout ce qui peut
servir aux usages domestiques est conservé d'une
manière effrayante. Les amphores sont encore prépa-
rées pour le festin du jour suivant ; la farine qui allait
être pétrie est encore là : les restes d'une femme sont
encore ornés des parures qu'elle portait dans le jour de
fête que le volcan a troublé, et ses bras desséchés ne
remplissent plus le bracelet de pierreries qui les
entoure encore. On ne peut voir nulle part une image
aussi frappante de l'interruption subite de la vie. Le
sillon des roues est visiblement marqué sur les pavés
dans les rues, et les pierres qui bordent les puits
portent la trace des cordes qui les ont creusées peu à
peu. On voit encore sur les murs d'un corps-de-garde
les caractères mal formés, les figures grossièrement
esquissées que les soldats traçaient pour passer le
temps, tandis que ce temps avançait pour les engloutir.
   Quand on se place au milieu du carrefour des rues,
d'où l'on voit de tous les côtés la ville qui subsiste
encore presque en entier, il semble qu'on attende
quelqu'un, que le maître soit prêt à venir, et l'apparence même de vie qu'offre ce séjour fait sentir plus
tristement son éternel silence. C'est avec des morceaux
de lave pétrifiée que sont bâties la plupart de ces
maisons qui ont été ensevelies par d'autres laves.
Ainsi, ruines sur ruines, et tombeaux sur tombeaux.
Cette histoire du monde où les époques se comptent de

débris en débris, cette vie humaine dont la trace se suit à la lueur des volcans qui l'ont consumée, remplit le cœur d'une profonde mélancolie. Qu'il y a long-temps que l'homme existe ! qu'il y a long-temps qu'il vit, qu'il souffre et qu'il périt ! Où peut-on retrouver ses senti-ments et ses pensées ? L'air qu'on respire dans ses ruines en est-il encore empreint, ou sont-elles pour jamais déposées dans le ciel où règne l'immortalité ? Quelques feuilles brûlées des manuscrits qui ont été trouvés à Herculanum et à Pompéia, et que l'on essaye de dérouler à Portici [b], sont tout ce qui nous reste pour interpréter les malheureuses victimes que le volcan, la foudre de la terre a dévorées. Mais en passant près de ces cendres que l'art parvient à ranimer, on tremble de respirer, de peur qu'un souffle n'enlève cette poussière où de nobles idées sont peut-être encore empreintes.

Les édifices publics dans cette ville même de Pom-péia, qui était une des moins grandes de l'Italie, sont encore assez beaux. Le luxe des anciens avait presque toujours pour but un objet d'intérêt public. Leurs maisons particulières sont très-petites, et l'on n'y voit point la recherche de la magnificence ; mais un goût vif pour les beaux-arts s'y fait remarquer. Presque tout l'intérieur était orné de peintures les plus agréables et de pavés de mosaïque artistement travaillés. Il y a beaucoup de ces pavés sur lesquels on trouve écrit : — salut (*salve.*) — Ce mot est placé sur le seuil de la porte. Ce n'était pas sûrement une simple politesse que ce salut, mais une invocation à l'hospitalité. Les chambres sont singulièrement étroites, peu éclairées, n'ayant jamais de fenêtres sur la rue et donnant presque toutes sur un portique qui est dans l'intérieur de la maison, ainsi que la cour de marbre qu'il entoure. Au milieu de cette cour est une citerne simplement décorée. Il est évident, par ce genre d'habitation, que les anciens vivaient presque toujours en plein air, et que c'était ainsi qu'ils recevaient leurs amis. Rien ne donne une idée plus douce et plus voluptueuse de l'existence, que ce climat qui unit intimement l'homme avec la nature. Il semble que le caractère des entretiens et de la société doit être différent avec de telles habitudes, que dans les pays où la rigueur du froid force à se renfermer dans les maisons. On comprend mieux les dialogues de Platon en voyant ces portiques sous lesquels les anciens se promenaient la moitié du jour. Ils étaient sans cesse animés par le spectacle d'un beau ciel : l'ordre social tel qu'ils le concevaient, n'était point l'aride combinaison du calcul et de la force, mais un heureux ensemble d'institutions qui excitaient les facultés, développaient l'ame, et donnaient à l'homme pour but le perfectionnement de lui-même et de ses semblables.

L'antiquité inspire une curiosité insatiable. Les érudits qui s'occupent seulement à recueillir une collection de noms qu'ils appellent l'histoire sont sûrement dépourvus de toute imagination. Mais pénétrer dans le passé, interroger le cœur humain à travers les siècles, saisir un fait par un mot, et le caractère et les mœurs d'une nation par un fait, enfin remonter jusques aux temps les plus reculés, pour tâcher de se figurer comment la terre, dans sa première jeunesse, apparaissait aux regards des hommes, et de quelle manière ils supportaient alors ce don de la vie que la civilisation a tant compliqué maintenant ; c'est un effort continuel de l'imagination, qui devine et découvre les plus beaux secrets que la réflexion et l'étude puissent nous révéler. Ce genre d'intérêt et d'occupation attirait singulièrement Oswald, et il répétait souvent à Corinne, que, s'il n'avait pas eu dans son pays de nobles intérêts à servir, il n'aurait trouvé la vie supportable que dans les lieux où les monuments de l'histoire tiennent lieu de l'existence présente. Il faut au moins regretter la gloire quand il n'est plus possible de l'obtenir. C'est l'oubli seul qui dégrade l'ame ; mais elle peut trouver un asile dans le passé, quand d'arides circonstances privent les actions de leur but.

En sortant de Pompéia et repassant à Portici, Corinne et lord Nelvil furent bientôt entourés par les habitants, qui les engageaient à grands cris à venir voir *la montagne;* c'est ainsi qu'ils appellent le Vésuve. A-t-il besoin d'être nommé ? Il est pour les Napolitains la gloire et la patrie ; leur pays est signalé par cette merveille. Oswald voulut que Corinne fût portée sur une espèce de palanquin jusqu'à l'ermitage de Saint-Salvador, qui est à moitié chemin de la montagne, et où les voyageurs se reposent avant d'entreprendre de gravir sur le sommet. Il allait à cheval à côté d'elle pour surveiller ceux qui la portaient, et plus son cœur était rempli par les généreuses pensées qu'inspirent la nature et l'histoire, plus il adorait Corinne.

Au pied du Vésuve, la campagne est la plus fertile et la mieux cultivée que l'on puisse trouver dans le royaume de Naples, c'est-à-dire dans la contrée de l'Europe la plus favorisée du ciel. La vigne célèbre dont le vin est appelé *Lacryma Christi,* se trouve dans cet endroit, et tout à côté des terres dévastées par la lave. On dirait que la nature a fait un dernier effort en ce lieu voisin du volcan, et s'est parée de ses plus beaux dons avant de périr. A mesure que l'on s'élève on découvre, en se retournant, Naples et l'admirable pays qui l'environne. Les rayons du soleil font scintiller la mer comme des pierres précieuses, mais toute la splendeur de la création s'éteint par degrés jusques à la terre de cendre et de fumée qui annonce d'avance l'approche du volcan. Les laves ferrugineuses des années précédentes tracent sur le sol leur large et noir sillon, et tout est aride autour d'elles. A une certaine hauteur les oiseaux ne volent plus, à telle autre les plantes deviennent très-rares, puis les insectes mêmes ne trouvent plus rien pour subsister dans cette nature consumée. Enfin tout ce qui a vie disparaît, vous

entrez dans l'empire de la mort, et la cendre de cette
terre pulvérisée roule seule sous vos pieds mal affer-
mis.

> Ne greggi ne armenti
> Guida bifolco mai, guida pastore.

*Jamais le berger ni le pasteur ne conduisent en ce lieu ni leurs brebis
ni leurs troupeaux* [c].

Un ermite habite là sur les confins de la vie et de la
mort. Un arbre, le dernier adieu de la végétation, est
devant sa porte; et c'est à l'ombre de son pâle feuillage
que les voyageurs ont coutume d'attendre que la nuit
vienne pour continuer leur route. Car, pendant le jour,
les feux du Vésuve ne s'aperçoivent que comme un
nuage de fumée, et la lave si ardente de nuit paraît
sombre à la clarté du soleil. Cette métamorphose elle-
même est un beau spectacle, qui renouvelle chaque
soir l'étonnement que la continuité du même aspect
pourrait affaiblir. L'impression de ce lieu, sa solitude
profonde donnèrent à lord Nelvil plus de force pour
révéler ses secrets sentiments; et désirant encourager
la confiance de Corinne, il consentit à lui parler; et lui
dit avec une vive émotion : — Vous voulez lire
jusqu'au fond de l'ame de votre malheureux ami; hé
bien, je vous avouerai tout : mes blessures vont se
rouvrir, je le sens; mais en présence de cette nature
immuable, faut-il donc avoir tant de peur des souffrances que le temps entraîne avec lui?

Livre XII.

HISTOIRE DE LORD NELVIL.

CHAPITRE PREMIER.

J'ai été élevé dans la maison paternelle avec une tendresse, avec une bonté que j'admire bien davantage, depuis que je connais les hommes. Je n'ai jamais rien aimé plus profondément que mon père, et cependant il me semble que si j'avais su, comme je le sais à présent, combien son caractère était unique dans le monde, mon affection eût été plus vive encore et plus dévouée. Je me rappelle mille traits de sa vie, qui me paraissaient tout simples, parce que mon père les trouvait tels, et qui m'attendrissent douloureusement aujourd'hui que j'en connais la valeur. Les reproches qu'on se fait envers une personne qui nous fut chère et qui n'est plus donnent l'idée de ce que pourraient être les peines éternelles, si la miséricorde divine ne venait point au secours d'une telle douleur.

J'étais heureux et calme auprès de mon père, mais je souhaitais de voyager avant de m'engager dans l'armée. Il y a dans mon pays la plus belle carrière civile pour les hommes éloquents ; mais j'avais, j'ai même encore une si grande timidité, qu'il m'eût été très-pénible de parler en public, et je préférais l'état militaire. J'aimais mieux avoir affaire aux périls certains qu'aux dégoûts possibles. Mon amour-propre est, à tous les égards, plus susceptible qu'ambitieux, et j'ai toujours trouvé que les hommes s'offrent à l'imagination comme des fantômes, quand ils vous blâment, et comme des pygmées, quand ils vous louent. J'avais envie d'aller en France, où venait d'éclater cette révolution qui, malgré la vieillesse du genre humain, prétendait à recommencer l'histoire du monde. Mon père avait conservé quelques préventions contre Paris, qu'il avait vu vers la fin du règne de Louis XV, et ne concevait guère comment des cotteries pouvaient se changer en nation, des prétentions en vertus, et des vanités en enthousiasme. Néanmoins il consentit au voyage que je désirais parce qu'il craignait de rien exiger : il avait une sorte d'embarras de son autorité paternelle, quand le devoir ne lui commandait pas d'en faire usage. Il redoutait toujours que cette autorité n'altérât la vérité, la pureté d'affection qui tient à ce qu'il y a de plus libre et de plus involontaire dans notre nature, et il avait, avant tout, besoin d'être aimé. Il m'accorda donc, au commencement de 1791, lorsque j'avais vingt-un ans accomplis, six mois de séjour en France, et je partis pour connaître cette nation si voisine de nous, et toutefois si différente par ses institutions et les habitudes qui en sont résultées.

Je croyais ne jamais aimer ce pays ; j'avais contre lui les préjugés que nous inspirent la fierté et la gravité anglaises. Je craignais les moqueries contre tous les cultes du cœur et de la pensée ; je détestais cet art de rabattre tous les élans et de désenchanter tous les amours. Le fond de cette gaieté tant vantée me paraissait bien triste, puisqu'il frappait de mort mes sentiments les plus chers. Je ne connaissais pas alors les Français vraiment distingués ; et ceux-là réunissent aux qualités les plus nobles des manières pleines de charmes. Je fus étonné de la simplicité, de la liberté qui régnaient dans les sociétés de Paris. Les plus grands intérêts y étaient traités sans frivolité comme sans pédanterie ; il semblait que les idées les plus profondes fussent devenues le patrimoine de la conversation, et que la révolution du monde entier ne se fît que pour rendre la société de Paris plus aimable. Je rencontrais des hommes d'une instruction sérieuse, d'un talent supérieur, animés par le désir de plaire, plus encore que par le besoin d'être utiles ; recherchant les suffrages d'un salon même après ceux d'une tribune, et vivant dans la société des femmes pour être applaudis plutôt que pour être aimés.

Tout, à Paris, était parfaitement bien combiné, par rapport au bonheur extérieur. Il n'y avait aucune gêne dans les détails de la vie ; de l'égoïsme au fond, mais jamais dans les formes ; un mouvement, un intérêt qui prenait chacun de vos jours, sans vous en laisser beaucoup de fruit, mais aussi sans que jamais vous en sentissiez le poids ; une promptitude de conception qui permettait d'indiquer et de comprendre par un mot ce qui aurait exigé ailleurs un long développement ; un esprit d'imitation qui pourrait bien s'opposer à toute indépendance véritable, mais qui introduit dans la conversation cette sorte de bon accord et de complaisance qu'on ne trouve nulle autre part ; enfin une manière facile de conduire la vie, de la diversifier, de la soustraire à la réflexion, sans en écarter le charme de l'esprit. A tous ces moyens de s'étourdir il faut ajouter les spectacles, les étrangers, les nouvelles, et vous aurez l'idée de la ville la plus sociale qui soit au monde. Je m'étonne presque de prononcer son nom dans cet ermitage, au milieu d'un désert, à l'autre extrême des impressions que fait naître la plus active population du monde ; mais je devais vous peindre ce séjour et son effet sur moi.

Le croiriez-vous, Corinne, maintenant que vous m'avez connu si sombre et si découragé, je me laissai séduire par ce tourbillon spirituel ! je fus bien aise de n'avoir pas un moment d'ennui, eussé-je dû n'en avoir pas un de méditation, et d'émousser en moi la faculté de souffrir, bien que celle d'aimer s'en ressentît. Si j'en puis juger par moi-même, il me semble qu'un homme d'un caractère sérieux et sensible peut être fatigué par l'intensité même et la profondeur de ses impressions :

il revient toujours à sa nature, .nais ce qui l'en fait sortir, au moins pour quelque temps, lui fait du bien. C'est en m'élevant au-dessus de moi-même, Corinne, que vous dissipez ma mélancolie naturelle ; c'est en me faisant valoir moins que je ne vaux réellement, qu'une femme, dont je vous parlerai bientôt, étourdissait ma tristesse intérieure. Cependant, quoique j'eusse pris le goût et la vie de Paris, elle ne m'aurait pas suffi long-temps, si je n'avais pas obtenu l'amitié d'un homme, parfait modèle du caractère français dans son antique loyauté, et de l'esprit français dans sa culture nouvelle.

Je ne vous dirai pas, mon amie, le véritable nom des personnes dont j'ai à vous parler, et vous comprendrez ce qui m'oblige à vous le cacher, en apprenant le reste de cette histoire. Le comte Raimond était de la plus illustre famille de France ; il avait dans l'ame toute la fierté chevaleresque de ses ancêtres, et sa raison adoptait les idées philosophiques, quand elles lui commandaient des sacrifices personnels : il ne s'était point activement mêlé de la révolution ; mais il aimait ce qu'il y avait de vertueux dans chaque parti ; le courage de la reconnaissance dans les uns, l'amour de la liberté dans les autres ; tout ce qui était désintéressé lui plaisait. La cause de tous les opprimés lui paraissait juste, et cette générosité de caractère était encore relevée par la plus grande négligence pour sa propre vie. Ce n'était pas qu'il fût précisément malheureux, mais il y avait un tel contraste entre son ame et la société, telle qu'elle est en général, que la peine journalière qu'il en ressentait la détachait de lui-même. Je fus assez heureux pour intéresser le comte Raimond : il souhaita de vaincre ma réserve naturelle, et, pour en triompher, il mit dans notre liaison une coquetterie d'amitié vraiment romanesque : il ne connaissait aucun obstacle, ni pour rendre un grand service, ni pour faire un petit plaisir. Il voulait aller s'établir la moitié de l'année en Angleterre pour ne pas me quitter ; j'avais beaucoup de peine à l'empêcher de partager avec moi tout ce qu'il possédait.

— Je n'ai qu'une sœur, me disait-il, mariée à un vieillard très-riche, et je suis libre de faire ce que je veux de ma fortune. D'ailleurs cette révolution tournera mal, et je pourrais bien être tué : faites-moi donc jouir de ce que j'ai, en le regardant comme à vous. — Hélas ! ce généreux Raimond prévoyait trop bien sa destinée. Quand on est capable de se connaître, on se trompe rarement sur son sort ; et les pressentiments ne sont le plus souvent qu'un jugement sur soi-même qu'on ne s'est pas encore tout-à-fait avoué. Noble, sincère, imprudent même, le comte Raimond mettait en dehors toute son ame ; c'était un plaisir nouveau pour moi qu'un tel caractère : chez nous les trésors de l'ame ne sont pas facilement exposés aux regards, et nous avons pris l'habitude de douter de tout ce qui se montre ; mais cette bonté expansive que je trouvais dans mon ami me donnait des jouissances tout à la fois faciles et sûres : et je n'avais pas un doute sur ses qualités, bien qu'elles se fissent toutes voir dès le premier instant. Je n'éprouvais aucune timidité dans mes rapports avec lui, et, ce qui valait mieux encore, il me mettait à l'aise avec moi-même. Tel était l'aimable Français pour qui j'ai senti cette amitié parfaite, cette fraternité de compagnon d'armes, dont on n'est capable que dans la jeunesse, avant qu'on ait connu le sentiment de la rivalité, avant que les carrières irrévocablement tracées sillonnent et partagent le champ de l'avenir.

Un jour le comte Raimond me dit : — Ma sœur est veuve, et j'avoue que je n'en suis point affligé ; je n'aimais pas son mariage ; elle avait accepté la main du vieillard qui vient de mourir, dans un moment où nous n'avions de fortune ni l'un ni l'autre ; car la mienne vient d'un héritage qui m'est arrivé nouvellement : mais, néanmoins, je m'étais opposé dans le temps à cette union autant que je l'avais pu ; je n'aime

pas qu'on fasse rien par calcul, et encore moins la plus
solennelle action de la vie. Mais enfin elle s'est
conduite à merveille avec l'époux qu'elle n'aimait pas ;
il n'y a rien à dire à tout cela, selon le monde :
maintenant qu'elle est libre, elle revient demeurer chez
moi. Vous la verrez ; c'est une personne très-aimable à
la longue : et vous autres Anglais vous aimez à faire
des découvertes. Pour moi, je trouve plus agréable de
lire d'abord tout dans la physionomie ; vos manières
contenues cependant, mon cher Oswald, ne m'ont
jamais fait de la peine ; mais celles de ma sœur me
gênent un peu. —

Madame d'Arbigny, la sœur du comte Raimond,
arriva le lendemain matin, et le même soir je lui fus
présenté : elle avait des traits semblables à ceux de son
frère, un son de voix analogue, mais une manière
d'accentuer toute différente, et beaucoup plus de
réserve et de finesse dans l'expression de ses regards ;
sa figure d'ailleurs était très-agréable, sa taille pleine
de grace, et il y avait dans tous ses mouvements une
élégance parfaite ; elle ne disait pas un mot qui ne fût
convenable ; elle ne manquait à aucun genre d'égards,
sans que sa politesse fût en rien exagérée ; elle flattait
l'amour-propre avec beaucoup d'adresse, et montrait
qu'on lui plaisait, sans jamais se compromettre : car,
dans tout ce qui tenait à la sensibilité, elle s'exprimait
toujours comme si, dans ce genre, elle voulait dérober
aux autres ce qui se passait dans son cœur. Cette
manière avait avec celle des femmes de mon pays une
ressemblance apparente qui me séduisit ; il me semblait bien que madame d'Arbigny trahissait trop
souvent ce qu'elle prétendait vouloir cacher, et que le
hasard n'amenait pas tant d'occasions d'attendrissement involontaire qu'il n'en naissait autour d'elle ;
mais cette réflexion traversait légèrement mon esprit,
et ce que j'éprouvais habituellement auprès de
madame d'Arbigny m'était doux et nouveau.

Je n'avais jamais été flatté par personne. Chez nous l'on ressent avec profondeur et l'amour et l'enthousiasme qu'il inspire; mais l'art de s'insinuer dans le cœur par l'amour-propre est peu connu. D'ailleurs, je sortais des universités, et jusqu'alors personne en Angleterre n'avait fait attention à moi. Madame d'Arbigny relevait chaque mot que je disais; elle s'occupait de moi avec une attention constante : je ne crois pas qu'elle connût bien l'ensemble de ce que je puis être; mais elle me révélait à moi-même par mille observations des détails dont la sagacité me confondait; il me semblait quelquefois qu'il y avait un peu d'art dans son langage, qu'elle parlait trop bien et d'une voix trop douce, que ses phrases étaient trop soigneusement rédigées; mais sa ressemblance avec son frère, le plus sincère de tous les hommes, éloignait de mon esprit ces doutes et contribuait à m'inspirer de l'attrait pour elle.

Un jour je disais au comte Raimond l'effet que produisait sur moi cette ressemblance, il m'en remercia; mais après un instant de réflexion il me dit : — Ma sœur et moi cependant nous n'avons pas de rapport dans le caractère. — Il se tut après ces mots; mais en me les rappelant, ainsi que beaucoup d'autres circonstances, j'ai été convaincu, dans la suite, qu'il ne désirait pas que j'épousasse sa sœur. Je ne puis douter qu'elle n'en eût l'intention dès-lors, quoique cette intention ne fût pas aussi prononcée que dans la suite; nous passions notre vie ensemble, et les jours s'écoulèrent avec elle, souvent agréablement, toujours sans peine. J'ai réfléchi depuis qu'elle était habituellement de mon avis; quand je commençais une phrase, elle la finissait, ou prévoyant d'avance celle que j'allais dire, elle se hâtait de s'y conformer; et cependant malgré cette douceur parfaite dans les formes, elle exerçait un empire très despotique sur mes actions; elle avait une manière de me dire : — *Sûrement vous vous conduirez ainsi,*

sûrement vous ne ferez pas telle démarche, qui me dominait
tout-à-fait ; il me semblait que je perdrais toute son
estime pour moi, si je trompais son attente, et j'atta-
chais du prix à cette estime, témoignée souvent avec
des expressions très flatteuses.

Cependant, Corinne, croyez-moi, car je le pensais
même avant de vous connaître : ce n'était point de
l'amour que le sentiment que m'inspirait madame
d'Arbigny ; je ne lui avais point dit que je l'aimais ; je
ne savais point si une telle belle-fille conviendrait à
mon père ; il n'était point dans ses idées que j'épousasse une Française, et je ne voulais rien faire sans son
aveu. Mon silence, je le crois, déplaisait à madame
d'Arbigny ; car elle avait quelquefois de l'humeur dont
elle faisait toujours de la tristesse, et qu'elle expliquait
après par des motifs touchants, bien que sa physionomie, dans les moments où elle ne s'observait pas, eût
quelquefois beaucoup de sécheresse ; mais j'attribuais
ces instants d'inégalité à nos rapports ensemble, dont
je n'étais pas content moi-même ; car cela fait mal
d'aimer un peu, et de ne pas aimer tout-à-fait.

Ni le comte Raimond ni moi nous ne nous parlions
de sa sœur : c'était la première gêne qui eût existé
entre nous ; mais plusieurs fois madame d'Arbigny
m'avait conjuré de ne pas m'entretenir d'elle, avec son
frère, et lorsque je m'étonnais de cette prière, elle me
disait : — Je ne sais si vous êtes comme moi, mais je ne
puis souffrir qu'un tiers, même mon ami intime, se
mêle de mes sentiments pour un autre. J'aime le secret
dans toutes les affections. — Cette explication me
plaisait assez, et j'obéissais à ses désirs. Je reçus alors
une lettre de mon père, qui me rappelait en Écosse.
Les six mois fixés pour mon séjour en France étaient
écoulés et les troubles de ce pays allant toujours en
croissant, il ne pensait pas qu'il convînt à un étranger
d'y rester davantage. Cette lettre me causa d'abord
une vive peine. Je sentais, néanmoins, combien mon

père avait raison ; j'avais un grand désir de le revoir ;
mais la vie que je menais à Paris, dans la société du
comte Raimond et de sa sœur, m'était tellement
agréable, que je ne pouvais m'en arracher sans un
amer chagrin. J'allai tout de suite chez madame
d'Arbigny, je lui montrai ma lettre, et, pendant qu'elle
la lisait, j'étais si absorbé par ma peine, que je ne vis
pas même quelle impression elle en recevait. Je
l'entendis seulement qui me disait quelques mots pour
m'engager à retarder mon départ, à écrire à mon père
que j'étais malade ; enfin à *louvoyer* avec sa volonté. Je
me souviens que ce fut le terme dont elle se servit ;
j'allais répondre, et j'aurais dit ce qui était vrai, c'est
que mon départ était résolu pour le lendemain, lorsque
le comte Raimond entra, et sachant ce dont il s'agissait, déclara le plus nettement du monde que je devais
obéir à mon père, et qu'il n'y avait pas à hésiter. Je fus
étonné de cette décision si rapide ; je m'attendais à être
sollicité, retenu ; je voulais résister à mes propres
regrets ; mais je ne croyais pas que l'on me rendît le
triomphe si facile, et, pour un moment, je méconnus le
sentiment de mon ami ; il s'en aperçut, me prit la
main, et me dit : — Dans trois mois je serai en
Angleterre, pourquoi donc vous retiendrais-je en
France ? J'ai mes raisons pour n'en rien faire, ajouta-
t-il à demi-voix. — Mais sa sœur l'entendit, et se hâta
de dire qu'il était sage, en effet, d'éviter les dangers
que pouvait courir un Anglais en France, au milieu de
la révolution. Je suis bien sûr à présent que ce n'était
pas à cela que le comte Raimond faisait allusion ; mais
il ne contredit, ni ne confirma l'explication de sa sœur. Je
partais ; il ne crut pas nécessaire de m'en dire davantage.

— Si je pouvais être utile à mon pays, je resterais,
continua-t-il ; mais vous le voyez, il n'y a plus de
France. Les idées et les sentiments qui la faisaient
aimer n'existent plus. Je regretterai encore le sol ; mais
je retrouverai ma patrie quand je respirerai le même

air que vous. — Combien je fus ému des touchantes
expressions d'une amitié si vraie ! combien en ce
moment Raimond l'emportait sur sa sœur dans mes
affections ! Elle le devina bien vite, et ce soir-là même
je la vis sous un point de vue nouveau. Il arriva du
monde, elle fit les honneurs de chez elle à merveille,
parla de mon départ avec la plus grande simplicité, et
donna généralement l'idée que c'était pour elle l'évènement le plus ordinaire. J'avais déjà remarqué dans
plusieurs occasions qu'elle mettait un tel prix à la
considération, que jamais elle ne laissait voir à personne les sentiments qu'elle me témoignait ; mais cette
fois c'en était trop et j'étais tellement blessé de son
indifférence, que je résolus de partir avant la société, et
de ne pas rester seul un moment avec elle. Elle vit que
je m'approchais de son frère pour lui demander de me
dire adieu le lendemain matin avant mon départ ; alors
elle vint à moi et me dit assez haut pour que l'on pût
l'entendre, qu'elle avait une lettre à me remettre pour
une de ses amies en Angleterre, et elle ajouta très vite
et très bas : — Vous ne regrettez que mon frère ; vous
ne parlez qu'à lui, et vous voulez me percer le cœur en
vous en allant ainsi ! — Puis elle retourna sur-le-
champ s'asseoir au milieu de son cercle. Je fus troublé
de ces paroles, et j'allais rester comme elle le désirait,
lorsque le comte Raimond me prit par le bras et
m'emmena dans sa chambre.

Quand tout le monde fut parti, nous entendîmes
sonner à coups redoublés dans l'appartement de
madame d'Arbigny ; le comte Raimond n'y faisait pas
d'attention : je le forçai cependant à s'en inquiéter, et
nous envoyâmes demander ce que c'était ; on nous
répondit que madame d'Arbigny venait de se trouver
mal. Je fus vivement ému ; je voulais la revoir,
retourner chez elle encore une fois, le comte Raimond
m'en empêcha obstinément. — Évitons ces émotions,
dit-il, les femmes se consolent toujours mieux quand

elles sont seules. — Je ne pouvais comprendre cette dureté pour sa sœur, si fort en contraste avec la constante bonté de mon ami, et je me séparai de lui le lendemain avec une sorte d'embarras qui rendit nos adieux moins tendres. Ah! si j'avais deviné le sentiment plein de délicatesse qui l'empêchait de consentir à ce que sa sœur me captivât, quand il ne la croyait pas faite pour me rendre heureux; si j'avais prévu surtout quels évènements allaient nous séparer pour toujours! mes adieux auraient satisfait et son ame et la mienne.

CHAPITRE II.

Oswald cessa de parler pendant quelques instants; Corinne écoutait son récit avec une telle avidité qu'elle se tut aussi, dans la crainte de retarder le moment où il reprendrait la parole. — Je serais heureux, continuat-il, si mes rapports avec madame d'Arbigny avaient fini alors, si j'étais resté près de mon père, et si je n'avais pas remis le pied sur la terre de France! Mais la fatalité, c'est-à-dire peut-être la faiblesse de mon caractère a pour jamais empoisonné ma vie, oui pour jamais, chère amie, même auprès de vous.

Je passai près d'une année en Écosse avec mon père, et notre tendresse l'un pour l'autre devint chaque jour plus intime; je pénétrai dans le sanctuaire de cette ame céleste, et je trouvais dans l'amitié qui m'unissait à lui ces sympathies du sang dont les liens mystérieux tiennent à tout notre être; je recevais des lettres de Raimond pleines d'affection; il me racontait les difficultés qu'il trouvait à dénaturer sa fortune pour venir me joindre; mais sa persévérance dans ce projet était la même. Je l'aimais toujours; mais quel ami pouvais-je comparer à mon père! Le respect qu'il m'inspirait ne gênait pas ma confiance. J'avais foi aux paroles de mon père comme à un oracle, et les incertitudes qui sont malheureusement dans mon caractère cessaient toujours dès qu'il avait parlé. *Le ciel nous a formés,* dit un écrivain anglais, *pour l'amour de ce qui est vénérable.* Mon père n'a pas su, il n'a pu savoir à quel point je l'aimais, et ma fatale conduite a dû l'en faire douter.

Cependant il a eu pitié de moi ; il m'a plaint en mourant de la douleur que me causerait sa perte. Ah ! Corinne, j'avance dans ce triste récit, soutenez mon courage, j'en ai besoin. — Cher ami, lui dit Corinne, trouvez quelque douceur à montrer votre ame si noble et si sensible devant la personne du monde qui vous admire et vous chérit le plus. —

Il m'envoya pour ses affaires à Londres, reprit lord Nelvil, et je le quittai lorsque je ne devais plus le revoir, sans qu'aucun frémissement m'avertît de mon malheur. Il fut plus aimable que jamais dans nos derniers entretiens : on dirait que l'ame des justes donne, comme les fleurs, plus de parfum vers le soir. Il m'embrassa les larmes aux yeux ; il me disait souvent qu'à son âge tout était solennel ; mais moi je croyais à sa vie comme à la mienne : nos ames s'entendaient si bien, il était si jeune pour aimer, que je ne songeais pas à sa vieillesse. La confiance comme la crainte sont inexplicables dans les affections vives. Mon père m'accompagna cette fois jusqu'au seuil de la porte de son château, de ce château que j'ai revu depuis désert et dévasté comme mon triste cœur.

Il n'y avait pas huit jours que j'étais à Londres, quand je reçus de madame d'Arbigny la fatale lettre dont j'ai retenu chaque mot : « Hier, dix août, disait-elle, mon frère a été massacré au Tuileries en défendant son roi. Je suis proscrite comme sa sœur, et obligée de me cacher, pour échapper à mes persécuteurs. Le comte Raimond avait pris toute ma fortune avec la sienne pour la faire passer en Angleterre : l'avez-vous déjà reçue ? ou savez-vous à qui il l'a confiée pour vous la remettre ? Je n'ai qu'un mot de lui, écrit du château même, au moment où il sut qu'on se disposait à l'attaquer ; et ce mot me dit seulement de m'adresser à vous pour tout savoir. Si vous pouviez venir ici pour m'emmener, vous me sauveriez peut-être la vie ; car les Anglais voyagent librement encore en France ; et moi je ne puis obtenir un passe-port ; le nom de mon frère me rend suspecte. Si la malheureuse sœur de Raimond vous intéresse assez pour venir la chercher, vous saurez à Paris chez M. de Maltigues, mon parent, le lieu de ma retraite. Mais si vous avez la généreuse intention de me secourir, ne perdez pas un instant pour l'accomplir ; car on dit que la guerre peut éclater d'un jour à l'autre entre nos deux pays. »

Représentez-vous l'effet que cette lettre produisit sur moi. Mon ami massacré, sa sœur au désespoir, et leur fortune, disait-elle, entre mes mains, bien que je n'en eusse pas reçu la moindre nouvelle. Ajoutez à ces circonstances le danger de madame d'Arbigny, et l'idée qu'elle avait que je pouvais la servir en allant la chercher. Il ne me parut pas possible d'hésiter ; et je partis à l'instant, en envoyant un courrier à mon père qui lui portait la lettre que je venais de recevoir, et la promesse qu'avant quinze jours je serais revenu ! Par un hasard vraiment cruel, l'homme que j'envoyai tomba malade en route, et la seconde lettre que j'écrivis à mon père de Douvres lui parvint avant la première. Il sut ainsi mon départ sans en connaître les motifs, et, quand l'explication lui arriva, il avait pris sur ce voyage une inquiétude qui ne se dissipa point.

J'arrivai à Paris en trois jours ; j'y appris que madame d'Arbigny s'était retirée dans une ville de province à soixante lieues, et je continuai ma route pour aller l'y rejoindre. Nous éprouvâmes l'un et l'autre une profonde émotion en nous revoyant : elle était dans son malheur beaucoup plus aimable qu'auparavant, parcequ'il y avait dans ses manières moins d'art et de contrainte. Nous pleurâmes ensemble son noble frère, et les désastres publics! Je m'informai avec anxiété de sa fortune : elle me dit qu'elle n'en avait aucune nouvelle; mais, peu de jours après, j'appris que le banquier, auquel le comte Raimond l'avait confiée, la lui avait rendue : et ce qui est singulier, je l'appris par un négociant de la ville où nous étions, qui me le dit par hasard, et m'assura que madame d'Arbigny n'avait jamais dû en être véritablement inquiète. Je n'y compris rien, et j'allai chez madame d'Arbigny pour lui demander ce que cela signifiait. Je trouvai chez elle un de ses parents, M. de Maltigues, qui me dit, avec une promptitude et un sang-froid remarquables, qu'il arrivait à l'instant même de Paris pour apporter à madame d'Arbigny la nouvelle du retour du banquier qu'elle croyait parti pour l'Angleterre, et dont elle n'avait pas entendu parler depuis un mois. Madame d'Arbigny confirma ce qu'il disait, et je la crus, mais en me rappelant qu'elle a constamment trouvé des prétextes pour ne pas me montrer le prétendu billet de son frère dont elle me parlait dans sa lettre; j'ai compris depuis qu'elle s'était servie d'une ruse pour m'inquiéter sur sa fortune.

Au moins est-il vrai qu'elle était riche, et que dans son désir de m'épouser il ne se mêlait aucun motif intéressé; mais le grand tort de madame d'Arbigny était de faire une entreprise du sentiment, de mettre de l'adresse là où il suffisait d'aimer, et de dissimuler sans cesse quand il eût mieux valu montrer tout simplement ce qu'elle éprouvait. Car elle m'aimait alors autant qu'on peut aimer quand on combine ce qu'on fait, presque ce que l'on pense, et que l'on conduit les relations du cœur comme des intrigues politiques.

La tristesse de madame d'Arbigny ajoutait encore à ses charmes extérieurs, et lui donnait une expression touchante qui me plaisait extrêmement. Je lui avais formellement déclaré que je ne me marierais point sans le consentement de mon père; mais je ne pouvais m'empêcher de lui exprimer les transports que sa figure séduisante excitait en moi ; et comme il entrait dans ses projets de me captiver à tout prix, je crus entrevoir qu'elle n'était pas invariablement résolue à repousser mes désirs ; et maintenant que je me retrace ce qui s'est passé entre nous, il me semble qu'elle hésitait par des motifs étrangers à l'amour, et que ses combats apparents étaient des délibérations secrètes. Je me trouvais seul avec elle tout le jour, et, malgré les résolutions que la délicatesse m'inspirait, je ne pus résister à mon entraînement, et madame d'Arbigny m'imposa tous les devoirs en m'accordant tous les droits. Elle me montra plus de douleur et de remords que peut-être elle n'en avait réellement, et me lia fortement à son sort par son repentir même. Je voulais la mener en Angleterre avec moi, la faire connaître à mon père, et le conjurer de consentir à mon union avec elle ; mais elle se refusait à quitter la France sans que je fusse son époux. Peut-être avait-elle raison en cela ; mais sachant bien de tout temps que je ne pouvais me résoudre à l'épouser sans l'aveu de mon père, elle avait tort dans les moyens qu'elle prenait et pour ne pas partir, et pour me retenir malgré les devoirs qui me rappelaient en Angleterre.

Quand la guerre fut déclarée entre les deux pays [a], mon désir de quitter la France devint plus vif, et les obstacles que madame d'Arbigny y opposait se multiplièrent. Tantôt elle ne pouvait obtenir un passe-port ; tantôt, si je voulais partir seul, elle m'assurait qu'elle serait compromise en restant en France après mon départ, parcequ'on la soupçonnerait d'être en correspondance avec moi. Cette femme si douce, si mesurée, se livrait par moment à des accès de désespoir qui bouleversaient entièrement mon ame. Elle employait les attraits de sa figure et les graces de son esprit pour me plaire, et sa douleur pour m'intimider.

Peut-être les femmes ont-elles tort de commander au

nom des larmes, et d'asservir ainsi la force à leur faiblesse. Mais quand elles ne craignent pas d'employer ce moyen, il réussit presque toujours, au moins pour un temps. Sans doute le sentiment s'affaiblit par l'empire même que l'on usurpe sur lui, et la puissance des pleurs trop souvent exercée refroidit l'imagination. Mais il y avait en France dans ce temps mille occasions de ranimer l'intérêt et la pitié. La santé de madame d'Arbigny paraissait aussi tous les jours plus faible ; et c'est encore un terrible moyen de domination pour les femmes que la maladie. Celles qui n'ont pas comme vous, Corinne, une juste confiance dans leur esprit et dans leur ame, ou celles qui ne sont pas, comme nos Anglaises, si fières et si timides que la feinte leur est impossible, ont recours à l'art pour inspirer l'attendrissement ; et le mieux que l'on puisse attendre d'elles alors, c'est que leur dissimulation ait pour cause un sentiment vrai.

Un tiers se mêlait, à mon insçu, de mes relations avec madame d'Arbigny ; c'était M. de Maltigues : elle lui plaisait ; il ne demandait pas mieux que de l'épouser. Mais une immoralité réfléchie le rendait indifférent à tout ; il aimait l'intrigue comme un jeu, même quand le but ne l'intéressait pas, et secondait madame d'Arbigny dans le désir qu'elle avait de s'unir à moi, quitte à déjouer ce projet si l'occasion de servir le sien se présentait. C'était un homme pour qui j'avais un singulier éloignement ; à peine âgé de trente ans, ses manières et son extérieur étaient d'une sécheresse remarquable. En Angleterre, où l'on nous accuse d'être froids, je n'ai rien vu de comparable au sérieux de son maintien quand il entrait dans une chambre. Je ne l'aurais jamais pris pour un Français s'il n'avait pas eu le goût de la plaisanterie, et un besoin de parler très bizarre dans un homme qui paraissait blasé sur tout, et qui mettait cette disposition en système. Il prétendait qu'il était né très sensible, très enthousiaste, mais que la connaissance des hommes dans la révolution de France l'avait détrompé de tout cela. Il avait aperçu, disait-il, qu'il n'y avait de bon dans ce monde que la fortune ou le pouvoir, ou tous les deux, et que les amitiés, en général, devaient être considérées comme des moyens qu'il faut prendre ou quitter selon les circonstances. Il était assez habile dans la pratique de cette opinion; il n'y faisait qu'une faute, c'était de la dire; mais bien qu'il n'eût pas, comme les Français d'autrefois, le désir de plaire, il lui restait le besoin de faire effet par la conversation, et cela le rendait très-imprudent. Bien différent en cela de Madame d'Arbigny, qui voulait atteindre son but, mais qui ne se trahissait point comme M. de Maltigues, en cherchant à briller par l'immoralité même. Entre ces deux personnes, ce qui était bizarre, c'est que la plus vive cachait bien son secret, et que l'homme froid ne savait pas se taire.

Tel qu'il était, ce M. de Maltigues, il avait un ascendant singulier sur madame d'Arbigny; il la devinait ou bien elle lui confiait tout; cette femme, habituellement dissimulée, avait peut-être besoin de faire de temps en temps une imprudence comme pour respirer; au moins est-il certain que, quand M. de Maltigues la regardait durement, elle se troublait toujours; s'il avait l'air mécontent, elle se levait pour le prendre à part; s'il sortait avec humeur, elle s'enfermait presqu'à l'instant pour lui écrire. Je m'expliquais cette puissance de M. de Maltigues sur madame d'Arbigny, parcequ'il la connaissait dès son enfance, et dirigeait ses affaires depuis qu'elle n'avait pas de plus proche parent que lui; mais le principal motif de ces ménagements singuliers, c'était le projet qu'elle avait formé, et que j'appris trop tard, de l'épouser si je la quittais, car elle ne voulait à aucun prix passer pour une femme abandonnée. Une telle résolution devrait faire croire qu'elle ne m'aimait pas, et cependant elle

n'avait pour me préférer aucune raison que le sentiment. Mais elle avait mêlé toute sa vie le calcul à
l'entraînement, et les prétentions factices de la société aux affections naturelles. Elle pleurait parcequ'elle
était émue; mais elle pleurait aussi parceque c'est
ainsi qu'on attendrit. Elle était heureuse d'être aimée,
parcequ'elle aimait, mais aussi parceque cela fait
honneur dans le monde; elle avait de bons sentiments quand elle était toute seule; mais elle n'en
jouissait pas si elle ne pouvait les faire tourner au profit
de son amour-propre ou de ses désirs. C'était une
personne formée par et pour la bonne compagnie, et
qui avait cet art de travailler le vrai qui se rencontre si
souvent dans les pays où le désir de produire de l'effet
par ses sentiments est plus vif que ces sentiments
mêmes.

Je n'avais pas, depuis long-temps, de nouvelles de
mon père, parceque la guerre avait interrompu sa
correspondance avec moi. Une lettre enfin m'arriva
par une occasion; il m'adjurait de partir au nom de
mon devoir et de sa tendresse; il me déclarait en même
temps, de la manière la plus formelle, que si j'épousais
madame d'Arbigny, je lui causerais une douleur
mortelle, et me demandait au moins de revenir libre en
Angleterre, et de ne me décider qu'après l'avoir
entendu. Je lui répondis à l'instant, en lui donnant ma
parole d'honneur que je ne me marierais pas sans son
consentement, et l'assurant que dans peu je le rejoin-
drais. Madame d'Arbigny employa d'abord la prière,
puis le désespoir pour me retenir, et voyant enfin
qu'elle ne réussissait pas, je crois qu'elle eut recours à
la ruse; mais comment alors aurais-je pu le soupçonner!

Un matin elle arriva chez moi, pâle, échevelée, et se
jeta dans mes bras en me suppliant de la protéger : elle
paraissait mourir de frayeur. A peine pus-je comprendre, à travers son émotion, que l'ordre était venu de

l'arrêter, comme sœur du comte Raimond, et qu'il fallait que je lui trouvasse un asile pour la dérober à ceux qui la poursuivaient. A cette époque même, des femmes avaient péri, et toutes les terreurs paraissaient naturelles. Je la menai chez un négociant qui m'était dévoué ; je l'y cachai, je crus la sauver, et M. de Maltigues et moi nous avions seuls le secret de sa retraite. Comment dans cette situation ne pas s'intéresser vivement au sort d'une femme ! Comment se séparer d'une personne proscrite ! Quel est le jour, quel est le moment où il se peut qu'on lui dise : — Vous avez compté sur mon appui et je vous le retire. — Cependant le souvenir de mon père me poursuivait continuellement, et dans plusieurs occasions j'essayai d'obtenir de madame d'Arbigny la permission de partir seul ; mais elle me menaça de se livrer à ses assassins si je la quittais, et sortit deux fois en plein jour, dans un trouble affreux qui me pénétra de douleur et de crainte. Je la suivis dans la rue en la conjurant en vain de revenir. Heureusement, par hasard, ou par combinaison, nous rencontrâmes chaque fois M. de Maltigues, et il la ramena, en lui faisant sentir l'imprudence de sa conduite. Alors je me résignai à rester, et j'écrivis à mon père en motivant, autant que je le pus, ma conduite ; mais je rougissais d'être en France, au milieu des évènements affreux qui s'y passaient, et lorsque mon pays était en guerre avec les Français.

M. de Maltigues se moquait souvent de mes scrupules ; mais, tout spirituel qu'il était, il ne prévoyait pas, ou ne se donnait pas la peine d'observer l'effet de ses plaisanteries ; car elles réveillaient en moi tous les sentiments qu'il voulait éteindre. Madame d'Arbigny remarquait bien l'impression que je recevais, mais elle n'avait point d'empire sur M. de Maltigues, qui se décidait souvent par le caprice, au défaut de l'intérêt. Elle recourait pour m'attendrir, à sa douleur véritable, à sa douleur exagérée ; elle se servait de la faiblesse de

sa santé autant pour plaire que pour toucher, car elle
n'était jamais plus attrayante que quand elle s'éva-
nouissait à mes pieds. Elle savait embellir sa beauté
comme tout le reste de ses agréments, et ses charmes
extérieurs eux-mêmes étaient habilement combinés
avec ses émotions pour me captiver.

Je vivais ainsi toujours troublé, toujours incertain,
tremblant quand je recevais une lettre de mon père,
plus malheureux encore quand je n'en recevais pas,
retenu par l'attrait que je ressentais pour madame
d'Arbigny, et sur-tout par la peur de son désespoir ;
car, par un mélange singulier, c'était la personne la
plus douce dans l'habitude de la vie, la plus égale,
souvent même la plus enjouée, et néanmoins la plus
violente dans une scène. Elle voulait enchaîner par le
bonheur et par la crainte, et transformait ainsi toujours son naturel en moyens. Un jour, c'était au mois
de septembre 1793, il y avait plus d'un an déjà que
j'étais en France, je reçus une lettre de mon père,
conçue en peu de mots ; mais ces mots étaient si
sombres et si douloureux, qu'il faut, Corinne, m'épargner de vous les dire, ils me feraient trop de mal.
Mon père était déjà malade, mais il ne me le dit pas,
sa délicatesse et sa fierté l'en empêchèrent. Cependant
toute sa lettre exprimait tant de douleur, et sur mon
absence et sur la possibilité de mon mariage avec
madame d'Arbigny, que je ne conçois pas encore
comment, en la lisant, je n'ai pas prévu le malheur
dont j'étais menacé. Je fus assez ému néanmoins pour
ne plus hésiter, et j'allai chez madame d'Arbigny,
parfaitement décidé à prendre congé d'elle. Elle aperçut bien vite que mon parti était pris, et, se recueillant
en elle-même, tout à coup elle se leva et me dit : —
Avant de partir il faut que vous sachiez un secret que
je rougissais de vous avouer. Si vous m'abandonnez, ce
ne sera pas moi seule que vous ferez mourir, et le fruit
de ma honte et de mon coupable amour périra dans

mon sein avec moi. — Rien ne peut exprimer l'émotion que j'éprouvais, ce devoir sacré, ce devoir nouveau s'empara de toute mon ame, et je fus soumis à madame d'Arbigny comme l'esclave le plus dévoué.

Je l'aurais épousée, comme elle le voulait, s'il ne se fût pas rencontré dans ce moment les plus grands obstacles à ce qu'un Anglais pût se marier en France, en déclarant, comme il le fallait, son nom à l'officier civil. J'ajournai donc notre union jusqu'au moment où nous pourrions aller ensemble en Angleterre, et je résolus de ne pas quitter madame d'Arbigny jusqu'alors : elle se calma d'abord, quand elle fut tranquillisée sur le danger prochain de mon départ ; mais elle recommença bientôt après à se plaindre et à se montrer tour à tour blessée et malheureuse, de ce que je ne surmontais pas toutes les difficultés pour l'épouser. J'aurais fini par céder à sa volonté ; j'étais tombé dans la mélancolie la plus profonde ; je passais des jours entiers chez moi, sans pouvoir en sortir ; j'étais en proie à une idée que je ne m'avouais jamais et qui me persécutait toujours. J'avais un pressentiment de la maladie de mon père, et je ne voulais pas croire à mon pressentiment, que je prenais pour une faiblesse. Par une bizarrerie, résultat de l'effroi que me causait la douleur de madame d'Arbigny, je combattais mon devoir comme une passion ; et ce qu'on aurait pu croire une passion me tourmentait comme un devoir. Madame d'Arbigny m'écrivait sans cesse pour m'engager à venir chez elle ; j'y venais, et quand je la voyais, je ne lui parlais pas de son état, parceque je n'aimais pas à rappeler ce qui lui donnait des droits sur moi ; il me semble à présent qu'elle aussi m'en parlait moins qu'elle n'aurait dû le faire, mais je souffrais trop alors pour rien remarquer.

Enfin, une fois que j'étais resté trois jours chez moi, dévoré de remords, écrivant vingt lettres à mon père et les déchirant toutes, M. de Maltigues, qui ne venait

guère me voir, parceque nous ne nous convenions pas,
arriva, député par madame d'Arbigny pour m'arracher à ma solitude ; mais s'intéressant assez peu,
comme vous allez en juger, au succès de son ambassade. Il aperçut en entrant, avant que j'eusse eu le
temps de le cacher, que j'avais le visage couvert de
larmes. — A quoi bon cette douleur, mon cher, me dit-
il ? quittez ma cousine ou bien épousez-la : ces deux
partis sont également bons, puisqu'ils en finissent. —
Il y a des situations dans la vie, lui répondis-je, où
même en se sacrifiant on ne sait pas encore comment
remplir tous ses devoirs. — C'est qu'il ne faut pas se
sacrifier, reprit M. de Maltigues ; je ne connais, quant
à moi, aucune circonstance où cela soit nécessaire :
avec de l'adresse on se tire de tout ; l'habileté est la
reine du monde. — Ce n'est pas l'habileté que j'envie,
lui dis-je ; mais je voudrais au moins, je vous le répète,
en me résignant à n'être pas heureux, ne pas affliger ce
que j'aime. — Croyez-moi, dit M. de Maltigues, ne
mêlez pas à cette œuvre difficile qu'on appelle vivre le
sentiment qui la complique encore plus : c'est une
maladie de l'ame, j'en suis atteint quelquefois tout
comme un autre ; mais quand elle m'arrive, je me dis
que cela passera, et je me tiens toujours parole.
— Mais, lui répondis-je, en cherchant à rester comme
lui dans les idées générales, car je ne pouvais ni ne
voulais lui témoigner aucune confiance ; quand on
pourrait écarter le sentiment, il resterait toujours
l'honneur et la vertu, qui s'opposent souvent à nos
désirs en tout genre. — L'honneur, reprit M. de
Maltigues : entendez-vous, par l'honneur, se battre
quand on est insulté ? à cet égard il n'y a pas de doute ;
mais sous tous les autres rapports, quel intérêt aurait-
on à se laisser entraver par mille délicatesses vaines ?
— Quel intérêt ! interrompis-je, il me semble que ce
n'est pas là le mot dont il s'agit. — A parler
sérieusement, continua M. de Maltigues, il en est peu

qui aient un sens aussi clair ; je sais bien qu'autrefois l'on disait : *Un honorable malheur, un glorieux revers.* Mais aujourd'hui que tout le monde est persécuté, les coquins, comme ce qu'on est convenu d'appeler les honnêtes gens, il n'y a de différence dans ce monde qu'entre les oiseaux pris au filet et ceux qui y ont échappé. — Je crois à une autre différence, lui répondis-je, la prospérité méprisée et les revers honorés par l'estime des hommes de bien. — Trouvez-les-moi donc, reprit M. de Maltigues, ces hommes de bien qui vous consolent de vos peines par leur courageuse estime ; il me semble, au contraire, que la plupart des personnes soi-disant vertueuses, si vous êtes heureux, vous excusent, si vous êtes puissants, vous aiment. C'est très beau sans doute à vous, de ne pas savoir contrarier un père, qui devrait à présent ne plus se mêler de vos affaires ; mais il ne faudrait pas pour cela perdre votre vie ici de toutes les façons ; quant à moi, quoi qu'il m'arrive, je veux à tout prix épargner à mes amis le chagrin de me voir souffrir, et à moi le spectacle du visage alongé de la consolation. — Je croyais, interrompis-je vivement, que le but de la vie d'un honnête homme n'était pas le bonheur, qui ne sert qu'à lui, mais la vertu qui sert aux autres. — La vertu, la vertu.... dit M. de Maltigues, en hésitant un peu, puis se décidant à la fin, c'est un langage pour le vulgaire, que les augures ne peuvent se parler entre eux sans rire. Il y a de bonnes ames que de certains mots, de certains sons harmonieux remuent encore, c'est pour elles que l'on fait jouer l'instrument ; mais toute cette poésie que l'on appelle la conscience, le dévouement, l'enthousiasme, a été inventée pour consoler ceux qui n'ont pas su réussir dans le monde ; c'est comme le *de profundis* que l'on chante pour les morts. Les vivants, quand ils sont dans la prospérité, ne sont pas du tout curieux d'obtenir ce genre d'hommage. —

Je fus tellement irrité de ce discours, que je ne pus m'empêcher de dire avec hauteur : — Je serais fâché, Monsieur, si j'avais des droits sur la maison de madame d'Arbigny, qu'elle reçût chez elle un homme qui se permet une telle manière de penser et de s'exprimer. — Vous pouvez à cet égard, répondit M. de Maltigues, quand il en sera temps, décider ce qui vous plaira ; mais si ma cousine m'en croit, elle n'épousera point un homme qui se montre si malheureux de la possibilité de cette union ; depuis long-temps, elle peut vous le dire, je lui reproche sa faiblesse et tous les moyens qu'elle emploie pour un but qui n'en vaut pas la peine. — A ce mot, que l'accent rendait encore plus insultant, je fis signe à M. de Maltigues de sortir avec moi, et pendant le chemin je dois dire qu'il continuait à développer son système avec le plus grand sang-froid du monde ; et pouvant mourir dans peu d'instants, il ne disait pas un mot qui fût religieux ni sensible. — Si j'avais donné dans toutes vos fadaises, à vous autres jeunes gens, me disait-il, pensez-vous que ce qui se passe dans mon pays ne m'en aurait pas guéri ? Quand avez-vous vu que d'être scrupuleux à votre manière servît à rien ? — Je conviens avec vous, lui dis-je, que dans votre pays à présent cela sert un peu moins qu'ailleurs ; mais avec le temps, ou par-delà le temps, tout a sa récompense. — Oui, reprit M. de Maltigues, en faisant entrer le ciel dans ses calculs. — Et pourquoi pas ? lui dis-je, l'un de nous va peut-être savoir ce qui en est. — Si c'est moi qui dois mourir, continua-t-il en riant, je suis bien sûr que je n'en saurai rien, si c'est vous, vous ne reviendrez pas éclairer mon ame. — En chemin je pensai que si j'étais tué par M. de Maltigues, je n'avais pris aucune précaution pour faire savoir mon sort à mon père, ni pour donner à madame d'Arbigny une partie de ma fortune à laquelle je lui croyais des droits. Pendant que

je faisais ces réflexions, nous passâmes devant la
maison de M. de Maltigues, et je lui demandai la
permission d'y monter pour écrire deux lettres ; il y
consentit : et lorsque nous continuâmes notre route
pour sortir de la ville, je les lui remis et je lui parlai de
madame d'Arbigny avec beaucoup d'intérêt en la lui
recommandant comme à un ami que je croyais sûr.
Cette preuve de confiance le toucha, car il faut
observer, à la gloire de l'honnêteté, que les hommes
qui professent le plus ouvertement l'immoralité, sont
très-flattés si par hasard on leur donne une marque
d'estime : la circonstance aussi dans laquelle nous
nous trouvions était assez grave pour que M. de
Maltigues en fût peut-être ému ; mais comme pour rien
au monde il n'aurait voulu qu'on le remarquât, il dit
en plaisantant ce qui lui était inspiré, je le crois, par un
sentiment plus sérieux.

— Vous êtes une honnête créature, mon cher
Nelvil, je veux faire pour vous quelque chose de
généreux, on dit que cela porte bonheur, et la générosité est en effet une qualité si enfantine qu'elle doit être
plutôt récompensée dans le ciel que sur la terre. Mais
avant de vous servir, il faut que nos conditions soient
bien faites, quoi que je vous dise, nous ne nous en
battrons pas moins. — Je répondis à ces mots par un
consentement très dédaigneux, à ce que je crois, car je
trouvais la précaution oratoire, au moins inutile.
M. de Maltigues continua d'un ton sec et dégagé. —
Madame d'Arbigny ne vous convient pas, vos caractères n'ont aucun rapport ensemble ; votre père, d'ailleurs, serait désespéré si vous faisiez ce mariage, et
vous seriez désespéré d'affliger votre père ; il vaut donc
mieux que, si je vis, ce soit moi qui épouse madame
d'Arbigny, et si vous me tuez, il vaut mieux encore
qu'elle en épouse un troisième ; car c'est une personne
d'une haute sagesse que ma cousine, et qui, lors même

qu'elle aime, prend toujours de sages précautions pour
le cas où on ne l'aimerait plus. Vous apprendrez tout
cela par ses lettres, je vous les laisse après moi ; vous
les trouverez dans mon secrétaire dont voici la clef. Je
suis lié avec ma cousine depuis qu'elle est au monde, et
vous savez que, bien qu'elle soit très mystérieuse, elle
ne me cache aucun de ses secrets ; elle croit que je ne
dis que ce que je veux ; il est vrai que je ne suis entraîné
par rien ; mais aussi je ne mets pas d'importance à
grand'chose, et je pense que nous autres hommes nous
nous devons de ne nous rien taire à l'égard des
femmes. Aussi-bien si je meurs, c'est pour les beaux
yeux de madame d'Arbigny que cet accident m'arrivera, et quoi que je sois prêt à périr pour elle de bonne
grace, je ne lui suis pas trop obligé de la situation où
elle m'a mis par sa double intrigue. Au reste, ajouta-
t-il, il n'est pas dit que vous me tuerez ; — et en
achevant ces mots, comme nous étions hors de la ville,
il tira son épée et se mit en garde.

Il avait parlé avec une vivacité singulière, et j'étais
resté confondu de ce qu'il m'avait dit. L'approche du
danger, sans le troubler, l'animait pourtant davantage,
et je ne pouvais deviner si c'était la vérité qu'il
trahissait, ou le mensonge qu'il forgeait pour se
venger. Néanmoins, dans cette incertitude, je ména-
geai beaucoup sa vie ; il était moins adroit que moi
dans les exercices du corps, et dix fois j'aurais pu lui
plonger mon épée dans le cœur, mais je me contentai
de le blesser au bras, et de le désarmer. Il parut
sensible à mon procédé, et je lui rappelai, en le
conduisant chez lui, la conversation qui avait précédé
l'instant où nous nous étions battus. Il me dit alors : —
Je suis fâché d'avoir trahi la confiance de ma cousine ;
le péril est comme le vin, il monte la tête ; mais enfin je
m'en console, car vous n'auriez pas été heureux avec
madame d'Arbigny, elle est trop rusée pour vous. Moi,
cela m'est égal ; car bien que je la trouve charmante, et

que son esprit me plaise extrêmement, elle ne me fera jamais rien faire à mon détriment, et nous nous servirons très bien en tout, parceque le mariage rendra nos intérêts communs. Mais vous, qui êtes romanesque, vous auriez été sa dupe. Il ne tenait qu'à vous de me tuer et je vous dois la vie, je ne puis donc vous refuser les lettres que je vous avais promises après ma mort. Lisez-les, partez pour l'Angleterre, et ne soyez pas trop tourmenté des chagrins de madame d'Arbigny. Elle pleurera, parcequ'elle vous aime ; mais elle se consolera, parceque c'est une femme assez raisonnable pour ne pas vouloir être malheureuse, et sur-tout passer pour l'être. Dans trois mois elle sera madame de Maltigues. — Tout ce qu'il me disait était vrai : les lettres qu'il me montra le prouvèrent. Je restai convaincu que madame d'Arbigny n'était point dans l'état qu'elle avait feint de m'avouer en rougissant pour me contraindre à l'épouser, et qu'elle m'avait à cet égard indignement trompé. Sans doute elle m'aimait, puisqu'elle le disait dans ses lettres à M. de Maltigues lui-même ; mais elle le flattait avec tant d'art, mais elle lui laissait tant d'espérance et montrait pour lui plaire un caractère si différent de celui qu'elle m'avait toujours fait voir, qu'il me fut impossible de douter qu'elle ne le ménageât dans l'intention de l'épouser si notre mariage n'avait pas lieu. Telle était la femme, Corinne, qui m'a coûté pour toujours le repos du cœur et de la conscience !

Je lui écrivis en partant, et je ne la revis plus : et comme M. de Maltigues l'avait prédit, j'ai su depuis qu'elle l'avait épousé. Mais j'étais loin d'envisager alors le malheur qui m'attendait : je croyais obtenir mon pardon de mon père ; j'étais sûr qu'en lui disant combien j'avais été trompé, il m'aimerait davantage, puisqu'il me saurait plus à plaindre. Après un voyage de près d'un mois, jour et nuit à travers l'Allemagne, j'arrivai en Angleterre plein de confiance dans l'inépuisable bonté parternelle. Corinne, en débarquant, un papier public m'annonça que mon père n'était plus ! Vingt mois se sont passés depuis ce moment, et il est toujours devant moi comme un fantôme qui me poursuit. Les lettres qui formaient ces mots : *Lord Nelvil vient de mourir,* ces lettres étaient flamboyantes ; le feu du volcan qui est là devant nous est moins effrayant qu'elles. Ce n'est pas tout encore ; j'appris qu'il était mort profondément affligé de mon séjour en France, craignant que je renonçasse à la carrière militaire ; que je n'épousasse une femme dont il pensait peu de bien, et que, me fixant dans un pays en guerre avec le mien, je ne me perdisse entièrement de réputation en Angleterre. Qui sait si ces douloureuses pensées n'ont pas abrégé ses jours ! Corinne, Corinne, ne suis-je pas un assassin, ne le suis-je pas, dites-le-moi ? — Non, s'écria-t-elle, non, vous n'êtes que malheureux, c'est la bonté, c'est la générosité qui vous ont entraîné. Je vous respecte autant que je vous aime : jugez-vous dans mon cœur, prenez-le pour votre conscience. La douleur vous égare : croyez celle qui vous chérit. Ah ! l'amour, tel que je le sens, n'est point une illusion, c'est parceque vous êtes le meilleur, le plus sensible des hommes, que je vous admire et vous adore. — Corinne, lui dit Oswald, cet hommage ne m'est pas dû ; mais il se peut cependant que je ne sois pas si coupable : mon père m'a pardonné avant de mourir ; j'ai trouvé dans un dernier écrit de lui, qui m'était adressé, de douces paroles ; une lettre de moi lui était parvenue, qui m'avait un peu justifié ; mais le mal était fait, et la douleur qui venait de moi avait déchiré son cœur.

Quand je rentrai dans son château, quand ses vieux serviteurs m'entourèrent, je repoussai leurs consolations ; je m'accusai devant eux, j'allai me prosterner sur sa tombe, j'y jurai, comme si le temps de réparer existait encore pour moi, que jamais je ne me marierais sans le consentement de mon père. Hélas ! que promettais-je à celui qui n'était plus ! Que signifiaient alors ces paroles de mon délire ! Je dois les considérer au moins comme un engagement de ne rien faire qu'il eût désapprouvé pendant sa vie. Corinne, chère amie, pourquoi ces mots vous troublent-ils ? Mon père a pu me demander le sacrifice d'une femme dissimulée, qui ne devait qu'à son adresse le goût qu'elle m'inspirait ; mais la personne la plus vraie, la plus naturelle et la plus généreuse, celle pour qui j'ai senti le premier amour, celui qui purifie l'ame au lieu de l'égarer, pourquoi les êtres célestes voudraient-ils me séparer d'elle ?

Lorsque j'entrai dans la chambre de mon père, je vis son manteau, son fauteuil, son épée, qui étaient encore là comme autrefois ; encore là : mais sa place était vide, et mes cris l'appelaient en vain ! Ce manuscrit, ce recueil de ses pensées est tout ce qui me répond ; vous en connaissez déjà quelques morceaux, dit Oswald en le donnant à Corinne ; je le porte toujours avec moi ; lisez ce qu'il écrivait sur le devoir des enfants envers leurs parents ; lisez, Corinne ; votre douce voix me familiarisera peut-être avec ces paroles. Corinne obéit à la volonté d'Oswald et lut ce qui suit [b] :

« Ah ! qu'il faut peu de chose pour rendre défiants d'eux-mêmes un père, une mère avancés dans la vie ; ils croient aisément qu'ils sont de trop sur la terre. A quoi se croiraient-ils bons pour vous, qui ne leur demandez plus de conseils ? Vous vivez en entier dans le moment présent ; vous y êtes consignés par une passion dominante ; et tout ce qui ne se rapporte pas à ce moment vous paraît antique et suranné. Enfin, vous êtes tellement en votre personne, et de cœur et d'esprit, que, croyant former à vous seul un point historique, les ressemblances éternelles entre le temps et les hommes échappent à votre attention, et l'autorité de l'expérience vous semble une fiction, ou une vaine garantie

destinée uniquement au crédit des vieillards et aux
dernières jouissances de leur amour-propre. Quelle
erreur est la vôtre ! Le monde, ce vaste théâtre, ne
change pas d'acteurs ; c'est toujours l'homme qui s'y
montre en scène ; mais l'homme ne se renouvelle
point ; il se diversifie ; et comme toutes ses formes sont
dépendantes de quelques passions principales dont le
cercle est depuis long-temps parcouru, il est rare que,
dans les petites combinaisons de la vie privée, l'expérience, cette science du passé, ne soit la source féconde
des enseignements les plus utiles.

« Honneur donc aux pères et aux mères, honneur à
eux, honneur et respect, ne fût-ce que pour leur règne
passé, pour ce temps dont ils ont été seuls maîtres et
qui ne reviendra plus ; ne fût-ce que pour ces années à
jamais perdues, et dont ils portent sur le front l'auguste empreinte.

« Voilà votre devoir, enfants présomptueux, et qui
paraissez impatients de courir seuls la route de la vie.
Ils s'en iront, vous n'en pouvez douter, ces parents qui
tardent à vous faire place ; ce père dont les discours ont
encore une teinte de sévérité qui vous blesse : cette
mère dont le vieil âge vous impose des soins qui vous
importunent : ils s'en iront, ces surveillants attentifs de
votre enfance, et ces protecteurs animés de votre
jeunesse ; ils s'en iront, et vous chercherez en vain de
meilleurs amis ; ils s'en iront, et dès qu'ils ne seront
plus, ils se présenteront à vous sous un nouvel aspect ;
car le temps, qui vieillit les gens présents à notre vue,
les rajeunit pour nous quand la mort les a fait
disparaître ; le temps leur prête alors un éclat qui nous
était inconnu : nous les voyons dans le tableau de
l'éternité où il n'y a plus d'âge, comme il n'y a plus de
graduation ; et s'ils avaient laissé sur la terre un
souvenir de leurs vertus, nous les ornerions en imagination d'un rayon céleste, nous les suivrions de nos
regards dans le séjour des élus, nous les contemple-

rions dans ces demeures de gloire et de félicité ; et, près
des vives couleurs dont nous composerions leur sainte
auréole, nous nous trouverions effacés au milieu même
de nos beaux jours, au milieu des triomphes dont nous
sommes le plus éblouis [26] ».

Corinne, s'écria lord Nelvil avec une douleur déchirante, pensez-vous que c'est contre moi qu'il écrivait
ces éloquentes plaintes ? — Non, non, répondit
Corinne ; vous savez qu'il vous chérissait, qu'il croyait
à votre tendresse ; et je tiens de vous que ces réflexions
furent écrites longtemps avant que vous eussiez eu le
tort que vous vous reprochez. Écoutez plutôt, continua
Corinne, en parcourant le recueil qu'elle avait encore
entre les mains, écoutez ces réflexions sur l'indulgence,
qui sont écrites quelques pages plus loin :

« Nous marchons dans la vie, environnés de pièges
et d'un pas chancelant ; nos sens se laissent séduire par
des amorces trompeuses ; notre imagination nous
égare par de fausses lueurs ; et notre raison elle-même
reçoit chaque jour de l'expérience le degré de lumière
qui lui manquait et la confiance dont elle a besoin.
Tant de dangers unis à une si grande faiblesse ; tant
d'intérêts divers, avec une prévoyance limitée, une
capacité si restreinte ; enfin tant de choses inconnues et
une si courte vie : toutes ces circonstances, toutes ces
conditions de notre nature, ne sont-elles pas pour nous
un avertissement du haut rang que nous devons
accorder à l'indulgence dans l'ordre des vertus sociales !...... Hélas ! où est-il l'homme qui soit exempt de
faiblesses ? Où est-il l'homme qui n'ait aucun reproche
à se faire ? Où est-il l'homme qui puisse regarder en
arrière de sa vie sans éprouver un seul remords ou sans
connaître aucun regret ? Celui-là seul est étranger aux
agitations d'une ame timorée, qui ne s'est jamais
examiné lui-même, qui n'a jamais séjourné dans la
solitude de sa conscience [27]. »

Voilà, reprit Corinne, les paroles que votre père

vous adresse du haut du ciel, voilà celles qui sont pour
vous. — Cela est vrai, dit Oswald ; oui, Corinne, vous
êtes l'ange des consolations, vous me faites du bien ;
mais si j'avais pu le voir un moment avant sa mort, s'il
avait su de moi que je n'étais pas indigne de lui, s'il
m'avait dit qu'il le croyait, je ne serais pas agité par les
remords comme le plus criminel des hommes ; je
n'aurais pas cette conduite vacillante, cette ame troublée qui ne promet de bonheur à personne. Ne
m'accusez pas de faiblesse ; mais le courage ne peut
rien contre la conscience : c'est d'elle qu'il vient ;
comment pourrait-il triompher d'elle ? A présent
même que l'obscurité s'avance, il me semble que je
vois dans ces nuages les sillons de la foudre qui me
menace. Corinne ! Corinne ! rassurez votre malheureux ami, ou laissez-moi couché sur cette terre, qui
s'entr'ouvrira peut-être à mes cris, et me laissera
pénétrer jusqu'au séjour des morts.

Livre XIII.

LE VÉSUVE ET LA CAMPAGNE
DE NAPLES.

CHAPITRE PREMIER.

Lord Nelvil resta long-temps anéanti après le récit
cruel qui avait ébranlé toute son ame. Corinne essaya
doucement de le rappeler à lui-même : la rivière de feu
qui tombait du Vésuve, rendue visible enfin par la
nuit, frappa vivement l'imagination troublée
d'Oswald. Corinne profita de cette impression pour

l'arracher aux souvenirs qui l'agitaient, et se hâta de l'entraîner avec elle sur le rivage de cendres de la lave enflammée.

Le terrain qu'ils traversèrent, avant d'y arriver, fuyait sous leurs pas, et semblait les repousser loin d'un séjour ennemi de tout ce qui a vie : la nature n'est plus dans ces lieux en relation avec l'homme. Il ne peut plus s'en croire le dominateur ; elle échappe à son tyran par la mort. Le feu du torrent est d'une couleur funèbre ; néanmoins quand il brûle les vignes ou les arbres, on en voit sortir une flamme claire et brillante ; mais la lave même est sombre, tel qu'on se représente un fleuve de l'enfer ; elle roule lentement comme un sable noir de jour et rouge la nuit. On entend, quand elle approche, un petit bruit d'étincelles qui fait d'autant plus de peur qu'il est léger, et que la ruse semble se joindre à la force : le tigre royal arrive ainsi secrètement à pas comptés. Cette lave avance sans jamais se hâter et sans perdre un instant ; si elle rencontre un mur élevé, un édifice quelconque qui s'oppose à son passage, elle s'arrête, elle amoncèle devant l'obstacle ses torrents noirs et bitumineux, et l'ensevelit enfin sous ses vagues brûlantes. Sa marche n'est point assez rapide pour que les hommes ne puissent pas fuir devant elle ; mais elle atteint, comme le temps, les imprudents et les vieillards qui, la voyant venir lourdement et silencieusement, s'imaginent qu'il est aisé de lui échapper. Son éclat est si ardent, que pour la première fois la terre se réfléchit dans le ciel, et lui donne l'apparence d'un éclair continuel : ce ciel, à son tour, se répète dans la mer, et la nature est embrasée par cette triple image du feu.

Le vent se fait entendre et se fait voir par des tourbillons de flamme dans le gouffre d'où sort la lave. On a peur de ce qui se passe au sein de la terre, et l'on sent que d'étranges fureurs la font trembler sous nos pas. Les rochers qui entourent la source de la lave sont couverts de soufre, de bitume, dont les couleurs ont quelque chose d'infernal. Un vert livide, un jaune brun, un rouge sombre, forment comme une dissonance pour les yeux, et tourmentent la vue, comme l'ouïe serait déchirée par ces sons aigus que faisaient entendre les sorcières quand elles appelaient, de nuit, la lune sur la terre.

Tout ce qui entoure le volcan rappelle l'enfer, et les descriptions des poëtes sont sans doute empruntées de ces lieux. C'est là que l'on conçoit comment les hommes ont cru à l'existence d'un génie malfaisant qui contrariait les desseins de la Providence. On a dû se demander, en contemplant un tel séjour, si la bonté seule présidait aux phénomènes de la création, ou bien si quelque principe caché forçait la nature, comme l'homme, à la férocité. — Corinne, s'écria lord Nelvil, est-ce de ces bords infernaux que part la douleur? L'ange de la mort prend-il son vol de ce sommet? Si je ne voyais pas ton céleste regard je perdrais ici jusqu'au souvenir des œuvres de la divinité qui décorent le monde; et cependant cet aspect de l'enfer, tout affreux qu'il est, me cause moins d'effroi que les remords du cœur. Tous les périls peuvent être bravés; mais comment l'objet qui n'est plus pourrait-il nous délivrer des torts que nous nous reprochons envers lui? Jamais! Jamais! Ah! Corinne, quelle parole de fer et de feu! Les supplices inventés par les rêves de la souffrance, la roue qui tourne sans cesse, l'eau qui fuit dès qu'on veut s'en approcher, les pierres qui retombent à mesure qu'on les soulève, ne sont qu'une faible image pour exprimer cette terrible pensée, l'impossible et l'irréparable! —

Un silence profond régnait autour d'Oswald et de Corinne; leurs guides eux-mêmes s'étaient retirés dans l'éloignement; et comme il n'y a près du cratère ni animal, ni insecte, ni plante, on n'y entendait que le sifflement de la flamme agitée. Néanmoins, un bruit de

la ville arriva jusque dans ce lieu ; c'était le son des
cloches qui se faisait entendre à travers les airs : peut-
être célébraient-elles la mort, peut-être annonçaient-
elles la naissance ; n'importe, elles causèrent une douce
émotion aux voyageurs. — Cher Oswald, dit Corinne,
quittons ce désert, redescendons vers les vivants ; mon
ame est ici mal à l'aise. Toutes les autres montagnes,
en nous rapprochant du ciel, semblent nous élever au-
dessus de la vie terrestre ; mais ici je ne sens que du
trouble et de l'effroi : il me semble voir la nature
traitée comme un criminel, et condamnée, comme un
être dépravé, à ne plus sentir le souffle bienfaisant de
son créateur. Ce n'est sûrement pas ici le séjour des
bons, allons-nous-en. —

Une pluie abondante tombait pendant que Corinne
et lord Nelvil redescendaient vers la plaine. Leurs
flambeaux étaient à chaque instant prêts à s'éteindre.
Les Lazzaroni les accompagnaient en poussant des cris
continuels qui pourraient inspirer de la terreur à qui
ne saurait pas que c'est leur façon d'être habituelle.
Mais ces hommes sont quelquefois agités par un
superflu de vie dont ils ne savent que faire, parcequ'ils
réunissent au même degré la paresse et la violence.
Leur physionomie plus marquée que leur caractère
semble indiquer un genre de vivacité dans lequel
l'esprit et le cœur n'entrent pour rien. Oswald, inquiet
que la pluie ne fît du mal à Corinne, que la lumière ne
leur manquât, enfin qu'elle ne fût exposée à quelques
dangers, ne s'occupait plus que d'elle ; et cet intérêt si
tendre remit son ame par degrés de l'état où l'avait jeté
la confidence qu'il lui avait faite. Ils retrouvèrent leur
voiture au pied de la montagne ; ils ne s'arrêtèrent
point aux ruines d'Herculanum, qu'on a comme
ensevelies de nouveau pour ne pas renverser la ville de
Portici qui est bâtie sur cette ville ancienne. Ils
arrivèrent à Naples vers minuit, et Corinne promit à

lord Nelvil, en le quittant, de lui remettre le lendemain
matin l'histoire de sa vie.

CHAPITRE II.

En effet, le lendemain matin Corinne voulut s'imposer l'effort qu'elle avait promis, et bien que la connaissance plus intime qu'elle avait acquise du caractère
d'Oswald redoublât son inquiétude, elle sortit de sa
chambre, portant ce qu'elle avait écrit, tremblante, et
résolue néanmoins à le donner. Elle entra dans le salon
de l'auberge où ils demeuraient tous les deux ; Oswald
y était, et venait de recevoir des lettres de l'Angleterre.
Une de ces lettres était sur la cheminée, et l'écriture
frappa tellement Corinne, qu'avec un trouble inexprimable elle lui demanda de qui elle était ? — C'est de
lady Edgermond, répondit Oswald. — Vous êtes en
correspondance avec elle ? interrompit Corinne.
— Lord Edgermond était l'ami de mon père, reprit
Oswald, et puisque le hasard m'a fait vous parler
d'elle, je ne vous dissimulerai point que mon père avait
pensé qu'il pouvait me convenir un jour d'épouser
Lucile Edgermond, sa fille. — Grand Dieu ! s'écria
Corinne, et elle tomba sur une chaise, presque évanouie.

— D'où vient cette émotion cruelle, dit lord Nelvil ?
que pouvez-vous craindre de moi, Corinne, quand je
vous aime avec idolâtrie ? Si mon père m'avait, en
mourant, demandé d'épouser Lucile, sans doute je ne
me croirais pas libre, et je me serais éloigné de votre
charme irrésistible ; mais il n'a fait que me conseiller ce
mariage, en m'écrivant lui-même qu'il ne pouvait pas
juger Lucile, puisqu'elle n'était encore qu'une enfant.
Je ne l'ai vue moi-même qu'une fois, à peine alors
avait-elle douze ans. Je n'ai pris avec sa mère aucun

engagement avant de partir ; cependant les incertitudes, le trouble que vous avez pu remarquer dans ma
conduite, venaient uniquement de ce désir de mon
père : avant de vous connaître, je souhaitais de
pouvoir l'accomplir, tout fugitif qu'il était, comme une
espèce d'expiation envers lui, comme une manière de
prolonger après sa mort l'empire de sa volonté sur mes
résolutions ; mais vous avez triomphé de ce sentiment,
vous avez triomphé de tout moi-même, et j'ai seulement besoin de me faire pardonner ce qui dans ma
conduite a dû vous paraître de la faiblesse et de
l'irrésolution. Corinne, on ne se relève jamais entièrement de la douleur que j'ai éprouvée : elle flétrit
l'espérance, elle donne un sentiment de timidité pénible et douloureux ; la destinée m'a tant fait de mal,
qu'alors même qu'elle semble m'offrir le plus grand
bien, je me défie encore d'elle. Mais, chère amie, ces
inquiétudes sont dissipées, je suis à toi pour toujours, à
toi ! Je me dis que si mon père vous avait connue, c'est
vous qu'il aurait choisie pour la compagne de ma vie,
c'est vous...... — Arrêtez, s'écria Corinne, en fondant
en pleurs, je vous en conjure, ne me parlez pas ainsi.

— Pourquoi vous opposeriez-vous, dit lord Nelvil, au
plaisir que je trouve à vous unir dans ma pensée avec
le souvenir de mon père, à confondre ainsi dans mon
cœur tout ce qui m'est cher et sacré ? — Vous ne le
pouvez pas, interrompit Corinne ; Oswald, je sais trop
que vous ne le pouvez pas. — Juste ciel, reprit lord
Nelvil, qu'avez-vous à m'apprendre ? Donnez-moi cet
écrit qui doit contenir l'histoire de votre vie, donnez-le-
moi. — Vous l'aurez, reprit Corinne ; mais je vous en
conjure, encore huit jours de grace, seulement huit
jours. Ce que j'ai appris ce matin m'oblige à quelques
détails de plus. — Comment, dit Oswald, quel rapport
avez-vous ?...... — N'exigez pas que je vous réponde à
présent, interrompit Corinne, bientôt vous saurez tout,
et ce sera peut-être la fin, la terrible fin de mon

bonheur; mais, avant cet instant, je veux que nous
voyions ensemble la campagne heureuse de Naples,
avec un sentiment encore doux, avec une ame encore
accessible à cette ravissante nature; je veux consacrer,
de quelque manière dans ces beaux lieux, l'époque la
plus solennelle de ma vie : il faut que vous conserviez
un dernier souvenir de moi, telle que j'étais, telle que
j'aurais toujours été, si mon cœur s'était défendu de
vous aimer. — Ah! Corinne, dit Oswald, que voulez-
vous m'annoncer par ces paroles sinistres? Il ne se
peut pas que vous ayez rien à m'apprendre qui
refroidisse et ma tendresse et mon admiration. Pourquoi donc prolonger encore de huit jours cette anxiété,
ce mystère, qui semble élever une barrière entre nous?
— Cher Oswald, je le veux, répondit Corinne, pardonnez-moi ce dernier acte de pouvoir; bientôt vous seul
déciderez de nous deux; j'attendrai mon sort de votre
bouche sans murmurer, s'il est cruel : car je n'ai sur
cette terre ni sentiments, ni liens qui me condamnent
à survivre à votre amour. — En achevant ces mots, elle
sortit, en repoussant doucement avec sa main Oswald
qui voulait la suivre.

CHAPITRE III.

Corinne avait résolu de donner une fête à lord Nelvil
pendant les huit jours de délai qu'elle avait deman-
dés, et cette idée d'une fête s'unissait pour elle aux
sentiments les plus mélancoliques. En examinant le
caractère d'Oswald, il était impossible qu'elle ne fût
pas inquiète de l'impression qu'il recevrait par ce
qu'elle avait à lui dire. Il fallait juger Corinne en poëte,
en artiste, pour lui pardonner le sacrifice de son rang,
de sa famille, de son pays, de son nom, à l'enthousiasme du talent et des beaux-arts. Lord Nelvil avait

sans doute tout l'esprit nécessaire pour admirer l'imagination et le génie ; mais il croyait que les relations de la vie sociale devaient l'emporter sur tout, et que la première destination des femmes et même des hommes n'était pas l'exercice des facultés intellectuelles, mais l'accomplissement des devoirs particuliers à chacun. Les remords cruels qu'il avait éprouvés, en s'écartant de la ligne qu'il s'était tracée, avaient encore fortifié les principes sévères de moralité innés en lui. Les mœurs d'Angleterre, les habitudes et les opinions d'un pays où l'on se trouve si bien du respect le plus scrupuleux pour les devoirs, comme pour les lois, le retenaient dans des liens assez étroits à beaucoup d'égards ; enfin, le découragement qui naît d'une profonde tristesse fait aimer ce qui est dans l'ordre naturel, ce qui va de soi-même, et n'exige point de résolution nouvelle ni de décision contraire aux circonstances qui nous sont marquées par le sort.

L'amour d'Oswald pour Corinne avait modifié toute sa manière de sentir ; mais l'amour n'efface jamais entièrement le caractère, et Corinne apercevait ce caractère à travers la passion qui en triomphait ; et peut-être même le charme de lord Nelvil tenait-il beaucoup à cette opposition entre sa nature et son sentiment, opposition qui donnait un nouveau prix à tous les témoignages de sa tendresse. Mais l'instant approchait où les inquiétudes fugitives que Corinne avait constamment écartées, et qui n'avaient mêlé qu'un trouble léger et rêveur à la félicité dont elle jouissait, devaient décider de sa vie. Cette ame née pour le bonheur, accoutumée aux sensations mobiles du talent et de la poésie, s'étonnait de l'âpreté, et de la fixité de la douleur ; un frémissement que n'éprouvent point les femmes résignées depuis long-temps à souffrir agitait alors tout son être.

Cependant, au milieu de la plus cruelle anxiété, elle préparait secrètement une journée brillante qu'elle

voulait encore passer avec Oswald. Son imagination et
sa sensibilité s'unissaient ainsi d'une manière romanesque. Elle invita les Anglais qui étaient à Naples,
quelques Napolitains et Napolitaines dont la société
lui plaisait ; et le matin du jour qu'elle avait choisi
pour être tout à la fois et celui d'une fête et la veille
d'un aveu qui pouvait détruire à jamais son bonheur,
un trouble singulier animait ses traits, et leur donnait
une expression toute nouvelle. Des yeux distraits
pouvaient prendre cette expression si vive pour de la
joie ; mais ses mouvements agités et rapides, ses
regards qui ne s'arrêtaient sur rien, ne prouvaient que
trop à lord Nelvil ce qui se passait dans son ame. C'est
en vain qu'il essayait de la calmer par les protestations
les plus tendres. — Vous me direz cela dans deux
jours, lui disait-elle, si vous pensez toujours de même :
à présent ces douces paroles ne me font que du mal. —
Et elle s'éloignait de lui.

Les voitures qui devaient conduire la société que
Corinne avait invitée arrivèrent à la fin du jour, au
moment où le vent de mer s'élève, et, rafraîchissant
l'air, permet à l'homme de contempler la nature. La
première station de la promenade fut au tombeau de
Virgile. Corinne et sa société s'y arrêtèrent avant de
traverser la grotte de Pausilipe. Ce tombeau est placé
dans le plus beau site du monde ; le golfe de Naples lui
sert de perspective. Il y a tant de repos et de
magnificence dans cet aspect, qu'on est tenté de
croire que c'est Virgile lui-même qui l'a choisi ; ce
simple vers des Géorgiques aurait pu servir d'épitaphe :

> *Illo Virgilium me tempore dulcis alebat*
> *Parthenope......**

* Dans ce temps-là la douce Parthenope m'accueillait[a]

ses cendres y reposent encore, et la mémoire de son nom attire dans ce lieu les hommages de l'univers. C'est tout ce que l'homme, sur cette terre, peut arracher à la mort.

Pétrarque a planté un laurier sur ce tombeau, et Pétrarque n'est plus et le laurier se meurt. Les étrangers qui sont venus en foule honorer la mémoire de Virgile ont écrit leurs noms sur les murs qui environnent l'urne. L'on est importuné par ces noms obscurs qui semblent là seulement pour troubler la paisible idée de solitude que ce séjour fait naître. Il n'y a que Pétrarque qui fût digne de laisser une trace durable de son voyage au tombeau de Virgile. On redescend en silence de cet asile funéraire de la gloire : on se rappelle et les pensées et les images que le talent du poëte a consacrées pour toujours. Admirable entretien avec les races futures, entretien que l'art d'écrire perpétue et renouvelle ! Ténèbres de la mort qu'êtes-vous donc ? Les idées, les sentiments, les expressions d'un homme subsistent, et ce qui était lui ne subsisterait plus ! Non, une telle contradiction dans la nature est impossible.

Oswald, dit Corinne à lord Nelvil, les impressions que vous venez d'éprouver préparent mal pour une fête ; mais combien, ajouta-t-elle avec une sorte d'exaltation dans le regard, combien de fêtes se sont passées non loin des tombeaux ! — Chère amie, répondit Oswald, d'où vient cette peine secrète qui vous agite ? Confiez-vous à moi, je vous ai dû six mois les plus fortunés de ma vie ; peut-être aussi pendant ce temps ai-je répandu quelque douceur sur vos jours. Ah ! qui pourrait être impie envers le bonheur ! Qui pourrait se ravir la jouissance suprême de faire du bien à une ame telle que la vôtre ! Hélas ! c'est déjà beaucoup que de se sentir nécessaire au plus humble des mortels ; mais être nécessaire à Corinne, croyez-moi, c'est trop de gloire, c'est trop de délices pour y renoncer. — Je crois à vos promesses, répondit Corinne ; mais n'y a-t-il pas des moments où quelque chose de violent et de bizarre s'empare du cœur et accélère ses battements avec une agitation douloureuse ? —

Ils traversèrent la grotte de Pausilipe aux flambeaux : on la passe ainsi, même à l'heure de midi, car c'est une route creusée sous la montagne pendant près d'un quart de lieue, et lorsqu'on est au milieu, l'on aperçoit à peine le jour aux deux extrémités. Un retentissement extraordinaire se fait entendre sous cette longue voûte ; les pas des chevaux, les cris de leurs conducteurs font un bruit étourdissant qui ne laisse dans la tête aucune pensée suivie. Les chevaux de Corinne traînaient sa voiture avec une étonnante rapidité, et cependant elle n'était pas encore contente de leur vitesse, et disait à lord Nelvil : Mon cher Oswald, comme ils avancent lentement ! faites donc qu'ils se pressent. — D'où vous vient cette impatience, Corinne ? répondit Oswald, autrefois, quand nous étions ensemble, vous ne cherchiez pas à précipiter les heures, vous en jouissiez. — A présent, dit Corinne, il faut que tout se décide ; il faut que tout arrive à son terme, et je me sens le besoin de tout hâter, fût-ce ma mort. —

Au sortir de la grotte on éprouve une vive sensation de plaisir en retrouvant le jour et la nature, et quelle nature que celle qui s'offre alors aux regards ! Ce qui manque souvent à la campagne d'Italie, ce sont les arbres ; l'on en voit dans ce lieu en abondance. La terre d'ailleurs y est couverte de tant de fleurs, que c'est le pays où l'on peut le mieux se passer de ces forêts qui sont la plus grande beauté de la nature dans toute autre contrée. La chaleur est si grande à Naples, qu'il est impossible de se promener, même à l'ombre, pendant le jour ; mais le soir ce pays, ouvert, entouré par la mer et le ciel, s'offre en entier à la vue, et l'on respire la fraîcheur de toutes parts. La transparence de l'air, la variété des sites, les formes pittoresques des

montagnes caractérisent si bien l'aspect du royaume
de Naples, que les peintres en dessinent les paysages
de préférence. La nature a dans ce pays une puissance
et une originalité que l'on ne peut expliquer par aucun
des charmes que l'on recherche ailleurs.

— Je vous fais passer, dit Corinne à ceux qui
l'accompagnaient, sur les bords du lac d'Averne, près
du Phlégéton, et voilà devant vous le temple de la
Sibylle de Cumes. Nous traversons les lieux célébrés
sous le nom des délices de Bayes; mais je ne vous
propose pas de vous y arrêter dans ce moment. Nous
recueillerons les souvenirs de l'histoire et de la poësie
qui nous entourent ici quand nous serons arrivés dans
un lieu d'où nous pourrons les apercevoir tous à la
fois. —

C'était sur le cap Misène que Corinne avait fait
préparer les danses et la musique. Rien n'était plus
pittoresque que l'arrangement de cette fête. Tous les
matelots de Bayes étaient vêtus avec des couleurs vives
et bien contrastées; quelques Orientaux, qui venaient
d'un bâtiment levantin alors dans le port, dansaient
avec des paysannes des îles voisines d'Ischia et de
Procida, dont l'habillement a conservé de la ressemblance avec le costume grec; des voix parfaitement
justes se faisaient entendre dans l'éloignement, et les
instruments se répondaient derrière les rochers,
d'échos en échos, comme si les sons allaient se perdre
dans la mer. L'air qu'on respirait était ravissant; il
pénétrait l'ame d'un sentiment de joie qui animait tous
ceux qui étaient là, et s'empara même de Corinne. On
lui proposa de se mêler à la danse des paysannes, et
d'abord elle y consentit avec plaisir; mais à peine eut-
elle commencé que les sentiments les plus sombres lui
rendirent odieux les amusements auxquels elle prenait
part, et s'éloignant rapidement de la danse et de la
musique, elle alla s'asseoir à l'extrémité du cap sur le
bord de la mer. Oswald se hâta de l'y suivre; mais

comme il arrivait près d'elle, la société qui les accompagnait le rejoignit aussitôt pour supplier Corinne d'improviser dans ce beau lieu. Son trouble était tel en ce moment, qu'elle se laissa ramener vers le tertre élevé où l'on avait placé sa lyre, sans pouvoir réfléchir à ce qu'on attendait d'elle.

CHAPITRE IV.

Cependant Corinne souhaitait qu'Oswald l'entendît encore une fois, comme au jour du Capitole, avec tout le talent qu'elle avait reçu du ciel; si ce talent devait être perdu pour jamais, elle voulait que ses derniers rayons, avant de s'éteindre, brillassent pour celui qu'elle aimait. Ce désir lui fit trouver dans l'agitation même de son ame l'inspiration dont elle avait besoin. Sa lyre était préparée, et tous ses amis impatients de l'entendre. Le peuple même, qui la connaissait de réputation, ce peuple qui, dans le midi, est, par l'imagination, bon juge de la poësie, entourait en silence l'enceinte où les amis de Corinne étaient placés, et tous ces visages napolitains exprimaient par leur vive physionomie l'attention la plus animée. La lune se levait à l'horizon; mais les derniers rayons du jour rendaient encore sa lumière très pâle. Du haut de la petite colline qui s'avance dans la mer et forme le cap Misène[a], on découvrait parfaitement le Vésuve, le golfe de Naples, les îles dont il est parsemé, et la campagne qui s'étend depuis Naples jusqu'à Gaëte, enfin la contrée de l'univers où les volcans, l'histoire et la poësie ont laissé le plus de traces. Aussi, d'un commun accord, tous les amis de Corinne lui demandèrent-ils de prendre pour sujet des vers qu'elle allait chanter *les souvenirs que ces lieux retraçaient*. Elle accorda sa lyre et commença d'une voix altérée. Son regard était beau ; mais qui la connaissait comme Oswald pouvait y démêler l'anxiété de son ame : elle essaya cependant de contenir sa peine, et de s'élever, du moins pour un moment, au-dessus de sa situation personnelle.

IMPROVISATION DE CORINNE
DANS LA CAMPAGNE DE NAPLES.

« La nature, la poésie et l'histoire rivalisent ici de grandeur ; ici l'on peut embrasser d'un coup d'œil tous les temps et tous les prodiges.

« J'aperçois le lac d'Averne, volcan éteint, dont les ondes inspiraient jadis la terreur ; l'Achéron, le Phlégéton, qu'une flamme souterraine fait bouillonner, sont les fleuves de cet enfer visité par Énée.

« Le feu, cette vie dévorante qui crée le monde et le consume, épouvantait d'autant plus que ses lois étaient moins connues. La nature jadis ne révélait ses secrets qu'à la poésie.

« La ville de Cumes, l'antre de la Sibylle, le temple d'Apollon, étaient sur cette hauteur. Voici le bois où fut cueilli le rameau d'or [b]. La terre de l'Énéide vous entoure, et les fictions consacrées par le génie sont devenues des souvenirs dont on cherche encore les traces.

« Un Triton a plongé dans ces flots le Troyen téméraire qui osa défier les divinités de la mer par ses chants [c] : ces rochers creux et sonores sont tels que Virgile les a décrits. L'imagination est fidèle, quand elle est toute-puissante. Le génie de l'homme est créateur, quand il sent la nature, imitateur, quand il croit l'inventer.

« Au milieu de ces masses terribles, vieux témoins de la création, l'on voit une montagne nouvelle que le volcan a fait naître [d]. Ici la terre est orageuse comme la

mer, et ne rentre pas comme elle paisiblement dans ses
bornes. Le lourd élément, soulevé par les tremblements de l'abîme, creuse les vallées, élève des monts, et
ses vagues pétrifiées attestent les tempêtes qui déchirent son sein.

« Si vous frappez sur ce sol, la voûte souterraine
retentit. On dirait que le monde habité n'est plus
qu'une surface prête à s'entr'ouvrir. La campagne de
Naples est l'image des passions humaines : sulfureuse
et féconde, ses dangers et ses plaisirs semblent naître
de ces volcans enflammés qui donnent à l'air tant de
charmes, et font gronder la foudre sous nos pas.

« Pline étudiait la nature pour mieux admirer
l'Italie ; il vantait son pays comme la plus belle des
contrées, quand il ne pouvait plus l'honorer à d'autres
titres. Cherchant la science comme un guerrier les
conquêtes, il partit de ce promontoire même pour
observer le Vésuve à travers les flammes, et ces
flammes l'ont consumé.

« Oh ! souvenir, noble puissance, ton empire est
dans ces lieux ! De siècle en siècle, bizarre destinée !
l'homme se plaint de ce qu'il a perdu. L'on dirait que
les temps écoulés sont tous dépositaires, à leur tour,
d'un bonheur qui n'est plus ; et tandis que la pensée
s'enorgueillit de ses progrès, s'élance dans l'avenir,
notre ame semble regretter une ancienne patrie dont le
passé la rapproche.

« Les Romains, dont nous envions la splendeur,
n'enviaient-ils pas la simplicité mâle de leurs ancêtres ?
Jadis ils méprisaient cette contrée voluptueuse, et ses
délices ne domtèrent que leurs ennemis. Voyez dans le
lointain Capoue : elle a vaincu le guerrier dont l'ame
inflexible résista plus long-temps à Rome que l'univers.

« Les Romains à leur tour habitèrent ces lieux :
quand la force de l'ame servait seulement à mieux
sentir la honte et la douleur, ils s'amollirent sans

remords. A Bayes on les a vus conquérir sur la mer un rivage pour leurs palais. Les monts furent creusés pour en arracher des colonnes, et les maîtres du monde, esclaves à leur tour, asservirent la nature pour se consoler d'être asservis.

« Cicéron a perdu la vie près du promontoire de Gaëte qui s'offre à nos regards. Les triumvirs, sans respect pour la postérité, la dépouillèrent des pensées que ce grand homme aurait conçues. Le crime des triumvirs dure encore. C'est contre nous encore que leur forfait est commis.

« Cicéron succomba sous le poignard des tyrans. Scipion, plus malheureux, fut banni par son pays encore libre. Il termina ses jours non loin de cette rive, et les ruines de son tombeau sont appelées *la Tour de la Patrie*[e]. Touchante allusion au souvenir dont sa grande ame fut occupée !

« Marius s'est réfugié dans ces marais de Minturnes, près de la demeure de Scipion[f]. Ainsi, dans tous les temps, les nations ont persécuté leurs grands hommes ; mais ils sont consolés par l'apothéose, et le ciel où les Romains croyaient commander encore reçoit parmi ses étoiles Romulus, Numa, César : astres nouveaux qui confondent à nos regards les rayons de la gloire et la lumière céleste.

« Ce n'est pas assez des malheurs. La trace de tous les crimes est ici. Voyez, à l'extrémité du golfe, l'île de Caprée, où la vieillesse a désarmé Tibère ; où cette ame à la fois cruelle et voluptueuse, violente et fatiguée, s'ennuya même du crime, et voulut se plonger dans les plaisirs les plus bas, comme si la tyrannie ne l'avait pas encore assez dégradée.

« Le tombeau d'Agrippine est sur ces bords, en face de l'île de Caprée[g] ; il ne fut élevé qu'après la mort de Néron : l'assassin de sa mère proscrivit aussi ses cendres. Il habita long-temps à Bayes, au milieu des souvenirs de son forfait. Quels monstres le hasard rassemble sous nos yeux ! Tibère et Néron se regardent.

« Les îles que les volcans ont fait sortir de la mer servirent, presqu'en naissant, aux crimes du vieux monde ; les malheureux relégués sur ces rochers solitaires, au milieu des flots, contemplaient de loin leur patrie, tâchaient de respirer ses parfums dans les airs, et quelquefois, après un long exil, un arrêt de mort leur apprenait que leurs ennemis du moins ne les avaient pas oubliés.

« Oh ! terre, toute baignée de sang et de larmes, tu n'as jamais cessé de produire et des fruits et des fleurs ! es-tu donc sans pitié pour l'homme ? et sa poussière retourne-t-elle dans ton sein maternel sans le faire tressaillir ? »

Ici, Corinne se reposa quelques instants. Tous ceux que la fête avait rassemblés jetaient à ses pieds des branches de myrte et de laurier. La lueur douce et pure de la lune embellissait son visage ; le vent frais de la mer agitait ses cheveux pittoresquement, et la nature semblait se plaire à la parer. Corinne cependant fut tout à coup saisie par un attendrissement irrésistible : elle considéra ces lieux enchanteurs, cette soirée enivrante, Oswald qui était là, qui n'y serait peut-être pas toujours, et des larmes coulèrent de ses yeux. Le peuple même, qui venait de l'applaudir avec tant de bruit, respectait son émotion, et tous attendaient en silence que ses paroles fissent partager ce qu'elle éprouvait. Elle préluda quelque temps sur sa lyre, et ne divisant plus son chant en octaves, elle s'abandonna dans ses vers à un mouvement non interrompu.

« Quelques souvenirs du cœur, quelques noms de femmes, réclament aussi vos pleurs. C'est à Misène, dans le lieu même où nous sommes, que la veuve de Pompée, Cornélie, conserva jusqu'à la mort son noble deuil ; Agrippine pleura long-temps Germanicus sur ces bords. Un jour, le même assassin qui lui ravit son époux la trouva digne de le suivre [h]. L'île de Nisida fut témoin des adieux de Brutus et de Porcie [i].

« Ainsi les femmes amies des héros ont vu périr l'objet qu'elles avaient adoré. C'est en vain que pendant long-temps elles suivirent ses traces. Un jour vint qu'il fallut le quitter. Porcie se donne la mort ; Cornélie presse contre son sein l'urne sacrée qui ne répond plus à ses cris ; Agrippine, pendant plusieurs années, irrite en vain le meurtrier de son époux : et ces créatures infortunées, errant comme des ombres sur les plages dévastées du fleuve éternel, soupirent pour aborder à l'autre rive ; dans leur longue solitude, elles interrogent le silence, et demandent à la nature entière, à ce ciel étoilé, comme à cette mer profonde, un son d'une voix chérie, un accent qu'elles n'entendront plus.

« Amour, suprême puissance du cœur, mystérieux enthousiasme qui renferme en lui-même la poésie, l'héroïsme et la religion ! qu'arrive-t-il quand la destinée nous sépare de celui qui avait le secret de notre ame, et nous avait donné la vie du cœur, la vie céleste ? Qu'arrive-t-il quand l'absence ou la mort isolent une femme sur la terre ? Elle languit, elle tombe. Combien de fois ces rochers qui nous entourent n'ont-ils pas offert leur froid soutien à ces veuves délaissées qui s'appuyaient jadis sur le sein d'un ami, sur le bras d'un héros !

« Devant vous est Sorrente ; là, demeurait la sœur du Tasse, quand il vint en pèlerin demander à cette obscure amie, un asile contre l'injustice des princes : ses longues douleurs avaient presque égaré sa raison ; il ne lui restait plus que du génie ; il ne lui restait que la connaissance des choses divines, toutes les images de la terre étaient troublées. Ainsi le talent, épouvanté du désert qui l'environne, parcourt l'univers sans trouver rien qui lui ressemble. La nature pour lui n'a plus d'écho ; et le vulgaire prend pour de la folie ce malaise d'une ame qui ne respire pas dans ce monde assez d'air, assez d'enthousiasme, assez d'espoir.

« La fatalité, continua Corinne avec une émotion toujours croissante, la fatalité ne poursuit-elle pas les ames exaltées, les poëtes dont l'imagination tient à la puissance d'aimer et de souffrir ? Ils sont les bannis d'une autre région, l'universelle bonté ne devait pas ordonner toute chose pour le petit nombre des élus ou des proscrits. Que voulaient dire les anciens quand ils parlaient de la destinée avec tant de terreur ? Que peut-elle cette destinée sur les êtres vulgaires et paisibles ? Ils suivent les saisons, ils parcourent docilement le cours habituel de la vie. Mais la prêtresse qui rendait les oracles, se sentait agitée par une puissance cruelle. Je ne sais quelle force involontaire précipite le génie dans le malheur : il entend le bruit des sphères que les organes mortels ne sont pas faits pour saisir ; il pénètre des mystères du sentiment inconnus aux autres hommes, et son ame recèle un Dieu qu'elle ne peut contenir !

« Sublime créateur de cette belle nature, protège-nous ! Nos élans sont sans force, nos espérances mensongères. Les passions exercent en nous une tyrannie tumultueuse, qui ne nous laisse ni liberté ni repos. Peut-être ce que nous ferons demain décidera-t-il de notre sort ; peut-être hier avons-nous dit un mot que rien ne peut racheter. Quand notre esprit s'élève aux plus hautes pensées, nous sentons, comme au sommet des édifices élevés, un vertige qui confond tous les objets à nos regards ; mais alors même la douleur, la terrible douleur, ne se perd point dans les nuages, elle les sillonne, elle les entr'ouvre. Oh ! mon Dieu, que veut-elle nous annoncer ?.... »

A ces mots une pâleur mortelle couvrit le visage de Corinne ; ses yeux se fermèrent, et elle serait tombée à terre, si lord Nelvil ne s'était pas à l'instant trouvé près d'elle pour la soutenir.

CHAPITRE V.

Corinne revint à elle, et la vue d'Oswald, qui avait dans son regard la plus touchante expression d'intérêt et d'inquiétude, lui rendit un peu de calme. Les Napolitains remarquaient avec étonnement la teinte sombre de la poésie de Corinne ; ils admiraient l'harmonieuse beauté de son langage ; néanmoins ils auraient souhaité que ces vers fussent inspirés par une disposition moins triste : car ils ne considéraient les beaux-arts, et parmi les beaux-arts la poésie, que comme une manière de se distraire des peines de la vie, et non de creuser plus avant dans ses terribles secrets. Mais les Anglais qui avaient entendu Corinne étaient pénétrés d'admiration pour elle.

Ils étaient ravis de voir ainsi les sentiments mélancoliques exprimés avec l'imagination italienne. Cette belle Corinne dont les traits animés et le regard plein de vie étaient destinés à peindre le bonheur, cette fille du soleil, atteinte par des peines secrètes, ressemblait à ces fleurs encore fraîches et brillantes, mais qu'un point noir causé par une piqûre mortelle menace d'une fin prochaine.

Toute la société s'embarqua pour retourner à Naples ; et la chaleur et le calme qui régnaient alors faisaient goûter vivement le plaisir d'être sur la mer. Goethe a peint, dans une délicieuse romance, ce penchant que l'on éprouve pour les eaux, au milieu de la chaleur [a]. La nymphe du fleuve vante au pêcheur le charme de ses flots : elle l'invite à s'y rafraîchir, et, séduit par degrés, enfin il s'y précipite. Cette puissance magique de l'onde ressemble, en quelque manière, au

regard du serpent qui attire en effrayant. La vague qui
s'élève de loin et se grossit par degrés, et se hâte en
approchant du rivage, semble correspondre avec un
désir secret du cœur, qui commence doucement et
devient irrésistible.

Corinne était plus calme ; les délices du beau temps
rassuraient son ame ; elle avait relevé les tresses de ses
cheveux pour mieux sentir ce qu'il pouvait y avoir
d'air autour d'elle ; sa figure était ainsi plus charmante
que jamais. Les instruments à vent qui suivaient dans
une autre barque produisaient un effet enchanteur : ils
étaient en harmonie avec la mer, les étoiles, et la
douceur enivrante d'un soir d'Italie ; mais ils causaient
une plus touchante émotion encore : ils étaient la voix
du ciel au milieu de la nature. — Chère amie, dit
Oswald, à voix basse, chère amie de mon cœur, je
n'oublierai jamais ce jour : en pourra-t-il jamais
exister un plus heureux ? — Et en prononçant ces
paroles, ses yeux étaient remplis de larmes. L'un des
agréments séducteurs d'Oswald, c'était cette émotion
facile et cependant contenue qui mouillait souvent,
malgré lui, ses yeux de pleurs : son regard avait alors
une expression irrésistible. Quelquefois même, au
milieu d'une douce plaisanterie, on s'apercevait qu'il
était ébranlé par un attendrissement secret qui se
mêlait à sa gaieté et lui donnait un noble charme. —
Hélas ! répondit Corinne, non, je n'espère plus un jour
tel que celui-ci ; qu'il soit béni, du moins, comme le
dernier de ma vie, s'il n'est pas, s'il ne peut pas être
l'aurore d'un bonheur durable.

CHAPITRE VI.

Le temps commençait à changer lorsqu'ils arrivèrent à Naples ; le ciel s'obscurcissait, l'orage qui
s'annonçait dans l'air, agitait déjà fortement les

vagues, comme si la tempête de la mer répondait du sein des flots à la tempête du ciel. Oswald avait devancé Corinne de quelques pas, parcequ'il voulait faire apporter des flambeaux pour la conduire plus sûrement jusqu'à sa demeure. En passant sur le quai, il vit des Lazzaroni rassemblés qui criaient assez haut : *Ah ! le pauvre homme, il ne peut pas s'en tirer; il faut avoir patience, il périra.* — Que dites-vous, s'écria lord Nelvil avec impétuosité, de qui parlez-vous ? — *D'un pauvre vieillard,* répondirent-ils, *qui se baignait là-bas, non loin du môle, mais qui a été pris par l'orage, et n'a pas assez de force pour lutter contre les vagues et regagner le bord.* Le premier mouvement d'Oswald était de se jeter à l'eau; mais réfléchissant à la frayeur qu'il causerait à Corinne lorsqu'elle approcherait, il offrit tout l'argent qu'il portait avec lui, et en promit le double à celui qui se jetterait dans l'eau pour retirer le vieillard. Les Lazzaroni refusèrent, en disant : *Nous avons trop peur, il y a trop de danger, cela ne se peut pas.* En ce moment, le vieillard disparut sous les flots. Oswald n'hésita plus, et s'élança dans la mer, malgré les vagues qui recouvraient sa tête. Il lutta cependant heureusement contre elles, atteignit le vieillard qui périssait un instant plus tard, le saisit et le ramena sur la rive. Mais le froid de l'eau, les efforts violents d'Oswald contre la mer agitée, lui firent tant de mal, qu'au moment où il apportait le vieillard sur la rive, il tomba sans connaissance, et sa pâleur était telle en cet état, qu'on devait croire qu'il n'existait plus [28].

Corinne passait alors, ne pouvant pas se douter de ce qui venait d'arriver. Elle aperçut une grande foule rassemblée, et entendant crier : *Il est mort,* elle allait s'éloigner, cédant à la terreur que lui inspiraient ces paroles, lorsqu'elle vit un des Anglais qui l'accompagnaient fendre précipitamment la foule. Elle fit quelques pas pour le suivre, et le premier objet qui frappa ses regards ce fut l'habit d'Oswald qu'il avait laissé sur le rivage en se jetant dans l'eau. Elle saisit cet habit avec un désespoir convulsif, croyant qu'il ne restait plus que cela d'Oswald; et quand elle le reconnut enfin lui-même, bien qu'il parût sans vie, elle se jeta sur son corps inanimé avec une sorte de transport; et le pressant dans ses bras avec ardeur, elle eut l'inexprimable bonheur de sentir encore les battements du cœur d'Oswald, qui se ranimait peut-être à l'approche de Corinne. — Il vit, s'écria-t-elle, il vit! — Et dans ce moment elle reprit une force, un courage qu'avaient à peine les simples amis d'Oswald. Elle appela tous les secours; elle-même sut les donner; elle soutenait la tête d'Oswald évanoui; elle le couvrait de ses larmes; et, malgré la plus cruelle agitation, elle n'oubliait rien, elle ne perdait pas un instant, et ses soins n'étaient point interrompus par sa douleur. Oswald paraissait un peu mieux; cependant il n'avait point encore repris l'usage de ses sens. Corinne le fit transporter chez elle, et se mit à genoux à côté de lui, l'entoura des parfums qui devaient le ranimer, et l'appelait avec un accent si tendre, si passionné, que la vie devait revenir à cette voix. Oswald l'entendit, rouvrit les yeux et lui serra la main.

Se peut-il que pour jouir d'un tel moment il ait fallu sentir les angoisses de l'enfer! Pauvre nature humaine! nous ne connaissons l'infini que par la douleur; et dans toutes les jouissances de la vie, il n'est rien qui puisse compenser le désespoir de voir mourir ce qu'on aime.

— Cruel! s'écria Corinne, cruel, qu'avez-vous fait? — Pardonnez, répondit Oswald d'une voix tremblante, pardonnez. Dans l'instant où je me crus prêt à périr, croyez-moi, chère amie, j'avais peur pour vous. — Admirable expression de l'amour partagé, de l'amour au plus heureux moment de la confiance mutuelle! Corinne, vivement émue par ces délicieuses paroles, ne put se les rappeler jusqu'à son dernier jour sans un attendrissement qui, pour quelques instants du moins, fait tout pardonner.

CHAPITRE VII.

Le second mouvement d'Oswald fut de porter sa main sur sa poitrine pour y retrouver le portrait de son père : il y était encore ; mais les eaux l'avaient tellement effacé qu'il était à peine reconnaissable. Oswald, amèrement affligé de cette perte, s'écria : — Mon Dieu ! vous m'enlevez donc jusques à son image ! — Corinne pria lord Nelvil de lui permettre de rétablir ce portrait. — Il y consentit, mais sans beaucoup d'espoir. Quel fut son étonnement, lorsqu'au bout de trois jours elle le rapporta non seulement réparé, mais plus frappant de ressemblance encore qu'auparavant. — Oui, dit Oswald avec ravissement ; oui, vous avez deviné ses traits et sa physionomie. C'est un miracle du ciel qui vous désigne à moi comme la compagne de mon sort, puisqu'il vous révèle le souvenir de celui qui doit à jamais disposer de moi. Corinne, continua-t-il en se jetant à ses pieds, règne à jamais sur ma vie. Voilà l'anneau que mon père avait donné à sa femme, l'anneau le plus saint, le plus sacré, qui fut offert par la bonne foi la plus noble, accepté par le cœur le plus fidèle ; je l'ôte de mon doigt pour le mettre au tien. Et dès cet instant je ne suis plus libre, tant que vous le conserverez, chère amie, je ne le suis plus. J'en prends l'engagement solennel avant de savoir qui vous êtes ; c'est votre ame que j'en crois, c'est elle qui m'a tout appris. Les évènements de votre vie, s'ils viennent de vous, doivent être nobles comme votre caractère ; s'ils viennent du sort, et que vous en avez été la victime, je remercie le ciel d'être chargé de les réparer. Ainsi donc, ô ma Corinne, apprenez-moi vos secrets, vous le devez à celui dont les promesses ont précédé votre confiance. —

— Oswald, répondit Corinne, cette émotion si

touchante naît en vous d'une erreur, et je ne puis accepter cet anneau sans la dissiper ; vous croyez que j'ai deviné par une inspiration du cœur les traits de votre père ; mais je dois vous apprendre que je l'ai vu lui-même plusieurs fois. — Vous avez vu mon père, s'écria lord Nelvil, et comment ? dans quel lieu ? se peut-il, ô mon Dieu ! qui donc êtes-vous ? — Voilà votre anneau, dit Corinne avec une émotion étouffée, je dois déjà vous le rendre. — Non, reprit Oswald après un moment de silence, je jure de ne jamais être l'époux d'une autre, tant que vous ne me renverrez pas cet anneau. Mais pardonnez au trouble que vous venez d'exciter en mon ame ; des idées confuses se retracent à moi, mon inquiétude est douloureuse. — Je le vois, reprit Corinne, et je vais l'abréger. Mais déjà votre voix n'est plus la même, et vos paroles sont changées. Peut-être après avoir lu mon histoire, peut-être que l'horrible mot adieu.... — Adieu ! s'écria lord Nelvil, non chère amie, ce n'est que sur mon lit de mort que je pourrais te le dire. Ne le crains pas avant cet instant. — Corinne sortit, et peu de minutes après, Thérésine entra dans la chambre d'Oswald pour lui remettre de la part de sa maîtresse l'écrit qu'on va lire.

Livre XIV.

HISTOIRE DE CORINNE.

CHAPITRE PREMIER.

Oswald, je vais commencer par l'aveu qui doit décider de ma vie. Si, après l'avoir lu, vous ne croyez

pas possible de me pardonner, n'achevez point cette
lettre et rejetez-moi loin de vous ; mais si, quand vous
connaîtrez et le nom et le sort auxquels j'ai renoncé,
tout n'est pas brisé entre nous, ce que vous apprendrez
ensuite servira peut-être à m'excuser.

Lord Edgermond était mon père ; je suis née en
Italie de sa première femme, qui était Romaine,
et Lucile Edgermond qu'on vous destinait pour
épouse, est ma sœur du côté paternel ; et elle est le
fruit du second mariage de mon père avec une Anglaise.

Maintenant écoutez-moi. Élevée en Italie je perdis
ma mère lorsque je n'avais encore que dix ans ; mais,
comme en mourant elle avait témoigné un extrême
désir que mon éducation fût terminée avant que
j'allasse en Angleterre, mon père me laissa chez une
tante de ma mère à Florence jusqu'à l'âge de quinze
ans. Mes talents, mes goûts, mon caractère même
étaient formés, quand la mort de ma tante décida mon
père à me rappeler près de lui. Il vivait dans une petite
ville de Northumberland, qui ne peut, je crois, donner
aucune idée de l'Angleterre ; mais c'est tout ce que j'en
ai connu pendant les six années que j'y ai passées. Ma
mère, dès mon enfance, ne m'avait entretenue que du
malheur de ne plus vivre en Italie ; et ma tante m'avait
souvent répété que c'était la crainte de quitter son pays
qui avait fait mourir ma mère de chagrin. Ma bonne
tante se persuadait aussi qu'une catholique était
damnée quand elle vivait dans un pays protestant ; et
bien que je ne partageasse pas cette crainte, cependant
l'idée d'aller en Angleterre me causait beaucoup
d'effroi.

Je partis avec un sentiment de tristesse inexprimable. La femme qui était venue me chercher ne savait
pas l'italien : j'en disais bien encore quelques mots à la
dérobée avec ma pauvre Thérésine qui avait consenti à
me suivre, quoiqu'elle ne cessât de pleurer en s'éloi-

gnant de sa patrie ; mais il fallut me déshabituer de ces
sons harmonieux qui plaisent tant, même aux étrangers, et dont le charme était uni pour moi à tous les
souvenirs de l'enfance. Je m'avançais vers le nord ;
sensation triste et sombre que j'éprouvais, sans en
concevoir bien clairement la cause. Il y avait cinq ans
que je n'avais vu mon père quand j'arrivai chez lui. Je
pus à peine le reconnaître : il me sembla que sa figure
avait pris un caractère plus grave ; cependant il me
reçut avec un tendre intérêt, et me dit beaucoup que je
ressemblais à ma mère. Ma petite sœur, qui avait alors
trois ans, me fut amenée ; c'était la figure la plus
blanche, les cheveux de soie les plus blonds que j'eusse
jamais vus. Je la regardai avec étonnement, car nous
n'avons presque pas de ces figures en Italie ; mais
dès ce moment elle m'intéressa beaucoup ; je pris
ce jour là même de ses cheveux, pour en faire un
bracelet, que j'ai toujours conservé depuis. Enfin, ma
belle-mère parut, et l'impression qu'elle me fit la
première fois que je la vis s'est constamment accrue et
renouvelée pendant les six années que j'ai passées avec
elle.

Lady Edgermond aimait exclusivement la province
où elle était née, et mon père, qu'elle dominait, lui
avait fait le sacrifice du séjour de Londres ou d'Édimbourg. C'était une personne froide, digne, silencieuse,
dont les yeux étaient sensibles quand elle regardait sa
fille ; mais qui avait d'ailleurs quelque chose de si
positif dans l'expression de sa physionomie, et dans ses
discours, qu'il paraissait impossible de lui faire entendre, ni une idée nouvelle, ni seulement une parole à
laquelle son esprit ne fût pas accoutumé. Elle me
reçut bien, mais j'aperçus facilement que toute ma
manière la surprenait, et qu'elle se proposait de la
changer, si elle le pouvait. L'on ne dit mot pendant le
dîner, bien qu'on eût invité quelques personnes du
voisinage : je m'ennuyais tellement de ce silence,

qu'au milieu du repas j'essayai de parler un peu à un homme âgé qui était assis à côté de moi. Je savais assez bien l'anglais que mon père m'avait appris dès l'enfance, et je citai dans la conversation des vers italiens très purs, très délicats, mais dans lesquels il était question d'amour : ma belle-mère, qui savait un peu l'italien, me regarda, rougit et donna le signal aux femmes, plutôt qu'à l'ordinaire encore, de se retirer pour aller préparer le thé, et laisser les hommes seuls à table pendant le dessert. Je n'entendais rien à cet usage, qui surprend beaucoup en Italie où l'on ne peut concevoir aucun agrément dans la société sans les femmes; et je crus, un moment, que ma belle-mère était si indignée contre moi, qu'elle ne voulait pas rester dans la chambre où j'étais. Cependant je me rassurai, parcequ'elle me fit signe de la suivre, et ne m'adressa aucun reproche pendant les trois heures que nous passâmes dans le salon, attendant que les hommes vinssent nous rejoindre.

Ma belle-mère à souper me dit assez doucement qu'il n'était pas d'usage que les jeunes personnes parlassent, et que, sur-tout, elles ne devaient jamais se permettre de citer des vers où le mot d'amour était prononcé. — Miss Edgermond, ajouta-t-elle, vous devez tâcher d'oublier tout ce qui tient à l'Italie; c'est un pays qu'il serait à désirer que vous n'eussiez jamais connu. — Je passai la nuit à pleurer; mon cœur était oppressé de tristesse, le matin j'allai me promener; il faisait un brouillard affreux; je n'aperçus pas le soleil, qui du moins m'aurait rappelé ma patrie; je rencontrai mon père; il vint à moi, et me dit : — Ma chère enfant, ce n'est pas ici comme en Italie, les femmes n'ont d'autre vocation parmi nous que les devoirs domestiques; les talents que vous avez vous désennuieront dans la solitude; peut-être aurez-vous un mari qui s'en fera plaisir : mais dans une petite ville comme celle-ci, tout ce qui attire l'attention excite l'envie, et vous ne trouveriez pas du tout à vous marier, si l'on croyait que vous avez des goûts étrangers à nos mœurs ; ici la manière d'exister doit être soumise aux anciennes habitudes d'une province éloignée. J'ai passé avec votre mère douze ans en Italie, et le souvenir m'en est très-doux ; j'étais jeune alors, et la nouveauté me plaisait ; à présent, je suis rentré dans ma case, et je m'en trouve bien ; une vie régulière, même un peu monotone, fait passer le temps sans qu'on s'en aperçoive. Mais il ne faut pas lutter contre les usages du pays où l'on est établi, l'on en souffre toujours ; car dans une ville aussi petite que celle où nous sommes, tout se sait, tout se répète : il n'y a pas lieu à l'émulation, mais bien à la jalousie, et il vaut mieux supporter un peu d'ennui, que de rencontrer toujours des visages surpris et malveillants, qui vous demanderaient, à chaque instant, raison de ce que vous faites. —

Non, mon cher Oswald, vous ne pouvez vous faire une idée de la peine que j'éprouvai pendant que mon père parlait ainsi. Je me le rappelais plein de grace et de vivacité, tel que je l'avais vu dans mon enfance, et je le voyais courbé maintenant sous ce manteau de plomb, que Le Dante décrit dans l'enfer, et que la médiocrité jette sur les épaules de ceux qui passent sous son joug ; tout s'éloignait à mes regards, l'enthousiasme de la nature, des beaux-arts, des sentiments ; et mon ame me tourmentait comme une flamme inutile qui me dévorait moi-même, n'ayant plus d'aliment au-dehors. Comme je suis naturellement douce, ma belle-mère n'avait point à se plaindre de moi dans mes rapports avec elle ; mon père encore moins, car je l'aimais tendrement, et c'était dans mes entretiens avec lui que je trouvais encore quelque plaisir. Il était résigné, mais il savait qu'il l'était ; tandis que la plupart de nos gentilshommes campagnards, buvant, chassant et dormant, croyaient mener la plus sage et la plus belle vie du monde.

Leur contentement me troublait à un tel point, que je me demandais si ce n'était pas moi dont la manière de penser était une folie ; et si cette existence toute solide qui échappe à la douleur comme à la pensée, au sentiment comme à la rêverie, ne valait pas beaucoup mieux que ma manière d'être ; mais à quoi m'aurait servi cette triste conviction ? à m'affliger de mes facultés comme d'un malheur, tandis qu'elles passaient en Italie pour un bienfait du ciel.

Parmi les personnes que nous voyions, il y en avait qui ne manquaient pas d'esprit ; mais elles l'étouffaient comme une lueur importune ; et pour l'ordinaire, vers quarante ans, ce petit mouvement de leur tête s'était engourdi avec tout le reste. Mon père, vers la fin de l'automne, allait beaucoup à la chasse, et nous l'attendions quelquefois jusqu'à minuit. Pendant son absence, je restais dans ma chambre la plus grande partie de la journée, pour cultiver mes talents, et ma belle-mère en avait de l'humeur. — A quoi bon tout cela, me disait-elle, en serez-vous plus heureuse ? et ce mot me mettait au désespoir. Qu'est-ce donc que le bonheur, me disais-je, si ce n'est pas le développement de nos facultés. Ne vaut-il pas autant se tuer physiquement que moralement ? Et s'il faut étouffer mon esprit et mon ame, que sert de conserver le misérable reste de vie qui m'agite en vain ? Mais je me gardais bien de parler ainsi à ma belle-mère. Je l'avais essayé une ou deux fois : elle m'avait répondu qu'une femme était faite pour soigner le ménage de son mari et la santé de ses enfants ; que toutes les autres prétentions ne faisaient que du mal, et que le meilleur conseil qu'elle avait à me donner, c'était de les cacher si je les avais ; et ce discours, tout commun qu'il était, me laissait absolument sans réponse : car l'émulation, l'enthousiasme, tous ces moteurs de l'ame et du génie ont singulièrement besoin d'être encouragés, et se flétrissent comme les fleurs sous un ciel triste et glacé.

Il n'y a rien de si facile que de se donner l'air très moral, en condamnant tout ce qui tient à une ame élevée. Le devoir, la plus noble destination de l'homme, peut être dénaturé comme toute autre idée, et devenir une arme offensive, dont les esprits étroits, les gens médiocres et contents de l'être se servent pour imposer silence au talent et se débarrasser de l'enthousiasme, du génie, enfin de tous leurs ennemis. On dirait, à les entendre, que le devoir consiste dans le sacrifice des facultés distinguées que l'on possède, et que l'esprit est un tort qu'il faut expier, en menant précisément la même vie que ceux qui en manquent ; mais est-il vrai que le devoir prescrive à tous les caractères des règles semblables ? Les grandes pensées, les sentiments généreux ne sont-ils pas dans ce monde la dette des êtres capables de l'acquitter ? Chaque femme comme chaque homme ne doit-elle pas se frayer une route d'après son caractère et ses talents ? Et faut-il imiter l'instinct des abeilles, dont les essaims se succèdent [a] sans progrès et sans diversité ?

Non, Oswald, pardonnez à l'orgueil de Corinne ; mais je me croyais faite pour une autre destinée ; je me sens aussi soumise à ce que j'aime, que ces femmes dont j'étais entourée, et qui ne permettaient ni un jugement à leur esprit, ni un désir à leur cœur : s'il vous plaisait de passer vos jours au fond de l'Écosse, je serais heureuse d'y vivre et d'y mourir auprès de vous : mais loin d'abdiquer mon imagination, elle me servirait à mieux jouir de la nature ; et plus l'empire de mon esprit serait étendu, plus je trouverais de gloire et de bonheur à vous en déclarer le maître.

Ma belle-mère était presque aussi importunée de mes idées que de mes actions ; il ne lui suffisait pas que je menasse la même vie qu'elle, il fallait encore que ce fût par les mêmes motifs ; car elle voulait que les facultés qu'elle n'avait pas fussent considérées seule-

ment comme une maladie. Nous vivions assez près du
bord de la mer, et le vent du nord se faisait sentir
souvent dans notre château : je l'entendais siffler la
nuit à travers les longs corridors de notre demeure, et
le jour il favorisait merveilleusement notre silence
quand nous étions réunies. Le temps était humide
et froid ; je ne pouvais presque jamais sortir sans
éprouver une sensation douloureuse : il y avait dans
la nature quelque chose d'hostile, qui me faisait regretter amèrement sa bienfaisance et sa douceur en
Italie.

Nous rentrions l'hiver dans la ville, si c'est une ville
toutefois qu'un lieu où il n'y a ni spectacle, ni édifice,
ni musique, ni tableaux ; c'était un rassemblement de
commérages, une collection d'ennuis tout à la fois
divers et monotones.

La naissance, le mariage et la mort composaient
toute l'histoire de notre société, et ces trois évènements
différaient là moins qu'ailleurs. Représentez-vous ce
que c'était pour une Italienne comme moi, que d'être
assise autour d'une table à thé plusieurs heures par
jour après dîner, avec la société de ma belle-mère. Elle
était composée de sept femmes les plus graves de la
province ; deux d'entre elles étaient des demoiselles de
cinquante ans, timides comme à quinze, mais beaucoup moins gaies qu'à cet âge. Une femme disait à
l'autre : *Ma chère, croyez-vous que l'eau soit assez bouillante
pour la jeter sur le thé. — Ma chère*, répondait l'autre, *je
crois que ce serait trop tôt ; car ces Messieurs ne sont pas encore
prêts à venir. — Resteront-ils long-temps à table aujourd'hui*,
disait la troisième, *qu'en croyez-vous, ma chère ? — Je ne
sais pas*, répondait la quatrième, *il me semble que l'élection
du parlement doit avoir lieu la semaine prochaine, et il se
pourrait qu'ils restassent pour s'en entretenir. — Non*, reprenait la cinquième, *je crois plutôt qu'ils parlent de cette chasse
au renard qui les a tant occupés la semaine passée, et qui doit
recommencer lundi prochain ; je crois cependant que le dîner sera*

bientôt fini. — *Ah ? je ne l'espère guères,* disait la sixième en
soupirant, et le silence recommençait. — J'avais été
dans les couvents d'Italie ; ils me paraissaient pleins
de vie à côté de ce cercle, et je ne savais qu'y devenir.

Tous les quarts d'heure il s'élevait une voix qui
faisait la question la plus insipide, pour obtenir la
réponse la plus froide, et l'ennui soulevé retombait
avec un nouveau poids sur ces femmes que l'on aurait
pu croire malheureuses, si l'habitude prise dès l'enfance n'apprenait pas à tout supporter. Enfin les
Messieurs revenaient, et ce moment si attendu n'apportait pas un grand changement dans la manière d'être
des femmes : les hommes continuaient leur conversation auprès de la cheminée ; les femmes restaient dans
le fond de la chambre, distribuant les tasses de thé ; et,
quand l'heure du départ arrivait, elles s'en allaient
avec leurs époux, prêtes à recommencer le lendemain
une vie qui ne différait de celle de la veille que par la
date de l'almanach et la trace des années qui venait
enfin s'imprimer sur le visage de ces femmes, comme si
elles eussent vécu pendant ce temps.

Je ne puis concevoir encore comment mon talent a
pu échapper au froid mortel dont j'étais entourée ; car
il ne faut pas se le cacher, il y a deux côtés à toutes les
manières de voir : on peut vanter l'enthousiasme, on
peut le blâmer ; le mouvement et le repos, la variété et
la monotonie, sont susceptibles d'être attaqués et défendus par divers arguments ; on peut plaider pour la
vie, et il y a cependant assez de bien à dire de la mort,
ou de ce qui lui ressemble. Il n'est donc pas vrai qu'on
puisse tout simplement mépriser ce que disent les gens
médiocres, ils pénètrent malgré vous dans le fond de
votre pensée, ils vous attendent dans les moments où la
supériorité vous a causé des chagrins, pour vous dire
un *hé bien,* tout tranquille, tout modéré en apparence,
et qui est cependant le mot le plus dur qu'il soit

possible d'entendre ; car on ne peut supporter l'envie
que dans les pays où cette envie même est excitée par
l'admiration qu'inspirent les talents ; mais quel plus
grand malheur que de vivre là où la supériorité ferait
naître la jalousie et point l'enthousiasme ! là où l'on
serait haï comme une puissance, en étant moins fort
qu'un être obscur ! Telle était ma situation dans cet
étroit séjour ; je n'y faisais qu'un bruit importun à
presque tout le monde, et je ne pouvais, comme à
Londres ou à Edimbourg, rencontrer ces hommes
supérieurs qui savent tout juger et tout connaître, et
qui, sentant le besoin des plaisirs inépuisables de
l'esprit et de la conversation, auraient trouvé quelque
charme dans l'entretien d'une étrangère, quand même
elle ne se serait pas en tout conformée aux sévères
usages du pays.

Je passais quelquefois des jours entiers dans les
sociétés de ma belle-mère, sans entendre dire un mot
qui répondît ni à une idée ni à un sentiment ; l'on ne se
permettait pas même des gestes en parlant ; on voyait
sur le visage des jeunes filles la plus belle fraîcheur, les
couleurs les plus vives et la plus parfaite immobilité :
singulier contraste entre la nature et la société ! Tous
les âges avaient des plaisirs semblables : l'on prenait le
thé, l'on jouait au whist, et les femmes vieillissaient en
faisant toujours la même chose, en restant toujours à la
même place : le temps était bien sûr de ne pas les
manquer, il savait où les prendre.

Il y a dans les plus petites villes d'Italie un théâtre,
de la musique, des improvisateurs, beaucoup d'enthousiasme pour la poésie et les arts, un beau soleil ;
enfin, on y sent qu'on vit ; mais je l'oubliais tout-à-fait
dans la province que j'habitais, et j'aurais pu, ce me
semble, envoyer à ma place une poupée légèrement
perfectionnée par la mécanique ; elle aurait très bien
rempli mon emploi dans la société. Comme il y a par-

tout, en Angleterre, des intérêts de divers genres qui
honorent l'humanité, les hommes, dans quelque
retraite qu'ils vivent, ont toujours les moyens d'occuper dignement leur loisir ; mais l'existence des femmes,
dans le coin isolé de la terre que j'habitais, était bien
insipide. Il y en avait quelques-unes qui, par la nature
et la réflexion, avaient développé leur esprit, et j'avais
découvert quelques accents, quelques regards, quelques mots dits à voix basse, qui sortaient de la ligne
commune ; mais la petite opinion du petit pays, toute-
puissante dans son petit cercle, étouffait entièrement
ces germes : on aurait eu l'air d'une mauvaise tête,
d'une femme de vertu douteuse, si l'on s'était livré à
parler, à se montrer de quelque manière ; et ce qui était
pis que tous les inconvénients, il n'y avait aucun
avantage.

D'abord j'essayai de ranimer cette société endor-
mie : je leur proposai de lire des vers, de faire de la
musique. Une fois, le jour était pris pour cela ; mais
tout à coup une femme se rappela qu'il y avait trois
semaines qu'elle était invitée à souper chez sa tante ;
une autre qu'elle était en deuil d'une vieille cousine
qu'elle n'avait jamais vue et qui était morte depuis
plus de trois mois ; une autre, enfin, que dans son
ménage il y avait des arrangements domestiques à
prendre : tout cela était très-raisonnable ; mais ce qui
était toujours sacrifié, c'étaient les plaisirs de l'imagination et de l'esprit, et j'entendais si souvent dire : *cela
ne se peut pas,* que, parmi tant de négations, ne pas vivre
m'eût encore semblé la meilleure de toutes.

Moi-même, après m'être débattue quelque temps,
j'avais renoncé à mes vaines tentatives, non que mon
père me les interdît, il avait même engagé ma belle-
mère à ne pas me tourmenter à cet égard ; mais les
insinuations mais les regards à la dérobée, pendant
que je parlais, mille petites peines semblables aux liens
dont les pygmées entouraient Gulliver, me rendaient

tous les mouvements impossibles, et je finissais par faire comme les autres, en apparence, mais avec cette différence que je mourais d'ennui, d'impatience et de dégoût au fond du cœur. J'avais déjà passé ainsi quatre années les plus fastidieuses du monde ; et ce qui m'affligeait davantage encore, je sentais mon talent se refroidir ; mon esprit se remplissait, malgré moi, de petitesses : car, dans une société où l'on manque tout à la fois d'intérêt pour les sciences, la littérature, les tableaux et la musique, où l'imagination enfin n'occupe personne, ce sont les petits faits, les critiques minutieuses qui font nécessairement le sujet des entretiens ; et les esprits étrangers à l'activité comme à la méditation ont quelque chose d'étroit, de susceptible et de contraint, qui rend les rapports de la société tout à la fois pénibles et fades.

Il n'y a là de jouissance que dans une certaine régularité méthodique, qui convient à ceux dont le désir est d'effacer toutes les supériorités, pour mettre le monde à leur niveau ; mais cette uniformité est une douleur habituelle pour les caractères appelés à une destinée qui leur soit propre ; le sentiment amer de la malveillance que j'excitais malgré moi se joignait à l'oppression causée par le vide, qui m'empêchait de respirer. C'est en vain qu'on se dit tel homme n'est pas digne de me juger, telle femme n'est pas capable de me comprendre ; le visage humain exerce un grand pouvoir sur le cœur humain ; et quand vous lisez sur ce visage une désapprobation secrète, elle vous inquiète toujours, en dépit de vous-même ; enfin, le cercle qui vous environne finit toujours par vous cacher le reste du monde ; le plus petit objet placé devant votre œil vous intercepte le soleil ; il en est de même aussi de la société dans laquelle on vit : ni l'Europe ni la postérité ne pourraient rendre insensible aux tracasseries de la maison voisine ; et qui veut être heureux et développer

son génie, doit, avant tout, bien choisir l'atmosphère
dont il s'entoure immédiatement.

CHAPITRE II.

Je n'avais d'autre amusement que l'éducation de ma
petite sœur ; ma belle-mère ne voulait pas qu'elle sût la
musique, mais elle m'avait permis de lui apprendre
l'italien et le dessin, et je suis persuadée qu'elle se
souvient encore de l'un et de l'autre, car je lui dois la
justice qu'elle montrait alors beaucoup d'intelligence.
Oswald, Oswald ! si c'est pour votre bonheur que je
me suis donné tant de soins, je m'en applaudis encore :
je m'en applaudirais dans le tombeau.

J'avais près de vingt ans, mon père voulait me
marier, et c'est ici que toute la fatalité de mon sort va
se déployer. Mon père était l'intime ami du vôtre, et
c'est à vous, Oswald, à vous qu'il pensa pour mon
époux. Si nous nous étions connus alors, et si vous
m'aviez aimée, notre sort à tous les deux eût été sans
nuage. J'avais entendu parler de vous avec un tel
éloge, que, soit pressentiment, soit orgueil, je fus
extrêmement flattée par l'espoir de vous épouser. Vous
étiez trop jeune pour moi, puisque j'ai dix-huit mois de
plus que vous ; mais votre esprit, votre goût pour
l'étude devançaient, dit-on, votre âge, et je me faisais
une idée si douce de la vie passée avec un caractère tel
qu'on peignait le vôtre, que cet espoir effaçait entièrement mes préventions contre la manière d'exister des
femmes en Angleterre. Je savais d'ailleurs que vous
vouliez vous établir à Edimbourg ou à Londres, et
j'étais sûre de trouver dans chacune de ces deux villes
la société la plus distinguée. Je me disais alors, ce que
je crois encore à présent, c'est que tout le malheur de

ma situation venait de vivre dans une petite ville, reléguée au fond d'une province du nord. Les grandes villes seules conviennent aux personnes qui sortent de la règle commune, quand c'est en société qu'elles veulent vivre ; comme la vie y est variée, la nouveauté y plaît ; mais dans les lieux où l'on a pris une assez douce habitude de la monotonie, l'on n'aime pas à s'amuser une fois, pour découvrir que l'on s'ennuie tous les jours.

Je me plais à le répéter, Oswald, quoique je ne vous eusse jamais vu, j'attendais avec une véritable anxiété votre père, qui devait venir passer huit jours chez le mien ; et ce sentiment était alors trop peu motivé pour qu'il ne fût pas un avant-coureur de ma destinée. Quand lord Nelvil arriva, je désirai de lui plaire, je le désirai peut-être trop, et je fis pour y réussir infiniment plus de frais qu'il n'en fallait ; je lui montrai tous mes talents, je dansai, je chantai, j'improvisai pour lui, et mon esprit, longtemps contenu, fut peut-être trop vif en brisant ses chaînes. Depuis sept ans l'expérience m'a calmée ; j'ai moins d'empressement à me montrer ; je suis plus accoutumée à moi ; je sais mieux attendre ; j'ai peut-être moins de confiance dans la bonne disposition des autres, mais aussi moins d'ardeur pour leurs applaudissements, enfin il est possible qu'alors il y eût en moi quelque chose d'étrange. On a tant de feu, tant d'imprudence dans la première jeunesse ! on se jette en avant de la vie avec tant de vivacité ! L'esprit, quelque distingué qu'il soit, ne supplée jamais au temps : et bien qu'avec cet esprit on sache parler sur les hommes comme si on les connaissait, on n'agit point en conséquence de ses propres aperçus ; on a je ne sais quelle fièvre dans les idées qui ne nous permet pas de conformer notre conduite à nos propres raisonnements.

Je crois, sans le savoir avec certitude, que je parus à lord Nelvil une personne trop vive ; car après avoir

passé huit jours chez mon père, et s'être montré
cependant très-aimable pour moi, il nous quitta et
écrivit à mon père que, toute réflexion faite, il trouvait
son fils trop jeune pour conclure le mariage dont il
avait été question. Oswald, quelle importance attache-
rez-vous à cet aveu ? Je pouvais vous dissimuler cette
circonstance de ma vie. Je ne l'ai pas fait. Serait-il
possible cependant qu'elle vous parût ma condamnation ! Je suis, je le sais, améliorée depuis sept années ;
et votre père aurait-il vu sans émotion ma tendresse et
mon enthousiasme pour vous ! Oswald, il vous aimait,
nous nous serions entendus.

Ma belle-mère forma le projet de me marier au fils
de son frère aîné qui possédait une terre dans notre
voisinage ; c'était un homme de trente ans, riche, d'une
belle figure, d'une naissance illustre et d'un caractère
fort honnête ; mais si parfaitement convaincu de
l'autorité d'un mari sur sa femme, et de la destination
soumise et domestique de cette femme, qu'un doute à
cet égard l'aurait autant révolté que si l'on avait mis en
question l'honneur ou la probité. M. Maclinson
(c'était son nom) avait assez de goût pour moi, et ce
qu'on disait dans la ville de mon esprit et de mon
caractère singulier ne l'inquiétait pas le moins du
monde ; il y avait tant d'ordre dans sa maison, tout s'y
faisait si régulièrement, à la même heure et de la même
manière, qu'il était impossible à personne d'y rien
changer. Les deux vieilles tantes qui dirigeaient le
ménage, les domestiques, les chevaux même, n'auraient pas su faire une seule chose différente de la
veille, et les meubles qui assistaient à ce genre de vie
depuis trois générations se seraient, je crois, déplacés
d'eux-mêmes, si quelque chose de nouveau leur était
apparu[a]. M. Maclinson avait donc raison de ne pas
craindre mon arrivée dans ce lieu ; le poids des
habitudes y était si fort, que la petite liberté que je me
serais donnée aurait pu le désennuyer un quart

d'heure par semaine, mais n'aurait jamais eu sûrement une autre conséquence.

C'était un homme bon, incapable de faire de la peine ; mais si cependant je lui avais parlé des chagrins sans nombre qui peuvent tourmenter une ame active et sensible, il m'aurait considérée comme une personne vaporeuse, et m'aurait simplement conseillé de monter à cheval, et de prendre l'air. Il désirait de m'épouser précisément parcequ'il ne se doutait pas des besoins de l'esprit ni de l'imagination, et que je lui plaisais sans qu'il me comprît. S'il avait eu seulement l'idée de ce que c'était qu'une femme distinguée, et des avantages et des inconvénients qu'elle peut avoir, il eût craint de ne pas être assez aimable à mes yeux ; mais ce genre d'inquiétude n'entrait pas même dans sa tête : jugez de ma répugnance pour un tel mariage. Je le refusai décidément ; mon père me soutint ; ma belle-mère en conçut un vif ressentiment contre moi : c'était une personne despotique au fond de l'ame, bien que sa timidité l'empêchât souvent d'exprimer sa volonté : quand on ne la devinait pas, elle en avait de l'humeur ; et quand on lui résistait après qu'elle avait fait l'effort de s'exprimer elle le pardonnait d'autant moins, qu'il lui en avait coûté pour sortir de sa réserve accoutumée.

Toute la ville me blâma de la manière la plus prononcée. Une union aussi convenable, une fortune si bien en ordre, un homme si estimable, un nom si considéré ; tel était le cri général ! J'essayai d'expliquer pourquoi cette union si convenable ne me convenait pas ; j'y perdis ma peine. Quelquefois je me faisais comprendre quand je parlais ; mais dès que j'étais partie, ce que j'avais dit ne laissait aucune trace ; car les idées habituelles rentraient aussitôt dans les têtes de mes auditeurs, et ils recevaient avec un nouveau plaisir ces anciennes connaissances que j'avais un moment écartées.

Une femme beaucoup plus spirituelle que les autres,

bien qu'elle se fût conformée en tout extérieurement à
la vie commune, me prit à part un jour que j'avais
parlé avec encore plus de vivacité qu'à l'ordinaire, et
me dit ces paroles qui me firent une impression
profonde : — Vous vous donnez beaucoup de peine,
ma chère, pour un résultat impossible : vous ne
changerez pas la nature des choses, une petite ville du
nord, sans rapport avec le reste du monde, sans goût
pour les arts ni pour les lettres, ne peut être autrement
qu'elle n'est : si vous devez vivre ici, soumettez-vous ;
allez-vous-en, si vous le pouvez ; il n'y a que ces deux
partis à prendre. — Ce raisonnement n'était que trop
évident ; je me sentis pour cette femme une considération que je n'avais pas pour moi-même ; car, avec des
goûts assez analogues aux miens, elle avait su se
résigner à la destinée que je ne pouvais supporter ; et
tout en aimant la poésie et les jouissances idéales, elle
jugeait mieux la force des choses et l'obstination des
hommes. Je cherchai beaucoup à la voir ; mais ce fut
en vain : son esprit sortait du cercle, mais sa vie y était
renfermée ; et je crois même qu'elle craignait un peu de
réveiller, par nos entretiens, sa supériorité naturelle :
qu'en aurait-elle fait ?

CHAPITRE III.

J'aurais cependant passé toute ma vie dans la
déplorable situation où je me trouvais, si j'avais
conservé mon père ; mais un accident subit me l'en-
leva : je perdis avec lui mon protecteur, mon ami, le
seul qui m'entendît encore dans ce désert peuplé, et
mon désespoir fut tel que je n'eus plus la force de
résister à mes impressions. J'avais vingt ans quand il
mourut, et je me trouvai sans autre appui, sans autre
relation que ma belle-mère, une personne avec

laquelle, depuis cinq ans que nous vivions ensemble, je n'étais pas plus liée que le premier jour. Elle se mit à me reparler de M. Maclinson ; et quoiqu'elle n'eût pas le droit de me commander de l'épouser, elle ne recevait que lui chez elle, et me déclarait assez nettement qu'elle ne favoriserait aucun autre mariage. Ce n'était pas qu'elle aimât beaucoup M. Maclinson, quoiqu'il fût son proche parent ; mais elle me trouvait dédaigneuse en le refusant, et elle faisait cause commune avec lui, plutôt pour la défense de la médiocrité que par amour-propre de famille.

Chaque jour ma situation devenait plus odieuse ; je me sentais saisie par la maladie du pays, la plus inquiète douleur qui puisse s'emparer de l'ame. L'exil est quelquefois, pour les caractères vifs et sensibles, un supplice beaucoup plus cruel que la mort ; l'imagination prend en déplaisance tous les objets qui vous entourent, le climat, le pays, la langue, les usages, la vie en masse, la vie en détail ; il y a une peine pour chaque moment comme pour chaque situation : car la patrie nous donne mille plaisirs habituels que nous ne connaissons pas nous-mêmes avant de les avoir perdus :

> . . . . La favella, i costumi,
> L'aria, i tronchi, il terren, le mura, il sassi ! * [a]

C'est déjà un vif chagrin que de ne plus voir les lieux où l'on a passé son enfance : les souvenirs de cet âge, par un charme particulier, rajeunissent le cœur, et cependant adoucissent l'idée de la mort. La tombe rapprochée du berceau semble placer sous le même ombrage toute une vie ; tandis que les années passées

---

* La langue, les mœurs, l'air, les arbres, la terre, les murs, les pierres !

MÉTASTASE.

sur un sol étranger sont comme des branches sans racines. La génération qui vous précède ne vous a pas vu naître ; elle n'est pas pour vous la génération des pères, la génération protectrice ; mille intérêts qui vous sont communs avec vos compatriotes ne sont plus entendus par les étrangers ; il faut tout expliquer, tout commenter, tout dire, au lieu de cette communication facile, de cette effusion de pensées qui commence à l'instant où l'on retrouve ses concitoyens. Je ne pouvais me rappeler, sans émotion, les expressions bienveillantes de mon pays. *Cara, Carissima,* disais-je quelquefois en me promenant toute seule, pour m'imiter à moi-même l'accueil si amical des Italiens et des Italiennes ; je comparais cet accueil à celui que je recevais.

Chaque jour j'errais dans la campagne, où j'avais coutume d'entendre le soir, en Italie, des airs harmonieux chantés avec des voix si justes, et les cris des corbeaux retentissaient seuls dans les nuages. Le soleil si beau, l'air si suave de mon pays était remplacé par les brouillards ; les fruits mûrissaient à peine, je ne voyais point de vignes, les fleurs croissaient languissamment à long intervalle l'une de l'autre ; les sapins couvraient les montagnes toute l'année, comme un noir vêtement : un édifice antique, un tableau seulement, un beau tableau aurait relevé mon ame ; mais je l'aurais vainement cherché à trente milles à la ronde. Tout était terne, tout était morne autour de moi, et ce qu'il y avait d'habitations et d'habitants servait seulement à priver la solitude de cette horreur poétique qui cause à l'ame un frissonnement assez doux. Il y avait de l'aisance, un peu de commerce, et de la culture autour de nous ; enfin, ce qu'il faut pour qu'on vous dise : *Vous devez être contente, il ne vous manque rien*[b]. Stupide jugement porté sur l'extérieur de la vie, quand tout le foyer du bonheur et de la souffrance est dans le

sanctuaire le plus intime et le plus secret de nous-
mêmes !

A vingt et un ans, je devais naturellement entrer en
possession de la fortune de ma mère et de celle que
mon père m'avait laissée. Une fois alors, dans mes
rêveries solitaires, il me vint dans l'idée, puisque j'étais
orpheline et majeure, de retourner en Italie pour y
mener une vie indépendante, tout entière consacrée
aux arts. Ce projet, quand il entra dans ma pensée,
m'enivra de bonheur, et d'abord je ne conçus pas la
possibilité d'une objection. Cependant, quand ma
fièvre d'espérance fut un peu calmée, j'eus peur de
cette résolution irréparable ; et me représentant ce
qu'en penseraient tous ceux que je connaissais, le
projet que j'avais d'abord trouvé si facile me sembla
tout-à-fait impraticable ; mais néanmoins l'image de
cette vie au milieu de tous les souvenirs de l'antiquité,
de la peinture, de la musique, s'était offerte à moi avec
tant de détails et de charmes, que j'avais pris un
nouveau dégoût pour mon ennuyeuse existence.

Mon talent que j'avais craint de perdre s'était accru
par l'étude suivie que j'avais faite de la littérature
anglaise ; la manière profonde de penser et de sentir
qui caractérise vos poëtes avait fortifié mon esprit et
mon ame, sans que j'eusse rien perdu de l'imagination
vive qui semble n'appartenir qu'aux habitants de nos
contrées. Je pouvais donc me croire destinée à des
avantages particuliers par la réunion des circonstances
rares qui m'avaient donné une double éducation, et, si
je puis m'exprimer ainsi, deux nationalités différentes.
Je me souvenais de l'approbation qu'un petit nombre
de bons juges avaient accordée dans Florence à mes
premiers essais en poésie. Je m'exaltais sur les nouveaux succès que je pourrais obtenir ; enfin, j'espérais
beaucoup de moi : n'est-ce pas la première et la plus
noble illusion de la jeunesse ?

Il me semblait que j'entrerais en possession de

l'univers le jour où je ne sentirais plus le souffle
desséchant de la médiocrité malveillante ; mais quand
il fallait prendre la résolution de partir, de m'échapper
secrètement, je me sentais arrêtée par l'opinion, qui
m'en imposait beaucoup plus en Angleterre qu'en
Italie ; car, bien que je n'aimasse pas la petite ville que
j'habitais, je respectais l'ensemble du pays dont elle
faisait partie. Si ma belle-mère avait daigné me
conduire à Londres ou à Edimbourg, si elle avait songé
à me marier avec un homme qui eût assez d'esprit
pour faire cas du mien, je n'aurais jamais renoncé ni à
mon nom ni à mon existence, même pour retourner
dans mon ancienne patrie. Enfin quelque dure que fût
pour moi la domination de ma belle-mère, je n'aurais
peut-être jamais eu la force de changer de situation,
sans une multitude de circonstances qui se réunirent
comme pour décider mon esprit incertain.

J'avais près de moi la femme de chambre italienne,
que vous connaissez, Thérésine ; elle est Toscane, et,
bien que son esprit n'ait point été cultivé, elle se sert de
ces expressions nobles et harmonieuses qui donnent
tant de grace aux moindres discours de notre peuple.
C'était avec elle seulement que je parlais ma langue, et
ce lien m'attachait à elle. Je la voyais souvent triste, et
je n'osais lui en demander la cause, me doutant qu'elle
regrettait, comme moi, notre pays, et craignant de ne
pouvoir plus contraindre mes propres sentiments, s'ils
étaient excités par les sentiments d'un autre. Il y a des
peines qui s'adoucissent en les communiquant ; mais
les maladies de l'imagination s'augmentent quand on
les confie ; elles s'augmentent sur-tout, quand on
aperçoit dans un autre une douleur semblable à la
sienne. Le mal qu'on souffre paraît alors invincible, et
l'on n'essaie plus de le combattre. Ma pauvre Thérésine tomba tout à coup sérieusement malade ; et,
l'entendant gémir nuit et jour, je me déterminai à lui
demander enfin le sujet de ses chagrins. Quel fut mon

étonnement de l'entendre me dire presque tout ce que j'avais senti ! Elle n'avait pas si bien réfléchi que moi sur la cause de ses peines ; elle s'en prenait davantage à des circonstances locales, à des personnes en particulier ; mais la tristesse de la nature, l'insipidité de la ville où nous demeurions, la froideur de ses habitants, la contrainte de leurs usages, elle sentait tout, sans pouvoir s'en rendre raison, et s'écriait sans cesse : — Oh ! mon pays, ne vous reverrai-je donc jamais ! — Et puis elle ajoutait cependant qu'elle ne voulait pas me quitter, et, avec une amertume qui me déchirait le cœur, elle pleurait de ne pouvoir concilier avec son attachement pour moi son beau ciel d'Italie, et le plaisir d'entendre sa langue maternelle.

Rien ne fit plus effet sur mon esprit que ce reflet de mes propres impressions dans une personne toute commune, mais qui avait conservé le caractère et les goûts italiens dans leur vivacité naturelle, et je lui promis qu'elle reverrait l'Italie. — Avec vous, répondit-elle. — Je gardai le silence. Alors elle s'arracha les cheveux, et jura qu'elle ne s'éloignerait jamais de moi ; mais elle paraissait prête à mourir à mes yeux en prononçant ces paroles. Enfin, il m'échappa de lui dire que j'y retournerais aussi, et ce mot qui n'avait eu pour but que de la calmer, devint plus solennel, par la joie inexprimable qu'il lui causa et la confiance qu'elle y prit. Depuis ce jour, sans en rien dire, elle se lia avec quelques négociants de la ville, et m'annonçait exactement quand un vaisseau partait du port voisin pour Gênes ou Livourne ; je l'écoutais et je ne répondais rien ; elle imitait aussi mon silence, mais ses yeux se remplissaient de larmes. Ma santé souffrait tous les jours davantage du climat et de mes peines intérieures ; mon esprit avait besoin de mouvement et de gaieté, je vous l'ai dit souvent, la douleur me tuerait ; il y a trop de lutte en moi contre elle ; il faut lui céder pour n'en pas mourir.

Je revenais donc fréquemment à l'idée qui m'occupait depuis la mort de mon père; mais j'aimais beaucoup Lucile, qui avait alors neuf ans, et que je soignais depuis six comme sa seconde mère : un jour je pensai que si je partais ainsi secrètement, je ferais un tel tort à ma réputation, que le nom de ma sœur en souffrirait; et cette crainte me fit renoncer, pour un temps, à mes projets. Cependant, un soir que j'étais plus affectée que jamais des chagrins que j'éprouvais, et dans mes rapports avec ma belle-mère, et dans mes rapports avec la société, je me trouvai seule à souper avec lady Edgermond; et, après une heure de silence, il me prit tout à coup un tel ennui de son imperturbable froideur, que je commençai la conversation en me plaignant de la vie que je menais, plus, d'abord, pour la forcer à parler que pour l'amener à aucun résultat qui pût me concerner; mais en m'animant, je supposai tout à coup la possibilité, dans une situation semblable à la mienne, de quitter pour toujours l'Angleterre. Ma belle-mère n'en fut pas troublée; et, avec un sang-froid et une sécheresse que je n'oublierai de ma vie, elle me dit : — Vous avez vingt-un ans, miss Edgermond, ainsi la fortune de votre mère et celle que votre père vous a laissée sont à vous. Vous êtes donc la maîtresse de vous conduire comme vous le voudrez; mais si vous prenez un parti qui vous déshonore dans l'opinion, vous devez à votre famille de changer de nom et de vous faire passer pour morte. — Je me levai à ces paroles avec impétuosité, et je sortis sans répondre.

Cette dureté dédaigneuse m'inspira la plus vive indignation, et pour un moment un désir de vengeance tout-à-fait étranger à mon caractère s'empara de moi. Ces mouvements se calmèrent; mais la conviction que personne ne s'intéressait à mon bonheur rompit les liens qui m'attachaient encore à la maison où j'avais vu mon père. Certainement lady Edgermond ne me plaisait pas, mais je n'avais pas pour elle l'indifférence qu'elle me témoignait ; j'étais touchée de sa tendresse pour sa fille, je croyais l'avoir intéressée par les soins que je donnais à cet enfant, et peut-être, au contraire, ces soins mêmes avaient-ils excité sa jalousie : car plus elle s'était imposé de sacrifices sur tous les points, plus elle était passionnée dans la seule affection qu'elle se fût permise. Tout ce qu'il y a, dans le cœur humain, de vif et d'ardent, maîtrisé par sa raison sous tous les autres rapports, se retrouvait dans son caractère, quand ils s'agissait de sa fille.

Au milieu du ressentiment qu'avait excité dans mon cœur mon entretien avec lady Edgermond, Thérésine vint me dire avec une émotion extrême qu'un bâtiment arrivé de Livourne même était entré dans le port dont nous n'étions éloignées que de quelques lieues, et qu'il y avait sur ce bâtiment des négocians qu'elle connaissait et qui étaient les plus honnêtes gens du monde. — Ils sont tous Italiens, me dit-elle en pleurant, ils ne parlent qu'italien. Dans huit jours ils se rembarquent, et vont directement en Italie ; et si Madame était décidée...... — Retournez avec eux, ma bonne Thérésine, lui répondis-je. — Non, Madame, s'écria-t-elle, j'aime mieux mourir ici. — Et elle sortit de ma chambre, où je restai réfléchissant à mes devoirs envers ma belle-mère. Il me paraissait clair qu'elle désirait ne plus m'avoir auprès d'elle ; mon influence sur Lucile lui déplaisait : elle craignait que la réputation que j'avais autour de moi, d'être une personne extraordinaire, ne nuisît un jour à l'établissement de sa fille ; enfin elle m'avait dit le secret de son cœur, en m'indiquant le désir que je me fisse passer pour morte ; et ce conseil amer, qui m'avait d'abord tant révoltée, me parut, à la réflexion, assez raisonnable. — Oui, sans doute, m'écriais-je, passons pour morte dans ces lieux où mon existence n'est qu'un sommeil agité. Je revivrai avec la nature, avec le soleil, avec les beaux-arts, et les froides lettres qui composent mon nom,

inscrites sur un vain tombeau, tiendront, aussi-bien
que moi, ma place dans ce séjour sans vie. — Ces élans
de mon ame vers la liberté ne me donnèrent point
encore cependant la force d'une résolution décisive ; il
y a des moments où l'on se croit la puissance de ce
qu'on désire, et d'autres où l'ordre habituel des choses
paraît devoir l'emporter sur tous les sentiments de
l'ame. J'étais dans cette indécision qui pouvait durer
toujours, puisque rien au dehors de moi ne m'obligeait
à prendre un parti, lorsque, le dimanche qui suivit ma
conversation avec ma belle-mère, j'entendis, vers le
soir, sous mes fenêtres, des chanteurs italiens qui
étaient venus sur le bâtiment de Livourne, et que
Thérésine avait attirés pour me causer une agréable
surprise. Je ne puis exprimer l'émotion que je ressen-
tis, un déluge de pleurs couvrit mon visage, tous mes
souvenirs se ranimèrent : rien ne retrace le passé
comme la musique ; elle fait plus que le retracer, il
apparaît, quand elle l'évoque, semblable aux ombres
de ceux qui nous sont chers, revêtu d'un voile mystérieux et mélancolique. Les musiciens chantèrent ces
délicieuses paroles de Monti, qu'il a composées dans
son exil :

> Bella Italia, amate sponde,
> Pur vi torno à riveder.
> Trema in petto e si confonde
> L'alma oppressa dal piacer. *
> . . . .
> . . . .

J'étais dans une sorte d'ivresse, je sentais pour
l'Italie tout ce que l'amour fait éprouver, désir,
enthousiasme, regrets ; je n'étais plus maîtresse de

---

* Belle Italie, bords chéris, je vais donc vous revoir encore ; mon
ame tremble et succombe à l'excès de ce plaisir ⸢.

moi-même, toute mon ame était entraînée vers ma patrie : j'avais besoin de la voir, de la respirer, de l'entendre, chaque battement de mon cœur était un appel à mon beau séjour, à ma riante contrée ! Si la vie était offerte aux morts dans les tombeaux, ils ne soulèveraient pas la pierre qui les couvre avec plus d'impatience que je n'en éprouvais pour écarter de moi tous mes linceuls, et reprendre possession de mon imagination, de mon génie, de la nature ! Au moment de cette exaltation causée par la musique, j'étais loin encore de prendre aucun parti, car mes sentiments étaient trop confus pour en tirer aucune idée fixe, lorsque ma belle-mère entra, et me pria de faire cesser ces chants, parcequ'il était scandaleux d'entendre de la musique le dimanche. Je voulus insister : les Italiens partaient le lendemain ; il y avait six ans que je n'avais joui d'un semblable plaisir : ma belle-mère ne m'écouta pas ; et me disant qu'il fallait, avant tout, respecter les convenances du pays où l'on vivait, elle s'approcha de la fenêtre et commanda à ses gens d'éloigner mes pauvres compatriotes. Ils partirent, et me répétaient de loin en loin, en chantant, un adieu qui me perçait le cœur.

La mesure de mes impressions était comblée : le vaisseau devait s'éloigner le lendemain ; Thérésine, à tout hasard, et sans m'en avertir, avait tout préparé pour mon départ. Lucile était depuis huit jours chez une parente de sa mère. Les cendres de mon père ne reposaient pas dans la maison de campagne que nous habitions : il avait ordonné que son tombeau fût élevé dans la terre qu'il avait en Écosse. Enfin je partis sans en prévenir ma belle-mère, et lui laissant une lettre qui lui apprenait ma résolution. Je partis dans un de ces moments où l'on se livre à la destinée, où tout paraît meilleur que la servitude, le dégoût et l'insipidité ; où la jeunesse inconsidérée se fie à l'avenir, et le voit dans

les cieux comme une étoile brillante qui lui promet un
heureux sort.

CHAPITRE IV.

Des pensées plus inquiètes s'emparèrent de moi
quand je perdis de vue les côtes d'Angleterre ; mais
comme je n'y avais pas laissé d'attachement vif, je fus
bientôt consolée, en arrivant à Livourne, par tout le
charme de l'Italie. Je ne dis à personne mon véritable
nom, comme je l'avais promis à ma belle-mère ; je pris
seulement celui de Corinne, que l'histoire d'une femme
grecque, amie de Pindare, et poëte, m'avait fait
aimer [29]. Ma figure, en se développant, avait tellement
changé, que j'étais sûre de n'être pas reconnue ; j'avais
vécu assez solitaire à Florence, et je devais compter sur
ce qui m'est arrivé, c'est que personne à Rome n'a su
qui j'étais. Ma belle-mère me manda qu'elle avait
répandu le bruit que les médecins m'avaient ordonné
le voyage du midi pour rétablir ma santé, et que j'étais
morte dans la traversée. Sa lettre ne contenait d'ailleurs aucune réflexion : elle me fit passer avec une très
grande exactitude toute ma fortune, qui est assez
considérable ; mais elle ne m'a plus écrit. Cinq ans se
sont écoulés depuis ce moment jusqu'à celui où je vous
ai vu ; cinq ans pendant lesquels j'ai goûté assez de
bonheur ; je suis venue m'établir à Rome, ma réputation s'est accrue, les beaux-arts et la littérature m'ont
encore donné plus de jouissances solitaires qu'ils ne
m'ont valu de succès, et je n'ai pas connu, jusques à
vous, tout l'empire que le sentiment peut exercer ; mon
imagination colorait et décolorait quelquefois mes
illusions sans me causer de vives peines ; je n'avais
point encore été saisie par une affection qui pût me
dominer. L'admiration, le respect, l'amour, n'enchaî-

naient point toutes les facultés de mon ame ; je concevais, même en aimant, plus de qualités et plus de charmes que je n'en ai rencontrés ; enfin je restais supérieure à mes propres impressions, au lieu d'être entièrement subjuguée par elles.

N'exigez point que je vous raconte comment deux hommes, dont la passion pour moi n'a que trop éclaté, ont occupé successivement ma vie avant de vous connaître : il faudrait faire violence à ma conviction intime pour me persuader maintenant qu'un autre que vous a pu m'intéresser, et j'en éprouve autant de repentir que de douleur. Je vous dirai seulement ce que vous avez appris déjà par mes amis, c'est que mon existence indépendante me plaisait tellement, qu'après de longues irrésolutions et de pénibles scènes, j'ai rompu deux fois des liens que le besoin d'aimer m'avait fait contracter, et que je n'ai pu me résoudre à rendre irrévocables. Un grand seigneur allemand voulait, en m'épousant, m'emmener dans son pays où son rang et sa fortune le fixaient. Un prince italien m'offrait, à Rome même, l'existence la plus brillante. Le premier sut me plaire en m'inspirant la plus haute estime ; mais je m'aperçus avec le temps qu'il avait peu de ressources dans l'esprit. Quand nous étions seuls il fallait que je me donnasse beaucoup de peine pour soutenir la conversation et pour lui cacher avec soin ce qui lui manquait. Je n'osais, en causant avec lui, me montrer ce que je puis être, de peur de le mettre mal à l'aise ; je prévis que son sentiment pour moi diminuerait nécessairement le jour où je cesserais de le ménager, et néanmoins il est difficile de conserver de l'enthousiasme pour ceux que l'on ménage. Les égards d'une femme pour une infériorité quelconque dans un homme supposent toujours qu'elle ressent pour lui plus de pitié que d'amour ; et le genre de calcul et de réflexion que ces égards demandent flétrit la nature céleste d'un sentiment involontaire. Le prince italien

était plein de grace et de fécondité dans l'esprit. Il
voulait s'établir à Rome, partageait tous mes goûts,
aimait mon genre de vie ; mais je remarquai, dans une
occasion importante, qu'il manquait d'énergie dans
l'ame, et que dans les circonstances difficiles de la vie
ce serait moi qui me verrais obligée de le soutenir et de
le fortifier : alors tout fut dit pour l'amour ; car les
femmes ont besoin d'appui, et rien ne les refroidit
comme la nécessité d'en donner. Je fus donc deux fois
détrompée de mes sentiments, non par des malheurs ni
des fautes, mais l'esprit observateur me découvrit ce
que l'imagination m'avait caché.

Je me crus destinée à ne jamais aimer de toute la
puissance de mon ame ; quelquefois cette idée m'était
pénible, plus souvent je m'applaudissais d'être libre ;
je craignais en moi cette faculté de souffrir, cette
nature passionnée qui menace mon bonheur et ma vie ;
je me rassurais toujours, en songeant qu'il était difficile
de captiver mon jugement, et je ne croyais pas que
personne pût jamais répondre à l'idée que j'avais du
caractère et de l'esprit d'un homme ; j'espérais toujours échapper au pouvoir absolu d'un attachement,
en apercevant quelques défauts dans l'objet qui pourrait me plaire ; je ne savais pas qu'il existe des défauts
qui peuvent accroître l'amour même par l'inquiétude
qu'ils lui causent. Oswald, la mélancolie, l'incertitude
qui vous découragent de tout, la sévérité de vos
opinions, troublent mon repos sans refroidir mon
sentiment ; je pense souvent que ce sentiment ne me
rendra pas heureuse ; mais alors c'est moi que je juge,
et jamais vous.

Vous connaissez maintenant l'histoire de ma vie ;
l'Angleterre abandonnée, mon changement de nom,
l'inconstance de mon cœur, je n'ai rien dissimulé. Sans
doute vous penserez que l'imagination m'a souvent
égarée ; mais si la société n'enchaînait pas les femmes
par des liens de tout genre dont les hommes sont

dégagés, qu'y aurait-il dans ma vie qui pût empêcher de m'aimer? Ai-je jamais trompé? ai-je jamais fait de mal? mon ame a-t-elle jamais été flétrie par de vulgaires intérêts? Sincérité, bonté, fierté, Dieu demandera-t-il davantage à l'orpheline qui se trouvait seule dans l'univers? Heureuses les femmes qui rencontrent à leurs premiers pas dans la vie, celui qu'elles doivent aimer toujours! Mais le mérité-je moins pour l'avoir connu trop tard?

Cependant, je vous le dirai, mylord, et vous en croirez ma franchise: si je pouvais passer ma vie près de vous, sans vous épouser, il me semble que, malgré la perte d'un grand bonheur, et d'une gloire à mes yeux la première de toutes, je ne voudrais pas m'unir à vous. Peut-être ce mariage est-il pour vous un sacrifice; peut-être un jour regretterez-vous cette belle Lucile, ma sœur, que votre père vous a destinée. Elle est plus jeune que moi de douze années; son nom est sans tache comme la première fleur du printemps; il faudrait en Angleterre faire revivre le mien, qui est déjà passé sous l'empire de la mort. Lucile a, je le sais, une ame douce et pure; si j'en juge par son enfance, il se peut qu'elle soit capable de vous entendre en vous aimant. Oswald, vous êtes libre; quand vous le désirerez, votre anneau vous sera rendu.

Peut-être voulez-vous savoir avant que de vous décider ce que je souffrirai si vous me quittez. Je l'ignore: il s'élève quelquefois des mouvements tumultueux dans mon ame, qui sont plus forts que ma raison, et je ne serais pas coupable si de tels mouvements me rendaient l'existence tout-à-fait insupportable. Il est également vrai que j'ai beaucoup de facultés de bonheur; je sens quelquefois en moi comme une fièvre de pensées qui fait circuler mon sang plus vite. Je m'intéresse à tout; je parle avec plaisir; je jouis avec délices de l'esprit des autres, de l'intérêt qu'ils me témoignent, des merveilles de la nature, des ouvrages de l'art que l'affectation n'a point frappés de mort. Mais serait-il en ma puissance de vivre quand je ne vous verrais plus ? C'est à vous d'en juger, Oswald ; car vous me connaissez mieux que moi-même ; je ne suis pas responsable de ce que je puis éprouver ; c'est à celui qui enfonce le poignard à savoir si la blessure qu'il fait est mortelle. Mais quand elle le serait, Oswald, je devrais vous le pardonner.

Mon bonheur dépend en entier du sentiment que vous m'avez montré depuis six mois. Je défierais toute la puissance de votre volonté et de votre délicatesse de me tromper sur la plus légère altération dans ce sentiment. Eloignez de vous, à cet égard, toute idée de devoir ; je ne connais pour l'amour ni promesse ni garantie. La divinité seule peut faire renaître une fleur quand le vent l'a flétrie. Un accent, un regard de vous suffiraient pour m'apprendre que votre cœur n'est plus le même, et je détesterais tout ce que vous pourriez m'offrir à la place de votre amour, de ce rayon divin, ma céleste auréole. Soyez donc libre maintenant, Oswald, libre chaque jour, libre encore quand vous seriez mon époux ; car si vous ne m'aimiez plus, je vous affranchirais, par ma mort, des liens indissolubles qui vous attacheraient à moi.

Dès que vous aurez lu cette lettre, je veux vous revoir ; mon impatience me conduira vers vous, et je saurai mon sort en vous apercevant ; car le malheur est rapide, et le cœur, tout faible qu'il est, ne doit pas se méprendre aux signes funestes d'une destinée irrévocable. Adieu.

Livre XV.

LES ADIEUX A ROME
ET LE VOYAGE A VENISE.

CHAPITRE PREMIER.

C'était avec une émotion profonde qu'Oswald avait lu la lettre de Corinne. Un mélange confus de diverses peines l'agitait : tantôt il était blessé du tableau qu'elle faisait d'une province *a* d'Angleterre, et se disait avec désespoir que jamais une telle femme ne pourrait être heureuse dans la vie domestique ; tantôt il la plaignait de ce qu'elle avait souffert, et ne pouvait s'empêcher d'aimer et d'admirer la franchise et la simplicité de son récit. Il se sentait jaloux aussi des affections qu'elle avait éprouvées avant de le connaître, et plus il voulait se cacher à lui-même cette jalousie, plus il en était tourmenté ; enfin, sur-tout, la part qu'avait son père dans son histoire l'affligeait amèrement, et l'angoisse de son ame était telle, qu'il ne savait plus ce qu'il pensait, ni ce qu'il faisait. Il sortit précipitamment à midi, par un soleil brûlant : à cette heure il n'y a personne dans les rues de Naples, l'effroi de la chaleur retient tous les êtres vivants à l'ombre. Il s'en alla du côté de Portici, marchant au hasard et sans dessein, et les rayons ardents qui tombaient sur sa tête excitaient tout à la fois et troublaient ses pensées.

Corinne cependant, après quelques heures d'attente, ne put résister au besoin de voir Oswald ; elle entra dans sa chambre, et ne l'y trouvant point, cette absence dans ce moment lui causa une terreur mortelle. Elle vit sur la table de lord Nelvil ce qu'elle lui avait écrit, et ne doutant pas que ce ne fût après l'avoir

lu qu'il s'en était allé, elle s'imagina qu'il était parti
tout-à-fait, et qu'elle ne le reverrait plus. Alors une
douleur insupportable s'empara d'elle ; elle essaya
d'attendre, et chaque moment la consumait ; elle
parcourait sa chambre à grands pas, et puis s'arrêtait
soudain, de peur de perdre le moindre bruit qui
pourrait annoncer le retour. Enfin, ne résistant plus à
son anxiété, elle descendit pour demander si l'on
n'avait pas vu passer lord Nelvil, et de quel côté il
avait porté ses pas. Le maître de l'auberge répondit
que lord Nelvil était allé du côté de Portici, mais que
sûrement, ajouta l'hôte, il n'avait pas été loin, car,
dans ce moment, un coup de soleil serait très dangereux. Cette crainte se mêlant à toutes les autres, bien
que Corinne n'eût rien sur la tête qui pût la garantir de
l'ardeur du jour, elle se mit à marcher au hasard dans
la rue. Les larges pavés blancs de Naples, ces pavés de
lave, et placés là comme pour multiplier l'effet de la
chaleur et de la lumière, brûlaient ses pieds, et
l'éblouissaient par le reflet des rayons du soleil.

Elle n'avait pas le projet d'aller jusqu'à Portici, mais
elle avançait toujours, et toujours plus vite ; la souffrance et le trouble précipitaient ses pas. On ne voyait
personne sur le grand chemin : à cette heure, les animaux
eux-mêmes se tiennent cachés, ils redoutent la nature.

Une poussière horrible remplit l'air dès que le
moindre souffle de vent ou le char le plus léger traverse
la route : les prairies couvertes de cette poussière ne
rappellent plus par leur couleur la végétation, ni la vie.
De moment en moment, Corinne se sentait prête à
tomber, elle ne rencontrait pas un arbre pour s'appuyer, et sa raison s'égarait dans ce désert enflammé ;
elle n'avait plus que quelques pas à faire pour arriver
au palais du roi, sous les portiques duquel elle aurait
trouvé de l'ombre et de l'eau pour se rafraîchir. Mais
ses forces lui manquaient ; elle essayait en vain de
marcher, elle ne voyait plus sa route ; un vertige la lui

cachait, et lui faisait apparaître mille lumières, plus vives encore que celles même du jour; et tout à coup succédait à ces lumières un nuage qui l'environnait d'une obscurité sans fraîcheur. Une soif ardente la dévorait; elle rencontra un Lazzaroni, l'unique créature humaine qui pût braver en ce moment la puissance du climat, et elle le pria d'aller lui chercher un peu d'eau; mais cet homme, en voyant seule sur le chemin, à cette heure, une femme si remarquable, et par sa beauté, et par l'élégance de ses vêtements, ne douta pas qu'elle ne fût folle, et s'éloigna d'elle avec terreur.

Heureusement Oswald revenait sur ses pas à cet instant, et quelques accents de Corinne frappèrent de loin son oreille : hors de lui-même, il courut vers elle, et la reçut dans ses bras, comme elle tombait sans connaissance; il la porta ainsi sous le portique du palais de Portici, et la rappela à la vie par ses soins et sa tendresse.

Dès qu'elle le reconnut, elle lui dit, encore égarée : — Vous m'aviez promis de ne pas me quitter sans mon consentement : je puis vous paraître à présent indigne de votre affection; mais votre promesse, pourquoi la méprisez-vous ? — Corinne, reprit Oswald, jamais l'idée de vous quitter ne s'est approchée de mon cœur; je voulais seulement réfléchir sur notre sort, et recueillir mes esprits avant de vous revoir. — Eh bien! dit alors Corinne, en essayant de paraître calme, vous en avez eu le temps pendant ces mortelles heures qui ont failli me coûter la vie : vous en avez eu le temps; parlez donc, et dites-moi ce que vous avez résolu. — Oswald, effrayé du son de voix de Corinne, qui trahissait son émotion intérieure, se mit à genoux devant elle, et lui dit : — Corinne, le cœur de ton ami n'est point changé; qu'ai-je donc appris qui pût me désenchanter de toi? Mais, écoute. — Et comme elle tremblait toujours plus fortement, il reprit avec instance : — Écoute sans terreur celui qui ne peut vivre, et te savoir malheureuse. — Ah! s'écria Corinne, c'est de mon

bonheur que vous parlez ; il ne s'agit déjà plus du
vôtre. Je ne repousse pas votre pitié ; dans ce moment,
j'en ai besoin : mais pensez-vous cependant que c'est
d'elle seule que je veuille vivre ? — Non ; c'est de mon
amour que nous vivrons tous les deux, dit Oswald ; je
reviendrai.... — Vous reviendrez, interrompit
Corinne ? ah ! vous voulez donc partir ! Qu'est-il
arrivé ? qu'y a-t-il de changé depuis hier ? malheureuse
que je suis ! — Chère amie ! que ton cœur ne se trouble
pas ainsi, reprit Oswald, et laisse-moi, si je le puis, te
révéler ce que j'éprouve ; c'est moins que tu ne crains,
bien moins ; mais il faut, dit-il en faisant effort sur lui-
même pour s'expliquer, il faut pourtant que je
connaisse les raisons que mon père peut avoir eues
pour s'opposer, il y a sept ans, à notre union : il ne
m'en a jamais parlé ; j'ignore tout à cet égard ; mais
son ami le plus intime, qui vit encore en Angleterre,
saura quels étaient ses motifs. Si, comme je le crois, ils
ne tiennent qu'à des circonstances peu importantes, je
ne les compterai pour rien ; je te pardonnerai d'avoir
quitté le pays de ton père et le mien, une si noble
patrie ; j'espérerai que l'amour t'y rattachera, et que tu
préféreras le bonheur domestique, les vertus sensibles
et naturelles, à l'éclat même de ton génie. J'espérerai
tout, je ferai tout ; mais si mon père s'était prononcé
contre toi, Corinne, je ne serais jamais l'époux d'une
autre ; mais jamais aussi je ne pourrais être le tien. —
Quand ces paroles furent dites, une sueur froide
coula sur le front d'Oswald, et l'effort qu'il avait fait
pour parler ainsi était tel, que Corinne, ne pensant
qu'à l'état où elle le voyait, fut quelque temps sans lui
répondre, et prenant sa main, elle lui dit : — Quoi !
vous partez ; quoi ! vous allez en Angleterre sans moi ?
— Oswald se tut. — Cruel ! s'écria Corinne avec
désespoir, vous ne répondez rien, vous ne combattez
pas ce que je vous dis. Ah, c'est donc vrai ! Hélas ! tout
en le disant, je ne le croyais pas encore. — J'ai

retrouvé, grace à vos soins, répondit Oswald, la vie
que j'étais prêt à perdre ; cette vie appartient à mon
pays pendant la guerre. Si je puis m'unir à vous, nous
ne nous quitterons plus, et je vous rendrai votre nom et
votre existence en Angleterre. Si cette destinée trop
heureuse m'était interdite, je reviendrais, à la paix, en
Italie ; je resterais long-temps près de vous, et je ne
changerais rien à votre sort, qu'en vous donnant un
fidèle ami de plus. — Ah ! vous ne changeriez rien à
mon sort, dit Corinne, quand vous êtes devenu mon
seul intérêt au monde, quand j'ai goûté de cette coupe
enivrante qui donne le bonheur ou la mort ! Mais au
moins, dites-moi, ce départ, quand aura-t-il lieu ?
combien de jours me restent-ils ? — Chère amie, dit
Oswald, en la serrant contre son cœur, je jure qu'avant
trois mois je ne te quitterai pas, et peut-être même
alors...... — Trois mois, s'écria Corinne ; je vivrai donc
encore tout ce temps ; c'est beaucoup, je n'en espérais
pas tant. Allons, je me sens mieux ; c'est un avenir que
trois mois, dit-elle avec un mélange de tristesse et de
joie qui toucha profondément Oswald. — Tous deux
alors montèrent en silence dans la voiture qui les
conduisit à Naples.

CHAPITRE II.

En arrivant, ils trouvèrent le prince Castel-Forte qui
les attendait à l'auberge. Le bruit s'était répandu que
lord Nelvil avait épousé Corinne, et quoique cette
nouvelle fit une grande peine à ce prince, il était venu
pour s'assurer par lui-même si cela était vrai, et pour
se rattacher de quelque manière encore à la société de
son amie, lors même qu'elle serait pour jamais liée à
un autre. La mélancolie de Corinne, l'état d'abattement dans lequel, pour la première fois, il la voyait, lui
causèrent une vive inquiétude ; mais il n'osa point

l'interroger, parcequ'elle semblait fuir toute conversation à ce sujet. Il est des situations de l'ame où l'on redoute de se confier à personne ; il suffirait d'une parole qu'on dirait ou qu'on entendrait, pour dissiper à nos propres yeux l'illusion qui nous fait supporter l'existence ; et l'illusion dans les sentiments passionnés, de quelque genre qu'ils soient, a cela de particulier qu'on se ménage soi-même comme on ménagerait un ami que l'on craindrait d'affliger en l'éclairant, et que, sans s'en apercevoir, l'on met sa propre douleur sous la protection de sa propre pitié.

Le lendemain, Corinne, qui était la personne du monde la plus naturelle, et ne cherchait point à faire effet par sa douleur, essaya de paraître gaie, de se ranimer encore, et pensa même que le meilleur moyen pour retenir Oswald était de se montrer aimable comme autrefois ; elle commençait donc avec vivacité un sujet d'entretien intéressant, puis tout à coup la distraction s'emparait d'elle, et ses regards erraient sans objet. Elle, qui possédait au plus haut degré la facilité de la parole, hésitait dans le choix des mots, et quelquefois elle se servait d'une expression qui n'avait pas le moindre rapport avec ce qu'elle voulait dire. Alors elle riait d'elle-même ; mais, à travers ce rire, ses yeux se remplissaient de larmes. Oswald était au désespoir de la peine qu'il lui causait : il voulait s'entretenir seul avec elle, mais elle en évitait avec soin les occasions.

— Que voulez-vous savoir de moi, lui dit-elle un jour qu'il insistait pour lui parler ? Je me regrette, et voilà tout. J'avais quelque orgueil de mon talent, j'aimais le succès, la gloire ; les suffrages même des indifférents étaient l'objet de mon ambition : mais à présent je ne me soucie de rien, et ce n'est pas le bonheur qui m'a détachée de ces vains plaisirs, c'est un profond découragement. Je ne vous en accuse pas, il vient de moi, peut-être en triompherai-je ! il se passe tant de choses au fond de l'ame, que nous ne pouvons ni prévoir, ni diriger ; mais je vous rends justice, Oswald, vous souffrez de ma peine, je le vois. J'ai aussi pitié de vous ; pourquoi ce sentiment ne nous conviendrait-il pas à tous les deux ? Hélas ! il peut s'adresser à tout ce qui respire sans commettre beaucoup d'erreurs.

Oswald n'était pas alors moins malheureux que Corinne : il l'aimait vivement ; mais son histoire l'avait blessé dans sa manière de penser et dans ses affections. Il lui semblait voir clairement que son père avait tout prévu, tout jugé d'avance pour lui, et que c'était mépriser ses avertissements que de prendre Corinne pour épouse : cependant il ne pouvait y renoncer, et se trouvait replongé dans les incertitudes dont il espérait sortir en connaissant le sort de son amie. Elle, de son côté, n'avait pas souhaité le lien du mariage avec Oswald ; et si elle s'était crue certaine qu'il ne la quitterait jamais, elle n'aurait eu besoin de rien de plus pour être heureuse ; mais elle le connaissait assez pour savoir qu'il ne concevait le bonheur que dans la vie domestique, et que s'il abjurait le dessein de l'épouser, ce ne pouvait jamais être qu'en l'aimant moins. Le départ d'Oswald pour l'Angleterre lui paraissait un signal de mort ; elle savait combien les mœurs et les opinions de ce pays avaient d'influence sur lui : c'est en vain qu'il formait le projet de passer sa vie avec elle en Italie ; elle ne doutait point qu'en se retrouvant dans sa patrie, l'idée de la quitter une seconde fois ne lui devînt odieuse. Enfin elle sentait que tout son pouvoir venait de son charme, et qu'est-ce que ce pouvoir en absence ? qu'est-ce que les souvenirs de l'imagination, lorsque l'on est cerné de toutes parts par la force et la réalité d'un ordre social, d'autant plus dominateur, qu'il est fondé sur des idées nobles et pures ?

Corinne, tourmentée par ces réflexions, aurait souhaité d'exercer quelque empire sur son sentiment pour

Oswald. Elle tâchait de s'entretenir avec le prince
Castel-Forte sur les objets qui l'avaient toujours
intéressée, la littérature et les beaux-arts ; mais lorsque
Oswald entrait dans la chambre, la dignité de son
maintien, un regard mélancolique qu'il jetait sur
Corinne et qui semblait lui dire : *pourquoi voulez-vous
renoncer à moi ?* détruisait tous ses projets. Vingt fois
Corinne voulut dire à lord Nelvil que son irrésolution
l'offensait, et qu'elle était décidée à s'éloigner de lui ;
mais elle le voyait, tantôt appuyer sa tête sur sa main
comme un homme accablé par des sentiments douloureux, tantôt respirer avec effort, ou rêver sur les bords
de la mer, ou lever les yeux vers le ciel quand des sons
harmonieux se faisaient entendre ; et ces mouvements
si simples, dont la magie n'était connue que d'elle,
renversaient soudain tous ses efforts. L'accent, la
physionomie, une certaine grace dans chaque geste,
révèle à l'amour les secrets les plus intimes de l'ame, et
peut-être était-il vrai qu'un caractère froid en apparence, tel que celui de lord Nelvil, ne pouvait être
pénétré que par celle qui l'aimait : l'impartialité ne
devinant rien, ne peut juger que ce qui se montre.
Corinne, dans le silence de la réflexion, essayait ce qui
lui avait réussi autrefois quand elle croyait aimer : elle
appelait à son secours son esprit d'observation qui
découvrait avec sagacité les moindres faiblesses ; elle
tâchait d'exciter son imagination à lui représenter
Oswald sous des traits moins séduisants ; mais il n'y
avait rien en lui qui ne fût noble, touchant et simple ; et
comment défaire à ses propres yeux le charme d'un
caractère et d'un esprit parfaitement naturels ! Il n'y a
que l'affectation qui puisse donner lieu à ces réveils
subits du cœur, étonné d'avoir aimé.

Il existait d'ailleurs, entre Oswald et Corinne, une
sympathie singulière et toute puissante ; leurs goûts
n'étaient point les mêmes, leurs opinions s'accordaient
rarement, et, dans le fond de leur ame néanmoins, il y

avait des mystères semblables, des émotions puisées à la même source, enfin je ne sais quelle ressemblance secrète qui supposait une même nature, bien que toutes les circonstances extérieures l'eussent modifiée différemment. Corinne s'aperçut donc, et ce fut avec effroi, qu'elle avait encore augmenté son sentiment pour Oswald, en l'observant de nouveau, en le jugeant en détail, en luttant vivement contre l'impression qu'il lui faisait.

Elle offrit au prince Castel-Forte de revenir à Rome ensemble ; et lord Nelvil sentit qu'elle voulait éviter ainsi d'être seule avec lui ; il en eut de la tristesse, mais il ne s'y opposa pas : il ne savait plus si ce qu'il pouvait faire pour Corinne suffirait à son bonheur, et cette pensée le rendait timide. Corinne cependant aurait voulu qu'il refusât le prince Castel-Forte pour compagnon de voyage ; mais elle ne le dit pas. Leur situation n'était plus simple comme autrefois ; il n'y avait pas encore entre eux de la dissimulation, et néanmoins Corinne proposait ce qu'elle eût souhaité qu'Oswald refusât, et le trouble s'était mis dans une affection qui, pendant six mois, leur avait donné chaque jour un bonheur presque sans mélange.

En retournant par Capoue et par Gaëte, en revoyant ces mêmes lieux qu'elle avait traversés peu de temps auparavant avec tant de délices, Corinne ressentait un amer souvenir. Cette nature si belle, qui maintenant l'appelait en vain au bonheur, redoublait encore sa tristesse. Quand ce beau ciel ne dissipe pas la douleur, son expression riante fait souffrir encore plus par le contraste. Ils arrivèrent à Terracine, le soir, par une fraîcheur délicieuse, et la même mer brisait ses flots contre le même rocher. Corinne disparut après le souper ; Oswald, ne la voyant pas revenir, sortit inquiet, et son cœur, comme celui de Corinne, le guida vers l'endroit où ils s'étaient reposés en allant à Naples. Il aperçut de loin Corinne, à genoux devant le

rocher sur lequel ils s'étaient assis; et il vit en
regardant la lune, qu'elle était couverte d'un nuage,
comme il y avait deux mois, à la même heure. Corinne,
à l'approche d'Oswald, se leva, et lui dit, en lui
montrant ce nuage : — Avais-je raison de croire au
présage? Mais n'est-il pas vrai qu'il y a quelque
compassion dans le ciel? il m'avertissait de l'avenir, et
aujourd'hui, vous le voyez, il porte mon deuil.

N'oubliez pas, Oswald, de remarquer si ce même
nuage ne passera pas sur la lune quand je mourrai. —
Corinne! Corinne! s'écria lord Nelvil, ai-je mérité que
vous me fassiez expirer de douleur? Vous le pouvez
facilement, je vous l'assure; parlez encore une fois
ainsi, et vous me verrez tomber sans vie à vos pieds.
Mais quel est donc mon crime? Vous êtes une
personne indépendante de l'opinion par votre manière
de penser; vous vivez dans un pays où cette opinion
n'est jamais sévère, et quand elle le serait, votre génie
vous fait régner sur elle. Je veux, quoi qu'il arrive,
passer mes jours près de vous; je le veux : d'où vient
donc votre douleur? Si je ne pouvais être votre époux,
sans offenser un souvenir qui règne à l'égal de vous sur
mon ame, ne m'aimeriez-vous donc pas assez pour
trouver du bonheur dans ma tendresse, dans le
dévouement de tous mes instants? — Oswald, dit
Corinne, si je croyais que nous ne nous quitterons
jamais, je ne souhaiterais rien de plus; mais..... —
N'avez-vous pas l'anneau, gage sacré?.... — Je vous le
rendrai, reprit-elle. — Non, jamais, dit-il. — Ah! je
vous le rendrai, continua-t-elle, quand vous désirerez
de le reprendre; et si vous cessez de m'aimer, cet
anneau même m'en instruira. Une ancienne croyance
n'apprend-elle pas que le diamant est plus fidèle que
l'homme, et qu'il se ternit quand celui qui l'a donné
nous trahit[30]? — Corinne, dit Oswald; vous osez
parler de trahison? votre esprit s'égare; vous ne me
connaissez plus. — Pardon, Oswald, pardon! s'écria

Corinne; mais dans les passions profondes, le cœur est tout à coup doué d'un instinct miraculeux, et les souffrances sont des oracles. Que signifie donc cette palpitation douloureuse qui soulève mon sein? Ah! mon ami, je ne la redouterais pas, si elle ne m'annonçait que la mort. —

En achevant ces mots, Corinne s'éloigna précipitamment; elle craignait de s'entretenir long-temps avec Oswald; elle ne se complaisait point dans la douleur, et cherchait à briser les impressions de tristesse; mais elles n'en revenaient que plus violemment lorsqu'elle les avait repoussées. Le lendemain, quand ils traversèrent les marais pontins, les soins d'Oswald pour Corinne furent encore plus tendres que la première fois; elle les reçut avec douceur et reconnaissance; mais il y avait dans son regard quelque chose qui disait : *Pourquoi ne me laissez-vous pas mourir?*

CHAPITRE III.

Combien Rome semble déserte en revenant de Naples! On entre par la porte de Saint-Jean-de-Latran; on traverse de longues rues solitaires; le bruit de Naples, sa population, la vivacité de ses habitants, accoutument à un certain degré de mouvement qui d'abord fait paraître Rome singulièrement triste; l'on s'y plaît de nouveau, après quelque temps de séjour : mais quand on s'est habitué à une vie de distractions, on éprouve toujours une sensation mélancolique en rentrant en soi-même, dût-on s'y trouver bien. D'ailleurs le séjour de Rome, dans la saison de l'année où l'on était alors, à la fin de juillet, est très dangereux. Le mauvais air rend plusieurs quartiers inhabitables, et la contagion s'étend souvent sur la ville entière. Cette année, particulièrement, les inquiétudes étaient encore plus grandes qu'à l'ordinaire, et tous les visages portaient l'empreinte d'une terreur secrète.

En arrivant, Corinne trouva, sur le seuil de sa porte, un moine qui lui demanda la permission de bénir sa maison, pour la préserver de la contagion : Corinne y consentit, et le prêtre parcourut toutes les chambres, en y jetant de l'eau bénite, et en prononçant des prières latines. Lord Nelvil souriait un peu de cette cérémonie ; Corinne en était attendrie. — Je trouve un charme indéfinissable, lui dit-elle, dans tout ce qui est religieux, je dirais même superstitieux, quand il n'y a rien d'hostile ni d'intolérant dans cette superstition : le secours divin est si nécessaire lorsque les pensées et les sentiments sortent du cercle commun de la vie ! c'est pour les esprits distingués sur-tout que je conçois le besoin d'une protection surnaturelle. — Sans doute ce besoin existe, reprit lord Nelvil ; mais est-ce ainsi qu'il peut être satisfait ? — Je ne refuse jamais, reprit Corinne, une prière en association avec les miennes, de quelque part qu'elle me soit offerte. — Vous avez raison, dit lord Nelvil. — Et il donna sa bourse pour les pauvres au prêtre vieux et timide, qui s'en alla en les bénissant tous les deux.

Dès que les amis de Corinne la surent arrivée, ils se hâtèrent d'aller chez elle ; aucun ne s'étonna qu'elle revînt sans être la femme de lord Nelvil ; aucun, du moins, ne lui demanda les motifs qui pouvaient avoir empêché cette union ; le plaisir de la revoir était si grand, qu'il effaçait toute autre idée. Corinne s'efforçait de se montrer la même, mais elle ne pouvait y réussir ; elle allait contempler les chefs-d'œuvres de l'art, qui lui causaient jadis un plaisir si vif, et il y avait de la douleur au fond de tout ce qu'elle éprouvait. Elle se promenait tantôt à la Villa Borghèse, tantôt près du tombeau de Cécilia Métella, et l'aspect de ces lieux qu'elle aimait tant autrefois lui faisait mal ; elle ne goûtait plus cette douce rêverie, qui, en faisant sentir l'instabilité de toutes les jouissances, leur donne un caractère encore plus touchant. Une pensée fixe et douloureuse l'occupait ; la nature, qui ne dit rien que de vague, ne fait aucun bien, quand une inquiétude positive nous domine.

Enfin, dans les rapports de Corinne et d'Oswald il y avait une contrainte tout-à-fait pénible : ce n'était pas encore le malheur, car, dans les profondes émotions qu'il cause, il soulage quelquefois le cœur oppressé, et fait sortir de l'orage un éclair qui peut tout révéler ; c'était une gêne réciproque, c'était de vaines tentatives pour échapper aux circonstances qui les accablaient tous les deux, et leur inspiraient un peu de mécontentement l'un de l'autre : peut-on souffrir en effet sans en accuser ce qu'on aime ? Ne suffirait-il pas d'un regard, d'un accent, pour tout effacer ! mais ce regard, cet accent ne vient pas quand il est attendu, ne vient pas quand il est nécessaire. Rien n'est motivé dans l'amour ; il semble que ce soit une puissance divine qui pense et sent en nous, sans que nous puissions influer sur elle.

Une maladie contagieuse, comme on n'en avait pas vu depuis long-temps, se développa tout à coup dans Rome ; une jeune femme en fut atteinte, et ses amis et sa famille, qui n'avaient pas voulu la quitter, périrent avec elle ; la maison voisine de la sienne éprouva le même sort ; l'on voyait passer, à chaque heure, dans les rues de Rome, cette confrérie vêtue de blanc et le visage voilé, qui accompagne les morts à l'église : on dirait que ce sont des ombres qui portent les morts. Ceux-ci sont placés à visage découvert sur une espèce de brancard ; on jette seulement sur leurs pieds un satin jaune ou rose, et les enfants s'amusent souvent à jouer avec les mains glacées de celui qui n'est plus. Ce spectacle, terrible et familier tout à la fois, est accompagné par le murmure sombre et monotone de quelques psaumes : c'est une musique sans modulation, où l'accent de l'ame humaine ne se fait déjà plus sentir.

Un soir que lord Nelvil et Corinne étaient seuls ensemble, et que lord Nelvil souffrait beaucoup du sentiment douloureux et contraint qu'il apercevait dans Corinne, il entendit sous ses fenêtres ces sons lents et prolongés qui annonçaient une cérémonie funèbre ; il l'écouta quelque temps en silence, puis dit à Corinne : — Peut-être demain serai-je atteint aussi par cette maladie contre laquelle il n'y a point de défense, et vous regretterez de n'avoir pas dit quelques paroles sensibles à votre ami, un jour qui pouvait être le dernier de sa vie. Corinne, la mort nous menace de près tous les deux ; n'est-ce donc pas assez des maux de la nature, faut-il encore nous déchirer le cœur mutuellement ? — A l'instant, Corinne fut frappée par l'idée du danger que courait Oswald, au milieu de la contagion, et elle le supplia de quitter Rome. Il s'y refusa de la manière la plus absolue ; alors elle lui proposa d'aller ensemble à Venise ; il y consentit avec bonheur ; car c'était pour Corinne qu'il tremblait, en voyant la contagion prendre chaque jour de nouvelles forces.

Leur départ fut fixé au surlendemain ; mais le matin de ce jour, lord Nelvil n'ayant pas vu Corinne la veille, parce qu'un Anglais de ses amis, qui quittait Rome, l'avait retenu, elle lui écrivit qu'une affaire indispensable et subite l'obligeait de partir pour Florence, et qu'elle irait le rejoindre dans quinze jours à Venise ; elle le priait de passer par Ancone, ville pour laquelle elle lui donnait une commission qui semblait importante ; le style de la lettre était d'ailleurs sensible et calme ; et depuis Naples, Oswald n'avait pas trouvé le langage de Corinne aussi tendre et aussi serein. Il crut donc à ce que cette lettre contenait, et se disposait à partir, lorsqu'il lui vint le désir de voir encore la maison de Corinne avant de quitter Rome. Il y va, la

trouve fermée, frappe à la porte ; la vieille femme qui la
gardait lui dit que tous les gens de sa maîtresse sont
partis avec elle, et ne répond pas un mot de plus à
toutes ses questions. Il passe chez le prince Castel-
Forte, qui ne savait rien de Corinne, et s'étonnait
extrêmement qu'elle fût partie sans lui rien faire dire ;
enfin l'inquiétude s'empara de lord Nelvil, et il imagina d'aller à Tivoli, pour voir l'homme d'affaires de
Corinne, qui était établi là, et devait avoir reçu
quelque ordre de sa part.

Il monte à cheval, et, avec une promptitude extraordinaire qui venait de son agitation, il arrive à la
maison de Corinne ; toutes les portes en étaient
ouvertes ; il entre, parcourt quelques chambres sans
trouver personne, pénètre enfin jusques à celle de
Corinne ; à travers l'obscurité qui y régnait, il la voit
étendue sur son lit, et Thérésine seulement à côté
d'elle : il jette un cri en la reconnaissant ; ce cri
rappelle Corinne à elle-même ; elle l'aperçoit, et, se
soulevant, elle lui dit : — N'approchez pas, je vous le
défends ; je meurs, si vous approchez de moi ! — Une
terreur sombre saisit Oswald ; il pensa que son amie
l'accusait de quelque crime caché qu'elle croyait avoir
tout à coup découvert ; il s'imagina qu'il en était haï,
méprisé, et, tombant à genoux, il exprima cette crainte
avec un désespoir et un abattement qui suggérèrent
tout à coup à Corinne l'idée de profiter de son erreur,
et elle lui commanda de s'éloigner d'elle pour jamais,
comme s'il eût été coupable.

Interdit, offensé, il allait sortir, il allait la quitter,
lorsque Thérésine s'écria : — Ah ! mylord, abandon-
nerez-vous donc ma bonne maîtresse ? elle a écarté
tout le monde, et ne voulait pas même de mes soins,
parcequ'elle a la maladie contagieuse ! — A ces mots,
qui éclairèrent à l'instant Oswald sur la touchante ruse
de Corinne, il se jeta dans ses bras avec un transport,
avec un attendrissement qu'aucun moment de sa vie

ne lui avait encore fait éprouver. En vain Corinne le
repoussait, en vain elle se livrait à toute son indignation contre Thérésine, Oswald fit signe impérieusement à Thérésine de s'éloigner, et pressant alors
Corinne contre son cœur, la couvrant de ses larmes et
de ses caresses : — A présent, s'écria-t-il, à présent tu
ne mourras pas sans moi, et si le fatal poison coule
dans tes veines, du moins, graces au ciel, je l'ai respiré
sur ton sein. — Cruel et cher Oswald, dit Corinne, à
quel supplice tu me condamnes ! ô mon Dieu ! puisqu'il ne veut pas vivre sans moi, vous ne permettrez
pas que cet ange de lumière périsse ! Non, vous ne le
permettrez pas ! — En achevant ces mots, les forces de
Corinne l'abandonnèrent. Pendant huit jours elle fut
dans le plus grand danger. Au milieu de son délire, elle
répétait sans cesse : *Qu'on éloigne Oswald de moi ; qu'il ne
m'approche pas ; qu'on lui cache où je suis !* Et quand elle
revenait à elle, et qu'elle le reconnaissait, elle lui
disait : Oswald ! Oswald ! vous êtes là : dans la mort
comme dans la vie nous serons donc réunis ! — Et
lorsqu'elle le voyait pâle, un effroi mortel la saisissait,
et elle appelait dans son trouble, au secours de lord
Nelvil, les médecins qui lui avaient donné la preuve de
dévouement très-rare de ne point la quitter.

Oswald tenait sans cesse dans ses mains les mains
brûlantes de Corinne ; il finissait toujours la coupe
dont elle avait bu la moitié ; enfin, c'était avec une telle
avidité, qu'il cherchait à partager le péril de son amie,
qu'elle-même avait renoncé à combattre ce dévouement passionné, et laissant tomber sa tête sur le bras
de lord Nelvil, elle se résignait à sa volonté. Deux êtres
qui s'aiment assez pour sentir qu'ils n'existeraient pas
l'un sans l'autre, ne peuvent-ils pas arriver à cette
noble et touchante intimité qui met tout en commun,
même la mort[31] ? Heureusement lord Nelvil ne prit
point la maladie qu'il avait si bien soignée. Corinne
s'en guérit ; mais un autre mal pénétra plus avant que

jamais dans son cœur. La générosité, l'amour que son
ami lui avait témoignés, redoublèrent encore l'attachement qu'elle ressentait pour lui.

CHAPITRE IV.

Il fut donc convenu que, pour s'éloigner de l'air
funeste de Rome, Corinne et lord Nelvil iraient à
Venise ensemble. Ils étaient retombés dans leur silence
habituel sur leurs projets futurs ; mais ils se parlaient
de leur sentiment avec plus de tendresse que jamais, et
Corinne évitait, aussi soigneusement que lord Nelvil,
le sujet de conversation qui troublait la délicieuse paix
de leurs rapports mutuels. Un jour passé avec lui était
une telle jouissance ; il avait l'air de goûter avec tant de
plaisir l'entretien de son amie ; il suivait tous ses
mouvements, il étudiait ses moindres désirs avec un
intérêt si constant et si soutenu, qu'il semblait impossible qu'il pût exister autrement, et qu'il donnât tant de
bonheur, sans être lui-même heureux. Corinne puisait
sa sécurité dans la félicité même qu'elle goûtait. On
finit par croire, après quelques mois d'un tel état, qu'il
est inséparable de l'existence, et que c'est ainsi que
l'on vit. L'agitation de Corinne s'était donc calmée de
nouveau, et de nouveau son imprévoyance était venue
à son secours.

Cependant, à la veille de quitter Rome, elle éprouvait un grand sentiment de mélancolie. Cette fois elle
craignait et désirait que ce fût pour toujours. La nuit
qui précédait le jour fixé pour son départ, comme elle
ne pouvait dormir, elle entendit passer sous ses
fenêtres une troupe de Romains et de Romaines, qui se
promenaient au clair de la lune en chantant. Elle ne
put résister au désir de les suivre, et de parcourir ainsi,
encore une fois, sa ville chérie ; elle s'habilla, se fit

suivre de loin par sa voiture et ses gens ; et se couvrant
d'un voile, pour n'être pas reconnue, rejoignit à
quelques pas de distance cette troupe qui s'était
arrêtée sur le pont Saint-Ange, en face du mausolée
d'Adrien. On eût dit qu'en cet endroit la musique
exprimait la vanité des splendeurs de ce monde. On
croyait voir dans les airs la grande ombre d'Adrien,
étonnée de ne plus trouver sur la terre d'autres traces
de sa puissance qu'un tombeau. La troupe continua sa
marche, toujours en chantant, pendant le silence de la
nuit, à cette heure où les heureux dorment. Cette
musique si douce et si pure semblait se faire entendre
pour consoler ceux qui souffraient. Corinne la suivait,
toujours entraînée par cet irrésistible charme de la
mélodie, qui ne permet de sentir aucune fatigue, et fait
marcher sur la terre avec des ailes.

Les musiciens s'arrêtèrent devant la colonne Antonine et devant la colonne Trajane ; ils saluèrent ensuite
l'obélisque de Saint-Jean-de-Latran, et chantèrent en
présence de chacun de ces édifices : le langage idéal de
la musique s'accordait dignement avec l'expression
idéale des monuments ; l'enthousiasme régnait seul
dans la ville pendant le sommeil de tous les intérêts
vulgaires. Enfin, la troupe des chanteurs s'éloigna et
laissa Corinne seule auprès du Colisée. Elle voulut
entrer dans son enceinte pour y dire adieu à Rome
antique. Ce n'est pas connaître l'impression du Colisée
que de ne l'avoir vu que de jour ; il y a dans le soleil
d'Italie un éclat qui donne à tout un air de fête ; mais
la lune est l'astre des ruines. Quelquefois, à travers les
ouvertures de l'amphithéâtre qui semble s'élever jusqu'aux nues, une partie de la voûte du ciel paraît
comme un rideau d'un bleu sombre placé derrière
l'édifice. Les plantes qui s'attachent aux murs dégra-
dés et croissent dans les lieux solitaires, se revêtent des
couleurs de la nuit, l'ame frissonne et s'attendrit tout à
la fois en se trouvant seule avec la nature.

L'un des côtés de l'édifice est beaucoup plus dégradé que l'autre, ainsi deux contemporains luttent inégalement contre le temps : il abat le plus faible, l'autre résiste encore et tombe bientôt après. — Lieux solennels, s'écria Corinne, où dans ce moment nul être vivant n'existe avec moi, où ma voix seule répond à ma voix ! comment les orages des passions ne sont-ils pas apaisés par ce calme de la nature, qui laisse si tranquillement passer les générations devant elle ? l'univers n'a-t-il pas un autre but que l'homme, et toutes ses merveilles sont-elles là seulement pour se réfléchir dans notre ame ? Oswald, Oswald, pourquoi donc vous aimer avec tant d'idolâtrie ? Pourquoi s'abandonner à ces sentiments d'un jour, d'un jour en comparaison des espérances infinies qui nous unissent à la divinité ? O mon Dieu, s'il est vrai, comme je le crois, qu'on vous admire d'autant plus qu'on est plus capable de réfléchir, faites-moi donc trouver dans la pensée un asile contre les tourments du cœur. Ce noble ami, dont les regards si touchants ne peuvent s'effacer de mon souvenir, n'est-il pas un être passager comme moi ! mais il y a là parmi ces étoiles un amour éternel qui peut seul suffire à l'immensité de nos vœux. — Corinne resta long-temps plongée dans ses rêveries ; enfin elle s'achemina vers sa demeure à pas lents.

Mais avant de rentrer, elle voulut aller à Saint-Pierre pour y attendre le jour, monter sur la coupole, et dire adieu de cette hauteur à la ville de Rome. En approchant de Saint-Pierre, sa première pensée fut de se représenter cet édifice comme il serait quand à son tour il deviendrait une ruine, objet de l'admiration des siècles à venir. Elle s'imagina ces colonnes à présent debout, à demi couchées sur la terre, ce portique brisé, cette voûte découverte ; mais alors même l'obélisque des Egyptiens devait encore régner sur les ruines nouvelles ; ce peuple a travaillé pour l'éternité terrestre. Enfin l'aurore parut, et, du sommet de Saint-

Pierre, Corinne contempla Rome jetée dans la campagne inculte comme une Oasis dans les déserts de la
Libye. La dévastation l'environne; mais cette multitude de clochers, de coupoles, d'obélisques, de colonnes qui la dominent et sur lesquelles cependant Saint-
Pierre s'élève encore, donnent à son aspect une beauté
toute merveilleuse. Cette ville possède un charme pour
ainsi dire individuel. On l'aime comme un être animé;
ses édifices, ses ruines sont des amis auxquels on dit
adieu.

Corinne adressa ses regrets au Colisée, au Panthéon,
au château Saint-Ange, à tous les lieux dont la vue
avait tant de fois renouvelé les plaisirs de son imagination. — Adieu, terre des souvenirs, s'écria-t-elle, adieu,
séjour, où la vie ne dépend ni de la société ni des
évènements, où l'enthousiasme se ranime par les
regards et par l'union intime de l'ame avec les objets
extérieurs. Je pars, je vais suivre Oswald, sans savoir
seulement quel sort il me destine, lui que je préfère à
l'indépendante destinée qui m'a fait passer des jours si
heureux! Je reviendrai peut-être ici, mais le cœur
blessé, l'ame flétrie, et vous-mêmes, beaux-arts, antiques monuments, soleil que j'ai tant de fois invoqué
dans les contrées nébuleuses où je me trouvais exilée,
vous ne pourrez plus rien pour moi!

Corinne versa des larmes en prononçant ces adieux;
mais elle ne pensa pas un instant à laisser Oswald
partir seul. Les résolutions qui viennent du cœur ont
cela de particulier, qu'en les prenant on les juge, on les
blâme souvent soi-même avec sévérité, sans cependant
hésiter réellement à les prendre. Quand la passion se
rend maîtresse d'un esprit supérieur, elle sépare entièrement le raisonnement de l'action, et pour égarer
l'une elle n'a pas besoin de troubler l'autre.

Les cheveux de Corinne et son voile pittoresquement arrangés par le vent, donnaient à sa figure une
expression tellement remarquable[a], qu'au sortir de

l'église les gens du peuple qui la virent, la suivirent jusqu'à sa voiture, et lui donnèrent les témoignages les plus vifs de leur enthousiasme. Corinne soupira de nouveau en quittant un peuple dont les impressions sont toujours si passionnées et quelquefois si aimables.

Mais ce n'était pas tout encore, il fallait que Corinne fût mise à l'épreuve des adieux et des regrets de ses amis. Ils inventèrent des fêtes pour la retenir encore quelques jours. Ils composèrent des vers pour lui répéter de mille manières qu'elle ne devait pas les quitter, et quand enfin elle partit, ils l'accompagnèrent tous à cheval jusques à vingt milles de Rome. Elle était profondément attendrie ; Oswald baissait les yeux avec confusion, il se reprochait de la ravir à tant de jouissances, et cependant il savait que lui proposer de rester, eût été plus cruel encore. Il se montrait personnel en éloignant ainsi Corinne de Rome, et néanmoins il ne l'était pas ; car la crainte de l'affliger en partant seul agissait encore plus sur lui que le bonheur même qu'il goûtait avec elle. Il ne savait pas ce qu'il ferait, il ne voyait rien au-delà de Venise. Il avait écrit en Ecosse à l'un des amis de son père, pour savoir si son régiment serait bientôt employé active-ment dans la guerre, et il attendait sa réponse. Quelquefois il formait le projet d'emmener Corinne avec lui en Angleterre, et il sentait aussitôt qu'il la perdait à jamais de réputation, s'il la conduisait avec lui dans ce pays sans qu'elle fût sa femme ; une autre fois, il voulait, pour adoucir l'amertume de la sépara-tion, l'épouser secrètement avant de partir, et l'instant d'après il repoussait cette idée. — Y a-t-il des secrets pour les morts, se disait-il, et que gagnerai-je à faire un mystère d'une union qui n'est empêchée que par le culte d'un tombeau ? — Enfin il était bien malheureux. Son ame, qui manquait de force dans tout ce qui tenait au sentiment, était cruellement agitée par des affec-tions contraires. Corinne s'en remettait à lui comme

une victime résignée; elle s'exaltait à travers ses
peines, par les sacrifices mêmes qu'elle lui faisait, et
par la généreuse imprudence de son cœur, tandis
qu'Oswald, responsable du sort d'une autre, prenait à
chaque instant de nouveaux liens, sans acquérir la
possibilité de s'y abandonner, et ne pouvait jouir ni de
son amour ni de sa conscience, puisqu'il ne sentait l'un
et l'autre que par leurs combats.

Au moment où tous les amis de Corinne prirent
congé d'elle, ils recommandèrent avec instance son
bonheur à lord Nelvil. Ils le félicitèrent d'être aimé par
la femme la plus distinguée, et ce fut encore une peine
pour Oswald, que le reproche secret que semblaient
contenir ces félicitations. Corinne le sentit, et abrégea
ces témoignages d'amitié, tout aimables qu'ils étaient.
Cependant quand ses amis, qui se retournaient de
distance en distance pour la saluer encore, furent
disparus à ses yeux, elle dit à lord Nelvil seulement ces
mots : — Oswald, je n'ai plus d'autre ami que vous. —
Oh comme dans ce moment il se sentait le besoin de lui
jurer qu'il serait son époux! Il fut prêt à le faire; mais
quand on a souffert long-temps, une invincible
défiance empêche de se livrer à ses premiers mouvements, et tous les partis irrévocables font trembler,
alors même que le cœur les appelle. Corinne crut
entrevoir ce qui se passait dans l'ame d'Oswald, et,
par un sentiment de délicatesse, elle se hâta de diriger
l'entretien sur la contrée qu'ils parcouraient ensemble.

CHAPITRE V.

Ils voyageaient au commencement du mois de
septembre : le temps était superbe dans la plaine;
mais quand ils entrèrent dans les Apennins, ils éprou-

vèrent la sensation de l'hiver. Ces hautes montagnes
troublent souvent la température du climat, et l'on
réunit rarement la douceur de l'air au plaisir causé par
l'aspect pittoresque des monts élevés. Un soir que
Corinne et lord Nelvil étaient tous les deux dans leur
voiture, il s'éleva soudain un ouragan terrible, une
obscurité profonde les entourait, et les chevaux qui
sont si vifs dans ces contrées, qu'il faut les atteler par
surprise, les menaient avec une inconcevable rapidité;
ils sentaient l'un et l'autre une douce émotion, en étant
ainsi entraînés ensemble. — Ah! s'écria lord Nelvil, si
l'on nous conduisait loin de tout ce que je connais sur
la terre, si l'on pouvait gravir les monts, s'élancer dans
une autre vie où nous retrouverions mon père qui nous
recevrait, qui nous bénirait! le veux-tu, chère amie? et
il la serrait contre son cœur avec violence. Corinne
n'était pas moins attendrie et lui dit : — Fais ce que tu
voudras de moi, enchaîne-moi comme une esclave à ta
destinée; les esclaves autrefois n'avaient-elles pas des
talents qui charmaient la vie de leurs maîtres? Eh
bien, je serai de même pour toi, tu respecteras,
Oswald, celle qui se dévoue ainsi à ton sort, et tu ne
voudras pas que, condamnée par le monde, elle
rougisse jamais à tes yeux. — Je le dois, s'écria lord
Nelvil, je le veux, il faut tout obtenir ou tout sacrifier :
il faut que je sois ton époux ou que je meure d'amour à
tes pieds en étouffant les transports que tu m'inspires.
Mais je l'espère, oui, je pourrai m'unir à toi publiquement, me glorifier de ta tendresse. Ah! je t'en conjure,
dis-le-moi, n'ai-je pas perdu dans ton affection, par les
combats qui me déchirent? Te crois-tu moins aimée!
— Et en disant cela, son accent était si passionné, qu'il
rendit un moment à Corinne toute sa confiance. Le
sentiment le plus pur et le plus doux les animait tous
les deux.

Cependant les chevaux s'arrêtèrent; lord Nelvil
descendit le premier, il sentit le vent froid qui soufflait

avec âpreté, et dont il ne s'apercevait pas dans la voiture. Il pouvait se croire arrivé sur les côtes de l'Angleterre ; l'air glacé qu'il respirait ne s'accordait plus avec la belle Italie, cet air ne conseillait pas, comme celui du midi, l'oubli de tout, hors l'amour. Oswald rentra bientôt dans ses réflexions douloureuses, et Corinne, qui connaissait l'inquiète mobilité de son imagination, ne le devina que trop facilement.

Le lendemain ils arrivèrent à Notre-Dame de Lorette, qui est placée sur le haut de la montagne, et d'où l'on découvre la mer Adriatique. Pendant que lord Nelvil allait donner quelques ordres pour le voyage, Corinne se rendit à l'église, où l'image de la Vierge est renfermée au milieu du chœur, dans une petite chapelle carrée, revêtue de bas-reliefs assez remarquables. Le pavé de marbre qui environne ce sanctuaire est creusé par les pélerins qui en ont fait le tour à genoux. Corinne fut attendrie en contemplant ces traces de la prière, et se jetant à genoux aussi sur ce même pavé, qui avait été pressé par un si grand nombre de malheureux, elle implora l'image de la bonté, le symbole de la sensibilité céleste. Oswald trouva Corinne prosternée devant ce temple, et baignée de pleurs. Il ne pouvait comprendre comment une personne d'un esprit si supérieur suivait ainsi les pratiques populaires. Elle aperçut ce qu'il pensait par ses regards, et lui dit : — Cher Oswald, n'arrive-t-il pas souvent que l'on n'ose élever ses vœux jusques à l'Être suprême ? Comment lui confier toutes les peines du cœur ? N'est-il donc pas doux alors de pouvoir considérer une femme comme l'intercesseur des faibles humains ! Elle a souffert sur cette terre, puisqu'elle y a vécu ; je l'implorais pour vous avec moins de rougeur ; la prière directe m'eût semblé trop imposante. — Je ne la fais pas non plus toujours cette prière directe, répondit Oswald ; j'ai aussi mon intercesseur, l'ange gardien des enfants, c'est leur père ; et depuis que le mien est dans le ciel, j'ai souvent éprouvé dans ma vie des secours extraordinaires, des moments de calme sans cause, des consolations inattendues ; c'est aussi dans cette protection miraculeuse que j'espère, pour sortir de ma perplexité. — Je vous comprends, dit Corinne ; il n'y a personne, je crois, qui n'ait au fond de son ame une idée singulière et mystérieuse sur sa propre destinée. Un évènement qu'on a toujours redouté, sans qu'il fût vraisemblable, et qui pourtant arrive ; la punition d'une faute, quoiqu'il soit impossible de saisir les rapports qui lient nos malheurs avec elle, frappent souvent l'imagination. Depuis mon enfance, j'ai toujours craint de demeurer en Angleterre ; hé bien ! le regret de ne pouvoir y vivre sera peut-être la cause de mon désespoir ; et je sens qu'à cet égard il y a quelque chose d'invincible dans mon sort, un obstacle contre lequel je lutte et me brise en vain. Chacun conçoit sa vie intérieurement toute autre qu'elle ne paraît. On croit confusément à une puissance surnaturelle qui agit à notre insçu, et se cache sous la forme des circonstances extérieures, tandis qu'elle seule est l'unique cause de tout. Cher ami, les ames capables de réflexion se plongent sans cesse dans l'abîme d'elles-mêmes, et n'en trouvent jamais la fin ! — Oswald, lorsqu'il entendait parler ainsi Corinne, s'étonnait toujours de ce qu'elle pouvait tout à la fois éprouver des sentiments si passionnés, et planer, en les jugeant, sur ses propres impressions. — Non, se disait-il souvent, non, aucune autre société sur la terre ne peut suffire à celui qui goûta l'entretien d'une telle femme. —

Ils arrivèrent de nuit à Ancone, parceque lord Nelvil craignait d'y être reconnu. Malgré ses précautions, il le fut, et le lendemain matin tous les habitants entourèrent la maison où il était. Corinne fut éveillée par les cris de *vive lord Nelvil ! vive notre bienfaiteur !* qui retentissaient sous ses fenêtres ; elle tressaillit à ces mots, se leva précipitamment, et alla se mêler à la foule, pour entendre louer celui qu'elle aimait. Lord Nelvil, averti que le peuple le demandait avec véhémence, fut enfin obligé de paraître ; il croyait que Corinne dormait encore, et qu'elle devait ignorer ce qui se passait. Quel fut son étonnement de la trouver au milieu de la place, déjà connue, déjà chérie par toute cette multitude reconnaissante, qui la suppliait de lui servir d'interprète. L'imagination de Corinne se plaisait un peu dans toutes les circonstances extraordinaires, et cette imagination était son charme, et quelquefois son défaut. Elle remercia lord Nelvil, au nom du peuple, et le fit avec tant de grace et de noblesse, que tous les habitants d'Ancone en étaient ravis ; elle disait : *Nous,* en parlant d'eux. *Vous nous avez sauvés, nous vous devons la vie.* Et quand elle s'avança pour offrir, en leur nom, à lord Nelvil, la couronne de chêne et de laurier qu'ils avaient tressée pour lui, une émotion indéfinissable la saisit ; elle se sentit intimidée en s'approchant d'Oswald. A ce moment, tout le peuple qui, en Italie, est si mobile et si enthousiaste, se prosterna devant lui, et Corinne, involontairement, plia le genou en lui présentant la couronne. Lord Nelvil, à cette vue, fut tellement troublé, que, ne pouvant supporter plus long-temps cette scène publique et l'hommage que lui rendait celle qu'il adorait, il l'entraîna loin de la foule avec lui.

En partant, Corinne, baignée de larmes, remercia tous les bons habitants d'Ancone qui l'accompagnaient de leurs bénédictions, tandis qu'Oswald se cachait dans le fond de la voiture, et répétait sans cesse : — Corinne à mes genoux ! Corinne, sur les traces de laquelle je voudrais me prosterner ! Ai-je mérité cet outrage ? Me croyez-vous l'indigne orgueil..... — Non, sans doute, interrompit Corinne ; mais j'ai été saisie tout à coup par ce sentiment de respect qu'une femme éprouve toujours pour l'homme qu'elle aime. Les hommages extérieurs sont dirigés vers nous ; mais dans la vérité, dans la nature, c'est la femme qui révère profondément celui qu'elle a choisi pour son défenseur. — Oui, je le serai ton défenseur jusqu'au dernier jour de ma vie, s'écria lord Nelvil, le ciel m'en est témoin ! tant d'ame et tant de génie ne se seront pas en vain réfugiés à l'abri de mon amour. — Hélas ! répondit Corinne, je n'ai besoin de rien que de cet amour, et quelle promesse pourrait m'en répondre ? N'importe, je sens que tu m'aimes à présent plus que jamais, ne troublons pas ce retour. — Ce retour ! interrompit Oswald. — Oui, je ne rétracte point cette expression, dit Corinne ; mais ne l'expliquons pas, continua-t-elle, en faisant signe doucement à lord Nelvil de se taire.

CHAPITRE VI.

Ils suivirent pendant deux jours les rivages de la mer Adriatique ; mais cette mer ne produit point, du côté de la Romagne, l'effet de l'Océan ni même de la Méditerranée ; le chemin borde ses flots, et il y a du gazon sur ses rives : ce n'est pas ainsi qu'on se représente le redoutable empire des tempêtes. A Rimini et à Césène on quitte la terre classique des évènements de l'histoire romaine ; et le dernier souvenir qui s'offre à la pensée, c'est le Rubicon traversé par César, lorsqu'il résolut de se rendre maître de Rome. Par un rapprochement singulier, non loin de ce Rubicon on voit aujourd'hui la république de Saint-Marin, comme si ce dernier faible vestige de la liberté devait subsister à côté des lieux où la république du monde a été détruite. Depuis Ancone, on s'avance par degrés vers une contrée qui présente un aspect tout différent de celui de l'État ecclésiastique. Le Bolonais, la Lombardie, les environs de Ferrare et de Rovigo, sont remarquables par la beauté et la culture ; ce n'est plus cette dévastation poétique qui annonçait l'approche de Rome et les évènements terribles qui s'y sont passés. On quitte alors

> Les pins, deuil de l'été, parure des hivers *.

les cyprès conifères **, image des obélisques, les montagnes et la mer. La nature, comme le voyageur, dit adieu par degrés aux rayons du midi ; d'abord les orangers ne croissent plus en plein air, ils sont remplacés par les oliviers, dont la verdure pâle et légère semble convenir aux bosquets qu'habitent les ombres dans l'Élysée, et quelques lieues plus loin les oliviers eux-mêmes disparaissent.

En entrant dans le Bolonais, on voit une plaine riante, où les vignes, en forme de guirlandes, unissent les ormeaux entre eux ; toute la campagne a l'air paré comme pour un jour de fête. Corinne se sentit émue par le contraste de sa disposition intérieure, et de l'éclat resplendissant de la contrée qui frappait ses regards. — Ah ! dit-elle à lord Nelvil en soupirant, la nature devrait-elle offrir ainsi tant d'images de bonheur aux amis qui peut-être vont se séparer ! — Non, ils ne se sépareront pas, dit Oswald, chaque jour j'en ai moins la force ; votre inaltérable douceur joint encore le charme de l'habitude à la passion que vous inspirez. On est heureux avec vous, comme si vous n'étiez pas le génie le plus admirable, ou plutôt parceque vous l'êtes, car la supériorité véritable donne une parfaite bonté : on est content de soi, de la nature, des autres ; quel sentiment amer pourrait-on éprouver ! —

---

* Vers de M. de Sabran.
** ...... et coniferi cupressi.

VIRGILE [a].

Ils arrivèrent ensemble à Ferrare, l'une des villes d'Italie les plus tristes, car elle est à la fois vaste et déserte ; le peu d'habitants qu'on y trouve, de loin en loin dans les rues, marchent lentement comme s'ils étaient assurés d'avoir du temps pour tout. On ne peut concevoir comment c'est dans ces mêmes lieux que la cour la plus brillante a existé, celle qui fut chantée par l'Arioste et Le Tasse : on y montre encore des manuscrits de leurs propres mains et de celle de l'auteur du *Pastor fido* [b].

L'Arioste sut exister paisiblement au milieu d'une cour ; mais l'on voit encore à Ferrare la maison où l'on osa renfermer Le Tasse comme fou ; et l'on ne peut lire, sans attendrissement, la foule de lettres où cet infortuné demande la mort, qu'il a depuis si long-temps obtenue. Le Tasse avait cette organisation particulière du talent, qui le rend si redoutable à ceux qui le possèdent ; son imagination se retournait contre lui-même ; il ne connaissait si bien tous les secrets de l'ame, il n'avait tant de pensées, que parcequ'il éprouvait beaucoup de peines. *Celui qui n'a pas souffert,* dit un prophète, *que sait-il ?*

Corinne, à quelques égards, avait une manière d'être semblable ; son esprit était plus gai, ses impressions plus variées ; mais son imagination avait de même besoin d'être extrêmement ménagée ; car loin de la distraire de ses chagrins, elle en accroissait la puissance. Lord Nelvil se trompait, en croyant, comme il le faisait souvent, que les facultés brillantes de Corinne pouvaient lui donner des moyens de bonheur indépendants de ses affections. Quand une personne de génie est douée d'une sensibilité véritable, ses chagrins se multiplient par ses facultés mêmes : elle fait des découvertes dans sa propre peine, comme dans le reste de la nature, et le malheur du cœur étant inépuisable, plus on a d'idées, mieux on le sent.

CHAPITRE VII.

On s'embarque sur la Brenta pour arriver à Venise, et des deux côtés du canal on voit les palais des Vénitiens, grands et un peu délabrés comme la magnificence italienne. Ils sont ornés d'une manière bizarre et qui ne rappelle en rien le goût antique. L'architecture vénitienne se ressent du commerce avec l'Orient ; c'est un mélange du goût moresque et gothique qui attire la curiosité sans plaire à l'imagination. Le peuplier, cet arbre régulier comme l'architecture, borde le canal presque par-tout. Le ciel est d'un bleu vif qui contraste avec le vert éclatant de la campagne ; ce vert est entretenu par l'abondance excessive des eaux : le ciel et la terre sont ainsi de deux couleurs si fortement tranchées, que cette nature elle-même a l'air d'être arrangée avec une sorte d'apprêt ; et l'on n'y trouve point le vague mystérieux qui fait aimer le midi de l'Italie. L'aspect de Venise est plus étonnant qu'agréable ; on croit d'abord voir une ville submergée ; et la réflexion est nécessaire pour admirer le génie des mortels qui ont conquis cette demeure sur les eaux. Naples est bâtie en amphithéâtre au bord de la mer ; mais Venise étant sur un terrain tout-à-fait plat, les clochers ressemblent aux mâts d'un vaisseau qui resterait immobile au milieu des ondes. Un sentiment de tristesse s'empare de l'imagination en entrant dans Venise. On prend congé de la végétation : on ne voit pas même une mouche en ce séjour ; tous les animaux en sont bannis ; et l'homme seul est là pour lutter contre la mer.

Le silence est profond dans cette ville dont les rues sont des canaux, et le bruit des rames est l'unique interruption à ce silence ; ce n'est pas la campagne, puisqu'on n'y voit pas un arbre ; ce n'est pas la ville, puisqu'on n'y entend pas le moindre mouvement ; ce n'est pas même un vaisseau, puisqu'on n'avance pas : c'est une demeure dont l'orage fait une prison ; car il y a des moments où l'on ne peut sortir ni de la ville ni de chez soi. On trouve des hommes du peuple à Venise qui n'ont jamais été d'un quartier à l'autre, qui n'ont pas vu la place Saint-Marc, et pour qui la vue d'un cheval ou d'un arbre serait une véritable merveille. Ces gondoles noires qui glissent sur les canaux ressemblent à des cercueils ou à des berceaux [a], à la dernière et à la première demeure de l'homme. Le soir on ne voit passer que le reflet des lanternes qui éclairent les gondoles, car, de nuit, leur couleur noire empêche de les distinguer. On dirait que ce sont des ombres qui glissent sur l'eau, guidées par une petite étoile. Dans ce séjour tout est mystère, le gouvernement, les coutumes et l'amour. Sans doute il y a beaucoup de jouissances pour le cœur et la raison quand on parvient à pénétrer dans tous ces secrets ; mais les étrangers doivent trouver l'impression du premier moment singulièrement triste.

Corinne, qui croyait aux pressentiments, et dont l'imagination ébranlée faisait de tout des présages, dit à lord Nelvil : — D'où vient la mélancolie profonde dont je me sens saisie en entrant dans cette ville ? n'est-ce pas une preuve qu'il m'y arrivera quelque grand malheur ? — Comme elle prononçait ces mots, elle entendit partir trois coups de canon d'une des îles de la lagune. Corinne tressaillit à ce bruit, et demanda à ses gondoliers quelle en était la cause : *C'est une religieuse qui prend le voile,* répondirent-ils, *dans un de ces couvents au milieu de la mer. L'usage est chez nous qu'à l'instant où les femmes prononcent les vœux religieux, elles jettent derrière elles un bouquet de fleurs qu'elles portaient pendant la cérémonie. C'est le signe du renoncement au monde ; et les coups de canon que vous venez d'entendre annonçaient ce moment comme nous*

sommes entrés dans Venise. Ces paroles firent frissonner
Corinne. Oswald sentit ses mains froides dans les
siennes, et une pâleur mortelle couvrait son visage.
— Chère amie, lui dit-il, comment recevez-vous une si
vive impression par le hasard le plus simple ? — Non,
dit Corinne, cela n'est pas simple ; croyez-moi, les
fleurs de la vie sont pour toujours jetées derrière moi.
— Quand je t'aime plus que jamais, interrompit
Oswald, quand toute mon ame est à toi.... — Ces
foudres de guerre, continua Corinne dont le bruit
annonce ailleurs ou la victoire ou la mort, sont ici
consacrées à célébrer l'obscur sacrifice d'une jeune
fille. C'est un innocent emploi de ces armes terribles
qui bouleversent le monde. C'est un avis solennel
qu'une femme résignée donne aux femmes qui luttent
encore contre le destin.

CHAPITRE VIII.

La puissance du gouvernement de Venise, pendant
les dernières années de son existence[a], consistait
presque en entier dans l'empire de l'habitude et de
l'imagination. Il avait été terrible, il était devenu très
doux ; il avait été courageux, il était devenu timide ; la
haine contre lui s'est facilement réveillée, parcequ'il
avait été redoutable ; on l'a facilement renverse, parcequ'il ne l'était plus. C'était une aristocratie qui
cherchait beaucoup la faveur populaire, mais qui la
cherchait à la manière du despotisme, en amusant le
peuple, mais non en l'éclairant. Cependant, c'est un
état assez agréable pour un peuple que d'être amusé,
sur-tout dans les pays où les goûts de l'imagination
sont développés par le climat et les beaux-arts jusque
dans la dernière classe de la société. On ne donnait
point au peuple les grossiers plaisirs qui l'abrutissent,

mais de la musique, des tableaux, des improvisateurs, des fêtes ; et le gouvernement soignait là ses sujets, comme un sultan son sérail. Il leur demandait seulement, comme à des femmes, de ne point se mêler de politique, de ne point juger l'autorité ; mais, à ce prix, il leur promettait beaucoup d'amusements, et même assez de gloire ; car les dépouilles de Constantinople qui enrichissent les églises, les étendards de Chypre et de Candie qui flottent sur la place publique, les chevaux de Corinthe, réjouissent les regards du peuple ; et le lion ailé de Saint-Marc lui paraît l'emblème de sa gloire.

Le système du gouvernement interdisant à ses sujets l'occupation des affaires politiques, et la situation de la ville rendant impossible l'agriculture, les promenades et la chasse, il ne restait aux Vénitiens d'autre intérêt que l'amusement : aussi cette ville était-elle une ville de plaisirs. Le dialecte vénitien est doux et léger comme un souffle agréable : on ne conçoit pas comment ceux qui ont résisté à la ligue de Cambrai [b] parlaient une langue si flexible. Ce dialecte est charmant quand on le consacre à la grace ou à la plaisanterie ; mais quand on s'en sert pour des objets plus graves ; quand on entend des vers sur la mort, avec ces sons délicats et presque enfantins, on croirait que cet évènement, ainsi chanté, n'est qu'une fiction poétique.

Les hommes en général ont plus d'esprit encore à Venise que dans le reste de l'Italie, parceque leur gouvernement, tel qu'il était, leur a plus souvent offert des occasions de penser ; mais leur imagination n'est pas naturellement aussi ardente que dans le midi de l'Italie : et la plupart des femmes, quoique très-aimables, ont pris, par l'habitude de vivre dans le monde, un langage de *sentimentalité* qui, ne gênant en rien la liberté des mœurs, ne fait que mettre de l'affectation dans la galanterie. Le grand mérite des

Italiennes, à travers tous leurs torts, c'est de n'avoir
aucune vanité : ce mérite est un peu perdu à Venise où
il y a plus de société que dans aucune autre ville
d'Italie ; car la vanité se développe sur-tout par la
société. On y est applaudi si vite, et si souvent, que
tous les calculs y sont instantanés, et que, pour le
succès, *l'on n'y fait pas crédit au temps* d'une minute.
Néanmoins, on trouvait encore à Venise beaucoup de
traces de l'originalité et de la facilité des manières
italiennes. Les plus grandes dames recevaient toutes
leurs visites dans les cafés de la place Saint-Marc, et
cette confusion bizarre empêchait que les salons ne
devinssent trop sérieusement une arène pour les prétentions de l'amour-propre.

Il restait encore aussi des mœurs populaires et des
usages antiques. Or, ces usages supposent toujours du
respect pour les ancêtres, et une certaine jeunesse de
cœur qui ne se lasse point du passé ni de l'attendrissement qu'il cause ; l'aspect de la ville est d'ailleurs à lui
seul singulièrement propre à réveiller une foule de
souvenirs et d'idées ; la place de Saint-Marc, tout
environnée de tentes bleues, sous lesquelles se repose
une foule de Turcs, de Grecs et d'Arméniens, est
terminée à l'extrémité par l'église, dont l'extérieur
ressemble plutôt à une mosquée qu'à un temple
chrétien : ce lieu donne une idée de la vie indolente des
Orientaux, qui passent leurs jours dans les cafés à
boire du sorbet et à fumer des parfums ; on voit
quelquefois à Venise des Turcs et des Arméniens
passer nonchalamment couchés dans des barques
découvertes et des pots de fleurs à leurs pieds.

Les hommes et les femmes de la première qualité ne
sortaient jamais que revêtus d'un domino noir ; souvent aussi des gondoles toujours noires, car le système
de l'égalité se porte à Venise principalement sur les
objets extérieurs, sont conduites par des bateliers vêtus
de blanc avec des ceintures roses ; ce contraste a

quelque chose de frappant : on dirait que l'habit de
fête est abandonné au peuple, tandis que les grands de
l'Etat sont toujours voués au deuil. Dans la plupart des
villes européennes il faut que l'imagination des écrivains écarte soigneusement ce qui se passe tous les
jours, parceque nos usages, et même notre luxe, ne
sont pas poétiques. Mais à Venise rien n'est vulgaire
en ce genre : les canaux et les barques font un tableau
pittoresque des plus simples évènements de la vie.

Sur le quai des Esclavons l'on rencontre habituellement des marionnettes, des charlatans ou des raconteurs qui s'adressent de toutes les manières à l'imagination du peuple ; les raconteurs sur-tout sont dignes
d'attention : ce sont ordinairement des épisodes du
Tasse et de l'Arioste qu'ils récitent en prose, à la
grande admiration de ceux qui les écoutent. Les
auditeurs, assis en rond autour de celui qui parle, sont
pour la plupart à demi vêtus, immobiles par excès
d'attention ; on leur apporte de temps en temps des
verres d'eau, qu'ils payent comme du vin ailleurs ; et
ce simple rafraîchissement est tout ce qu'il faut à ce
peuple pendant des heures entières, tant son esprit est
occupé. Le raconteur fait des gestes les plus animés du
monde ; sa voix est haute, il se fâche, il se passionne, et
cependant on voit qu'il est au fond parfaitement
tranquille ; et l'on pourrait lui dire comme Sapho à la
Bacchante qui s'agitait de sang-froid : *Bacchante, qui
n'es pas ivre, que me veux-tu ?* Néanmoins la pantomime
animée des habitants du midi ne donne pas l'idée de
l'affectation : c'est une habitude singulière qui leur a
été transmise par les Romains, aussi grands gesticula-
teurs ; elle tient à leur disposition vive, brillante et
poétique.

L'imagination d'un peuple captivé par les plaisirs
était facilement effrayée par le prestige de puissance
dont le gouvernement vénitien était environné. L'on ne
voyait jamais un soldat à Venise ; on courait au

spectacle quand par hasard dans les comédies on en
faisait paraître un avec un tambour ; mais il suffisait
que le sbire de l'inquisition d'État, portant un ducat
sur son bonnet, se montrât, pour faire rentrer dans
l'ordre trente mille hommes rassemblés un jour de fête
publique. Ce serait une belle chose si ce simple pouvoir
venait du respect pour la loi, mais il était fortifié par la
terreur des mesures secrètes qu'employait le gouvernement pour maintenir le repos dans l'état. Les prisons
(chose unique) étaient dans le palais même du Doge ; il
y en avait au-dessus et au-dessous de son appartement ; *la Bouche du lion*, où toutes les dénonciations
étaient jetées, se trouve aussi dans le palais dont le chef
du gouvernement faisait sa demeure : la salle où se
tenaient les inquisiteurs d'état était tendue de noir, et
le jour n'y venait que d'en haut ; le jugement ressemblait d'avance à la condamnation ; *le Pont des soupirs*,
c'est ainsi qu'on l'appelait, conduisait du palais du
Doge à la prison des criminels d'Etat. En passant sur
le canal qui bordait ces prisons on entendait crier :
Justice, secours ! et ces voix gémissantes et confuses ne
pouvaient pas être reconnues. Enfin quand un criminel
d'Etat était condamné, une barque venait le prendre
pendant la nuit ; il sortait par une petite porte qui
s'ouvrait sur le canal ; on le conduisait à quelque
distance de la ville, et on le noyait dans un endroit des
lagunes où il était défendu de pêcher : horrible idée qui
perpétue le secret jusques après la mort, et ne laisse
pas aux malheureux l'espoir que ses restes du moins
apprendront à ses amis qu'il a souffert, et qu'il n'est
plus !

A l'époque où Corinne et lord Nelvil vinrent à
Venise, il y avait près d'un siècle que de telles
exécutions n'avaient plus lieu ; mais le mystère qui
frappe l'imagination existait encore ; et bien que lord
Nelvil fût plus loin que personne de se mêler en aucune
manière des intérêts politiques d'un pays étranger,

cependant il se sentait oppressé par cet arbitraire sans appel qui planait à Venise sur toutes les têtes.

CHAPITRE IX.

— Il ne faut pas, dit Corinne à lord Nelvil, que vous vous en teniez seulement aux impressions pénibles que ces moyens silencieux du pouvoir ont produites sur vous. Il faut que vous observiez aussi les grandes qualités de ce sénat qui faisait de Venise une république pour les nobles, et leur inspirait autrefois cette énergie, cette grandeur aristocratique, fruit de la liberté, alors même qu'elle est concentrée dans le petit nombre. Vous les verrez sévères les uns pour les autres, établir, du moins dans leur sein, les vertus et les droits qui devaient appartenir à tous ; vous les verrez paternels pour leurs sujets, autant qu'on peut l'être, quand on considère cette classe d'hommes uniquement sous le rapport de son bien-être physique. Enfin vous leur trouverez un grand orgueil pour leur patrie, pour cette patrie qui est leur propriété, mais qu'ils savent néanmoins faire aimer du peuple même, qui, à tant d'égards, en est exclu. —

Corinne et Oswald allèrent voir ensemble la salle où le grand conseil se rassemblait [a] alors ; elle est entourée des portraits de tous les Doges ; mais à la place du portrait de celui qui fut décapité comme traître à sa patrie, on a peint un rideau noir sur lequel est écrit le jour de sa mort et le genre de son supplice. Les habits royaux et magnifiques dont les images des autres Doges sont revêtues ajoutent à l'impression de ce terrible rideau noir [b]. Il y a dans cette salle un tableau qui représente le jugement dernier, et un autre le moment où le plus puissant des empereurs, Frédéric Barberousse, s'humilia devant le sénat de Venise [c].

C'est une belle idée que de réunir ainsi tout ce qui doit exalter la fierté d'un gouvernement sur la terre, et courber cette même fierté devant le ciel. Corinne et lord Nelvil allèrent voir l'arsenal. Il y a devant la porte de l'arsenal deux lions sculptés en Grèce, puis transportés du port d'Athènes pour être les gardiens de la puissance vénitienne[d]; immobiles gardiens qui ne défendent que ce qu'on respecte. L'arsenal est rempli des trophées de la marine; la fameuse cérémonie des noces du Doge avec la mer Adriatique, toutes les institutions de Venise enfin, attestaient leur reconnaissance pour la mer. Ils ont, à cet égard, quelques rapports avec les Anglais, et lord Nelvil sentit vivement l'intérêt que ces rapports devaient exciter en lui.

Corinne le conduisit au sommet de la tour appelée le clocher Saint-Marc, qui est à quelques pas de l'église. C'est de là que l'on découvre toute la ville au milieu des flots, et la digue immense qui la défend de la mer. On aperçoit dans le lointain les côtes de l'Istrie et de la Dalmatie. — Du côté de ces nuages, dit Corinne, il y a la Grèce. Cette idée ne suffit-elle pas pour émouvoir ! Là, sont encore des hommes d'une imagination vive, d'un caractère enthousiaste, avilis par leur sort, mais destinés peut-être ainsi que nous à ranimer une fois les cendres de leurs ancêtres. C'est toujours quelque chose qu'un pays qui a existé, les habitants y rougissent au moins de leur état actuel, mais dans les contrées que l'histoire n'a jamais consacrées, l'homme ne soupçonne pas même qu'il y ait une autre destinée que la servile obscurité qui lui a été transmise par ses aïeux.

Cette Dalmatie que vous apercevez d'ici[e], continua Corinne, et qui fut autrefois habitée par un peuple si guerrier, conserve encore quelque chose de sauvage. Les Dalmates savent si peu ce qui s'est passé depuis quinze siècles, qu'ils appellent encore les Romains *les tout-puissants*. Il est vrai qu'ils montrent des connaissances plus modernes, en vous nommant, vous autres

Anglais, *les guerriers de la mer,* parceque vous avez
souvent abordé dans leurs ports; mais ils ne savent
rien du reste de la terre. Je me plairais à voir, continua
Corinne, tous les pays où il y a dans les mœurs, dans
les costumes, dans le langage, quelque chose d'original. Le monde civilisé est bien monotone, et l'on en
connaît tout en peu de temps; j'ai déjà vécu assez pour
cela. — Quand on vit près de vous, interrompit lord
Nelvil, voit-on jamais le terme de ce qui fait penser et
sentir! — Dieu veuille, répondit Corinne, que ce
charme aussi ne s'épuise pas! —

Mais donnons encore, poursuivit-elle, un moment à
cette Dalmatie; quand nous serons descendus de la
hauteur où nous sommes, nous n'apercevrons même
plus les lignes incertaines qui nous indiquent ce pays
de loin aussi confusément qu'un souvenir dans la
mémoire des hommes. Il y a des improvisateurs parmi
les Dalmates, les sauvages en ont aussi; on en trouvait
chez les anciens Grecs : il y en a presque toujours
parmi les peuples qui ont de l'imagination et point de
vanité sociale; mais l'esprit naturel se tourne en
épigrammes plutôt qu'en poésie dans les pays où la
crainte d'être l'objet de la moquerie, fait que chacun se
hâte de saisir cette arme le premier : les peuples aussi
qui sont restés plus près de la nature ont conservé pour
elle un respect qui sert très-bien l'imagination. *Les
cavernes sont sacrées,* disent les Dalmates : sans doute
qu'ils expriment ainsi une terreur vague des secrets de
la terre. Leur poésie ressemble un peu à celle d'Ossian,
bien qu'ils soient habitants du midi; mais il n'y a que
deux manières très-distinctes de sentir la nature,
l'animer comme les anciens, la perfectionner sous mille
formes brillantes, ou se laisser aller comme les Bardes
écossais à l'effroi du mystère, à la mélancolie qu'inspire l'incertain et l'inconnu. Depuis que je vous
connais, Oswald, ce dernier genre me plaît. Autrefois
j'avais assez d'espérance et de vivacité, pour aimer les

images riantes et jouir de la nature sans craindre la destinée. — Ce serait donc moi, dit Oswald, moi qui aurais flétri cette belle imagination à laquelle j'ai dû les jouissances les plus enivrantes de ma vie. — Ce n'est pas vous qu'il faut en accuser, répondit Corinne, mais une passion profonde. Le talent a besoin d'une indépendance intérieure que l'amour véritable ne permet jamais. — Ah ! s'il est ainsi, s'écria lord Nelvil, que ton génie se taise et que ton cœur soit tout à moi. — Il ne put prononcer ces paroles sans émotion, car elles promettaient dans sa pensée plus encore qu'il ne disait. — Corinne le comprit et n'osa répondre, de peur de rien déranger à la douce impression qu'elle éprouvait.

Elle se sentait aimée, et, comme elle était habituée à vivre dans un pays où les hommes sacrifient tout au sentiment, elle se rassurait facilement, et se persuadait que lord Nelvil ne pourrait pas se séparer d'elle : tout à la fois indolente et passionnée, elle s'imaginait qu'il suffisait de gagner des jours, et que le danger dont on ne parlait plus était passé. Corinne vivait enfin comme vivent la plupart des hommes lorsqu'ils sont menacés long-temps du même malheur ; ils finissent par croire qu'il n'arrivera pas, seulement parcequ'il n'est pas encore arrivé.

L'air de Venise, la vie qu'on y mène est singulièrement propre à bercer l'ame d'espérances : le tranquille balancement des barques porte à la rêverie et à la paresse. On entend quelquefois un gondolier qui, placé sur le pont de Rialto, se met à chanter une stance du Tasse, tandis qu'un autre gondolier lui répond par la stance suivante à l'autre extrémité du canal. La musique très ancienne de ces stances ressemble au chant d'église, et de près on s'aperçoit de sa monotonie ; mais en plein air, le soir, lorsque les sons se prolongent sur le canal comme les reflets du soleil couchant, et que les vers du Tasse prêtent aussi leurs beautés de sentiment à tout cet ensemble d'images et d'harmonie, il est impossible que ces chants n'inspirent pas une douce mélancolie. Oswald et Corinne se promenaient sur l'eau de longues heures à côté l'un de l'autre, quelquefois ils disaient un mot ; plus souvent se tenant la main, ils se livraient en silence aux pensées vagues que font naître la nature et l'amour.

Livre XVI.

LE DÉPART ET L'ABSENCE.

CHAPITRE PREMIER.

Dès que l'on sut l'arrivée de Corinne à Venise, chacun eut la plus grande curiosité de la voir. Quand elle se rendait dans un café de la place Saint-Marc, l'on se pressait en foule sous les galeries de cette place pour l'apercevoir un moment, et la société tout entière la recherchait avec l'empressement le plus vif. Elle aimait assez autrefois à produire cet effet brillant par-tout où elle se montrait, et elle avouait naturellement que l'admiration avait un grand charme pour elle. Le génie inspire le besoin de la gloire, et il n'est d'ailleurs aucun bien qui ne soit désiré par ceux à qui la nature a donné les moyens de l'obtenir. Néanmoins, dans sa situation actuelle, Corinne redoutait tout ce qui semblait en contraste avec les habitudes de la vie domestique, si chères à lord Nelvil.

Corinne avait tort, pour son bonheur, de s'attacher à un homme qui devait contrarier son existence naturelle, et réprimer plutôt qu'exciter ses talents ;

mais il est aisé de comprendre comment une femme
qui s'est beaucoup occupée des lettres et des beaux-
arts, peut aimer dans un homme des qualités et même
des goûts qui diffèrent des siens. L'on est si souvent
lassé de soi-même, qu'on ne peut être séduit par ce qui
nous ressemble : il faut de l'harmonie dans les sentiments et de l'opposition dans les caractères pour que
l'amour naisse tout à la fois de la sympathie et de la
diversité. Lord Nelvil possédait au suprême degré ce
double charme. On était un avec lui dans l'habitude de
la vie, par la douceur et la facilité de son entretien, et
néanmoins ce qu'il avait d'irritable et d'ombrageux
dans l'ame ne permettait jamais de se blaser sur la
grace et la complaisance de ses manières. Quoique la
profondeur et l'étendue de ses idées le rendissent
propre à tout, ses opinions politiques et ses goûts
militaires lui inspiraient plus de penchant pour la
carrière des actions que pour celle des lettres; il
pensait que les actions sont toujours plus poétiques
que la poésie elle-même. Il se montrait supérieur aux
succès de son esprit, et parlait de lui, sous ce rapport,
avec une grande indifférence. Corinne, pour lui plaire,
cherchait à cet égard à l'imiter, et commençait à
dédaigner ses propres succès militaires, afin de ressembler davantage aux femmes modestes et retirées dont
la patrie d'Oswald offrait le modèle.

Cependant les hommages que Corinne reçut à
Venise ne firent à lord Nelvil qu'une impression
agréable. Il y avait tant de bienveillance dans l'accueil
des Vénitiens; ils exprimaient avec tant de grace et de
vivacité le plaisir qu'ils trouvaient dans l'entretien de
Corinne, qu'Oswald jouissait vivement d'être aimé par
une femme d'un charme si séducteur et si généralement admiré. Il n'était plus jaloux de la gloire de
Corinne, certain qu'il était qu'elle le préférait à tout, et
son amour semblait encore augmenté par ce qu'il
entendait dire d'elle. Il oubliait même l'Angleterre; il

prenait quelque chose de l'insouciance des Italiens sur
l'avenir. Corinne s'apercevait de ce changement, et
son cœur imprudent en jouissait, comme s'il avait pu
durer toujours.

L'italien est la seule langue de l'Europe dont les
dialectes différents aient un génie à part. On peut faire
des vers et écrire des livres dans chacun de ces
dialectes, qui s'écartent plus ou moins de l'italien
classique ; mais, parmi les différents langages des
divers états de l'Italie, il n'y a pourtant que le
napolitain, le sicilien et le vénitien qui aient l'honneur
d'être comptés ; et c'est le vénitien qui passe pour le
plus original et le plus gracieux de tous. Corinne le
prononçait avec une douceur charmante, et la manière
dont elle chantait quelques *barcaroles,* dans le genre gai,
prouvait qu'elle devait jouer la comédie aussi bien que
la tragédie. On la tourmenta beaucoup pour prendre
un rôle dans un opéra comique qu'on devait représenter en société la semaine suivante. Corinne, depuis
qu'elle aimait Oswald, n'avait jamais voulu lui faire
connaître son talent en ce genre ; elle ne s'était pas
sentie assez de liberté d'esprit pour cet amusement, et
quelquefois même elle s'était dit qu'un tel abandon de
gaieté pouvait porter malheur ; mais cette fois, par une
singularité de confiance, elle y consentit. Oswald l'en
pressa vivement, et il fut convenu qu'elle jouerait *la
Fille de l'air,* c'est ainsi que s'appelait la pièce que l'on
choisit.

Cette pièce, comme la plupart de celles de Gozzi,
était composée de féeries extravagantes, très originales
et très gaies[32]. Truffaldin et Pantalon paraissent
souvent, dans ces drames burlesques, à côté des plus
grands rois de la terre. Le merveilleux y sert à la
plaisanterie ; mais le comique y est relevé par ce
merveilleux même qui ne peut jamais avoir rien de
vulgaire ni de bas. *La Fille de l'air,* ou *Sémiramis dans sa
jeunesse*[a], est la coquette douée par l'enfer et le ciel pour

subjuguer le monde. Elevée dans un antre comme une
sauvage, habile comme une enchanteresse, impérieuse
comme une reine, elle réunit la vivacité naturelle à la
grace préméditée, le courage guerrier à la frivolité
d'une femme, et l'ambition à l'étourderie. Ce rôle
demande une verve d'imagination et de gaieté que
l'inspiration seule du moment peut donner. Toute la
société se réunit pour prier Corinne de s'en charger.

CHAPITRE II.

Il y a quelquefois dans la destinée un jeu bizarre et
cruel ; on dirait que c'est une puissance qui veut
inspirer la crainte, et repousse la familiarité confiante ;
souvent, quand on se livre le plus à l'espérance, et sur-
tout lorsqu'on a l'air de plaisanter avec le sort, et de
compter sur le bonheur, il se passe quelque chose de
redoutable dans le tissu de notre histoire, et les fatales
sœurs viennent y mêler leur fil noir, et brouiller
l'œuvre de nos mains.

C'était le dix-sept de novembre que Corinne
s'éveilla tout enchantée de jouer le soir la comédie. Elle
choisit, pour paraître dans le premier acte en sauvage,
un vêtement très-pittoresque. Ses cheveux, qui
devaient être épars, étaient pourtant arrangés avec un
soin qui montrait un vif désir de plaire, et son habit
élégant, léger et fantasque, donnait à sa noble figure
un caractère de coquetterie et de malice singulièrement gracieux. Elle arriva dans le palais où la comédie
devait être jouée. Tout le monde y était rassemblé ;
Oswald seul n'était pas encore arrivé. Corinne retarda
tant qu'elle le put le spectacle, et commençait à
s'inquiéter de son absence. Enfin, comme elle entrait
sur le théâtre, elle l'aperçut dans un coin très obscur
du salon ; mais enfin elle l'aperçut ; et la peine même

que lui avait causée l'attente, redoublant sa joie, elle fut inspirée par la gaieté, comme elle l'était au Capitole par l'enthousiasme.

Le chant et les paroles étaient entremêlés, et la pièce était faite de manière qu'il était permis d'improviser le dialogue ; ce qui donnait à Corinne un grand avantage, et rendait la scène plus animée. Lorsqu'elle chantait, elle faisait sentir l'esprit des airs *bouffes* italiens avec une élégance particulière. Ses gestes, accompagnés par la musique, étaient comiques et nobles tout à la fois ; elle faisait rire sans cesser d'être imposante, et son rôle et son talent dominaient les acteurs et les spectateurs, en se moquant avec grace des uns et des autres.

Ah ! qui n'aurait pas eu pitié de ce spectacle, si l'on avait su que ce bonheur si confiant allait attirer la foudre, et que cette gaieté si triomphante ferait bientôt place aux plus amères douleurs.

Les applaudissements des spectateurs étaient si multipliés et si vrais, que leur plaisir se communiquait à Corinne ; elle éprouvait cette sorte d'émotion que cause l'amusement, quand il donne un sentiment vif de l'existence, quand il inspire l'oubli de la destinée, et dégage pour un moment l'esprit de tout lien, comme de tout nuage. Oswald avait vu Corinne représenter la plus profonde douleur dans un temps où il se flattait de la rendre heureuse : il la voyait maintenant exprimer une joie sans mélange, quand il venait de recevoir une nouvelle bien fatale pour tous deux. Plusieurs fois il eut la pensée d'arracher Corinne à cette gaieté téméraire ; mais il goûtait un triste plaisir à voir encore quelques instants sur cet aimable visage la brillante expression du bonheur.

A la fin de la pièce Corinne parut élégamment habillée en reine amazone ; elle commandait aux hommes, et déjà presque aux éléments, par cette confiance dans ses charmes qu'une belle personne peut avoir quand elle n'est pas sensible ; car il suffit d'aimer pour qu'aucun don de la nature ou du sort ne puisse rassurer entièrement. Mais cette coquette couronnée, cette fée souveraine que représentait Corinne, mêlant d'une façon toute merveilleuse la colère à la plaisanterie, l'insouciance au désir de plaire et la grace au despotisme, semblait régner sur la destinée autant que sur les cœurs ; et quand elle monta sur le trône, elle sourit à ses sujets en leur ordonnant la soumission avec une douce arrogance. Tous les spectateurs se levèrent pour applaudir Corinne comme la véritable reine. Ce moment était peut-être celui de sa vie où la crainte de la douleur avait été le plus loin d'elle ; mais tout à coup elle vit Oswald qui, ne pouvant plus se contenir, cachait sa tête dans ses mains pour dérober ses larmes. A l'instant elle se troubla, et la toile n'était pas encore baissée, que, descendant de ce trône déjà funeste, elle se précipita dans la chambre voisine.

Oswald l'y suivit, et quand elle remarqua de près sa pâleur, elle fut saisie d'un tel effroi qu'elle fut obligée de s'appuyer contre la muraille pour se soutenir ; et, tremblante, elle lui dit : — Oswald ! ô mon Dieu ! qu'avez-vous ? — Il faut que je parte cette nuit pour l'Angleterre, lui répondit-il, sans savoir ce qu'il faisait ; car il ne devait pas exposer sa malheureuse amie, en lui apprenant ainsi cette nouvelle. Elle s'avança vers lui tout-à-fait hors d'elle-même, et s'écria : — Non ! il ne se peut pas que vous me causiez cette douleur ! Qu'ai-je fait pour la mériter ? Vous m'emmenez donc avec vous ? — Quittons en ce moment cette foule cruelle, répondit Oswald ; viens avec moi, Corinne. — Elle le suivit, ne comprenant plus ce qu'on lui disait, répondant au hasard, chancelante, et le visage déjà si altéré, que chacun la crut saisie par quelque mal subit.

CHAPITRE III.

Dès qu'ils furent ensemble dans la gondole, Corinne, dans son égarement, dit à lord Nelvil : — Hé bien, ce que vous venez de m'apprendre est mille fois plus cruel que la mort. Soyez généreux ; jetez-moi dans ces flots pour que j'y perde le sentiment qui me déchire. Oswald, faites-le avec courage ; il en faut moins pour cela que vous ne venez d'en montrer. — Si vous dites un mot de plus, répondit Oswald, je vais me précipiter dans le canal à vos yeux. Ecoutez-moi ; attendez que nous soyons arrivés chez vous, alors vous prononcerez sur mon sort et sur le vôtre. Au nom du ciel, calmez-vous. — Il y avait tant de malheur dans l'accent d'Oswald, que Corinne se tut, et seulement elle tremblait avec une telle violence qu'elle put à peine monter les escaliers qui conduisaient à son appartement. Quand elle y fut arrivée, elle arracha sa parure avec effroi. Lord Nelvil en la voyant dans cet état, elle qui était si brillante il y avait quelques instants, se jeta sur une chaise en fondant en pleurs, et s'écria : — Suis-je un barbare, Corinne, juste ciel ! Corinne, le crois-tu ? — Non, lui dit-elle, non je ne puis le croire. N'avez-vous pas encore ce regard qui chaque jour me donnait le bonheur ! Oswald, vous dont la présence était pour moi comme un rayon du ciel, se peut-il que je vous craigne, que je n'ose lever les yeux sur vous, que je sois là devant vous comme devant un assassin, Oswald, Oswald ? — Et en achevant ces mots elle tomba suppliante à ses genoux.

— Que vois-je ? s'écria-t-il en la relevant avec fureur, tu veux que je me déshonore. Eh bien, je le ferai. Mon régiment s'embarque dans un mois, je viens d'en recevoir la nouvelle. Je resterai, prends-y garde, je resterai si tu me montres cette douleur, cette douleur

toute-puissante sur moi ; mais je ne survivrai point à
ma honte. — Je ne vous demande point de rester,
reprit Corinne ; mais quel mal vous fais-je en vous
suivant ? — Mon régiment part pour les îles, et il n'est
pas permis à aucun officier d'emmener sa femme avec
lui. — Au moins laissez-moi vous accompagner jusques en Angleterre. — Les mêmes lettres que je viens
de recevoir, reprit Oswald, m'apprennent que le bruit
de notre liaison s'est répandu en Angleterre, que les
papiers publics en ont parlé, qu'on a commencé à
soupçonner qui vous êtes, et que votre famille, excitée
par lady Edgermond, a déclaré qu'elle ne vous reconnaîtrait jamais. Laissez-moi le temps de la ramener, de
forcer votre belle-mère à ce qu'elle vous doit ; mais si
j'arrive avec vous et que je sois contraint à vous quitter
avant de vous avoir fait rendre votre nom, je vous livre
à toute la sévérité de l'opinion, sans être là pour vous
défendre — Ainsi vous me refusez tout, dit Corinne ; et
en achevant ces mots elle tomba sans connaissance, et
sa tête heurtant avec violence contre terre, le sang en
rejaillit. Oswald, à ce spectacle, poussa des cris
déchirants. Thérésine arriva dans un trouble extrême ;
elle rappela sa maîtresse à la vie. Mais quand Corinne
revint à elle, elle aperçut dans une glace son visage
pâle et défait, ses cheveux épars et teints de sang. —
Oswald, dit-elle, Oswald, ce n'est pas ainsi que j'étais
lorsque vous m'avez rencontrée au Capitole ; je portais
sur mon front la couronne de l'espérance et de la
gloire, maintenant il est souillé de sang et de poussière ; mais il ne vous est pas permis de me mépriser
pour cet état dans lequel vous m'avez mise. Les autres
le peuvent, mais vous, vous ne le pouvez pas : il faut
avoir pitié de l'amour que vous m'avez inspiré, il le
faut. —

— Arrête ! s'écria lord Nelvil, c'en est trop. — Et
faisant signe à Thérésine de s'éloigner, il prit Corinne
dans ses bras, et lui dit : — Je suis décidé à rester : tu

feras de moi ce que tu voudras. Je subirai ce que le ciel
me destine, mais je ne t'abandonnerai point dans ce
malheur, et je ne te conduirai point en Angleterre
avant d'y avoir assuré ton sort. Je ne t'y laisserai point
exposée aux insultes d'une femme hautaine. Je reste ;
oui, je reste, car je ne puis te quitter. — Ces paroles
rappelèrent Corinne à elle-même, mais la jetèrent dans
un abattement plus cruel encore que le désespoir
qu'elle venait d'éprouver. Elle sentit la nécessité qui
pesait sur elle, et, la tête baissée, elle resta long-temps
dans un profond silence. — Parle, chère amie, lui
dit Oswald, fais-moi donc entendre le son de ta voix ;
je n'ai plus qu'elle pour me soutenir. Je veux me laisser guider par elle. — Non, répondit Corinne, non,
vous partirez, il le faut. — Et des torrents de pleurs
annoncèrent sa résignation. — Mon amie, s'écria lord
Nelvil, je prends à témoin ce portrait de ton père, qui
est là devant nos yeux ; et tu sais si le nom d'un père est
sacré pour moi ! Je le prends à témoin que ma vie est
en ta puissance, tant qu'elle sera nécessaire à ton
bonheur. A mon retour des îles, je verrai si je puis
te rendre ta patrie et t'y faire retrouver le rang et
l'existence qui te sont dus ; mais si je n'y réussissais
pas, je reviendrais en Italie vivre et mourir à tes pieds.
— Hélas ! reprit Corinne, et ces dangers de la guerre
que vous allez braver.... — Ne les crains pas, reprit
Oswald, j'y échapperai : mais si je périssais cependant, moi, le plus inconnu des hommes, mon souvenir
resterait dans ton cœur : tu n'entendrais peut-être
jamais prononcer mon nom, sans que tes yeux se
remplissent de larmes, n'est-il pas vrai, Corinne ? Tu
dirais : *Je l'ai connu, il m'a aimée.* — Ah ! laisse-moi,
laisse-moi, s'écria-t-elle, tu te trompes à mon calme
apparent, demain, quand le soleil reviendra, et que je
me dirai : *Je ne le verrai plus, je ne le verrai plus !* il se peut
que je cesse de vivre, et ce serait bien heureux ! —
Pourquoi, s'écria lord Nelvil, pourquoi, Corinne ?

crains-tu de ne pas me revoir ? Cette promesse solennelle de nous réunir à jamais n'est-elle rien pour toi ?
ton cœur en peut-il douter ? — Non ; je vous respecte
trop pour ne pas vous croire, dit Corinne ; il m'en
coûterait plus encore de renoncer à mon admiration
pour vous, qu'à mon amour. Je vous regarde comme
un être angélique, comme le caractère le plus pur et le
plus noble qui ait paru sur la terre : ce n'est pas
seulement votre charme qui me captive, c'est l'idée
que jamais tant de vertus n'ont été réunies dans un
même objet ; et votre céleste regard ne vous a été
donné que pour les exprimer toutes : loin de moi donc
un doute sur vos promesses. Je fuirais à l'aspect de la
figure humaine ; elle ne m'inspirerait plus que de la
terreur, si lord Nelvil pouvait tromper : mais la
séparation livre à tant de hasards, mais ce mot terrible,
adieu !... — Jamais, interrompit-il, jamais Oswald ne
peut te dire un dernier adieu que sur son lit de mort. —
Et son émotion était si profonde en prononçant ces
mots, que Corinne, commençant à craindre l'effet de
cette émotion sur sa santé, essaya de se contenir, elle
qui était la plus à plaindre.

Ils commencèrent donc à parler de ce cruel départ,
des moyens de s'écrire, et de la certitude de se
rejoindre. Un an fut le terme fixé pour cette absence.
Oswald se croyait sûr que l'expédition ne devait pas
durer plus long-temps ; enfin il leur restait encore
quelques heures, et Corinne espérait qu'elle aurait de
la force. Mais lorsqu'Oswald lui eut dit que la gondole
viendrait le prendre à trois heures du matin, et qu'elle
vit à sa pendule que ce moment n'était pas très éloigné,
elle frémit de tous ses membres ; et sûrement l'approche de l'échafaud ne lui aurait pas causé plus d'effroi.
Oswald aussi semblait perdre à chaque instant sa
résolution, et Corinne, qui l'avait toujours vu maître
de lui-même, avait le cœur déchiré par le spectacle de

ses angoisses. Pauvre Corinne ! elle le consolait, tandis qu'elle devait être mille fois plus malheureuse que lui !

— Écoutez, dit-elle à lord Nelvil, quand vous serez à Londres, ils vous diront, les hommes légers de cette ville, que des promesses d'amour ne lient pas l'honneur ; que tous les Anglais du monde ont aimé des Italiennes dans leurs voyages, et les ont oubliées au retour ; que quelques mois de bonheur n'engagent ni celle qui les reçoit, ni celui qui les donne, et qu'à votre âge la vie entière ne peut dépendre du charme que vous avez trouvé pendant quelque temps dans la société d'une étrangère. Ils auront l'air d'avoir raison, raison selon le monde : mais vous, qui avez connu ce cœur dont vous vous êtes rendu le maître, vous qui savez comme il vous aime, trouverez-vous des sophismes pour excuser une blessure mortelle ? Et les plaisanteries frivoles et barbares des hommes du jour empêcheront-elles que votre main ne tremble en enfonçant un poignard dans mon sein ? — Ah ! que me dis-tu ? s'écria lord Nelvil, ce n'est pas ta douleur seule qui me retient, c'est la mienne. Où trouverais-je un bonheur semblable à celui que j'ai goûté près de toi ? qui, dans l'univers, m'entendrait comme tu m'as entendu ? L'amour, Corinne, l'amour, c'est toi seule qui l'éprouves, c'est toi seule qui l'inspires : cette harmonie de l'ame, cette intime intelligence de l'esprit et du cœur, avec quelle autre femme peut-elle exister qu'avec toi ? Corinne, ton ami n'est pas un homme léger, tu le sais ; il s'en faut qu'il le soit. Tout est sérieux pour lui dans la vie ; est-ce donc pour toi seule qu'il démentirait sa nature ?

— Non, non, reprit Corinne, non, vous ne traiterez pas avec dédain une ame sincère. Et ce n'est pas vous, Oswald, ce n'est pas vous que mon désespoir trouverait insensible. Mais un ennemi redoutable me menace auprès de vous, c'est la sévérité despotique, c'est la dédaigneuse médiocrité de ma belle-mère. Elle vous

dira tout ce qui peut flétrir ma vie passée. Épargnez-
moi de vous répéter d'avance ses impitoyables discours. Loin que les talents que je puis avoir soient une
excuse à ses yeux, ils seront, je le sais, le plus grand de
mes torts. Elle ne comprend point leurs charmes, elle
ne voit que leurs dangers. Elle trouve inutile, et peut-
être coupable, tout ce qui ne s'accorde pas avec la
destinée qu'elle s'est tracée, et toute la poésie du cœur
lui semble un caprice importun qui s'arroge le droit de
mépriser sa raison. C'est au nom des vertus que je
respecte autant que vous, qu'elle condamnera mon
caractère et mon sort. Oswald, elle vous dira que je
suis indigne de vous. — Et comment pourrai-je
l'entendre ? interrompit Oswald ; quelles vertus ose-
rait-on élever plus haut que ta générosité, ta franchise,
ta bonté, ta tendresse ? Céleste créature ! que les
femmes communes soient jugées par les règles communes ! Mais honte à celui que tu aurais aimé, et qui ne te
respecterait pas autant qu'il t'adore ! Rien, dans
l'univers, n'égale ton esprit ni ton cœur. A la source
divine où tes sentiments sont puisés, tout est amour et
vérité. Corinne, Corinne, ah ! je ne puis te quitter. Je
sens mon courage défaillir. Si tu ne me soutiens pas, je
ne partirai point ; et c'est de toi qu'il faut que je reçoive
la force de t'affliger ? — Hé bien, dit Corinne, encore
quelques instants avant de recommander mon ame à
Dieu, pour qu'il me donne la force d'entendre sonner
l'heure fixée pour ton départ. Nous nous sommes
aimés, Oswald, avec une tendresse profonde. Je t'ai
confié les secrets de ma vie : ce n'est rien que les faits ;
mais les sentiments les plus intimes de mon être, tu les
sais tous. Je n'ai pas une idée qui ne soit unie à toi. Si
j'écris quelques lignes où mon ame se répande, c'est toi
seul qui m'inspires ; c'est à toi que j'adresse toutes mes
pensées, comme mon dernier souffle sera pour toi. Où
serait donc mon asile, si tu m'abandonnais ? Les
beaux-arts me retracent ton image ; la musique, c'est

ta voix ; le ciel, ton regard. Tout ce génie, qui jadis enflammait ma pensée, n'est plus que de l'amour. Enthousiasme, réflexion, intelligence, je n'ai plus rien qu'en commun avec toi.

Dieu puissant qui m'entendez ! dit-elle, en levant ses regards vers le ciel, Dieu ! qui n'êtes point impitoyable pour les peines du cœur, les plus nobles de toutes ! ôtez-moi la vie, quand il cessera de m'aimer, ôtez-moi le déplorable reste d'existence, qui ne me servirait plus qu'à souffrir. Il emporte avec lui ce que j'ai de plus généreux et de plus tendre ; s'il laisse éteindre ce feu déposé dans son sein, que, dans quelque lieu du monde que je sois, ma vie aussi s'éteigne. Grand Dieu ! vous ne m'avez pas faite pour survivre à tous les nobles sentiments ; et que me resterait-il, quand j'aurais cessé de l'estimer ? car lui aussi doit m'aimer, il le doit. Je sens au fond de mon cœur une affection qui commande la sienne. Oh, mon Dieu ! s'écria-t-elle encore une fois, la mort ou son amour. — En achevant cette prière, elle se retourna vers Oswald, et le trouva prosterné devant elle, dans des convulsions effrayantes : l'excès de son émotion avait surpassé ses forces : il repoussait les secours de Corinne, il voulait mourir, et sa tête semblait absolument perdue. Corinne, avec douceur, serra ses mains dans les siennes, en lui répétant tout ce qu'il lui avait dit lui-même. Elle l'assura qu'elle le croyait, qu'elle se fiait à son retour, et qu'elle se sentait beaucoup plus calme : ces douces paroles firent quelque bien à lord Nelvil. Cependant plus il sentait approcher l'heure de sa séparation, plus il lui semblait impossible de s'y décider.

— Pourquoi, dit-il à Corinne, pourquoi n'irions-nous pas au temple avant mon départ, pour prononcer le serment d'une union éternelle ? — Corinne tressaillit à ces mots, regarda lord Nelvil, et le plus grand trouble agita son cœur ; elle se souvint qu'Oswald, en lui racontant son histoire, lui avait dit que la douleur d'une femme était toute-puissante sur sa conduite ; mais qu'il avait ajouté que son sentiment se refroidissait par les sacrifices mêmes que cette douleur obtenait de lui. Toute la fermeté, toute la fierté de Corinne se réveillèrent à cette idée, et après quelques instants de silence, elle répondit : — Il faut que vous ayez revu vos amis et votre patrie avant de prendre la résolution de m'épouser. Je la devrais dans ce moment, mylord, à l'émotion du départ : je n'en veux pas ainsi. — Oswald n'insista plus : au moins, dit-il, en saisissant la main de Corinne, je le jure de nouveau, ma foi est attachée à cet anneau que je vous ai donné. Tant que vous le conserverez, jamais une autre n'aura des droits sur mon sort ; si vous le dédaignez une fois, si vous me le renvoyez.... — Cessez, cessez, interrompit Corinne, d'exprimer une inquiétude que vous ne pouvez éprouver. Ah ! ce n'est pas moi qui romprai la première l'union sacrée de nos cœurs, vous le savez bien que ce n'est pas moi, et je rougirais presque d'assurer ce qui n'est que trop certain. —

Cependant l'heure avançait : Corinne pâlissait à chaque bruit, et lord Nelvil restait plongé dans une douleur profonde, et n'avait plus la force de prononcer un seul mot. Enfin la lumière fatale parut dans l'éloignement à travers sa fenêtre, et bientôt après la barque noire s'arrêta devant la porte. Corinne à cette vue fit un cri en reculant avec effroi, et tomba dans les bras d'Oswald, en s'écriant : — Les voilà, les voilà ! adieu, partez, c'en est fait. — Oh mon dieu ! dit lord Nelvil, oh mon père ! l'exigez-vous de moi ! Et la serrant contre son cœur, il la couvrit de ses larmes. — Partez, lui dit-elle, partez, il le faut. — Faites venir Thérésine, répondit Oswald, je ne puis vous laisser seule ainsi. — Seule, hélas ! dit Corinne, ne le suis-je pas jusqu'à votre retour ! — Je ne puis sortir de cette chambre, s'écria lord Nelvil, non je ne le puis. — Et en prononçant ces paroles, son désespoir était tel, que ses

regards et ses vœux appelaient la mort. — Hé bien, dit
Corinne, je le donnerai ce signal ; j'irai moi-même
ouvrir cette porte, mais accordez-moi quelques instants. — Oh oui, s'écria lord Nelvil, restons encore
ensemble, restons ; ces cruels combats valent encore
mieux que cesser de te voir. —

On entendit alors sous les fenêtres de Corinne les
bateliers qui appelaient les gens de lord Nelvil ; ils
répondirent, et l'un d'eux vint frapper à la porte de
Corinne, en annonçant que *tout était prêt*. — Oui, tout
est prêt, répondit Corinne, et s'éloignant d'Oswald,
elle alla prier, la tête appuyée contre le portrait de son
père. Sans doute en ce moment sa vie passée s'offrait
en entier à elle ; sa conscience exagéra toutes ses
fautes ; elle craignit de ne pas mériter la miséricorde
divine, et cependant elle se sentait si malheureuse,
qu'elle devait croire à la pitié du ciel. Enfin en se
relevant, elle tendit la main à lord Nelvil, et lui dit : —
Partez, je le veux à présent ; et peut-être que dans un
instant je ne le pourrai plus : partez, que Dieu bénisse
vos pas, et qu'il me protège aussi, car j'en ai bien
besoin. — Oswald se précipita encore une fois dans ses
bras, et la pressant contre son cœur avec une passion
inexprimable, tremblant et pâle comme un homme qui
marche au supplice, il sortit de cette chambre, où,
pour la dernière fois, peut-être, il avait aimé, il s'était
senti aimé comme la destinée n'en offre pas un second
exemple.

Quand Oswald disparut aux regards de Corinne,
une palpitation horrible qui ne lui laissait plus le
pouvoir de respirer la saisit, ses yeux étaient tellement
troublés, que les objets qu'elle voyait, perdaient à ses
yeux toute réalité, et semblaient errer tantôt près,
tantôt loin de ses regards ; elle croyait sentir que la
chambre où elle était se balançait comme dans un tremblement de terre, et elle s'appuyait pour résister à
ce mouvement. Pendant un quart d'heure encore elle

entendit le bruit que faisaient les gens d'Oswald en achevant les préparatifs de son départ. Il était encore là dans la gondole : elle pouvait encore le revoir, mais elle se craignait elle-même ; et lui, de son côté, était couché dans cette gondole presque sans connaissance. Enfin il partit, et dans ce moment Corinne s'élança hors de sa chambre pour le rappeler ; Thérésine l'arrêta. Une pluie terrible commençait alors ; le vent le plus violent se faisait entendre, et la maison où demeurait Corinne était ébranlée presque comme un vaisseau au milieu de la mer[a].Elle ressentit une vive inquiétude pour Oswald, traversant les lagunes dans ce temps affreux, et elle descendit sur le bord du canal dans le dessein de s'embarquer, et de le suivre au moins jusques à la terre ferme. Mais la nuit était si obscure qu'il n'y avait pas une seule barque. Corinne marchait avec une agitation cruelle sur les pierres étroites qui séparent le canal des maisons. L'orage augmentait toujours, et sa frayeur pour Oswald redoublait à chaque instant. Elle appelait au hasard des bateliers, qui prenaient ses cris pour les cris de détresse des malheureux qui se noyaient pendant la tempête, et néanmoins personne n'osait approcher, tant les ondes agitées du grand canal étaient redoutables.

Corinne attendit le jour dans cette situation. Le temps se calma cependant, et le gondolier qui avait conduit Oswald lui apporta, de sa part, la nouvelle qu'il avait heureusement passé les lagunes. Ce moment encore ressemblait presque au bonheur, et ce ne fut qu'après quelques heures que l'infortunée Corinne ressentit de nouveau l'absence, et les longues heures, et les tristes jours, et l'inquiète et dévorante peine qui devait seule l'occuper désormais.

CHAPITRE IV.

Oswald, pendant les premiers jours de son voyage, fut prêt vingt fois à retourner pour rejoindre Corinne ; mais les motifs qui l'entraînaient triomphèrent de ce désir. C'est un pas solennel de fait dans l'amour que de l'avoir vaincu une fois : le prestige de sa toute-puissance est fini.

En approchant de l'Angleterre, tous les souvenirs de la patrie rentrèrent dans l'ame d'Oswald ; l'année qu'il venait de passer en Italie n'était en relation avec aucune autre époque de sa vie. C'était comme une apparition brillante qui avait frappé son imagination, mais n'avait pu changer entièrement les opinions ni les goûts dont son existence s'était composée jusqu'alors. Il se retrouvait lui-même ; et, bien que le regret d'être séparé de Corinne l'empêchât d'éprouver aucune impression de bonheur, il reprenait pourtant une sorte de fixité dans les idées, que le vague enivrant des beaux-arts et de l'Italie avait fait disparaître. Dès qu'il eut mis le pied sur la terre d'Angleterre, il fut frappé de l'ordre et de l'aisance, de la richesse et de l'industrie qui s'offraient à ses regards ; les penchants, les habitudes, les goûts nés avec lui se réveillèrent avec plus de force que jamais. Dans ce pays où les hommes ont tant de dignité, et les femmes tant de modestie, où le bonheur domestique est le lien du bonheur public, Oswald pensait à l'Italie pour la plaindre. Il lui semblait que dans sa patrie la raison humaine était par-tout noblement empreinte, tandis qu'en Italie les institutions et l'état social ne rappelaient, à beaucoup d'égards, que la confusion, la faiblesse et l'ignorance. Les tableaux séduisants, les impressions poétiques faisaient place dans son cœur au profond sentiment de la liberté et de la morale ; et, bien qu'il chérît toujours

Corinne, il la blâmait doucement de s'être ennuyée de vivre dans une contrée qu'il trouvait si noble et si sage. Enfin, s'il avait passé d'un pays où l'imagination est divinisée, dans un pays aride ou frivole, tous ses souvenirs, toute son ame l'auraient vivement ramené vers l'Italie ; mais il échangeait le désir indéfini d'un bonheur romanesque contre l'orgueil des vrais biens de la vie, l'indépendance et la sécurité ; il rentrait dans l'existence qui convient aux hommes, l'action avec un but. La rêverie est plutôt le partage des femmes, de ces êtres faibles et résignés dès leur naissance : l'homme veut obtenir ce qu'il souhaite, et l'habitude du courage, le sentiment de la force l'irritent contre sa destinée, s'il ne parvient pas à la diriger selon son gré.

Oswald, en arrivant à Londres, retrouva ses amis d'enfance. Il entendit parler cette langue forte et serrée qui semble indiquer bien plus de sentiments encore qu'elle n'en exprime ; il revit ces physionomies sérieuses qui se développent tout à coup quand des affections profondes triomphent de leur réserve habituelle ; il retrouva le plaisir de faire des découvertes dans les cœurs qui se révèlent par degrés aux regards observateurs ; enfin il se sentit dans sa patrie, et ceux qui n'en sont jamais sortis ignorent par combien de liens elle nous est chère. Cependant Oswald ne séparait le souvenir de Corinne d'aucune des impressions qu'il recevait ; et comme il se rattachait plus que jamais à l'Angleterre, et se sentait beaucoup d'éloignement pour la quitter de nouveau, toutes ses réflexions le ramenaient à la résolution d'épouser Corinne et de se fixer en Ecosse avec elle.

Il était impatient de s'embarquer pour revenir plus vite, lorsque l'ordre arriva de suspendre le départ de l'expédition dont son régiment faisait partie ; mais on annonçait en même temps que d'un jour à l'autre ce retard pourrait cesser, et l'incertitude à cet égard était telle qu'aucun officier ne pouvait disposer de quinze jours. Cette situation rendait lord Nelvil très malheureux. Il souffrait cruellement d'être séparé de Corinne, et de n'avoir ni le temps ni la liberté nécessaires pour former ou pour suivre aucun plan stable. Il passa six semaines à Londres sans aller dans le monde, uniquement occupé du moment où il pourrait revoir Corinne, et souffrant beaucoup du temps qu'il était obligé de perdre loin d'elle. Enfin il résolut d'employer ces jours d'attente à se rendre dans le Northumberland pour y voir lady Edgermond, et la déterminer à reconnaître authentiquement que Corinne était la fille de lord Edgermond, et que le bruit de sa mort s'était faussement répandu ; ses amis lui montrèrent les papiers publics où l'on avait mis des insinuations très défavorables sur l'existence de Corinne, et il se sentit un ardent désir de lui rendre et le rang et la considération qui lui étaient dus.

CHAPITRE V.

Oswald partit pour la terre de lady Edgermond. Il pensait avec émotion qu'il allait voir le séjour où Corinne avait passé tant d'années. Il sentait aussi quelque embarras pour la nécessité de faire comprendre à lady Edgermond qu'il était résolu à renoncer à sa fille ; et le mélange de ces divers sentiments l'agitait et le faisait rêver. Les lieux qu'il voyait en s'avançant vers le nord de l'Angleterre lui rappelaient toujours plus l'Écosse ; et le souvenir de son père, sans cesse présent à sa mémoire, pénétrait encore plus avant dans son cœur. Lorsqu'il arriva chez lady Edgermond, il fut frappé du bon goût qui régnait dans l'arrangement du jardin et du château ; et comme la maîtresse de la maison n'était pas encore prête pour le recevoir, il se promena dans le parc et aperçut de loin, à travers les feuilles, une jeune personne de la taille la plus élégante, avec des cheveux blonds d'une admirable beauté, qui étaient à peine retenus par son chapeau. Elle lisait avec beaucoup de recueillement. Oswald la reconnut pour Lucile, bien qu'il ne l'eût pas vue depuis trois ans, et qu'ayant passé, dans cet intervalle, de l'enfance à la jeunesse, elle fût étonnamment embellie. Il s'approcha d'elle, la salua, et oubliant qu'il était en Angleterre, il voulut lui prendre la main pour la baiser respectueusement, selon l'usage d'Italie ; la jeune personne recula deux pas, rougit extrêmement, lui fit une profonde révérence, et lui dit : — Monsieur, je vais prévenir ma mère que vous désirez la voir — et s'éloigna. Lord Nelvil resta frappé de cet air imposant et modeste, et de cette figure vraiment angélique.

C'était Lucile, qui entrait à peine dans sa seizième année. Ses traits étaient d'une délicatesse remarquable : sa taille était presque trop élancée, car un peu de faiblesse se faisait remarquer dans sa démarche ; son teint était d'une admirable beauté, et la pâleur et la rougeur s'y succédaient en un instant. Ses yeux bleus étaient si souvent baissés que sa physionomie consistait surtout dans cette délicatesse de teint qui trahissait à son insçu les émotions que sa profonde réserve cachait de toute autre manière. Oswald, depuis qu'il voyageait dans le midi, avait perdu l'idée d'une telle figure et d'une telle expression. Il fut saisi d'un sentiment de respect, il se reprocha vivement de l'avoir abordée avec une sorte de familiarité ; et regagnant le château, lorsqu'il vit que Lucile y était entrée, il rêvait à la pureté céleste d'une jeune fille qui ne s'est jamais éloignée de sa mère, et ne connait de la vie que la tendresse filiale.

Lady Edgermond était seule quand elle reçut lord Nelvil : il l'avait vue deux fois avec son père quelques années auparavant ; mais il l'avait très peu remarquée alors, il l'observa cette fois avec attention, pour la comparer au portrait que Corinne lui en avait fait ; il le trouva vrai, à beaucoup d'égards ; mais cependant il lui sembla qu'il y avait dans les regards de lady Edgermond plus de sensibilité que Corinne ne lui en attribuait, et il pensa qu'elle n'avait pas aussi bien que lui l'habitude de deviner les physionomies contenues. Son premier intérêt auprès de lady Edgermond était de la décider à reconnaître Corinne, en annulant tout ce qu'on avait arrangé pour la faire croire morte. Il commença l'entretien en parlant de l'Italie et du plaisir qu'il y avait trouvé. — C'est un séjour amusant pour un homme, répondit lady Edgermond ; mais je serais bien fâchée qu'une femme qui m'intéressât pût s'y plaire long-temps. — J'y ai pourtant trouvé, répondit lord Nelvil, déjà blessé de cette insinuation, la femme la plus distinguée que j'aie connue en ma vie. — Cela se peut sous les rapports de l'esprit, reprit lady Edgermond ; mais un honnête homme cherche d'autres qualités que celles-là dans la compagne de sa vie. — Et il les trouve aussi, interrompit Oswald avec chaleur. — Il allait continuer et prononcer clairement ce qui n'était qu'indiqué de part et d'autre, mais Lucile entra et s'approcha de l'oreille de sa mère pour lui parler. — Non, ma fille, répondit tout haut lady Edgermond, vous ne pouvez aller chez votre cousine aujourd'hui ; il faut dîner ici avec lord Nelvil. — Lucile, à ces mots, rougit plus vivement encore que dans le jardin, puis s'assit à côté de sa mère, et prit sur la table un ouvrage de broderie dont elle s'occupa, sans jamais lever les yeux, ni se mêler de la conversation.

Lord Nelvil fut presque impatienté de cette conduite : car il était vraisemblable que Lucile n'ignorait pas qu'il avait été question de leur union ; et quoique la figure ravissante de Lucile le frappât toujours plus, il se rappela tout ce que Corinne lui avait dit sur l'effet probable de l'éducation sévère que lady Edgermond donnait à sa fille. En Angleterre, en général, les jeunes filles ont plus de liberté que les femmes mariées, et la raison comme la morale expliquent cet usage ; mais lady Edgermond y dérogeait, non pour les femmes mariées, mais pour les jeunes personnes : elle était d'avis que dans toutes les situations, la plus rigoureuse réserve convenait aux femmes. Lord Nelvil voulait déclarer à lady Edgermond ses intentions relativement à Corinne dès qu'il se trouverait encore une fois seul avec elle, mais Lucile ne s'en alla point, et lady Edgermond soutint, jusqu'au dîner, l'entretien sur divers sujets, avec une raison simple et ferme qui inspira du respect à lord Nelvil. Il aurait voulu combattre des opinions si arrêtées sur tous les points, et qui souvent n'étaient pas d'accord avec les siennes ; mais il sentait que s'il disait un mot à lady Edgermond qui ne fût pas dans le sens de ses idées, il lui donnerait une opinion de lui que rien ne pourrait effacer, et il hésitait à ce premier pas, tout-à-fait irréparable auprès d'une personne qui n'admettait point de nuances ni d'exceptions, et jugeait tout par des règles générales et positives.

On annonça que le dîner était servi. Lucile s'approcha de sa mère pour lui donner le bras. Oswald alors observa que lady Edgermond marchait avec une grande difficulté. — J'ai, dit-elle à lord Nelvil, une maladie très douloureuse, et peut-être mortelle. — Lucile pâlit à ces mots. Lady Edgermond le remarqua et reprit avec douceur : — Les soins de ma fille, néanmoins, m'ont déjà sauvé la vie une fois, et me la sauveront peut-être encore longtemps. — Lucile baissa la tête pour que son attendrissement ne fût pas observé. Quand elle la releva, ses yeux étaient encore humides de pleurs ; mais elle n'avait pas osé seulement prendre la main de sa mère ; tout s'était passé dans le fond de son cœur, et elle n'avait songé aux autres que pour leur cacher ce qu'elle éprouvait. Cependant Oswald était profondément ému par cette réserve, par cette contrainte ; et son imagination, naguère ébranlée par l'éloquence et la passion, se plaisait à contempler le tableau de l'innocence, et croyait voir autour de Lucile je ne sais quel nuage modeste qui reposait délicieusement les regards.

Pendant le dîner, Lucile, voulant épargner les moindres fatigues à sa mère, servait tout avec un soin continuel, et lord Nelvil entendit le son de sa voix seulement quand elle lui offrait les différents mets ; mais ces paroles insignifiantes étaient prononcées avec une douceur enchanteresse, et lord Nelvil se demandait comment il était possible que les mouvements les plus simples et les mots les plus communs pussent révéler toute une ame. — Il faut, se répétait-il à lui-même, ou le génie de Corinne qui dépasse tout ce que l'imagination peut désirer, ou ces voiles mystérieux du silence et de la modestie, qui permettent à chaque homme de supposer les vertus et les sentiments qu'il souhaite. — Lady Edgermond et sa fille se levèrent de table, et lord Nelvil voulut les suivre ; mais lady Edgermond était si scrupuleusement fidèle à l'habitude de sortir au dessert, qu'elle lui dit de rester à table, jusques à ce qu'elle et sa fille eussent préparé le thé dans le salon, et lord Nelvil les rejoignit un quart d'heure après. La soirée se passa sans qu'il pût être un moment seul avec lady Edgermond, car Lucile ne la quitta pas. Il ne savait ce qu'il devait faire, et il allait partir pour la ville voisine, se proposant de revenir le lendemain parler à lady Edgermond, lorsqu'elle lui offrit de demeurer chez elle cette nuit. Il accepta tout de suite, sans y attacher aucune importance, et néanmoins il se repentit ensuite de l'avoir fait, parce-qu'il crut remarquer dans les regards de lady Edgermond qu'elle considérait ce consentement comme une raison de croire qu'il pensait encore à sa fille. Ce fut un motif de plus pour le décider à lui demander, dès ce moment, un entretien qu'elle désigna pour la matinée du jour suivant.

Lady Edgermond se fit porter dans son jardin. Oswald s'offrit pour l'aider à faire quelques pas. Lady Edgermond le regarda fixement, puis elle dit : — Je le veux bien. — Lucile lui remit le bras de sa mère et lui dit à voix très-basse, dans la crainte que sa mère ne l'entendît : — Mylord, marchez doucement. — Lord Nelvil tressaillit à ces mots dits en secret. C'est ainsi qu'une parole sensible aurait pu lui être adressée par cette figure angélique qui ne semblait pas faite pour les affections de la terre. Oswald ne crut point que son émotion en cet instant fût une offense pour Corinne ; il lui sembla que c'était seulement un hommage à la pureté céleste de Lucile. Ils rentrèrent au moment de la prière du soir, que lady Edgermond faisait chaque jour dans sa maison avec tous ses domestiques réunis. Ils étaient rassemblés dans la grande salle d'en bas. La plupart d'entre eux étaient infirmes et vieux ; ils avaient servi le père de lady Edgermond et celui de son époux. Oswald fut vivement touché par ce spectacle, qui lui rappelait ce qu'il avait souvent vu dans la maison paternelle. Tout le monde se mit à genoux, excepté lady Edgermond que sa maladie en empêchait, mais qui joignit les mains et baissa les yeux avec un recueillement respectable.

Lucile était à genoux à côté de sa mère, et c'était elle qui était chargée de la lecture. Ce fut d'abord un chapitre de l'Évangile, et puis une prière adaptée à la vie rurale et domestique. Cette prière était composée par lady Edgermond ; et il y avait dans les expressions une sorte de sévérité qui contrastait avec le son de voix doux et timide de sa fille qui les lisait ; mais cette sévérité même augmenta l'effet des dernières paroles que Lucile prononça en tremblant. Après avoir prié pour les domestiques de la maison, pour les parents,

pour le roi, pour la patrie, il y avait : « Fais-nous aussi
la grace, ô mon Dieu, que la jeune fille de cette maison
vive et meure sans que son ame ait été souillée par une
seule pensée, par un seul sentiment qui ne soit pas
conforme à ses devoirs ; et que sa mère qui doit bientôt
retourner près de toi, puisse obtenir le pardon de ses
propres fautes au nom des vertus de son unique
enfant. »

Lucile répétait tous les jours cette prière. Mais ce
soir-là, en présence d'Oswald, elle fut plus touchée que
de coutume, et des larmes tombèrent de ses yeux avant
qu'elle en eût fini la lecture, et qu'elle pût, couvrant
son visage de ses mains, dérober ses pleurs à tous les
regards. Mais Oswald les avait vus couler ; et un
attendrissement mêlé de respect remplissait son cœur :
il contemplait cet air de jeunesse qui tenait de si près à
l'enfance, ce regard qui semblait conserver encore le
souvenir récent du ciel. Un visage aussi charmant, au
milieu de ces visages qui peignaient tous la vieillesse
ou la maladie, semblait l'image de la pitié divine. Lord
Nelvil réfléchissait à cette vie si austère et si retirée que
Lucile avait menée, à cette beauté sans pareille, privée
ainsi de tous les plaisirs comme de tous les hommages
du monde, et son ame fut pénétrée de l'émotion la plus
pure. La mère aussi de Lucile méritait le respect et
l'obtenait. C'était une personne plus sévère encore
pour elle-même que pour les autres. Les bornes de son
esprit devaient être attribuées plutôt à l'extrême
rigueur de ses principes qu'à un défaut d'intelligence
naturelle ; et au milieu de tous les liens qu'elle s'était
imposés, de toute sa roideur acquise et naturelle, il y
avait une passion pour sa fille d'autant plus profonde
que l'âpreté de son caractère venait d'une sensibilité
réprimée, et donnait une nouvelle force à l'unique
affection qu'elle n'avait pas étouffée.

A dix heures du soir le plus profond silence régnait
dans la maison. Oswald put réfléchir à son aise sur la

journée qui venait de se passer. Il ne s'avouait point à
lui-même que Lucile avait fait impression sur son
cœur. Peut-être cela n'était-il pas même encore vrai ;
mais, bien que Corinne enchantât l'imagination de
mille manières, il y avait pourtant un genre d'idées, un
son musical, s'il est permis de s'exprimer ainsi, qui
ne s'accordait qu'avec Lucile. Les images du bonheur
domestique s'unissaient plus facilement à la retraite de
Northumberland qu'au char triomphant de Corinne :
enfin Oswald ne pouvait se dissimuler que Lucile était
la femme que son père aurait choisie pour lui ; mais il
aimait Corinne ; mais il en était aimé : il avait fait
serment de ne jamais former d'autres liens, c'en était
assez pour persister dans le dessein de déclarer le
lendemain à lady Edgermond qu'il voulait épouser
Corinne. Il s'endormit en pensant à l'Italie ; et néanmoins, pendant son sommeil, il crut voir Lucile qui
passait légèrement devant lui sous la forme d'un ange :
il se réveilla, et voulut écarter ce songe ; mais le même
songe revint encore, et la dernière fois qu'il s'offrit à
lui, cette figure parut s'envoler ; il se réveilla de
nouveau, regrettant cette fois de ne pouvoir retenir
l'objet qui disparaissait à ses yeux. Le jour commençait alors à paraître ; Oswald descendit pour se
promener.

CHAPITRE VI.

Le soleil venait de se lever, et lord Nelvil croyait que
personne n'était encore éveillé dans la maison. Il se
trompait : Lucile dessinait déjà sur le balcon. Ses
cheveux, qu'elle n'avait point encore rattachés, étaient
soulevés par le vent. Elle ressemblait ainsi au songe de
lord Nelvil, et il fut un moment ému en la voyant,
comme par une apparition surnaturelle. Mais il eut

honte bientôt après d'être troublé à ce point par une circonstance si simple. Il resta quelque temps devant ce balcon. Il salua Lucile ; mais il ne put être remarqué, car elle ne détournait point les yeux de son travail. Il continua sa promenade, et il eût alors souhaité, plus que jamais, de voir Corinne, pour qu'elle dissipât les impressions vagues qu'il ne pouvait s'expliquer : Lucile lui plaisait comme le mystère, comme l'inconnu ; il aurait désiré que l'éclat du génie de Corinne fît disparaître cette image légère qui prenait successivement toutes les formes à ses yeux.

Il revint au salon, et il y trouva Lucile qui plaçait le dessin qu'elle venait de faire dans un petit cadre brun, en face de la table à thé de sa mère. Oswald vit ce dessin ; ce n'était qu'une rose blanche sur sa tige, mais dessinée avec une grace parfaite. — Vous savez donc peindre, dit Oswald à Lucile ? — Non, mylord, je ne sais absolument qu'imiter les fleurs, et encore les plus faciles de toutes : il n'y a pas de maître ici, et le peu que j'ai appris, je le dois à une sœur qui m'a donné des leçons. — En prononçant ces mots, elle soupira. Lord Nelvil rougit beaucoup, et lui dit : — Et cette sœur qu'est-elle devenue ? — Elle ne vit plus, reprit Lucile ; mais je la regretterai toujours. — Oswald comprit que Lucile était trompée, comme le reste du monde, sur le sort de sa sœur ; mais ce mot, *je la regretterai toujours,* lui parut révéler un aimable caractère, et il en fut attendri. Lucile allait se retirer, s'apercevant tout à coup qu'elle était seule avec lord Nelvil, lorsque lady Edgermond entra. Elle regarda sa fille avec étonnement et sévérité tout à la fois, et lui fit signe de sortir. Ce regard avertit Oswald de ce qu'il n'avait pas remarqué, c'est que Lucile avait fait quelque chose de fort extraordinaire, selon ses habitudes, en restant avec lui quelques minutes sans sa mère ; et il en fut touché, comme il l'aurait été d'un témoignage d'intérêt très marquant donné par une autre.

Lady Edgermond s'assit, et renvoya ses gens qui
l'avaient soutenue jusques à son fauteuil. Elle était
pâle, et ses lèvres tremblaient en offrant une tasse de
thé à lord Nelvil. Il observa cette agitation ; et
l'embarras qu'il éprouvait lui-même s'en accrut :
cependant, animé par le désir de rendre service à celle
qu'il aimait, il commença l'entretien. — Madame, dit-
il à lady Edgermond, j'ai beaucoup vu en Italie une
femme qui vous intéresse particulièrement. — Je ne le
crois pas, répondit lady Edgermond avec sécheresse,
car personne ne m'intéresse dans ce pays-là. —
J'imaginais cependant, continua lord Nelvil, que la
fille de votre époux avait des droits sur votre affection.
— Si la fille de mon époux, reprit lady Edgermond,
était une personne indifférente à ses devoirs comme à
sa considération, je ne lui souhaiterais sûrement pas
du mal, mais je serais bien aise de n'en jamais
entendre parler. — Et si cette fille abandonnée par
vous, madame, reprit Oswald avec chaleur, était la
femme du monde la plus justement célèbre par ses
admirables talents en tout genre, la dédaigneriez-vous
toujours ? — Également, reprit lady Edgermond, je ne
fais aucun cas des talents qui détournent une femme de
ses véritables devoirs. Il y a des actrices, des musiciens, des artistes enfin pour amuser le monde ; mais
pour des femmes de notre rang, la seule destinée
convenable, c'est de se consacrer à son époux et de
bien élever ses enfants. — Quoi ! reprit lord Nelvil, ces
talents qui viennent de l'ame, et ne peuvent exister
sans le caractère le plus élevé, sans le cœur le plus
sensible, ces talents qui sont unis à la bonté la plus
touchante, au cœur le plus généreux, vous les blâme-
riez, parcequ'ils étendent la pensée, parcequ'ils donnent à la vertu même un empire plus vaste, une
influence plus générale. — A la vertu ? reprit lady
Edgermond avec un sourire amer ; je ne sais pas bien
ce que vous entendez par ce mot ainsi appliqué. La

vertu d'une personne qui s'est enfuie de la maison paternelle, la vertu d'une personne qui s'est établie en Italie, menant la vie la plus indépendante, recevant tous les hommages, pour ne rien dire de plus, donnant un exemple plus pernicieux encore pour les autres que pour elle-même, abdiquant son rang, sa famille, le propre nom de son père..... — Madame, interrompit Oswald, c'est un sacrifice généreux qu'elle a fait à vos désirs, à votre fille; elle a craint de vous nuire en conservant votre nom.... — Elle l'a craint, s'écria lady Edgermond, elle sentait donc qu'elle le déshonorait. — C'en est trop, interrompit Oswald avec violence, Corinne Edgermond sera bientôt lady Nelvil; et nous verrons alors, madame, si vous rougirez de reconnaître en elle la fille de votre époux! Vous confondez dans les règles vulgaires une personne douée comme aucune femme ne l'a jamais été; un ange d'esprit et de bonté; un génie admirable, et néanmoins un caractère sensible et timide; une imagination sublime, une générosité sans bornes, une personne qui peut avoir eu des torts, parcequ'une supériorité si étonnante ne s'accorde pas toujours avec la vie commune, mais qui possède une ame si belle, qu'elle est au-dessus de ses fautes, et qu'une seule de ses actions ou de ses paroles les efface toutes. Elle honore celui qu'elle choisit pour son protecteur, plus que ne pourrait le faire la reine du monde en se désignant un époux. — Vous pourrez peut-être, mylord, répondit lady Edgermond en faisant effort sur elle-même pour se contenir, accuser les bornes de mon esprit, mais il n'y a rien dans tout ce que vous venez de me dire qui soit à ma portée. Je n'entends par moralité que l'exacte observation des règles établies : hors de là, je ne comprends que des qualités mal employées, qui méritent tout au plus de la pitié. — Le monde eût été bien aride, madame, répondit Oswald, si l'on n'avait jamais conçu ni le génie, ni l'enthousiasme, et qu'on eût fait de la nature

humaine une chose si réglée et si monotone. Mais, sans
continuer davantage une inutile discussion, je viens
vous demander formellement si vous ne reconnaîtrez
pas pour votre belle-fille miss Edgermond, lorsqu'elle
sera lady Nelvil. — Encore moins, reprit lady Edgermond; car je dois à la mémoire de votre père
d'empêcher, si je le puis, l'union la plus funeste. —
Comment mon père? dit Oswald, que ce nom troublait
toujours. — Ignorez-vous, continua lady Edgermond,
qu'il refusa la main de miss Edgermond pour vous,
lorsqu'elle n'avait encore fait aucune faute, lorsqu'il
prévoyait seulement, avec la sagacité parfaite qui le
caractérisait, ce qu'elle serait un jour? — Quoi! vous
savez... — La lettre de votre père à mylord Edgermond, sur ce sujet, est entre les mains de M. Dickson,
son ancien ami, interrompit lady Edgermond; je la lui
ai remise, quand j'ai su vos relations avec Corinne en
Italie, afin qu'il vous la fît lire à votre retour; il ne me
convenait pas de m'en charger. —

Oswald se tut quelques instants, puis il reprit : —
Ce que je vous demande, madame, c'est ce qui est
juste, c'est ce que vous vous devez à vous-même :
détruisez les bruits que vous avez accrédités sur la
mort de votre belle-fille, et reconnaissez-la honorable-
ment pour ce qu'elle est, pour la fille de lord Edgermond. — Je ne veux contribuer en aucune manière,
répondit lady Edgermond, au malheur de votre vie; et
si l'existence actuelle de Corinne, cette existence sans
nom et sans appui peut être cause que vous ne
l'épousiez point, Dieu et votre père me préservent
d'éloigner cet obstacle! — Madame, répondit lord
Nelvil, le malheur de Corinne serait un lien de plus
entre elle et moi. — Hé bien! reprit lady Edgermond
avec une vivacité à laquelle elle ne s'était jamais livrée,
et qui venait sans doute du regret qu'elle éprouvait en
perdant pour sa fille un époux qui lui convenait à tant
d'égards, hé bien, continua-t-elle, rendez-vous donc

malheureux tous les deux ; car elle aussi le sera : ce
pays lui est odieux ; elle ne peut se plier à nos mœurs, à
notre vie sévère. Il lui faut un théâtre où elle puisse
montrer tous ces talents que vous prisez tant, et qui
rendent la vie si difficile. Vous la verrez s'ennuyer dans
ce pays, désirer de retourner en Italie ; elle vous y
entraînera : vous quitterez vos amis, votre patrie, celle
de votre père, pour une étrangère aimable, j'y consens,
mais qui vous oublierait si vous le vouliez ; car il n'y a
rien de plus mobile que ces têtes exaltées. Les profondes douleurs ne sont faites que pour ce que vous
appelez les femmes médiocres, c'est-à-dire celles qui ne
vivent que pour leur époux et leurs enfants. — La
violence du mouvement qui avait fait parler lady
Edgermond, elle qui, toujours habituée à la contrainte,
ne s'était peut-être pas une fois dans toute sa vie laissé
aller à ce point, ébranla ses nerfs déjà malades, et en
finissant de parler elle se trouva mal. Oswald la voyant
dans cet état sonna vivement pour appeler du secours.

Lucile arriva très-effrayée, s'empressa de soulager sa
mère, et jeta seulement sur Oswald un regard inquiet
qui semblait lui dire : *Est-ce vous qui avez fait mal à ma
mère ?* Ce regard attendrit profondément lord Nelvil.
Lorsque lady Edgermond revint à elle, il cherchait à
lui montrer l'intérêt qu'elle lui inspirait ; mais elle le
repoussa avec froideur, et rougit en pensant que par
son émotion elle avait peut-être manqué de fierté pour
sa fille, et trahi le désir qu'elle avait eu de lui donner
lord Nelvil pour époux. Elle fit signe à Lucile de
s'éloigner, et dit : — Mylord, vous devez, dans tous les
cas, vous considérer comme libre de l'espèce d'engagement qui pouvait exister entre nous. Ma fille est si
jeune qu'elle n'a pu s'attacher au projet que nous
avions formé, votre père et moi. Mais il est plus
convenable cependant, ce projet étant changé, que
vous ne reveniez pas chez moi, tant que ma fille ne sera
pas mariée. — Je me bornerai donc, reprit Oswald en

s'inclinant devant elle, à vous écrire pour traiter avec
vous du sort d'une personne que je n'abandonnerai
jamais. — Vous en êtes le maître, répondit lady
Edgermond avec une voix étouffée ; — et lord Nelvil
partit.

En passant à cheval dans l'avenue, il aperçut de
loin, dans le bois, l'élégante figure de Lucile. Il ralentit
les pas de son cheval pour la voir encore, et il lui parut
que Lucile suivait la même direction que lui, en se
cachant derrière les arbres. Le grand chemin passait
devant un pavillon à l'extrémité du parc, Oswald
remarqua que Lucile entrait dans ce pavillon : il passa
devant avec émotion, mais sans pouvoir la découvrir.
Il retourna plusieurs fois la tête après avoir passé, et
remarqua dans un autre endroit, d'où l'on pouvait
apercevoir tout le grand chemin, une légère agitation
dans les feuilles d'un des arbres placés près du
pavillon. Il s'arrêta vis-à-vis de cet arbre, mais il n'y
aperçut plus le moindre mouvement. Incertain s'il
avait bien deviné, il partit ; puis tout à coup il revint
sur ses pas avec la rapidité de l'éclair, comme s'il avait
laissé tomber quelque chose sur la route. Alors il vit
Lucile sur le bord du chemin, et la salua respectueusement. Lucile baissa son voile avec précipitation et
s'enfonça dans le bois, ne réfléchissant pas que se
cacher ainsi, c'était avouer le motif qui l'avait amenée : la pauvre enfant n'avait rien éprouvé de si vif, ni
de si coupable en sa vie, que le sentiment qui l'avait
conduite à désirer de voir passer lord Nelvil ; et loin de
penser à le saluer tout simplement, elle se croyait
perdue dans son esprit pour avoir été devinée. Oswald
comprit tous ces mouvements, et se sentit doucement
flatté par cet innocent intérêt si timidement et si
sincèrement exprimé. — Personne, pensait-il, ne pouvait être plus vraie que Corinne, mais personne aussi
ne connaissait mieux elle-même et les autres : il
faudrait apprendre à Lucile, et l'amour qu'elle éprou-

verait et celui qu'elle inspirerait. Mais ce charme d'un jour peut-il suffire à la vie ? Et puisque cette aimable ignorance de soi-même ne dure pas, puisqu'il faut enfin pénétrer dans son ame, et savoir ce que l'on sent, la candeur qui survit à cette découverte ne vaut-elle pas mieux encore que la candeur qui la précède ? —

Il comparait ainsi dans ses réflexions Corinne et Lucile : mais cette comparaison n'était encore, du moins il le croyait, qu'un simple amusement de son esprit, et il ne supposait pas qu'elle pût jamais l'occuper davantage.

CHAPITRE VII.

Après avoir quitté la maison de lady Edgermond, Oswald se rendit en Ecosse. Le trouble que lui avait laissé la présence de Lucile, le sentiment qu'il conservait pour Corinne, tout fit place à l'émotion qu'il ressentit à l'aspect des lieux où il avait passé sa vie avec son père : il se reprochait les distractions auxquelles il s'était livré depuis une année ; il craignait de n'être plus digne d'entrer dans la demeure qu'il eût voulu n'avoir jamais quittée. Hélas ! après la perte de ce qu'on aimait le plus au monde, comment être content de soi-même, si l'on n'est pas resté dans la plus profonde retraite ! Il suffit de vivre dans la société pour négliger de quelque manière le culte de ceux qui ne sont plus. C'est en vain que leur souvenir habite au fond du cœur. On se prête à cette activité des vivants, qui écarte l'idée de la mort, ou comme pénible, ou comme inutile, ou seulement même comme fatigante. Enfin, si la solitude ne prolonge pas les regrets et la rêverie, l'existence telle qu'elle est s'empare de nouveau des ames les plus tendres, et leur rend des intérêts, des désirs et des passions. C'est une misérable

condition de la nature humaine, que cette nécessité de
se distraire ; et, bien que la Providence ait voulu que
l'homme fût ainsi, pour qu'il pût supporter la mort et
pour lui-même et pour les autres, souvent, au milieu de
ces distractions, on se sent saisi par le remords d'en
être capable, et il semble qu'une voix touchante et
résignée nous dise : *Vous que j'aimais, m'avez-vous donc
oublié ?*

Ces sentiments occupaient Oswald en retournant
dans sa demeure ; il n'éprouva pas en y revenant alors
le même désespoir que la première fois, mais un
profond sentiment de tristesse. Il vit que le temps avait
accoutumé tout le monde à la perte de celui qu'il
pleurait : les domestiques ne croyaient plus devoir
prononcer devant lui le nom de son père ; chacun était
rentré dans ses occupations habituelles. On avait serré
les rangs, et la génération des enfants croissait pour
remplacer celle des pères. Oswald alla s'enfermer dans
la chambre de son père, où il retrouvait son manteau,
sa canne, son fauteuil, tout à la même place : mais
qu'était devenue la voix qui répondait à la sienne, et le
cœur de père qui palpitait en revoyant son fils ! Lord
Nelvil resta plongé dans des méditations profondes. —
O destinée humaine, s'écria-t-il, le visage baigné de
pleurs, que voulez-vous de nous ! Tant de vie pour
périr, tant de pensées pour que tout cesse ! Non, non, il
m'entend, mon unique ami, il est présent ici même, à
mes larmes, et nos ames immortelles s'attendent. O
mon père ! ô mon Dieu ! guidez-moi dans la vie. Elles
ne connaissent pas ni les indécisions, ni les repentirs,
ces ames de fer qui semblent posséder en elles-mêmes
les immuables qualités de la nature physique ; mais les
êtres composés d'imagination, de sensibilité, de
conscience, peuvent-ils faire un pas sans craindre de
s'égarer ! Ils cherchent le devoir pour guide ; et le
devoir lui-même s'obscurcit à leurs regards, si la
divinité ne le révèle pas au fond du cœur. —

Le soir, Oswald alla se promener dans l'allée favorite de son père; il suivit son image à travers les arbres. Hélas! qui n'a pas espéré quelquefois, dans l'ardeur de ses prières, qu'une ombre chérie nous apparaîtrait; qu'un miracle enfin s'obtiendrait à force d'aimer! Vaine espérance! avant le tombeau nous ne saurons rien. Incertitude des incertitudes, vous n'occupez point le vulgaire. Mais plus la pensée s'ennoblit, plus elle est invinciblement attirée vers les abîmes de la réflexion. Pendant qu'Oswald s'y livrait tout entier, il entendit une voiture dans l'avenue, et il en descendit un vieillard qui s'avança lentement vers lui : cet aspect d'un vieillard, à cette heure et dans ce lieu, l'émut profondément. Il reconnut M. Dickson, l'ancien ami de son père, et le reçut avec une émotion qu'il n'eût jamais ressentie pour lui dans aucun autre moment.

CHAPITRE VIII.

M. Dickson n'égalait en rien le père d'Oswald : il n'avait ni son esprit ni son caractère; mais au moment de sa mort il était auprès de lui; et, né la même année, on eût dit qu'il restait encore quelques jours en arrière pour lui porter des nouvelles de ce monde. Oswald lui donna le bras pour monter l'escalier; il sentait quelque charme dans ces soins donnés à la vieillesse, seule ressemblance avec son père qu'il pût trouver dans M. Dickson. Ce vieillard avait vu naître Oswald; et ne tarda pas à lui parler sans contrainte de tout ce qui le concernait. Il blâma fortement sa liaison avec Corinne; mais ses faibles arguments auraient eu sur l'esprit d'Oswald bien moins d'ascendant encore que ceux de lady Edgermond, si M. Dickson ne lui avait pas remis la lettre que son père, lord Nelvil, écrivit à lord Edgermond, lorsqu'il voulut rompre le mariage

projeté entre son fils et Corinne, alors miss Edgermond. Voici quelle était cette lettre, écrite en 1791,
pendant le premier voyage d'Oswald en France. Il la
lut en tremblant.

Lettre du père d'Oswald
à lord Edgermond.

« Me pardonnerez-vous, mon ami, si je vous propose un changement dans les projets d'union entre nos
deux familles ? Mon fils a dix-huit mois de moins que
votre fille aînée ; il vaut mieux lui destiner Lucile, votre
seconde fille, qui est plus jeune que sa sœur de douze
années. Je pourrais m'en tenir à ce motif ; mais comme
je savais l'âge de miss Edgermond quand je vous l'ai
demandée pour Oswald, je croirais manquer à la
confiance de l'amitié, si je ne vous disais pas quelles
sont les raisons qui me font désirer que ce mariage
n'ait pas lieu. Nous sommes liés depuis vingt ans, nous
pouvons nous parler avec franchise sur nos enfants,
d'autant plus qu'ils sont assez jeunes pour pouvoir être
encore modifiés par nos conseils. Votre fille est charmante ; mais il me semble voir en elle une de ces belles
Grecques qui enchantaient et subjuguaient le monde.
Ne vous offensez pas de l'idée que cette comparaison
peut suggérer. Sans doute votre fille n'a reçu de vous,
n'a trouvé dans son cœur que les principes et les
sentiments les plus purs ; mais elle a besoin de plaire,
de captiver, de faire effet. Elle a plus de talents encore
que d'amour-propre ; mais des talents si rares doivent
nécessairement exciter le désir de les développer ; et je
ne sais pas quel théâtre peut suffire à cette activité
d'esprit, à cette impétuosité d'imagination, à ce caractère ardent enfin qui se fait sentir dans toutes ses
paroles : elle entraînerait nécessairement mon fils hors

de l'Angleterre; car une telle femme ne peut y être heureuse; et l'Italie seule lui convient.

« Il lui faut cette existence indépendante qui n'est soumise qu'à la fantaisie. Notre vie de campagne, nos habitudes domestiques contrarieraient nécessairement tous ses goûts. Un homme né dans notre heureuse patrie doit être Anglais avant tout : il faut qu'il remplisse ses devoirs de citoyen, puisqu'il a le bonheur de l'être; et dans les pays où les institutions politiques donnent aux hommes des occasions honorables d'agir et de se montrer, les femmes doivent rester dans l'ombre. Comment voulez-vous qu'une personne aussi distinguée que votre fille se contente d'un tel sort? Croyez-moi, mariez-la en Italie : sa religion, ses goûts et ses talents l'y appellent. Si mon fils épousait miss Edgermond, il l'aimerait sûrement beaucoup, car il est impossible d'être plus séduisante; et il essaierait alors, pour lui plaire, d'introduire dans sa maison les coutumes étrangères. Bientôt il perdrait cet esprit national, ces préjugés, si vous le voulez, qui nous unissent entre nous et font de notre nation un corps, une association libre mais indissoluble, qui ne peut périr qu'avec le dernier de nous. Mon fils se trouverait bientôt mal en Angleterre, en voyant que sa femme n'y serait pas heureuse. Il a, je le sais, toute la faiblesse que donne la sensibilité; il irait donc s'établir en Italie, et cette expatriation, si je vivais encore, me ferait mourir de douleur. Ce n'est pas seulement parcequ'elle me priverait de mon fils, c'est parcequ'elle lui ravirait l'honneur de servir son pays.

« Quel sort pour un habitant de nos montagnes, que de traîner une vie oisive au sein des plaisirs de d'Italie! Un Écossais *sigisbé* de sa femme, s'il ne l'est pas de celle d'un autre! Inutile à sa famille, dont il n'est plus ni le guide ni l'appui! Tel que je connais Oswald, votre fille prendrait un grand empire sur lui. Je m'applaudis donc de ce que son séjour actuel en France lui a évité

l'occasion de voir miss Edgermond; et j'ose vous
conjurer, mon ami, si je mourais avant le mariage de
mon fils, de ne pas lui faire connaître votre fille aînée
avant que votre fille cadette soit en âge de le fixer. Je
crois notre liaison assez ancienne, assez sacrée pour
attendre de vous cette marque d'affection. Dites à mon
fils, s'il le fallait, mes volontés à cet égard; je suis sûr
qu'il les respectera, et plus encore si j'avais cessé de
vivre.

« Donnez aussi, je vous prie, tous vos soins à l'union
d'Oswald avec Lucile. Quoiqu'elle soit bien enfant,
j'ai démêlé dans ses traits, dans l'expression de sa
physionomie, dans le son de sa voix, la modestie la
plus touchante. Voilà quelle est la femme vraiment
Anglaise qui fera le bonheur de mon fils; si je ne vis
pas assez pour être témoin de cette union, je m'en
réjouirai dans le ciel; quand nous y serons un jour
réunis, mon cher ami, notre bénédiction et nos prières
protègeront encore nos enfants.

« Tout à vous.

                                        « NELVIL. »

Après cette lecture, Oswald garda le plus profond
silence, ce qui laissa le temps à M. Dickson de
continuer ses longs discours sans être interrompu. Il
admira la sagacité de son ami, qui avait si bien jugé
miss Edgermond, quoiqu'il fût loin, disait-il, de
pouvoir s'imaginer encore la conduite condamnable
qu'elle a tenue depuis. Il prononça, au nom du père
d'Oswald, qu'un tel mariage serait une offense mortelle à sa mémoire. Oswald apprit par lui que pendant
son fatal séjour en France, un an après que cette lettre
avait été écrite, en 1792, son père n'avait trouvé de
consolations que chez lady Edgermond où il avait
passé tout un été, et qu'il s'était occupé de l'éducation
de Lucile qui lui plaisait singulièrement. Enfin sans

art, mais aussi sans ménagement, M. Dickson attaqua
le cœur d'Oswald par les endroits les plus sensibles.

C'était ainsi que tout se réunissait pour renverser le
bonheur de Corinne absente, et qui n'avait pour se
défendre que ses lettres qui la rappelaient de temps en
temps au souvenir d'Oswald. Elle avait à combattre la
nature des choses, l'influence de la patrie, le souvenir
d'un père, la conjuration des amis en faveur des
résolutions faciles et de la route commune, et le
charme naissant d'une jeune fille qui semblait si bien
en harmonie avec les espérances pures et calmes de la
vie domestique.

Livre XVII.

CORINNE EN ÉCOSSE.

CHAPITRE PREMIER.

Corinne, pendant ce temps, s'était établie près de
Venise dans une campagne sur le bord de la Brenta ;
elle voulait rester dans les lieux où elle avait vu
Oswald pour la dernière fois, et d'ailleurs elle se
croyait là plus près qu'à Rome des lettres d'Angleterre.
Le prince Castel-Forte lui avait écrit pour lui offrir de
venir la voir, et elle s'y était refusée. L'amitié qui
régnait entre eux commandait la confiance ; et s'il
avait essayé de la détacher d'Oswald, s'il lui avait dit
ce qui se dit, c'est que l'absence doit refroidir le
sentiment, un tel mot prononcé sans réflexion eût été
pour Corinne comme un coup de poignard : elle aima
donc mieux ne voir personne. Mais ce n'est pas une

chose facile que de vivre seule, quand l'ame est ardente
et la situation malheureuse. Les occupations de la
solitude exigent toutes du calme dans l'esprit ; et
lorsqu'on est agité par l'inquiétude, une distraction
forcée, quelqu'importune qu'elle pût être, vaudrait
mieux que la continuité de la même impression. Si l'on
peut deviner comment on arrive à la folie, c'est
sûrement lorsqu'une seule pensée s'empare de l'esprit,
et ne permet plus à la succession des objets de varier
les idées. Corinne était d'ailleurs une personne d'une
imagination si vive, qu'elle se consumait elle-même
quand ses facultés n'avaient plus d'aliment au dehors.

Quelle vie succédait à celle qu'elle venait de mener
pendant près d'une année ! Oswald était auprès d'elle
presque tout le jour : il suivait tous ses mouvements ;
il accueillait avidement chacune de ses paroles : son
esprit excitait celui de Corinne. Ce qu'il y avait
d'analogie, ce qu'il y avait de différence entre eux,
animait également leur entretien ; enfin Corinne voyait
sans cesse ce regard si tendre, si doux et si constamment occupé d'elle. Quand la moindre inquiétude la
troublait, Oswald prenait sa main, il la serrait contre
son cœur, et le calme, et plus que le calme, une
espérance vague et délicieuse renaissait dans l'ame de
Corinne. Maintenant rien que d'aride au dehors, rien
que de sombre au fond du cœur ; elle n'avait d'autre
évènement, d'autre variété dans sa vie que les lettres
d'Oswald, et l'irrégularité de la poste pendant l'hiver
excitait chaque jour en elle le tourment de l'attente ; et
souvent cette attente était trompée. Elle se promenait
tous les matins sur le bord du canal, dont les eaux sont
assoupies sous le poids des larges feuilles appelées les
lis des eaux. Elle attendait la gondole noire qui
apportait les lettres de Venise ; elle était parvenue à la
distinguer à une très-grande distance, et le cœur lui
battait avec une affreuse violence dès qu'elle l'apercevait ; son messager descendait de la gondole, quelque-

fois il disait : *Madame, il n'y a point de lettres,* et continuait ensuite paisiblement le reste de ses affaires, comme si rien n'était si simple que de n'avoir point de lettres. Une autrefois il lui disait : *Oui, madame, il y en a.* Elle les parcourait toutes d'une main tremblante, et l'écriture d'Oswald ne s'offrait point à ses regards ; alors le reste du jour était affreux ; la nuit se passait sans sommeil, et le lendemain elle éprouvait la même anxiété qui absorbait toute sa journée.

Enfin elle accusa lord Nelvil de ce qu'elle souffrait : il lui sembla qu'il aurait pu lui écrire plus souvent, et elle lui en fit des reproches. Il se justifia, et déjà ses lettres devinrent moins tendres : car, au lieu d'exprimer ses propres inquiétudes, il s'occupait à dissiper celles de son amie.

Ces nuances n'échappèrent pas à la triste Corinne, qui étudiait le jour et la nuit une phrase, un mot des lettres d'Oswald, et cherchait à découvrir, en les relisant sans cesse, une réponse à ses craintes, une interprétation nouvelle qui pût lui donner quelques jours de calme.

Cet état ébranlait ses nerfs, affaiblissait la force de son esprit. Elle devenait superstitieuse et s'occupait des présages continuels qu'on peut tirer de chaque évènement, quand on est toujours poursuivi par la même crainte. Un jour par semaine elle allait à Venise, pour avoir ce jour-là ses lettres quelques heures plus tôt. Elle variait ainsi le tourment de les attendre. Au bout de quelques semaines, elle avait pris une sorte d'horreur pour tous les objets qu'elle voyait en allant et en revenant : ils étaient tous comme les spectres de ses pensées, et les retraçaient à ses yeux sous d'horribles traits.

Une fois, en entrant à l'église de Saint-Marc, elle se rappela qu'en arrivant à Venise l'idée lui était venue que peut-être, avant de partir, lord Nelvil la conduirait dans ces lieux, et l'y prendrait pour son épouse, à la

face du ciel : alors elle se livra tout entière à cette
illusion. Elle le vit entrer sous ces portiques, s'approcher de l'autel, et promettre à Dieu d'aimer toujours
Corinne. Elle pensa qu'elle se mettait à genoux devant
Oswald, et recevait ainsi la couronne nuptiale. L'orgue
qui se faisait entendre dans l'église, les flambeaux qui
l'éclairaient, animaient sa vision ; et, pour un moment,
elle ne sentit plus le vide cruel de l'absence, mais cet
attendrissement qui remplit l'ame, et fait entendre au
fond du cœur la voix de ce qu'on aime. Tout à coup un
murmure sombre fixa l'attention de Corinne ; et
comme elle se retournait, elle aperçut un cercueil
qu'on apportait dans l'église. A cet aspect elle chancela, ses yeux se troublèrent, et, depuis cet instant, elle
fut convaincue par l'imagination que son sentiment
pour Oswald serait la cause de sa mort.

CHAPITRE II.

Quand Oswald eut lu la lettre de son père, remise
par M. Dickson, il fut longtemps le plus malheureux et
le plus irrésolu de tous les hommes. Déchirer le cœur
de Corinne, ou manquer à la mémoire de son père,
c'était une alternative si cruelle, qu'il invoqua mille
fois la mort pour y échapper ; enfin il fit encore ce qu'il
avait fait tant de fois, il recula l'instant de la décision,
et se dit qu'il irait en Italie, pour rendre Corinne elle-
même juge de ses tourments et du parti qu'il devait
prendre. Il croyait que son devoir l'obligeait à ne pas
épouser Corinne. Il était libre de ne jamais s'unir à
Lucile. Mais de quelle manière pouvait-il passer sa vie
avec son amie ? Fallait-il lui sacrifier son pays ou
l'entraîner en Angleterre, sans égard pour sa réputation ni pour son sort ? Dans cette perplexité douloureuse, il serait parti pour Venise, si, de mois en mois,

on n'avait pas répandu le bruit que son régiment allait être embarqué ; il serait parti pour apprendre à Corinne ce qu'il ne pouvait encore se résoudre à lui écrire.

Cependant le ton de ses lettres fut nécessairement altéré. Il ne voulait pas écrire ce qui se passait dans son ame ; mais il ne pouvait plus s'exprimer avec le même abandon. Il avait résolu de cacher à Corinne les obstacles qu'il rencontrait dans le projet de la faire reconnaître, parcequ'il espérait y réussir encore avec le temps, et ne voulait pas l'aigrir inutilement contre sa belle-mère. Divers genres de réticences rendaient ses lettres plus courtes : il les remplissait de sujets étrangers, il ne disait rien sur ses projets futurs ; enfin, une autre que Corinne eût été certaine de ce qui se passait dans le cœur d'Oswald ; mais un sentiment passionné rend à la fois plus pénétrante et plus crédule. Il semble que dans cet état on ne puisse rien voir que d'une manière surnaturelle. On découvre ce qui est caché, et l'on se fait illusion sur ce qui est clair : car l'on est révolté de l'idée que l'on souffre à ce point, sans que rien d'extraordinaire en soit la cause, et qu'un tel désespoir est produit par des circonstances très simples.

Oswald était très malheureux, et de sa situation personnelle et de la peine qu'il devait causer à celle qu'il aimait ; et ses lettres exprimaient de l'irritation, sans en dire la cause. Il reprochait à Corinne, par une bizarrerie singulière, la douleur qu'il éprouvait, comme si elle n'eût pas été mille fois plus à plaindre que lui ; enfin il bouleversait entièrement l'ame de son amie. Elle n'était plus maîtresse d'elle-même : son esprit se troublait, ses nuits étaient remplies par les images les plus funestes ; le jour elles ne se dissipaient pas, et l'infortunée Corinne ne pouvait croire que cet Oswald, qui écrivait des lettres si dures, si agitées, si amères, fût celui qu'elle avait connu si généreux et si

tendre : elle ressentait un désir irrésistible de le revoir
encore et de lui parler. — Que je l'entende, s'écriait-
elle, qu'il me dise que c'est lui qui peut déchirer ainsi
sans pitié celle dont la moindre peine affligeait jadis si
vivement son cœur ; qu'il me le dise, et je me
soumettrai à la destinée. Mais une puissance infernale
inspire sans doute un tel langage. Ce n'est pas
Oswald ; non, ce n'est pas Oswald qui m'écrit. On m'a
calomniée près de lui ; enfin, il y a quelque perfidie,
quand il y a tant de malheur. —

Un jour, Corinne prit la résolution d'aller en Ecosse,
si toutefois l'on peut appeler une résolution la douleur
impérieuse qui force à changer de situation à tout prix ;
elle n'osait écrire à personne qu'elle partait ; elle
n'avait pu se déterminer à le dire même à Thérésine, et
elle se flattait toujours d'obtenir, de sa propre raison,
de rester. Seulement elle soulageait son imagination
par le projet d'un voyage, par une pensée différente de
celle de la veille, par un peu d'avenir mis à la place des
regrets. Elle était incapable d'aucune occupation. La
lecture lui était devenue impossible, la musique ne lui
causait qu'un tressaillement douloureux, et le spectacle de la nature, qui porte à la rêverie, redoublait
encore sa peine. Cette personne si vive passait les jours
entiers immobile, ou du moins sans aucun mouvement
extérieur. Les tourments de son ame ne se trahissaient
plus que par sa mortelle pâleur. Elle regardait sa
montre à chaque instant, espérant qu'une heure était
passée, et ne sachant pas cependant pourquoi elle
désirait que l'heure changeât de nom, puisqu'elle
n'amenait rien de nouveau qu'une nuit sans sommeil,
suivie d'un jour plus douloureux encore.

Un soir qu'elle se croyait prête à partir, une femme
fit demander à la voir : elle la reçut, parce qu'on lui dit
que cette femme paraissait le désirer vivement. Elle vit
entrer dans sa chambre une personne entièrement
contrefaite, le visage défiguré par une affreuse maladie,

vêtue de noir et couverte d'un voile, pour dérober, s'il était possible, sa vue à ceux dont elle approchait. Cette femme ainsi maltraitée par la nature se chargeait de la collecte des aumônes. Elle demanda noblement et avec une sécurité touchante des secours pour les pauvres ; Corinne lui donna beaucoup d'argent, en lui faisant promettre seulement de prier pour elle. La pauvre femme qui s'était résignée à son sort regardait avec étonnement cette belle personne si pleine de force et de vie, riche, jeune, admirée, et qui semblait cependant accablée par le malheur. — Mon Dieu ! madame, lui dit-elle, je voudrais bien que vous fussiez aussi calme que moi. — Quel mot adressé par une femme dans cet état, à la plus brillante personne d'Italie, qui succombait au désespoir !

Ah ! la puissance d'aimer est trop grande, elle l'est trop dans les ames ardentes ! Qu'elles sont heureuses celles qui consacrent à Dieu seul ce profond sentiment d'amour dont les habitants de la terre ne sont pas dignes ! Mais le temps n'en était pas encore venu pour Corinne ; il lui fallait encore des illusions, elle voulait encore du bonheur ; elle priait, mais elle n'était pas encore résignée. Ses rares talents, la gloire qu'elle avait acquise, lui donnaient encore trop d'intérêt pour elle-même. Ce n'est qu'en se détachant de tout dans ce monde qu'on peut renoncer à ce qu'on aime ; tous les autres sacrifices précèdent celui-là, et la vie peut être depuis longtemps un désert, sans que le feu qui l'a dévastée soit éteint.

Enfin, au milieu des doutes et des combats qui renversaient et renouvelaient sans cesse le plan de Corinne, elle reçut une lettre d'Oswald, qui lui annonçait que son régiment devait s'embarquer dans six semaines, et qu'il ne pouvait profiter de ce temps pour aller à Venise, parcequ'un colonel qui s'éloignerait dans un pareil moment se perdrait de réputation. Il ne restait à Corinne que le temps d'arriver en Angleterre avant que lord Nelvil s'éloignât d'Europe, et peut-être pour toujours. Cette crainte acheva de décider son départ. Il faut plaindre Corinne, car elle n'ignorait pas tout ce qu'il y avait d'inconsidéré dans sa démarche : elle se jugeait plus sévèrement que personne ; mais quelle femme aurait le droit de jeter *la première pierre* à l'infortunée qui ne justifie point sa faute, qui n'en espère aucune jouissance, mais fuit d'un malheur à l'autre, comme si des fantômes effrayants la poursuivaient de toutes parts ?

Voici les dernières lignes de sa lettre au prince Castel-Forte : « Adieu, mon fidèle protecteur, adieu, mes amis de Rome, adieu, vous tous avec qui j'ai passé des jours si doux et si faciles. C'en est fait, la destinée m'a frappée ; je sens en moi sa blessure mortelle : je me débats encore ; mais je succomberai. Il faut que je le revoie, croyez-moi, je ne suis pas responsable de moi-même ; il y a dans mon sein des orages que ma volonté ne peut gouverner. Cependant j'approche du terme où tout finira pour moi ; ce qui se passe à présent est le dernier acte de mon histoire, après viendra la pénitence et la mort. Bizarre confusion du cœur humain ! Dans ce moment même où je me conduis comme une personne si passionnée, j'aperçois cependant les ombres du déclin dans l'éloignement, et je crois entendre une voix divine qui me dit : — *Infortunée, encore ces jours d'agitation et d'amour, et je t'attends dans le repos éternel.*— O mon Dieu ! accordez-moi la présence d'Oswald encore une fois, une dernière fois. Le souvenir de ses traits s'est comme obscurci par mon désespoir. Mais n'avait-il pas quelque chose de divin dans le regard ? Ne semblait-il pas, quand il entrait, qu'un air brillant et pur annonçait son approche ? Mon ami, vous l'avez vu se placer près de moi, m'entourer de ses soins, me protéger par le respect qu'il inspirait pour son choix. Ah ! comment exister sans lui ? Pardonnez mon ingratitude. Dois-je reconnaître ainsi la constante et noble affection que vous m'avez toujours témoignée ? Mais je ne suis plus digne de rien, et je passerais pour insensée, si je n'avais pas le triste don d'observer moi-même ma folie. Adieu donc, adieu ».

CHAPITRE III.

Combien elle est malheureuse la femme délicate et sensible qui commet une grande imprudence, qui la commet pour un objet dont elle se croit moins aimée, et n'ayant qu'elle-même pour soutien de ce qu'elle fait ! Si elle hasardait sa réputation et son repos pour rendre un grand service à celui qu'elle aime, elle ne serait point à plaindre. Il est si doux de se dévouer ; il y a dans l'ame tant de délices quand on brave tous les périls pour sauver une vie qui nous est chère, pour soulager la douleur qui déchire un cœur ami du nôtre ; mais traverser ainsi seule des pays inconnus, arriver sans être attendue, rougir d'abord, devant ce qu'on aime, de la preuve même d'amour qu'on lui donne ; risquer tout parcequ'on le veut, et non parcequ'un autre vous le demande ; quel pénible sentiment ! quelle humiliation digne pourtant de pitié ! car tout ce qui vient d'aimer en mérite. Que serait-ce si l'on compromettait ainsi l'existence des autres, si l'on manquait à des devoirs envers des liens sacrés ? Mais Corinne était libre ; elle ne sacrifiait que sa gloire et son repos. Il n'y avait point de raison, point de prudence dans sa conduite, mais rien qui pût offenser une autre destinée que la sienne, et son funeste amour ne perdait qu'elle-même.

En débarquant en Angleterre, Corinne sut par les papiers publics que le départ du régiment de lord Nelvil était encore retardé. Elle ne vit à Londres que la société du banquier auquel elle était recommandée sous un nom supposé, Il s'intéressa d'abord à elle, et s'empressa, ainsi que sa femme et sa fille, à lui rendre tous les services imaginables. Elle tomba dangereusement malade en arrivant, et pendant quinze jours ses nouveaux amis la soignèrent avec la bienveillance la plus tendre. Elle apprit que lord Nelvil était en Ecosse, mais qu'il devait revenir dans peu de jours à Londres, où son régiment se trouvait alors. Elle ne savait comment se résoudre à lui annoncer qu'elle était en Angleterre. Elle ne lui avait point écrit son départ ; et son embarras était tel à cet égard, que depuis un mois Oswald n'avait point reçu de ses lettres. Il commençait à s'en inquiéter vivement : il l'accusait de légèreté, comme s'il avait eu le droit de s'en plaindre. En arrivant à Londres, il alla d'abord chez son banquier, où il espérait trouver des lettres d'Italie ; on lui dit qu'il n'y en avait point. Il sortit, et comme il réfléchissait avec peine sur ce silence, il rencontra M. Edgermond qu'il avait vu à Rome, et qui lui demanda des nouvelles de Corinne. — Je n'en sais point, répondit lord Nelvil avec humeur. — Oh ! je le crois bien, reprit M. Edgermond, ces Italiennes oublïent toujours les étrangers dès qu'elles ne les voient plus. Il y a mille exemples de cela, et il ne faut pas s'en affliger ; elles seraient trop aimables si elles avaient de la constance unie à tant d'imagination. Il faut bien qu'il reste quelque avantage à nos femmes. — Il lui serra la main en parlant ainsi, et prit congé de lui pour retourner dans la principauté de Galles, son séjour habituel ; mais il avait en peu de mots pénétré de tristesse le cœur d'Oswald. — J'ai tort, se disait-il à lui-même, j'ai tort de vouloir qu'elle me regrette, puisque je ne puis me consacrer à son bonheur. Mais oublier si vite ce qu'on a aimé, c'est flétrir le passé au moins autant que l'avenir. —

Au moment où lord Nelvil avait su la volonté de son père, il s'était résolu à ne point épouser Corinne ; mais il avait aussi formé le dessein de ne pas revoir Lucile. Il était mécontent de l'impression trop vive qu'elle avait faite sur lui, et se disait qu'étant condamné à faire tant de mal à son amie, il fallait au moins lui garder cette fidélité de cœur qu'aucun devoir ne lui ordonnait de sacrifier. Il se contenta d'écrire à lady Edgermond pour lui renouveler ses sollicitations, relativement à l'existence de Corinne ; mais elle refusa constamment de lui répondre à cet égard, et lord Nelvil comprit par ses entretiens avec M. Dickson, l'ami de lady Edgermond, que le seul moyen d'obtenir d'elle ce qu'il désirait serait d'épouser sa fille ; car elle pensait que Corinne pouvait nuire au mariage de sa sœur, si elle reprenait son vrai nom, et si sa famille la reconnaissait. Corinne ne se doutait point encore de l'intérêt que Lucile avait inspiré à lord Nelvil. La destinée lui avait jusqu'alors épargné cette douleur. Jamais cependant elle n'avait été plus digne de lui, que dans le moment même où le sort l'en séparait. Elle avait pris pendant sa maladie, au milieu des négociants simples et honnêtes chez qui elle était, un véritable goût pour les mœurs et les habitudes anglaises. Le petit nombre de personnes qu'elle voyait dans la famille qui l'avait reçue n'étaient distinguées d'aucune manière, mais possédaient une force de raison et une justesse d'esprit remarquables. On lui témoignait une affection moins expansive que celle à laquelle elle était accoutumée, mais qui se faisait connaître à chaque occasion par de nouveaux services. La sévérité de lady Edgermond, l'ennui d'une petite ville de province lui avaient fait une cruelle illusion sur tout ce qu'il y a de noble et de bon dans le pays auquel elle avait renoncé, et elle s'y rattachait dans une circonstance où, pour son bonheur du moins, il n'était peut-être plus à désirer qu'elle éprouvât ce sentiment.

CHAPITRE IV.

Un soir la famille qui comblait Corinne de marques d'amitié et d'intérêt la pressa vivement de venir voir jouer madame Siddons dans *Isabelle ou le fatal mariage*[a], l'une des pièces du théâtre anglais où cette actrice déploie le plus admirable talent. Corinne s'y refusa long-temps ; mais enfin se rappelant que lord Nelvil avait souvent comparé sa manière de déclamer avec celle de madame Siddons, elle eut la curiosité de l'entendre, et se rendit voilée dans une petite loge d'où elle pouvait tout voir sans être vue. Elle ne savait pas que Lord Nelvil était arrivé la veille à Londres ; mais elle craignait d'être aperçue par un Anglais qui l'aurait connue en Italie. La noble figure et la profonde sensibilité de l'actrice captivèrent tellement l'attention de Corinne, que, pendant les premiers actes, ses yeux ne se détournèrent pas du théâtre. La déclamation anglaise est plus propre qu'aucune autre à remuer l'ame, quand un beau talent en fait sentir la force et l'originalité. Il y a moins d'art, moins de convenu qu'en France ; l'impression qu'elle produit est plus immédiate ; le désespoir véritable s'exprimerait ainsi ; et la nature des pièces et le genre de la versification, plaçant l'art dramatique à moins de distance de la vie réelle, l'effet qu'il produit est plus déchirant. Il faut d'autant plus de génie pour être un grand acteur en France, qu'il y a fort peu de liberté pour la manière individuelle, tant les règles générales prennent d'espace[33]. Mais en Angleterre on peut tout risquer, si la nature l'inspire. Ces longs gémissements, qui paraissent ridicules quand on les raconte, font tressaillir quand on les entend. L'actrice la plus noble dans ses manières, madame Siddons, ne perd rien de sa dignité quand elle se prosterne contre terre. Il n'y a rien qui ne

puisse être admirable, quand une émotion intime y
entraîne, une émotion qui part du centre de l'ame et
domine celui qui la ressent plus encore que celui qui en
est témoin. Il y a chez les diverses nations une façon
différente de jouer la tragédie; mais l'expression de la
douleur s'entend d'un bout du monde à l'autre; et
depuis le sauvage jusqu'au roi, il y a quelque chose de
semblable dans tous les hommes, alors qu'ils sont
vraiment malheureux.

Dans l'intervalle du quatrième au cinquième acte,
Corinne remarqua que tous les regards se tournaient
vers une loge, et dans cette loge elle vit lady Edgermond et sa fille; car elle ne douta pas que ce ne fût
Lucile, bien que depuis sept ans elle fût singulièrement
embellie. La mort d'un parent très-riche de lord
Edgermond avait obligé lady Edgermond à venir à
Londres pour y régler les affaires de la succession.
Lucile s'était plus parée qu'à l'ordinaire en venant au
spectacle; et depuis long-temps, même en Angleterre
où les femmes sont si belles, il n'avait paru une
personne aussi remarquable. Corinne fut douloureusement surprise en la voyant : il lui parut impossible
qu'Oswald pût résister à la séduction d'une telle
figure. Elle se compara dans sa pensée avec elle, et se
trouva tellement inférieure, elle s'exagéra tellement,
s'il était possible de se l'exagérer, le charme de cette
jeunesse, de cette blancheur, de ces cheveux blonds, de
cette innocente image du printemps de la vie, qu'elle se
sentit presque humiliée de lutter par le talent, par
l'esprit, par les dons acquis enfin, ou du moins
perfectionnés, avec ces graces prodiguées par la nature
elle-même.

Tout à coup elle aperçut, dans la loge opposée, lord
Nelvil dont les regards étaient fixés sur Lucile. Quel
moment pour Corinne ! elle revoyait, pour la première
fois, ces traits qui l'avaient tant occupée; ce visage
qu'elle cherchait dans son souvenir à chaque instant,

bien qu'il n'en fût jamais effacé, elle le revoyait; et c'était lorsque Lucile occupait seule Oswald. Sans doute il ne pouvait soupçonner la présence de Corinne; mais si ses yeux s'étaient dirigés par hasard sur elle, l'infortunée en aurait tiré quelques présages de bonheur. Enfin madame Siddons reparut, et lord Nelvil se tourna vers le théâtre pour la considérer. Corinne alors respira plus à l'aise, et se flatta qu'un simple mouvement de curiosité avait attiré l'attention d'Oswald sur Lucile. La pièce devenait à tous les moments plus touchante, et Lucile était baignée de pleurs, qu'elle cherchait à cacher en se retirant dans le fond de sa loge. Alors Oswald la regarda de nouveau avec plus d'intérêt encore que la première fois. Enfin il arriva ce moment terrible où Isabelle, s'étant échappée des mains des femmes qui veulent l'empêcher de se tuer, rit, en se donnant un coup de poignard, de l'inutilité de leurs efforts. Ce rire du désespoir est l'effet le plus difficile et le plus remarquable que le jeu dramatique puisse produire; il émeut bien plus que les larmes : cette amère ironie du malheur est son expression la plus déchirante. Qu'elle est terrible la souffrance du cœur, quand elle inspire une si barbare joie, quand elle donne, à l'aspect de son propre sang, le contentement féroce d'un sauvage ennemi qui se serait vengé!

Alors sans doute Lucile fut tellement attendrie que sa mère s'en alarma, car on la vit se retourner avec inquiétude de son côté : Oswald se leva comme s'il voulait aller vers elle; mais bientôt après il se rassit. Corinne eut quelque joie de ce second mouvement; mais elle se dit en soupirant : — Lucile ma sœur, qui m'était si chère autrefois, est jeune et sensible; dois-je vouloir lui ravir un bien dont elle pourrait jouir sans obstacle, sans que celui qu'elle aimerait lui fît aucun sacrifice? — La pièce finie, Corinne voulut laisser sortir tout le monde avant de s'en aller, de peur d'être

reconnue, et elle se mit derrière une petite ouverture de
sa loge d'où elle pouvait apercevoir ce qui se passait
dans le corridor. Au moment où Lucile sortit, la foule
se rassembla pour la voir, et l'on entendait de tous les
côtés des exclamations sur sa ravissante figure. Lucile
se troublait de plus en plus. Lady Edgermond, infirme
et malade, avait de la peine à fendre la presse, malgré
les soins de sa fille et les égards qu'on leur témoignait ;
mais elles ne connaissaient personne, et nul homme
par conséquent n'osait les aborder. Lord Nelvil voyant
leur embarras se hâta de s'approcher d'elles. Il offrit
un bras à lady Edgermond et l'autre à Lucile, qui le
prit timidement en baissant la tête et rougissant à
l'excès. Ils passèrent ainsi devant Corinne : Oswald
n'imaginait pas que sa pauvre amie fût témoin d'un
spectacle si douloureux pour elle ; car il avait une
légère nuance d'orgueil en conduisant ainsi la plus
belle personne d'Angleterre à travers les admirateurs
sans nombre qui suivaient ses pas.

CHAPITRE V.

Corinne revint chez elle cruellement troublée, et ne
sachant point quelle résolution elle prendrait, comment elle ferait connaître à Lord Nelvil son arrivée, et
ce qu'elle lui dirait pour la motiver ; car à chaque
instant elle perdait de sa confiance dans le sentiment
de son ami, et il lui semblait quelquefois que c'était un
étranger qu'elle allait revoir, un étranger qu'elle
aimait avec passion, mais qui ne la reconnaîtrait plus.
Elle envoya chez lord Nelvil le lendemain au soir, et
elle apprit qu'il était chez lady Edgermond : le jour
suivant, la même réponse lui fut rapportée ; mais on lui
dit aussi que lady Edgermond était malade, et qu'elle
repartirait pour sa terre dès qu'elle serait guérie.

Corinne attendait ce moment pour faire savoir à lord
Nelvil qu'elle était en Angleterre ; mais tous les soirs
elle sortait, passait devant la maison de lady Edgermond, et voyait à sa porte la voiture d'Oswald. Un
inexprimable serrement de cœur l'oppressait ; et
retournant chez elle, elle recommençait le lendemain
la même course pour éprouver la même douleur.
Corinne avait tort cependant, quand elle se persuadait
qu'Oswald allait chez lady Edgermond dans l'intention d'épouser sa fille.

Le jour du spectacle, lady Edgermond lui avait dit,
pendant qu'il la conduisait à sa voiture, que la
succession du parent de lord Edgermond, qui était
mort dans l'Inde, concernait Corinne autant que sa
fille, et qu'elle le priait en conséquence de passer chez
elle pour se charger de faire savoir en Italie les divers
arrangements qu'elle voulait prendre à cet égard.
Oswald promit d'y aller, et il lui sembla que, dans cet
instant, la main de Lucile qu'il tenait avait tremblé. Le
silence de Corinne pouvait lui faire croire qu'il n'était
plus aimé, et l'émotion de cette jeune fille devait lui
donner l'idée qu'il l'intéressait au fond du cœur.
Cependant il n'avait pas l'idée de manquer à la
promesse qu'il avait donnée à Corinne, et l'anneau
qu'elle possédait était un gage assuré que jamais il
n'en épouserait une autre sans son consentement. Il
retourna chez lady Edgermond le lendemain pour
soigner les intérêts de Corinne ; mais lady Edgermond
était si malade, et sa fille tellement inquiète de se
trouver ainsi seule à Londres, sans aucun parent
(M. Edgermond n'y étant pas), sans savoir seulement
à quel médecin il fallait s'adresser, qu'Oswald crut de
son devoir envers l'amie de son père de consacrer tout
son temps à la soigner.

Lady Edgermond, naturellement âpre et fière, semblait ne s'adoucir que pour Oswald : elle le laissait
venir tous les jours chez elle, sans qu'il prononçât un

seul mot qui pût faire supposer l'intention d'épouser sa
fille. Le nom et la beauté de Lucile en faisaient l'un des
plus brillants partis de l'Angleterre ; et depuis qu'elle
avait paru au spectacle, et qu'on la savait à Londres,
sa porte était assiégée par les visites des plus grands
seigneurs du pays. Lady Edgermond refusait constamment de recevoir personne : elle ne sortait jamais et ne
recevait que lord Nelvil. Comment n'aurait-il pas été
flatté d'une conduite si délicate ? Cette générosité
silencieuse qui s'en remettait à lui sans rien demander,
sans se plaindre de rien, le touchait vivement, et
cependant chaque fois qu'il allait dans la maison de
lady Edgermond, il craignait que sa présence ne fût
interprétée comme un engagement. Il eût cessé d'y
aller, dès que les intérêts de Corinne ne l'y auraient
plus attiré, si lady Edgermond avait recouvré sa santé.
Mais au moment où on la croyait mieux, elle retomba
malade de nouveau, plus dangereusement que la
première fois ; et si elle était morte dans ce moment,
Lucile n'aurait eu à Londres d'autre appui qu'Oswald,
puisque sa mère ne formait de relations avec personne.

Lucile ne s'était pas permis un seul mot qui dût faire
croire à lord Nelvil qu'elle le préférait ; mais il pouvait
le supposer quelquefois par une altération légère et
subite dans la couleur de son teint, par des yeux trop
promptement baissés, par une respiration plus rapide ;
enfin il étudiait le cœur de cette jeune fille avec un
intérêt curieux et tendre, et sa complète réserve lui
laissait toujours du doute et de l'incertitude sur la
nature de ses sentiments. Le plus haut point de la
passion, et l'éloquence qu'elle inspire, ne suffisent pas
encore à l'imagination ; on désire toujours quelque
chose de plus, et ne pouvant l'obtenir, l'on se refroidit
et on se lasse, tandis que la faible lueur qu'on aperçoit
à travers les nuages tient long-temps la curiosité en
suspens, et semble promettre dans l'avenir de nouveaux sentiments et des découvertes nouvelles. Cette

attente cependant n'est point satisfaite ; et quand on
sait à la fin ce que cache tout ce charme du silence et
de l'inconnu, le mystère aussi se flétrit, et l'on en
revient à regretter l'abandon et le mouvement d'un
caractère animé. Hélas ! de quelle manière prolonger
cet enchantement du cœur, ces délices de l'ame, que la
confiance et le doute, le bonheur et le malheur
dissipent également à la longue, tant les jouissances
célestes sont étrangères à notre destinée ! Elles traversent notre cœur quelquefois, seulement pour nous
rappeler notre origine et notre espoir.

Lady Edgermond se trouvant mieux fixa son départ
à deux jours de là, pour aller en Écosse, où elle voulait
visiter la terre de lord Edgermond, qui était voisine de
celle de lord Nelvil. Elle s'attendait qu'il lui proposerait de l'y accompagner, puisqu'il avait annoncé le
projet de retourner en Écosse avant le départ de son
régiment. Mais il n'en dit rien. Lucile le regarda dans
ce moment, et néanmoins il se tut. Elle se hâta de se
lever, et s'approcha de la fenêtre. Peu de moments
après, lord Nelvil prit un prétexte pour aller vers elle,
et il lui sembla que ses yeux étaient mouillés de
pleurs : il en fut ému, soupira, et l'oubli dont il
accusait son amie revenant de nouveau à sa mémoire,
il se demanda si cette jeune fille n'était pas plus
capable que Corinne d'un sentiment fidèle.

Oswald cherchait à réparer la peine qu'il venait de
causer à Lucile. On a tant de plaisir à ramener la joie
sur un visage encore enfant ! Le chagrin n'est pas fait
pour ces physionomies où la réflexion même n'a point
encore laissé de traces. Le régiment de lord Nelvil
devait être passé en revue le lendemain matin à
Hydepark ; il demanda donc à lady Edgermond si elle
voulait y aller en calèche avec sa fille, et si elle lui
permettrait, après la revue, de faire une promenade à
cheval avec Lucile, à côté de sa voiture. Lucile avait
dit une fois qu'elle avait grande envie de monter à

cheval, Elle regarda sa mère avec une expression toujours soumise, mais où l'on pouvait remarquer cependant le désir d'obtenir un consentement. Lady Edgermond se recueillit quelques instants ; puis tendant à lord Nelvil sa faible main qui dépérissait chaque jour davantage, elle lui dit : — Si vous le demandez, mylord, j'y consens. — Ces mots firent tant d'impression sur Oswald, qu'il allait renoncer luimême à ce qu'il avait proposé : mais tout à coup Lucile, avec une vivacité qu'elle n'avait pas encore montrée, prit la main de sa mère, et la baisa pour la remercier. Lord Nelvil alors n'eut pas le courage de priver d'un amusement cette innocente créature, qui menait une vie si solitaire et si triste.

CHAPITRE VI.

Corinne, depuis quinze jours, ressentait l'anxiété la plus cruelle : chaque matin elle hésitait si elle écrirait à lord Nelvil pour lui apprendre où elle était, et chaque soir se passait dans l'inexprimable douleur de le savoir chez Lucile. Ce qu'elle souffrait le soir la rendait plus timide pour le lendemain. Elle rougissait d'apprendre à celui qui ne l'aimait peut-être plus la démarche inconsidérée qu'elle avait faite pour lui. — Peut-être, se disait-elle souvent, tous les souvenirs d'Italie sontils effacés de sa mémoire ? Peut-être n'a-t-il plus besoin de trouver dans les femmes un esprit supérieur, un cœur passionné ? Ce qui lui plaît à présent, c'est l'admirable beauté de seize ans, l'expression angélique de cet âge, l'ame timide et neuve qui consacre à l'objet de son choix les premiers sentiments qu'elle ait jamais éprouvés. —

L'imagination de Corinne était tellement frappée des avantages de sa sœur, qu'elle avait presque honte

de lutter avec de tels charmes. Il lui semblait que le
talent même était une ruse, l'esprit une tyrannie, la
passion une violence à côté de cette innocence désar-
mée; et bien que Corinne n'eût pas encore vingt-huit
ans, elle pressentait déjà cette époque de la vie où les
femmes se défient avec tant de douleur de leurs
moyens de plaire. Enfin la jalousie et une timidité fière
se combattaient dans son ame; elle renvoyait de jour
en jour le moment tant craint, et tant désiré, où elle
devait revoir Oswald. Elle apprit que son régiment
serait passé en revue le lendemain à Hydepark, et elle
résolut d'y aller. Elle pensa qu'il était possible que
Lucile s'y trouvât, et elle s'en fiait à ses propres yeux
pour juger des sentiments d'Oswald. D'abord elle
avait l'idée de se parer avec soin, et de se montrer
ensuite subitement à lui; mais en commençant sa
toilette, ses cheveux noirs, son teint un peu bruni par le
soleil d'Italie, ses traits prononcés, mais dont elle ne
pouvait pas juger l'expression en se regardant, lui
inspirèrent du découragement sur ses charmes. Elle
voyait toujours dans son miroir le visage aérien de sa
sœur, et rejetant loin d'elle toutes les parures qu'elle
avait essayées, elle se revêtit d'une robe noire à la
vénitienne, couvrit son visage et sa taille avec la mante
qu'on porte dans ce pays, et se jeta ainsi dans le fond
d'une voiture.

A peine fut-elle dans Hydepark, qu'elle vit paraître
Oswald à la tête de son régiment. Il avait dans son
uniforme la plus belle et la plus imposante figure du
monde; il conduisait son cheval avec une grace et une
dextérité parfaites. La musique qu'on entendait avait
quelque chose de fier et de doux tout à la fois, qui
conseillait noblement le sacrifice de la vie. Une
multitude d'hommes élégamment et simplement vêtus,
des femmes belles et modestes, portaient sur le visage,
les uns l'empreinte des vertus mâles, les autres des
vertus timides. Les soldats du régiment d'Oswald

semblaient le regarder avec confiance et dévouement. On joua le fameux air, *Dieu sauve le Roi*, qui touche si profondément tous les cœurs en Angleterre. Et Corinne s'écria : — Oh ! respectable pays, qui deviez être ma patrie, pourquoi vous ai-je quitté ? Qu'importait plus ou moins de gloire personnelle, au milieu de tant de vertus ; et quelle gloire valait celle, ô Nelvil, d'être ta digne épouse ! —

Les instruments militaires qui se firent entendre retracèrent à Corinne les dangers qu'Oswald allait courir. Elle le regarda long-temps sans qu'il pût l'apercevoir, et se disait, les yeux pleins de larmes : — Qu'il vive, quand ce ne serait pas pour moi ! O mon Dieu ! c'est lui qu'il faut conserver. — Dans ce moment la voiture de lady Edgermond arriva ; lord Nelvil la salua respectueusement, en baissant devant elle la pointe de son épée. Cette voiture passa et repassa plusieurs fois. Tous ceux qui voyaient Lucile l'admiraient ; Oswald la considérait avec des regards qui perçaient le cœur de Corinne. L'infortunée les connaissait ces regards ; ils avaient été tournés sur elle.

Les chevaux que lord Nelvil avait prêtés à Lucile parcouraient avec la plus brillante vitesse les allées de Hydepark, tandis que la voiture de Corinne s'avançait lentement, presque comme un convoi funèbre, derrière les coursiers rapides et leur bruit tumultueux. — Ah ! ce n'était pas ainsi, pensait Corinne, non, ce n'était pas ainsi que je me rendais au Capitole la première fois que je l'ai rencontré : il m'a précipitée du char de triomphe dans l'abîme des douleurs. Je l'aime, et toutes les joies de la vie ont disparu. Je l'aime, et tous les dons de la nature sont flétris. Pardonnez-lui, mon Dieu ! quand je ne serai plus. — Oswald passait à cheval, à côté de la voiture où était Corinne. La forme italienne de l'habit noir qui l'enveloppait le frappa singulièrement. Il s'arrêta, fit le tour de cette voiture, revint sur ses pas pour la revoir encore, et tâcha d'apercevoir

quelle était la femme qui s'y tenait cachée. Le cœur de
Corinne battait pendant ce temps avec une extrême
violence, et tout ce qu'elle redoutait, c'était de s'évanouir, et d'être ainsi découverte ; mais elle résista
cependant à son émotion, et lord Nelvil perdit l'idée
qui l'avait d'abord occupé. Quand la revue fut finie,
Corinne, pour ne pas attirer davantage l'attention
d'Oswald, descendit de voiture pendant qu'il ne
pouvait la voir, et se plaça derrière les arbres et la
foule, de manière à n'être pas aperçue. Oswald alors
s'approcha de la calèche de lady Edgermond, et lui
montrant un cheval très doux que ses gens avaient
amené, il demanda pour Lucile la permission de
monter ce cheval à côté de la voiture de sa mère. Lady
Edgermond y consentit, en lui recommandant beaucoup de veiller sur sa fille. Lord Nelvil était descendu
de cheval ; il parlait chapeau bas, à la portière de lady
Edgermond, avec une expression si respectueuse et si
sensible en même temps, que Corinne n'y voyait que
trop un attachement pour la mère, animé par l'attrait
qu'inspirait la fille.

Lucile descendit de voiture. Elle avait un habit de
cheval qui dessinait à ravir l'élégance de sa taille ; sur
sa tête, un chapeau noir, orné de plumes blanches, et
ses beaux cheveux blonds, légers comme l'air, tombaient avec grace sur son charmant visage. Oswald
baissa la main de manière que Lucile pût y poser son
pied pour monter sur le cheval. Lucile s'attendait que
ce serait un de ses gens qui lui rendrait ce service. Elle
rougit en le recevant de lord Nelvil. Il insista : Lucile
enfin mit sur cette main un pied charmant, et s'élança
si légèrement à cheval, que tous ses mouvements
donnaient l'idée d'une de ces sylphides que l'imagination nous peint avec des couleurs si délicates. Elle
partit au galop. Oswald la suivit, et ne la perdit pas de
vue. Une fois le cheval fit un faux pas. A l'instant lord
Nelvil l'arrêta, examina la bride et le mords avec une

aimable anxiété. Une autre fois il crut à tort que le cheval s'emportait, il devint pâle comme la mort, et poussant son propre cheval avec une incroyable ardeur, dans une seconde il atteignit celui de Lucile, descendit et se précipita devant elle. Lucile, ne pouvant plus retenir son cheval, frémissait à son tour de renverser Oswald ; mais d'une main il saisit la bride, et de l'autre il soutint Lucile, qui en sautant s'appuya légèrement sur lui.

Que fallait-il de plus pour convaincre Corinne du sentiment d'Oswald pour Lucile ? Ne voyait-elle pas tous les signes d'intérêt qu'il lui avait autrefois prodigués ? Et même, pour son éternel désespoir, ne croyait-elle pas apercevoir dans les regards de lord Nelvil plus de timidité, plus de réserve qu'il n'en avait dans le temps de son amour pour elle ? Deux fois elle tira l'anneau de son doigt ; elle était prête à fendre la foule pour le jeter aux pieds d'Oswald ; et l'espoir de mourir à l'instant même l'encourageait dans cette résolution. Mais quelle est la femme, née même sous le soleil du midi, qui peut, sans frissonner, attirer sur ses sentiments l'attention de la multitude. Bientôt Corinne frémit à la pensée de se montrer à lord Nelvil dans cet instant, et sortit de la foule pour rejoindre sa voiture. Comme elle traversait une allée solitaire, Oswald vit encore de loin cette même figure noire qui l'avait frappé, et l'impression qu'elle produisit sur lui cette fois fut beaucoup plus vive. Cependant il attribua l'émotion qu'il en ressentait au remords d'avoir été dans ce jour, pour la première fois, infidèle au fond de son cœur à l'image de Corinne ; et, rentré chez lui, il prit à l'instant la résolution de repartir pour l'Écosse, puisque son régiment ne s'embarquait pas encore de quelque temps.

CHAPITRE VII.

Corinne retourna chez elle dans un état de douleur qui troublait sa raison, et dès ce moment ses forces furent pour jamais affaiblies. Elle résolut d'écrire à lord Nelvil pour lui apprendre, et son arrivée en Angleterre, et tout ce qu'elle avait souffert depuis qu'elle y était. Elle commença cette lettre d'abord remplie des plus amers reproches, et puis elle la déchira. — Que signifient les reproches en amour, s'écria-t-elle ; ce sentiment serait-il le plus intime, le plus pur, le plus généreux des sentiments, s'il n'était pas en tout involontaire ? Que ferai-je donc avec mes plaintes ? Une autre voix, un autre regard ont le secret de son ame ; tout n'est-il donc pas dit ? — Elle recommença sa lettre, et cette fois elle voulut peindre à lord Nelvil la monotonie qu'il pourrait trouver dans son union avec Lucile. Elle essayait de lui prouver que, sans une parfaite harmonie de l'ame et de l'esprit, aucun bonheur de sentiment n'était durable ; et puis elle déchira cette lettre encore plus vivement que la première. — S'il ne sait pas ce que je vaux, disait-elle, est-ce moi qui le lui apprendrai ? Et d'ailleurs dois-je parler ainsi de ma sœur ? Est-il vrai qu'elle me soit inférieure autant que je cherche à me le persuader ? Et quand elle le serait, est-ce à moi qui, comme une mère, l'ai pressée dans son enfance contre mon cœur, est-ce à moi qu'il appartiendrait de le dire ? Ah ! non, il ne faut pas vouloir ainsi son propre bonheur à tout prix. Elle passe, cette vie pendant laquelle on a tant de désirs ; et long-temps même avant la mort, quelque chose de doux et de rêveur nous détache par degrés de l'existence. —

Elle reprit encore une fois la plume, et ne parla que de son malheur ; mais en l'exprimant elle éprouvait une telle pitié d'elle-même, qu'elle couvrait son papier de ses larmes ! — Non, dit-elle encore, il ne faut pas envoyer cette lettre ; s'il y résiste, je le haïrai ; s'il y cède, je ne saurai pas s'il n'a pas fait un sacrifice, s'il ne conserve pas le souvenir d'une autre. Il vaut mieux le voir, lui parler, lui remettre cet anneau, gage de ses promesses ; et elle se hâta de l'envelopper dans une lettre où elle n'écrivit que ces mots : *Vous êtes libre.* Et mettant la lettre dans son sein, elle attendit que le soir approchât pour aller chez Oswald. Il lui sembla qu'en plein jour elle eût rougi devant tous ceux qui l'auraient regardée, et cependant elle voulait devancer le moment où lord Nelvil avait coutume d'aller chez lady Edgermond. A six heures donc elle partit, mais en tremblant comme une esclave condamnée. On a si peur de ce qu'on aime quand une fois la confiance est perdue ! Ah ! l'objet d'une affection passionnée est à nos yeux, ou le protecteur le plus sûr, ou le maître le plus redoutable.

Corinne fit arrêter sa voiture devant la porte de lord Nelvil, et demanda d'une voix tremblante à l'homme qui ouvrait cette porte s'il était chez lui. *Depuis une demi-heure,* madame, répondit-il, *mylord est parti pour l'Écosse.* Cette nouvelle serra le cœur de Corinne : elle tremblait de voir Oswald ; mais cependant son ame allait au-devant de cette inexprimable émotion. L'effort était fait, elle se croyait près d'entendre sa voix, et il fallait maintenant prendre une nouvelle résolution pour le retrouver, attendre encore plusieurs jours, et condescendre à une démarche de plus. Néanmoins, à tout prix alors, Corinne voulait le revoir. Le lendemain donc, elle partit pour Edimbourg.

CHAPITRE VIII.

Avant de quitter Londres, lord Nelvil était retourné chez son banquier, et quand il sut qu'aucune lettre de Corinne n'était arrivée, il se demanda avec amertume s'il devait sacrifier un bonheur domestique, certain et durable, à une personne qui peut-être ne se ressouvenait plus de lui. Cependant il résolut d'écrire encore en Italie, comme il l'avait déjà fait plusieurs fois depuis six semaines, pour demander à Corinne la cause de son silence, et pour lui déclarer encore que, tant qu'elle ne lui renverrait pas son anneau, il ne serait jamais l'époux d'une autre. Il fit son voyage dans des dispositions très pénibles : il aimait Lucile presque sans la connaître, car il ne lui avait pas entendu prononcer vingt paroles ; mais il regrettait Corinne, et s'affligeait des circonstances qui les séparaient ; tour à tour le charme timide de l'une le captivait ; et il se retraçait la grace brillante, l'éloquence sublime de l'autre. Si dans ce moment il avait su que Corinne l'aimait plus que jamais, qu'elle avait tout quitté pour le suivre, il n'aurait jamais revu Lucile : mais il se croyait oublié ; et réfléchissant sur le caractère de Lucile et sur celui de Corinne, il se disait qu'un extérieur froid et réservé cachait souvent les sentiments les plus profonds : il se trompait. Les ames passionnées se trahissent de mille manières, et ce que l'on contient toujours est bien faible.

Une circonstance vint ajouter encore à l'intérêt que Lucile inspirait à lord Nelvil. En retournant dans sa terre il passa si près de celle qui appartenait à lady Edgermond, que la curiosité l'y conduisit. Il se fit ouvrir le cabinet où Lucile avait coutume de travailler. Ce cabinet était rempli par les souvenirs du temps que le père d'Oswald y avait passé près de Lucile pendant

que son fils était en France. Elle avait élevé un
piédestal de marbre à la place même où peu de mois
avant sa mort il lui donnait des leçons, et sur ce
piédestal était gravé : *A la mémoire de mon second père.*
Enfin, un livre était posé sur la table. Oswald l'ouvrit ;
il y reconnut le recueil des pensées de son père, et sur
la première page il trouva ces mots écrits par son père
lui-même : *A celle qui m'a consolé dans mes peines, à l'ame la
plus pure, à la femme angélique qui fera la gloire et le bonheur
de son époux.* Avec quelle émotion Oswald lut ces lignes
où l'opinion de celui qu'il révérait était si vivement
exprimée ! Il crut voir dans ce silence la délicatesse la
plus rare, la crainte de forcer son choix par l'idée d'un
devoir ; enfin il fut frappé de ces paroles : *A celle qui m'a
consolé dans mes peines !* — C'est donc Lucile, s'écria-t-il,
c'est elle qui adoucissait le mal que je faisais à mon
père, et je l'abandonnerais quand sa mère est mourante, quand elle n'aura plus que moi pour consolateur ! Ah ! Corinne, vous si brillante, si recherchée,
avez-vous besoin, comme Lucile, d'un ami fidèle et
dévoué ? — Elle n'était plus brillante, elle n'était plus
recherchée, cette Corinne qui errait seule d'auberge en
auberge, ne voyant pas même celui pour qui elle avait
tout quitté, et n'ayant pas la force de s'en éloigner. Elle
était tombée malade dans une petite ville à moitié
chemin d'Edimbourg, et n'avait pu, malgré ses efforts,
continuer sa route. Elle pensait souvent, pendant les
longues nuits de ses souffrances, que, si elle était morte
dans ce lieu, Thérésine seule aurait su son nom et
l'aurait inscrit sur sa tombe. Quel changement, quel
sort pour une femme qui ne pouvait pas faire un pas en
Italie sans que la foule des hommages se précipitât sur
ses pas ! Et faut-il qu'un seul sentiment dépouille ainsi
toute la vie ? Enfin, après huit jours d'angoisses
inexprimables, elle reprit sa triste route, car, bien que
l'espérance de voir Oswald en fût le terme, il y avait
tant de pénibles sentiments confondus avec cette vive

attente, que son cœur n'en éprouvait qu'une inquiétude douloureuse. Avant d'arriver à la demeure de
lord Nelvil, Corinne eut le désir de s'arrêter quelques
heures dans la terre de son père, qui n'en était pas
éloignée, et où lord Edgermond avait ordonné que son
tombeau fût placé. Elle n'y avait point été depuis ce
temps, et elle n'avait passé dans cette terre qu'un mois,
seule avec son père. C'était l'époque la plus heureuse
de son séjour en Angleterre. Ces souvenirs lui inspiraient le besoin de revoir son habitation, et elle ne
croyait pas que lady Edgermond dût y être déjà.

A quelques milles du château, Corinne aperçut sur
le grand chemin une voiture renversée. Elle fit arrêter
la sienne, et vit sortir de celle qui était brisée, un
vieillard très-effrayé de la chute qu'il venait de faire.
Corinne se hâta de le secourir, et lui offrit de le
conduire elle-même jusqu'à la ville voisine. Il accepta
avec reconnaissance, et dit qu'il se nommait
M. Dickson. Corinne reconnut ce nom qu'elle avait
sonvent entendu prononcer à lord Nelvil. Elle dirigea
l'entretien de manière à faire parler ce bon vieillard sur
le seul objet qui l'intéressait dans la vie. M. Dickson
était l'homme du monde qui causait le plus volontiers ;
et ne se doutant pas que Corinne, dont il ignorait le
nom, et qu'il prenait pour une Anglaise, eût aucun
intérêt particulier dans les questions qu'elle lui faisait,
il se mit à dire tout ce qu'il savait avec le plus grand
détail ; et comme il désirait de plaire à Corinne, dont
les soins l'avaient touché, il fut indiscret pour
l'amuser.

Il raconta comment il avait appris lui-même à lord
Nelvil que son père s'était opposé d'avance au mariage
qu'il voulait contracter maintenant, et fit l'extrait de la
lettre qu'il lui avait remise, en répétant plusieurs fois
ces mots qui perçaient le cœur de Corinne : *Son père lui
a défendu d'épouser cette Italienne ; ce serait outrager sa
mémoire que de braver sa volonté.*

M. Dickson ne se borna point encore à ces cruelles
paroles ; il affirma de plus, qu'Oswald aimait Lucile,
que Lucile l'aimait ; que lady Edgermond souhaitait
vivement ce mariage, mais qu'un engagement pris en
Italie empêchait lord Nelvil d'y consentir. — Quoi ! dit
Corinne à M. Dickson, en tâchant de contenir le
trouble affreux qui l'agitait, vous croyez que c'est
seulement à cause de l'engagement qu'il a contracté,
que lord Nelvil ne se marie pas avec miss Lucile
Edgermond ? — J'en suis bien sûr, reprit M. Dickson,
charmé d'être interrogé de nouveau ; il y a trois jours
encore, j'ai vu lord Nelvil, et, bien qu'il ne m'ait pas
expliqué la nature des liens qu'il avait formés en Italie,
il m'a dit ces propres paroles, que j'ai mandées à lady
Edgermond : *Si j'étais libre j'épouserais Lucile.* — S'il
était libre ! répéta Corinne ; — et dans ce moment sa
voiture s'arrêta devant la porte de l'auberge où elle
conduisait M. Dickson. Il voulut la remercier, lui
demander dans quel lieu il pourrait la revoir. Corinne
ne l'entendait plus. Elle lui serra la main sans pouvoir
lui répondre, et le quitta sans avoir prononcé un seul
mot. Il était tard ; cependant elle voulut aller encore
dans les lieux où reposaient les cendres de son père. Le
désordre de son esprit lui rendait ce pèlerinage sacré,
plus nécessaire que jamais.

CHAPITRE IX.

Lady Edgermond était depuis deux jours à sa terre,
et ce soir-là même il y avait un grand bal chez elle.
Tous ses voisins, tous ses vassaux lui avaient demandé
de se réunir pour célébrer son arrivée ; Lucile l'avait
aussi désiré, peut-être dans l'espoir qu'Oswald y
viendrait ; en effet, il y était lorsque Corinne arriva.
Elle vit beaucoup de voitures dans l'avenue, et fit

arrêter la sienne à quelques pas ; elle descendit, et reconnut le séjour où son père lui avait témoigné les sentiments les plus tendres. Quelle différence entre ces temps qu'elle croyait alors malheureux et sa situation actuelle ! C'est ainsi que dans la vie on est puni des peines de l'imagination par les chagrins réels, qui n'apprennent que trop à connaître le véritable malheur.

Corinne fit demander pourquoi le château était illuminé et quelles étaient les personnes qui s'y trouvaient dans ce moment. Le hasard fit que le domestique de Corinne interrogea l'un de ceux que lord Nelvil avait pris à son service en Angleterre, et qui se trouvait là dans ce moment. Corinne entendit sa réponse. — *C'est un bal,* dit-il, *que donne aujourd'hui lady Edgermond ; et lord Nelvil, mon maître,* ajouta-t-il, *a ouvert ce bal avec miss Lucile Edgermond, l'héritière de ce château.* A ces mots, Corinne frémit, mais elle ne changea point de résolution. Une âpre curiosité l'entraînait à se rapprocher des lieux où tant de douleurs la menaçaient ; elle fit signe à ses gens de s'éloigner, et elle entra seule dans le parc, qui se trouvait ouvert, et dans lequel à cette heure l'obscurité permettait de se promener longtemps sans être vue. Il était dix heures ; et depuis que le bal avait commencé, Oswald dansait avec Lucile ces contredanses anglaises que l'on recommence cinq ou six fois dans la soirée ; mais toujours le même homme danse avec la même femme, et la plus grande gravité règne quelquefois dans cette partie de plaisir.

Lucile dansait noblement, mais sans vivacité. Le sentiment même qui l'occupait ajoutait à son sérieux naturel : comme on était curieux dans le canton de savoir si elle aimait lord Nelvil, tout le monde la regardait avec plus d'attention encore que de coutume, ce qui l'empêchait de lever les yeux sur Oswald ; et sa timidité était telle, qu'elle ne voyait ni n'entendait rien. Ce trouble et cette réserve touchèrent beaucoup

lord Nelvil dans le premier moment; mais comme
cette situation ne variait pas, il commençait un peu à
s'en fatiguer, et comparait cette longue rangée d'hommes et de femmes, et cette musique monotone, avec la
grace animée des airs et des danses d'Italie. Cette
réflexion le fit tomber dans une profonde rêverie, et
Corinne eût encore goûté quelques instants de bonheur si elle avait pu connaître alors les sentiments de
lord Nelvil. Mais l'infortunée[a] qui se sentait étrangère
sur le sol paternel, isolée près de celui qu'elle avait
espéré pour époux, parcourait au hasard les sombres
allées d'une demeure qu'elle pouvait autrefois considérer comme la sienne. La terre manquait sous ses pas, et
l'agitation de la douleur lui tenait seule lieu de force;
peut-être pensait-elle qu'elle rencontrerait Oswald
dans le jardin; mais elle ne savait pas elle-même ce
qu'elle désirait.

Le château était placé sur une hauteur, au pied de
laquelle coulait une rivière. Il y avait beaucoup
d'arbres sur l'un des bords, mais l'autre n'offrait que
des rochers arides et couverts de bruyère. Corinne en
marchant se trouva près de la rivière; elle entendit là
tout à la fois la musique de la fête et le murmure des
eaux. La lueur des lampions du bal se réfléchissait
d'en haut jusqu'au milieu des ondes, tandis que le pâle
reflet de la lune éclairait seul les campagnes désertes
de l'autre rive. On eût dit que dans ces lieux, comme
dans la tragédie de Hamlet, les ombres erraient autour
du palais où se donnaient les festins.

L'infortunée Corinne, seule, abandonnée, n'avait
qu'un pas à faire pour se plonger dans l'éternel oubli.
— Ah! s'écria-t-elle, si demain, lorsqu'il se promènera
sur ces bords avec la bande joyeuse de ses amis, ses
pas triomphants heurtaient contre les restes de celle
qu'une fois pourtant il a aimée, n'aurait-il pas une
émotion qui me vengerait, une douleur qui ressemblerait à ce que je souffre? Non, non, reprit-elle, ce n'est

pas la vengeance qu'il faut chercher dans la mort, mais le repos. — Elle se tut, et contempla de nouveau cette rivière qui coulait si vite et néanmoins si régulièrement, cette nature si bien ordonnée, quand l'ame humaine est toute en tumulte ; elle se rappela le jour où lord Nelvil se précipita dans la mer pour sauver un vieillard. — Qu'il était bon alors ! s'écria Corinne ; hélas ! dit-elle en pleurant, peut-être l'est-il encore ! Pourquoi le blâmer, parceque je souffre ? peut-être ne le sait-il pas, peut-être s'il me voyait....... — Et tout à coup elle prit la résolution de faire demander lord Nelvil, au milieu de cette fête, et de lui parler à l'instant. Elle remonta vers le château avec l'espèce de mouvement que donne une décision nouvellement prise, une décision qui succède à de longues incertitudes ; mais en approchant elle fut saisie d'un tel tremblement, qu'elle fut obligée de s'asseoir sur un banc de pierre qui était devant les fenêtres. La foule des paysans rassemblés pour voir danser empêcha qu'elle ne fût remarquée.

Lord Nelvil, dans ce moment, s'avança sur le balcon : il respira l'air frais du soir ; quelques rosiers qui se trouvaient là lui rappelèrent le parfum que portait habituellement Corinne, et l'impression qu'il en ressentit le fit tressaillir. Cette fête longue et ennuyeuse le fatiguait ; il se souvint du bon goût de Corinne dans l'arrangement d'une fête, de son intelligence dans tout ce qui tenait aux beaux-arts, et il sentit que c'était seulement dans la vie régulière et domestique qu'il se représentait avec plaisir Lucile pour compagne. Tout ce qui appartenait le moins du monde à l'imagination, à la poésie, lui retraçait le souvenir de Corinne, et renouvelait ses regrets. Pendant qu'il était dans cette disposition, un de ses amis s'approcha de lui, et ils s'entretinrent quelques moments ensemble. Corinne alors entendit la voix d'Oswald.

Inexprimable émotion que la voix de ce qu'on aime !

Mélange confus d'attendrissement et de terreur! car il
est des impressions si vives que notre pauvre et faible
nature se craint elle-même en les éprouvant.

Un des amis d'Oswald lui dit : — Ne trouvez-vous
pas ce bal charmant? — Oui, répondit-il avec distraction; oui, en vérité, répéta-t-il en soupirant. — Ce
soupir et l'accent mélancolique de sa voix causèrent à
Corinne une vive joie : elle se crut certaine de retrouver le cœur d'Oswald, de se faire encore entendre de
lui, et se levant avec précipitation, elle s'avança vers
un des domestiques de la maison, pour le charger de
demander lord Nelvil. Si elle avait suivi ce mouvement, combien sa destinée et celle d'Oswald eût été
différente!

Dans cet instant Lucile s'approcha de la fenêtre, et
voyant passer dans le jardin, à travers l'obscurité, une
femme vêtue de blanc, mais sans aucun ornement de
fête, sa curiosité fut excitée. Elle avança la tête, et
regardant attentivement, elle crut reconnaître les traits
de sa sœur; mais comme elle ne doutait pas qu'elle ne
fût morte depuis sept années, la frayeur que lui causa
cette vue la fit tomber évanouie. Tout le monde courut
à son secours. Corinne ne trouva plus le domestique
auquel elle voulait parler, et se retira plus avant dans
l'allée, afin de ne pas être remarquée.

Lucile revint à elle, et n'osa point avouer ce qui
l'avait émue. Mais, comme dès l'enfance sa mère avait
fortement frappé son esprit par toutes les idées qui
tiennent à la dévotion, elle se persuada que l'image de
sa sœur lui était apparue, marchant vers le tombeau de
leur père, pour lui reprocher l'oubli de ce tombeau; le
tort qu'elle avait eu de recevoir une fête dans ces lieux,
sans remplir au moins d'avance un pieux devoir envers
des cendres révérées. Au moment donc où Lucile se
crut sûre de n'être pas observée, elle sortit du bal.
Corinne s'étonna de la voir seule ainsi dans le jardin,
et s'imagina que lord Nelvil ne tarderait pas à la

rejoindre, et que peut-être il lui avait demandé un
entretien secret, pour obtenir d'elle la permission de
faire connaître ses vœux à sa mère. Cette idée la rendit
immobile ; mais bientôt elle remarqua que Lucile
tournait ses pas vers un bosquet qu'elle savait devoir
être le lieu où le tombeau de son père avait été élevé, et
s'accusant, à son tour, de n'avoir pas commencé par y
porter ses regrets et ses larmes, elle suivit sa sœur à
quelque distance, se cachant à l'aide des arbres et de
l'obscurité. Elle aperçut enfin de loin le sarcophage
noir élevé sur la place où les restes de lord Edgermond
étaient ensevelis. Une profonde émotion la força de
s'arrêter et de s'appuyer contre un arbre. Lucile aussi
s'arrêta et se pencha respectueusement à l'aspect du
tombeau.

Dans ce moment Corinne était prête à se découvrir à
sa sœur, à lui redemander, au nom de leur père, et son
rang et son époux ; mais Lucile fit quelques pas avec
précipitation pour s'approcher du monument, et le
courage de Corinne défaillit. Il y a dans le cœur d'une
femme tant de timidité réunie à l'impétuosité des
sentiments, qu'un rien peut la retenir comme un rien
l'entraîner. Lucile se mit à genoux devant la tombe de
son père : elle écarta ses blonds cheveux qu'une
guirlande de fleurs tenait rassemblés, et leva les yeux
au ciel pour prier avec un regard angélique. Corinne
était placée derrière les arbres, et sans pouvoir être
découverte, elle voyait facilement sa sœur qu'un rayon
de la lune éclairait doucement ; elle se sentit tout à
coup saisie par un attendrissement purement généreux. Elle contempla cette expression de piété si pure,
ce visage si jeune, que les traits de l'enfance s'y
faisaient remarquer encore ; elle se retraça le temps où
elle avait servi de mère à Lucile ; elle réfléchit sur elle-
même ; elle pensa qu'elle n'était pas loin de trente ans,
de ce moment où le déclin de la jeunesse commence,
tandis que sa sœur avait devant elle un long avenir

indéfini, un avenir qui n'était troublé par aucun souvenir, par aucune vie passée dont il fallût répondre ni devant les autres, ni devant sa propre conscience. — Si je me montre à Lucile, se dit-elle, si je lui parle, son ame encore paisible sera bientôt troublée, et la paix n'y rentrera peut-être jamais. J'ai déjà tant souffert, je saurai souffrir encore ; mais l'innocente Lucile va passer, dans un instant, du calme à l'agitation la plus cruelle ; et c'est moi qui l'ai tenue dans mes bras, qui l'ai fait dormir sur mon sein ; c'est moi qui la précipiterais dans le monde des douleurs ! — Ainsi pensait Corinne. Cependant l'amour livrait dans son cœur un cruel combat à ce sentiment désintéressé, à cette exaltation de l'ame qui la portait à se sacrifier elle-même.

Lucile dit alors tout haut : — O mon père, priez pour moi. — Corinne l'entendit, et se laissant aussi tomber à genoux, elle demanda la bénédiction paternelle pour les deux sœurs à la fois, et répandit des pleurs qu'arrachaient de son cœur des sentiments plus purs encore que l'amour. Lucile, continuant sa prière, prononça distinctement ces paroles : — Oh ! ma sœur, intercédez pour moi dans le ciel ; vous m'avez aimée dans mon enfance, continuez à me protéger. — Ah ! combien cette prière attendrit Corinne ! Lucile enfin, d'une voix pleine de ferveur, dit : — Mon père, pardonnez-moi l'instant d'oubli dont un sentiment ordonné par vous-même est la cause. Je ne suis point coupable en aimant celui que vous m'aviez destiné pour époux ; mais achevez votre ouvrage, et faites qu'il me choisisse pour la compagne de sa vie : je ne puis être heureuse qu'avec lui ; mais jamais il ne saura que je l'aime ; jamais ce cœur tremblant ne trahira son secret. Oh, mon Dieu ! oh, mon père ! consolez votre fille, et rendez-la digne de l'estime et de la tendresse d'Oswald. — Oui, répéta Corinne, à voix basse, exaucez-la, mon père, et pour l'autre de vos enfants une mort douce et tranquille. —

En achevant ce vœu solennel, le plus grand effort dont l'ame de Corinne fût capable, elle tira de son sein la lettre qui contenait l'anneau donné par Oswald, et s'éloigna rapidement. Elle sentait bien qu'en envoyant cette lettre et laissant ignorer à lord Nelvil qu'elle était en Angleterre, elle brisait leurs liens et donnait Oswald à Lucile; mais, en présence de ce tombeau, les obstacles qui la séparaient de lui s'étaient offerts à sa réflexion avec plus de force que jamais; elle s'était rappelée les paroles de M. Dickson : *son père lui défend d'épouser cette Italienne*, et il lui sembla que le sien aussi s'unissait à celui d'Oswald et que l'autorité paternelle tout entière condamnait son amour. L'innocence de Lucile, sa jeunesse, sa pureté exaltaient son imagination, et elle était, un moment du moins, fière de s'immoler pour qu'Oswald fût en paix avec son pays, avec sa famille, avec lui-même.

La musique qu'on entendait en approchant du château soutenait le courage de Corinne. Elle aperçut un pauvre vieillard aveugle qui était assis au pied d'un arbre, écoutant le bruit de la fête. Elle s'avança vers lui en le priant de remettre la lettre qu'elle lui donnait à l'un des gens du château. Ainsi même elle ne courut pas le risque que lord Nelvil pût découvrir qu'une femme l'avait apportée. En effet, qui eût vu Corinne remettant cette lettre aurait senti qu'elle contenait le destin de sa vie. Ses regards, sa main tremblante, sa voix solennelle et troublée, tout annonçait un de ces terribles moments où la destinée s'empare de nous, où l'être malheureux n'agit plus que comme l'esclave de la fatalité qui le poursuit.

Corinne observa de loin le vieillard, qu'un chien fidèle conduisait : elle le vit donner sa lettre à l'un des domestiques de lord Nelvil, qui par hasard, dans cet instant, en apportait d'autres au château. Toutes les

circonstances se réunissaient pour ne plus laisser
d'espoir. Corinne fit encore quelques pas en se retournant pour regarder ce domestique avancer vers la
porte, et quand elle ne le vit plus, quand elle fut sur le
grand chemin, quand elle n'entendit plus la musique,
et que les lumières mêmes du château ne se firent plus
apercevoir, une sueur froide mouilla son front, un
frissonnement de mort la saisit : elle voulut avancer
encore, mais la nature s'y refusa, et elle tomba sans
connaissance sur la route.

Livre XVIII.

LE SÉJOUR À FLORENCE.

CHAPITRE PREMIER.

Le comte d'Erfeuil, après avoir passé quelque temps
en Suisse, et s'être ennuyé de la nature dans les Alpes,
comme il s'était fatigué des beaux-arts à Rome, sentit
tout à coup le désir d'aller en Angleterre où on l'avait
assuré se trouvait la profondeur de la pensée ; et il
s'était persuadé, un matin en s'éveillant, que c'était de
cela qu'il avait besoin. Ce troisième essai ne lui ayant
pas mieux réussi que les deux premiers, son attachement pour lord Nelvil se ranima tout à coup, et s'étant
dit, aussi un matin, qu'il n'y avait de bonheur que
dans l'amitié véritable, il partit pour l'Écosse. Il alla
d'abord chez lord Nelvil, et ne le trouva pas chez lui ;
mais ayant appris que c'était chez lady Edgermond
qu'on pourrait le rencontrer, il remonta sur-le-champ
à cheval, pour l'y chercher, tant il se croyait le besoin

de le revoir. Comme il passait très vite, il aperçut sur le bord du chemin une femme étendue sans mouvement, il s'arrêta, descendit de cheval, et se hâta de la secourir. Quelle fut sa surprise en reconnaissant Corinne à travers sa mortelle pâleur ! Une vive pitié le saisit ; avec l'aide de son domestique il arrangea quelques branches pour la transporter, et son dessein était de la conduire ainsi au château de lady Edgermond, lorsque Thérésine qui était restée dans la voiture de Corinne, inquiète de ne pas voir revenir sa maîtresse, arriva dans ce moment, et, croyant que lord Nelvil pouvait seul l'avoir plongée dans cet état, décida qu'il fallait la porter à la ville voisine. Le comte d'Erfeuil suivit Corinne, et pendant huit jours que l'infortunée eut la fièvre et le délire, il ne la quitta point ; ainsi c'était l'homme frivole qui la soignait, et l'homme sensible qui lui perçait le cœur.

Ce contraste frappa Corinne quand elle reprit ses sens, et elle remercia le comte d'Erfeuil avec une profonde émotion ; il répondit en cherchant vite à la consoler : il était plus capable de nobles actions que de paroles sérieuses, et Corinne devait trouver en lui plutôt des secours qu'un ami. Elle essaya de rappeler sa raison, de se retracer ce qui s'était passé : longtemps elle eut de la peine à se souvenir de ce qu'elle avait fait, et des motifs qui l'avaient décidée. Peut-être commençait-elle à trouver son sacrifice trop grand, et pensait-elle à dire au moins un dernier adieu à lord Nelvil, avant de quitter l'Angleterre, lorsque le jour qui suivit celui où elle avait repris connaissance, elle vit dans un papier public, que le hasard fit tomber sous ses yeux, cet article-ci :

« Lady Edgermond vient d'apprendre que sa belle-fille, qu'elle croyait morte en Italie, vit et jouit à Rome, sous le nom de Corinne, d'une très grande réputation littéraire. Lady Edgermond se fait honneur de la reconnaître et de partager avec elle l'héritage du frère de lord Edgermond qui vient de mourir aux Indes.

« Lord Nelvil doit épouser, dimanche prochain, miss Lucile Edgermond, fille cadette de lord Edgermond, et fille unique de lady Edgermond, sa veuve. Le contrat a été signé hier. »

Corinne, pour son malheur, ne perdit point l'usage de ses sens en lisant cette nouvelle : il se fit en elle une révolution subite, tous les intérêts de la vie l'abandonnèrent ; elle se sentit comme une personne condamnée à mort, mais qui ne sait pas encore quand sa sentence sera exécutée ; et, depuis ce moment la résignation du désespoir fut le seul sentiment de son ame.

Le comte d'Erfeuil entra dans sa chambre ; il la trouva plus pâle encore que quand elle était évanouie, et lui demanda de ses nouvelles avec anxiété. — Je ne suis pas plus mal, je voudrais partir après demain qui est dimanche, dit-elle avec solennité, j'irai jusqu'à Plymouth, et je m'embarquerai pour l'Italie. — Je vous accompagnerai, répondit vivement le comte d'Erfeuil, je n'ai rien qui me retienne en Angleterre. Je serai enchanté de faire ce voyage avec vous. — Vous êtes bon, reprit Corinne, vraiment bon, il ne faut pas juger sur les apparences....... puis s'arrêtant, elle reprit : j'accepte jusqu'à Plymouth votre appui, car je ne serais pas sûre de me guider jusque-là ; mais quand une fois on est embarqué, le vaisseau vous emmène, dans quelque état que vous soyez, c'est égal. — Elle fit signe au comte d'Erfeuil de la laisser seule, et pleura long-temps devant Dieu en lui demandant la force de supporter sa douleur. Elle n'avait plus rien de l'impétueuse Corinne, les forces de sa puissante vie étaient épuisées, et cet anéantissement, dont elle ne pouvait elle-même se rendre compte, lui donnait du calme. Le malheur l'avait vaincue : ne faut-il pas tôt ou tard que les plus rebelles courbent la tête sous son joug ?

Le dimanche Corinne partit d'Ecosse avec le comte

d'Erfeuil. — C'est aujourd'hui, dit-elle en se levant de
son lit pour aller dans sa voiture, c'est aujourd'hui ! —
Le comte d'Erfeuil voulut l'interroger, elle ne répondit
point, et retomba dans le silence. Ils passèrent devant
une église, et Corinne demanda la permission au
comte d'Erfeuil d'y entrer un moment ; elle se mit à
genoux devant l'autel, et s'imaginant qu'elle y voyait
Oswald et Lucile, elle pria pour eux ; mais l'émotion
qu'elle ressentit fut si forte qu'en voulant se relever elle
chancela, et ne put faire un pas sans être soutenue par
Thérésine et le comte d'Erfeuil, qui vinrent au devant
d'elle. On se levait dans l'église pour la laisser passer,
et l'on lui montrait une grande pitié. — J'ai donc l'air
bien malade, dit-elle au comte d'Erfeuil ; il y a des
personnes plus jeunes et plus brillantes que moi, qui
sortent à cette heure d'un pas triomphant de l'église.

Le comte d'Erfeuil n'entendit pas la fin de ces
paroles ; il était bon, mais il ne pouvait être sensible ;
aussi dans la route, tout en aimant Corinne était-il
ennuyé de sa tristesse, et il essayait de l'en tirer,
comme si, pour oublier tous les chagrins de la vie, il ne
fallait que le vouloir. Quelquefois il lui disait : *Je vous
l'avais bien dit.* Singulière manière de consoler ; satisfaction que la vanité se donne aux dépens de la douleur !

Corinne faisait des efforts inouïs pour dissimuler ce
qu'elle souffrait, car on est honteux des affections
fortes devant les ames légères ; un sentiment de pudeur
s'attache à tout ce qui n'est pas compris, à tout ce qu'il
faut expliquer, à ces secrets de l'ame enfin dont on ne
vous soulage qu'en les devinant. Corinne aussi se
savait mauvais gré de n'être pas assez reconnaissante
des marques de dévouement que lui donnait le comte
d'Erfeuil ; mais il y avait dans sa voix, dans son accent,
dans ses regards, tant de distraction, tant de besoin de
s'amuser, qu'on était sans cesse au moment d'oublier
ses actions généreuses comme il les oubliait lui-même.
Il est sans doute très noble de mettre peu de prix à ses

bonnes actions : mais il pourrait arriver que l'indifférence qu'on témoignerait pour ce qu'on aurait fait de bien, cette indifférence si belle en elle-même, fût néanmoins, dans de certains caractères, l'effet de la frivolité.

Corinne, pendant son délire, avait trahi presque tous ses secrets, et les papiers publics avaient appris le reste au comte d'Erfeuil ; plusieurs fois il aurait voulu que Corinne s'entretînt avec lui de ce qu'il appelait *ses affaires ;* mais il suffisait de ce mot pour glacer la confiance de Corinne, et elle le supplia de ne pas exiger d'elle qu'elle prononçât le nom de lord Nelvil. Au moment de quitter le comte d'Erfeuil, Corinne ne savait comment lui exprimer sa reconnaissance, car elle était à la fois bien aise de se trouver seule, et fâchée de se séparer d'un homme qui se conduisait si bien envers elle. Elle essaya de le remercier ; mais il lui dit si naturellement de n'en plus parler, qu'elle se tut. Elle le chargea d'annoncer à lady Edgermond qu'elle refusait en entier l'héritage de son oncle, et le pria de s'acquitter de cette commission, comme s'il l'avait reçue d'Italie, sans apprendre à sa belle-mère qu'elle était venue en Angleterre.

— Et lord Nelvil doit-il le savoir ? dit alors le comte d'Erfeuil. — Ces mots firent tressaillir Corinne. Elle se tut quelque temps ; puis elle reprit : — Vous pourrez le lui dire bientôt ; oui, bientôt. Mes amis de Rome vous manderont quand vous le pourrez. — Soignez au moins votre santé, dit le comte d'Erfeuil ; savez-vous que je suis inquiet de vous ? — Vraiment ? répondit Corinne en souriant ; mais je crois en effet que vous avez raison. — Le comte d'Erfeuil lui donna le bras pour aller jusqu'à son vaisseau : au moment de s'embarquer, elle se tourna vers l'Angleterre, vers ce pays qu'elle quittait pour toujours, et qu'habitait le seul objet de sa tendresse et de sa douleur : ses yeux se remplirent de larmes, les premières qui lui fussent

échappées en présence du comte d'Erfeuil. — Belle
Corinne, lui dit-il, oubliez un ingrat ; souvenez-vous
des amis qui vous sont si tendrement attachés ; et
croyez-moi, pensez avec plaisir à tous les avantages
que vous possédez. — Corinne, à ces mots, retira sa
main au comte d'Erfeuil, et fit quelques pas loin de lui ;
puis se reprochant le mouvement auquel elle s'était
livrée, elle revint et lui dit doucement adieu. Le comte
d'Erfeuil ne s'aperçut point de ce qui s'était passé dans
l'ame de Corinne : il entra dans la chaloupe avec elle,
la recommanda vivement au capitaine, s'occupa
même, avec le soin le plus aimable, de tous les détails
qui pouvaient rendre sa traversée plus agréable, et
revenant avec la chaloupe, il salua le vaisseau de son
mouchoir, aussi long-temps qu'il le put. Corinne
répondit avec reconnaissance au comte d'Erfeuil :
mais, hélas ! était-ce donc là l'ami sur lequel elle devait
compter ?

Les sentiments légers ont souvent une longue durée,
rien ne les brise parceque rien ne les resserre ; ils
suivent les circonstances, disparaissent et reviennent
avec elles, tandis que les affections profondes se
déchirent[a] sans retour, et ne laissent à leur place
qu'une douloureuse blessure.

CHAPITRE II.

Un vent favorable transporta Corinne à Livourne en
moins d'un mois. Elle eut presque toujours la fièvre
pendant ce temps ; et son abattement était tel, que la
douleur de l'ame se mêlant à la maladie, toutes ses
impressions se confondaient ensemble, et ne laissaient
en elle aucune trace distincte. Elle hésita, en arrivant,
si elle se rendrait d'abord à Rome ; mais bien que ses
meilleurs amis l'y attendissent, une répugnance insur-

montable l'empêchait d'habiter les lieux où elle avait connu Oswald. Elle se retraçait sa propre demeure, la porte qu'il ouvrait deux fois par jour en venant chez elle, et l'idée de se retrouver là sans lui la faisait frissonner. Elle résolut donc de se rendre à Florence ; et comme elle avait le sentiment que sa vie ne résisterait pas long-temps à ce qu'elle souffrait, il lui convenait assez de se détacher par degrés de l'existence, et de commencer d'abord par vivre seule loin de ses amis, loin de la ville témoin de ses succès, loin du séjour où l'on essayerait de ranimer son esprit, où on lui demanderait de se montrer ce qu'elle était autrefois, quand un découragement invincible lui rendait tout effort odieux.

En traversant la Toscane, ce pays si fertile, en approchant de cette Florence, si parfumée de fleurs, en retrouvant enfin l'Italie, Corinne n'éprouva que de la tristesse ; toutes ces beautés de la campagne qui l'avaient enivrée dans un autre temps la remplissaient de mélancolie. *Combien est terrible,* dit Milton, *le désespoir que cet air si doux ne calme pas !* Il faut l'amour ou la religion pour goûter la nature ; et, dans ce moment, la triste Corinne avait perdu le premier bien de la terre, sans avoir encore retrouvé ce calme que la dévotion seule peut donner aux ames sensibles et malheureuses.

La Toscane est un pays très cultivé et très riant, mais il ne frappe point l'imagination comme les environs de Rome. Les Romains ont si bien effacé les institutions primitives du peuple qui habitait jadis la Toscane, qu'il n'y reste presque plus aucune des antiques traces qui inspirent tant d'intérêt pour Rome et pour Naples. Mais on y remarque un autre genre de beautés historiques, ce sont les villes qui portent l'empreinte du génie républicain du moyen âge. A Sienne, la place publique où le peuple se rassemblait, le balcon d'où son magistrat le haranguait, frappent les voyageurs les moins capables de réflexion ; on sent qu'il a existé là un gouvernement démocratique.

C'est une jouissance véritable que d'entendre les Toscans, de la classe même la plus inférieure ; leurs expressions, pleines d'imagination et d'élégance, donnent l'idée du plaisir qu'on devait goûter dans la ville d'Athènes, quand le peuple parlait ce grec harmonieux qui était comme une musique continuelle. C'est une sensation très singulière de se croire au milieu d'une nation dont tous les individus seraient également cultivés, et paraîtraient tous de la classe supérieure ; c'est du moins l'illusion que fait, pour quelques moments, la pureté du langage.

L'aspect de Florence rappelle son histoire avant l'élévation des Médicis à la souveraineté ; les palais des familles principales sont bâtis comme des espèces de forteresses d'où l'on pouvait se défendre ; on voit encore à l'extérieur les anneaux de fer auxquels les étendards de chaque parti devaient être attachés ; enfin tout y était arrangé bien plus pour maintenir les forces individuelles que pour les réunir toutes dans l'intérêt commun. On dirait que la ville est bâtie pour la guerre civile. Il y a des tours au palais de justice d'où l'on pouvait apercevoir l'approche de l'ennemi et s'en défendre. Les haines entre les familles étaient telles qu'on voit des palais bizarrement construits, parce que leurs possesseurs n'ont pas voulu qu'ils s'étendissent sur le sol où des maisons ennemies avaient été rasées. Ici les Pazzi ont conspiré contre les Médicis ; là les Guelfes ont assassiné les Gibelins, enfin les traces de la lutte et de la rivalité sont par-tout ; mais à présent tout est rentré dans le sommeil, et les pierres des édifices ont seules conservé quelque physionomie. On ne se hait plus, parcequ'il n'y a plus rien à prétendre, qu'un état sans gloire comme sans puissance n'est plus disputé par ses habitants. La vie qu'on mène à Florence de nos jours est singulièrement monotone; on va se promener tous les après-midi sur les bords de l'Arno; et le soir l'on se demande les uns aux autres si l'on y a été.

Corinne s'établit dans une maison de campagne à peu de distance de la ville. Elle manda au prince Castel-Forte qu'elle voulait s'y fixer : cette lettre fut la seule que Corinne écrivit; car elle avait pris une telle horreur pour toutes les actions communes de la vie, que la moindre résolution à prendre, le moindre ordre à donner lui causait un redoublement de peine. Elle ne pouvait passer les jours que dans une inactivité complète; elle se levait, se couchait, se relevait, ouvrait un livre sans pouvoir en comprendre une ligne. Souvent elle restait des heures entières à sa fenêtre, puis elle se promenait avec rapidité dans son jardin : une autre fois elle prenait un bouquet de fleurs, cherchant à s'étourdir par leur parfum. Enfin le sentiment de l'existence la poursuivait comme une douleur sans relâche, et elle essayait mille ressources pour calmer cette dévorante faculté de penser, qui ne lui présentait plus, comme jadis, les réflexions les plus variées, mais une seule idée, mais une seule image armée de pointes cruelles qui déchiraient son cœur.

CHAPITRE III.

Un jour Corinne résolut d'aller voir à Florence les belles églises qui décorent cette ville; elle se rappelait qu'à Rome quelques heures passées dans St.-Pierre calmaient toujours son ame, et elle espérait le même secours des temples de Florence. Pour se rendre à la ville elle traversa le bois charmant qui est sur les bords de l'Arno[a] : c'était une soirée ravissante du mois de juin, l'air était embaumé par une inconcevable abondance de roses, et les visages de tous ceux qui se promenaient exprimaient le bonheur. Corinne sentit un redoublement de tristesse en se voyant exclue de cette félicité générale que la Providence accorde à la plupart des êtres ; mais cependant elle la bénit avec douceur de faire du bien aux hommes. — Je suis une exception à l'ordre universel, se disait-elle, il y a du bonheur pour tous, et cette terrible faculté de souffrir, qui me tue, c'est une manière de sentir particulière à moi seule. O mon Dieu ! cependant, pourquoi m'avez-vous choisie pour supporter cette peine ? Ne pourrais-je pas aussi demander comme votre divin fils *que cette coupe s'éloignât de moi ?* —

L'air actif et occupé des habitants de la ville étonna Corinne. Depuis qu'elle n'avait plus aucun intérêt dans la vie, elle ne concevait pas ce qui faisait avancer, revenir, se hâter ; et traînant lentement ses pas sur les larges pierres du pavé de Florence, elle perdait l'idée d'arriver, ne se souvenant plus où elle avait l'intention d'aller : enfin elle se trouva devant les fameuses portes d'airain, sculptées par Ghiberti, pour le baptistère de St.-Jean, qui est à côté de la cathédrale de Florence.

Elle examina quelque temps ce travail immense, où des nations de bronze, dans des proportions très petites, mais très distinctes, offrent une multitude de physionomies variées, qui toutes expriment une pensée de l'artiste, une conception de son esprit. — Quelle patience, s'écria Corinne, quel respect pour la postérité ! et cependant combien peu de personnes examinent avec soin ces portes à travers lesquelles la foule passe avec distraction, ignorance ou dédain. Oh ! qu'il est difficile à l'homme d'échapper à l'oubli, et que la mort est puissante ! —

C'est dans cette cathédrale que Julien de Médicis a été assassiné ; non loin de là, dans l'église de Saint-Laurent, on voit la chapelle en marbre, enrichie de pierreries, où sont les tombeaux des Médicis et les statues de Julien et de Laurent, par Michel-Ange.

Celle de Laurent de Médicis, méditant la vengeance de l'assassinat de son frère, a mérité l'honneur d'être appelée *la pensée de Michel-Ange* [b]. Au pied de ces statues sont l'Aurore et la Nuit ; le réveil de l'une, et sur-tout le sommeil de l'autre, ont une expression remarquable. Un poëte fit des vers sur la statue de la Nuit, qui finissaient par ces mots : *bien qu'elle dorme elle vit, réveille-la si tu ne le crois pas, elle te parlera.* Michel-Ange qui cultivait les lettres, sans lesquelles l'imagination en tout genre se flétrit vite, répondit au nom de la Nuit :

> Grato m'è il sonno e più l'esser di sasso.
> Mentre che il danno e la vergogna dura,
> Non veder, non sentir m'è gran ventura.
> Però non mi destar, deh parla basso. *

Michel-Ange est le seul sculpteur des temps modernes qui ait donné à la figure humaine un caractère qui ne ressemble ni à la beauté antique ni à l'affectation de nos jours. On croit y voir l'esprit du moyen âge, une ame énergique et sombre, une activité constante, des formes très prononcées, des traits qui portent l'empreinte des passions, mais ne retracent point l'idéal de la beauté. Michel-Ange est le génie de sa propre école, car il n'a rien imité, pas même les anciens.

Son tombeau est dans l'église de *Santa Croce.* Il a voulu qu'il fût placé en face d'une fenêtre, d'où l'on pouvait voir le dôme bâti par Filippo Brunelleschi, comme si ses cendres devaient tressaillir encore sous le marbre, à l'aspect de cette coupole, modèle de celle de Saint-Pierre. Cette église de Santa Croce contient la plus brillante assemblée de morts qui soit peut-être en Europe. Corinne se sentit profondément émue en

---

* Il m'est doux de dormir, et plus doux d'être de marbre. Aussi long-temps que dure l'injustice et la honte, ce m'est un grand bonheur de ne pas voir et de ne pas entendre ; ainsi donc ne m'éveille point, de grace parle bas.

marchant entre ces deux rangées de tombeaux. Ici
c'est Galilée qui fut persécuté par les hommes, pour
avoir découvert les secrets du ciel ; plus loin, Machiavel, qui révéla l'art du crime, plutôt en observateur
qu'en criminel, mais dont les leçons profitent davantage aux oppresseurs qu'aux opprimés ; l'Arétin, cet
homme qui a consacré ses jours à la plaisanterie, et n'a
rien éprouvé, sur la terre, de sérieux que la mort ;
Bocace, dont l'imagination riante a résisté aux fléaux
réunis de la guerre civile et de la peste ; un tableau en
l'honneur du Dante, comme si les Florentins, qui l'ont
laissé périr dans le supplice de l'exil, pouvaient encore
se vanter de sa gloire [34 c] ; enfin, plusieurs autres noms
honorables se font aussi remarquer dans ce lieu ; des
noms célèbres pendant leur vie, mais qui retentissent
plus faiblement de générations en générations, jusques
à ce que leur bruit s'éteigne entièrement [35].

La vue de cette église, décorée par de si nobles
souvenirs, réveilla l'enthousiasme de Corinne : l'aspect des vivants l'avait découragée, la présence silencieuse des morts ranima, pour un moment du moins,
cette émulation de gloire dont elle était jadis saisie ;
elle marcha d'un pas plus ferme dans l'église, et
quelques pensées d'autrefois traversèrent encore son
ame ; elle vit venir sous les voûtes de jeunes prêtres qui
chantaient à voix basse et se promenaient lentement
autour du chœur ; elle demanda à l'un d'eux ce que
signifiait cette cérémonie : *Nous prions pour nos morts,* lui
répondit-il. — Oui, vous avez raison, pensa Corinne,
de les appeler *vos morts :* c'est la seule propriété
glorieuse qui vous reste. Oh ! pourquoi donc Oswald a-
t-il étouffé ces dons que j'avais reçus du ciel et que je
devais faire servir à exciter l'enthousiasme dans les
ames qui s'accordent avec la mienne ? O mon Dieu !
s'écria-t-elle en se mettant à genoux, ce n'est point par
un vain orgueil que je vous conjure de me rendre les
talents que vous m'aviez accordés. Sans doute ils sont

les meilleurs de tous, ces saints obscurs qui ont su vivre et mourir pour vous; mais il est différentes carrières pour les mortels; et le génie qui célébrerait les vertus généreuses, le génie qui se consacrerait à tout ce qui est noble, humain et vrai, pourrait être reçu du moins dans les parvis extérieurs du ciel. — Les yeux de Corinne étaient baissés en achevant cette prière, et ses regards furent frappés par cette inscription d'un tombeau sur lequel elle s'était mise à genoux : — *Seule à mon aurore, seule à mon couchant, je suis seule encore ici.*

— Ah! s'écria Corinne, c'est la réponse à ma prière. Quelle émulation peut-on éprouver, quand on est seule sur la terre? Qui partagerait mes succès, si j'en pouvais obtenir? Qui s'intéresse à mon sort? Quel sentiment pourrait encourager mon esprit au travail? il me fallait son regard pour récompense. —

Une autre épitaphe aussi fixa son attention : *Ne me plaignez pas,* disait un homme, mort dans sa jeunesse, *si vous saviez combien de peines ce tombeau m'a épargnées*[d] ! — Quel détachement de la vie ces paroles inspirent, dit Corinne, en versant des pleurs! tout à côté du tumulte de la ville, il y a cette église qui apprendrait aux hommes le secret de tout, s'ils le voulaient; mais on passe sans y entrer, et la merveilleuse illusion de l'oubli fait aller le monde. —

CHAPITRE IV.

Le mouvement d'émulation qui avait soulagé Corinne, pendant quelques instants, la conduisit encore le lendemain à la galerie de Florence; elle se flatta de retrouver son ancien goût pour les arts, et d'y puiser quelque intérêt pour ses occupations d'autrefois. Les beaux-arts sont encore très-républicains à Florence : les statues et les tableaux sont montrés à toutes les heures avec la plus grande facilité. Des hommes instruits, payés par le gouvernement, sont préposés, comme des fonctionnaires publics, à l'explication de tous ces chefs-d'œuvres. C'est un reste du respect pour les talents en tous genres, qui a toujours existé en Italie, mais plus particulièrement à Florence, lorsque les Médicis voulaient se faire pardonner leur pouvoir par leur esprit, et leur ascendant sur les actions, par le libre essor qu'ils laissaient du moins à la pensée. Les gens du peuple aiment beaucoup les arts à Florence, et mêlent ce goût à la dévotion, qui est plus régulière en Toscane qu'en tout autre lieu de l'Italie ; il n'est pas rare de les voir confondre les figures mythologiques avec l'histoire chrétienne. Un Florentin, homme du peuple, montrait aux étrangers une Minerve qu'il appelait Judith, un Apollon qu'il nommait David, et certifiait, en expliquant un bas-relief qui représentait la prise de Troie, que Cassandre *était une bonne chrétienne.*

C'est une immense collection que la galerie de Florence, et l'on pourrait y passer bien des jours sans parvenir encore à la connaître. Corinne parcourait tous ces objets, et se sentait avec douleur distraite et indifférente. La statue de Niobé réveilla son intérêt : elle fut frappée de ce calme, de cette dignité, à travers la plus profonde douleur. Sans doute dans une semblable situation la figure d'une véritable mère serait entièrement bouleversée ; mais l'idéal des arts conserve la beauté dans le désespoir ; et ce qui touche profondément dans les ouvrages du génie, ce n'est pas le malheur même, c'est la puissance que l'ame conserve sur ce malheur. Non loin de la statue de Niobé est la tête d'Alexandre mourant [a] : ces deux genres de physionomie donnent beaucoup à penser. Il y a dans Alexandre l'étonnement et l'indignation de n'avoir pu vaincre la nature. Les angoisses de l'amour maternel se peignent dans tous les traits de Niobé : elle serre sa fille contre son sein avec une anxiété déchirante ; la douleur exprimée par cette admirable figure porte le caractère de cette fatalité qui ne laissait, chez les anciens, aucun recours à l'ame religieuse. Niobé lève les yeux au ciel, mais sans espoir, car les dieux mêmes y sont ses ennemis.

Corinne, en retournant chez elle, essaya de réfléchir sur ce qu'elle venait de voir, et voulut composer comme elle le faisait jadis ; mais une distraction invincible l'arrêtait à chaque page. Combien elle était loin alors du talent d'improviser ! Chaque mot lui coûtait à trouver, et souvent elle traçait des paroles sans aucun sens, des paroles qui l'effrayaient elle-même, quand elle se mettait à les relire, comme si l'on voyait écrit le délire de la fièvre. Se sentant alors incapable de détourner sa pensée de sa propre situation, elle peignait ce qu'elle souffrait ; mais ce n'étaient plus ces idées générales, ces sentiments universels qui répondent au cœur de tous les hommes ; c'était le cri de la douleur, cri monotone à la longue, comme celui des oiseaux de la nuit ; il y avait trop d'ardeur dans les expressions, trop d'impétuosité, trop peu de nuances : c'était le malheur, mais ce n'était plus le talent. Sans doute il faut, pour bien écrire, une émotion vraie, mais il ne faut pas qu'elle soit déchirante. Le bonheur est nécessaire à tout, et la poésie la plus mélancolique doit être inspirée par une sorte de verve qui suppose et de la force et des jouissances intellectuelles. La véritable douleur n'a point de fécondité naturelle : ce qu'elle produit n'est qu'une agitation sombre qui ramène sans cesse aux mêmes pensées. Ainsi ce chevalier, poursuivi par un sort funeste, parcourait en vain mille détours et se retrouvait toujours à la même place.

Le mauvais état de la santé de Corinne achevait aussi de troubler son talent. L'on a trouvé dans ses papiers quelques-unes des réflexions qu'on va lire, et qu'elle écrivit dans ce temps où elle faisait d'inutiles efforts pour redevenir capable d'un travail suivi.

CHAPITRE V.

Fragments des pensées de Corinne.

Mon talent n'existe plus ; je le regrette. J'aurais aimé que mon nom lui parvînt avec quelque gloire ; j'aurais voulu qu'en lisant un écrit de moi il y sentît quelque sympathie avec lui.

« J'avais tort d'espérer qu'en rentrant dans son pays, au milieu de ses habitudes, il conserverait les idées et les sentiments qui pouvaient seuls nous réunir. Il y a tant à dire contre une personne telle que moi, et il n'y a qu'une réponse à tout cela, c'est l'esprit et l'ame que j'ai ; mais quelle réponse pour la plupart des hommes !

« On a tort cependant de craindre la supériorité de l'esprit et de l'ame : elle est très-morale cette supériorité ; car tout comprendre rend très indulgent, et sentir profondément inspire une grande bonté.

« Comment se fait-il que deux êtres qui se sont confié leurs pensées les plus intimes, qui se sont parlé de Dieu, de l'immortalité de l'ame, de la douleur, redeviennent tout à coup étrangers l'un à l'autre ? étonnant mystère que l'amour ! sentiment admirable ou nul ! religieux comme l'étaient les martyrs, ou plus froid que l'amitié la plus simple. Ce qu'il y a de plus involontaire au monde vient-il du ciel ou des passions terrestres ? Faut-il s'y soumettre ou le combattre ? Ah ! qu'il se passe d'orages au fond du cœur !

« Le talent devrait être une ressource ; quand le Dominiquin fut enfermé dans un couvent, il peignit des tableaux superbes sur les murs de sa prison, et laissa des chefs-d'œuvres pour trace de son séjour ; mais il souffrait par les circonstances extérieures ; le mal n'était pas dans l'ame ; quand il est là, rien n'est possible, la source de tout est tarie.

« Je m'examine quelquefois comme un étranger pourrait le faire, et j'ai pitié de moi. J'étais spirituelle, vraie, bonne, généreuse, sensible ; pourquoi tout cela tourne-t-il si fort à mal ? Le monde est-il vraiment méchant ? et de certaines qualités nous ôtent-elles nos armes au lieu de nous donner de la force ?

« C'est dommage : j'étais née avec quelque talent ; je mourrai sans que l'on ait aucune idée de moi, bien que je sois célèbre. Si j'avais été heureuse, si la fièvre du cœur ne m'avait pas dévorée, j'aurais contemplé de très haut la destinée humaine, j'y aurais découvert des rapports inconnus avec la nature et le ciel ; mais la serre du malheur me tient ; comment penser librement, quand elle se fait sentir chaque fois qu'on essaie de respirer ?

« Pourquoi n'a-t-il pas été tenté de rendre heureuse une personne dont il avait seul le secret, une personne qui ne parlait qu'à lui du fond du cœur ? Ah ! l'on peut se séparer de ces femmes communes qui aiment au hasard ; mais celle qui a besoin d'admirer ce qu'elle aime, celle dont le jugement est pénétrant, bien que son imagination soit exaltée, il n'y a pour elle qu'un objet dans l'univers.

« J'avais appris la vie dans les poëtes ; elle n'est pas ainsi ; il y a quelque chose d'aride dans la réalité, que l'on s'efforce en vain de changer.

« Quand je me rappelle mes succès, j'éprouve un sentiment d'irritation. Pourquoi me dire que j'étais charmante, si je ne devais pas être aimée ! Pourquoi m'inspirer de la confiance pour qu'il me fût plus affreux d'être détrompée ? Trouvera-t-il dans une autre plus d'esprit, plus d'ame, plus de tendresse qu'en

moi ? Non, il trouvera moins et sera satisfait ; il se
sentira d'accord avec la société. Quelles jouissances,
quelles peines factices elle donne !

« En présence du soleil et des sphères étoilées, on
n'a besoin que de s'aimer et de se sentir digne l'un de
l'autre. Mais la société, la société ! comme elle rend le
cœur dur et l'esprit frivole ! comme elle fait vivre pour
ce que l'on dira de vous ! Si les hommes se rencontraient un jour, dégagés chacun de l'influence de tous,
quel air pur entrerait dans l'ame ! que d'idées nouvelles, que de sentiments vrais la rafraîchiraient !

« La Nature aussi est cruelle. Cette figure que
j'avais, elle va se flétrir ; et c'est en vain alors que
j'éprouverais les affections les plus tendres ; des yeux
éteints ne peindraient plus mon ame, n'attendriraient
plus pour ma prière.

« Il y a des peines en moi que je n'exprimerai
jamais, pas même en écrivant ; je n'en ai pas la force :
l'amour seul pourrait sonder ces abîmes.

« Que les hommes sont heureux d'aller à la guerre,
d'exposer leur vie, de se livrer à l'enthousiasme de
l'honneur et du danger ! Mais il n'y a rien au dehors
qui soulage les femmes ; leur existence, immobile en
présence du malheur, est un bien long supplice !

« Quelquefois, quand j'entends la musique, elle me
retrace les talents que j'avais ; le chant, la danse et la
poésie ; il me prend alors envie de me dégager du
malheur, de reprendre à la joie : mais tout à coup un
sentiment intérieur me fait frissonner ; on dirait que je
suis une ombre qui veut encore rester sur la terre,
quand les rayons du jour, quand l'approche des
vivants, la forcent à disparaître.

« Je voudrais être susceptible des distractions que
donne le monde ; autrefois je les aimais, elles me
faisaient du bien, les réflexions de la solitude me
menaient trop loin et trop avant ; mon talent gagnait à
la mobilité de mes impressions. Maintenant j'ai quel-

que chose de fixe dans le regard, comme dans la pensée : gaieté, grace, imagination, qu'êtes-vous deve-nues ? Ah ! je voudrais, ne fût-ce que pour un moment, goûter encore de l'espérance ! mais c'en est fait, le désert est inexorable, la goutte d'eau comme la rivière sont taries, et le bonheur d'un jour est aussi difficile que la destinée de la vie entière.

« Je le trouve coupable envers moi ; mais quand je le compare aux autres hommes, combien ils me parais-sent affectés, bornés, misérables ! et lui, c'est un ange, mais un ange armé de l'épée flamboyante qui a consumé mon sort. Celui qu'on aime est le vengeur des fautes qu'on a commises sur cette terre, la divinité lui prête son pouvoir.

« Ce n'est pas le premier amour qui est ineffaçable, il vient du besoin d'aimer ; mais lorsqu'après avoir connu la vie, et dans toute la force de son jugement, on rencontre l'esprit et l'ame que l'on avait jusqu'alors vainement cherchés, l'imagination est subjuguée par la vérité, et l'on a raison d'être malheureuse.

« Que cela est insensé, diront au contraire la plupart des hommes, de mourir pour l'amour, comme s'il n'y avait pas mille autres manières d'exister ! L'enthou-siasme en tout genre est ridicule pour qui ne l'éprouve pas. La poésie, le dévouement, l'amour, la religion, ont la même origine ; et il y a des hommes aux yeux desquels ces sentiments sont de la folie. Tout est folie, si l'on veut, hors le soin que l'on prend de son existence ; il peut y avoir erreur et illusion par-tout ailleurs.

« Ce qui fait mon malheur sur-tout, c'est que lui seul me comprenait, et peut-être trouvera-t-il une fois aussi que moi seule je savais l'entendre. Je suis la plus facile et la plus difficile personne du monde ; tous les êtres bienveillants me conviennent comme société de quelques instants ; mais pour l'intimité, pour une affection véritable, il n'y avait au monde qu'Oswald que je pusse aimer. Imagination, esprit, sensibilité, quelle réunion ! où se trouve-t-elle dans l'univers ? et le cruel possédait toutes ces qualités, ou du moins tout leur charme !

« Qu'aurais-je à dire aux autres ? à qui pourrais-je parler ? quel but, quel intérêt me reste-t-il ? Les plus amères douleurs, les plus délicieux sentiments me sont connus, que puis-je craindre ? que pourrais-je espérer ? Le pâle avenir n'est plus pour moi que le spectre du passé.

« Pourquoi les situations heureuses sont-elles si passagères ? qu'ont-elles de plus fragile que les autres ? L'ordre naturel est-il la douleur ? C'est une convulsion que la souffrance pour le corps, mais c'est un état habituel pour l'ame.

> Ahi ! null' altro che pianto al mondo dura.
> PÉTRARQUE.

« *Ah ! dans le monde rien ne dure que les larmes[a] !* »

« Une autre vie ! une autre vie ! voilà mon espoir ; mais telle est la force de celle-ci, qu'on cherche dans le ciel les mêmes sentiments qui ont occupé sur la terre. On peint dans les mythologies du nord les ombres des chasseurs poursuivant les ombres des cerfs dans les nuages ; mais de quel droit disons-nous que ce sont des ombres ? où est-elle la réalité ? Il n'y a de sûr que la peine ; il n'y a qu'elle qui tienne impitoyablement ce qu'elle promet.

« Je rêve sans cesse à l'immortalité, non plus à celle que donnent les hommes, ceux qui, selon l'expression du Dante, *appelleront antique le temps actuel*, ne m'intéressent plus ; mais je ne crois pas à l'anéantissement de mon cœur. Non, mon Dieu, je n'y crois pas. Il est pour

vous ce cœur dont il n'a pas voulu, et que vous
daignerez recevoir après les dédains d'un mortel.

« Je sens que je ne vivrai pas longtemps, et cette
pensée met du calme dans mon ame. Il est doux de
s'affaiblir dans l'état où je suis, c'est le sentiment de la
peine qui s'émousse.

« Je ne sais pourquoi dans le trouble de la douleur
on est plus capable de superstition que de piété ; je fais
des présages de tout, et je ne sais point encore placer
ma confiance en rien. Ah ! que la dévotion est douce
dans le bonheur ! quelle reconnaissance envers l'Être
suprême doit éprouver la femme d'Oswald !

« Sans doute la douleur perfectionne beaucoup le
caractère ; on rattache dans sa pensée ses fautes à ses
malheurs, et toujours un lien visible, au moins à nos
yeux, semble les réunir ; mais il est un terme à ce
salutaire effet.

« Un profond recueillement m'est nécessaire avant
d'obtenir,

> « .....Tranquillo varco
> A più tranquilla vita.

« *Un tranquille passage vers une vie plus tranquille.*

« Quand je serai tout-à-fait malade, le calme doit
renaître en mon cœur ; il y a beaucoup d'innocence
dans les pensées de l'être qui va mourir, et j'aime les
sentiments qu'inspire cette situation.

« Inconcevable énigme de la vie, que la passion, ni
la douleur, ni le génie ne peuvent découvrir, vous
révèlerez-vous à la prière ? Peut-être l'idée la plus
simple de toutes explique-t-elle ces mystères ! peut-être
en avons-nous approché mille fois dans nos rêveries ?
Mais ce dernier pas est impossible, et nos vains efforts

en tout genre donnent une grande fatigue à l'ame. Il
est bien temps que la mienne se repose.

Fermossi al fin il cor che balzo tanto *
                    HIPPOLITO PINDEMONTE [b].

CHAPITRE VI.

Le prince Castel-Forte quitta Rome pour venir
s'établir à Florence près de Corinne : elle fut très-
reconnaissante de cette preuve d'amitié ; mais elle était
un peu honteuse de ne pouvoir plus répandre dans la
conversation le charme qu'elle y mettait autrefois. Elle
était distraite et silencieuse ; le dépérissement de sa
santé lui ôtait la force nécessaire pour triompher,
même pour un moment, des sentiments qui l'occupaient. Elle avait encore en parlant l'intérêt qu'inspire
la bienveillance ; mais le désir de plaire ne l'animait
plus. Quand l'amour est malheureux, il refroidit toutes
les autres affections, on ne peut s'expliquer à soi-même
ce qui se passe dans l'ame ; mais autant l'on avait
gagné par le bonheur, autant l'on perd par la peine. Le
surcroît de vie que donne un sentiment qui fait jouir de
la nature entière se reporte sur tous les rapports de la
vie et de la société ; mais l'existence est si appauvrie
quand cet immense espoir est détruit, qu'on devient
incapable d'aucun mouvement spontané. C'est pour
cela même que tant de devoirs commandent aux
femmes, et sur-tout aux hommes, de respecter et de
craindre l'amour qu'ils inspirent, car cette passion
peut dévaster à jamais l'esprit comme le cœur.

Le prince Castel-Forte essayait de parler à Corinne
des objets qui l'intéressaient autrefois ; elle était quelquefois plusieurs minutes sans lui répondre, parce-

* Il s'est enfin arrêté, ce cœur qui battait si vite.

qu'elle ne l'entendait pas dans le premier moment ; puis le son et l'idée lui parvenaient, et elle disait quelque chose qui n'avait ni la couleur ni le mouvement que l'on admirait jadis dans sa manière de parler, mais qui faisait aller la conversation quelques instants, et lui permettait de retomber dans ses rêveries. Enfin, elle faisait encore un nouvel effort pour ne pas décourager la bonté du prince Castel-Forte, et souvent elle prenait un mot pour l'autre, ou disait le contraire de ce qu'elle venait de dire ; alors elle souriait de pitié sur elle-même, et demandait pardon à son ami de cette sorte de folie dont elle avait la conscience.

Le prince Castel-Forte voulut se hasarder à lui parler d'Oswald, et il semblait même que Corinne prît à cette conversation un âpre plaisir ; mais elle était dans un tel état de souffrance en sortant de cet entretien, que son ami se crut absolument obligé de se l'interdire. Le prince Castel-Forte avait une ame sensible ; mais un homme, et sur-tout un homme qui a été vivement occupé d'une femme, ne sait, quelque généreux qu'il soit, comment la consoler du sentiment qu'elle éprouve pour un autre. Un peu d'amour-propre en lui, et de timidité dans elle, empêchent que l'intimité de la confiance ne soit parfaite : d'ailleurs à quoi servirait-elle ? il n'y a de remède qu'aux chagrins qui se guériraient d'eux-mêmes.

Corinne et le prince Castel-Forte se promenaient ensemble chaque jour sur les bords de l'Arno. Il parcourait tous les sujets d'entretien avec un aimable mélange d'intérêt et de ménagement ; elle le remerciait en lui serrant la main, quelquefois elle essayait de parler sur les objets qui tiennent à l'ame ; ses yeux se remplissaient de pleurs, et son émotion lui faisait mal ; sa pâleur et son tremblement étaient pénibles à voir, et son ami cherchait bien vite à la détourner de ces idées. Une fois elle se mit tout à coup à plaisanter avec sa grace accoutumée ; le prince Castel-Forte la regarda avec surprise et joie, mais elle s'enfuit aussitôt en fondant en larmes.

Elle revint à dîner, tendit la main à son ami en lui disant : — Pardon, je voudrais être aimable, pour vous récompenser de votre bonté, mais cela m'est impossible, soyez assez généreux pour me supporter telle que je suis. — Ce qui inquiétait vivement le prince Castel-Forte, c'était l'état de la santé de Corinne. Un danger prochain ne la menaçait pas encore, mais il était impossible qu'elle vécût long-temps, si quelques circonstances heureuses ne ranimaient pas ses forces. Dans ce temps le prince Castel-Forte reçut une lettre de lord Nelvil, et bien qu'elle ne changeât rien à la situation, puisqu'il lui confirmait qu'il était marié, il y avait dans cette lettre des paroles qui auraient ému profondément Corinne. Le prince Castel-Forte réfléchissait des heures entières, pour concerter avec lui-même s'il devait ou non causer à son amie, en lui montrant cette lettre, l'impression la plus vive, et il la voyait si faible qu'il ne l'osait pas. Pendant qu'il délibérait encore, il reçut une seconde lettre de lord Nelvil, également remplie de sentiments qui auraient attendri Corinne, mais contenant la nouvelle de son départ pour l'Amérique. Alors le prince Castel-Forte se décida tout-à-fait à ne rien dire. Il eut peut-être tort, car une des plus amères douleurs de Corinne, c'était que lord Nelvil ne lui écrivît point ; elle n'osait l'avouer à personne ; mais bien qu'Oswald fût pour jamais séparé d'elle, un souvenir, un regret de sa part lui auraient été bien chers ; et ce qui lui paraissait le plus affreux, c'était ce silence absolu qui ne lui donnait pas même l'occasion de prononcer ou d'entendre prononcer son nom.

Une peine dont personne ne vous parle, une peine qui n'éprouve pas le moindre changement ni par les jours, ni par les années, et n'est susceptible d'aucun

évènement, d'aucune vicissitude, fait encore plus de
mal que la diversité des impressions douloureuses. Le
prince Castel-Forte suivit la maxime commune qui
conseille de tout faire pour amener l'oubli ; mais il n'y
a point d'oubli pour les personnes d'une imagination
forte, et il vaut mieux avec elle renouveler sans cesse le
même souvenir, fatiguer l'ame de pleurs enfin, que
l'obliger à se concentrer en elle-même.

Livre XIX.

LE RETOUR D'OSWALD EN ITALIE

CHAPITRE PREMIER.

Rappelons maintenant les évènements qui se passèrent en Ecosse après le jour de cette triste fête où
Corinne fit un si douloureux sacrifice. Le domestique
de lord Nelvil lui remit ses lettres au bal : il sortit pour
les lire ; il en ouvrit plusieurs que son banquier de
Londres lui envoyait, avant de deviner celle qui devait
décider de son sort ; mais quand il aperçut l'écriture de
Corinne, mais quand il vit ces mots : *vous êtes libre,* et
qu'il reconnut l'anneau, il sentit tout à la fois une
amère douleur, et l'irritation la plus vive. Il y avait
deux mois qu'il n'avait reçu de lettres de Corinne, et ce
silence était rompu par des paroles si laconiques, par
une action si décisive ! Il ne douta pas de son
inconstance ; il se rappela tout ce que lady Edgermond
avait pu dire de la légèreté, de la mobilité de Corinne ;
il entra dans le sens de l'inimitié contre elle, car il
l'aimait assez encore pour être injuste. Il oublia qu'il
avait tout-à-fait renoncé depuis plusieurs mois à l'idée

d'épouser Corinne, et que Lucile lui avait inspiré un goût assez vif. Il se crut un homme sensible trahi par une femme infidèle ; il éprouva du trouble, de la colère, du malheur, mais sur-tout un mouvement de fierté qui dominait toutes les autres impressions, et lui inspirait le désir de se montrer supérieur à celle qui l'abandonnait. Il ne faut pas beaucoup se vanter de la fierté dans les attachements du cœur ; elle n'existe presque jamais que quand l'amour-propre l'emporte sur l'affection ; et si lord Nelvil eût aimé Corinne comme dans les jours de Rome et de Naples, le ressentiment contre les torts qu'il lui croyait ne l'eût point encore détaché d'elle.

Lady Edgermond s'aperçut du trouble de lord Nelvil : c'était une personne passionnée sous de froids dehors, et la maladie mortelle dont elle se sentait menacée ajoutait à l'ardeur de son intérêt pour sa fille. Elle savait que la pauvre enfant aimait lord Nelvil, et elle tremblait d'avoir compromis son bonheur en le lui faisant connaître. Elle ne perdait donc pas Oswald un instant de vue, et pénétrait dans les secrets de son ame avec une sagacité que l'on attribue à l'esprit des femmes, mais qui tient uniquement à l'attention continuelle qu'inspire un vrai sentiment. Elle prit le prétexte des affaires de Corinne, c'est-à-dire de l'héritage de son oncle qu'elle voulait lui faire passer, pour avoir le lendemain matin un entretien avec lord Nelvil ; dans cet entretien elle devina bien vite qu'il était mécontent de Corinne, et flattant son ressentiment par l'idée d'une noble vengeance, elle lui proposa de la reconnaître pour sa belle-fille. Lord Nelvil fut étonné de ce changement subit dans les intentions de lady Edgermond ; mais il comprit cependant, quoique cette pensée ne fût en aucune manière exprimée, que cette offre n'aurait son effet que s'il épousait Lucile ; et dans l'un de ces moments où l'on agit plus vite que l'on ne pense, il la demanda en mariage à sa mère. Lady Edgermond ravie put à peine se contenir assez pour ne

pas dire oui avec trop de rapidité ; le consentement fut
donné, et lord Nelvil sortit de cette chambre lié par un
engagement qu'il n'avait pas eu l'idée de contracter en
y entrant.

Pendant que lady Edgermond préparait Lucile à le
recevoir, il se promenait dans le jardin avec une
grande agitation. Il se disait que Lucile lui avait plu,
précisément parcequ'il la connaissait peu, et qu'il
était bizarre de fonder tout le bonheur de sa vie sur le
charme d'un mystère qui doit nécessairement être
découvert. Il lui revint un mouvement d'attendrissement pour Corinne, et il se rappela les lettres qu'il lui
avait écrites, et qui exprimaient trop bien les combats
de son ame. — Elle a eu raison, s'écria-t-il, de renoncer
à moi, je n'ai pas eu le courage de la rendre heureuse ;
mais il devait lui en coûter davantage, et cette ligne si
froide..... Mais qui sait si ses larmes ne l'ont pas
arrosée ? — et en prononçant ces mots les siennes
coulaient malgré lui. Ces rêveries l'entraînèrent tellement, qu'il s'éloigna du château, et fut long-temps
cherché par les domestiques de lady Edgermond,
qu'elle avait envoyés pour lui faire dire qu'il était
attendu : il s'étonna lui-même de son peu d'empressement, et se hâta de revenir.

En entrant dans la chambre il vit Lucile à genoux, et
la tête cachée dans le sein de sa mère ; elle avait ainsi la
grace la plus touchante : lorsqu'elle entendit lord
Nelvil, elle releva son visage baigné de pleurs, et lui dit
en lui tendant la main : — N'est-il pas vrai, mylord,
que vous ne me séparerez pas de ma mère ? — Cette
aimable manière d'annoncer son consentement intéressa beaucoup Oswald. Il se mit à genoux à son tour,
et pria lady Edgermond de permettre que le visage de
Lucile se penchât vers le sien : et c'est ainsi que cette
innocente personne reçut la première impression qui la
faisait sortir de l'enfance. Une vive rougeur couvrit son
front ; Oswald sentit en la regardant quel lien pur et

sacré il venait de former, et la beauté de Lucile, quelque ravissante qu'elle fût en ce moment, lui fit moins d'impression encore que sa céleste modestie.

Les jours qui précédèrent le dimanche qui avait été fixé pour la cérémonie, se passèrent en arrangements nécessaires pour le mariage. Lucile, pendant ce temps, ne parla pas beaucoup plus qu'à l'ordinaire ; mais ce qu'elle disait était noble et simple ; et lord Nelvil aimait et approuvait chacune de ses paroles. Il sentait bien cependant quelque vide auprès d'elle ; la conversation consistait toujours dans une question et une réponse ; elle ne s'engageait pas, elle ne se prolongeait pas ; tout était bien ; mais il n'y avait pas ce mouvement, cette vie inépuisable dont il est difficile de se passer quand une fois on en a joui. Lord Nelvil se rappelait alors Corinne ; mais comme il n'entendait plus parler d'elle, il espérait que ce souvenir deviendrait à la fin une chimère, objet seulement de ses vagues regrets.

Lucile, en apprenant par sa mère que sa sœur vivait encore, et qu'elle était en Italie, avait eu le plus grand désir d'interroger lord Nelvil à son sujet ; mais lady Edgermond le lui avait interdit, et Lucile s'était soumise, selon sa coutume, sans demander le motif de cet ordre. Le matin du jour du mariage, l'image de Corinne se retraça dans le cœur d'Oswald plus vivement que jamais, et il fut effrayé lui-même de l'impression qu'il en recevait. Mais il adressa ses prières à son père ; il lui dit au fond de son cœur que c'était pour lui, que c'était pour obtenir sa bénédiction dans le ciel, qu'il accomplissait sa volonté sur la terre. Raffermi par ces sentiments, il arriva chez lady Edgermond, et se reprocha les torts qu'il avait eus dans sa pensée envers Lucile. Quand il la vit, elle était si charmante, qu'un ange qui serait descendu sur la terre, n'aurait pu choisir une autre figure pour donner aux mortels l'idée des vertus célestes. Ils marchèrent à l'autel. La mère avait une émotion plus profonde encore que la fille ; car il s'y mêlait cette crainte que fait éprouver toujours une grande résolution, quelle qu'elle soit, à qui connaît la vie. Lucile n'avait que de l'espoir ; l'enfance se mêlait en elle à la jeunesse, et la joie à l'amour. En revenant de l'autel, elle s'appuyait timidement sur le bras d'Oswald ; elle s'assurait ainsi de son protecteur. Oswald la regardait avec attendrissement ; on eût dit qu'il sentait au fond de son cœur un ennemi qui menaçait le bonheur de Lucile, et qu'il se promettait de l'en défendre.

Lady Edgermond, revenue au château, dit à son gendre : — Je suis tranquille à présent ; je vous ai confié le bonheur de Lucile : il me reste si peu de temps encore à vivre, qu'il m'est doux de me sentir si bien remplacée. — Lord Nelvil fut très-attendri par ces paroles, et réfléchit, avec autant d'émotion que d'inquiétude, aux devoirs qu'elles lui imposaient. Peu de jours s'étaient écoulés et Lucile commençait à peine à lever ses timides regards sur son époux, et à prendre la confiance qui aurait pu lui permettre de se faire connaître à lui, lorsque des incidents malheureux vinrent troubler cette union ; elle s'était annoncée d'abord sous des auspices plus favorables.

CHAPITRE II.

M. Dickson arriva pour voir les nouveaux mariés, et s'excusa de n'avoir point assisté à la noce, en racontant qu'il était resté long-temps malade de l'ébranlement causé par une chute violente. Comme on lui parlait de cette chute, il dit qu'il avait été secouru par une femme la plus séduisante du monde. Oswald, dans cet instant, jouait au volant avec Lucile. Elle avait beaucoup de grace à cet exercice ; Oswald la regardait et n'écoutait

pas M. Dickson, lorsque celui-ci lui cria d'un bout de
la chambre à l'autre : — Mylord, elle a sûrement
beaucoup entendu parler de vous, la belle inconnue
qui m'a secouru, car elle m'a fait bien des questions
sur votre sort. — De qui parlez-vous ? répondit lord
Nelvil en continuant à jouer. — D'une femme charmante, reprit M. Dickson, bien qu'elle eût l'air déjà
changée par la souffrance, et qui ne pouvait parler de
vous sans émotion. — Ces mots attirèrent cette fois
l'attention de lord Nelvil ; et il se rapprocha de
M. Dickson, en le priant de les répéter. Lucile, qui ne
s'était point occupée de ce qu'on avait dit, alla
rejoindre sa mère qui l'avait fait appeler. Oswald se
trouva seul avec M. Dickson, et lui demanda quelle
était cette femme dont il venait de lui parler. — Je n'en
sais rien, répondit-il ; sa prononciation m'a prouvé
qu'elle était anglaise. Mais j'ai rarement vu, parmi nos
femmes, une personne si obligeante et d'une conversation si facile ; elle s'est occupée de moi, pauvre
vieillard, comme si elle eût été ma fille ; et pendant tout
le temps que j'ai passé avec elle, je ne me suis pas
aperçu de toutes les contusions que j'avais reçues.
Mais, mon cher Oswald, seriez-vous donc aussi un
infidèle en Angleterre, comme vous l'avez été en
Italie ? car ma charmante bienfaitrice pâlissait et
tremblait en prononçant votre nom. — Juste ciel ! de
qui parlez-vous ? Une Anglaise, dites-vous ? — Oui,
sans doute, répondit M. Dickson, vous savez bien que
les étrangers ne prononcent jamais notre langue sans
accent. — Et sa figure ? — Oh ! la plus expressive que
j'aie vue, quoiqu'elle fût pâle et maigre à faire de la
peine. — La brillante Corinne ne ressemblait point à
cette description ; mais ne pouvait-elle pas être
malade ? ne devait-elle pas avoir beaucoup souffert, si
elle était venue en Angleterre, et si elle n'y avait pas vu
celui qu'elle venait chercher ? Ces craintes frappèrent
tout à coup Oswald ; et il continua ses questions avec

une inquiétude extrême. — M. Dickson lui disait toujours que l'inconnue parlait avec une grace et une élégance qu'il n'avait rencontrées dans aucune autre femme ; qu'une expression de bonté céleste se peignait dans ses regards, mais qu'elle semblait languissante et triste. Ce n'était pas la manière accoutumée de Corinne, mais encore une fois, ne pouvait-elle pas être changée par la peine ? — De quelle couleur sont ses yeux et ses cheveux, dit lord Nelvil ? — Du plus beau noir du monde. — Lord Nelvil pâlit. — Est-elle animée en parlant ? — Non, continua M. Dickson ; elle disait quelques paroles de temps en temps pour m'interroger et me répondre, mais le peu de mots qu'elle prononçait avait beaucoup de charmes. — Il allait continuer, quand lady Edgermond et Lucile rentrèrent : il se tut, et lord Nelvil cessa de le questionner, mais tomba dans la plus profonde rêverie, et sortit pour se promener, jusqu'à ce qu'il pût retrouver M. Dickson seul.

Lady Edgermond, que sa tristesse avait frappée, renvoya Lucile pour demander à M. Dickson s'il s'était passé quelque chose dans leur conversation qui pût affliger son gendre : il lui raconta naïvement ce qu'il avait dit. Lady Edgermond devina dans l'instant la vérité, et frémit de la douleur qu'Oswald ressentirait, s'il savait avec certitude que Corinne était venue le chercher en Ecosse ; et prévoyant bien qu'il interrogerait de nouveau M. Dickson, elle lui dit ce qu'il devait répondre pour détourner lord Nelvil de ses soupçons. En effet, dans un second entretien M. Dickson n'accrut pas son inquiétude à cet égard ; mais il ne la dissipa point, et la première idée d'Oswald fut de demander à son domestique si toutes les lettres qu'il lui avait remises depuis environ trois semaines venaient de la poste, et s'il ne se souvenait pas d'en avoir reçu autrement. Le domestique assura que non ; mais comme il sortait de la chambre, il revint sur ses pas, et dit à lord Nelvil : *Il me semble cependant que le jour du bal un aveugle m'a remis une lettre pour votre seigneurie ; mais c'était sans doute pour implorer ses secours.* — Un aveugle, reprit Oswald ; non, je n'ai point reçu de lettre de lui : pourriez-vous me le retrouver ? — Oui, très facilement, reprit le domestique ; il demeure dans le village. — Allez le chercher, dit lord Nelvil ; et ne pouvant pas attendre patiemment l'arrivée de l'aveugle, il alla au-devant de lui, et le rencontra au bout de l'avenue.

— Mon ami, lui dit-il, on vous a donné une lettre pour moi le jour du bal au château : qui vous l'avait remise ? — Mylord voit que je suis aveugle, comment pourrais-je le lui dire ? — Croyez-vous que ce soit une femme ? — Oui, mylord, car elle avait un son de voix très doux, autant qu'on pouvait le remarquer, malgré ses larmes, car j'entendais bien qu'elle pleurait. — Elle pleurait, reprit Oswald, et que vous a-t-elle dit ? — *Vous remettrez cette lettre au domestique d'Oswald, bon vieillard ;* puis, se reprenant tout de suite, elle a ajouté : *à lord Nelvil.* — Ah, Corinne ! s'écria Oswald ; et il fut obligé de s'appuyer sur le vieillard, car il était prêt à s'évanouir. — Mylord, continua le vieillard aveugle, j'étais assis au pied d'un arbre quand elle me donna cette commission : je voulus m'en acquitter tout de suite ; mais comme j'ai de la peine à me relever à mon âge, elle a daigné m'aider elle-même, m'a donné plus d'argent que je n'en avais eu depuis long-temps, et je sentais sa main qui tremblait en me soutenant, comme la vôtre, mylord, à présent. — C'en est assez, dit lord Nelvil ; tenez, bon vieillard, voilà aussi de l'argent comme elle vous en a donné, priez pour nous deux. — Et il s'éloigna.

Depuis ce moment un trouble affreux s'empara de son ame ; il faisait de tous les côtés de vaines perquisitions, et ne pouvait concevoir comment il était possible que Corinne fût arrivée en Écosse sans demander à le voir; il se tourmentait de mille manières sur les motifs de sa conduite, et l'affliction qu'il ressentait était si grande, que, malgré ses efforts pour la cacher, il était impossible que lady Edgermond ne la devinât pas, et que Lucile même ne s'aperçût combien il était malheureux : sa tristesse la plongeait elle-même dans une rêverie continuelle, et leur intérieur était très silencieux. Ce fut alors que lord Nelvil écrivit au prince Castel-Forte la première lettre, que celui-ci ne crut pas devoir montrer à Corinne, et qui l'aurait sûrement touchée, par l'inquiétude profonde qu'elle exprimait.

Le comte d'Erfeuil revint de Plymouth où il avait conduit Corinne avant que la réponse du prince Castel-Forte à la lettre de lord Nelvil fût arrivée : il ne voulait pas dire à lord Nelvil tout ce qu'il savait de Corinne, et cependant il était fâché qu'on ignorât qu'il savait un secret important, et qu'il était assez discret pour le taire. Ses insinuations, qui d'abord n'avaient pas frappé lord Nelvil, réveillèrent son attention dès qu'il crut qu'elles pouvaient avoir quelque rapport avec Corinne; alors il interrogea vivement le comte d'Erfeuil, qui se défendit assez bien dès qu'il fut parvenu à se faire questionner.

Néanmoins à la fin, Oswald lui arracha l'histoire entière de Corinne, par le plaisir qu'eut le comte d'Erfeuil à raconter tout ce qu'il avait fait pour elle, la reconnaissance qu'elle lui avait toujours témoignée, l'état affreux d'abandon et de douleur où il l'avait trouvée; enfin il fit ce récit sans s'apercevoir le moins du monde de l'effet qu'il produisait sur lord Nelvil, et n'ayant d'autre but en ce moment que d'être, comme disent les Anglais, *le héros de sa propre histoire*. Quand le comte d'Erfeuil eut cessé de parler, il fut vraiment affligé du mal qu'il avait fait. Oswald s'était contenu jusqu'alors; mais tout à coup il devint comme insensé de douleur; il s'accusait d'être le plus barbare et le plus perfide des hommes; il se représentait le dévoue-

ment, la tendresse de Corinne, sa résignation, sa
générosité dans le moment même où elle le croyait le
plus coupable, et il opposait la dureté, la légèreté dont
il l'avait payée. Il se répétait sans cesse que personne
ne l'aimerait jamais comme elle l'avait aimé, et qu'il
serait puni, de quelque manière, de la cruauté dont il
avait usé envers elle : il voulait partir pour l'Italie, la
voir, seulement un jour, seulement une heure ; mais
déjà Rome et Florence étaient occupées par les Français [a], son régiment allait s'embarquer, il ne pouvait
s'éloigner sans déshonneur ; il ne pouvait percer le
cœur de sa femme et réparer les torts par les torts et les
douleurs par les douleurs. Enfin il espérait les dangers
de la guerre, et cette pensée lui rendit du calme.

Ce fut dans cette disposition qu'il écrivit au prince
Castel-Forte la seconde lettre, que celui-ci résolut
encore de ne pas montrer à Corinne. Les réponses de
l'ami de Corinne la peignaient triste, mais résignée ; et
comme il était fier et blessé pour elle, il adoucit plutôt
qu'il n'exagéra l'état de malheur où elle était tombée.
Lord Nelvil crut donc qu'il ne fallait pas la tourmenter
de ses regrets après l'avoir rendue si malheureuse par
son amour, et il partit pour les îles avec un sentiment
de douleur et de remords qui lui rendait la vie
insupportable.

CHAPITRE III.

Lucile était affligée du départ d'Oswald ; mais le
morne silence qu'il avait gardé avec elle pendant les
derniers temps de leur séjour ensemble avait tellement
redoublé sa timidité naturelle, qu'elle ne put se
résoudre à lui dire qu'elle se croyait grosse ; il ne le sut
qu'aux îles par une lettre de lady Edgermond, à qui sa
fille l'avait caché jusqu'alors. Lord Nelvil trouva donc

les adieux de Lucile très froids ; il ne jugea pas bien ce qui se passait dans son ame, et comparant sa douleur silencieuse avec les éloquents regrets de Corinne lorsqu'il se sépara d'elle à Venise, il n'hésita pas à croire que Lucile l'aimait faiblement. Cependant, durant les quatre années que dura son absence, elle n'eut pas un jour de bonheur. A peine la naissance de sa fille put-elle la distraire un moment des dangers que courait son époux. Un autre chagrin aussi se joignit à cette inquiétude ; elle découvrit par degrés tout ce qui concernait Corinne et ses relations avec lord Nelvil.

Le comte d'Erfeuil qui passa près d'une année en Ecosse, et vit souvent Lucile et sa mère, était fortement persuadé qu'il n'avait pas révélé le secret du voyage de Corinne en Angleterre ; mais il dit tant de choses qui en approchaient, il lui était si difficile, quand la conversation languissait, de ne pas ramener le sujet qui intéressait si vivement Lucile, qu'elle parvint à tout savoir. Tout innocente qu'elle était, elle avait encore assez d'art pour faire parler le comte d'Erfeuil, tant il en fallait peu pour cela.

Lady Edgermond, que sa maladie occupait chaque jour davantage, ne s'était pas doutée du travail que faisait sa fille pour apprendre ce qui devait lui causer tant de douleurs ; mais quand elle la vit si triste, elle obtint d'elle la confidence de ses chagrins. Lady Edgermond s'exprima très sérieusement sur le voyage de Corinne en Angleterre. Lucile en recevait une autre impression : elle était tour à tour jalouse de Corinne et mécontente d'Oswald, qui avait pu se montrer si cruel envers une femme dont il était tant aimé ; et il lui semblait qu'elle devait craindre, pour son propre bonheur, un homme qui avait ainsi sacrifié le bonheur d'une autre. Elle avait toujours conservé de l'intérêt et de la reconnaissance pour sa sœur, ce qui ajoutait encore à la pitié qu'elle lui inspirait ; et, loin d'être flattée du sacrifice qu'Oswald lui avait fait, elle se tourmentait de l'idée qu'il ne l'avait choisie que parceque sa position dans le monde était meilleure que celle de Corinne ; elle se rappelait son hésitation avant le mariage, sa tristesse peu de jours après, et toujours elle se confirmait dans la cruelle pensée que son époux ne l'aimait pas. Lady Edgermond aurait pu lui rendre un grand service dans cette disposition d'ame, si elle l'avait calmée, mais c'était une personne sans indulgence, et qui, ne concevant rien que le devoir et les sentiments qu'il permet, prononçait l'anathème contre tout ce qui s'écartait de cette ligne. Elle ne pensait pas à ramener par des ménagements, et s'imaginait, au contraire, que le seul moyen d'éveiller les remords était de montrer du ressentiment ; elle partageait trop vivement les inquiétudes de Lucile, s'irritait de la pensée qu'une aussi charmante personne n'était pas appréciée par son époux, et loin de lui faire du bien, en lui persuadant qu'elle était plus aimée qu'elle ne le croyait, elle confirmait ses craintes à cet égard, pour exciter davantage sa fierté. Lucile, plus douce et plus éclairée que sa mère, ne suivait pas rigoureusement les conseils qu'elle lui donnait, mais il en restait toujours quelques traces : et ses lettres à lord Nelvil étaient bien moins sensibles que le fond de son cœur.

Oswald, pendant ce temps, se distingua dans la guerre par des actions d'une bravoure éclatante ; il exposa mille fois sa vie, non seulement par l'enthousiasme de l'honneur, mais par goût pour le péril. On remarquait que le danger était un plaisir pour lui ; qu'il paraissait plus gai, plus animé, plus heureux le jour des combats ; il rougissait de joie quand le tumulte des armes commençait, et c'était dans ce moment seul qu'un poids qu'il avait sur le cœur se soulevait et le laissait respirer à l'aise. Adoré de ses soldats, admiré de ses camarades, il avait une existence très-animée, qui, sans lui donner du bonheur, l'étourdissait au moins sur le passé comme sur l'avenir. Il recevait des

lettres de sa femme, qu'il trouvait froides, mais
auxquelles cependant il s'accoutumait. Le souvenir de
Corinne lui apparaissait souvent dans ces belles nuits
des tropiques, où l'on prend une si grande idée de la
nature et de son auteur ; mais comme le climat et la
guerre menaçaient tous les jours sa vie, il se croyait
moins coupable en étant si près de périr ; on pardonne
à ses ennemis, lorsque la mort les menace ; on se sent
aussi, dans une situation semblable, de l'indulgence
pour soi-même. Lord Nelvil pensait seulement aux
larmes de Corinne, lorsqu'elle apprendrait qu'il n'était
plus, il oubliait celles que ses torts lui avaient fait
répandre.

Au milieu des périls qui font si souvent réfléchir sur
l'incertitude de la vie, il songeait bien plus à Corinne
qu'à Lucile ; ils avaient tant parlé de la mort ensemble,
ils avaient si souvent approfondi toutes les pensées les
plus sérieuses, qu'il croyait encore s'entretenir avec
Corinne, quand il s'occupait des grandes idées que
retrace le spectacle habituel de la guerre et de ses
dangers. C'était à elle qu'il s'adressait quand il était
seul, bien qu'il dût la croire irritée contre lui. Il lui
semblait qu'ils s'entendaient encore, malgré l'absence,
malgré l'infidélité même, tandis que la douce Lucile,
qu'il ne croyait pas offensée contre lui, ne s'offrait à
son souvenir que comme une personne digne d'être
protégée, mais à laquelle il fallait épargner toutes les
réflexions tristes et profondes. Enfin les troupes que
lord Nelvil commandait furent rappelées en Angleterre ; il revint : déjà la tranquillité du vaisseau lui
plaisait bien moins que l'activité de la guerre. Le
mouvement extérieur avait remplacé, pour lui, les
plaisirs de l'imagination, qu'autrefois l'entretien de
Corinne lui faisait goûter. Il n'avait pas encore essayé
du repos loin d'elle. Il avait su tellement se faire aimer
de ses soldats, et leur avait inspiré tant d'attachement
et d'enthousiasme, que leurs hommages et leur

dévouement renouvelèrent encore pour lui, pendant le passage, l'intérêt de la vie militaire. Cet intérêt ne cessa complètement que quand on fut débarqué.

CHAPITRE IV.

Lord Nelvil partit alors pour la terre de lady Edgermond dans le Northumberland, il fallait qu'il fît de nouveau connaissance avec sa famille, dont il avait perdu l'habitude depuis quatre ans. Lucile lui présenta sa fille, âgée de plus de trois ans, avec autant de timidité qu'une femme coupable en pourrait éprouver. Cette petite ressemblait à Corinne : l'imagination de Lucile avait été fort occupée du souvenir de sa sœur pendant sa grossesse ; et Juliette, c'était ainsi qu'elle se nommait, avait les cheveux et les yeux de Corinne. Lord Nelvil le remarqua et en fut troublé ; il la prit dans ses bras, et la serra contre son cœur avec tendresse. Lucile ne vit dans ce mouvement qu'un souvenir de Corinne, et dès cet instant elle ne jouit pas, sans mélange, de l'affection que lord Nelvil témoignait à Juliette.

Lucile était encore embellie, elle avait près de vingt ans. Sa beauté avait pris un caractère imposant, et inspirait à lord Nelvil un sentiment de respect. Lady Edgermond n'était plus en état de sortir de son lit, et sa situation lui donnait beaucoup d'humeur et de chagrin. Elle revit pourtant avec plaisir lord Nelvil, car elle était très tourmentée par la crainte de mourir en son absence, et de laisser sa fille ainsi seule au monde. Lord Nelvil avait tellement pris l'habitude d'une vie active, qu'il lui en coûtait beaucoup de rester presque tout le jour dans la chambre de sa belle-mère, qui ne recevait plus personne que son gendre et sa fille. Lucile aimait toujours beaucoup lord Nelvil ; mais elle avait la douleur de ne pas se croire aimée, et lui cachait par fierté ce qu'elle savait de ses sentiments pour Corinne, et la jalousie qu'ils lui causaient. Cette contrainte ajoutait encore à sa réserve habituelle, et la rendait plus froide et plus silencieuse qu'elle ne l'eût été naturellement. Lorsque son époux voulait lui donner quelques conseils sur le charme qu'elle aurait pu répandre dans la conversation en y mettant plus d'intérêt, elle croyait voir dans ces conseils un souvenir de Corinne, et se blessait, au lieu d'en profiter. Lucile avait une grande douceur de caractère, mais sa mère lui avait donné des idées positives sur tous les points ; et quand lord Nelvil vantait les plaisirs de l'imagination et le charme des beaux-arts, elle voyait toujours dans ce qu'il disait les souvenirs de l'Italie, et rabattait assez sèchement l'enthousiasme de lord Nelvil, parcequ'elle pensait que Corinne en était l'unique cause. Dans une autre disposition elle eût recueilli avec soin les paroles de son époux pour étudier tous les moyens de lui plaire.

Lady Edgermond, dont la maladie augmentait les défauts, montrait une antipathie croissante pour tout ce qui sortait de la monotonie et de la règle habituelle de la vie. Elle voyait du mal à tout, et son imagination, irritée par la souffrance, était importunée de tous les bruits au moral comme au physique. Elle eût voulu réduire l'existence aux moindres frais possibles, peut-être pour ne pas regretter aussi vivement ce qu'elle était prête à quitter ; mais comme personne n'avoue le motif personnel de ses opinions, elle les appuyait sur les principes généraux d'une morale exagérée. Elle ne cessait de désenchanter la vie, en faisant un tort des moindres plaisirs, en opposant un devoir à chaque emploi des heures qui pouvait différer un peu de ce qu'on avait fait la veille. Lucile, qui, bien qu'elle fût soumise à sa mère, avait cependant plus d'esprit qu'elle et plus de flexibilité dans le caractère, se serait

réunie à son époux pour combattre doucement l'austérité et l'exigence toujours croissante de lady Edgermond, si celle-ci ne lui avait pas persuadé qu'elle se
conduisait ainsi seulement pour s'opposer au penchant
de lord Nelvil pour le séjour de l'Italie. — Il faut lutter
sans cesse, disait-elle, par la puissance du devoir
contre le retour possible d'une inclination si funeste. —
Lord Nelvil avait certainement aussi un grand respect
pour le devoir, mais il le considérait sous des rapports
plus étendus que lady Edgermond. Il aimait à remonter à sa source, il le croyait parfaitement en harmonie
avec nos véritables penchants, et pensait qu'il n'exigeait point de nous des sacrifices et des combats
continuels. Il lui semblait enfin que la vertu, loin de
tourmenter la vie, contribuait tellement au bonheur
durable, qu'on pouvait la considérer comme une sorte
de prescience accordée à l'homme sur cette terre.

Quelquefois Oswald, en développant ses idées, se
livrait au plaisir d'employer des expressions de
Corinne ; il s'écoutait avec plaisir quand il empruntait
son langage. Lady Edgermond montrait de l'humeur
dès qu'il se laissait aller à cette manière de penser et de
parler : les idées nouvelles déplaisent aux personnes
âgées ; elles aiment à se persuader que le monde n'a
fait que perdre, au lieu d'acquérir depuis qu'elles ont
cessé d'être jeunes. Lucile, par l'instinct du cœur,
reconnaissait, dans l'intérêt plus vif que lord Nelvil
mettait à ses propres discours, le retentissement de son
affection pour Corinne ; elle baissait les yeux pour ne
pas laisser voir à son époux ce qui se passait dans son
ame ; et lui, ne se doutant pas qu'elle fût instruite de
ses rapports avec Corinne, attribuait à la froideur du
caractère de sa femme son immobile silence pendant
qu'il parlait avec chaleur. Ne sachant donc à qui
s'adresser pour trouver un esprit qui répondît au sien,
les regrets du passé se renouvelaient plus vivement que
jamais dans son ame, et il tombait dans la plus

profonde mélancolie. Il écrivit au prince Castel-Forte pour avoir des nouvelles de Corinne. Sa lettre n'arriva point à cause de la guerre. Sa santé souffrait extrêmement du climat d'Angleterre, et les médecins ne cessaient de lui répéter que sa poitrine serait attaquée de nouveau s'il ne passait pas l'hiver en Italie ; mais il était impossible d'y songer, puisque la paix n'était pas faite entre la France et l'Angleterre. Une fois il parla devant sa belle-mère et sa femme, des conseils que les médecins lui avaient donnés, et de l'obstacle qui s'y opposait. — Quand la paix sera faite, lui dit lady Edgermond, je ne pense pas, mylord, que vous vous permettiez à vous-même de revoir l'Italie. — Si la santé de mylord l'exigeait, interrompit Lucile, il ferait très bien d'y aller. — Ce mot parut assez doux à lord Nelvil, et il se hâta d'en témoigner sa reconnaissance à Lucile ; mais cette reconnaissance même la blessa : elle crut y voir le dessein de la préparer au voyage.

La paix se fit au printemps[a], et le voyage d'Italie devint possible. Chaque fois que lord Nelvil laissait échapper quelques réflexions sur le mauvais état de sa santé, Lucile était combattue entre l'inquiétude qu'elle éprouvait et la crainte que lord Nelvil ne voulût insinuer par-là qu'il devrait passer l'hiver en Italie : et tandis que son sentiment l'aurait portée à s'exagérer la maladie de son époux, la jalousie, qui naissait aussi de ce sentiment, l'engageait à chercher des raisons pour atténuer ce que les médecins même disaient du danger qu'il courait en restant en Angleterre. Lord Nelvil attribuait cette conduite de Lucile à l'indifférence et à l'égoïsme, et ils se blessaient réciproquement, parcequ'ils ne s'avouaient pas leurs sentiments avec franchise.

Enfin lady Edgermond tomba dans un état si dangereux, qu'il n'y eut plus entre Lucile et lord Nelvil d'autre sujet d'entretien que sa maladie ; la pauvre femme perdit l'usage de la parole un mois avant de mourir; l'on ne devinait plus qu'à ses larmes ou à sa façon de serrer la main ce qu'elle voulait dire. Lucile était au désespoir; Oswald, sincèrement touché, veillait toutes les nuits auprès d'elle; et, comme c'était au mois de novembre, il se fit beaucoup de mal par les soins qu'il lui prodigua. Lady Edgermond parut heureuse des témoignages de l'affection de son gendre. Les défauts de son caractère disparaissaient à mesure que son affreux état les eût rendus plus excusables, tant les approches de la mort tranquillisent toutes les agitations de l'ame; et la plupart des défauts ne viennent que de cette agitation.

La nuit de sa mort elle prit la main de Lucile et celle de lord Nelvil, et les mettant l'une dans l'autre elle les pressa toutes les deux contre son cœur, alors elle leva les yeux au ciel, et ne parut point regretter la parole qui n'eût rien dit de plus que ce regard et ce mouvement. Peu de minutes après elle expira.

Lord Nelvil, qui avait fait effort sur lui-même pour être capable de soigner sa belle-mère, devint dangereusement malade; et l'infortunée Lucile, au moment d'une cruelle douleur, eut à souffrir la plus affreuse inquiétude. Il paraît que dans son délire lord Nelvil prononça plusieurs fois le nom de Corinne et celui de l'Italie. Il demandait souvent dans ses rêveries *du soleil, le midi, un air plus chaud*, quand le frisson de la fièvre le prenait il disait : *Il fait si froid dans ce nord, que jamais on ne pourra s'y réchauffer*. Quand il revint à lui il fut bien étonné d'apprendre que Lucile avait tout disposé pour le voyage d'Italie; il s'en étonna : elle lui donna pour motif le conseil des médecins. — Si vous le permettez, ajouta-t-elle, ma fille et moi nous vous accompagnerons : il ne faut pas qu'un enfant soit séparé de son père ni de sa mère. — Sans doute, reprit lord Nelvil, il ne faut pas que nous nous séparions : mais ce voyage vous fait-il de la peine? parlez, j'y renoncerai. — Non, reprit Lucile, ce n'est pas cela qui me fait de la

peine..... — Lord Nelvil la regarda, lui prit la main :
elle allait s'expliquer davantage, mais le souvenir de sa
mère, qui lui avait recommandé de ne jamais avouer à
lord Nelvil la jalousie qu'elle ressentait, l'arrêta tout à
coup, et elle reprit en disant : — Mon premier intérêt,
mylord, vous devez le croire, c'est le rétablissement de
votre santé. — Vous avez une sœur en Italie, continua
lord Nelvil. — Je le sais, reprit Lucile ; en avez-vous
des nouvelles ? — Non, dit mylord Nelvil, depuis que
je suis parti pour l'Amérique j'ignore absolument ce
qu'elle est devenue. — Hé bien, mylord, nous le
saurons en Italie. — Vous intéresse-t-elle encore ? —
Oui, mylord, répondit Lucile, je n'ai point oublié la
tendresse qu'elle m'a témoignée dans mon enfance. —
Oh, il ne faut rien oublier, dit lord Nelvil en soupirant ;
— et le silence de tous les deux finit l'entretien.

Oswald n'allait point en Italie dans l'intention de
renouveler ses liens avec Corinne ; il avait trop de
délicatesse pour se laisser approcher par une telle
idée : mais s'il ne devait pas se rétablir de la maladie
de poitrine dont il était menacé, il trouvait assez doux
de mourir en Italie, et d'obtenir, par un dernier adieu,
le pardon de Corinne. Il ne croyait pas que Lucile pût
savoir la passion qu'il avait eue pour sa sœur ; encore
moins se doutait-il qu'il eût trahi, dans son délire, les
regrets qui l'agitaient encore. Il ne rendait pas justice à
l'esprit de sa femme, parceque cet esprit était stérile, et
lui servait plutôt à deviner ce que pensaient les autres,
qu'à les intéresser par ce qu'elle pensait elle-même.
Oswald s'était donc accoutumé à la considérer comme
une belle et froide personne, qui remplissait ses devoirs
et l'aimait autant qu'elle pouvait aimer ; mais il ne
connaissait pas la sensibilité de Lucile : elle mettait le
plus grand soin à la cacher. C'était par fierté qu'elle
dissimulait dans cette circonstance ce qui l'affligeait ;
mais dans une situation parfaitement heureuse, elle se
serait encore fait un reproche de laisser voir une

affection vive, même pour son époux. Il lui semblait
que la pudeur était blessée par l'expression de tout
sentiment passionné ; et, comme elle était cependant
capable de ces sentiments, son éducation, en lui
imposant la loi de se contraindre, l'avait rendue triste
et silencieuse : on l'avait bien convaincue qu'il ne
fallait pas révéler ce qu'elle éprouvait, mais elle ne
prenait aucun plaisir à dire autre chose.

CHAPITRE V.

Lord Nelvil craignait les souvenirs que lui retraçait
la France ; il la traversa donc rapidement : car Lucile
ne témoignant, dans ce voyage, ni désir ni volonté sur
rien, c'était lui seul qui décidait de tout. Ils arrivèrent
au pied des montagnes qui séparent le Dauphiné de la
Savoie, et montèrent à pied ce qu'on appelle *le pas des
échelles* : c'est une route pratiquée dans le roc, et dont
l'entrée ressemble à celle d'une profonde caverne ; elle
est sombre dans toute sa longueur, même pendant les
plus beaux jours de l'été. On était alors au commencement de décembre, il n'y avait point encore de neige ;
mais l'automne, saison de décadence, touchait elle-
même à sa fin, et faisait place à l'hiver. Toute la route
était couverte de feuilles mortes, que le vent y avait
apportées, car il n'existait point d'arbres dans ce
chemin rocailleux ; et, près des débris de la nature
flétrie, on ne voyait point les rameaux, espoir de
l'année suivante. La vue des montagnes plaisait à lord
Nelvil ; il semble, dans les pays de plaines, que la terre
n'ait d'autre but que de porter l'homme et de le
nourrir ; mais, dans les contrées pittoresques, on croit
reconnaître l'empreinte du génie du Créateur et de sa
toute-puissance. L'homme cependant s'est familiarisé
par-tout avec la nature, et les chemins qu'il s'est frayés

gravissent les monts et descendent dans les abîmes. Il n'y a plus pour lui rien d'inaccessible, que le grand mystère de lui-même.

Dans la Maurienne, l'hiver devint à chaque pas plus rigoureux ; on eût dit qu'on avançait vers le nord en s'approchant du Mont-Cenis. Lucile, qui n'avait jamais voyagé, était épouvantée par ces glaces qui rendent les pas des chevaux si peu sûrs. Elle cachait ses craintes aux regards d'Oswald, mais se reprochait souvent d'avoir emmené sa petite fille avec elle ; souvent elle se demandait si la moralité la plus parfaite avait présidé à cette résolution, et si le goût très vif qu'elle avait pour cet enfant, et l'idée aussi qu'elle était plus aimée d'Oswald, en se montrant à lui toujours avec Juliette, ne l'avait pas distraite des périls d'un si long voyage. Lucile était une personne très timorée, et qui fatiguait souvent son ame à force de scrupules et d'interrogations secrètes sur sa conduite. Plus on est vertueux, plus la délicatesse s'accroît, et avec elle les inquiétudes de la conscience ; Lucile n'avait de refuge contre cette disposition que dans la piété, et de longues prières intérieures la tranquillisaient.

Comme ils avançaient vers le Mont-Cenis, toute la nature semblait prendre un caractère plus terrible ; la neige tombait en abondance sur la terre déjà couverte de neige : on eût dit qu'on entrait dans l'enfer de glace si bien décrit par Le Dante. Toutes les productions de la terre n'offraient plus qu'un aspect monotone, depuis le fond des précipices jusqu'au sommet des montagnes ; une même couleur faisait disparaître toutes les variétés de la végétation ; les rivières coulaient encore au pied des monts, mais les sapins, devenus tout blancs, se répétaient dans les eaux comme des spectres d'arbres. Oswald et Lucile regardaient ce spectacle en silence ; la parole semble étrangère à cette nature glacée, et l'on se tait avec elle, lorsque tout à coup ils aperçurent, sur une vaste plaine de neige, une longue

file d'hommes habillés de noir qui portaient un
cercueil vers une église. Ces prêtres, les seuls êtres
vivants qui parussent au milieu de cette campagne
froide et déserte, avaient une marche lente, que la
rigueur du temps aurait hâtée, si la pensée de la mort
n'eût pas imprimé sa gravité à tous leurs pas. Le deuil
de la nature et de l'homme, de la végétation et de la
vie ; ces deux couleurs, ce blanc et ce noir, qui seules
frappaient les regards et se faisaient ressortir l'une par
l'autre, remplissaient l'ame d'effroi. Lucile dit à voix
basse : — Quel triste présage ! — Lucile, interrompit
Oswald, croyez-moi, il n'est pas pour vous. — Hélas !
pensa-t-il en lui-même, ce n'est pas sous de tels
auspices que je fis avec Corinne le voyage d'Italie ;
qu'est-elle devenue maintenant ? Et tous ces objets
lugubres qui m'environnent m'annoncent-ils ce que je
vais souffrir ? —

Lucile était ébranlée par les inquiétudes que lui
causait le voyage. Oswald ne pensait pas à ce genre de
terreur très-étranger à un homme, et sur-tout à un
caractère aussi intrépide que le sien. Lucile prenait
pour de l'indifférence ce qui venait uniquement de ce
qu'il ne soupçonnait pas dans cette occasion la possibilité de la crainte. Cependant tout se réunissait pour
accroître les anxiétés de Lucile : les hommes du peuple
trouvent une sorte de satisfaction à grossir le danger,
c'est leur genre d'imagination ; ils se plaisent dans
l'effet qu'ils produisent ainsi sur les personnes d'une
autre classe dont ils se font écouter en les effrayant.
Lorsqu'on veut traverser le Mont-Cenis pendant l'hiver, les voyageurs, les aubergistes vous donnent à
chaque instant des nouvelles du passage du *mont*, c'est
ainsi qu'on l'appelle ; et l'on dirait qu'on parle d'un
monstre immobile, gardien des vallées qui conduisent
à la terre promise. On observe le temps pour savoir s'il
n'y a rien à redouter, et lorsqu'on peut craindre le vent
nommé *la tourmente*, on conseille fortement aux étran-

gers de ne pas se risquer sur la montagne. Ce vent s'annonce dans le ciel par un nuage blanc qui s'étend comme un linceul dans les airs, et peu d'heures après tout l'horizon en est obscurci.

Lucile avait pris secrètement toutes les informations possibles à l'insçu de lord Nelvil ; il ne se doutait pas de ces terreurs et se livrait tout entier aux réflexions que faisait naître en lui le retour en Italie. Lucile, que le but du voyage agitait encore plus que le voyage même, jugeait tout avec une prévention défavorable, et faisait tacitement un tort à lord Nelvil de sa parfaite sécurité sur elle et sur sa fille. Le matin du passage du Mont-Cenis, plusieurs paysans se rassemblèrent autour de Lucile, et lui dirent que le temps menaçait de *la tourmente*. Néanmoins ceux qui devaient la porter elle et sa fille assurèrent qu'il n'y avait rien à craindre. Lucile regarda lord Nelvil, elle vit qu'il se moquait de la peur qu'on voulait leur faire, et de nouveau blessée par ce courage, elle se hâta de déclarer qu'elle voulait partir. Oswald ne s'aperçut pas du sentiment qui avait dicté cette résolution, et suivit à cheval le brancard sur lequel étaient portées sa femme et sa fille. Ils montè-rent assez facilement. Mais quand ils furent à la moitié de la plaine qui sépare la montée de la descente, un horrible ouragan s'éleva. Des tourbillons de neige aveuglaient les conducteurs, et plusieurs fois Lucile n'apercevait plus Oswald, que la tempête avait comme enveloppé de ses brouillards impétueux. Les respecta-bles religieux qui se consacrent, sur le sommet des Alpes, au salut des voyageurs, commencèrent à sonner leurs cloches d'alarme ; et bien que ce signal annonçât la pitié des hommes bienfaisants qui le faisaient entendre, ce son en lui-même avait quelque chose de très sombre, et les coups précipités de l'airain expri-maient mieux encore l'effroi que le secours.

Lucile espérait qu'Oswald proposerait de s'arrêter dans le couvent et d'y passer la nuit ; mais comme elle

ne voulut pas lui dire qu'elle le désirait, il crut qu'il
valait mieux se hâter d'arriver avant la fin du jour ; les
porteurs de Lucile lui demandèrent avec inquiétude
s'il fallait commencer la descente ? — Oui, répondit-
elle, puisque mylord ne s'y oppose pas. — Lucile avait
tort de ne pas exprimer ses craintes, car sa fille était
avec elle ; mais quand on aime et qu'on ne se croit pas
aimé, on se blesse de tout, et chaque instant de la vie
est une douleur et presque une humiliation. Oswald
restait à cheval, bien que ce fût la plus dangereuse
manière de descendre ; mais il se croyait ainsi plus sûr
de ne pas perdre de vue sa femme et sa fille.

Au moment où Lucile vit du sommet du mont la
route qui en descend, cette route si rapide qu'on la
prendrait elle-même pour un précipice, si les abîmes
qui sont à côté n'en faisaient sentir la différence, elle
serra sa fille contre son cœur avec une émotion très
vive. Oswald le remarqua, et laissant son cheval, il
vint lui-même se joindre aux porteurs pour soutenir le
brancard. Oswald avait tant de grace dans tout ce
qu'il faisait, que Lucile, en le voyant s'occuper d'elle et
de Juliette avec beaucoup de zèle et d'intérêt, sentit ses
yeux mouillés de larmes ; mais à l'instant il s'éleva un
coup de vent si terrible que les porteurs eux-mêmes
tombèrent à genoux et s'écrièrent : *O mon Dieu,
secourez-nous !* Alors Lucile reprit tout son courage, et se
soulevant sur le brancard, elle tendit Juliette à lord
Nelvil, en lui disant : — Mon ami, prenez votre fille.
— Oswald la saisit et dit à Lucile : — Et vous aussi
venez, je pourrai vous porter toutes deux. — Non,
répondit Lucile, sauvez seulement votre fille. — Comment sauver, répéta lord Nelvil, est-il question de
danger ? et se retournant vers les porteurs il s'écria :
Malheureux, que ne disiez-vous..... — Ils m'en avaient
avertie, interrompit Lucile... — Et vous me l'avez
caché, dit lord Nelvil, qu'ai-je fait pour mériter ce
cruel silence ? — En prononçant ces mots, il enveloppa

sa fille dans son manteau, et baissa les yeux vers la terre dans une anxiété profonde ; mais le ciel, protecteur de Lucile, fit paraître un rayon qui perça les nuages, apaisa la tempête, et découvrit aux regards les fertiles plaines du Piémont. Dans une heure toute la caravane arriva sans accident à la Novalaise, la première ville de l'Italie par-delà le Mont-Cenis.

En entrant dans l'auberge, Lucile prit sa fille dans ses bras, monta dans une chambre, se mit à genoux, et remercia Dieu avec ferveur. — Oswald, pendant qu'elle priait, était appuyé sur la cheminée, d'un air pensif, et quand Lucile se fut relevée, il lui tendit la main et lui dit : — Lucile, vous avez donc eu peur ? — Oui, mon ami, répondit-elle : — Et pourquoi vous êtes-vous mise en route ? — Vous paraissiez impatient de partir. — Ne savez-vous pas, répondit lord Nelvil, qu'avant tout je crains pour vous ou le danger ou la peine. — C'est pour Juliette qu'il faut les craindre, dit Lucile. — Elle la prit sur ses genoux, pour la réchauffer auprès du feu, et bouclait avec ses mains les beaux cheveux noirs de cet enfant, que la neige et la pluie avaient aplatis sur son front. Dans ce moment, la mère et la fille étaient charmantes. Oswald les regarda toutes les deux avec tendresse ; mais encore une fois le silence suspendit un entretien qui peut-être aurait conduit à une explication heureuse.

Ils arrivèrent à Turin ; cette année-là l'hiver était très rigoureux : les vastes appartements de l'Italie sont destinés à recevoir le soleil, ils paraissaient déserts pendant le froid. Les hommes sont bien petits sous ces grandes voûtes. Elles font plaisir pendant l'été par la fraîcheur qu'elles donnent, mais au milieu de l'hiver on ne sent que le vide de ces palais immenses dont les possesseurs semblent des pygmées dans la demeure des géants.

On venait d'apprendre la mort d'Alfiéri[a], et c'était un deuil général pour tous les Italiens qui voulaient

s'enorgueillir de leur patrie. Lord Nelvil croyait voir
par-tout l'empreinte de la tristesse ; il ne reconnaissait
plus l'impression que l'Italie avait produite jadis sur
lui. L'absence de celle qu'il avait tant aimée désen-
chantait à ses yeux la nature et les arts. Il demanda des
nouvelles de Corinne à Turin ; on lui dit que depuis
cinq ans elle n'avait rien publié, et vivait dans la
retraite la plus profonde ; mais on l'assura qu'elle était
à Florence. Il résolut d'y aller, non pour y rester et
trahir ainsi l'affection qu'il devait à Lucile, mais pour
expliquer du moins lui-même à Corinne comment il
avait ignoré son voyage en Écosse.

En traversant les plaines de la Lombardie Oswald
s'écriait : — Ah ! que cela était beau quand tous les
ormeaux étaient couverts de feuilles, et quand les
pampres verts les unissaient entre eux ! — Lucile se
disait en elle-même : — C'était beau quand Corinne
était avec lui. — Un brouillard humide, tel qu'il en fait
souvent dans ces plaines traversées par un si grand
nombre de rivières, obscurcissait la vue de la campagne. On entendait pendant la nuit, dans les auberges,
tomber sur les toits ces pluies abondantes du midi qui
ressemblent au déluge. Les maisons en sont pénétrées,
et l'eau vous poursuit par-tout avec l'activité du feu.
Lucile cherchait en vain le charme de l'Italie : on eût
dit que tout se réunissait pour la couvrir d'un voile
sombre à ses regards comme à ceux d'Oswald.

CHAPITRE VI.

Oswald, depuis qu'il était entré en Italie, n'avait pas
prononcé un mot d'italien, il semblait que cette langue
lui fît mal, et qu'il évitât de l'entendre comme de la
parler. Le soir du jour où lady Nelvil et lui étaient
arrivés à l'auberge de Milan, ils entendirent frapper à

leur porte, et virent entrer dans leur chambre un
Romain d'une figure très noire, très marquée, mais
cependant sans véritable physionomie : des traits créés
pour l'expression, mais auxquels il manquait l'ame qui
la donne ; et sur cette figure il y avait à perpétuité un
sourire gracieux, et un regard qui voulait être poétique. Il se mit dès la porte à improviser des vers tout
remplis de louanges sur la mère, l'enfant et l'époux ; de
ces louanges qui convenaient à toutes les mères, à tous
les enfants, à tous les époux du monde, et dont
l'exagération passait par-dessus tous les sujets, comme
si les paroles et la vérité ne devaient avoir aucun
rapport ensemble. Le Romain se servait cependant de
ces sons harmonieux qui ont tant de charmes dans
l'italien ; il déclamait avec une force qui faisait encore
mieux remarquer l'insignifiance de ce qu'il disait. Rien
ne pouvait être plus pénible pour Oswald que d'entendre ainsi pour la première fois, après un long intervalle, une langue chérie ; de revoir ainsi ses souvenirs
travestis, et de sentir une impression de tristesse
renouvelée par un objet ridicule. Lucile s'aperçut de la
cruelle situation de l'ame d'Oswald ; elle voulait faire
finir l'improvisateur ; mais il était impossible d'en être
écouté, il se promenait dans la chambre à grands pas ;
il faisait des exclamations et des gestes continuels, et
ne s'embarrassait pas du tout de l'ennui qu'il causait à
ses auditeurs. Son mouvement était comme celui d'une
machine montée, qui ne s'arrête qu'après un temps
marqué ; enfin ce temps arriva, et lady Nelvil parvint à
le congédier.

Quand il fut sorti, Oswald dit : — Le langage
poétique est si facile à parodier en Italie, qu'on devrait
l'interdire à tous ceux qui ne sont pas dignes de le
parler. — Il est vrai, reprit Lucile, peut-être un peu
trop sèchement ; il est vrai qu'il doit être désagréable
de se rappeler ce qu'on admire par ce que nous venons
d'entendre. — Ce mot blessa lord Nelvil. — Bien loin

de là, dit-il, il me semble qu'un tel contraste fait sentir
la puissance du génie. C'est ce même langage si
misérablement dégradé qui devenait une poésie
céleste, lorsque Corinne, lorsque votre sœur, reprit-il
avec affectation, s'en servait pour exprimer ses pensées. — Lucile fut comme attérée par ces paroles : le
nom de Corinne ne lui avait pas encore été prononcé
par Oswald pendant tout le voyage, encore moins celui
de *votre sœur* qui semblait indiquer un reproche. Les
larmes étaient prêtes à la suffoquer, et si elle se fût
abandonnée à cette émotion, peut-être ce moment eût-
il été le plus doux de sa vie ; mais elle se contint, et la
gêne qui existait entre les deux époux n'en devint que
plus pénible.

Le lendemain le soleil parut, et malgré les mauvais
jours qui avaient précédé, il se montra brillant et
radieux comme un exilé qui rentre dans sa patrie.
Lucile et lord Nelvil en profitèrent pour aller voir la
cathédrale de Milan ; c'est le chef-d'œuvre de l'architecture gothique en Italie, comme St.-Pierre de l'architecture moderne. Cette église, bâtie en forme de croix,
est une belle image de douleur qui s'élève au-dessus de
la riche et joyeuse ville de Milan. En montant jusques
au haut du clocher, on est confondu du travail
scrupuleux de chaque détail. L'édifice entier, dans
toute sa hauteur, est orné, sculpté, découpé, si l'on
peut s'exprimer ainsi, comme le serait un petit objet
d'agrément. Que de patience et de temps il a fallu pour
accomplir un tel œuvre ! La persévérance vers un
même but se transmettait jadis de génération en
génération, et le genre humain, stable dans ses pensées, élevait des monuments inébranlables comme
elles. Une église gothique fait naître des dispositions
très religieuses. Horace Walpole a dit *que les papes ont
consacré, à bâtir des temples à la moderne, les richesses que leur
avait valu la dévotion inspirée par les églises gothiques.* La
lumière qui passe à travers les vitraux coloriés, les

formes singulières de l'architecture, enfin l'aspect
entier de l'église est une image silencieuse de ce
mystère de l'infini qu'on sent au-dedans de soi, sans
pouvoir jamais s'en affranchir, ni le comprendre.

Lucile et lord Nelvil quittèrent Milan un jour où la
terre était couverte de neige, et rien n'est plus triste
que la neige en Italie. On n'y est point accoutumé à
voir disparaître la nature sous le voile uniforme des
frimas ; tous les Italiens se désolent du mauvais temps,
comme d'une calamité publique. En voyageant avec
Lucile, Oswald avait pour l'Italie une sorte de coquetterie qui n'était pas satisfaite ; l'hiver déplaît là plus
que par-tout ailleurs, parceque l'imagination n'y est
point préparée. Lord et lady Nelvil traversèrent Plaisance, Parme, Modène. Les églises et les palais en sont
trop vastes à proportion du nombre et de la fortune des
habitants. On dirait que ces villes sont arrangées pour
recevoir de grands seigneurs qui doivent arriver, mais
qui se sont fait précéder seulement par quelques
hommes de leur suite.

Le matin du jour où Lucile et lord Nelvil se
proposaient de traverser le Taro, comme si tout devait
contribuer à leur rendre cette fois le voyage d'Italie
lugubre, le fleuve s'était débordé la nuit précédente ; et
l'inondation de ces fleuves qui descendent des Alpes et
des Apennins est très effrayante. On les entend
gronder de loin comme le tonnerre ; et leur course est si
rapide, que les flots et le bruit qui les annoncent
arrivent presque en même temps. Un pont sur de telles
rivières n'est guère possible, parce qu'elles changent
de lit sans cesse et s'élèvent bien au-dessus du niveau
de la plaine. Oswald et Lucile se trouvèrent tout à
coup arrêtés au bord de ce fleuve ; les bateaux avaient
été emportés par le courant, et il fallait attendre que les
Italiens, peuple qui ne se presse pas, les eussent
ramenés sur le nouveau rivage que le torrent avait
formé. Lucile, pendant ce temps, se promenait pensive

et glacée ; le brouillard était tel que le fleuve se confondait avec l'horizon, et ce spectacle rappelait bien plutôt les descriptions poétiques des rives du Styx, que ces eaux bienfaisantes qui doivent charmer les regards des habitants brûlés par les rayons du soleil. Lucile craignait pour sa fille le froid rigoureux qu'il faisait, et la mena dans une cabane de pêcheur où le feu était allumé au milieu de la chambre comme en Russie. — Où donc est votre belle Italie ? dit Lucile en souriant à lord Nelvil. — Je ne sais quand je la retrouverai, répondit-il avec tristesse. —

En approchant de Parme et de toutes les villes qui sont sur cette route, on a de loin le coup-d'œil pittoresque des toits en forme de terrasse, qui donnent aux villes d'Italie un aspect oriental. Les églises, les clochers ressortent singulièrement au milieu de ces plates-formes ; et quand on revient dans le nord, les toits en pointe, qui sont ainsi faits pour se garantir de la neige, causent une impression très désagréable. Parme conserve encore quelques chefs-d'œuvres du Corrège ; lord Nelvil conduisit Lucile dans une église où l'on voit une peinture à fresque de lui, appelée la Madone *della Scala*[a]. Elle est recouverte par un rideau. Lorsque l'on tira ce rideau, Lucile prit Juliette dans ses bras pour lui faire mieux voir le tableau, et dans cet instant l'attitude de la mère et de l'enfant se trouva par hasard presque la même que celle de la Vierge et de son fils. La figure de Lucile avait tant de ressemblance avec l'idéal de modestie et de grace que Le Corrège a peint, qu'Oswald portait alternativement ses regards du tableau vers Lucile, et de Lucile vers le tableau ; elle le remarqua, baissa les yeux, et la ressemblance devint plus frappante encore ; car Le Corrège est peut-être le seul peintre qui sait donner aux yeux baissés une expression aussi pénétrante que s'ils étaient levés vers le ciel. Le voile qu'il jette sur les regards ne dérobe en rien le sentiment ni la pensée, mais leur donne un charme de plus, celui d'un mystère céleste.

Cette Madone est prête à se détacher du mur, et l'on voit la couleur presque tremblante qu'un souffle pourrait faire tomber. Cela donne à ce tableau le charme mélancolique de tout ce qui est passager, et l'on y revient plusieurs fois, comme pour dire à sa beauté qui va disparaître un sensible et dernier adieu.

En sortant de l'église, Oswald dit à Lucile : — Ce tableau dans peu de temps n'existera plus, mais moi j'aurai toujours sous les yeux son modèle. — Ces paroles aimables attendrirent Lucile ; elle serra la main d'Oswald : elle était prête à lui demander si son cœur pouvait se fier à cette expression de tendresse ; mais quand un mot d'Oswald lui semblait froid, sa fierté l'empêchait de s'en plaindre ; et quand elle était heureuse d'une expression sensible, elle craignait de troubler ce moment de bonheur en voulant le rendre plus durable. Ainsi son ame et son esprit trouvaient toujours des raisons pour le silence. Elle se flattait que le temps, la résignation et la douceur amèneraient un jour fortuné qui dissiperait toutes ses craintes.

CHAPITRE VII.

La santé de lord Nelvil se remettait par le climat d'Italie ; mais une inquiétude cruelle l'agitait sans cesse : il demandait par-tout des nouvelles de Corinne, et on lui répondait par-tout, comme à Turin, qu'on la croyait à Florence, mais qu'on ne savait rien d'elle, depuis qu'elle ne voyait personne et n'écrivait plus. Oh ! ce n'était pas ainsi que le nom de Corinne s'annonçait autrefois ; et celui qui avait détruit son bonheur et son éclat pouvait-il se le pardonner ?

En approchant de Bologne, on est frappé de loin par

deux tours très élevées, dont l'une sur-tout est penchée
d'une manière qui effraie la vue. C'est en vain que l'on
sait qu'elle est ainsi bâtie, et que c'est ainsi qu'elle a vu
passer les siècles ; cet aspect importune l'imagination.
Bologne est une des villes où l'on trouve un plus grand
nombre d'hommes instruits dans tous les genres ; mais
le peuple y produit une impression désagréable. Lucile
s'attendait au langage harmonieux d'Italie qu'on lui
avait annoncé, et le dialecte bolonais dut la surprendre
péniblement ; il n'en est pas de plus rauque dans les
pays du nord. C'était au milieu du carnaval
qu'Oswald et Lucile arrivèrent à Bologne ; l'on entendait jour et nuit des cris de joie tout semblables à des
cris de colère. Une population pareille à celles des
Lazzaroni de Naples couche la nuit sous les arcades
nombreuses qui bordent les rues de Bologne ; ils
portent pendant l'hiver un peu de feu dans un vase de
terre, mangent dans la rue, et poursuivent les étrangers par des demandes continuelles. Lucile espérait en
vain ces voix mélodieuses qui se font entendre la nuit
dans les villes d'Italie ; elles se taisent toutes quand le
temps est froid, et sont remplacées à Bologne par des
clameurs qui effraient quand on n'y est pas accoutumé. Le jargon des gens du peuple paraît hostile, tant
le son en est rude ; et les mœurs de la populace sont
beaucoup plus grossières dans quelques contrées méridionales, que dans les pays du nord. La vie sédentaire
perfectionne l'ordre social ; mais le soleil qui permet de
vivre dans les rues introduit quelque chose de sauvage
dans les habitudes des gens du peuple [36].

Oswald et lady Nelvil ne pouvaient faire un pas sans
être assaillis par une quantité de mendiants, qui sont
en général le fléau de l'Italie. En passant devant les
prisons de Bologne, dont les barreaux donnent sur la
rue, les détenus se livraient à la joie la plus déplai-
sante ; ils s'adressaient aux passants d'une voix de
tonnerre, et demandaient des secours avec des plaisan-

teries ignobles et des rires immodérés; enfin tout donnait l'idée dans ce lieu d'un peuple sans dignité. — Ce n'est pas ainsi, dit Lucile, que se montre en Angleterre notre peuple concitoyen de ses chefs. Oswald, un tel pays peut-il vous plaire? — Dieu me préserve, répondit Oswald, de jamais renoncer à ma patrie; mais quand vous aurez passé les Apennins, vous entendrez parler le toscan, vous verrez le véritable midi; vous connaîtrez le peuple spirituel et animé de ces contrées, et vous serez, je le crois, moins sévère pour l'Italie. —

On peut juger la nation italienne, suivant les circonstances, d'une manière tout-à-fait différente. Quelquefois le mal qu'on en a dit si souvent s'accorde avec ce que l'on voit; et d'autres fois il paraît souverainement injuste. Dans un pays où la plupart des gouvernements étaient sans garantie, et l'empire de l'opinion presque aussi nul pour les premières classes que pour les dernières; dans un pays où la religion est plus occupée du culte que de la morale, il y a peu de bien à dire de la nation considérée d'une manière générale, mais on y rencontre beaucoup de qualités privées. C'est donc le hasard des relations individuelles qui inspire aux voyageurs la satire ou la louange; les personnes que l'on connaît particulièrement décident du jugement qu'on porte sur la nation; jugement qui ne peut trouver de base fixe, ni dans les institutions, ni dans les mœurs, ni dans l'esprit public.

Oswald et Lucile allèrent voir ensemble les belles collections de tableaux qui sont à Bologne. Oswald, en les parcourant, s'arrêta long-temps devant la Sibylle peinte par Le Dominiquin[a]. Lucile remarqua l'intérêt qu'excitait en lui ce tableau, et voyant qu'il s'oubliait long-temps à le contempler, elle osa s'approcher enfin, et lui demanda timidement si la Sibylle du Dominiquin parlait plus à son cœur que la Madone du Corrège. Oswald comprit Lucile, et fut étonné de tout

ce que ce mot signifiait ; il la regarda quelque temps
sans lui répondre, et puis il lui dit : — La Sibylle ne
rend plus d'oracles ; son génie, son talent, tout est fini :
mais l'angélique figure du Corrège n'a rien perdu de
ses charmes ; et l'homme malheureux qui fit tant de
mal à l'une ne trahira jamais l'autre. — En achevant
ces mots, il sortit pour cacher son trouble.

Livre XX.

CONCLUSION

CHAPITRE PREMIER

Après ce qui s'était passé dans la galerie de Bologne,
Oswald comprit que Lucile en savait plus sur ses
relations avec Corinne qu'il ne l'avait imaginé, et il eut
enfin l'idée que sa froideur et son silence venaient
peut-être de quelques peines secrètes ; cette fois néanmoins ce fut lui qui craignit l'explication que jusqu'a-
lors Lucile avait redoutée. Le premier mot étant dit,
elle aurait tout révélé si lord Nelvil l'avait voulu ; mais
il lui en coûtait trop de parler de Corinne au moment
de la revoir, de s'engager par une promesse, enfin de
traiter un sujet si propre à l'émouvoir, avec une
personne qui lui causait toujours un sentiment de
gêne, et dont il ne connaissait le caractère qu'imparfai-
tement.

Ils traversèrent les Apennins, et trouvèrent par-delà
le beau climat d'Italie. Le vent de mer, qui est si
étouffant pendant l'été, répandait alors une douce
chaleur ; les gazons étaient verts ; l'automne finissait à

peine, et déjà le printemps semblait s'annoncer. On voyait dans les marchés des fruits de toute espèce, des oranges, des grenades. Le langage toscan commençait à se faire entendre ; enfin tous les souvenirs de la belle Italie rentraient dans l'ame d'Oswald ; mais aucune espérance ne venait s'y mêler : il n'y avait que du passé dans toutes ses impressions. L'air suave du midi agissait aussi sur la disposition de Lucile ; elle eût été plus confiante, plus animée, si lord Nelvil l'eût encouragée ; mais ils étaient tous les deux retenus par une timidité pareille, inquiets de leur disposition mutuelle, et n'osant se communiquer ce qui les occupait. Corinne, dans une telle situation, eût bien vite obtenu le secret d'Oswald comme celui de Lucile ; mais ils avaient l'un et l'autre le même genre de réserve, et plus ils se ressemblaient à cet égard, plus il était difficile qu'ils sortissent de la situation contrainte où ils se trouvaient.

CHAPITRE II.

En arrivant à Florence, lord Nelvil écrivit au prince Castel-Forte, et peu d'instants après le prince se rendit chez lui. Oswald fut si ému en le voyant, qu'il fut longtemps sans pouvoir lui parler ; enfin il lui demanda des nouvelles de Corinne. — Je n'ai rien que de triste à vous dire sur elle, répondit le prince Castel-Forte : sa santé est très mauvaise et s'affaiblit tous les jours. Elle ne voit personne que moi, l'occupation lui est souvent très difficile ; cependant je la croyais un peu plus calme lorsque nous avons appris votre arrivée en Italie. Je ne puis vous cacher qu'à cette nouvelle son émotion a été si vive, que la fièvre qui l'avait quittée l'a reprise. Elle ne m'a point dit quelle était son intention relativement à vous, car j'évite avec grand soin de lui prononcer votre nom. — Ayez la bonté, prince, reprit Oswald, de lui faire voir la lettre que vous avez reçue de moi, il y a près de cinq ans : elle contient tous les détails des circonstances qui m'ont empêché d'apprendre son voyage en Angleterre avant que je fusse l'époux de Lucile ; et quand elle l'aura lue, demandez-lui de me recevoir. J'ai besoin de lui parler pour justifier, s'il se peut, ma conduite. Son estime m'est nécessaire, quoique je ne doive plus prétendre à son intérêt. — Je remplirai vos désirs, mylord, dit le prince Castel-Forte : je souhaiterais que vous lui fissiez quelque bien. —

Lady Nelvil entra dans ce moment. Oswald lui présenta le prince Castel-Forte : elle le reçut avec assez de froideur ; il la regarda fort attentivement. Sa beauté sans doute le frappa, car il soupira en pensant à Corinne, et sortit. Lord Nelvil le suivit. — Elle est charmante lady Nelvil, dit le prince Castel-Forte, quelle jeunesse, quelle fraîcheur ! Ma pauvre amie n'a plus rien de cet éclat ; mais il ne faut pas oublier, mylord, qu'elle était bien brillante aussi quand vous l'avez vue pour la première fois. — Non, je ne l'oublie pas, s'écria Lord Nelvil, non, je ne me pardonnerai jamais..... et il s'arrêta sans pouvoir achever ce qu'il voulait dire. — Le reste du jour il fut silencieux et sombre. Lucile n'essaya pas de le distraire, et lord Nelvil était blessé de ce qu'elle ne l'essayait pas. Il se disait en lui-même : — Si Corinne m'avait vu triste, Corinne m'aurait consolé. —

Le lendemain matin son inquiétude le conduisit de très bonne heure chez le prince Castel-Forte. — Hé bien, dit-il, qu'a-t-elle répondu ? — Elle ne veut pas vous voir, répondit le prince Castel-Forte. — Et quels sont ses motifs ? — J'ai été hier chez elle, et je l'ai trouvée dans une agitation qui faisait bien de la peine. Elle marchait à grands pas dans sa chambre, malgré son extrême faiblesse. Sa pâleur était quelquefois remplacée par une vive rougeur qui disparaissait aussitôt. Je lui ai dit que vous souhaitiez de la voir, elle a gardé le silence quelques instants, et m'a dit enfin ces paroles que je vous rendrai fidèlement, puisque vous l'exigez. — *C'est un homme qui m'a fait trop de mal. L'ennemi qui m'aurait jetée dans une prison, qui m'aurait bannie et proscrite, n'eût pas déchiré mon cœur à ce point. J'ai souffert ce que personne n'a jamais souffert, un mélange d'attendrissement et d'irritation qui faisait de mes pensées un supplice continuel. J'avais pour Oswald autant d'enthousiasme que d'amour. Il doit s'en souvenir; je lui ai dit une fois qu'il m'en coûterait davantage de ne plus l'admirer, que de ne plus l'aimer. Il a flétri l'objet de mon culte, il m'a trompée volontairement ou involontairement, n'importe, il n'est pas celui que je croyais. Qu'a-t-il fait pour moi? Il a joui pendant près d'une année du sentiment qu'il m'inspirait; et quand il a fallu me défendre, et quand il a fallu manifester son cœur par une action, en a-t-il fait une? peut-il se vanter d'un sacrifice, d'un mouvement généreux? Il est heureux maintenant, il possède tous les avantages que le monde apprécie; moi je me meurs, qu'il me laisse en paix.* —

Ces paroles sont bien dures, dit Oswald — Elle est aigrie par la souffrance, reprit le prince Castel-Forte : je lui ai vu souvent une disposition plus douce; souvent, permettez-moi de vous le dire, elle vous a défendu contre moi. — Vous me trouvez donc bien coupable, reprit lord Nelvil. — Me permettez-vous de vous le dire, dit le prince Castel-Forte, je pense que vous l'êtes. Les torts qu'on peut avoir avec une femme ne nuisent point dans l'opinion du monde; ces fragiles idoles adorées aujourd'hui peuvent être brisées demain, sans que personne prenne leur défense, et c'est pour cela même que je les respecte davantage; car la morale, à leur égard, n'est défendue que par notre propre cœur. Aucun inconvénient ne résulte pour nous de leur faire du mal, et cependant ce mal est affreux. Un coup de poignard est puni par les lois, et le déchirement d'un cœur sensible n'est l'objet que d'une plaisanterie ; il vaudrait donc mieux se permettre le coup de poignard. — Croyez-moi, répondit lord Nelvil, moi aussi, j'ai été bien malheureux, c'est ma seule justification ; mais autrefois Corinne eût entendu celle-là. Il se peut qu'elle ne lui fasse plus rien à présent. Néanmoins je veux lui écrire. Je crois encore qu'à travers tout ce qui nous sépare elle entendra la voix de son ami. — Je lui remettrai votre lettre, dit le prince Castel-Forte, mais, je vous en conjure, ménagez-la : vous ne savez pas ce que vous êtes encore pour elle. Cinq ans ne font que rendre une impression plus profonde, quand aucune autre idée n'en a distrait : voulez-vous savoir dans quel état elle est à présent ? une fantaisie bizarre, à laquelle mes prières n'ont pu la faire renoncer, vous en donnera l'idée. —

En achevant ces mots, le prince Castel-Forte ouvrit la porte de son cabinet, et lord Nelvil l'y suivit. Il vit d'abord le portrait de Corinne, telle qu'elle avait paru dans le premier acte de Roméo et Juliette, ce jour, celui de tous où il s'était senti le plus d'entraînement pour elle. Un air de confiance et de bonheur animait tous ses traits. Les souvenirs de ces temps de fête se réveillèrent tout entiers dans l'imagination de lord Nelvil ; et comme il trouvait du plaisir à s'y livrer, le prince Castel-Forte le prit par la main, et tirant un rideau de crêpe qui couvrait un autre tableau il lui montra Corinne telle qu'elle avait voulu se faire peindre cette année même en robe noire, d'après le costume qu'elle n'avait point quitté depuis son retour d'Angleterre. Oswald se rappela tout à coup l'impression que lui avait faite une femme vêtue ainsi, qu'il avait aperçue à Hydepark ; mais ce qui le frappa surtout ce fut l'inconcevable changement de la figure de Corinne. Elle était là, pâle comme la mort, les yeux à demi fermés ; ses longues paupières voilaient ses regards et portaient une ombre sur ses joues sans couleur. Au bas du portrait était écrit ce vers du *Pastor Fido*[a] :

A pena si può dir : questa fu rosa. *

Quoi ! dit lord Nelvil, c'est ainsi qu'elle est maintenant ? — Oui, répondit le prince Castel-Forte, et depuis quinze jours plus mal encore. — A ces mots, lord Nelvil sortit comme un insensé : l'excès de sa peine troublait sa raison.

CHAPITRE III.

Rentré chez lui, il s'enferma dans sa chambre tout le jour. Lucile vint à l'heure du dîner frapper doucement à sa porte. Il ouvrit, et lui dit : — Ma chère Lucile, permettez que je reste seul aujourd'hui ; ne m'en sachez pas mauvais gré. — Lucile se retourna vers Juliette, qu'elle tenait par la main, l'embrassa et s'éloigna sans prononcer un seul mot. Lord Nelvil referma sa porte, et se rapprocha de sa table sur laquelle était la lettre qu'il écrivait à Corinne. Mais il se dit en versant des pleurs : — Serait-il possible que je fisse aussi souffrir Lucile ? A quoi sert donc ma vie, si tout ce qui m'aime est malheureux par moi ?

Lettre de lord Nelvil à Corinne.

« Si vous n'étiez pas la plus généreuse personne du monde, qu'aurais-je à vous dire ? Vous pouvez m'accabler de vos reproches, et ce qui est plus affreux encore, me déchirer par votre douleur. Suis-je un monstre,

---

* A peine peut-on dire : elle fut une rose.

Corinne, puisque j'ai fait tant de mal à ce que j'aimais ? Ah ! je souffre tellement, que je ne puis me croire tout-à-fait barbare. Vous savez, quand je vous ai connue, que j'étais accablé par le chagrin qui me suivra jusqu'au tombeau. Je n'espérais pas le bonheur. J'ai lutté long-temps contre l'attrait que vous m'inspiriez. Enfin, quand il a triomphé de moi, j'ai toujours gardé dans mon ame un sentiment de tristesse, présage d'un malheureux sort. Tantôt je croyais que vous étiez un bienfait de mon père, qui veillait dans le ciel sur ma destinée, et voulait que je fusse encore aimé sur cette terre, comme il m'avait aimé pendant sa vie. Tantôt je croyais que je désobéissais à ses volontés en épousant une étrangère, en m'écartant de la ligne tracée par mes devoirs et ma situation. Ce dernier sentiment prévalut quand je fus de retour en Angleterre, quand j'appris que mon père avait condamné d'avance mon sentiment pour vous. S'il avait vécu, je me serais cru le droit de lutter, à cet égard, contre son autorité ; mais ceux qui ne sont plus ne peuvent nous entendre, et leur volonté sans force porte un caractère touchant et sacré.

« Je me retrouvai au milieu des habitudes et des liens de la patrie ; je rencontrai votre sœur, que mon père m'avait destinée, et qui convenait si bien au besoin du repos, au projet d'une vie régulière. J'ai dans le caractère une sorte de faiblesse qui me fait redouter ce qui agite l'existence. Mon esprit est séduit par des espérances nouvelles ; mais j'ai tant éprouvé de peines, que mon ame malade craint tout ce qui l'expose à des émotions trop fortes, à des résolutions pour lesquelles il faut heurter mes souvenirs et les affections nées avec moi. Cependant, Corinne, si je vous avais sue en Angleterre, jamais je n'aurais pu me détacher de vous. Cette admirable preuve de tendresse eût entraîné mon cœur incertain. Ah ! pourquoi dire ce que j'aurais fait ! Serions-nous heureux ? Suis-je capable de l'être ?

Incertain comme je le suis, pouvais-je choisir un sort, quelque beau qu'il fût, sans en regretter un autre ?

« Quand vous me rendîtes ma liberté, je fus irrité contre vous. Je rentrai dans les idées que le commun des hommes doit prendre en vous voyant. Je me dis qu'une personne aussi supérieure se passerait facilement de moi. Corinne, j'ai déchiré votre cœur, je le sais ; mais je croyais n'immoler que moi. Je pensais que j'étais plus que vous inconsolable, et que vous m'oublieriez, quand je vous regretterais toujours. Enfin les circonstances m'enlacèrent, et je ne veux point nier que Lucile ne soit digne et des sentiments qu'elle m'inspire, et de bien mieux encore. Mais dès que je sus votre voyage en Angleterre, et le malheur que je vous avais causé, il n'y eut plus dans ma vie qu'une peine continuelle. J'ai cherché la mort pendant quatre ans, au milieu de la guerre, certain qu'en apprenant que je n'étais plus, vous me trouveriez justifié. Sans doute vous avez à m'opposer une vie de regrets et de douleurs, une fidélité profonde pour un ingrat qui ne la méritait pas. Mais songez que la destinée des hommes se complique de mille rapports divers qui troublent la constance du cœur. Cependant, s'il est vrai que je n'ai pu ni trouver ni donner le bonheur ; s'il est vrai que je vis seul depuis que je vous ai quittée, que jamais je ne parle du fond de mon cœur ; que la mère de mon enfant, que celle que je dois aimer à tant de titres, reste étrangère à mes secrets comme à mes pensées ; s'il est vrai qu'un état habituel de tristesse m'ait replongé dans cette maladie dont vos soins, Corinne, m'avaient autrefois tiré ; si je suis venu en Italie, non pas pour me guérir, vous ne croyez pas que j'aime la vie, mais pour vous dire adieu, refuserez-vous de me voir une fois, une seule fois ? Je le souhaite, parceque je crois que je vous ferais du bien. Ce n'est pas ma propre souffrance qui me détermine. Qu'importe que je sois bien misérable ! Qu'importe qu'un poids affreux pèse à jamais sur mon cœur, si je m'en vais d'ici sans vous avoir parlé, sans avoir obtenu de vous mon pardon. Il faut que je sois malheureux, et certainement je le serai. Mais il me semble que votre cœur serait soulagé si vous pouviez penser à moi comme à votre ami, si vous aviez vu combien vous m'êtes chère, si vous l'aviez senti par ces regards, par cet accent d'Oswald, de ce criminel dont le sort est plus changé que le cœur.

« Je respecte mes liens, j'aime votre sœur ; mais le cœur humain, bizarre, inconséquent, tel qu'il l'est, peut renfermer et cette tendresse, et celle que j'éprouve pour vous. Je n'ai rien à dire de moi qui puisse s'écrire ; tout ce qu'il faut expliquer me condamne. Néanmoins si vous me voyiez me prosterner devant vous, vous pénétreriez à travers tous mes torts et tous mes devoirs ce que vous êtes encore pour moi, et cet entretien vous laisserait un sentiment doux. Hélas ! notre santé est bien faible à tous les deux, et je ne crois pas que le ciel nous destine une longue vie. Que celui de nous deux qui précédera l'autre se sente regretté, se sente aimé de l'ami qu'il laissera dans ce monde ! L'innocent devrait seul avoir cette jouissance ; mais qu'elle soit aussi accordée au coupable !

« Corinne, sublime amie, vous qui lisez dans les cœurs, devinez ce que je ne puis dire ; entendez-moi comme vous m'entendiez. Laissez-moi vous voir ; permettez que mes lèvres pâles pressent vos mains affaiblies : Ah ! ce n'est pas moi seul qui ai fait ce mal, c'est le même sentiment qui nous a consumés tous les deux ; c'est la destinée qui a frappé deux êtres qui s'aimaient : mais elle a dévoué l'un d'eux au crime, et celui-là, Corinne, n'est peut-être pas le moins à plaindre ! »

Réponse de Corinne.

« S'il ne fallait pour vous voir que vous pardonner, je ne m'y serais pas un instant refusée. Je ne sais pourquoi je n'ai point de ressentiment contre vous, bien que la douleur que vous m'avez causée me fasse frissonner d'effroi. Il faut que je vous aime encore pour n'avoir aucun mouvement de haine ; la religion seule ne suffirait pas pour me désarmer ainsi. J'ai eu des moments où ma raison était altérée ; d'autres, et c'étaient les plus doux, où j'ai cru mourir avant la fin du jour par le serrement de cœur qui m'oppressait ; d'autres enfin où j'ai douté de tout, même de la vertu ; vous étiez pour moi son image ici-bas, et je n'avais plus de guide pour mes pensées comme pour mes sentiments, quand le même coup frappait en moi l'admiration et l'amour.

« Que serais-je devenue sans le secours céleste ? il n'y a rien dans ce monde qui ne fût empoisonné par votre souvenir. Un seul asile me restait au fond de l'ame, Dieu m'y a reçue. Mes forces physiques vont en décroissant ; mais il n'en est pas ainsi de l'enthousiasme qui me soutient. Se rendre digne de l'immortalité est, je me plais à le croire, le seul but de l'existence. Bonheur, souffrances, tout est moyen pour ce but ; et vous avez été choisi pour déraciner ma vie de la terre : j'y tenais par un lien trop fort.

« Quand j'ai appris votre arrivée en Italie, quand j'ai revu votre écriture, quand je vous ai su là de l'autre côté de la rivière, j'ai senti dans mon ame un tumulte effrayant. Il fallait me rappeler sans cesse que ma sœur était votre femme, pour combattre ce que j'éprouvais. Je ne vous le cache point ; vous revoir me semblait un bonheur, une émotion indéfinissable que mon cœur enivré de nouveau préférait à des siècles de calme ; mais la Providence ne m'a point abandonnée dans ce

péril. N'êtes-vous pas l'époux d'une autre ? Que pouvais-je donc avoir à vous dire ? M'était-il permis de
mourir entre vos bras ? Et que me restait-il pour ma
conscience, si je ne faisais aucun sacrifice, si je voulais
encore un dernier jour, une dernière heure ? Maintenant je comparaîtrai devant Dieu peut-être avec plus
de confiance, puisque j'ai su renoncer à vous voir.
Cette grande résolution appaisera mon ame. Le bonheur, tel que je l'ai senti quand vous m'aimiez, n'est
pas en harmonie avec notre nature : il agite, il
inquiète, il est si prêt à passer ! Mais une prière
habituelle, une rêverie religieuse qui a pour but de se
perfectionner soi-même, de se décider dans tout par le
sentiment du devoir, est un état doux ; et je ne puis
savoir quel ravage le seul son de votre voix pourrait
produire dans cette vie de repos que je crois avoir
obtenue. Vous m'avez fait beaucoup de mal en me
disant que votre santé était altérée. Ah ! ce n'est pas
moi qui la soigne ; mais c'est encore moi qui souffre
avec vous. Que Dieu bénisse vos jours, Mylord ; soyez
heureux, mais soyez-le par la pitié. Une communication secrète avec la divinité semble placer en nous-
mêmes l'être qui se confie et la voix qui lui répond ; elle
fait deux amis d'une seule ame. Chercheriez-vous
encore ce qu'on appelle le bonheur ? Ah ! trouverez-
vous mieux que ma tendresse ? Savez-vous que dans
les déserts du nouveau monde j'aurais béni mon sort,
si vous m'aviez permis de vous y suivre ? Savez-vous
que je vous aurais servi comme une esclave ? Savez-
vous que je me serais prosternée devant vous comme
devant un envoyé du ciel, si vous m'aviez fidèlement
aimée ? Hé bien, qu'avez-vous fait de tant d'amour ?
qu'avez-vous fait de cette affection unique en ce
monde ? un malheur unique comme elle. Ne prétendez
donc plus au bonheur ; ne m'offensez pas en croyant
l'obtenir encore. Priez comme moi, priez ; et que nos
pensées se rencontrent dans le ciel.

« Cependant, quand je me sentirai tout-à-fait près de ma fin, peut-être me placerai-je dans quelque lieu pour vous voir passer. Pourquoi ne le ferais-je pas ? Certainement, quand mes yeux se troubleront, quand je ne verrai plus rien au dehors, votre image m'apparaîtra. Si je vous avais revu nouvellement, cette illusion ne serait-elle pas plus distincte ? Les divinités, chez les anciens, n'étaient jamais présentes à la mort ; je vous éloignerai de la mienne : mais je souhaite qu'un souvenir récent de vos traits puisse encore se retracer dans mon ame défaillante. Oswald, Oswald, qu'est-ce que j'ai dit ? vous voyez ce que je suis quand je m'abandonne à votre souvenir.

« Pourquoi Lucile n'a-t-elle pas désiré me voir ? c'est votre femme, mais c'est aussi ma sœur. J'ai des paroles douces, j'en ai même de généreuses à lui adresser. Et votre fille, pourquoi ne m'a-t-elle pas été amenée ? Je ne dois pas vous voir ; mais ce qui vous entoure est ma famille : en suis-je donc rejetée ? Craint-on que la pauvre petite Juliette ne s'attriste en me voyant ? Il est vrai que j'ai l'air d'une ombre, mais je saurais sourire pour votre enfant. Adieu, mylord, adieu ; pensez-vous que je pourrais vous appeler mon frère, mais ce serait parceque vous êtes l'époux de ma sœur. Ah ! du moins vous serez en deuil quand je mourrai, vous assisterez, comme parent, à mes funérailles. C'est à Rome que mes cendres seront d'abord transportées ; faites passer mon cercueil sur la route que parcourut jadis mon char de triomphe, et reposez-vous dans le lieu même où vous m'avez rendu ma couronne. Non, Oswald, non, j'ai tort. Je ne veux rien qui vous afflige : je veux seulement une larme et quelques regards vers le ciel où je vous attendrai. »

CHAPITRE IV.

Plusieurs jours s'écoulèrent sans qu'Oswald pût retrouver du calme après l'impression déchirante que lui avait causée la lettre de Corinne. Il fuyait la présence de Lucile, il passait les heures entières sur le bord de la rivière qui conduisait à la maison de Corinne, et souvent il fut tenté de se jeter dans les flots, pour être au moins porté, quand il ne serait plus, vers cette demeure dont l'entrée lui était refusée pendant sa vie. La lettre de Corinne lui apprenait qu'elle eût désiré de voir sa sœur ; et bien qu'il s'étonnât de ce souhait, il avait envie de le satisfaire ; mais comment aborder cette question auprès de Lucile ? Il apercevait bien qu'elle était blessée de sa tristesse ; il aurait voulu qu'elle l'interrogeât, mais il ne pouvait se résoudre à parler le premier, et Lucile trouvait toujours le moyen d'amener la conversation sur des sujets indifférents, de proposer une promenade, enfin de détourner un entretien qui aurait pu conduire à une explication. Elle parlait quelquefois de son désir de quitter Florence pour aller voir Rome et Naples. Lord Nelvil ne la contredisait jamais ; seulement il demandait encore quelques jours de retard, et Lucile alors y consentait avec une expression de physionomie digne et froide.

Oswald voulut au moins que Corinne vît sa fille, et il ordonna secrètement à sa bonne de la conduire chez elle. Il alla au-devant de l'enfant comme elle revenait, et lui demanda si elle avait été contente de sa visite. Juliette lui répondit par une phrase italienne, et sa prononciation, qui ressemblait à celle de Corinne, fit tressaillir Oswald. — Qui vous a appris cela, ma fille ? dit-il. — La dame que je viens de voir, répondit-elle. — Et comment vous a-t-elle reçue ? — Elle a beaucoup pleuré en me voyant, dit Juliette, je ne sais pourquoi.

Elle m'embrassait et pleurait, et cela lui faisait mal, car elle a l'air bien malade. — Et vous plaît-elle, cette dame, ma fille? continua lord Nelvil. — Beaucoup, répondit Juliette; j'y veux aller tous les jours. Elle m'a promis de m'apprendre tout ce qu'elle sait. Elle dit qu'elle veut que je ressemble à Corinne. Qu'est-ce que c'est que Corinne, mon père? cette dame n'a pas voulu me le dire. — Lord Nelvil ne répondit plus, et s'éloigna pour cacher son attendrissement. Il ordonna que tous les jours, pendant la promenade de Juliette, on la menât chez Corinne; et peut-être eut-il tort envers Lucile en disposant ainsi de sa fille sans son consentement. Mais, en peu de jours, l'enfant fit des progrès inconcevables dans tous les genres. Son maître d'italien était ravi de sa prononciation. Ses maîtres de musique admiraient déjà ses premiers essais.

Rien de tout ce qui s'était passé n'avait fait autant de peine à Lucile que cette influence donnée à Corinne sur l'éducation de sa fille. Elle savait par Juliette que la pauvre Corinne, dans son état de faiblesse et de dépérissement, se donnait une peine extrême pour l'instruire et lui communiquer tous ses talents, comme un héritage qu'elle se plaisait à lui léguer de son vivant. Lucile en eût été touchée, si elle n'eût pas cru voir dans tous ces soins le projet de détacher d'elle lord Nelvil; mais elle était combattue entre le désir bien naturel de diriger seule sa fille, et le reproche qu'elle se faisait de lui enlever des leçons qui ajoutaient à ses agréments d'une manière si remarquable. Un jour lord Nelvil passait dans la chambre comme Juliette prenait une leçon de musique. Elle tenait une harpe en forme de lyre, proportionnée à sa taille, de la même manière que Corinne; et ses petits bras et ses jolis regards l'imitaient parfaitement. On croyait voir la miniature d'un beau tableau, avec la grace de l'enfance de plus, qui mêle à tout un charme innocent. Oswald, à ce spectacle, fut tellement ému, qu'il ne pouvait pronon-

cer un mot, et s'assit en tremblant. Juliette alors
exécuta sur sa harpe un air écossais, que Corinne avait
fait entendre à lord Nelvil à Tivoli, en présence d'un
tableau d'Ossian. Pendant qu'Oswald en l'écoutant
respirait à peine, Lucile s'avança derrière lui sans qu'il
l'aperçût. Quand Juliette eut fini, son père la prit sur
ses genoux, et lui dit : — La dame qui demeure sur le
bord de l'Arno vous a donc appris à jouer ainsi ? —
Oui, répondit Juliette ; mais il lui en a bien coûté pour
le faire. Elle s'est trouvée mal souvent lorsqu'elle
m'enseignait. Je l'ai priée plusieurs fois de cesser, mais
elle n'a pas voulu ; et seulement elle m'a fait promettre
de vous répéter cet air tous les ans, un certain jour, le
dix-sept de novembre, je crois. — Ah ! mon Dieu !
s'écria lord Nelvil ; — et il embrassa sa fille en versant
beaucoup de larmes.

Lucile alors se montra, et prenant Juliette par la
main, elle dit à son époux en anglais : — C'est trop,
mylord, de vouloir aussi détourner de moi l'affection
de ma fille ; cette consolation m'était due dans mon
malheur. — En achevant ces mots, elle emmena
Juliette. Lord Nelvil voulut en vain la suivre, elle s'y
refusa ; et seulement, à l'heure du dîné, il apprit qu'elle
était sortie pendant plusieurs heures, seule, et sans dire
où elle allait. Il s'inquiétait mortellement de son
absence, lorsqu'il la vit revenir avec une expression de
douceur et de calme dans la physionomie, tout-à-fait
différente de ce qu'il attendait. Il voulut enfin lui
parler avec confiance, et tâcher d'obtenir d'elle son
pardon par la sincérité ; mais elle lui dit : — Souffrez,
mylord, que cette explication, nécessaire à tous les
deux, soit encore retardée. Vous saurez dans peu les
motifs de ma prière. —

Pendant le dîné, elle mit dans la conversation
beaucoup plus d'intérêt que de coutume : plusieurs
jours se passèrent ainsi, durant lesquels Lucile se
montrait constamment plus aimable et plus animée

qu'à l'ordinaire. Lord Nelvil ne pouvait rien concevoir à ce changement. Voici quelle en était la cause. Lucile avait été très blessée des visites de sa fille chez Corinne, et de l'intérêt que lord Nelvil paraissait prendre aux progrès que les leçons de Corinne faisaient faire à cette enfant. Tout ce qu'elle avait renfermé dans son cœur depuis si long-temps, s'était échappé dans ce moment; et, comme il arrive aux personnes qui sortent de leur caractère, elle prit tout à coup une résolution très vive, et partit pour aller voir Corinne, et lui demander si elle était résolue à la troubler toujours dans son sentiment pour son époux. Lucile se parlait à elle-même avec force, jusqu'au moment où elle arriva devant la porte de Corinne. Mais il lui prit alors un tel mouvement de timidité, qu'elle n'aurait jamais pu se résoudre à entrer, si Corinne, qui l'aperçut de sa fenêtre, ne lui eût envoyé Thérésine pour la prier de venir chez elle. Lucile monta dans la chambre de Corinne, et toute son irritation contre elle disparut en la voyant; elle se sentit au contraire profondément attendrie par l'état déplorable de la santé de sa sœur, et ce fut en pleurant qu'elle l'embrassa.

Alors commença, entre les deux sœurs, un entretien plein de franchise de part et d'autre. Corinne donna la première l'exemple de cette franchise; mais il eût été impossible à Lucile de ne pas le suivre. Corinne exerça sur sa sœur l'ascendant qu'elle avait sur tout le monde. On ne pouvait conserver avec elle ni dissimulation ni contrainte. Corinne ne cacha point à Lucile qu'elle se croyait certaine qu'elle n'avait plus que peu de temps à vivre : et sa pâleur et sa faiblesse ne le prouvaient que trop. Elle aborda simplement avec Lucile les sujets d'entretien les plus délicats; elle lui parla de son bonheur et de celui d'Oswald. Elle savait par tout ce que le prince Castel-Forte lui avait raconté, et mieux encore par ce qu'elle avait deviné, que la contrainte et la froideur existaient souvent dans leur intérieur ; et se servant alors de l'ascendant que lui donnaient et son esprit et la fin prochaine dont elle était menacée, elle s'occupa généreusement de rendre Lucile plus heureuse avec lord Nelvil. Connaissant parfaitement le caractère de celui-ci, elle fit comprendre à Lucile pourquoi il avait besoin de trouver dans celle qu'il aimait une manière d'être à quelques égards différente de la sienne ; une confiance spontanée, parceque sa réserve naturelle l'empêchait de la solliciter ; plus d'intérêt, parcequ'il était susceptible de découragement ; et de la gaieté, précisément parcequ'il souffrait de sa propre tristesse. Corinne se peignit elle-même dans les jours brillants de sa vie ; elle se jugea comme elle aurait pu juger une étrangère, et montra vivement à Lucile combien serait agréable une personne qui, avec la conduite la plus régulière et la moralité la plus rigide, aurait cependant tout le charme, tout l'abandon, tout le désir de plaire qu'inspire quelquefois le besoin de réparer des torts.

— On a vu, dit Corinne à Lucile, des femmes aimées non seulement malgré leurs erreurs, mais à cause de ces erreurs mêmes. La raison de cette bizarrerie est peut-être que ces femmes cherchaient à se montrer plus aimables pour se les faire pardonner, et n'imposaient point de gêne parcequ'elles avaient besoin d'indulgence. Ne soyez donc pas, Lucile, fière de votre perfection ; que votre charme consiste à l'oublier, à ne vous en point prévaloir. Il faut que vous soyez vous et moi tout à la fois ; que vos vertus ne vous autorisent jamais à la plus légère négligence pour vos agréments, et que vous ne vous fassiez point un titre de ces vertus pour vous permettre l'orgueil et la froideur. Si cet orgueil n'était pas fondé, il blesserait peut-être moins ; car user de ses droits refroidit le cœur plus que les prétentions injustes : le sentiment se plaît surtout à donner ce qui n'est pas dû. —

Lucile remerciait sa sœur avec tendresse de la bonté qu'elle lui témoignait, et Corinne lui disait : — Si je devais vivre, je n'en serais pas capable ; mais puisque je dois bientôt mourir, mon seul désir personnel est encore qu'Oswald retrouve dans vous et dans sa fille quelques traces de mon influence, et que jamais du moins il ne puisse avoir une jouissance de sentiment sans se rappeler Corinne. — Lucile revint tous les jours chez sa sœur, et s'étudiait par une modestie bien aimable, et par une délicatesse de sentiment plus aimable encore, à ressembler à la personne qu'Oswald avait le plus aimée. La curiosité de lord Nelvil s'accroissait tous les jours en remarquant les graces nouvelles de Lucile. Il devina bien vite qu'elle avait vu Corinne ; mais il ne put obtenir aucun aveu sur ce sujet. Corinne, dès son premier entretien avec Lucile, avait exigé le secret de leurs rapports ensemble. Elle se proposait de voir une fois Oswald et Lucile réunis, mais seulement, à ce qu'il paraît, quand elle se croirait assurée de n'avoir plus que peu d'instants à vivre. Elle voulait tout dire et tout éprouver à la fois ; et elle enveloppait ce projet d'un tel mystère, que Lucile elle-même ne savait pas de quelle manière elle avait résolu de l'accomplir.

CHAPITRE V.

Corinne, se croyant atteinte d'une maladie mortelle, souhaitait de laisser à l'Italie, et sur-tout à lord Nelvil, un dernier adieu qui rappelât le temps où son génie brillait dans tout son éclat. C'est une faiblesse qu'il faut lui pardonner. L'amour et la gloire s'étaient toujours confondus dans son esprit, et jusqu'au moment où son cœur fit le sacrifice de tous les attachements de la terre, elle désira que l'ingrat qui l'avait abandonnée sentît encore une fois que c'était à la femme de son temps qui savait le mieux aimer et penser qu'il avait donné la mort. Corinne n'avait plus la force d'improviser; mais dans la solitude elle composait encore des vers, et depuis l'arrivée d'Oswald elle semblait avoir repris un intérêt plus vif à cette occupation. Peut-être désirait-elle de lui rappeler avant de mourir son talent et ses succès, enfin, tout ce que le malheur et l'amour lui faisaient perdre. Elle choisit donc un jour pour réunir dans une des salles de l'académie de Florence tous ceux qui désiraient entendre ce qu'elle avait écrit. Elle confia son dessein à Lucile, et la pria d'amener son époux. — Je puis vous le demander, lui dit-elle, dans l'état où je suis.

Un trouble affreux saisit Oswald, en apprenant la résolution de Corinne. Lirait-elle ses vers elle-même ? Quel sujet voulait-elle traiter ? Enfin, il suffisait de la possibilité de la voir pour bouleverser entièrement l'ame d'Oswald. Le matin du jour désigné, l'hiver, qui se fait si rarement sentir en Italie, s'y montra pour un moment comme dans les climats du nord. On entendait un vent horrible siffler dans les maisons. La pluie battait avec violence sur les carreaux des fenêtres, et, par une singularité dont il y a cependant plus d'exemples en Italie que par-tout ailleurs, le tonnerre se faisait entendre au milieu du mois de janvier, et mêlait un sentiment de terreur à la tristesse du mauvais temps. Oswald ne prononçait pas un seul mot, mais toutes les sensations extérieures semblaient augmenter le frisson de son ame.

Il arriva dans la salle avec Lucile. Une foule immense y était rassemblée. A l'extrémité, dans un endroit fort obscur, un fauteuil était préparé, et lord Nelvil entendait dire autour de lui que Corinne devait s'y placer, parcequ'elle était si malade, qu'elle ne pourrait pas réciter elle-même ses vers. Craignant de se montrer, tant elle était changée, elle avait choisi ce moyen pour voir Oswald, sans être vue. Dès qu'elle sut qu'il y était, elle alla voilée vers ce fauteuil. Il fallut la soutenir pour qu'elle pût avancer. Sa démarche était chancelante. Elle s'arrêtait de temps en temps pour respirer, et l'on eût dit que ce court espace était un pénible voyage. Ainsi, les derniers pas de la vie sont toujours lents et difficiles. Elle s'assit, chercha des yeux à découvrir Oswald, l'aperçut, et, par un mouvement tout-à-fait involontaire, elle se leva, tendit les bras vers lui, mais retomba l'instant d'après, en détournant son visage comme Didon lorsqu'elle rencontre Énée dans un monde où les passions humaines ne doivent plus pénétrer. Le prince Castel-Forte retint lord Nelvil, qui, tout-à-fait hors de lui, voulait se précipiter à ses pieds ; il le contint par le respect qu'il devait à Corinne en présence de tant de monde.

Une jeune fille vêtue de blanc et couronnée de fleurs parut sur une espèce d'amphithéâtre qu'on avait préparé. C'était elle qui devait chanter les vers de Corinne. Il y avait un contraste touchant entre ce visage si paisible et si doux, ce visage où les peines de la vie n'avaient encore laissé aucune trace, et les paroles qu'elle allait prononcer. Mais ce contraste même avait plu à Corinne. Il répandait quelque chose de serein sur les pensées trop sombres de son ame abattue. Une musique noble et sensible prépara les auditeurs à l'impression qu'ils allaient recevoir. Le malheureux Oswald ne pouvait détacher ses regards de Corinne, de cette ombre qui lui semblait une apparition cruelle dans une nuit de délire ; et ce fut à travers ses sanglots qu'il entendit ce chant du cygne, que la femme envers laquelle il était si coupable lui adressait encore au fond du cœur.

DERNIER CHANT DE CORINNE.

« Recevez mon salut solennel, ô mes concitoyens !
Déjà la nuit s'avance à mes regards ; mais le ciel n'est-
il pas plus beau pendant la nuit ? Des milliers d'étoiles
le décorent. Il n'est de jour qu'un désert. Ainsi les
ombres éternelles révèlent d'innombrables pensées que
l'éclat de la prospérité faisait oublier. Mais la voix qui
pourrait en instruire s'affaiblit par degrés ; l'ame se
retire en elle-même, et cherche à rassembler sa dernière chaleur.

« Dès les premiers jours de ma jeunesse, je promis
d'honorer ce nom de Romaine qui fait encore tressaillir
le cœur. Vous m'avez permis la gloire, oh ! vous,
nation libérale, qui ne bannissez point les femmes de
son temple, vous qui ne sacrifiez point des talents
immortels aux jalousies passagères, vous qui toujours
applaudissez à l'essor du génie : ce vainqueur sans
vaincus, ce conquérant sans dépouilles, qui puise dans
l'éternité pour enrichir le temps.

« Quelle confiance m'inspirait jadis la nature et la
vie ! Je croyais que tous les malheurs venaient de ne
pas assez penser, de ne pas assez sentir, et que déjà sur
la terre on pouvait goûter d'avance la félicité céleste
qui n'est que la durée dans l'enthousiasme, et la
constance dans l'amour.

« Non, je ne me repens point de cette exaltation
généreuse, non, ce n'est point elle qui m'a fait verser
des pleurs dont la poussière qui m'attend est arrosée.
J'aurais rempli ma destinée, j'aurais été digne des
bienfaits du ciel, si j'avais consacré ma lyre retentis-
sante à célébrer la bonté divine manifestée par l'univers.

« Vous ne rejetez point, ô mon Dieu ! le tribut des
talents. L'hommage de la poésie est religieux, et les
ailes de la pensée servent à se rapprocher de vous.

« Il n'y a rien d'étroit, rien d'asservi, rien de limité

dans la religion. Elle est l'immense, l'infini, l'éternel ; et loin que le génie puisse détourner d'elle, l'imagination dès son premier élan dépasse les bornes de la vie, et le sublime en tout genre est un reflet de la divinité.

« Ah ! si je n'avais aimé qu'elle, si j'avais placé ma tête dans le ciel à l'abri des affections orageuses, je ne serais pas brisée avant le temps ; des fantômes n'auraient pas pris la place de mes brillantes chimères. Malheureuse ! mon génie, s'il subsiste encore, se fait sentir seulement par la force de ma douleur ; c'est sous les traits d'une puissance ennemie qu'on peut encore le reconnaître.

« Adieu donc, mon pays, adieu donc, la contrée où je reçus le jour. Souvenirs de l'enfance, adieu. Qu'avez-vous à faire avec la mort ? Vous qui dans mes écrits avez trouvé des sentiments qui répondaient à votre ame, oh ! mes amis, dans quelque lieu que vous soyez, adieu. Ce n'est point pour une indigne cause que Corinne a tant souffert. Elle n'a pas du moins perdu ses droits à la pitié.

« Belle Italie ! c'est en vain que vous me promettez tous vos charmes, que pourriez-vous pour un cœur délaissé ? Ranimeriez-vous mes souhaits pour accroître mes peines ? Me rappelleriez-vous le bonheur pour me révolter contre mon sort ?

« C'est avec douceur que je m'y soumets. Oh vous qui me survivrez ! quand le printemps reviendra, souvenez-vous combien j'aimais sa beauté, que de fois j'ai vanté son air et ses parfums ! Rappelez-vous quelquefois mes vers, mon ame y est empreinte ; mais des muses fatales, l'amour et le malheur, ont inspiré mes derniers chants.

« Quand les desseins de la Providence sont accomplis sur nous, une musique intérieure nous prépare à l'arrivée de l'ange de la mort. Il n'a rien d'effrayant, rien de terrible ; il porte des ailes blanches, bien qu'il marche entouré de la nuit ; mais avant sa venue, mille présages l'annoncent.

« Si le vent murmure, on croit entendre sa voix. Quand le jour tombe, il y a de grandes ombres dans la campagne qui semblent les replis de sa robe traînante. A midi, quand les possesseurs de la vie ne voient qu'un ciel serein, ne sentent qu'un beau soleil, celui que l'ange de la mort réclame aperçoit dans le lointain un nuage qui va bientôt couvrir la nature entière à ses yeux.

« Espérance, jeunesse, émotions du cœur, c'en est donc fait. Loin de moi des regrets trompeurs : si j'obtiens encore quelques larmes, si je me crois encore aimée, c'est parceque je vais disparaître; mais si je ressaisissais la vie, elle retournerait bientôt contre moi tous ses poignards.

« Et vous, Rome, où mes cendres seront transportées, pardonnez, vous qui avez tant vu mourir, si je rejoins d'un pas tremblant vos ombres illustres, pardonnez-moi de me plaindre. Des sentiments, des pensées peut-être nobles, peut-être fécondes, s'éteignent avec moi, et, de toutes les facultés de l'ame que je tiens de la nature, celle de souffrir est la seule que j'aie exercée tout entière.

« N'importe, obéissons. Le grand mystère de la mort, quel qu'il soit, doit donner du calme. Vous m'en répondez, tombeaux silencieux; vous m'en répondez, divinité bienfaisante! J'avais choisi sur la terre, et mon cœur n'a plus d'asile. Vous décidez pour moi : mon sort en vaudra mieux. »

Ainsi finit le dernier chant de Corinne. La salle retentit d'un triste et profond murmure d'applaudissements. Lord Nelvil, ne pouvant soutenir la violence de son émotion, perdit entièrement connaissance. Corinne en le voyant dans cet état voulut aller vers lui; mais ses forces lui manquèrent au moment où elle essayait de se lever : on la rapporta chez elle; et depuis ce moment il n'y eut plus d'espoir de la sauver.

Elle fit demander un prêtre respectable en qui elle avait une grande confiance et s'entretint long-temps avec lui. Lucile se rendit auprès d'elle ; la douleur d'Oswald l'avait tellement émue, qu'elle se jeta elle-même aux pieds de sa sœur pour la conjurer de le recevoir. Corinne s'y refusa, sans qu'aucun ressentiment en fût la cause. — Je lui pardonne, dit-elle, d'avoir déchiré mon cœur ; les hommes ne savent pas le mal qu'ils font, et la société leur persuade que c'est un jeu de remplir une ame de bonheur, et d'y faire ensuite succéder le désespoir. Mais, au moment de mourir, Dieu m'a fait la grace de retrouver du calme, et je sens que la vue d'Oswald remplirait mon ame de sentiments qui ne s'accordent point avec les angoisses de la mort. La religion seule a des secrets pour ce terrible passage. Je pardonne à celui que j'ai tant aimé, continua-t-elle d'une voix affaiblie ; qu'il vive heureux avec vous. Mais quand le temps viendra qu'à son tour il sera prêt à quitter la vie, qu'il se souvienne alors de la pauvre Corinne. Elle veillera sur lui, si Dieu le permet, car on ne cesse point d'aimer, quand ce sentiment est assez fort pour coûter la vie. —

Oswald était sur le seuil de la porte, quelquefois voulant entrer malgré la défense positive de Corinne, quelquefois anéanti par la douleur. Lucile allait de l'un à l'autre : ange de paix entre le désespoir et l'agonie.

Un soir on crut que Corinne était mieux, et Lucile obtint d'Oswald qu'ils iraient ensemble passer quelques instants auprès de leur fille ; ils ne l'avaient pas vue depuis trois jours. Corinne pendant ce temps se trouva plus mal et remplit tous les devoirs de sa religion. On assure qu'elle dit au vieillard vénérable qui reçut ses aveux solennels : Mon père, vous connaissez maintenant ma triste destinée, jugez-moi. Je ne me suis jamais vengée du mal qu'on m'a fait ; jamais une douleur vraie ne m'a trouvée insensible ; mes fautes ont été celles des passions, qui n'auraient pas été condamnables en elles-mêmes, si l'orgueil et la faiblesse humaine n'y avaient pas mêlé l'erreur et l'excès. Croyez-vous, ô mon père, vous que la vie a plus long-temps éprouvé que moi, croyez-vous que Dieu me pardonnera? — Oui, ma fille, lui dit le vieillard, je l'espère; votre cœur est-il maintenant tout à lui? — Je le crois, mon père, répondit-elle; écartez loin de moi ce portrait (c'était celui d'Oswald), et mettez sur mon cœur l'image de celui qui descendit sur la terre, non pour la puissance, non pour le génie, mais pour la souffrance et la mort; elles en avaient grand besoin. — Corinne aperçut alors le prince Castel-Forte qui pleurait auprès de son lit. — Mon ami, lui dit-elle, en lui tendant la main, il n'y a que vous près de moi dans ce moment. J'ai vécu pour aimer, et sans vous je mourrais seule. — Et ses larmes coulèrent à ce mot; puis elle dit encore: Au reste ce moment se passe de secours; nos amis ne peuvent nous suivre que jusqu'au seuil de la vie. Là commencent des pensées dont le trouble et la profondeur ne sauraient se confier. —

Elle se fit transporter sur un fauteuil, près de la fenêtre, pour voir encore le ciel. Lucile revint alors, et le malheureux Oswald ne pouvant plus se contenir, la suivit, et tomba sur ses genoux en approchant de Corinne. Elle voulut lui parler, et n'en eut pas la force. Elle leva ses regards vers le ciel, et vit la lune qui se couvrait du même nuage qu'elle avait fait remarquer à lord Nelvil quand ils s'arrêtèrent sur le bord de la mer en allant à Naples. Alors elle le lui montra de sa main mourante, et son dernier soupir fit retomber cette main.

Que devint Oswald? Il fut dans un tel égarement, qu'on craignit d'abord pour sa raison et pour sa vie. Il suivit à Rome la pompe funèbre de Corinne. Il s'enferma long-temps à Tivoli, sans vouloir que sa femme ni sa fille l'y accompagnassent. Enfin l'attachement et le devoir le ramenèrent auprès d'elles. Ils

retournèrent ensemble en Angleterre. Lord Nelvil
donna l'exemple de la vie domestique la plus régulière
et la plus pure. Mais se pardonna-t-il sa conduite
passée? Le monde qui l'approuva le consola-t-il? Se
contenta-t-il d'un sort commun, après ce qu'il avait
perdu? Je l'ignore, et ne veux, à cet égard, ni le
blâmer, ni l'absoudre.

NOTES DE L'AUTEUR

Page 40.

1. Ancone est à peu près à cet égard dans le même dénûment qu'alors.

Page 48.

2. Cette réflexion est puisée dans une épitre sur Rome, de M. de Humboldt, frère du célèbre voyageur, et ministre de Prusse à Rome. Il est difficile de rencontrer nulle part un homme dont l'entretien et les écrits supposent plus de connaissances et d'idées [a].

Page 67.

3. Il faut excepter de ce blâme, sur la manière de déclamer des Italiens, d'abord le célèbre Monti, qui dit les vers comme il les fait. C'est véritablement un des plus grands plaisirs dramatiques que l'on puisse éprouver, que de l'entendre réciter l'Episode d'Ugolin, de Francesca di Rimini, la mort de Clorinde, etc.

Page 68.

4. Il paraît que lord Nelvil faisait allusion à ce beau distique de Properce :

Ut caput in magnis ubi non est ponere signis ;
Ponitur hîc imos ante corona pedes [b].

Page 99.

5. Un Français, dans la dernière guerre, commandait le château Saint-Ange ; les troupes napolitaines le sommèrent de capituler, il répondit qu'il se rendrait quand l'ange de bronze remettrait son épée dans le fourreau [c].

6. Ces faits se trouvent dans *l'Histoire des républiques italiennes du moyen âge,* par M. Simonde, Génevois [d]. Cette histoire sera certaine-

ment considérée comme une autorité ; car l'on voit, en la lisant, que son auteur est un homme d'une sagacité profonde, aussi consciencieux qu'énergique dans sa manière de raconter et de peindre.

Page 100.

7. Eine Welt zwar bist du, o Rom ; doch ohne die Libe Ware die Welt nicht die Welt, ware denn Rom aucht nicht Rom [e].

Ces deux vers sont de Goethe, le poëte de l'Allemagne, le philosophe, l'homme de lettres vivant, dont l'originalité et l'imagination sont les plus remarquables.

Page 103.

8. On dit que cette église de Saint-Pierre est une des principales causes de la réformation, parcequ'elle a coûté tant d'argent aux papes, que pour la bâtir ils ont multiplié les indulgences.

Page 108.

9. Les minéralogistes affirment que ces lions ne sont pas de basalte, parceque la pierre volcanique qu'on désigne aujourd'hui sous ce nom ne saurait exister en Egypte ; mais comme Pline appelle basalte la pierre égyptienne dont ces lions sont formés, et que l'historien des arts, Winckelmann, leur conserve aussi ce nom, j'ai cru pouvoir m'en servir dans son acception primitive.

Page 110.

10.   Carpite nunc, tauri, de septem collibus herbas,
            Dum licet. Hîc magnæ jam locus urbis erit.

                                                    TIBULLE.

Hoc quodeunque vides, hospes, quàm maxima Roma est,
Ante Phrygem Ænean collis et herba fuit, etc.
                              PROPERCE, lib. IV, el. 1 [f].

Page 118.

11. Auguste est mort à Nola, comme il se rendait aux eaux de Brundise, qui lui étaient ordonnées ; mais il partit mourant de Rome [g].

Page 131.

12. Viximus insignes inter utramque facem.

                                        PROPERCE [h].

Page 135.

13. *Plin. Hist. natur. l.* III. Tiberis.. .... quamlibet magnorum navium ex Italo mari capax, rerum in toto orbe nascentium

mercator placidissimus, pluribus probè solus quàm ceteri in omni-
bus terris amnes, accolitur, aspiciturque villis. Nullique fluviorum
minùs licet, inclusis utrinque lateribus : nec tamen ipse pugnat,
quanquam creber ac subitis incrementis, et nusquàm magis aquis
quàm in ipsà urbe stagnantibus. Quin imò vates intelligitur potiùs
ac monitor, auctu semper religiosus veriùs quàm sævus [1].

Page 148.

14. C'est la danse de madame Recamier qui m'a donné l'idée de
celle que j'ai essayé de peindre.

Cette femme si célèbre par sa grace et sa beauté offre l'exemple, au
milieu de ses revers, d'une résignation si touchante et d'un oubli si
total de ses intérêts personnels, que ses qualités morales semblent à
tous les yeux aussi remarquables que ses agréments.

Page 164.

15. M. Roscoe, auteur de l'Histoire des Médicis, a fait paraître
plus nouvellement, en Angleterre, une histoire de Léon X, qui est un
véritable chef-d'œuvre en ce genre, et il y raconte toutes les marques
d'estime et d'admiration que les princes et le peuple d'Italie ont
données aux hommes de lettres distingués ; il montre aussi avec
impartialité qu'un grand nombre de papes ont eu, à cet égard, une
conduite très libérale [j].

Page 175.

16. Cesarotti, Verri, Bettinelli sont trois auteurs vivants qui ont
mis de la pensée dans la prose italienne [k]. Il faut avouer que ce n'est
pas à cela qu'on la destine depuis long-temps.

Page 187.

17. Giovanni Pindemonte a publié nouvellement un théâtre dont
les sujets sont pris dans l'histoire italienne, et c'est une entreprise
très intéressante et très louable. Le nom de Pindemonte est aussi
illustré par Hippolito Pindemonte, l'un des poëtes actuels de l'Italie
qui a le plus de charme et de douceur [l].

Page 188.

18. On vient de publier les œuvres posthumes d'Alfieri, où se
trouvent beaucoup de morceaux très piquants ; mais on peut
conclure, d'un essai dramatique assez bizarre qu'il a fait sur sa
tragédie d'Abel, qu'il sentait lui même que ses pièces étaient trop
austères, et qu'il fallait sur la scène accorder davantage aux plaisirs
de l'imagination.

Page 211.

19. Je me suis permis d'emprunter ici quelques passages du
discours *sur la Mort,* qui se trouve dans *le Cours de Morale religieuse* par

M. Necker. Un autre ouvrage de lui, *l'Importance des Opinions religieuses* [m], ayant eu le plus éclatant succès, on le confond quelquefois avec celui-ci, qui parut dans des temps où l'intention était distraite par les événements politiques. Mais j'ose affirmer que *le Cours de Morale religieuse* est le plus éloquent ouvrage de mon père. Aucun ministre d'état, je crois, avant lui, n'avait composé des ouvrages pour la chaire chrétienne ; et ce qui doit caractériser ce genre d'écrit fait par un homme qui a tant eu affaire avec les hommes, c'est la connaissance du cœur humain et l'indulgence que cette connaissance inspire : il semble donc que, sous ces deux rapports, *le Cours de Morale* est complètement original. Les hommes religieux, d'ordinaire, ne vivent pas dans le monde ; les hommes du monde, pour la plupart, ne sont pas religieux : où serait-il donc possible de trouver à ce point l'observation de la vie et l'élévation qui en dégage ? Je dirai, sans craindre qu'on attribue mon opinion à mon sentiment, que, parmi les écrits religieux, ce livre est l'un des premiers qui consolent l'être sensible et intéressent les esprits qui réfléchissent sur les grandes questions que l'ame et la pensée agitent sans cesse en nous-mêmes.

Page 223.

20. Dans un journal, intitulé *l'Europe,* on peut trouver des observations pleines de profondeur et de sagacité sur les sujets qui conviennent à la peinture ; j'y ai puisé plusieurs des réflexions qu'on vient de lire ; M. Frédéric Schlegel en est l'auteur : c'est une mine inépuisable que cet écrivain, et que les penseurs allemands en général [n].

Page 237.

21. Les tableaux historiques qui composent la galerie de Corinne sont des copies ou des originaux du Brutus de David, du Marius de Drouet, du Bélisaire de Gérard. Parmi les autres tableaux cités, celui de Didon a été fait par M. Rehberg, peintre allemand ; celui de Clorinde est dans la galerie de Florence ; celui de Macbeth est dans la collection anglaise des tableaux pour Shakespeare, et celui de Phèdre est de Guérin ; enfin, les deux paysages de Cincinnatus et d'Ossian sont à Rome, et M. Wallis, peintre anglais, en est l'auteur [o].

Page 240.

22. Je demandais à une petite fille toscane, laquelle était la plus jolie d'elle ou de sa sœur ? Ah ! me répondit-elle, *il più bel viso è il mio,* le plus beau visage est le mien.

Page 245.

23. Un postillon italien, qui voyait mourir son cheval, priait pour lui et s'écriait : *O sant' Antonio, abbiate pietà dell' anima sua !* O saint Antoine, ayez pitié de son ame !

24. Il faut lire, sur ce carnaval de Rome, une charmante description de Goethe, qui en est un tableau aussi fidèle qu'animé [p].

Page 284.

25. Il y a une charmante description du lac d'Albane dans un recueil de poésies de madame Bruun, née Munter, l'une des femmes de son pays dont le talent et l'imagination méritent le plus d'éloges [q].

Page 335.

26. Discours *sur les devoirs des enfants envers leurs pères. Cours de Morale religieuse.* Voyez la note 19.

27. Discours *sur l'Indulgence, dans le cours de Morale religieuse.* Voyez la note 19.

Page 357.

28. M. Elliot, ministre d'Angleterre, a sauvé la vie d'un vieillard, à Naples, de la même manière que lord Nelvil [r].

Page 386.

29. Il ne faut pas confondre le nom de Corinne avec celui de la Corilla, improvisatrice italienne, dont tout le monde a entendu parler. Corinne était une femme grecque célèbre par la poésie lyrique ; Pindare lui-même avait reçu des leçons d'elle [s].

Page 400.

30. Une ancienne tradition appuie le préjugé d'imagination qui persuade à Corinne que le diamant avertit de la trahison : on trouve cette tradition rappelée dans des vers espagnols dont le caractère est vraiment singulier. Le prince Fernand, Portugais, les adresse, dans une tragédie de Caldéron [t], au roi de Fez, qui l'a fait prisonnier. Ce prince aima mieux mourir dans les fers que de livrer à un roi maure une ville chrétienne que son frère, le roi Edouard, offrait pour le racheter. Le roi maure, irrité de ce refus, fit éprouver les plus indignes traitements au noble prince qui, pour le fléchir, lui rappelle que la miséricorde et la générosité sont les vrais caractères de la puissance suprême. Il lui cite tout ce qu'il y a de royal dans l'univers : le lion, le dauphin, l'aigle, parmi les animaux ; il cherche aussi parmi les plantes et les pierres, les traits de bonté naturelle que l'on attribue à celles qui semblent dominer toutes les autres, et c'est alors qu'il dit que le diamant, qui sait résister au fer, se brise de lui-même, et se fond en poudre pour avertir celui qui le porte de la trahison dont il est menacé. On ne peut savoir si cette manière de considérer toute la nature comme en rapport avec les sentiments et la destinée de l'homme est mathématiquement vraie ; toujours est-il qu'elle plaît à l'imagination, et que la poésie en général, et les poëtes espagnols en particulier, en tirent de grandes beautés.

Caldéron ne m'est connu que par la traduction en allemand d'Auguste Wilhelm Schlegel. Mais tout le monde sait en Allemagne que cet écrivain, l'un des premiers poëtes de son pays, a trouvé le moyen aussi de transporter dans sa langue, avec la plus rare perfection, les beautés poétiques des Espagnols, des Anglais, des Italiens et des Portugais. On peut avoir une idée vivante de l'original quel qu'il soit, quand on le lit dans une traduction ainsi faite.

Page 406.

31. M. Dubreuil, très-habile médecin français, avait un ami intime, M. de Péméja, homme aussi distingué que lui. M. Dubreuil tomba malade d'une maladie mortelle et contagieuse, et l'intérêt qu'il inspirait remplissant sa chambre de visites, M. Dubreuil appela M. de Péméja, et lui dit : — Il faut renvoyer tout ce monde, vous savez bien, mon ami, que ma maladie est contagieuse, il ne doit y avoir que vous ici. — Quel mot ! Heureux celui qui l'entend ! M. de Péméja mourut quinze jours après son ami.

Page 433.

32. Parmi les auteurs comiques italiens qui peignent les mœurs, il faut compter le chevalier de Rossi, Romain, qui a singulièrement, dans ses pièces, l'esprit observateur et satirique *.

Page 480.

33. Talma ayant passé plusieurs années de sa vie à Londres, a su réunir dans son admirable talent le caractère et les beautés de l'art théâtral des deux pays *.

Page 516.

34. Après la mort du Dante, les Florentins, honteux de l'avoir laissé périr loin de son séjour natal, envoyèrent une députation au pape, pour le prier de leur rendre ses restes ensevelis à Ravenne ; mais le pape s'y refusa, trouvant avec raison que le pays qui avait donné asile à l'exilé, était devenu sa patrie, et ne voulant point se dessaisir de la gloire attachée à posséder son tombeau.

35. Alfieri dit que ce fut en se promenant dans l'église Santa-Croce, qu'il sentit, pour la première fois, l'amour de la gloire ; et c'est là qu'il est enseveli. L'épitaphe qu'il avait composée d'avance pour sa respectable amie madame la comtesse d'Albany et pour lui, est la plus touchante et la plus simple expression d'une amitié longue et parfaite *.

Page 560.

36. On avait annoncé, pour deux heures après midi, une éclipse de soleil à Bologne ; le peuple se rassembla sur la place publique pour la voir, et impatient de ce qu'elle tardait, il l'appelait

impétueusement comme un acteur qui se fait attendre; enfin elle commença, et comme le temps nébuleux empêchait qu'elle ne produisît un grand effet, il se mit à la siffler à grand bruit, trouvant que le spectacle ne répondait pas à son attente.

DOSSIER

VIE DE MME DE STAËL
1766-1817

1766. 22 avril. Naissance d'Anne-Louise-Germaine Necker, à Paris.

1776. 21 octobre. Necker est nommé directeur des Finances adjoint.

1777. Juin. Il devient directeur général des Finances, poste qu'il perdra le 19 mai 1781.

1784. Necker achète le château de Coppet, près de Genève, en pays de Vaud.

De septembre à mai 1785, les Necker voyagent dans le midi de la France et reviennent dans la région parisienne.

1786. 14 janvier. Après de longues négociations, Mlle Necker épouse le baron de Staël, ambassadeur de Suède. Elle ouvre rue du Bac un salon bientôt très important, adresse sa première lettre au roi de Suède, Gustave III, compose *Sophie ou les sentiments secrets*.

1787. 13 avril. Necker est exilé par lettre de cachet pendant deux mois.

22 juillet. Mme de Staël met au monde une fille, Gustavine, qui mourra le 7 avril 1789.

1788. 26 août. Necker est rappelé aux Finances. A l'automne, Mme de Staël rencontre le comte de Narbonne, qui sera sa première liaison. A la fin de l'année, publication privée des *Lettres sur les ouvrages et le caractère de J.-J. Rousseau*, qui suscitera une polémique et sera de nombreuses fois réédité.

1789. 11 juillet. Renvoi et exil de Necker; Mme de Staël accompagne ses parents jusqu'à Bâle. Quelques jours plus tard, Necker est rappelé; Mme de Staël effectue avec ses parents le triomphal voyage de retour à Paris. Elle assiste aux principaux événements de la Révolution commençante.

1790. Mai-août. Elle écrit son *Éloge de Monsieur de Guibert*, ami de ses parents, mort en mai.

31 août. Naissance de son premier fils, Auguste, qui mourra en 1827 sans postérité.

3 septembre. Démission de Necker qui se retire définitivement

en Suisse. Désormais, Mme de Staël séjournera plusieurs mois chez lui, chaque année.

1791. 16 avril. Elle publie un article, dans le journal *Les Indépendants,* le premier article qu'on connaisse d'elle. Tous ne sont pas identifiés. Elle travaille à la nomination de Narbonne au ministère de la Guerre, poste qu'il obtient le 6 décembre.

1792. 9 mars. Renvoi de Narbonne.

10 août. Mme de Staël sauve plusieurs amis menacés.

2 septembre. Elle manque d'être massacrée en place de Grève et part le 3 pour la Suisse.

20 novembre. Naissance à Rolle (pays de Vaud) de son second fils, Albert.

1793. 20 janvier-25 mai. Elle séjourne en Angleterre avec des amis émigrés, dont Narbonne, Talleyrand et Mathieu de Montmorency. Elle travaille à *De l'influence des passions.*

Eté. Elle rencontre le comte de Ribbing, exilé de Suède comme complice de l'assassinat de Gustave III, et s'éprend de lui. Elle cache des amis menacés de mort qu'elle fait évader de France.

Début septembre. Elle publie les *Réflexions sur le procès de la reine.*

1794. Avril. Elle publie une nouvelle, *Zulma,* sans doute écrite quelques années auparavant.

15 mai. Mort de Mme Necker.

Eté. Rupture avec Narbonne. Ribbing séjourne près de Mme de Staël.

18 septembre. Première rencontre avec Benjamin Constant, qui lui fera bientôt la cour, longtemps sans succès.

Fin de l'année. Première édition des *Réflexions sur la paix* imprimée en Suisse par François de Pange, grand ami de Mme de Staël.

1795. Février. Les *Réflexions sur la paix* sont publiées à Paris.

Avril ou mai. *Recueil de morceaux détachés,* dont l'*Essai sur les fictions.*

25 mai. Elle rentre à Paris, accompagnée de Benjamin Constant. M. de Staël est redevenu ambassadeur.

3 juin. Mme de Staël publie dans les journaux une profession de foi républicaine et Constant, le 24, son premier article.

Fin juillet. Mme de Staël fait imprimer les *Réflexions sur la paix intérieure* qu'elle ne publiera pas à cause des troubles.

Début septembre. Elle quitte Paris par prudence avant les journées de Vendémiaire ; un peu plus tard, elle part pour la Suisse avec Constant.

1796. Printemps. Fin de la liaison avec Ribbing.

Elle ne peut plus rentrer à Paris et publie en septembre ou octobre *De l'influence des passions.*

1797. 8 juin. Naissance d'Albertine de Staël.

Juin. Fondation du Club constitutionnel par Mme de Staël, Constant et quelques autres.

16 juillet. Talleyrand est nommé ministre des Relations extérieures grâce à elle.

6 décembre. Elle rencontre Bonaparte pour la première fois et le voit de temps à autre dans les semaines qui suivent.

1798. Elle écrit *Des circonstances actuelles pour terminer la Révolution,* qu'elle ne publiera pas.

1799. 9 novembre-18 brumaire. Elle arrive à Paris.

24 décembre. Constant est nommé au Tribunat.

1800. Fin avril. Mme de Staël publie *De la littérature.*

Décembre. Chateaubriand, que Mme de Staël a pourtant contribué à faire radier des listes d'émigrés, attaque *De la littérature* dans *le Mercure de France.*

Mme de Staël séjourne à Paris jusqu'en mai 1801 et obtient sa séparation d'avec M. de Staël.

Dans l'hiver, elle fait la connaissance de Mme Récamier, qui deviendra une de ses meilleures amies.

1802. 17 janvier. Constant est exclu du Tribunat.

9 mai. Mort à Poligny de M. de Staël, que Mme de Staël ramenait très malade à Coppet.

Août. Necker publie les *Dernières vues de politique et de finances* qui lui vaudront, ainsi qu'à sa fille, la disgrâce du Premier Consul.

Décembre. Mme de Staël publie *Delphine,* qui suscite, comme *De la littérature,* une violente polémique dans la presse. Bonaparte lui interdit le séjour à Paris.

1803. Septembre. Elle se rapproche de Paris ; Bonaparte l'exile de nouveau.

25 octobre. Mme de Staël part pour l'Allemagne en compagnie de Constant.

14 décembre. Arrivée à Weimar ; elle est très bien reçue à la cour et rencontre notamment Goethe et Schiller.

1804. 8 mars. Elle arrive seule à Berlin et décide August Wilhelm Schlegel à la suivre à Coppet comme précepteur de ses enfants.

9 avril. Mort de Necker.

Automne. Mme de Staël publie les *Manuscrits de M. Necker,* précédés par « Du caractère de M. Necker et de sa vie privée ». Sous son impulsion, son ami bernois Bonstetten publie en français son *Voyage sur la scène des six derniers livres de l'Énéide.* Sismondi commence son *Histoire des républiques italiennes.*

11 décembre. Départ pour l'Italie avec ses trois enfants et Schlegel.

20 décembre. Arrivée à Turin où la rejoint Sismondi.

27 décembre. Départ pour Milan, où elle arrive le 29 et rencontre le poète Monti.

1805. 14 janvier. Départ pour Rome, via Plaisance, le 15, Parme, le 16, Bologne du 21 au 24, Ancône, le 28.

3 février. Arrivée à Rome.

17 février. Départ pour Naples où elle arrive le 21.

26. Excursion au Vésuve ; le 27, à Pompéi.

Début mars, Pouzzoles, Cumes, le cap Misène.

9 mars. Départ de Naples. Retour à Rome. Elle va dans la société romaine, ébauche un flirt avec Pedro de Souza. Excursions aux environs de Rome.

Vers le 8 mai. Départ de Rome.

12 mai. Elle est à Florence pour quelques jours.

21 mai. Elle est à Bologne, du 25 au 28 à Padoue, le 29, à Venise pour quelques jours.

4 juin. Retour à Milan, d'où elle part le 15 pour Coppet. Constant veut l'épouser ; elle refuse.

Eté. Elle commence *Corinne.* C'est aussi le début des grands jours de Coppet et de la liaison avec Prosper de Barante, fils du préfet de Genève et futur historien.

21 août. Visite de Chateaubriand à Coppet.

Hiver. Elle compose *Agar dans le désert,* pour son théâtre de société et écrira d'autres pièces.

1806. 19 avril. Elle s'installe près d'Auxerre et y reçoit de nombreux amis.

18 septembre. Elle va à Rouen.

30 octobre. Près d'elle, Constant commence dans le secret un roman, d'où sortira *Adolphe.*

29 novembre. Mme de Staël passe l'hiver au château d'Acosta, près de Meulan, où elle achève *Corinne.*

1807. Printemps. Sismondi publie les quatre premiers tomes de l'*Histoire des républiques italiennes.*

27 avril. Mme de Staël part pour Coppet, l'empereur ayant renouvelé l'interdit.

1er mai. Publication de *Corinne.* Succès immédiat.

12, 14 et 16 mai. Constant publie trois articles sur *Corinne* dans *Le Publiciste ;* il y réfute les attaques de certains journaux.

Eté. A Ouchy, Mme de Staël joue plusieurs pièces de théâtre. Constant commence *Wallstein.*

Automne. Schlegel publie la *Comparaison entre la Phèdre d'Euripide et celle de Racine.* Polémique.

4 décembre. Mme de Staël part pour Vienne où elle arrive le 28.

1808. Hiver. Elle sort dans la société viennoise, fréquente le prince de Ligne, a une liaison avec le comte Maurice O'Donnell, officier dans l'armée autrichienne. Elle commence à faire un choix des écrits du prince de Ligne.

Mars. Schlegel fait un *Cours de littérature dramatique*, qui sera publié en français à Paris en 1814.

22 mai. Mme de Staël quitte Vienne.

5 juin. Constant épouse secrètement Charlotte de Hardenberg.

Début juillet. De retour à Coppet, Mme de Staël commence *De l'Allemagne*.

1809. Janvier. Constant publie *Wallstein*.

Février. Les *Lettres et pensées du prince de Ligne* sont publiées avec une préface de Mme de Staël.

1810. Avril. Elle s'installe au château de Chaumont; l'éditeur Nicolle commence à faire imprimer *De l'Allemagne*.

3 juin. Fouché est remplacé comme ministre de la Police par Savary, duc de Rovigo, beaucoup plus dur.

23 septembre. Mme de Staël achève la correction des épreuves.

24 septembre. Interdiction du livre et ordre d'exil.

6 octobre. Départ pour Coppet.

1811. La surveillance se renforce; elle ne peut vivre qu'à Coppet et Genève. Elle se lie avec John Rocca, officier genevois, revenu invalide de la guerre d'Espagne.

Mai. Schlegel met en sûreté à Vienne un exemplaire de *De l'Allemagne*. Mme de Staël commence les *Dix années d'exil*, compose un drame, *Sapho*, écrit les *Réflexions sur le suicide*, mais ne publie rien.

1812. 7 avril. Naissance secrète de Louis-Alphonse Rocca, fils de John Rocca et de Mme de Staël, qui mourra en 1842 sans postérité.

23 mai. Elle s'évade de Coppet pour gagner l'Angleterre via l'Est de l'Europe.

6-22 juin. Séjour à Vienne.

14 juillet. Elle passe la frontière de l'Empire russe à Brody.

2 août. Elle séjourne à Moscou jusqu'au 7, un mois avant le grand incendie.

13 août. Elle arrive à Pétersbourg, d'où elle part le 7 octobre pour Stockholm.

24 octobre. Elle arrive à Stockholm, auprès de Bernadotte.

Hiver. Elle commence les *Considérations sur la Révolution française* et la 2e partie des *Dix années d'exil*.

1813. Janvier. Elle publie les *Réflexions sur le suicide*.

9 juin. Départ pour Londres.

12 juillet. Son fils Albert de Staël, officier dans l'armée suédoise, est tué en duel.

De l'Allemagne paraît en français à Londres. L'action politique de Mme de Staël en Europe se fait de plus en plus importante contre Napoléon.

1814. 6 avril. Abdication de Napoléon.

12 mai. Mme de Staël rentre à Paris et rouvre son salon.

19 juillet. Retour à Coppet pour l'été.

1815. 10 mars. A l'annonce du débarquement de Golfe Juan, elle se réfugie à Coppet.

Septembre. Elle se rallie sans joie aux Bourbons et fiance sa fille à Victor, duc de Broglie.

Décembre. Elle va passer l'hiver en Italie avec Rocca très malade.

1816. Janvier. A Milan, elle publie *De l'esprit des traductions* qui sera le point de départ d'une polémique importante pour le jeune romantisme italien. Elle passe le reste de l'hiver à Pise.

20 février. Mariage de sa fille, qui mourra en 1838. La descendance de la duchesse de Broglie s'illustrera dans les domaines politique, littéraire et scientifique.

Printemps. Mme de Staël séjourne à Florence.

Mai. Constant publie *Adolphe* à Londres.

Été à Coppet, où elle voit souvent Byron.

10 octobre. Elle épouse secrètement Rocca à Coppet avant de rentrer à Paris ; elle nourrit le projet d'un voyage en Orient pour écrire une épopée sur la troisième croisade.

1817. 21 février. Elle tombe paralysée.

14 juillet. Mort de Mme de Staël.

1818. Publication des *Considérations sur la Révolution française*.

1820. Publication des *Œuvres complètes* avec les *Considérations* et les *Dix années d'exil* inachevées.

NOTICE

Rédaction et publication

Mme de Staël rentre d'Italie à Coppet en juin 1805. Au milieu de l'ordinaire et de l'extraordinaire de la vie, des visites, des représentations théâtrales qu'elle organise, des amours avec Prosper de Barante, des scènes avec Constant, elle commence *Corinne*. Le dernier manuscrit est achevé vers la fin de l'automne 1806. On voit là, comme toujours, son étonnante capacité de concentration.

Le 12 novembre, Sismondi lui écrit : « Que vous êtes bonne de m'admettre au petit conseil qui délibérera sur les épreuves », ce qui nous donne une indication sur les méthodes de travail de la romancière.

Dans les deux années qui précèdent *Corinne*, elle a lu, pris des notes, réfléchi. Elle s'est procuré des livres : une soixantaine d'écrivains italiens figurent dans sa bibliothèque ainsi qu'une vingtaine d'ouvrages consacrés à l'Italie par des auteurs de nationalités diverses. C'est un chiffre minimal : sa bibliothèque est si vaste qu'on ne peut tout y repérer. Mais Mme de Staël dispose en outre des livres de ses amis et elle en emprunte à la bibliothèque de l'Académie de Genève (l'actuelle Bibliothèque publique et universitaire).

On a malheureusement conservé peu de chose du premier manuscrit. Le second, qui est de la main de Mme de Staël, permet d'entrevoir ce que fut la première version. Viennent ensuite deux copies corrigées. La deuxième a servi à l'impression : subsistent 3 500 pages en tout.

Le roman fut publié par Nicolle qui sera, en 1810, l'éditeur malheureux de *De l'Allemagne* et qui l'avait acheté pour 7 200 francs, plus 150 exemplaires sur papier ordinaire et 20 sur vélin. Trois corrections d'épreuves avaient été prévues, dont aucune n'a été retrouvée. Le livre fut publié le 1er mai 1807. Mme de Staël l'envoya à ses amis un peu partout en Europe et l'adressa à l'Empereur.

C'est de propos délibéré, écrit Sismondi, qu'elle s'est abstenue de « toute action, toute parole qui fût un hommage à la puissance ». Il lui aurait été facile de faire discrètement allégeance. Elle ne le fit pas plus que pour ses livres précédents.

Il y a également une intention politique dans le fait que le roman ne se situe pas à l'époque de la domination française, domination que Mme de Staël n'acceptait pas. En 1795, les Français ne sont pas encore en Italie ; en 1805, leur influence n'est pas encore très visible et la francisation n'a fait que commencer. Néanmoins ce sont eux qui ont déclenché la marche vers l'unité et c'est cela qu'ont vu certains patriotes italiens. Mais, comme pour l'Allemagne, il est difficile à Mme de Staël de parler de l'état présent d'un pays en plein devenir et partiellement conquis. Ainsi, elle ne dit rien du roi et de la reine de Naples, ennemis jurés de Napoléon ; en revanche elle insiste sur l'asservissement de Venise, vendue par Bonaparte aux Autrichiens. On trouve ici et là des allusions à la France impériale : le luxe et la tyrannie sous l'Empire romain ; la simplicité des époques républicaines ; le triomphe sans larmes d'une femme artiste opposé à celui des généraux vainqueurs ; le Tasse rendu fou par le duc de Ferrare, c'est-à-dire le conflit entre l'écrivain et le pouvoir.

Napoléon reprocha sur-le-champ à Mme de Staël de n'avoir rien dit de ce qu'il faisait en Italie ; il prit également très mal que les Français ne fussent cités en exemple dans aucun domaine, politique, art ou littérature. A Sainte-Hélène, il prétendra que, si Mme de Staël avait écrit un mot sur son action, il lui aurait pardonné : mais que n'a-t-il pas dit dans son exil ! De toute manière, les principes et les buts de sa politique allaient à l'encontre des opinions de Mme de Staël, pour laquelle la liberté n'est pas octroyée et doit se conquérir de l'intérieur, en dehors de toute domination étrangère.

Elle avait espéré que sa réputation d'écrivain, confirmée par ce nouveau livre, lui vaudrait quelque indulgence et surtout ce retour à Paris qui était le plus cher de ses vœux. L'Empereur, plus ou moins exactement renseigné par d'autres informateurs que Fouché qu'il accusait de complaisance à l'égard de Mme de Staël, continua à voir en elle une dangereuse intrigante. Une fois de plus, il confirma l'exil à quarante lieues (soit 160 km) de Paris et Mme de Staël reprit le chemin de Coppet. Cependant il ne lança pas la presse contre *Corinne* comme il l'avait fait au moment de la publication de *Delphine*. Les attaques furent ainsi moins violentes et l'on n'y retrouve pas la grossièreté avec laquelle certains s'en étaient pris au précédent roman. Pourtant, à peu d'exceptions près, sottise et ignorance se donnèrent un cours assez généreux, en même temps qu'une sorte de haine contre une femme écrivain qui se mêlait de traiter de matières aussi sérieuses, aussi typiquement viriles que la politique, la haute littérature ou les beaux-arts. Un journaliste écrivit et c'est tout un code moral et social qui s'exprime par là : « Une femme qui se distingue par d'autres qualités que celles de son sexe contrarie l'ordre général. »

L'incompréhension de tant d'esprits bornés et rameutés contre les Lumières fut telle que Benjamin Constant, dans un sursaut d'indignation, rédigea un très bel article publié dans trois numéros du *Publiciste* en mai 1807. Reprenant l'essentiel des attaques venues de gens qu'il méprisait, il montre bien qu'il n'est pas de ceux qui se résignent à l'enlisement de la littérature sous le poids de la réaction politique et d'une crise de la conscience bourgeoise ; ni lui ni Mme de Staël n'acceptent que la sensiblerie, l'affectation remplacent la sensibilité et le naturel et que le bonheur soit obligatoirement la récompense de la vertu. Avec eux, c'est toute l'attitude du groupe de Coppet qui est illustrée, celle d'une pensée neuve dont l'écho est encore faible en France, sinon du côté de *La Décade philosophique,* qui est l'organe des idéologues, et du *Publiciste* où, grâce à Suard, son fondateur, s'expriment Mme de Staël et ses amis.

En Italie, au moment où le livre est traduit *, la presse est assez médiocre, très contrôlée, et les Italiens, confrontés à leur portrait, n'étaient pas assez mûrs pour comprendre certaines vérités qui leur étaient assenées. Ils en furent blessés et trouvèrent même insuffisamment chaleureux les discours de Corinne, si ardents qu'ils fussent pour la défense de leur pays. En 1815, à Milan, l'accueil fait à Mme de Staël sera très chaleureux, huit ans ayant suffi pour retourner l'opinion en sa faveur.

Parler ici de la postérité du livre entraînerait trop loin sur un terrain à peine exploré. Pendant tout le XIXᵉ siècle, *Corinne* fut plus souvent réédité que *Delphine*. Bien des voyageurs ont visité l'Italie en lisant le roman en même temps que leurs guides touristiques. Très vite, *Corinne* fut traduit en plusieurs langues et paradoxalement, alors qu'en dehors d'une publication en 1979 aux Éditions des Femmes, le livre a connu en France une longue éclipse, on continue à le traduire, et jusqu'en Chine populaire, ce qui aurait certainement enchanté Mme de Staël.

Notre texte

Le roman fut d'abord publié en mai 1807 dans une édition in-8°, le format préféré de Mme de Staël. Presque aussitôt, Nicolle en publia une autre, in-12, qu'il considéra — il le dit lui-même — comme une deuxième édition, bien qu'il ne l'ait pas numérotée. La même année, il publie la troisième édition « revue et corrigée », en format in-12, qui comporte environ 150 corrections demandées par Mme de Staël.

---

* Traduction de l'abbé Carlo Mengoni, Florence, Piatti, 1808.

C'est le texte de cette troisième édition que nous reproduisons. Il existe plusieurs éditions pirates, qui semblent plutôt la reproduction de la première. Celles-là n'ont pas d'intérêt quant à l'établissement du texte puisque Mme de Staël ne les a pas vues. Une quatrième édition entièrement recomposée dans les mêmes caractères que la troisième et dans le même format a été publiée, toujours par Nicolle, en 1809. Il n'y a aucune correction, seulement de nombreux changements dans la ponctuation et des coquilles. Dans la cinquième édition, en 1812, il y a une douzaine de corrections, et autant dans la sixième, en 1817, imprimée dans des caractères tout différents. L'édition de *Corinne* dans les *Œuvres complètes* (1820), surveillées par les héritiers, comporte environ 150 autres corrections, dont nous ignorons l'origine. Mme de Staël ne s'occupait de ses ouvrages après leur publication que dans la mesure où elle devait faire face à des polémiques ou améliorer son texte, mais cela à chaud, en quelque sorte. Plus tard, sollicitée par d'autres travaux, elle les abandonnait, les oubliait. Aurait-elle laissé par hasard un exemplaire avec des corrections que son fils Auguste aurait utilisé en 1820 ? On n'en a pas de preuve. En revanche, Auguste de Staël, qui est allé très loin dans la correction des œuvres posthumes de sa mère, a pu en faire autant pour les œuvres publiées de son vivant, quoique dans une moindre mesure. L'édition des *Œuvres complètes* reste donc à vérifier, sauf pour les titres qui ont déjà fait l'objet d'une édition critique, mais l'ensemble de l'œuvre est encore loin d'être établi. Nous nous sommes contentés de citer ici une dizaine de variantes.

En ce qui concerne notre texte, s'il est parfois différent des éditions courantes, c'est que nous reproduisons la troisième édition et non celle procurée par Auguste de Staël en 1820, qui est la plus souvent utilisée mais certainement pas la plus sûre.

Les particularités orthographiques de cette troisième édition sont pour partie dues à Mme de Staël, en tout cas acceptées par elle. Les pluriels en -ans sont rares. La ponctuation dans l'ensemble obéit à une certaine logique sauf les points de suspension, dont nous avons respecté le nombre. Voici la liste des principales particularités : alongé, ame, amoncèle, analise, Ancone, annuller, appaiser, attéré, aussi-bien, une autrefois, Bocace, cotterie, coup-d'œil, dès-lors, domter, entr'ouvrir, évènement, génevois, grace, guères, indomtable, insçu, Justiniani, long-temps, Magdelaine, mêts, mords pour mors, naguères, parceque, par-tout, plûtot pour plus tôt, poësie ou poésie, poëte ou poète, rhythme, schall, simpathie, sur-tout, Sybille ou Sibylle, vingt-un.

L'annotation a été volontairement très réduite. On pourra se reporter à notre livre sur *Les Carnets de voyage de Madame de Staël* (Genève, Droz, 1971).

BIBLIOGRAPHIE

Andlau (Béatrix d'). — *La Jeunesse de Mme de Staël, de 1766 à 1786.* — Genève, Droz, 1970.

Balayé (Simone). — « Le Dossier Staël. » (*Romantisme*, n° 20, 1978.)

— *Madame de Staël : Lumières et liberté.* — Paris, Klincksieck, 1979.

— « Le Groupe de Coppet, conscience d'une mission commune. » (2ᵉ Colloque de Coppet.)

— *Madame de Staël et l'Europe.* [Catalogue de l'exposition organisée à la Bibliothèque Nationale.] — Paris, B.N., 1966.

Diesbach (Ghislain de). — *Madame de Staël.* — Paris, Perrin, 1983.

Herold (J. Christopher). — *Mistress to an Age.* — Indianapolis, Bobbs-Merril, 1956. Traduit par Michelle Maurois : *Madame de Staël.* — Paris, Plon, 1962.

Lang (André). — *Une vie d'orages.* — Paris, Calmann-Lévy, 1958.

Larg (David Glass). — *Madame de Staël, la vie dans l'œuvre.* — Paris, Champion, 1924-1928. 2 vol.

Pange (Comtesse Jean de). — *Auguste-Guillaume Schlegel et Madame de Staël.* — Paris, Albert, 1938.

Pellegrini (Carlo). — *Madame de Staël e il gruppo di Coppet.* 2ª edizione. — Bologna, Patròn, 1974.

Sainte-Beuve. — *Madame de Staël,* p. p. Maurice Allem. — Paris, Garnier, 1932. (L'article que Sainte-Beuve publia en mai 1835 dans la *Revue des Deux Mondes,* puis inséra en 1844 dans ses *Portraits de femmes,* figure également dans le tome II des *Œuvres* de Sainte-Beuve paru dans la « Bibliothèque de la Pléiade » en 1951.)

Colloques

Le Groupe de Coppet. 2ᵉ Colloque de Coppet, juillet 1974. — Genève, Slatkine ; Paris, Champion, 1977.

Madame de Staël et l'Europe. 1er Colloque de Coppet, juillet 1966. — Paris, Klincksieck, 1971.

Bibliographie pour *Corinne.*

Balayé (Simone). — *Les Carnets de voyage de Madame de Staël, contribution à le genèse de ses œuvres.* — Genève, Droz, 1971.
— « Constant, lecteur de *Corinne.* » (*Benjamin Constant,* congrès de Lausanne, 1967, Genève, Droz, 1968.)
— « *Corinne* et la presse parisienne de 1807. » (*Approches des Lumières, mélanges offerts à Jean Fabre,* Paris, Klincksieck, 1974.)
— « *Corinne* et les amis de Madame de Staël. » (*Revue d'histoire littéraire de la France,* janvier 1966. — Cet article cite un texte que l'on croyait de Barante; il s'est révélé depuis être une rédaction abandonnée de *Corinne.*)
— « Corinne et la ville italienne. » (*France et Italie dans la culture européenne,* t. III : XIXe et XXe siècles. *Mélanges à la mémoire de Franco Simone,* Genève, Slatkine, 1984.)
— « *Corinne* et Rome ou le chant du cygne. » (*Thèmes et figures du siècle des Lumières, mélanges offerts à Roland Mortier,* Genève, Droz, 1980.)
— « Du sens romanesque de quelques œuvres d'art dans *Corinne.* » (*Littératures, mélanges offerts à André Monchoux,* publié par l'Université de Toulouse-Le Mirail, 1979.)
— « Fonction romanesque de la musique dans *Corinne.* » (*Romantisme,* septembre 1972.)
— « Madame de Staël, Napoléon et l'indépendance italienne. » (*Revue des sciences humaines,* janvier 1969.)
Constant (Benjamin). — « *Corinne ou l'Italie* par Madame de Staël-Holstein. » (*Le Publiciste,* 12, 14 et 16 mai 1807.) Reproduit dans : Benjamin Constant, *Recueil d'articles, 1795-1817,* p. p. Ephraïm Harpaz. — Genève, Droz, 1978. Constant a refondu ces trois articles en 1829 pour les publier dans les *Mélanges de littérature et de politique* sous le titre : « De Madame de Staël et de ses ouvrages », qu'on trouvera dans l'édition des *Œuvres* de Constant parue dans la « Bibliothèque de la Pléiade » en 1957.
Dejob (Charles). — *Madame de Staël et l'Italie.* - - Paris, A. Colin, 1890.
Didier (Béatrice). — « Le Paysage chez Madame de Staël. » (*Revue d'histoire littéraire de la France,* janvier 1966.)
Gennari (Geneviève). — *Le Premier Voyage de Madame de Staël en Italie et la genèse de* Corinne. — Paris, Boivin, 1947.
Gutwirth (Madelyn). « Madame de Staël's debt to *Phèdre : Corinne.* » (*Studies in Romanticism,* 3, 1964.)
— *Madame de Staël, novelist, the emergence of the artist as woman.* — Urbana, University of Illinois press, 1979.

Herrmann (Claudine). — « Corinne et la femme de génie. » (*Cahiers staëliens*, 1984.)

Lehtonen (Maija). — « Le Fleuve du temps et le fleuve de l'Enfer. » (*Neuphilologische Mitteilungen*, 1967.)

Moers (Ellen). — « Performing heroinism : the myth of *Corinne*. » (*Harvard English studies*, 6, *The Worlds of Victorian fiction*, 1975.)

Mortier (Roland). — *La Poétique des ruines en France*. — Genève, Droz, 1974.

Pellegrini (Carlo). — « *Corinne* e il suo aspetto politico. » (1er chapitre de son livre *Letteratura e storia nell'Ottocento francese*, Roma, Edizioni di storia e letteratura, 1967. Plus complet que « *Corinne* et son aspect politique », 1er Colloque de Coppet.)

— « Il Sismondi, la Staël e la traduzione italiana di *Corinne*. » (*Rivista delle biblioteche e degli archivi*, nuova serie, 1925.)

Poulet (Georges). — « *Corinne* et *Adolphe*, deux romans conjugués. » (*Revue d'histoire littéraire de la France*, juillet-août 1978.)

Schlegel (August Wilhelm). — « Une étude critique de *Corinne* », traduit par Axel Blaeschke et Jacques Arnaud. (*Cahiers staëliens*, juin 1973.)

Simone (Franco). — « La Littérature italienne dans *Corinne*. » (*Madame de Staël et l'Europe*, 1er Colloque de Coppet.)

Sismondi. — *De la littérature du Midi de l'Europe*. 2e éd. — Paris, Treuttel et Würtz, 1829.

Tripet (Arnaud). — « Madame de Staël et la rêverie italienne. » (*Saggi e ricerche di letteratura francese*, 1980 ; *Cahiers staëliens*, 1981.)

Correspondance de Mme de Staël ayant trait à *Corinne* (aperçu)

Correspondance générale, en cours de publication. Texte établi et présenté par Béatrice W. Jasinski. Déjà paru : des origines à mai 1804. T. I à IV. — Paris, Pauvert, 1960-1978. T. V, 1re partie. — Paris, Hachette, 1982.

Madame de Staël, ses amis et ses correspondants, choix de lettres... présenté et commenté par Georges Solovieff... — Paris, Klincksieck, 1970.

Lettres à un ami [Hochet], p. p. Jean Mistler. — Neuchâtel, La Baconnière, 1949.

Lettere inedite del Foscolo, del Giordani e della Signora di Staël a Vincenzo Monti [p.p. Giovanni et Achille Monti]. — Livorno, F. Vigo, 1876.

Lettres inédites de Madame de Staël a Vincenzo Monti, 1805-1816, p. p. Ilda Morosini. (*Giornale storico della letteratura italiana*, vol. 46, 1905.)

Madame de Staël, Don Pedro de Souza. Correspondance, p. p. Béatrix d'Andlau. — Paris, Gallimard, 1979.

Éditions de *Corinne*

Corinne ou l'Italie. — Paris, H. Nicolle, 1807. 2 vol. in-8°. (Paraît presque aussitôt une édition in-12 en 3 vol., considérée comme la 2e édition par Nicolle.)

— 3e édition revue et corrigée. — Paris, H. Nicolle, 1807. (Porte environ 150 corrections, manifestement de l'auteur. C'est celle qui fait foi.)

— 4e édition. — Paris, H. Nicolle, 1809. (Reproduction de la précédente ; l'édition a été entièrement recomposée.)

— 5e édition. — Paris, Mame ; Nicolle, 1812. (Certains exemplaires portent en outre L. Duprat-Duverger, également à Paris ; nous n'avons pas vu d'exemplaire sans cette mention. Il y a une douzaine de corrections dont on ignore si elles sont de l'auteur.)

— 6e édition. — Paris, H. Nicolle, 1817. (L'imprimeur est différent et l'édition entièrement recomposée, avec quelques corrections.)

— *Œuvres complètes.* — Paris, Treuttel et Würtz, 1820, tomes VIII et IX. (Avec environ 150 corrections, qui ne sont probablement pas de Mme de Staël. Voir les explications sur l'établissement du texte.)

— Édition féministe par Claudine Herrmann. — Paris, Editions Des femmes, 1979.

L'Association des études staëliennes publie des *Cahiers staëliens* depuis 1960, Librairie Jean Touzot, 38, rue Saint-Sulpice, 75006 Paris.

NOTES

Page 25.

a. Pétrarque, *Canzoniere,* sonnet CXLVI.

Livre I.

OSWALD

Page 32.   CHAPITRE II

a. A la fin de 1794, les armées françaises conquéraient la Hollande et se battaient sur le Rhin.

Page 40.   CHAPITRE IV

a. La cathédrale d'Ancône, S. Ciriaco, est peuplée de monuments romans, gothiques, baroques, autant de styles qui déplaisent à Mme de Staël.

Page 42.

b. Ancône, terre pontificale, accueillait les Juifs dans un ghetto, comme à Rome. Dans ce qui suit, Oswald sauve les classes les plus défavorisées, les Juifs, les fous et, dans un manuscrit de *Corinne,* les reclus du lazaret.

Livre II.

CORINNE AU CAPITOLE

Page 52.   CHAPITRE I

a. Sur *La Sibylle* du Dominiquin, voir plus loin p. 561 et note *a.*

Page 56. CHAPITRE II

a. Le prince *de* Castel-Forte : la particule est une faute qui s'est perpétuée depuis la première édition.

Page 59. CHAPITRE III

a. Saturne, détrôné par Jupiter et réduit à la condition de simple mortel, se réfugia en Ausonie, ancien nom d'une partie de l'Italie et, par extension, du pays entier; il y fonda un royaume parmi des peuplades encore sauvages. Ce fut l'âge d'or. Mme de Staël connaissait la légende par Ovide (*Fastes,* VI) et surtout par Virgile (*Énéide,* chant VII, récit d'Évandre).

Page 60.

b. Allusion à la chute de Constantinople en 1453 et aux savants grecs qui se réfugièrent en Italie avec les manuscrits qui ont joué un rôle si important dans l'éclosion de la Renaissance.

Livre III.

CORINNE

Page 72. CHAPITRE I

a. Mme de Staël se souvient peut-être de l'appartement d'Angelika Kauffmann, dont l'entrée était précédée d'une salle remplie de statues (cf. August von Kotzebue, *Souvenirs d'un voyage en Livonie, à Rome et à Naples,* traduction de Guilbert de Pixérécourt, Paris, 1806, t. III, p. 243) ; sur Angelika Kauffmann (1741-1807), voir préface p. 13. — A propos de la *Niobé,* on lira plus loin les réflexions de Corinne lorsqu'elle verra l'original à Florence (p. 518-519).

Livre IV.

ROME

Page 97. CHAPITRE II

a. Cette niche du Panthéon est toujours vide.

Page 99. CHAPITRE III

a. Bélisaire, général byzantin, prit Rome en 536 et résista aux Goths jusqu'en 538. Crescentius Nomentanus, en rébellion contre Grégoire V, s'enferma dans le château Saint-Ange et, battu, fut condamné à la pendaison par Othon III en 998. Arnaud de Brescia, qui prêchait la pauvreté évangélique, souleva les Romains contre le pape en 1145 pour restaurer la république romaine ; il fut vaincu en 1148 par Frédéric Barberousse et brûlé. Cola di Rienzi souleva le peuple de Rome contre les nobles, se fit tribun du peuple en 1344 et, après diverses péripéties, finit exécuté à la hache.

b. La place Saint-Pierre seule fut construite par Bernin. La via della Conciliazione a été percée en 1937.

Page 104.

c. Il était courageux de citer ces vers du *Misogallo* d'Alfieri (sonnet XVIII), où les envahisseurs français sont violemment attaqués. Texte exact : « Servi siamo ma servi ogni frementi. »

d. Autre allusion aux Français conquérants ; vers de *La Jérusalem délivrée* de l'Aristote (chant XV, strophe 20). Citation exacte : « Muoino le città, muoino i regni / Copre i fasti e le pompe arena e erba, / E l'uom, d'esser mortal, par che si sdegni. » La traduction est approximative et moins forte.

Page 105.

e. On croyait antique la statue de l'apôtre saint Pierre, alors qu'elle est probablement une œuvre d'Arnolfo di Cambio.

Page 106.

f. Il s'agit de la porte centrale exécutée par Filarète de 1439 à 1445 pour l'ancienne église.

Page 108.   CHAPITRE IV

a. Dante, *Purgatoire,* chant VI, vers 66.

Page 109.

b. Actuellement, on situe le temple de Jupiter Capitolin près de la roche Tarpéienne, à droite du temple de Jupiter Férétrien, à l'opposé de l'Aracoeli.

Page 112.

c. Il s'agit de la tribune des Rostres. Quant au temple de Jupiter Tonnant, on y voit aujourd'hui le temple de Vespasien.

Page 113.

d. Les colonnes dont il est question ont vu leur attribution changer lors des fouilles qui ont suivi le voyage de Mme de Staël (de même que les arcs) : ainsi, les colonnes qu'elle croit appartenir au temple de Jupiter Stator sont en réalité les restes du temple de Castor et Pollux. La colonne isolée qu'elle prend pour le débris du temple de Jupiter Gardien est en fait la colonne de Phocas. Les colonnes du temple élevé selon elle à la Concorde ou à la Victoire appartiennent en réalité au temple de Saturne, datant de la république et dont il ne reste qu'une plate-forme près du temple de

Vespasien. Quant au gouffre, selon la légende, il ne devait être comblé que par le bien le plus précieux : un bon citoyen, selon Marcus Curtius qui, pour cette raison, s'y précipita.

Page 116.

  e. Au XVIIIe siècle, Benoît XIV fit élever à l'intérieur du Colisée les quatorze petits oratoires d'un chemin de croix, aujourd'hui détruits.

Page 117.   CHAPITRE V

  a. Mme de Staël semble donner à l'ensemble des édifices du Palatin le nom de la *Domus aurea* de Néron, qui se trouve en fait de l'autre côté du forum.

  b. Quintus Hortensius (114-50 av. J.-C.) était un orateur célèbre et le rival de Cicéron. Il ne reste rien de ses discours.

Page 118.

  c. Le temple de la Fortune virile, d'origine républicaine, est devenu l'église des Arméniens, S. Maria Egiziaca.

  d. On doutait déjà de l'antiquité de l'arc d'Hortius Coclès : c'est en effet un arc médiéval ayant appartenu aux entrepôts fluviaux.

  e. L'Isola Teverina.

  f. On prenait quelquefois encore S. Maria in Cosmedin pour le temple de la Pudeur patricienne.

Page 119.

  g. Horace, *Odes,* I, 2 : « Vidimus flavum Tiberim retortis/litore Etrusco violenter undis / ire dejectum monumenta Regis / Templaque Vestae. » « Nous avons vu le Tibre jaune, ramenant violemment ses ondes loin du rivage étrusque, venir renverser le monument d'un roi et le temple de Vesta » (*Odes et épodes,* p. p. F. Villeneuve, Paris, Les Belles-Lettres, 1941, p. 8).

  h. On pensait que S. Nicolà in Carcere était un ancien temple construit sur une prison pour dettes afin de commémorer un acte de piété filiale, celui d'une fille allaitant son père. C'est le thème de la charité romaine, si fréquent dans la peinture néo-classique.

  i. L'épisode où Cacus vole les bœufs d'Hercule et les cache dans son antre figure dans l'*Énéide,* chant VIII.

  j. Sur Nicolas de Rienzi, voir plus haut, p. 99, note *a.* La maison de Rienzi, dite actuellement Casa di Crescenzio ou di Pilato, est probablement une tour des Crescenzi construite à la fin du Xe siècle.

Page 120.

  k. Les thermes de Titus et de Trajan se trouvent au-dessus de la Maison d'or de Néron, qu'ils ont enterrée lors de leur construction.

l. L'*Hercule Farnèse,* la *Flore* et le groupe de *Dircé :* ces statues furent découvertes au XVIe siècle dans les thermes de Caracalla sous Paul III Farnèse. Elles furent déposées au palais Farnèse à Rome, puis, lorsque l'héritage des Farnèse passa aux Bourbons, transportées à Naples, où Mme de Staël les vit et où elles se trouvent encore. *Page 122.*

m. Octavie était la sœur d'Auguste et la seconde épouse d'Antoine ; Auguste lui fit élever un portique dont les restes forment l'atrium de l'église S. Angelo in Pescheria. L'histoire de Tullie figure notamment dans les *Fastes* d'Ovide (VI, 585-610).

Livre V.

LES TOMBEAUX, LES ÉGLISES ET LES PALAIS

Page 129.   CHAPITRE I

a. Les restes du tombeau de Publius Biblius, qui date de la fin de la république, se trouvent près du monument de Victor-Emmanuel II, sur la place de Venise.

b. Confusion : la porte Saint-Sébastien est l'ancienne *porta Appia,* pratiquée dans le mur d'Aurélien. On situe actuellement la *porta Capena* près du Colisée dans une muraille plus ancienne.

c. Cicéron : dans la première *Tusculane,* selon Guattani, source de Mme de Staël.

d. Annibal : il s'agit en réalité d'un tombeau du IIe siècle, élevé à la mère d'Hérode Atticus.

Page 135.   CHAPITRE II

a. Horace, *Odes,* II, 14, 21. Le mot *Delli* n'y figure pas.

Page 138.   CHAPITRE III

a. Le tombeau d'Agrippa est une grande urne de porphyre que Clément XII Corsini, pape de 1730 à 1740, fit transporter du Panthéon dans la chapelle qu'il faisait construire à Saint-Jean-de-Latran. Elle y abrite ses restes.

Page 141.

b. L'un des deux palmiers se trouvait sur le Celio, à la villa Casali, disparue depuis, l'autre au couvent de Saint-Bonaventure sur le Palatin, où Oswald le verra (cf. p. 257).

Page 142.

c. Villa et palais Borghèse : à cette époque, la plupart des tableaux se trouvaient au palais et la villa, dans le nouveau décor imaginé par Marc-Antoine Borghèse, était réservée aux sculptures.

Livre VI.

LES MŒURS ET LE CARACTÈRE
DES ITALIENS

Page 148. CHAPITRE I

a. Mme de Staël a vu la tarentelle en Italie : Renato Penna qualifie sa description d'admirable (« La Tarentella napoletana, storia e leggende », *Rivista di etnografia,* 1963).

Page 152. CHAPITRE II

a. Mme de Staël a atténué la crudité de La Rochefoucauld : « Le moindre défaut des femmes qui se sont abandonnées à faire l'amour, c'est de faire l'amour » (maxime 131).

Page 154.

b. Otway, *Venise sauvée (Venice preserved, or a plot discover'd),* 1682.
c. Mme de Staël aimait tant ces vers de James Thomson sur le mariage heureux qui terminent le premier chant des *Saisons* (1726-1730) qu'elle en cite et traduit plus de cinquante dans *De la littérature*

Page 162. CHAPITRE III

a. Mme de Staël rencontra à Bologne Clotilda Tambroni, professeur de grec à l'université, travaillant chez elle au milieu d'un groupe d'érudits.

Page 164.

b. Pergolèse n'a pas été assassiné : il est mort tuberculeux à vingt six ans, en 1736, aux bains de Pouzzoles où il se soignait.

Livre VII.

LA LITTÉRATURE ITALIENNE

Page 173. CHAPITRE I

a. Poètes dont les plus connus sont l'humaniste Politien (1454-1494), qui fut l'un des ornements de la cour de Laurent le Magnifique, et le Napolitain Sannazar (1458-1530), auteur d'une *Arcadie* dont l'influence fut considérable en Europe. Quant au Florentin Filicaia (1642-1707), Mme de Staël avait imaginé d'incorporer dans *Corinne* son invocation à l'Italie.

Page 174.

b. Mme de Staël vit à Padoue Melchiorre Cesarotti (1730-1808), qui avait aussi traduit l'*Iliade* et les tragédies de Voltaire. Traduire paraissait à Mme de Staël une activité hautement estimable.

Page 175.

c. Gravina et Filangieri furent tous deux jurisconsultes. Gravina (1664-1718) fut l'un des fondateurs à Rome de l'académie de l'Arcade. Filangieri (1752-1788) est l'auteur de la *Science de la législation,* ouvrage influencé par le *Contrat social* de Rousseau et pour lequel Constant rédigea les commentaires de la traduction française.

Page 177.

d. Belle étrangère : l'expression vient d'une anecdote que Constant raconta à Mme de Staël et qu'il rappela dans son article sur *Corinne* (*Œuvres* de Constant, Pléiade, p. 872). On trouve la même anecdote sous une forme un peu différente dans les *Mélanges* posthumes (1798) de Mme Necker (III, 324).

Page 179. CHAPITRE II

a. Mme de Staël a pu voir à Turin le ballet de Gengis-kan, adapté de *L'Orphelin de la Chine* de Voltaire (dans Voltaire, le conquérant ne s'efface pas devant le fils du roi). Le second ballet, *Il Sacrificio di Curzio,* se donnait à Milan en 1805.

b. « Tragedia di lieto fine » ou « tragicommedia », terme qui s'est imposé en Italie selon une tradition qui remonte à *La Célestine.*

Page 180.

c. L'œuvre la plus célèbre de Maffei (1675-1755) est la tragédie de *Mérope* (1713) que Corinne va évoquer quelques pages plus loin.

Page 184.

d. Mme de Staël formule son jugement sur Alfieri avec précaution ; elle connaît la comtesse d'Albany, maîtresse du poète mort en 1803. C'est donc Oswald qui est chargé des restrictions et Corinne des éloges.

Page 191.

e. Pour donner à cette fête sa véritable dimension, il est bon de rappeler que le théâtre de société était très répandu à Rome comme ailleurs. Mme de Staël écrivit des pièces pour son théâtre et y interpréta de grands rôles. August Wilhelm Schlegel a traduit en allemand plusieurs pièces de Shakespeare, notamment *Roméo et Juliette.*

Page 195. CHAPITRE III

a. *Roméo et Juliette,* acte I, scène 5. Juliette, soudain amoureuse de Roméo, vient de découvrir que leurs familles s'opposeront à leur mariage, comme le père d'Oswald s'oppose à la passion de son fils pour Corinne.

Livre VIII.

LES STATUES ET LES TABLEAUX

Page 204.   CHAPITRE I

a. Ce mot de Thomas Walpole sur la marquise de Fleury figure dans les *Mélanges* de Mme Necker (II, 103) : « Que fait-on de cela au logis ? » mais il se rapporte au fatras de petites idées mal exprimées.

Page 206.

b. La via del Corso, la rue la plus animée et la plus élégante de la Rome d'alors.

Page 209.

c. L'apôtre : saint Paul, deuxième *Épître à Timothée,* I, 12.

Page 214.

d. Cette phrase indispensable de la première édition disparaît dès la troisième. Nous la rétablissons pour le sens.

Page 217.   CHAPITRE II

a. Le palais Giustiniani (qui se trouve près de la piazza Navona) contenait alors la plus riche collection d'antiques de Rome, après le Vatican et le Capitole. Lucien Bonaparte en achètera une partie.

b. Alexandre mourant : appelée aujourd'hui *Géant mourant,* cette statue se trouve aux Offices, à Florence, où Corinne la verra (cf. plus bas p. 518).

Page 219.

c. Cette collection d'animaux a été constituée sous Pie VI au musée Pio-Clementino, l'un des musées du Vatican ; il n'y a plus de statue de Tibère dans cette salle.

d. La collection égyptienne ne fut rassemblée aux musées du Vatican qu'en 1839 ; Mme de Staël put la voir au Vatican et au musée du Capitole.

e. Il s'agit de l'*Apollon du Belvédère,* exposé non loin du *Laocoon ;* les *Muses* sont aujourd'hui regroupées autour de l'*Apollon citharède.* Rappelons que Corinne possède une copie du *Laocoon* (voir plus haut p. 72).

f. Torse d'Hercule : plus connu sous le nom de *Torse du Belvédère.*

Page 220.

g. On appelait Monte-Cavallo la place du Quirinal à cause des statues des Dioscures tenant par la bride leur cheval, qui en occupaient le centre.

Page 221.

h. Mme de Staël connut Canova à Rome et visita son atelier.

Page 221. CHAPITRE III

a. Allusion discrète aux enlèvements d'œuvres d'art par les Français depuis 1796 et les campagnes de Bonaparte. Mme de Staël les avait donc vues à Paris.

Page 223.

b. Mme de Staël avait vu à Bologne la *Sainte Cécile* de Raphaël.

Page 227.

c. Mme de Staël avait vu à Paris la *Communion de saint Jérôme* du Dominiquin, qui revint ensuite à Rome, où elle se trouve au Vatican.

Page 230. CHAPITRE IV

a. L'édition de 1820 corrige cette faute.

Page 231.

b. Harpe éolienne : invention du savant jésuite Athanasius Kircher (1601-1680) ; Mme de Staël en avait acheté une en Allemagne en 1803.

Page 238.

c. La romance *Lochaber no more* est du poète écossais Allan Ramsay (1686-1758) ; c'était une chanson familière à Mme de Staël depuis sa jeunesse.

Livre IX.

LA FÊTE POPULAIRE ET LA MUSIQUE

Page 239. CHAPITRE I

a. Le carnaval, suspendu pendant la Révolution française jusqu'en 1800, n'eut pas lieu en 1795 : c'est une liberté de romancier. En 1805, les masques furent à leur tour autorisés. Mme de Staël ne vit que le premier jour du carnaval et raconte le dernier d'après des récits. Elle a lu notamment le *Carnaval* de Goethe (voir sa note 24).

Page 242.

b. Ces dragées étaient des pastilles de plâtre, qui mouchetaient ceux qui les recevaient.

Page 243.

c. C'est la fameuse course des chevaux libres, souvent représentée par les peintres.

Livre X.

LA SEMAINE SAINTE

Page 255. CHAPITRE I

a. Nicolas Gilbert, *Le Jugement dernier* (1773).

Page 256.

b. Le couvent de Saint-Bonaventure est construit sur une partie non fouillée du Palatin, et non sur le palais de Néron.

Page 258.

c. Dante, *Purgatoire,* chant VIII, vers 5-6. La citation est presque exacte.

Page 265. CHAPITRE IV

a. Miserere : le psaume 51, l'un des sept psaumes de la pénitence, a été mis en musique par Allegri en 1621. C'est celui que Mozart reconstitua de mémoire. Mme de Staël a apporté des modifications aux cérémonies suivantes pour accentuer certains effets. Le pape se trouvait en France à Pâques 1805.

b. Verset du *Dies irae.*

Page 266.

c. La coquille « absence » apparaît dans la troisième édition. Nous corrigeons d'après la première édition.

Page 269. CHAPITRE V

a. Dans diverses éditions, on peut lire « Nos », coquille évidente.

Page 275.

b. Un philosophe allemand : Kant, dans la *Critique de la raison pratique.*

Livre XI.

NAPLES ET L'ERMITAGE
DE St. SALVADOR

Page 285. CHAPITRE I

a. La demeure de Circé : le monte Circello.
b. Anxur est l'ancien nom de Terracina ; le mont Anxur porte des restes de constructions qu'on disait être l'ancien palais de Théodoric, roi des Goths.

Page 287.

c. Le Tasse, *La Jérusalem délivrée,* chant XIV, stance 32.

Page 289.

d. Première édition : « avait une véritable physionomie, tantôt ».
Dans l'édition de 1820 apparaît le mot « expression ».

Page 290.   CHAPITRE II

a. Rue de Tolède : actuellement via Roma.

b. Une grotte sous terre : les catacombes de Saint-Janvier, dans
les souterrains de Capo di Monte.

Page 291.

c. La Madone de la grotte : cette fête très populaire se déroulait
chaque année le 8 septembre près du Pausilippe.

Page 292.

d. L'abbé Ferdinando Galiani (1728-1787), diplomate, homme de
lettres, économiste, avait fréquenté assidûment le salon des Necker,
de même que Luigi Antonio Caraccioli (1721-1803), qui a publié de
nombreux ouvrages, notamment un éloge de Necker.

Page 300.   CHAPITRE IV

a. On avait alors dégagé à Pompéi la porte d'Herculanum, la via
dei Sepolcri, une bonne part des vie della Fortuna, di Nola, di
Stabia, le quartier des théâtres, la caserne des gladiateurs, le temple
d'Isis. Sur le reste poussaient la vigne et les fleurs.

Page 301.

b. Une petite équipe travaillait alors à Portici, sous la direction
d'un Anglais ; ces tentatives n'eurent qu'un succès très réduit.

Page 304.

c. Le Tasse, *La Jérusalem délivrée,* est cité avec quelques erreurs :
« Ne' qui gregge od armenti a' paschi a l'ombra / Guida bifolco mai,
guida pastore » (chant XIII, stance 3, *L'Enchantement de la forêt*).

Livre XII.

HISTOIRE DE LORD NELVIL

Page 319.   CHAPITRE II

a. La guerre : en février 1793.

Page 333.

b. Extrait avec quelques modifications du *Cours de morale religieuse* de Necker, déjà cité p. 208-211, et qui sera à nouveau utilisé p. 335. Voir les notes de l'auteur 19, 26 et 27.

Livre XIII.

LE VÉSUVE ET LA CAMPAGNE DE NAPLES

Page 344. CHAPITRE III

a. Virgile, *Géorgiques,* livre IV. Mme de Staël traduit *alebat* par « accueillait » au lieu de « nourrissait ».

Page 348. CHAPITRE IV

a. Mme de Staël avait exploré la région avec soin pour y situer cet épisode. Elle choisit le cap Misène, couronné d'une colline haute de 167 mètres, d'où l'on a une vue magnifique sur la baie de Naples et le golfe de Gaète.

Page 349.

b. On situait alors la grotte de la Sibylle sous la montagne de Cumes ; la vraie grotte, qui se trouve au-dessus de la précédente, a été découverte en 1932. — Quand Énée demande à la Sibylle la permission d'aller aux Enfers, celle-ci la lui accorde à condition de rapporter le rameau d'or qui pousse sur un arbre dans la forêt ; Énée trouve le rameau, guidé par des colombes (*Énéide,* chant VI).

c. Le Troyen téméraire : il s'agit de Misène, compagnon d'Énée ; comme Misène avait défié les dieux, Triton l'abîma sur les rocs en cet endroit (*Énéide,* chant VI). Virgile ne décrit pas les rochers, du moins pas ici.

d. Une montagne nouvelle : le Monte Nuovo, volcan surgi en 1538.

Page 351.

e. La Tour de la Patrie : Torre di Patria, près de Villa Linterno ; le mot *Patria* est le reste d'une ancienne inscription que Scipion avait choisie pour son tombeau. L'identification n'est pas certaine.

f. Comme Scipion, Marius avait une villa près du lac Averne. C'est dans les marais de Minturnes, au débouché du Garigliano dans la mer qu'il se cacha et fut découvert par un soldat cimbre, épisode retenu dans la galerie de Corinne (voir plus haut p. 233).

g. L'emplacement du tombeau d'Agrippine est perdu. Ce qu'on croyait en être les ruines est en réalité l'odéon d'une villa.

Page 353.

h. Il s'agit d'Agrippine l'Ancienne, veuve de Germanicus, mère de Caligula, qui mourut de mauvais traitements dans l'île de Pandataria (aujourd'hui Ventotene), au large de Cumes.

i. Mme de Staël a pu lire l'histoire de Marcus Junius Brutus et de Porcia, fille de Caton, dans Plutarque qui situait leurs adieux en Lucanie, dans l'île d'Élée.

Page 355.   CHAPITRE V

a. Il s'agit de la ballade du *Pêcheur,* que Goethe publia en 1778. Mme de Staël en fit deux traductions en janvier 1804, l'une en vers qu'elle envoya à Goethe, l'autre en prose qu'elle lut à la cour de Weimar. Constant note dans son journal, le 1ᵉʳ février 1804, que cette ballade fut insérée dans *La Saalnix* lors de la représentation à laquelle il assista à Weimar avec Mme de Staël (voir préface p. 11).

Livre XIV.

HISTOIRE DE CORINNE

Page 366.   CHAPITRE I

a. Première édition : « l'instinct des castors, dont les générations se succèdent ».

Page 374.   CHAPITRE II

a. C'est le résumé du roman de Mme de Charrière, *Lettres de mistriss Henley* (1784).

Page 377.   CHAPITRE III

a. Métastase, *Thémistocle,* vers adressés par le héros à Xerxès : « Tutto, signor : le ceneri degli avi / le sacre leggi, i tutelari Numi / la favella, i costume, / il sudor che mi costa, / Lo splendor che ne trassi, / l'aria, i tronchi, il terren, le mura, i sassi » (acte II, scène 8).

Page 378.

b. C'est ce que l'on a souvent dit à Mme de Staël lors de son exil à Coppet.

Page 384.

c. Première strophe de l'ode fameuse que Vincenzo Monti, réfugié à Paris, écrivit pour saluer la victoire de Marengo. Il est curieux de voir Mme de Staël citer une ode à la gloire de Bonaparte, vainqueur il est vrai des Autrichiens qui étaient honnis par les patriotes italiens. Voir préface p. 12.

Livre XV.

LES ADIEUX A ROME
ET LE VOYAGE A VENISE

Page 391.   CHAPITRE I

a. Dans la troisième édition, une coquille avait fait imprimer
« providence ». Nous corrigeons d'après la première édition.

Page 410.   CHAPITRE IV

a. Première édition : « remarquable, en l'apercevant au point du
jour, quelques femmes du peuple, furent étonnées de voir une telle
femme sortir à cette heure de l'église ; et leur imagination italienne et
religieuse croyant voir en elle quelque chose de miraculeux, elles se
jetèrent à genoux pour l'invoquer. Corinne fut émue de ce témoignage si naïf d'enthousiasme et soupira ».

Page 418.   CHAPITRE VI

a. Le comte de Sabran (1774-1846) était un familier de Coppet,
et le frère de Delphine de Custine, l'amie de Chateaubriand. —
Virgile : *Énéide,* chant III, vers 680.

Page 419.

b. L'auteur du *Pastor fido :* voir plus bas p. 567, note *a.*

Page 421.   CHAPITRE VII

a. Image empruntée à la huitième *Épigramme* de Goethe, que
Mme de Staël lut à Weimar.

Page 422.   CHAPITRE VIII

a. La République de Venise fut annexée par les Autrichiens lors
du traité de Campo Formio en 1797, puis lors du traité de Lunéville
en 1801.

Page 423.

b. Ligue de Cambrai : en 1508, l'Europe se ligua contre Venise
trop puissante.

Page 427.   CHAPITRE IX

a. A partir d'ici, Corinne se trouve dans le palais des Doges. Dans
la première édition, Mme de Staël avait confondu la salle du Grand
Conseil avec « la salle où les Deux-Cents se rassemblaient ».

b. Tintoret et son fils ont représenté soixante-treize doges.
L'absent est Marino Falieri, décapité en 1355 pour avoir tenté de

devenir dictateur. L'inscription est : « Hic est locus Marini Falethri, decapitati pro criminibus. »

c. Ce n'est pas le Jugement dernier mais *Le Paradis* de Tintoret, une des plus vastes compositions du monde. Sur la paroi nord de la salle du Grand Conseil, où est évoquée la lutte d'Alexandre III et de Barberousse, Federico Zuccaro a peint de 1582 à 1603 *Barberousse baisant les pieds du pape dans l'atrium de Saint-Marc.*

Page 428.

d. Deux des lions de l'arsenal furent pris au Pirée en 1687 ; deux autres proviennent de Délos ; le cinquième, datant de 1682, commémore la bataille de Lépante.

e. Le développement sur la Dalmatie s'inscrit dans une tradition où on trouve Herder (*Volkslieder,* 1778-1779), Goethe, dont Mme de Staël lisait en 1804 la *Triste ballade de la noble épouse d'Asan Aga* (« traduite du morlaque ») et, en France, Fauriel et plus tard Nodier (voir *Jean Sbogar,* 1818). Elle possédait le roman de la comtesse Rosenberg-Orsini, écrit en collaboration avec Benincasa qui l'offrit à Mme de Staël, *Les Morlaques* (1788) ; elle en reprend ici quelques erreurs (les expressions désignant les Romains et les Anglais, les cavernes sacrées).

Livre XVI.

LE DÉPART ET L'ABSENCE

Page 433.   CHAPITRE I

a. Mme de Staël vit *La Fille de l'air* de Gozzi à Venise et en fut charmée.

Page 446.   CHAPITRE III

a. Ces tempêtes existent réellement. George Sand, en 1842, en décrira une dans *Consuelo* (p. p. Léon Cellier et Léon Guichard, Paris, Garnier, 1959, I, 177).

Livre XVII.

CORINNE EN ÉCOSSE

Page 480.   CHAPITRE IV

a. Mme de Staël a rencontré Mrs. Siddons et son frère, l'acteur Kemble, en Angleterre en 1793 et les reverra souvent en 1813-1814. *Isabelle, or the fatal marriage* est une tragédie en cinq actes de David

Garrick (1757), adaptée d'une tragédie de Thomas Southerne, *The Fatal marriage, or the innocent adultery* (1693). Le rôle principal était tenu par Mrs. Siddons depuis 1782 et la pièce jouée régulièrement.

Page 499.   CHAPITRE IX

a. Première édition : « Mais l'infortunée parcourait au hasard les sombres allées d'une demeure qu'elle pouvait considérer autrefois comme la sienne, étrangère maintenant sur le sol paternel, isolée près de celui qu'elle avait espéré pour époux. »

Livre XVIII.

LE SÉJOUR A FLORENCE

Page 510.   CHAPITRE I

a. Les mots « se déchirent », qui figuraient dans la première édition, ont été bizarrement remplacés par des points de suspension dans la troisième édition.

Page 513.   CHAPITRE III

a. Le bois sur les bords de l'Arno : il s'agit du parc des Cascine.

Page 515.

b. Laurent de Médicis (le Magnifique) et son frère, le « beau » Julien, furent attaqués le 26 avril 1478 dans la cathédrale. Julien fut tué et Laurent vengea cruellement sa mort. Mais les tombeaux de Michel-Ange étaient destinés à d'autres Médicis, Julien, duc de Nemours, mort en 1516, et Laurent, duc d'Urbin, mort en 1519. Autre confusion, celle que fait Mme de Staël entre la chapelle où se trouvent ces tombeaux et une chapelle voisine, « en marbre, enrichie de pierreries », qui abrite les mausolées des Médicis grands-ducs de Toscane du XVIe et du XVIIe siècle. — L'épigramme et la réponse sont célèbres : Michel-Ange fait allusion au désastre et à la honte de la patrie, allusion assez claire aux Français.

Page 516.

c. Cet Arétin n'est pas le voluptueux et perfide Pietro Bacci, mais un honnête humaniste, Leonardo Bruni (1369-1444), lui aussi originaire d'Arezzo. — Boccace n'est pas enterré à Santa Croce. — Le tableau en l'honneur de Dante a été remplacé par un cénotaphe érigé en 1829.

Page 517.

d. Cette inscription et la suivante ne sont pas dans l'église actuellement. Peut-être Mme de Staël les inventa-t-elle ou les vit-elle ailleurs.

Page 518. CHAPITRE IV

a. Rappelons que Corinne possède à Rome une copie de la *Niobé* (voir plus haut p. 72). Sur *Alexandre mourant*, voir la note *b* de la p. 217.

Page 524. CHAPITRE V

a. Pétrarque, *Canzoniere,* canzone CCCXXIII.

Page 526.

b. Sur Ippolito Pindemonte, voir la note 17 de Mme de Staël.

Livre XIX.

LE RETOUR D'OSWALD EN ITALIE

Page 538. CHAPITRE II

a. Rome est occupée au début de 1789, Florence en 1799.

Page 545. CHAPITRE IV

a. La paix d'Amiens, 25 mars 1802.

Page 553. CHAPITRE V

a. Alfieri était mort en octobre 1803.

Page 558. CHAPITRE VI

a. Il s'agit de la *Vierge de l'escalier* de Corrège, conservée à l'oratoire della Scala, d'où son nom, et aujourd'hui au musée de Parme.

Page 561. CHAPITRE VII

a. Mme de Staël a vu deux versions de *La Sibylle* du Dominiquin : l'une à Bologne, où la voit également Oswald ; l'autre à Rome, au palais Borghèse (cette deuxième version se trouve aujourd'hui à la villa Borghèse).

Livre XX.

CONCLUSION

Page 567. CHAPITRE II

a. *Il Pastor fido* (1590) de Guarini, acte I, scène 4.

NOTES DE L'AUTEUR

Page 588.

a. Traduction approximative qui mécontenta Humboldt. Schweighäuser dit : « Ville des ruines, asile des âmes pieuses, tu sembles n'être qu'une image du passé, tes citoyens ressemblent à des pèlerins qui ne seraient venus que pour admirer ta magnificence » (*Rome,* poème, Paris, 1808).

b. Properce, *Élégies,* II, 10 : « Quand on ne peut atteindre à la tête des grandes statues, on dépose la couronne à leurs pieds » (*Élégies,* p. p. D. Paganelli, 2ᵉ édition, Paris, Les Belles-Lettres, 1961).

c. Cette anecdote se rapporte au moment où les Napolitains entrèrent dans la ville le 27 février 1798 et la quittèrent le 14 mars sans avoir pu obliger la garnison française à rendre le château.

d. Il s'agit de l'économiste Jean-Charles-Léonard Simonde de Sismondi (1773-1842).

Page 589.

e. Goethe, *Élégies,* I, 1, vers 13-14.

f. Tibulle, *Élégies,* II, 5 : « Paissez, maintenant, taureaux, l'herbe des sept collines, tandis que vous le pouvez : ces lieux vont devenir l'emplacement d'une grande ville » (*Élégies,* p. p. M. Ponchont, Paris, Les Belles-Lettres, 1955). — Properce : « Tout ce que tu vois ici, étranger, cette Rome, si grande avant la venue du Phrygien Énée, ce n'était que des collines et de l'herbe. »'

g. Mme de Staël utilise ici Tacite, *Annales,* I, 5.

h. « Nec mea mutata est aetas : sine crimine tota est : / viximus », etc. (Properce, *Élégies,* IV, 11). Cornélie, fille de Cornelius Scipion, console son époux, Lucius Aemilius Paullus Lepidus, consul désigné en 34, censeur en 22 av. J.-C

Page 590.

i. Pline : « Le Tibre [...] porte même les vaisseaux les plus immenses, qui y entrent par la mer Italique ; en sorte qu'on peut l'envisager comme un des fleuves les plus propres au commerce ; aussi voit-on et fréquente-t-on sur les seules rives, autant et presque plus de maisons de campagne, qu'on n'en peut voir le long de toutes les autres rivières ensemble. Ajoutez qu'il n'y a aucun fleuve au monde plus assujetti à ne point quitter son lit, étant remparé de toute part de hautes et fortes rives ; et quand il cherche à les forcer ce n'est point de lui-même, mais par des crues d'eau souterraines qui se joignent à son cours, et qui le font déborder, principalement dans la ville même de Rome. Encore passe-t-il moins pour malfaisant, que pour doué d'une vertu prophétique, donnant toujours fidèlement avis quand il se déborde, des expiations que la Religion prescrit pour apaiser le ciel » (traduction de Poinsinet de Sivry, 1771, t. II, 97 et 99).

j. Mme de Staël lit l'ouvrage de William Roscoe durant l'été 1805.

k. Le jésuite Bettinelli (1728-1808), critique, fut élu à l'académie de l'Arcade, de même que le comte Alessandro Verri (1741-1816), pour lequel on se reportera à notre préface p. 14.

l. Giovanni Pindemonte, poète né à Vérone (1751-1812), est le frère d'Ippolito (1753-1828), dont Mme de Staël cite un vers p. 526.

Page 591.

m. Le *Cours de morale religieuse* de Necker fut publié en 1800, *De l'importance des opinions religieuses* en 1788.

n. *Europa*, la revue des frères Schlegel (surtout de Friedrich), parut à Paris de 1803 à 1805.

o. La galerie de Corinne : le *Brutus* de David (Salon de 1789) est au Louvre, ainsi que le *Marius à Minturnes* de Drouais, exposé à Paris en 1788. Le *Bélisaire* de Gérard figura au Salon de 1795 ; la toile, disparue, nous est connue par une gravure de Desnoyers. *Le Christ enfant sur la croix* de l'Albane se trouve au musée des Offices. *Le Portement de croix,* que Mme de Staël a pu voir à Naples chez Mgr Capecelatro, l'archevêque de Tarente, n'est pas de Titien comme l'affirme Corinne, mais de Murillo, dont le prélat possédait plusieurs œuvres ; sa galerie comprenait également des tableaux de Salvator Rosa, où la présence humaine est en effet peu signifiante. (Sur la collection de Mgr Capecelatro, voir Simone Balayé, *Les Carnets de voyage de Mme de Staël*, p. 132-133.) *Énée rencontrant Didon aux Enfers* est de Friedrich Rehberg, que Mme de Staël rencontra à Francfort et qui lui en montra alors un dessin. Le tableau de *Clorinde* aux Offices n'a pas été identifié. Celui de *Macbeth* figurait dans la Boydell Gallery, qui rassemblait des œuvres illustrant Shakespeare. La *Phèdre* de Guérin, aujourd'hui au Louvre, fut présentée au Salon de 1802. George Augustus Wallis (1770-1847), né dans le Surrey, parcourut l'Europe avant de se fixer à Florence ; son œuvre manifeste l'influence du paysage héroïque allemand ; les tableaux que décrit Mme de Staël se trouvaient à Rome, dans la collection du comte de Bristol, père de la seconde duchesse de Devonshire, amie de Mme de Staël, qui a commis une erreur à propos d'Ossian : il ne s'agit pas de Caïrbar, mais de Connal, fils de Duthcaron ; la mention de Wallis qu'on trouve dans *Corinne* semble avoir beaucoup contribué à la renommée du peintre.

Page 592.

p. Le *Carnaval romain* de Goethe parut en revue en 1788 et en édition de luxe illustrée en 1789.

q. Sur Friederike Brun (1765-1835), voir préface p. 13.

630

r. Sir Hugh Elliot (1752-1830) est un personnage bien connu, auquel le comte d'Haussonville, descendant de Mme de Staël, a consacré un chapitre dans ses *Études biographiques et littéraires*, Paris, 1886.

s. Corilla Olimpica, de son vrai nom Maddalena Morelli.

t. Il s'agit du *Prince constant* (1629) de Calderon.

Page 593.

u. Giangherardo De Rossi (1754-1857), ami des Souza, est moins connu que les autres écrivains que Mme de Staël rencontra à Rome. Cet éloge ne lui fit pas plaisir et la note fut retirée de la traduction italienne.

v. Mme de Staël admirait beaucoup Talma et lui consacrera de très belles pages dans *De l'Allemagne*. Il la remercia pour la note de *Corinne.*

w. Mme de Staël lut la *Vita* d'Alfieri à Florence en 1805 dans le manuscrit prêté par la comtesse d'Albany, qui sera publié en 1810. C'est là que figure l'épitaphe.

CORINNE OU L'ITALIE

DOSSIER

COLLECTION FOLIO

Dernières parutions

4903. Dan O'Brien — *Les bisons de Broken Heart.*
4904. Grégoire Polet — *Leurs vies éclatantes.*
4905. Jean-Christophe Rufin — *Un léopard sur le garrot.*
4906. Gilbert Sinoué — *La Dame à la lampe.*
4907. Nathacha Appanah — *La noce d'Anna.*
4908. Joyce Carol Oates — *Sexy.*
4909. Nicolas Fargues — *Beau rôle.*
4910. Jane Austen — *Le Cœur et la Raison.*
4911. Karen Blixen — *Saison à Copenhague.*
4912. Julio Cortázar — *La porte condamnée* et autres nouvelles fantastiques.
4913. Mircea Eliade — *Incognito à Buchenwald...* précédé d'*Adieu !...*
4914. Romain Gary — *Les trésors de la mer Rouge.*
4915. Aldous Huxley — *Le jeune Archimède* précédé de *Les Claxton.*
4916. Régis Jauffret — *Ce que c'est que l'amour* et autres microfictions.
4917. Joseph Kessel — *Une balle perdue.*
4918. Lie-tseu — *Sur le destin* et autres textes.
4919. Junichirô Tanizaki — *Le pont flottant des songes.*
4920. Oscar Wilde — *Le portrait de Mr. W. H.*
4921. Vassilis Alexakis — *Ap. J.-C.*
4922. Alessandro Baricco — *Cette histoire-là.*
4923. Tahar Ben Jelloun — *Sur ma mère.*
4924. Antoni Casas Ros — *Le théorème d'Almodóvar.*
4925. Guy Goffette — *L'autre Verlaine.*
4926. Céline Minard — *Le dernier monde.*
4927. Kate O'Riordan — *Le garçon dans la lune.*
4928. Yves Pagès — *Le soi-disant.*
4929. Judith Perrignon — *C'était mon frère...*
4930. Danièle Sallenave — *Castor de guerre.*
4931. Kazuo Ishiguro — *La lumière pâle sur les collines.*
4932. Lian Hearn — *Le Fil du destin. Le Clan des Otori.*
4933. Martin Amis — *London Fields.*

Impression CPI Bussière
à Saint-Amand (Cher), le 5 mai 2010.
Dépôt légal : mai 2010.
1ᵉʳ dépôt légal dans la collection : février 1985.
Numéro d'imprimeur : 101436/1.
ISBN 978-2-07-037632-2./Imprimé en France.